RAGHI DER UNSTERBLICHE

BISHER ERSCHIENEN

Dancing Coons
Stürmische Verzauberung
Wintermärchen
Sommernachtsmagie

Urban-Fantasy-Serie «Sternenmagie»
Sternenstaubkind
Abschied
Verbannung
Wandelstern
Kollisionskurs
Isolation
Augenstern
Herzensband

Fantasyserie «Die Treppen der Ewigkeit»
Faya Namenlos (Prequel)
Wolf des Südens
Raghi der Schatten
Raghi der Unsterbliche

Fantasyserie «Der Weg des Heilers»
Der verletzte Himmel
In den Tiefen der Ewigkeit
Bis das Eis bricht (Tantans Geschichte)
Die Nacht des Vergessens (Tantans Geschichte)

RAGHI DER UNSTERBLICHE

DIE TREPPEN DER EWIGKEIT — BAND 4

ISA DAY

PONGÜ

Bibliografische Information der Deutschen Nationalbibliothek:
Die Deutsche Nationalbibliothek verzeichnet diese Publikation in der Deutschen
Nationalbibliografie; detaillierte bibliografische Daten sind im Internet über
http://dnb.dnb.de abrufbar.

Umschlaggestaltung: Isa Day, mit Bildmaterial von menschlichen Kunstschaffenden

Verlag: BoD · Books on Demand GmbH, Überseering 33, 22297 Hamburg, bod@bod.de
Druck: Libri Plureos GmbH, Friedensallee 273, 22763 Hamburg
ISBN: 978-3-7597-9380-5

*Für meinen Mann, der mich
in meiner Arbeit als Autorin immer unterstützt und
sich auf jedes neue Buch von mir freut.*

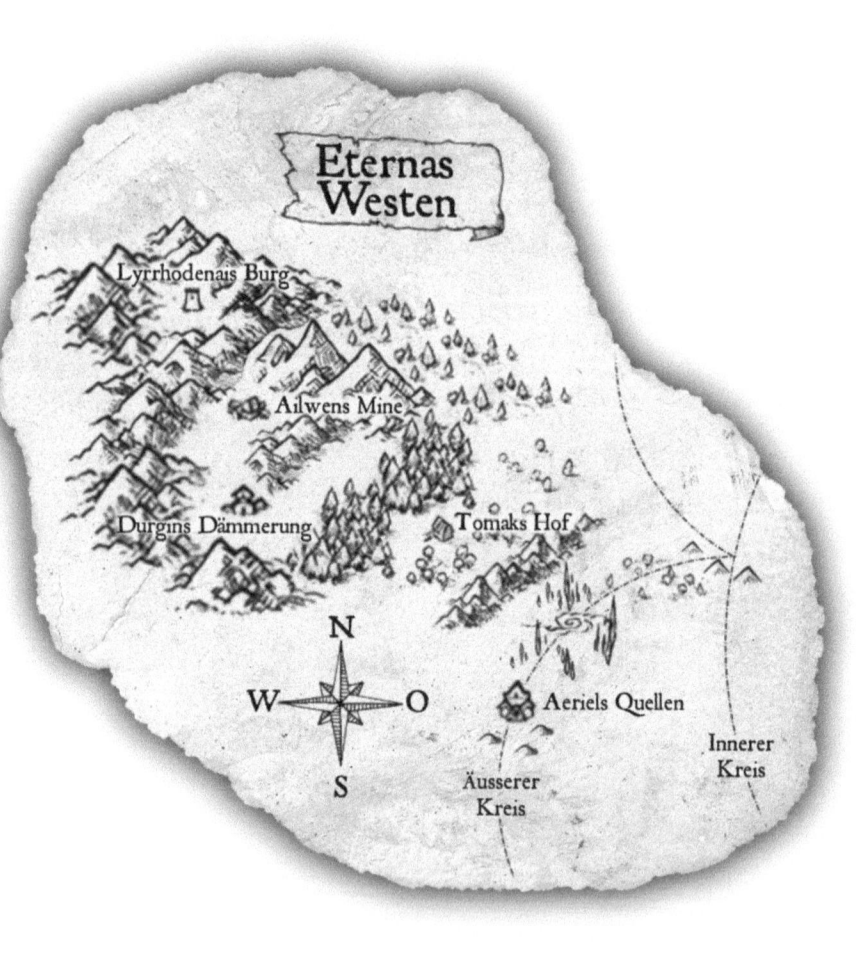

1

Um Mitternacht betrat Parth, der König der Könige der Ghitains, endlich die Mitte des Versammlungsrunds. Sein Clan hatte es auf der Wiese innerhalb des Lagers der Lichtträger errichtet. Niedrig brennende Flammen umgaben die freie Fläche, deren Durchmesser zeremoniell zehn Schritte betrug. Parths Bruder Arjun hatte jedes der Feuer auf Sprengstoff überprüft.

Außerhalb des Feuerkreises nahmen die Ghitains auf Teppichen und Decken Platz. Raghi beobachtete überrascht, dass sich die Clans der Lichtträger und Seher mischten. In diesen gefährlichen Zeiten hätte er erwartet, dass sich die Menschen an ihre eigene Sippe hielten, aber solche Überlegungen schienen, wie so viele andere auch, nicht für die Ghitains zu gelten. Männer, Frauen und Kinder setzten sich in vollkommener Stille. Schließlich hörte das Rascheln der Kleider auf.

Parths Gesichtsausdruck war ernst. Ansonsten verriet nichts an der Erscheinung oder Haltung des Königs der Könige die Strapazen der vergangenen Tage oder die Tatsache, dass der Mann seit sechsunddreißig Stunden oder länger wach war. Er wirkte imposant mit seiner hohen Statur, seinem wallenden schwarzen Haar und seinem dunkelhäutigen Gesicht, das die Weisheit des Multiversums auszustrahlen schien. Selbst seine feschen, farbenfrohen Ghitainkleider — eine lilafarbene Tunika und eine

ISA DAY

dunkelviolette Hose und Weste, die mit silbernen Stickereien verziert waren — sahen dank der Magie, die sie durchdrang, makellos aus.

Parths scharfe Augen schweiften über die Menge, während er sich wahrscheinlich fragte, wer der Verräter war.

Auch Raghi hielt seinerseits nach Hinweisen Ausschau. Wie schon einmal bei einer ähnlichen Versammlung saß er in der hintersten Reihe neben Palash, dessen geisterhafte Gestalt neblig-sanft leuchtete.

Parth drehte sich langsam gegen den Uhrzeigersinn im Kreis und musterte das Publikum. Bei jeder Bewegung funkelte sein Silberschmuck, aber kein Klimpern störte die Stille. Selbst der Wind, der mit fortschreitender Nacht aufgefrischt und zu wispern begonnen hatte, schien innezuhalten.

Parth streckte die Arme aus, die Handflächen zum sternenübersäten Nachthimmel gerichtet, während er sich weiterdrehte. Magisches Feuer flammte in seinen Handflächen auf.

Raghi atmete überrascht ein. Das ungewöhnliche Feuer der Ghitains erfüllte ihn schon länger mit Neugier. Er hatte bisher aber noch nie gesehen, wie es entzündet wurde.

Die gerade noch winzigen Flammen in Parths Handflächen loderten auf und trafen sich weit über seinem Kopf, wo sie wie ein Feuerwerk explodierten und einen Sprühregen aus Funken in alle Richtungen schickten.

Raghi versuchte ihnen mit den Augen zu folgen. Zwischen den Rädern der Vardos hindurch sah er, wie die Funken in einem weiten Kreis auf den Boden trafen, wo sie aufloderten und die beiden Wagenburgen der Ghitains in einem Feuerring einschlossen.

«Mein Name ist Parth. Ich bin der König des Clans der Lichtträger und der König der Könige der Ghitains. Hiermit habe ich das Lager unserer beiden Sippen magisch versiegelt und aus dem Fluss der Zeit herausgenommen, damit keine bösen Mächte uns belauschen können. Und ich verpflichte hiermit jeden anwesenden Ghitain und jede Kreatur zur Verschwiegenheit über das, was ich euch zu sagen habe.» Obwohl er nicht schrie, drang seine eindringliche Stimme bis zu Raghi.

«Wir sind hiermit zur Verschwiegenheit verpflichtet», antworteten die Ghitains leise.

«Der Zweck dieses Treffens ist es, euch eine Geschichte zu erzählen.

2

Diese Geschichte wird zur Wahrheit über ein Ereignis führen, das vor einiger Zeit unser Leben durcheinandergebracht hat. Und sie wird unser Schicksal bestimmen.»

«Möge unser Schicksal bestimmt werden», erwiderten die Clans.

«Raghi und Violet, kommt her. Bringt Mallika mit», sagte Parth und wandte sich ihnen zu.

Raghis Herz schlug ihm plötzlich bis zum Hals. Seine Beine fühlten sich wie gelähmt an und ein eisernes Band schien sich um seine Brust zu legen.

«Worauf wartest du noch? Geh!», zischte ihm Palash zu.

Violet auf Palashs anderer Seite erhob sich, griff mit einem Arm um den Geist herum und zog Raghi auf die Beine. Wann war seine Amme wieder so stark geworden? Sie sollte sich noch immer von den Qualen erholen, die seine verhassten Eltern ihr zugefügt hatten.

«Halt dich an Mallika fest. Sie wird dich ablenken», befahl Violet tonlos und reichte ihm seine Schwester.

Raghis Arme schlossen sich um das Kleinkind. Violet zog ihn bereits durch die Lücken zwischen den sitzenden Ghitains zur Mitte, wo der König der Könige ihnen entgegenstarrte.

Jeder Instinkt drängte Raghi zu fliehen, aber er konnte nicht ... nein, durfte nicht.

Dann war es zu spät. Parths Hand legte sich auf seine Schulter. Als sich ihre Blicke trafen, füllten sich die Augen des Mannes mit Verständnis und Mitgefühl.

Die Ghitains waren gute und tapfere Menschen. Er konnte das ertragen, sagte sich Raghi.

Seine Panik weigerte sich, auf die Vernunft zu hören.

«Dieser junge Mann heißt Raghi der Schatten. Er ist ein ausgebildeter Mörder und stieg aus einer fernen Zukunft die Treppen der Ewigkeit herab, um hier bei uns zu sein. Das Baby in seinen Armen ist Mallika, seine Schwester. Und das hier ist Violet, Raghis Amme, die er auch Nana nennt. Ich lade hiermit jeden Ghitain ein, sie anzuschauen und ihre Anwesenheit zu bemerken, so wie sie ab sofort auch euch wahrnehmen dürfen.»

Das schwere Gefühl in Raghis Magen verdoppelte sich.

Bis zu diesem Moment war ihr Kontakt auf die königlichen Familien der beiden Clans und einige wenige ausgewählte Ghitains beschränkt gewesen, während strenge Sitten alle anderen Angehörigen des Volkes dazu zwangen, sie zu ignorieren. So seltsam dieses Konzept klang, es hatte erstaunlich gut funktioniert.

Nach der förmlichen Einführung durch den König der Könige durften nun alle sie anschauen.

«Willkommen, Raghi der Schatten, Violet, die Raghi auch Nana nennt, und Mallika», antwortete die Menge geschlossen.

Obwohl Raghi sich in der Zeit, die er nun schon mit ihnen reiste, an die manchmal seltsamen Verhaltensweisen und die Magie der Ghitains gewöhnt hatte, klang diese Begrüßung geradezu unheimlich. Ein kurzer Blick ins Gesicht seiner Nana zeigte ihm, dass sie das Gleiche empfand.

Parth verstärkte seinen Griff um Raghis Schulter. Natürlich spürte er, dass Raghi fliehen wollte. Der charismatische Mann, der um die fünfzig war, schien ihn bis auf den Grund seiner befleckten Seele zu durchschauen. Er musste schon viele Versager wie Raghi getroffen haben — Menschen, ob jung oder alt, die für die Aufgabe, die sie zu erfüllen hatten, nicht geeignet waren und kurz davorstanden, kläglich zu scheitern.

«Lasst mich euch Raghis Geschichte erzählen. Ich werde es für ihn tun, denn ich kann entscheiden, welche Informationen für unsere Clans relevant sind. Wenn ihr mehr wissen wollt, könnt ihr ihn später fragen.»

Der König von König hielt inne, um seine Worte wirken zu lassen — oder um Spannung zu erzeugen.

«Manche Geheimnisse versteckt man am besten vor aller Augen», hatte er vor dem Treffen gesagt, als sie Raghis Situation diskutiert hatten. «Wenn wir den Verräter in unseren Reihen dazu verführen können, das in der Versammlung auferlegte Siegel der Verschwiegenheit zu brechen, wird unsere Magie uns sofort zeigen, wer er oder sie ist.»

Damit machte er Raghi zum Köder.

Was kein Problem darstellte. Normalerweise brachte sich Raghi selbst in derart gefährliche Situationen.

Wenn ihre Strategie jedoch funktionierte, rief das einen zweiten Feind auf den Plan, und zwar ein tödliches Ungeheuer. Raghi musste es irgendwie in seine Schranken weisen. Leider hatte er keine Ahnung wie.

«Wie bereits erwähnt, wurde Raghi in einer fernen Zukunft geboren. Kaea, die Königin des Clans der Seher, und ich haben versucht, die Zeitspanne zu schätzen, indem wir uns das Uhrwerk des Multiversums angesehen haben. Soweit wir das beurteilen können, ist Raghi mindestens zwanzigtausend Jahre gereist, um heute Abend hier bei uns zu sein.»

Das sorgte für ein erstauntes Keuchen unter den Anwesenden.

Auch Raghi konnte die Zahl noch immer nicht fassen.

«In all diesen Jahren hat sich das Multiversum stark verändert, sodass uns diese Zukunft in vielerlei Hinsicht fremd erscheinen würde, wenn wir dorthin reisen könnten. Anderes wiederum blieb erstaunlich gleich. Raghi wurde königlichen Eltern auf einer Insel im ewigen Winter geboren. Sie sahen etwas in ihm, das sie verängstigte, weshalb sie immer wieder versuchten, ihn zu töten — ihr leibliches Kind. Als nichts zu funktionieren schien, verkauften sie Raghi an den Meister der Mördergilde von Eterna.»

Das Publikum zischte — was bei den Ghitains dem Ausdruck tiefster Missbilligung entsprach.

Das Geräusch aus so vielen Mündern zu hören ließ Raghi frösteln.

«Ja, die Mördergilde existiert auch in jener fernen Zukunft. Raghi zählte sieben Jahre, als er verkauft wurde. Seine Ausbildung war nicht einfach. Seine angeborene Widerspenstigkeit führte dazu, dass er immer wieder heftig mit dem Zunftmeister aneinandergeriet. Ihr Streit wurde so schlimm, dass der Meister ihm nicht erlaubte, seine Ausbildung zu beenden.»

Um ein Haar hätte Raghi geschnaubt. Mit einem einzigen Satz beschönigte Parth grausame Qualen, Strafen und Erfahrungen, die Raghi mit keinem anderen lebenden Menschen teilte.

«Ihr Kampf dauerte an, bis Raghi fast zweiundzwanzig war. Nach ihrer letzten Konfrontation versteckte er sich. Jemand, der es gut mit ihm meinte, spürte ihn auf und brachte ihm zwei Nachrichten. Erstens: Der Meister hatte die grausamsten Mörder seiner Zeit auf ihn angesetzt. Zweitens: Violet, seine geliebte Amme, lag nach schweren Misshandlungen durch seine Eltern fern von ihm in der alten Heimat im Sterben.»

Violet fand sich im Mittelpunkt von etwa dreihundert besorgten Blicken. Sie versuchte, unbeeindruckt zu wirken, aber Raghi sah, wie sie schluckte.

«Raghi floh über die Treppen der Ewigkeit. Weil er eine Locke von Violets Haar in einem Medaillon bei sich trug, reiste sie mit ihm in die Vergangenheit. So konnte er sie befreien — tot oder lebendig.»

Parth gab seinen Worten die Zeit zu wirken.

«Raghi fand sich im südwestlichen Grasland unserer Zeit wieder, mit einer fast toten Violet an seiner Seite, die seine kleine Schwester in den Armen hielt. Raghis Eltern hatten das unschuldige Kind zur Zielscheibe ihres Hasses gemacht — so wie Raghi zwei Jahrzehnte zuvor. Als Violet versuchte, die Kleine wie einst ihn zu beschützen, überließen sie beide in den Kerkern dem Tod.»

Dieses Mal war das Zischen noch viel lauter. Ghitains pflegten enge Familienbande und begegneten ihrer Umwelt mit liebevoller Achtsamkeit. Eltern erzogen ihre Kinder, indem sie ihnen ein Vorbild waren, und nicht durch Belehrung.

Parth wartete, bis sich die Aufregung legte. «Glücklicherweise zeigten sich die Treppen freundlich. Raghi und seine Gefährten fanden sich mitten im Lager von Königin Kaea wieder. Der Clan der Seher nahm sie auf und Chandana, dessen Heilerin, pflegte Violet und Mallika gesund.»

Ein zustimmendes Murmeln ging durch die Menge.

«Raghi und seine kleine Familie haben viel gelitten und ich wünschte, wir könnten ihnen einen sicheren Ort zum Leben bieten. Leider nimmt die Dunkelheit im Multiversum stetig zu und erst vor wenigen Tagen erfuhr Kaea die dunkelste aller Geschichten vom Bürgermeister von Aeriels Quellen, einem Dorf, das weit und breit für die wohltuende Kraft seines Thermalwassers und die Fähigkeiten seiner Heiler bekannt ist. Gleich werde ich euch diese Geschichte erzählen und euren Seelenweg unwiderruflich verändern. Diejenigen von euch, die nicht wollen, dass ihr Schicksal neu ausgerichtet wird, stehen jetzt auf!»

Die Ghitains reagierten mit stoischer Akzeptanz. Raghi hatte zumindest einige Ausrufe der Überraschung oder Anzeichen von Zögern erwartet. Nur eine junge rothaarige Frau erhob sich. Ihr Gesicht zeigte Spuren von Trauer und Erschöpfung.

Nach einer schnellen, nervösen Verbeugung sprach sie: «Mein König, bevor ich mich entscheide, erlaube mir eine Frage. Mein Name ist Meera. Ich bin die Goldschmiedin des Clans der Seher und habe drei kleine Kinder und einen von Brandnarben gezeichneten Ehemann.»

Parth richtete seine volle Aufmerksamkeit auf sie. «Stell deine Frage, Meera, Goldschmiedin vom Clan der Seher.»

«Wenn ich meinen Schmuck herstelle, singt mein Ghitainblut und ich fühle mich mit allem verbunden, was uns umgibt. Aber wenn der Augenblick der Schöpfung vorbei ist, bin ich nur noch ich selbst — eine schwache Frau, die an Dingen scheitert, die alle anderen mit Leichtigkeit bewältigen. Nicht einmal meinen Vardo kann ich fahren, ohne gefährlich im Sumpf stecken zu bleiben, wie es mir erst vor wenigen Tagen geschah. Ich fühle mich durch und durch als eine Ghitain und will meinen Seelenweg erfüllen, aber gibt es wirklich etwas, das ich zu diesem Kampf beitragen kann, oder bin ich nur eine Gefahr für alle anderen?»

Parth nickte ernst. «Das ist eine wichtige Frage und wir alle sollten uns die Antwort vergegenwärtigen. Unser Volk hat sich vor langer Zeit entschieden, im Licht zu wandeln und es zu bewahren. Und wenn wir in unserem Kampf gegen die Dunkelheit sterben, dann erachten wir unseren Seelenweg — unser Dharma — als erfüllt.»

«Unser Dharma erfüllt sich in der Bewahrung des Lichts», bestätigten die Ghitains vielstimmig.

«In normalen Zeiten geschieht dies über kleine Dinge. Die Freude eines Kindes, wenn seine Eltern ihm ein von uns gefertigtes Spielzeug schenken. Oder die Verzauberung der sesshaften Menschen, wenn sie ein Ghitainfest besuchen und zu unserer Musik tanzen. Angenehme Momente, die schöne Erinnerungen bilden. Positive Erlebnisse für den einzelnen Menschen, doch scheinbar ohne Konsequenz für das Multiversum.»

«Jede Flamme trägt zum Licht bei. Jeder Funke besiegt die Dunkelheit.»

Raghi staunte. Die ritualisierten Antworten der Anwesenden kamen ohne ein Zögern und niemand schien sich zu verplappern. Wenn die Ghitains wie zu Beginn der Versammlung Parths letzten Satz wiederholten, schien das nicht außergewöhnlich. Bei den letzten beiden Antworten hatte es sich jedoch eher um ergänzende Aussagen gehandelt. Wie wussten sie, wann sie etwas erwidern mussten? Und welche Antwort angemessen war?

Ein Rätsel mehr. Und eins, das durch seine bevorstehende Flucht wahrscheinlich ungelöst blieb.

«Leider haben wir keine normalen Zeiten mehr. Dieses Mal ist alles anders. Uns erwartet nichts weniger als der Kampf um die Zukunft des Multiversums, die Entscheidung, wer triumphiert — das Licht oder die Dunkelheit.»

Parth ließ diese Worte wirken.

Niemand widersprach ihm oder hinterfragte seine Aussage. Das Rascheln von Kleidung blieb die einzige Reaktion. Ob diese von Überraschung oder Sorge geprägt war, konnte Raghi nicht bestimmen.

«Und somit kommen wir zur Antwort auf deine Frage, Meera, Goldschmiedin vom Clan der Seher. Als Ghitain trägst du jeden Tag deinen Teil zur Bewahrung des Lichts bei. Der kleinste Funke kann den Kampf entscheiden. Ein Lächeln zur richtigen Zeit und am richtigen Ort. Eine Geste der liebevollen Achtsamkeit. Wir können nicht mehr tun, als unser Bestes zu geben. Die Geschichte wird nachträglich aufzeigen, wo der Kampf gewonnen oder verloren wurde.»

Meera nickte und setzte sich.

Also weiter im Text. Raghi konnte nur hoffen, dass Parth die Erzählung nicht in endlose Längen ausdehnte. Ihm war inzwischen halb schlecht, weil er sich im Fokus der Aufmerksamkeit befand.

Für einmal half auch Mallikas Anwesenheit nicht. Nach anfänglichen Schwierigkeiten hatte Raghi sich an den kleinen Wurm gewöhnt. War er gnadenlos ehrlich mit sich, liebte er seine kleine Schwester gar. In dieser Nacht erschien sie ihm jedoch wie ein totes Gewicht, das unangenehm an seinen Armen riss.

Violet schien sein Unbehagen zu fühlen. Sanft legte sich ihre Hand auf Raghis unteren Rücken. Die Berührung gab ihm neue Kraft.

Parth bemerkte die Geste. Er nickte ihnen zu. «Ich danke euch, dass ihr meinem Volk erlaubt habt, euch wahrzunehmen, und insbesondere dir, Violet, obwohl du noch nicht wieder vollständig bei Kräften bist. Bitte setzt euch jetzt wieder auf eure Plätze.»

Raghi gehorchte erleichtert. Violets Gesicht war während der letzten Minuten deutlich blasser geworden. Er setzte Mallika auf eine Hüfte und stützte seine Nana sanft, während sie sich den Weg durch die Sitzenden suchten.

Erst als sie ihre Plätze wieder eingenommen hatten, fuhr Parth mit seiner Rede fort. «Somit kommen wir zur dunkelsten aller Geschichten, die Kaea von Sander, dem Bürgermeister von Aeriels Quellen, erfuhr. Er stammt aus dem fernen Westen, einer ungezähmten Gegend mit mächtigen

Bergen, wo ein Unsterblicher namens Lyrrhodenai über ein dunkles Reich herrscht und Schrecken verbreitet.»

«Bleibt Unrecht zu lange bestehen, erlangt es seine eigene Form von Wahrheit», erwiderten die Ghitains.

Unvermittelt schritt Parth, der sich bislang gemächlich an Ort und Stelle gedreht hatte, den Kreis gegen den Uhrzeigersinn ab, seine Haltung angespannt wie ein sprungbereiter Panther. Seine Augen schienen zu glühen.

«Merkt euch diesen Namen — Lyrrhodenai — und verwendet ihn, wenn ihr von der drohenden Gefahr sprecht. Gebt Lyrrhodenai keine Macht über euch, indem ihr ihn als *unseren Feind* oder *den Reisenden* bezeichnet. Einst war er ein Mann. Dann wurde er ein mächtiger Unsterblicher. Dies ist ein Abbild seines Lebensstrangs.»

Parth machte eine wütende Geste, fast als würde er etwas Widerliches zu Boden schleudern.

Die Ghitains zischten. Dieses Mal glich die Welle der Missbilligung einem Sturm.

Mehrere Hundert Augenpaare musterten das Geschwür, das vor Parth erschienen war.

Konnte das sein?

Raghi schaute bestürzt zu Palash an seiner Seite. Der Geist hatte die Brauen zusammengezogen und nagte an seiner Unterlippe. Raghis fragenden Blick bemerkte er nicht.

«Längst nicht alle von uns haben schon einen Lebensstrang gesehen. Königin Kaeas Handwerk ist furchteinflößend. Wer möchte schon den Zeitpunkt seines eigenen Todes oder den seiner Liebsten kennen? Deshalb lasst mich euch erklären, was ihr vor euch seht.»

Parth machte eine nachlässige Handbewegung. Plötzlich standen acht Parths in der Mitte des Versammlungsrunds. Sie bildeten einen Kreis, den Rücken dem Zentrum zugewandt, jeder mit einem Abbild des Lebensstrangs vor sich, und alle bewegten sich simultan.

Parth langte in das verknotete Gebilde hinein und zog ein Ende heraus. «Dieser braune Teil hier stellt Lyrrhodenais Geburt als Sterblicher dar.»

Er hielt es hoch, sodass es für einen kurzen Moment zu sehen war. Dann arrangierte sich der Rest der Masse wieder darum herum und verschluckte es.

«Normalerweise würde der Lebensstrang gerade verlaufen und irgendwann enden. Jenes andere Ende repräsentiert den Tod.»

Parth wartete kurz, ob jemand Fragen hatte. Das schien nicht der Fall.

«Bei der Ansicht, die ihr vor euch seht, entsprechen hundert Jahre einer Handspanne. Hätte Lyrrhodenai ein besonders langes Leben gelebt und wäre in sehr hohem menschlichem Alter gestorben, würde sein Lebensstrang die Länge eines Regenwurms haben. Hier jedoch geschah etwas anderes.»

Ein Regenwurm entsprach einhundert Jahren? Raghi konnte es kaum glauben. Wenn man dieses Gewirr auflöste, wie vielen Regenwürmern entsprach die Länge des Lebensstrangs dann? Eintausend? Einhunderttausend?

«Ihr alle versucht zu fassen, was ihr vor euch seht. Dabei fehlt euch jedoch eine wichtige Information. Lyrrhodenai reiste mehrmals über die Treppen der Ewigkeit. Sobald er seine eigene Zeitebene verließ, alterte er nicht mehr. Deshalb entspricht der braune, sterbliche Teil mehreren Schrittlängen und deshalb ist das Gebilde derart verknotet. Lasst es uns am Lauf der Zeit ausrichten, damit wir es verstehen können.»

Parth arrangierte den Lebensstrang vor sich und zeigte auf einen bestimmten Teil, der sich auf der Höhe seines Gesichts befand. «Dieses silberne Ende repräsentiert die Gegenwart — unser Hier und Jetzt. Auf meine Anweisung hin hat Kaea nicht ins Morgen geschaut, denn wir Menschen — selbst wir Ghitains mit unserer Lebensphilosophie der liebevollen Achtsamkeit — neigen dazu, die Zukunft aus unseren Ängsten zu formen.»

Parth zeigte nach oben, wo das braune Ende aus der Masse ragte. «Dort seht ihr Lyrrhodenais Geburt. Ihr Zeitpunkt ist bis auf einige wenige Jahre identisch mit Raghis und liegt etwa zwanzigtausend Jahre in der Zukunft.»

Raghis Magen verabschiedete sich ins Bodenlose. Wie war so etwas möglich?

Falls Kaea und Parth bei den Berechnungen kein Fehler unterlaufen war, stammte Lyrrhodenai aus der gleichen Zeit wie er. Von diesem Ausgangspunkt aus hatte er sich in allen Epochen herumgetrieben, sowohl in der Zukunft von Raghis Eterna als auch in der grauen Vorzeit, als die Treppen der Ewigkeit noch gar nicht existierten.

Im Verlauf der Jahrtausende musste er unermessliches Wissen gesammelt und die Macht eines Gottes erlangt haben.

Wie sollte Raghi — der dümmste und ungeeignetste Lehrling aller Zeiten — so jemanden in seine Schranken weisen? Der Meister hatte keine Gelegenheit ausgelassen, ihm seine Minderwertigkeit mit Worten und Taten aufzuzeigen.

Düstere Aussichten für das Multiversum.

Raghis Ängste absorbierten ihn so stark, dass er um ein Haar Parths weitere Erklärungen verpasst hätte.

«Wie erwähnt, erlangte Lyrrhodenai irgendwann die Unsterblichkeit. Es war kein gradueller Prozess. Hier wechselt die Farbe seines Lebensstrangs von braun zu silbern.»

Parth nahm das Stück mit beiden Händen. Jener Abschnitt erschien plötzlich so dick wie ein Seil und alle sahen die scharfe Trennung zwischen den beiden Farben.

«Die Sagen erzählen uns, dass Lyrrhodenai mit seinem Schicksal unzufrieden war. Seht all die Scharten und Dellen sowohl im sterblichen wie auch im unsterblichen Teil. Jede davon entspricht einem Versuch Lyrrhodenais, sein Leben zu beenden.»

Raghi schluckte leer. Die Beschädigungen des Lebensstrangs ließen sich nicht zählen. Manche Abschnitte wirkten völlig zerfetzt.

Er teilte Lyrrhodenais Schicksal und war durch seinen Leichtsinn nun ebenfalls unsterblich.

War das die Zukunft, die ihn erwartete? Selbstzerstörerischer Wahnsinn?

Parth und seine Kopien ließen den unförmigen Lebensstrang — oder eher Lebensknoten — mit einer angewiderten Geste verschwinden. Danach verblassten Parths Abbilder und er nahm die ursprüngliche Art und Weise der Präsentation wieder auf, bei der er sich langsam gegen den Uhrzeigersinn drehte.

«Als alle Mittel zu sterben versagten, versklavte Lyrrhodenai einen Drachen — ein weibliches Tier namens Najira — und verlangte von ihr, dass sie ihn töte. Als Najira sich weigerte, quälte er sie.»

Wieder das Zischen der Ghitains. Dem Klang nach hatten die Anwesenden den Schritt von tiefer Missbilligung zu Wut vollzogen. Offenbar empfanden sie Lyrrhodenais Handlungen als Sakrileg.

Parth wiederum klang tieftraurig. «Nach einer endlosen Zeit der Qual gelang es Najira zu fliehen und sie suchte Schutz bei Kaeas Sohn Naveen, dem Prinzen des Clans der Seher. Wie ihr alle wisst, ist er nicht nur der Hüter der magischen Kreaturen, sondern auch mein zukünftiger Schwiegersohn und somit mein Nachfolger als König der Könige.»

Hier bog Parth die Wahrheit zurecht. Najira hatte Raghis schwarze Seele in ihrer Dunkelheit entdeckt und war zu ihm geflohen. Dabei hatte sie sich als Stinkdrache getarnt. Diese hässlichen kleinen Biester mit ihren krummen Körpern waren meist schlecht drauf und wichen kaum vom Herdfeuer in Naveens Vardo.

Raghi war irgendwann darauf aufmerksam geworden, dass es einem der Tiere schlecht ging. Eins führte zum anderen und am Ende legte er sich den kleinen Drachen wie eine Kette um den Hals, um ihm von seiner Wärme abzugeben. Seither verließ Najira dieses Versteck nur, wenn jemand sie dazu zwang.

Aus irgendeinem Grund konnte Lyrrhodenai sie nicht orten, wenn sie bei Raghi war, nicht einmal, wenn Raghi und er sich wie vor wenigen Nächten im Ghitainlager direkt gegenüberstanden und nur eine dünne Schicht Kleidung Najiras Gestalt vor den Augen ihres Peinigers verbarg.

Raghi schnaubte. Das hatte er nun von seiner Freundlichkeit.

Seine Verärgerung hielt ihn nicht davon ab, genau zu beobachten, wie die Anwesenden auf Parths Eröffnung reagierten.

Naveen und seine Mutter hatten Feinde unter den anwesenden Ghitains. Jemand, vielleicht auch eine Gruppe, schien bestrebt, ihnen das größtmögliche Leid anzutun.

Vor nicht allzu langer Zeit hatten der oder die Verschwörer Palash getötet, der nun als Geist neben Raghi saß. Er war Kaeas Bruder und Naveens Onkel und hatte immer unverrückbar zu den beiden gehalten — auch in den schlimmsten Zeiten, als Mutter und Sohn aufgrund ihrer Armut unter den Vardos anderer Ghitains schlafen mussten.

Der Mordanschlag auf Naveen und Anjali während ihrer Verlobungsfeier im vergangenen Winter schlug glücklicherweise fehl. Die Ghitains hatten dieses Ereignis lange für einen Unfall gehalten. Erst vor wenigen Stunden hatte Raghi sie aufgrund der Beweise eines Besseren belehrt.

Keine Tat, auf die er stolz war. Gerne hätte er den Familien dieses neue Leid erspart.

Weil die Zuhörenden im Kreis saßen, konnte Raghi die Reaktion auf Parths Worte bei den meisten problemlos beobachten. Die Entscheidung des Königs der Könige bezüglich seiner Nachfolge schien, gelinde gesagt, umstritten.

Die Ghitains vom Clan der Seher zeigten mehrheitlich Bedauern und Besorgnis. Naveen war Königin Kaeas einziges Kind. Raghi als Außenstehender konnte nicht einschätzen, wer ihre Nachfolge antrat, wenn der Prinz nicht mehr zur Verfügung stand.

Der Clan der Lichtträger wiederum wirkte wenig begeistert, dass Parths Wahl auf Naveen gefallen war. Offenbar hätten sie einen anderen Nachfolger bevorzugt.

Alles normale menschliche Reaktionen, die sich in einem akzeptablen Rahmen bewegten. Veränderungen waren nie leicht.

Raghi entdeckte keinen Hass und keine offene Feindseligkeit, nicht einmal bei jenen Ghitains, die er sich aufgrund früherer Beobachtungen speziell gemerkt hatte.

Als niemand seine Worte kommentierte, fuhr Parth fort. «Im Moment schützt unsere Magie Najira vor ihrem Verfolger, aber das wird nicht für immer funktionieren. Währenddessen treibt Lyrrhodenai die Ausbreitung der Dunkelheit im Multiversum voran. Als Ghitains haben wir uns der Bewahrung des Lichts verschrieben und werden ihn zur Rechenschaft ziehen, auch wenn dieser Krieg uns alles abverlangt.»

«Wir sind die Bewahrer des Lichts und werden Lyrrhodenai bis zu unserem letzten Atemzug bekämpfen», erwiderten die Ghitains einstimmig.

«Wir werden die nächsten Tage nutzen, um uns zu beraten. Danach reisen wir weiter nach Eterna. Alle nötigen magischen Sicherheitsmaßnahmen sind eingerichtet. Bitte beachtet sie akribisch. Ich danke für eure Aufmerksamkeit.»

Damit schloss Parth die Versammlung.

2

S päter in der Nacht saßen Raghi und Violet Seite an Seite auf einem kleinen Hügel, von wo aus sie die beiden kreisrunden Wagenburgen der Ghitains überblicken konnten.

Am Himmel leuchteten zwei Mondscheiben. Sie und eine Unzahl Sterne tauchten die Landschaft in ein silbern-bläuliches Licht. Die Frühlingsluft war kalt, die Morgendämmerung nicht mehr fern.

Violet zog ihr Schultertuch enger um sich. Trotz des Aufstiegs, bei dem Raghi ihr geholfen hatte, wirkte sie nicht erschöpft. Offenbar ging es ihr tatsächlich besser.

«War das eine seltsame Versammlung», sagte sie nachdenklich. «Bist du dir sicher, dass wir hier sein dürfen?»

Raghi nickte. «Parths Bruder Arjun hat den Schutz des Lagers extra für uns ausgedehnt. Nachdem du mir offenbar etwas so Schlimmes beichten musst, wollte ich aus den Menschen raus. Du weißt ja. Meinen Reaktionen kann man nicht trauen.»

Sein Trotz kam nicht gut an. Ein eisiger Flammenstoß traf seinen Rücken, gefolgt von einem dumpfen Grollen. Desert Rose klang gereizt. Der Drachenschwanz der Chimäre peitschte neben Raghi auf den Boden.

Violet schaute besorgt über die Schulter. «Sie ist fuchsteufelswild.»

Raghi seufzte. «Ja, seit Najira Anjali geheilt hat. Desert Rose versuchte es zuerst, aber ihr Drachenfeuer besitzt kaum heilende Kraft. Daraufhin hat Najira ihre Energie durch mich und Rose hindurch zu Anjali geleitet. Ich empfand das als sehr invasiv. Najira hat ungefragt all meine Narben und alten Verletzungen geheilt. Was die Missy bei Rose angerichtet hat, muss ich noch herausfinden. Falls sie mich jemals wieder an sich heranlässt.» Er hasste die in seiner Stimme mitschwingende Verdrossenheit.

Violet rückte ein wenig weg von ihm und wandte sich zu der Chimäre um. «Können wir irgendetwas für dich tun, damit es dir besser geht?», fragte sie und streckte lockend die Hand aus.

Ihre Frage ließ ein warmes Glühen in Raghis Herz entstehen. «Du fürchtest dich nicht vor ihr?» Bisher hatte Violet noch nie so direkt mit der Chimäre interagiert.

Rose schmiegte ihren Adlerkopf in Violets Hand, während der Drachenkopf Ausschau nach Gefahren hielt. Als Violet ihr sachte das Gefieder kraulte, verengte sie genießerisch die Augen.

«Vielleicht ein wenig. Sie ist ein mächtiges, Ehrfurcht gebietendes Tier. Gleichzeitig gehört sie zu dir und kann somit nur gut sein.»

Raghi schnaubte verächtlich. «Vergiss endlich deine Illusionen über mich. Ich bin …»

Violets freie Hand legte sich über seinen Mund und stoppte den bitteren Wortschwall. «Shh, Raghi. Dies heute Nacht ist mein Auftritt, nicht deiner.»

Desert Rose schien der gleichen Meinung zu sein, denn ihr Drachenkopf spuckte eine weitere Salve eisiges Feuer auf Raghi.

Igitt! Wenn sie die Flammen noch kälter machte, fühlten sie sich ebenso eklig an wie ein Bad in der Energie von Geistern.

Er schob Violets Hand weg. «Jetzt sprich schon, sonst verwandelt sie mich in einen Eisblock.»

Wieso konnte er sich nicht normal und mit Würde benehmen?

Die Antwort war klar. Er fürchtete sich vor dem, was Violet ihm zu erzählen beabsichtigte. Dass sie ihm das letzte bisschen Vertrauen entriss, das ihm in seiner grausamen Existenz geblieben war — sein Vertrauen in sie, seine geliebte Nana. Seinen Glauben an ihre Güte.

«Rose, ich muss Raghi etwas sehr Schwieriges berichten. Dafür muss ich dich jetzt leider loslassen.»

Die Chimäre brummte. Violet nahm Raghis Hände.

«Was kommt jetzt?», versuchte er zu scherzen. «Eine Liebeserklärung? Pass nur auf, ich mag ältere Frauen — und Männer. Ich …»

«Raghi, bitte», sagte Violet ohne jeden Vorwurf. «Du machst es mir durch dieses Verhalten nicht leichter.»

Das war auch nicht seine Absicht. Zu viel war geschehen in letzter Zeit. Er hing an seinen wenigen verbliebenen Illusionen.

Violets Daumen streichelten sanft seine Handflächen, während ihre lavendelfarbenen Augen tief in seine schauten. «Ich liebe dich tatsächlich, Raghi, und ich hoffe, dass du das weißt. Für mich bist du mein Sohn. Diese Mutterliebe kam jedoch nicht automatisch.»

Mit einem sinkenden Gefühl im Magen realisierte Raghi, dass er seine Nana noch nie nach ihrer familiären Situation gefragt hatte. Gab es leibliche Kinder? Eine Familie, der er sie entrissen hatte und die nun in der Zukunft um sie trauerte?

Als Kind war seine Selbstverliebtheit entschuldbar gewesen, aber nun als Erwachsener?

Violet spürte seine wachsende Panik und hielt seine Hände fester. «Shh, Raghi. Hör mir einfach zu. Bis zum Ende. Versprichst du mir das?»

Er presste die Lippen zusammen und nickte. Das sollte er hinbekommen, oder?

«Du hast mich nie nach meiner Herkunft gefragt. Ich stamme aus den Wolkenstädten in Eternas Norden, so wie deine Mutter. Wir sind miteinander verwandt. Wie genau ist aufgrund der chaotischen Familienverhältnisse schwierig zu erklären und hilft meiner Geschichte nicht weiter. Deshalb nur das Relevante: Ihr Familienzweig ist reich und mächtig, meiner war arm. Ich sage *war*, weil es inzwischen niemanden mehr gibt. Ich bin die Letzte.»

Raghi schluckte leer, während sich Kälte in seiner Brust ausbreitete. Violet war mit seiner herzlosen Mutter verwandt? Er wollte die Hände aus ihrem Griff lösen.

«Shh, Kind. Bitte hör mir weiter zu. Wie du sicher weißt, erheben sich die Wolkenstädte an der Nordküste des Kontinents hoch über dem Weltenmeer. Die Eisinseln sind ein wichtiger Handelspartner für sie. Als der König der Eisinseln die Wolkenstädte zwecks Brautschau besuchte, erhielt er deshalb Einlass in die besten Familien. Sein Auge fiel auf mich. Sein

Geschäftssinn riet ihm aufgrund der damit verbundenen strategischen Allianz zur Wahl deiner Mutter.» Violets Tonfall war während der letzten Sätze bitter geworden.

Raghi ahnte, wie die Geschichte weiterging. Es gab etablierte Wege, wie ein mächtiger Mann solche Probleme löste. Die allgemeine Akzeptanz dieser Lösungen machte sie nicht weniger verwerflich.

«Er verhandelte um uns beide und bekam uns beide. Malena — deine Mutter — sollte ihn heiraten und ich wurde dazu auserwählt, sie als Zofe zu begleiten. Malena war damals dreiundzwanzig Jahre alt, ich gerade mal fünfzehn. Unter normalen Umständen, wenn Geld und Macht mit Schönheit zusammenfallen, zeigt sich die Altersstruktur derartiger Arrangements genau umgekehrt mit einer jungen Braut und einer älteren Zofe.» Violet schluckte schwer. «Als wir die Eisinseln schließlich erreichten, waren deine Mutter und ich beide vom König schwanger. In meinem Fall nicht einvernehmlich. Ich fand deinen Vater vom ersten Treffen an abstoßend und daran hat sich nie etwas geändert.»

Raghi hatte bislang nur widerwillig zugehört. Nun flutete tiefes Mitgefühl seine Brust. «Oh, Nana, es tut mir so leid, dass du das erleben musstest. Wie bist du damit umgegangen?»

Sie starrte gedankenverloren ins Leere. «Nur schwer. Allein wäre ich wahrscheinlich verzweifelt. Eines Abends jedoch, nachdem der König mein Gemach verlassen hatte und ich weinte, klopfte es plötzlich leise und der ältere Krieger, der immer vor meiner Tür Wache stand, kam rein, stellte mir ein Tablett mit Tee und Kuchen hin und setzte sich in meine Nähe. Ich fürchtete mich vor ihm. Er zeigte stumm auf das Tablett. Irgendwann gab ich auf und aß trotz meiner Angst. Als mein Teller leer war, begann er zu sprechen.»

Violet lächelte plötzlich und Wärme erfüllte ihre Miene. «Ich kann dir irgendwann einmal von ihm erzählen, Raghi. Er war ein guter Mann. Er und seine Frau wurden meine ersten Freunde auf den Eisinseln. Sie gaben mir Tipps und trugen mir vertrauliche Informationen über den König zu. Die Besuche des Mistkerls wurden dadurch erträglicher und nach und nach verdarb ich ihm meine Gegenwart. Fünf Monate nach meiner Ankunft auf den Eisinseln hatte ich meine Ruhe.»

Raghi konnte es kaum glauben. Sein Vater war der typische feige Sadist, der kuschte, sobald jemand stärker oder mächtiger war als er, und Schwächere oder Unterlegene dafür umso gnadenloser quälte. Wie hatte sich ein wehrloses fünfzehnjähriges Mädchen gegen ihn behauptet?

Bevor er fragen konnte, fuhr Violet fort. «Malena und ich bekamen fast gleichzeitig Wehen. Bei mir schritten sie rasch fort und die Geburt verlief problemlos. Das Kind war ein Mädchen, winzig klein und schwach. Es lebte nur wenige Stunden. Und selbst nach all den Jahren weiß ich immer noch nicht, was ich fühlen soll. Jedes Kind wird unschuldig geboren. Wäre ich stark genug gewesen, dieses kleine Wesen zu lieben und die Umstände seiner Zeugung zu vergessen? Keine Ahnung.»

Violet seufzte schwer. «Lange fragte ich mich auch, ob ich das Kind unbewusst getötet hatte. Ob es durch meine negativen Gedanken in meinem Leib nicht gewachsen war. Sicher werde ich es nie wissen, doch Malenas spätere Schwangerschaften deuten eher darauf hin, dass etwas mit dem Blut der Könige der Eisinseln nicht in Ordnung ist. Von den vielen Kindern zwischen deiner Geburt und Mallikas hat nur ein weiteres Mädchen überlebt — Ina. Erinnerst du dich an sie? Sie kam drei Jahre nach dir zur Welt und war immer krank.»

«So halb», bestätigte Raghi und schluckte leer. «Wie viele sind gestorben? Jedes Jahr eins?»

«Oder bei frühen Fehlgeburten zwei.»

Was sollte er mit dieser Information anfangen? Und dem Mitleid, das er fühlte? Ausgerechnet für seine Mutter, die sich nie für Raghi eingesetzt hatte, wenn sein Vater ihn misshandelte.

Während er nachdachte und überwiegend schlechte Erinnerungen sein Bewusstsein fluteten, regten sich Zweifel in ihm, dass Violets Erklärung zutraf. «Wieso gab es dann meine älteren Brüder und Schwestern aus den früheren Ehen meines Vaters?»

Violet nickte ernst. «Darauf habe ich später in meiner Geschichte vielleicht eine Antwort, auch wenn ich sie nicht verstehe. Lass mich weitererzählen. Deine Geburt verlief problemlos. Ein, zwei Tage lang schien alles in Ordnung. Malena benahm sich für ihre Verhältnisse ganz in Ordnung. Sie interessierte sich für dich und rieb mir mein Versagen, ein gesundes Kind für den König zu produzieren, nicht unter die Nase. Dann plötzlich, mitten in der Nacht, gab es ein großes Geschrei und am Morgen riss mich der König aus dem Schlaf, während zwei Diener eine Wiege neben mein Bett stellten. ‹Kümmere dich um ihn!›, befahl er. ‹Wenn er stirbt, stirbst auch du.› Und damit ließen sich mich allein.»

«Einfach so?», fragte Raghi kleinlaut. Wie hatte er es, kaum auf der Welt, geschafft, seine Eltern gegen sich aufzubringen? Klar war er inzwischen stolz auf seinen Widerspruchsgeist, auch wenn er sich damit das Leben erschwerte. Nur hatte er ihn immer für einen Verteidigungsmechanismus, keine angeborene Eigenschaft, gehalten.

«Nicht ganz, wie ich herausfand, als ich mich neben deine Wiege stellte und auf dich hinabstarrte. Ich möchte ganz ehrlich mit dir sein, Raghi. In jenem Moment gab es deine Nana noch nicht. Ich war nur eine verletzte junge Frau, die mit den Nachwirkungen der Geburt ihres eigenen Kindes kämpfte. In jenem Moment fühlte ich keinerlei Mutterinstinkt. Dein Anblick stand für alles, was ich an meiner Situation hasste, und so hasste ich auch dich.»

Es fiel Raghi schwer, Violets Unverblümtheit nicht persönlich zu nehmen. Hatte er es nicht verdient, dass wenigstens ein Mensch ihn vom ersten Augenblick an liebte? Was das zu viel verlangt?

«Was geschah dann?», fragte er matt, als Violet schwieg.

«Du hast die Augen geöffnet und zurückgestarrt. Und während wir uns anstarrten, wechselten deine Augen die Farbe von Braun zu Purpur und wieder zurück.»

Hatte er Violet richtig verstanden? «Meine Augen wechselten die Farbe? Du meinst so?»

Vor wenigen Nächten erst hatte Raghi die Essenz des Multiversums getrunken — mit der Absicht zu sterben und dabei einen flüchtigen Blick auf die Geheimnisse der Schöpfung zu erhaschen, der sonst keinem Sterblichen vergönnt war.

Der Plan misslang. Raghi sah nichts von den Wundern und machte sich durch seine eigene Dummheit und Waghalsigkeit unsterblich.

Als sichtbare Folge davon verwandelte sich das langweilige, nichtssagende Braun seiner Augen zu Purpur. Seither verbarg eine Illusion, ursprünglich erzeugt von Najira, die ungewöhnliche Veränderung, um die Ghitains nicht zu verunsichern. Angeblich eine einfache Form von Drachenmagie.

Raghi hatte immer noch keine Ahnung, worum es sich dabei eigentlich handelte.

Seit der vorherigen Nacht, als all die heilende Energie durch seinen Körper hindurch zu Rose und weiter zu Anjali geströmt war, konnte er den Zauber jedoch klar erkennen, nicht unähnlich einem Verband, der eine Hautstelle bedeckte.

Für Violet lüftete er diesen magischen Schleier nun. Nicht dass er gewusst hätte, was er dabei tat. Sicherheit und der Respekt vor Grenzen hatten ihn noch nie geschert. Er probierte es einfach.

Sein Experiment schien zu gelingen.

Violet sog scharf den Atem ein. «Raghi, was hast du getan?»

«Lange Geschichte», flachste er mit einem Schulterzucken, während Genugtuung durch seine Adern raste. Er hatte den Zauber ohne Najiras Hilfe aufgelöst. So dumm, wie der Meister immer behauptet hatte, war er nicht. «Erzähl erst du.»

Sie zeigte sichtlich Mühe, sich zu konzentrieren. «Wie ich später erfuhr, hatte der Farbwechsel deiner Augen deine Eltern so erschreckt, dass sie dich in meine Obhut gaben. In Verbindung mit dem Starren wirkte es unheimlich auf sie. Sie hielten dich für einen Dämon.»

«Warum haben sie mich dann nicht umgebracht?»

«Weil die Gesetze der Eisinseln Kindsmord scharf bestrafen. Sie gelten auch für den König.»

Deshalb hatte er jene ersten Tage seines Daseins überlebt? Weil die Gesetze ihn schützten?

«Sie hätten mich einfach ersticken können. Plötzlicher Kindstod kommt häufig vor. In der Gilde wurde uns das als ideale Mordmethode für Säuglinge beigeb…» Raghi verstummte. Violets Gesichtsausdruck war eindeutig. Sein Blut verwandelte sich in Eis. «Die Bastarde haben es versucht.»

«Und waren nicht erfolgreich. So kam ich ins Spiel.» Violet rieb sich das Gesicht. «Ich weiß nicht, wie lange ich an jenem Morgen von dunklen Gefühlen zerfressen an deiner Wiege stand. Irgendwann geschah etwas Unglaubliches. Zuerst nahm ich nur ein Leuchten wahr, das mein Gemach in silbernes Licht tauchte. Als ich die Ursache dafür suchte, entdeckte ich eine Lichtsäule neben mir. Ihr Strahlen verblasste und aus dem Licht materialisierte die Gestalt eines jungen Mannes.»

Violet, die immer noch Raghi zugewandt saß und seine Hände hielt, schaute über seine Schulter in die Ferne. Der Blick ihrer Augen wirkte entrückt.

Er schwieg. Seinem Widerspruchsgeist hatte es für einmal die Sprache verschlagen.

«Vergiss nicht, wie jung ich damals war. Gerade mal sechzehn Jahre alt. Er wirkte so fremd und war zugleich wunderschön. Seine Haut schimmerte weiß wie Schnee und seine Augen wechselten die Farbe wie deine. Waren sie in einem Moment purpurn, wirkten sie im nächsten grün oder zeigten alle möglichen Schattierungen von Blau. *Wissen die Menschen in deiner Zeit noch, wer ich bin?* hörte ich seine Stimme in meinem Geist. Ich schüttelte stumm den Kopf und fürchtete mich davor, dass all meine dummen Gedanken für ihn offenlagen. Ich fragte mich allen Ernstes, wie dieser perfekte Mann wohl nackt aussah.» Violets Wangen röteten sich, als sie Raghi dieses Detail verriet.

Raghi grinste. «Wäre mir ähnlich ergangen. Nur hätte ich wahrscheinlich an Sex gedacht.»

Die Farbe von Violets Wangen vertiefte sich. «Wer sagt dir, dass ich es nicht tat? Er schien meine Unsicherheit zu spüren. *Ich bin einer der Drachenfürsten, ein Bewahrer des Multiversums, das ihr heute Universum nennt. Du hast von mir nichts zu befürchten. Und deine Gedanken sind vor mir sicher. Sie zu lesen gehört sich nicht,* erklärte er mir. Ob er das sagte, um mir die Verlegenheit zu nehmen, oder ob es die Wahrheit war, weiß ich nicht. Jedenfalls entwickelte sich ein Gespräch zwischen uns. Ich sprach normal mit ihm, wie wir uns gerade unterhalten. Er verwendete Gedanken.»

«Was wollte er?», fragte Raghi, damit Violet endlich auf den Punkt kam.

«Genau das fragte ich ihn auch. Er schaute auf dich in deiner Wiege. *Das ist Blut von meinem Blut,* sagte er. *Tausendmal verdünnt, aber nichtsdestotrotz ein Kind meines Geschlechts. Bitte kümmere dich um ihn und bring ihm bei, wie man liebt und lacht.* Ich war von seiner Bitte wenig begeistert. Er ließ nicht locker. *Gelingt es dir nicht, stürzt diese Welt, so wie du sie kennst, in ewige Dunkelheit.»*

Raghi verzog das Gesicht. «Da konntest du natürlich nicht mehr nein sagen», spottete er.

Violet schüttelte ernst den Kopf. «Logische Argumente hätten mich nicht berührt. Er jedoch schaute mich an und berührte meinen Arm. *Jedes Kind hat eine Chance verdient und du bist seine. Bitte hilf ihm!* So stimmte ich schließlich zu.»

Raghi fühlte bodenlose Enttäuschung. «Dann warst du seinetwegen all die Jahre nett zu mir? Ich dachte wirklich, du liebst mich. Du bist eine verdammt gute Schauspielerin, Violet. So wie die Huren in Eternas teuersten Bordellen.»

Er wollte ihr seine Hände erneut entreißen. Sie gab ihn nicht frei, trotz des heftigen Rucks.

«Gerade zeigst du wieder den einzigen Charakterzug, der mich je an dir gestört hat. Du besitzt alle Fakten, aber statt sie zu kombinieren, ziehst du den schlimmstmöglichen Schluss, um deine Ängste zu bestätigen.»

Violets Worte löschten seine gerade erst aufgeflammte Wut wie eine eisige Dusche. Tat er das?

Uh oh, möglicherweise schon. Kaeas Ermahnungen gingen nicht selten in eine ähnliche Richtung.

«Welchen Schluss hätte ich dann ziehen sollen?»

«Dass ich meine Aufgabe zuerst aus Pflichtbewusstsein erfüllte. Und dass sich dieses Pflichtbewusstsein nur zu bald in Liebe wandelte. Du hast mir immer gesagt, dass ich deine Rettung war. Das mag stimmen. Ganz sicher warst du meine.»

Das musste eine Lüge sein. «Ich war doch nur ein fetter Versager.»

Violet beugte sich vor, um seine Stirn zu küssen, und schaute ihm in die Augen. «Das mag deine Wahrnehmung sein. Ich sah ein Kind, das sich durch nichts unterkriegen ließ und mir immer mit einem Lächeln in die Arme fiel, egal was es gerade erlebt hatte. Du warst absolut unbeugsam. Und kein einziges Mal hast du mir vorgehalten, dass ich dich nicht vor deinem Vater beschützen konnte.»

Raghi schüttelte heftig den Kopf. «Wie könnte ich das? Ich habe gesehen, was er dir antat, wenn du dich eingemischt hast.» Er schluckte schwer. «Und du hast dich wirklich in mich verliebt?», fragte er kleinlaut. Durfte er ihr das glauben?

«Ja.»

Er löste sich aus ihrem Griff. Dieses Mal ließ sie es zu, legte ihm aber eine Hand auf das Knie.

«Es erscheint mir so unwahrscheinlich, Nana. Die Ghitains haben mir Egoismus in meinem Denken vorgeworfen und sie hatten recht. Wie kannst du mich lieben, wenn ich dich nie nach deiner Herkunft gefragt habe oder deiner aktuellen Familiensituation?»

Violet schmunzelte. «Du hattest genug anderes, mit dem du dich auseinandersetzen musstest. Soll ich dir die Jahre seit deinem Fortgang zusammenfassen?»

Er nickte stumm.

«Es gibt nicht allzu viel zu erzählen. Als du weg warst, musste ich mich entscheiden, was ich tun wollte. Der König hätte mir niemals erlaubt, die Eisinseln zu verlassen. Allein war ich einigermaßen frei. Mit einem Mann und eigenen Kindern wurde ich erpressbar. So arbeitete ich weiter als Amme und konnte einer ganzen Anzahl Säuglingen das Leben retten. Für den König war das akzeptabel und ich hatte bis auf gelegentliche bissige Kommentare meine Ruhe. Dann jedoch wurde Mallika geboren und die Geschichte wiederholte sich.»

Violet seufzte tief. «Als ich erneut vor der königlichen Wiege stand, wusste ich nicht mehr, was ich tun sollte. Es hatte mir das Herz zerrissen, dein Heranwachsen in diesem schrecklichen Umfeld zu beobachten. Ich hatte nichts dagegen tun können, dass sie dich an diesen schrecklichen Mann verkauften. Und selbst wenn das Königspaar dieses Kind nicht verkaufte, kannte ich die Schrecken, die es in seinem *Zuhause* erwarteten.» Sie sprach das Wort wie etwas Widerwärtiges aus.

«Du hast überlegt, die Kleine zu töten?», mutmaßte Raghi, sein Herz schwer.

«Ja. All die Male, als ich deine Wunden versorgt und dich wieder zusammengeflickt hatte, erfüllten meinen Gedanken. So zog ich meinen Dolch. Und siehe da, das silberne Licht erschien wieder. Dieses Mal spürte ich weder Staunen noch Ehrfurcht. Bevor der Drachenfürst ganz materialisiert hatte, schrie ich ihn schon an und ließ meinen über zwei Jahrzehnte lang aufgestauten Frust an ihm aus.»

«Hat es etwas gebracht?»

Violet schnaubte humorlos. «Es war ein anderer.»

Raghi stutzte. «Zwei verschiedene Drachenfürsten?» Das ergab keinen Sinn. Mallika und er konnten nicht so wichtig sein.

«Ja. Dieser hatte blaugraue Haut, goldene Augen und war auch größer als der andere. Er sagte nichts, hörte mir einfach zu, bis ich mich verausgabt hatte. Dann unterhielten wir uns und die Unterhaltung endete mit dem gleichen Versprechen wie kurz nach deiner Geburt. Dieses Mal war ich jedoch geistesgegenwärtig genug, um die Frage zu stellen, die mich schon lange beschäftigte: Wieso passiert das?»

«Hat er geantwortet?»

«So ungefähr. Er sagte, dass Drachenartefakte Drachenseelen zu sich rufen. Und dass ein menschliches Kind besonders stark sein muss, um eine solche Seele zu beherbergen.»

Raghi verengte nachdenklich die Augen. «Dann haben meine älteren Brüder und Schwestern keine Drachenseelen, was auch immer das bedeuten mag?»

«Nein.»

«Und deshalb die vielen Fehlgeburten?»

«Offenbar.»

«Mmh.» Das ließ eigentlich nur einen Schluss zu. «Was hat der König damals außer dir und meiner Mutter aus den Wolkenstädten mitgebracht?»

«Ich habe mich das auch gefragt. Und ob er damit geprahlt oder das Objekt eher verborgen gehalten hätte. Leider ergab sich nicht die Möglichkeit zu Nachforschungen. Es waren sehr schwierige Monate mit Mallika. Damals mit dir gelang es mir, die Situation zu beruhigen. Die Farbwechsel deiner Augen hörten irgendwann auf. Wieso weiß ich nicht. Und auch das Starren verschwand. Mit Mallika eskalierte die Situation und wir landeten im Kerker. Seltsamerweise ließ mich das nicht bereuen. Stattdessen fühlte ich mich bestärkt, dass mein Versprechen an den Drachenfürsten das Richtige gewesen war, auch wenn ich es nicht erfüllen konnte.»

Raghi schaute zum Horizont, wo sich die ersten Anzeichen der Morgendämmerung zeigten. Sein Herz und sein Verstand fühlten sich wund an. Er hatte viel Material zum Nachdenken erhalten.

Auch Violet wirkte erschöpft.

«Lassen wir es gut sein für heute», sagte er.

Etwas mussten sie allerdings noch tun. Raghi nahm das Medaillon, in dem er all die Jahre eine Locke seiner Nana bei sich getragen hatte. «Wir wissen nicht, was die Zukunft bringt. Es kann sein, dass ich durch das, was uns bevorsteht, wieder über die Treppen der Ewigkeit reisen muss. Diese Locke darf ich dann nicht mehr bei mir haben. Sonst begleitest du mich erneut.»

Violet betrachtete das Medaillon nachdenklich und mit einem Hauch von Besorgnis. «Was passiert mit mir, wenn du die Locke zerstörst?»

Raghi atmete tief durch. Hoffentlich machte er nun keinen Fehler. «Als Faya — eine Freundin aus der Mördergilde — mich die Treppen hinab sandte, erzählte sie mir eine Mischung aus Lügen und der Wahrheit. Ich brauchte eine Weile, um diese zu entwirren. Das sind die Fakten, wie ich sie kenne: Du kamst mit, weil ich deine Locke bei mir trug. Wenn wir sie zerstören, bleibst du hier in dieser Zeit und kannst ein normales Leben führen. Allerdings alterst du nicht und kannst nicht sterben.»

«Puh. Das klingt furchtbar und doch auch schön.» Violet errötete.

Das weckte Raghis Neugier. «Woran hast du gerade gedacht?», neckte er sie.

Die Farbe ihrer Wangen vertiefte sich. «Verglichen mit den schlimmen Dingen, die ich dir gerade erzählt habe, ist das ein kleines Geheimnis. Du hattest recht, was Daakshi und mich betrifft. Ich finde ihn attraktiv und sehr sympathisch. Und die Interaktionen der Ghitainfamilien zu beobachten hat meinen Wunsch nach einer eigenen Familie wieder geweckt. Ich bin jetzt achtunddreißig. Mit ganz viel Glück könnte ich noch ein oder zwei Kinder bekommen, vor allem wenn ich nicht altere. Und ja, ich weiß, wie egoistisch das klingt.»

Raghi legte seine Hand über ihre, die immer noch auf seinem Knie ruhte. «Das ist nicht egoistisch, Nana. Du hast so lange deine Kraft anderen gegeben. Wenn jemand dieses Glück verdient hat, dann du.»

«Vielleicht.» Violet schaute zum Horizont, wo sich die ersten Strahlen der Sonne zeigten. «Doch wie verhält es sich mit dem Glück, wenn alle um mich herum altern und sterben, nur ich nicht?» Ihr schien etwas einzufallen. «Und du auch nicht. Wir stammen schließlich aus der gleichen Zeit.»

Raghi hatte sich in seiner Dummheit ein noch viel größeres Problem eingebrockt, aber seine wahre Unsterblichkeit war ein Thema für einen anderen Tag. «Bevor du dich wegen dieser berechtigten Bedenken verrückt machst, solltest du dir alle Fakten besorgen. In dieser Epoche ist so vieles anders, als wir es kennen. Wir wissen nicht, wie hoch die normale Lebenserwartung eines Ghitains ist. Und vielleicht haben sie auch Zugang zu einer Magie, die dich ganz in diese Zeit holt. Das ist möglich. Ich weiß es von einem Freund aus der Gilde, der vor mir die Treppen in die Vergangenheit nahm.»

Violet schmunzelte. «Ein Tag nach dem anderen. Das klingt nach etwas, das ich dir früher geraten hätte. Du bist weise geworden, Raghi.»

Er schnaubte. «Verlass dich nicht drauf. Meine Spezialität sind Chaos und Wahnsinn. Dann verbrennen wir die Locke?»

«Ja.»

Er rückte von Violet weg, öffnete das Medaillon und legte die Locke auf den Stein zwischen ihnen. «Rose? Nur normales Feuer, kein Drachenfeuer.»

Mit ihrem Drachenkopf blies die Chimäre eine winzige Flamme auf die Haarsträhne und führte sie präzise wie ein Maler seinen Pinsel. Bald war nur noch weiße Asche übrig. Die laue Brise, die nach Frühling und Hoffnung duftete, trug sie weg.

«Wir sollten ins Lager zurückkehren. Der König der Könige und Kaea wollen mit Naveen und mir sprechen.» Hatte er das gerade gesagt? Raghi war sich selbst fremd. So verlässlich und verantwortungsbewusst — das war doch nicht er.

«Vorher solltest du deinen Augen wieder die braune Farbe geben. Dieses purpurne Leuchten ist beunruhigend.»

Ob es das hinbekam? Raghi versuchte es.

«Perfekt», sagte Violet.

Sie machten sich auf den Rückweg.

3

Es war schon hell, als Raghi und Violet in die Wagenburg des Clans der Seher zurückkehrten. Violet umarmte Raghi zum Abschied und ging dann zu Chandanas Vardo. Die Heilerin hatte ihren türkisfarbenen Wohnwagen wie so oft direkt vor Kaeas abgestellt und kochte etwas auf der Wiese daneben.

Raghi war mit Kaea und Parth verabredet.

Die beiden unterhielten sich vor dem lavendelfarbenen Vardo der Königin. Raghi entdeckte Zeichen der Erschöpfung in ihrer Haltung. Kaeas Schultern hingen ein wenig und sie hatte ihr blaues Schultertuch eng um sich gewickelt, als ob ihr kalt wäre. Parth wiederum stand nicht wie sonst stark auf beiden Beinen, sondern hielt ein Knie gebeugt, was bei ihm linkisch aussah.

Nur Raghi fühlte sich gut. Wahrscheinlich eine ausnahmsweise positive Konsequenz seiner Unsterblichkeit — oder der unerwünschten Heilung durch Najira.

Na ja, der möglicherweise unerwünschten Heilung durch Najira. Auch wenn Schmerzen stets Raghis Dasein und Selbstverständnis definiert hatten, vermisste er sie — wenn er rücksichtslos ehrlich mit sich war — nicht. Es war eine faszinierende Erfahrung, sich wie ein gesunder junger Mensch zu fühlen.

«Raghi.» Kaea begrüßte ihn mit einem echten, wenn auch müden Lächeln. «Danke, dass du pünktlich bist. Naveen hat Anjali schon hineingetragen. Es geht ihr viel besser, aber wir sind noch vorsichtig.»

«Lichtträger heilen so schnell?», wunderte er sich. Seit Chandana, die Heilerin des Clans der Seher, die Bombensplitter aus Anjalis Gesichtswunden operiert hatte, war noch nicht einmal ein Tag vergangen. Sein eigenes Heilvermögen war ähnlich ungewöhnlich, jedoch eine Folge seiner Unsterblichkeit.

«Licht besitzt große Macht», bestätigte Parth. «Leider ist es zugleich unendlich fragil.»

Kaea legte ihm eine Hand auf den Unterarm. «Lass uns reingehen, mein Freund. Ich bereite uns einen stärkenden Tee zu.»

Der König der Könige schien noch nicht dazu bereit. Er schaute über die Wiese zu Violet, die Chandana beim Kochen half. «Konntet ihr alles wie vereinbart erledigen?»

«Ja», bestätigte Raghi. Wobei *vereinbart* nicht die beste Beschreibung war. Seit Naveen und er das Lager der Lichtträger erreicht hatten, waren zu erledigende Schritte in kurzen, hektischen Treffen besprochen worden, bevor alle zur nächsten dringenden Aufgabe weitereilten. Das Durcheinander machte ihn schwindelig.

Parth schien es ähnlich zu gehen. «Dann besprechen wir jetzt die Situation und tragen alles zusammen, was wir wissen. Das gibt uns ein Raster. Danach holen wir Baz und Devi hinzu, legen ihnen die Situation dar und schauen, welche Gedanken und Schlussfolgerungen sie beitragen können.»

Kaea wackelte mit dem Kopf, was höflichen Widerspruch ausdrückte. «Neben unseren Ehepartnern sollten wir gleichzeitig auch Arjun und Palash hinzuziehen.» Eine Aussage, die für die geistige Anpassungsfähigkeit der Ghitains stand, denn von den beiden war nur Parths Bruder am Leben.

«Das ist richtig. Unsere Brüder können wichtige Informationen und Überlegungen beitragen. Vor allem Palash.» Parth wischte sich über die Stirn, als wollte er seine Gedanken klären.

«Dann lass uns das jetzt angehen. Und danach essen und schlafen», bestimmte Kaea. Sie hakte sich bei Parth ein und führte ihn zu ihrem Vardo. «Im Moment funktionieren wir alle mit halbem Verstand. Aber leider lässt die Dringlichkeit nichts anderes zu. Gehst du voraus und öffnest die Tür für uns, Raghi?»

Er beeilte sich, ihre Bitte zu erfüllen. Zugleich erfüllte ihn Stolz. Ihre Vardos waren den Ghitains heilig. So simpel Kaeas Bitte klang, sie stellte einen großen Vertrauensbeweis dar.

Als Raghi die Tür öffnete, erwartete er, den schlichten weißen Innenbereich des Wohnwagens zu sehen. Stattdessen erblickte er Schwärze, übersät mit Sternen und durchzogen von verschiedenfarbigen Energielinien, die meisten davon matt, einige silbern.

Das Uhrwerk des Multiversums.

Er erstarrte, von Überraschung gelähmt. Hinter ihm knarrten die Stufen, als die Ghitainherrscher zur Plattform des Vardos hinaufstiegen.

«Raghi, was ist?», fragte Kaea, der seine Reaktion nicht entgangen war. Im nächsten Augenblick schnappte sie nach Luft. «Rein! Alle! Sofort!»

Raghi wurde in den Innenraum gestoßen. Als er die Bewegung nach einigen Schritten stoppen konnte, stolperte Parth gegen ihn. Offenbar war Kaea gar nicht zimperlich im Durchsetzen ihres Befehls.

Raghi schaute sich zu ihr um. Gerade schloss sie leise die Tür. Ein Lichtschimmer umgab kurz ihre Hand auf dem Riegel. Danach wandte sie sich ihnen zu, das Gesicht kreidebleich.

«Naveen! Was hast du getan?»

Ihr Sohn reagierte nicht. Er stand unmittelbar vor Raghi, den Rücken ihm zugewandt. Mehr Bewegungsspielraum ließ der begrenzte Innenraum des Gefährts nicht zu. Anjali saß an dem kleinen Tisch bei der Tür, auf dem normalerweise Keas Kristallkugel ruhte.

Falls es der Prinzessin tatsächlich besser ging, war im Moment nichts davon zu sehen. Ihr Gesicht, dort wo keine Verbände es bedeckten, war womöglich noch blasser als Kaeas.

Naveen wandte sich um. In den Händen hielt er etwas, das wie ein Bündel abgetrennter Hanfschnüre aussah. «Wir werden in Eterna alle sterben, Mama», sagte er, seine Stimme tonlos.

Seine Bewegung hatte einen kleinen Luftzug erzeugt. Ein angenehmer, leicht süßlicher Geruch stieg in Raghis Nase, auf schreckliche Weise vertraut. Er warf einen Blick auf Naveens Kleider. Die Farben waren die gleichen wie immer — Smaragdgrün in zahllosen Variationen, teils stark abgetönt, sodass es fast blau wirkte. Aber diese Tunika und anderen Kleidungsstücke hatte er noch nie gesehen.

«Gift!», stieß er hervor. «Raus aus den Kleidern, Naveen!»

Als sein Freund nicht reagierte, zog Raghi seinen Dolch und schlitzte die Front der Tunika auf.

«Raghi, was tust du», schrie Naveen und wehrte sich. «Die sind brandneu. Charu hat sie mir …» Eine furchtbare Erkenntnis dämmerte in seinen Augen. Raghi musste nichts mehr tun. Naveen riss sich alles vom Leib.

Hinter sich hörte er ein Poltern. Als er sich umdrehte, konnte er beobachten, wie Kaea und Parth Anjali von ihrem Gewand und all ihrer Wäsche befreiten.

Bald stand das junge Paar völlig nackt da.

«Was nun, Raghi?», fragte Kaea atemlos, ihre Augen voller Panik. Egal welche Regeln Naveen mit dem Öffnen des Uhrwerks übertreten hatte, ihr Sohn war ihr ein und alles.

«Informationen. Wann hat Charu euch die Kleidung gebracht? Wie lange war sie in eurer Nähe. Wann habt ihr sie angezogen?»

Naveen und Anjali teilten einen langen Blick. «Er kam kurz nach Sonnenaufgang. Wir haben die Kleidung danach gleich angelegt und sind hierhergekommen. Also etwa eine Stunde.»

Ein leises Rascheln erregte Raghis Aufmerksamkeit. Als er auf den Boden schaute, beobachtete er, wie die zerstörte Kleidung wieder ganz wurde. Zerschnittener Stoff und aufgerissene Nähte fügten sich zusammen. Für einmal erschien die sonst so nützliche Ghitainmagie einfach nur widerlich.

«Was passiert, wenn wir diese Kleidung verbrennen?», fragte er.

«Sie entsteht aus der Asche neu. Ghitainkleidung ist an unser individuelles Seelenlicht gebunden und kann erst nach unserem Tod zerstört werden», erklärte Parth.

Das waren gute Neuigkeiten. Während all die neuen Erkenntnisse in Raghis Kopf herumwirbelten, entwarf er einen Plan. «Zwei Dinge sind dringend. Dieses Gift wirkt sehr schnell, normalerweise innerhalb von drei Stunden, indem es von der Haut nach innen wandert und bei genügend hoher Konzentration das Herz zum Stillstand bringt. Um den Prozess zu stoppen, müssen wir Holzasche mit Wasser und einer Substanz, die ich bei mir trage, anrühren. Mit der Paste müssen sich Anjali und Naveen einreiben. Sie neutralisiert das Gift und zieht die Rückstände aus dem Körper. Leider brennt sie auch furchtbar auf der Haut.»

«In all dem Durcheinander haben Baz und ich den Ofen nicht wie sonst gereinigt», sagte Kaea. Sie drängte sich an Raghi vorbei und schloss die Schränke ihres Vardos, wobei Raghi nur die Bewegung und nicht die Schranktüren sehen konnte. Das Uhrwerk des Multiversums verschwand und der Innenraum des Vardos nahm wieder seine übliche Gestalt an.

«Reicht das?» Kaea schwang die Ofentür auf.

«Ja», bestätigte Raghi nach einem Blick auf die kalte Asche.

Hektische Momente folgten. Kaea reichte Parth eine hölzerne Schüssel. Er schaufelte die Asche mit bloßen Händen hinein. Kaea goss aus einem metallenen Krug Wasser dazu.

Raghi suchte in seinem Beutel das benötigte Pulver und gab alles davon in die Masse. Hoffentlich konnte er es irgendwann ersetzen. Wobei das nicht wichtig war. Nur Naveens und Anjalis Überleben zählte.

«Los!», befahl er leise und schob die Kleider mit dem Fuß zur Seite.

Während Parth und Kaea ihren Kindern halfen, nahm Raghi das in einem Korb bereitstehende Holz und baute daraus ein Feuer im Ofen. Bald loderten die Flammen hoch genug. Er warf die Kleidung hinein.

«Was müssen wir sonst noch tun?», fragte Parth.

Raghi überlegte. «Eure Hände, mit denen ihr Anjalis Kleider berührt habt, sind voller Aschelauge. Dort ist das Gift neutralisiert. Also reibe ich den Rest auf meine Hände, Anjalis Stuhl und den Boden, wo die Kleider lagen. Es kann sein, dass sich die Farbe der Planken verändert, Kaea.»

Sie zuckte nur stumm die Schultern.

Raghi führte die Neutralisierung des Gifts durch.

«Mir ist schwindelig», wisperte Naveen und griff nach Anjalis Hand. Die beiden klammerten sich aneinander.

Parth und Kaea hüllten ihre Kinder in Leinentücher, die Kaea aus der Sitztruhe beim Bettpodest nahm.

«Nehmt Platz», sagte Parth und bugsierte Anjali und Naveen zum Tisch, wo er sich zu ihnen setzte, während Kaea mit dem restlichen Wasser aus dem Metallkrug Tee kochte.

Nur der mit Asche eingeriebene Stuhl war noch frei. Raghi setzte sich darauf. Auf Flächen ließ sich das Gift rasch neutralisieren und ihm als Unsterblichen konnte es längerfristig nichts anhaben — oder so hoffte er.

«Was ist mit den Flächen in Anjalis Vardo, wo die Kleider kurz lagen?», fragte Naveen.

Parth suchte Kaeas Blick. «Darum kümmern wir uns später, Junge. Gerade haben wir ganz andere Probleme.»

Ja, das hatten sie. «Weiß jemand, wo Palash ist?», fragte Raghi.

Niemand antwortete. Er seufzte und starrte nachdenklich ins Leere. Seine Gedanken jagten sich. Was sollten sie nur tun? Wie der Situation Herr werden? Er war doch nur der dümmste Lehrling, den …

Etwas Unglaubliches geschah. Raghi konnte es nicht anders beschreiben, als dass ein kleiner Teil seines Verstandes sich missmutig vom Rest löste, aufstand und dem weitaus größeren Rest einen heftigen Tritt gab.

Fertig mit dem Gejammer! Es geht um deine Freunde und all die Menschen, die du liebst. Jetzt reiß dich zusammen und setz mich endlich ein!

Der Anschiss schien zu wirken. Die Nebel in Raghis Kopf, die sein Lernen so sehr erschwert hatten, lösten sich einfach auf. Seine Gedanken ordneten sich, bis sie wie ein Uhrwerk ineinandergriffen.

«Raghi, nimm es mir nicht übel, aber du siehst aus, als hättest du dir gerade in die Hosen gemacht», riss ihn Parth aus seiner Versunkenheit.

Raghi kehrte ins Jetzt zurück und stellte fest, dass alle ihn verwundert anschauten. «Ich kann denken», sagte er fassungslos. «Ich war immer derjenige Lehrling, der nichts begriff. Gerade hat sich die Situation in meinem Kopf sortiert und ich begreife, was los ist, was wir zusätzlich in Erfahrung bringen müssen und wo wir ansetzen können.»

Parth schnaubte. «Schön für dich. Dann kannst du uns ja aufklären.»

«Vielleicht», erwiderte Raghi nachdenklich. «Oder beeinflusst jemand meine Gedanken?» Er berührte den kleinen Drachen, den er unter seinen Kleidern wie eine Kette um den Hals trug. *Najira, nimmt jemand Einfluss auf mich?*

Ihr Körper zitterte. *Nein. Das wäre nur schwer möglich. Die Königin hat ihr Gefährt magisch abgeschirmt.*

Das erklärte das Schimmern, als Kaea den Riegel berührt hatte.

Du wirst dich den anderen gleich zeigen müssen. Wir brauchen Antworten.

Ihr Zittern verstärkte sich. *Du hast die Dummheit nicht begangen, unter der nun alle leiden müssen.*

Nein, aber ich bin derjenige, der sie am ehesten versteht. Was Dummheiten betrifft, bin ich ein wahrer Meister.

Das glaubst du. Ihr werdet mich alle hassen.

Als Kaea den Tee in Becher füllte, erhob sich Raghi und half ihr, sie zum Tisch zu tragen. «Du kannst dich auf den Stuhl setzen. Das Gift ist inzwischen neutralisiert», sagte er. Ihre Kleider würden sich von selbst von der Asche reinigen.

Sie nahm sein Angebot mit einem dankbaren Nicken an.

Raghi setzte sich auf die Truhe vor dem Bettpodest. *Najira?*

Er erwartete, dass sie bockte. Fast sogleich begann jedoch das Kribbeln, das seine Haut überlief. Kaltes Wasser schien seinen Körper hinabzufließen. Sie materialisierte auf der gegenüberliegenden Sitzbank. Parth und Anjali, die sie bisher weder als Stinkdrachen noch in ihrer menschlichen Form gesehen hatten, atmeten hörbar ein.

«Das ist Najira», stellte Raghi sie vor, als niemand etwas sagte. «Sie ist das Drachenmädchen, das Lyrrhodenai sucht. In unserem früheren Gespräch bat sie uns, sie beim Namen zu nennen. *Herrin* mag sie als Anrede nicht so gern.»

Wieso sprach er überhaupt für die kleine Missy? Er war immer noch unglaublich wütend auf sie.

Raghi betrachtete die junge Frau. Ihr Haar war wieder so wild, wie bevor er es für sie gebürstet hatte, und ihre Kleidung sah aus, als wäre sie tagelang durch dichtes Unterholz geflohen.

Na ja, er war *möglicherweise* immer noch wütend auf sie. Durch die vielen Dummheiten, die auf sein Kerbholz gingen, verfügte er über eine ziemlich genaue Vorstellung, wie sie sich fühlte. So dominierte Mitleid über den Ärger.

«Najira.» Parth begrüßte sie mit einem ernsten Nicken.

Seine Tochter starrte nur. Anjalis Gedanken standen ihr dabei klar ins Gesicht geschrieben. *DAS soll ein Drache sein?*

Der Einwand war berechtigt und etwas, das Raghi schon lange hätte überprüfen müssen.

«Parth, Kaea, denkt ihr auch, dass Najira sich uns in ihrer Drachengestalt zeigen sollte?»

Parth schaute sich im Innern des Vardos um. «Grundsätzlich ja, aber Drachen werden als gigantische Wesen beschrieben. Und im Moment darf nichts diesen Vardo verlassen. Nicht bevor wir besprochen haben, was das alles bedeutet und wie wir damit umgehen.»

Najira verdrehte die Augen. «Das ist das kleinste Problem. Ich kann meine Größe frei bestimmen.» Ihre Gestalt verschwamm und ein kleiner, kupferbraun schimmernder Drache kauerte auf der Bank.

Seltsamerweise handelte es sich unverkennbar um Najira. Raghi suchte nach dem Grund dafür und entdeckte, dass die riesigen hellblauen Augen genau dieselben geblieben waren und der gezackte Rückenkamm unordentlich in alle Richtungen stand. Zudem war die Gestalt des Tieres schmal und eher knochig.

«Aus welcher Drachengeneration stammst du?», fragte Kaea.

Die Sagengestalt verschwand. An ihrer Stelle saß wieder das zerrupfte Mädchen. Sie zuckte die Schultern. «Keine Ahnung. Ich bin nie einem anderen Drachen begegnet. Außer mir scheinen alle ausgestorben zu sein.»

Als Kaea weiterfragen wollte, stoppte Parth sie mit einer sachten Bewegung. «Wir müssen uns fokussieren. Wenn ich die Lage richtig einschätze, stehen wir unter Zeitdruck. Raghi, du hast gesagt, dass dir vorhin Erkenntnisse kamen. Berichte uns davon.»

Raghi schluckte leer. Sollte er? Das war eine unglaubliche Verantwortung. Was, wenn er falschlag?

Als er zögerte, klopfte Kaea sich hörbar auf die Brust und sah ihn herausfordernd an. Ihre stumme Botschaft war klar. *Vertrau auf dich.*

Er atmete tief durch und begann zu sprechen. «Ausgangspunkt für den Prozess war etwas, das mir während des Ghitaingerichts hinter Jalassars Schlucht auffiel. Naveens Freunde beobachteten ihn, aber nicht alle verhielten sich so, wie es sich für Freunde gehört. Shaiv fühlt tiefe Bewunderung, obwohl ihm das Handwerk der Drachenfürsten unheimlich ist. Ahriman leidet unter seiner unerwiderten romantischen Liebe zu Naveen und würde trotzdem für ihn durchs Feuer gehen. In Charus Gesicht wiederum standen blanker Hass und verbitterter Neid. Diese Beobachtung ließ mich vermuten, dass es sich bei Charus häufigen verbalen Patzern in

Wirklichkeit um gut getarnte Gemeinheiten handelt. Das war bis vorhin der Stand meiner Vermutungen. Heute Morgen nun hat Charu Naveen und Anjali vergiftete Kleidung gebracht. Ich bin mir sicher, dass auf diese Weise auch Palash getötet wurde.»

Seine Eröffnung verursachte tiefe Betroffenheit, auch wenn alle von allein zu einer ähnlichen Erkenntnis gekommen sein mussten.

Kaea starrte ins Leere. «Palash trug zum Zeitpunkt seines Todes neue Kleidung, dies allerdings schon einige Tage lang. Wie genau wird das Gift darauf aufgebracht?»

«Am einfachsten geht das während des Färbeprozesses. Die Substanzen, welche die Farbe haltbar machen, fixieren auch das Gift im Stoff. Dabei lässt es sich dosieren. Willst du jemanden über einen längeren Zeitpunkt töten, nimmst du eine geringere Konzentration. Dann ist das Gift für uns Menschen geruchlos und nicht festzustellen. Der Geruch, den ich bei Naveens neuer Kleidung wahrnahm und der auch an Anjalis Kleidern haftete, wie ich vor dem Verbrennen feststellte, deutet auf eine sehr hohe Konzentration hin.»

Parth klopfte nervös auf den Tisch. «Zwei verschiedene Vorgehensweisen. Palashs Mord sollte unentdeckt bleiben. Beim erneuten Mordanschlag auf Anjali und Naveen machten sich der oder die Mörder diese Mühe nicht mehr. Wieso?»

«Familien sind nicht die besten Verschwörer», erklärte Raghi leise. «Ich habe Charus Eltern bisher nur von Weitem und aus dem Augenwinkel gesehen, da ich sie bis zur Versammlung gestern Nacht nicht direkt wahrnehmen durfte. Sie wirken auf mich spröde und verbittert. Meine Vermutung ist, dass die Bekanntgabe von Naveens Verlobung mit Anjali bei ihnen etwas veränderte, das sie zu Mördern machte. Palash bot durch die Tatsache, dass sowohl Kaea als auch Naveen ihn abgöttisch lieben, ein gutes Ziel. So konnten sie auf einen Schlag euch beiden schaden. Wahrscheinlich spielten auch Palashs Unabhängigkeit und seine sexuelle Orientierung eine Rolle. Die Anzeichen sind subtil, aber Charu verachtet Ahriman.»

Naveen stützte die Ellbogen auf den Tisch und verbarg das Gesicht in den Händen. «Ich bin doch nur meinem Herzen gefolgt, als ich um Anjali warb», wisperte er kaum verständlich.

Anjali rückte den Stuhl näher zu ihm und schmiegte sich an seine Seite. «So wie ich.»

«Und ich», ergänzte Parth. «Ergänzt durch langjährige Beobachtungen. Naveen repräsentiert alles, was für einen Herrscher der Ghitains wünschenswert ist. Er ist stolz auf seine Fähigkeiten und Abstammung, verbunden mit einer tiefen Bescheidenheit und der Erkenntnis, dass auch wir Ghitains nur ein Rädchen im Uhrwerk des Multiversums sind. Er zeigt Barmherzigkeit und Güte all jenen gegenüber, denen es schlechter geht. Er verfügt über zwei seltene magische Begabungen. Und über Intelligenz und Durchhaltevermögen. Das Blut von Königen wird nicht vererbt, sondern zeigt sich in ihrem Seelenpfad — ihrem Dharma.»

Kaea suchte Raghis Blick. «Das erklärt den Mord an Palash. Wieso nun Naveen und Anjali?»

«Ich vermute, dass der Mord an Palash und die Bombe bei der Verlobungsfeier von Naveen und Anjali auf Charus Eltern zurückgehen, wobei er sicher eingeweiht war. Charu wohnt noch bei ihnen im Vardo. Auf so engem Raum hätte er dem Gift ohne Mitwisserschaft nicht ausweichen können oder die Bombe bemerkt. Zudem ist sie als Mordinstrument so teuer, dass ein junger Mensch sie sich kaum leisten kann. Den heutigen Anschlag schreibe ich einer Kurzschlusshandlung von Charu zu. Ich bezweifle, dass seine Eltern eingeweiht sind. Das alles trägt seine plumpe Handschrift.» Mit einem Schaudern erinnerte sich Raghi an die sadistische Freude, mit der Charu auf der Jagd den Knüppel geschwungen hatte.

«Überprüfen wir kurz Raghis Vermutungen», meldete sich überraschend Anjali zu Wort. «Meine Verlobung mit Naveen wurde im vergangenen Frühling beim Jahrestreffen der Ghitains in Eterna verhandelt und bekannt gegeben. Der Anlass dauert traditionell zehn Tage und Papa verkündete die Neuigkeit am zweiten Tag, damit genügend Zeit blieb, um zu feiern und all die anstehenden Veränderungen bei unseren Clans zu organisieren. Dabei wurde auch das Datum für die eigentliche Verlobungsfeier im Winter festgelegt. Wenn die Familie der Schneider den Plan damals fasste, wo und in welchem Zeitraum ist die Bombe entstanden? Und auf welchem Weg erreichte sie die Verlobungsfeier?»

Da sich alle erwartungsvoll Raghi zuwandten, antwortete er. «Meine Beobachtung ist, dass die Ghitains die kleineren Ortschaften, durch die sie reisen, außergewöhnlich gut kennen. Euch ist kein Bombenbauer bekannt. Also kann sich die Werkstatt nur in Eterna befinden, worauf auch die an den Bombensplittern entdeckte Markierung hindeutet. Der eigentliche Bau einer Bombe dauert nicht lange, wenn der Erbauer alle nötigen Teile vorrätig hat, der Behälter keine Spezialanfertigung ist und der Kunde genügend dafür bezahlt. Ich würde etwa drei Stunden dafür benötigen. Die Bombe über längere Zeit zu transportieren kann ein Problem darstellen. Das ist ziemlich sicher ein Grund dafür, weshalb sie nicht wie vorgesehen funktioniert hat. Gibt es in dieser Zeit ein Transportsystem? Handelskarawanen oder etwas Ähnliches?»

Parth schüttelte nach reiflicher Überlegung den Kopf. «Ohne zu wissen, was eine Karawane ist, lautet die Antwort *Nein*. Wir sind das Transportsystem für nicht lokal hergestellte Waren. Allerdings sind unsere Wege vorhersehbar und wir reisen nicht allzu schnell, sodass ein Reiter uns aufspüren kann.»

Raghi wog die Wahrscheinlichkeiten ab. «Wenn ein Reiter die Bombe transportiert, ist sie Witterungseinflüssen wie Regenfällen ausgesetzt. Ich würde deshalb meinen, die Schneider haben sie über die warme Jahreszeit in ihrem Vardo aufbewahrt. Eine Bombe dieser Machart ist mehrheitlich stabil, sodass Schläge bei der Fahrt über raues Gelände oder die Sommerwärme ihr nichts anhaben. Das Kondenswasser, das sich während der Wintermonate in den Fahrzeugen bildet, wenn das Herdfeuer während der Nacht ausgeht, ist hingegen eine andere Sache. Es hat die Fehlzündung verursacht.»

Kaea und Parth zischten leise. Naveen hielt immer noch das Gesicht in den Händen vergraben.

«Dann zu dem Gift in den Kleidern», führte Anjali ihre Überprüfung fort. «Bei uns gibt es zwei Varianten, wann etwas gefärbt wird. Alle Fasern, die gewoben ein fertiges Produkt wie einen Schal oder eine Decke ergeben, erhalten ihre Farbe vor der Verarbeitung durch die Familie der Färber. Sonst könnten wir keine Muster erzeugen. Kleider hingegen nähen wir aus naturfarbenem Stoff, in den teilweise Schmuckborten aus Gold- und Silberfäden eingewoben sind. Nach der Fertigstellung werden sie von den Schneidern individuell gefärbt, sonst bekämen wir all die Nuancen unserer Seelenfarben gar nicht hin. Das Stück mit der klarsten Farbe wird zuerst in die Lauge gelegt. Danach wird die Lauge Zutat um Zutat abgetönt, um immer dunklere Nuancen zu erzeugen. Mit dem Abschluss des Prozesses ist eine komplette Ausstattung entstanden, die wir nie mit älteren Kleidungsstücken mischen würden. All das spielt dem Mörder in die Hand.»

«Das stimmt. Unsere Traditionen sind wichtig, aber manche lassen sich zu unserem Schaden einsetzen.» Parth drehte seinen Teebecher zwischen den Fingern und starrte in die dunkle Flüssigkeit. «Kannst du zusammenfassen, welche Erkenntnisse du sonst noch hattest, Raghi? Danach müssen wir uns dem Thema zuwenden, dass Naveen eigenmächtig das Uhrwerk des Multiversums geöffnet hat.»

Wenn er so darüber nachdachte, waren die Ideen verrückt. Raghi beschloss, Vertrauen zu haben. «So schlimm es vielleicht klingt, ich sehe Chancen in dem, was passiert ist. Die Mörder wissen nicht, dass Naveen und Anjali den Anschlag überlebt haben. Rein strategisch betrachtet, gibt das den beiden die Möglichkeit, sich heimlich davonzuschleichen. Ich folge ihnen irgendwie und wir finden einen Weg, Lyrrhodenai zu stoppen. Dies erscheint mir umso wichtiger, wenn in Eterna der Tod auf uns alle wartet, wie Naveen es vorausgesehen hat.»

Parth und Kaea starrten sich an. Ihre Mienen ließen keinen Zweifel daran, dass sie fieberhaft nachdachten.

Kaea erhob sich abrupt. «Bleibt sitzen.»

Sie öffnete die Schranktüren, um das inzwischen vertraute Uhrwerk des Multiversums im Vardo entstehen zu lassen. Kaea konzentrierte sich und streckte die Hand aus. Das Bündel der Lebensstränge, die sie zu sich rief, war so dick, dass sie es mit beiden Händen packen musste.

Daran ziehen, wie Raghi es auch schon beobachtet hatte, musste sie nicht. Kurz über ihren Fingern endeten alle Stränge, wie von einem Schwert gekappt.

Sie schloss die Augen und konzentrierte sich, ihr Gesicht von tiefem Leid geprägt. «Unser Treffen beginnt ganz normal. Es ist ein wunderschöner Frühling in Eterna. Alles blüht. Wir besprechen das Ernste und vergessen darüber das Feiern nicht. Sie kommen in der vierten Nacht, metzeln uns nieder und verbrennen unsere Vardos — Lyrrhodenai und seine Männer. Ihr Feuer brennt wie Drachenfeuer. Alle Clans werden ausgelöscht. Niemand überlebt.» Sie überprüfte das Bündel in ihrer Hand.

«Auch Violet und Mallika nicht. Und Raghi ... Naveen, ruf Raghis Lebensstrang zu dir.»

Ihr Sohn gehorchte. Raghi fühlte ein Zupfen in seiner Seele, ganz wie beim letzten Mal.

Kaea starrte auf den silbernen Strang in seiner Hand. «Das kann nicht sein. Die Zukunft ist oben?»

«Ja, Mama», bestätigte Naveen, die Augen weit aufgerissen.

Raghi schluckte leer. Das letzte Mal, als er seinen Lebensstrang gesehen hatte, war jener glatt und silbern gewesen und hatte scheinbar ins Endlose gereicht. Silbern war er immer noch, jedoch schien er oberhalb von Naveens Hand abgerissen und ausgefranst.

«Raghi ist unsterblich?», fragte Parth fassungslos.

«Ja, lange Geschichte», bestätigte Kaea knapp. «Und offenbar schafft er es trotzdem, sich umzubringen.» Sie gab die Lebensstränge frei und schloss die Schranktüren, ihre Bewegungen langsam und erschöpft. Das Innere des Vardos nahm wieder Gestalt an und Raghis Lebensstrang in Naveens Hand verblasste.

Als Kaea sich gesetzt hatte, legte Parth seine Hand über die ihre und presste sie. «Können wir uns darauf einigen, dass wer was in welcher Form darf und all unsere Traditionen in der gegenwärtigen Lage nichts mehr gelten?»

Diese Frage bezog sich eindeutig auf den Anschiss, den Naveen sich durch seine Eigenmächtigkeit eingehandelt hatte. Kaea nickte knapp.

«Dann erkläre uns, oh Königin des Clans der Seher, endet die Geschichte der Chitains schon bald, weil es uns vom Multiversum so bestimmt ist? Machen wir Platz für Neues?»

Kaea schüttelte vehement den Kopf. «Keine Chance. Jemand manipuliert die Zeit. Raghis veränderter Lebensstrang ist der eindeutige Beweis dafür.»

Parth nickte ernst. Er musterte jeden Anwesenden einzeln und stoppte bei dem Drachenmädchen. «Woher kommt Lyrrhodenais Macht, Najira? Keine Ausflüchte. Die Wahrheit, und das so kurz wie möglich.»

Sie presste die Lippen zusammen und wandte den Kopf ab.

Raghi war nicht bereit, ihr dieses Verhalten durchgehen zu lassen, und er hätte vor Ärger fast nach ihr getreten. Gerade noch rechtzeitig warnte ihn sein Instinkt vor dieser heftigen Reaktion. Hinter ihr lag eine Ewigkeit des Missbrauchs. Dafür brauchte er gar keine Details über ihr Schicksal zu kennen. Der Zustand, in dem er sie in seinen Träumen gefunden hatte, gab einen eindeutigen Hinweis. Und die Art, wie sie nun den Rücken krümmte und ihre Schultern fast unmerklich zitterten, verriet den Rest.

Raghi atmete tief durch und zwang sich, ihre kleine Hand zärtlich zu ergreifen. «Najira. Egal welche Schuld du an der gegenwärtigen Situation trägst, jetzt ist Zeit für die Wahrheit. Die Existenz eines gesamten Volkes — von Kaeas und Parths Volk — steht auf dem Spiel. Sie haben ein Recht darauf, alles zu verstehen.»

Der Blick ihrer strahlend blauen Augen traf ihn wie ein Schlag und löste ein Zupfen in seinem Herzen aus. Jenes verstärkte sich, als eine Träne sich aus ihrem Augenwinkel löste und über ihre Wange rann.

Najira schaute auf Raghis Hand, welche die ihre immer noch sanft hielt.

Mit zitternder Stimme begann sie zu sprechen. «Ich war so unendlich einsam, bis er mich fand. Der einzige Drachen im Multiversum. Meine Existenz bestand darin, heimlich dem Leben der Menschen zuzuschauen oder mich im Allerheiligsten der Drachen zu langweilen. Eines Tages fand er mich, als ich die Menschen in einer Siedlung in den Bergen des Westens beobachtete. Keine Ahnung, wie er mich entdeckte. Die anderen Menschen sahen mich nie. Er scherzte mit mir und umwarb mich. So nahm er mich für sich ein, gewann mein Vertrauen und mein Herz. Schließlich schenkte ich ihm eine meiner Tränen als Zeichen meiner Liebe und damit er die Ewigkeit mir verbringen konnte. Was ich nicht wusste: Mit dem Geschenk gab ich ihm nicht nur die Unsterblichkeit, sondern auch große Macht — insbesondere über mich.»

Kaea suchte Parths Blick. Der König der Könige nickte nachdenklich.

«Bist du dir mit der Unsterblichkeit ganz sicher, Najira?», hakte Kaea nach. «Lyrrhodenais Lebensstrang ist sehr komplex zu lesen, aber wir glauben, etwas anderes darin gesehen zu haben.»

Najira zuckte hoffnungslos-verwirrt die Schultern. «Er sagte es so. Und jemand anderes konnte ich nach meiner Dummheit nicht mehr fragen.»

Raghis Herz zog sich schmerzhaft zusammen. So viel Einsamkeit. So ein grausames Schicksal von Geburt an. Wie konnten die Drachen eins ihrer Kinder einfach so zurücklassen?

«Erzähl weiter», bat Kaea leise.

Najira schniefte. «Mit der Macht, die er durch meine Träne erhielt, versklavte er mich. Was danach geschah, habt ihr von Sander erfahren. Ich kann euch nichts darüber berichten. Mit meinem dämlichen Geschenk verschwand die normale Welt um mich herum und Dunkelheit nahm ihre Stelle ein. In dieser Dunkelheit gab es immer nur uns zwei und seine wechselnden Launen. Und selbst von der Dunkelheit fehlen mir Jahrhunderte, wenn nicht Jahrtausende in meiner Erinnerung. Was ich noch weiß, verstehe ich nicht. In einem Moment tat er, als wäre er über beide Ohren verliebt, im nächsten führte er sich als hysterisches Monster auf und verlangte, dass ich ihn töte und fügte mir …»

Najiras Tränen begannen zu fließen. «Egal! Vor wenigen Wochen in dieser Zeitlinie konnte ich fliehen. Seither jagt er mich in unserer Dunkelheit durch die Ewigkeit und über die Jahrhunderte hinweg. Ihr habt all die Knoten und Verwirrungen im silbernen Teil seines Lebensstrangs gesehen.»

Etwas tropfte auf Raghis Handrücken. Eine von Najiras Tränen. Sein Mitgefühl, das er sich — wie er sich selbst ermahnte — dringend abgewöhnen musste, verstärkte sich ins Unerträgliche.

Gleichzeitig beeindruckte ihn der Fokus des Drachenmädchens. Sie hätte sich in Selbstmitleid suhlen oder ihnen nutzlose Details erzählen können. Stattdessen fasste sie alle relevanten Informationen in wenigen Sätzen zusammen, so gut es ihr halt gelang.

Oder doch nicht?

Najira kaute auf ihrer Unterlippe.

«Was noch?», fragte Raghi.

Ein rascher Seitenblick traf ihn. Najira ließ den Kopf womöglich noch tiefer hängen. «Während meiner Gefangenschaft, in meinen bewussten Momenten, trainierte ich meine Drachenfähigkeiten. Ich hätte die Ketten, mit denen er mich gefesselt hielt, schon vor Jahrhunderten sprengen können. Aber ich tat es nicht.»

Sie klang so unendlich verloren.

Kaea seufzte. «Vor mir brauchst du dich für die selbstzerstörerische Dynamik von Missbrauch nicht zu rechtfertigen, Najira. Ich weiß genau, wovon du sprichst — und Raghi auch. Manchmal erscheint einem das vertraute Elend wie der sicherste Platz auf der Welt. Ein furchtbarer Platz, ja, aber einer ohne Überraschungen.»

Der Fluss von Najiras Tränen stoppte. «Dann bin nicht nur ich so blöd?»

Raghi stieß halb amüsiert, halb genervt den Atem aus. «Nein. Zumindest ich bin es auch.»

«Und ich leider auch», schloss sich Kaea seinem Geständnis an. «Wenn mir nicht das Schicksal zu Hilfe gekommen wäre, hätte ich vielleicht nie die Kraft gefunden, meinen gewalttätigen Mann zu verlassen.»

Raghi musterte die Königin. Ahnte sie, dass dieses Schicksal die Gestalt von Palash angenommen hatte? Er vermutete es.

«Was veranlasste dich nach all der Zeit, deine Ketten zu sprengen?», fragte Parth, der Najira nicht aus den Augen ließ. Er schien etwas in ihrer Miene entdeckt zu haben.

Sie rang die Hände. «Etwas veränderte sich in unserer Dunkelheit und seinem Wahnsinn. Zuerst dachte ich, er sei verrückt — na ja —, *noch* verrückter geworden, doch das war es nicht. Er kommunizierte mit jemandem. Ich bin mir sicher, obwohl ich das fremde Wesen nie hören konnte. Es ging um konkrete Pläne, die Herrschaft über das Multiversum an sich zu reißen. Ein erster, wichtiger Schritt bestand darin, sich die Herrschaft über die Zeit anzueignen. Dazu wollte er die Bewahrer der Zeit töten und ihnen ihre Magie entreißen.»

Bleierne Stille folgte auf die Aussage des kleinen Drachen.

«Das wären dann wir — die Ghitains», stellte Parth schließlich fest.

Najira räusperte sich. «Das weiß ich leider nicht. Genaueres hat er nie gesagt. Jedenfalls waren diese Absichten der Auslöser für meine Flucht. Ich wollte euch finden und warnen oder seine Pläne irgendwie verhindern. Als Drache stamme ich von den Schöpfern und Bewahrern des Multiversums ab, obschon ich keine Ahnung habe, was ich bin. Es darf nicht sein, dass dieser abscheuliche Mensch die Macht über unsere Schöpfung erlangt. So floh ich. Aber meine guten Absichten blieben vergeblich. Ich konnte nicht in die Welt, an die ich mich von vor meiner Gefangenschaft erinnerte, zurückkehren. Um mich herum existierte nur Dunkelheit. Ich war völlig und absolut allein. Abgesehen von meinem Verfolger gab es nirgendwo auch nur ein einziges Lebewesen. Und dann plötzlich, gefühlt nach Äonen, stieß ich in meiner Finsternis auf Raghis dunkle Seele. Er holte mich zurück in die Welt und ins Leben.»

Sie schaute ihn an und Raghi verschlug es den Atem. Was erwachte da in seiner Brust und in seinem Herzen? Womöglich Träume und Hoffnungen, die nie sein konnten?

Er erstickte die vielleicht Gefühlsregungen, vielleicht Gedanken im Keim, bevor sie Gestalt annehmen konnten. Was es auch war, er wollte es nicht wissen.

Raghi bemerkte, dass er immer noch Najiras Hand hielt. Um sich von ihr zu distanzieren, ließ er los.

Sie senkte den Kopf, sodass ihr zerzaustes Haar ihre Miene verbarg. Trotzdem sah Raghi den Schmerz darin.

Ein tiefes Seufzen erklang. Parth verbarg das Gesicht in den Händen. Nach einigen Augenblicken der Reglosigkeit rieb er sich erschöpft die Wangen. «Leider helfen mir meine Fähigkeiten als Lichtträger in der gegenwärtigen Situation nichts. Schaue ich in die Zukunft, sehe ich nur Dunkelheit. Anjali, wie ist es bei dir?»

Seine Tochter schüttelte stumm den Kopf und rieb sich die Arme. Sie hielt sich tapfer, so wie auch Naveen, obwohl ihre Haut wie Feuer brennen musste.

Parth wandte sich an Kaea. «Ich durfte deine Gabe der Drachenfürsten über viele Jahre hinweg beobachten. Sie ist unglaublich mächtig und das Einzige, an das wir uns in unserer Situation halten können. Bitte bestätige mir deshalb nochmals: Das Schicksal jedes sterblichen Wesens ist vorbestimmt. Niemand kann durch seine Handlungen etwas daran ändern. Somit ist unsere bevorstehende Vernichtung eine Konsequenz von Lyrrhodenais dunkler Magie und wir dürfen uns dagegen wehren.»

Die Königin der Seher starrte mit zusammengezogenen Brauen ins Leere, während sie intensiv nachdachte.

«Hierzu kann ich etwas sagen, zumindest denke ich das», meldete sich unerwartet Najira.

Damit erweckte sie das Interesse aller, auch Raghis, was sie heftig erröten ließ.

«Bitte sprich, Najira», bat Parth.

«Wie ich, so glaube ich zumindest, bereits erwähnt habe, bin ich noch nie einem anderen Drachen begegnet. Ich wuchs jedoch im verlassenen Allerheiligsten der Drachen auf und hatte so Zugriff auf die Erinnerungen meiner Art. Ihr könnt euch das wie eine Art Schlaf vorstellen, in dem euch Vorfahren erscheinen und unterrichten. Diese Traumbilder sind erstaunlich ungnädig, wenn man ihre Erwartungen nicht erfüllt.» Sie schauderte.

«Was hast du dort gelernt, das für unsere Situation wichtig ist?», fragte Parth, als sie nicht weitersprach.

«Wie sich das mit dem Schicksal verhält. Die Drachen schufen das Multiversum als Spiel. Und wie für jedes Spiel mussten sie Regeln definieren. Wie es genau funktioniert, habe ich nicht verstanden, aber wenn eine Seele aus all ihren verschiedenen Komponenten entsteht, ergibt sich als Summe eine ungefähre Lebenszeit, die sich als Lebensstrang manifestiert. Und im Strang sind gewisse Schlüsselmomente festgelegt, wie jener Moment, als Raghi unsterblich wurde. Diese Schlüsselmomente geschehen zwingend, auf die eine oder andere Weise, manchmal etwas früher und manchmal etwas später.»

«Seinem Schicksal kann man nicht entkommen», fasste Kaea mit nahezu tonloser Stimme zusammen.

«Aber ...» Raghi verstummte, als die Aufmerksamkeit aller sich auf ihn richtete. Der Einwand war ihm ungefiltert rausgerutscht.

«Was, Raghi?», fragte Parth.

«Anjali lebt noch, weil Najira ihr Schicksal verändert hat.» Er erinnerte sich noch genau an Devis Wehklagen, als das Leben ihrer Tochter verloren schien.

«Das ist eine Erklärung der Menschen, die so nicht stimmt», sagte Najira. «Anjalis Lebensstrang reichte in jenem Moment in die Zukunft. Es war ihr und mein Schlüsselmoment, dass ich da war, um sie zu retten.»

«Dann verstehe ich nicht, was du uns erklären willst», sagte Parth und schüttelte missmutig den Kopf.

Najira zögerte, während sie sich ihre Worte zurechtlegte. Als sie dann sprach, legte sich Erstaunen über ihr Gesicht, als könne sie kaum glauben, dass diese Aussagen von ihr stammten.

«Die Bestimmung aller Lebewesen erfüllt sich im Licht. Das ist Teil des Spiels. Nein, das ist das Spiel. Die einzige Kraft, die Lebensstränge auf so unnatürliche Weise kappen kann, wie Kaea es gesehen hat, ist die Dunkelheit. Wenn ihr das Spiel des Lebens spielt, ist es euer Recht, euch zu wehren.»

Kaea und Parth teilten einen langen Blick.

«Ermöglichen dir deine Fähigkeiten, unsere ursprünglichen Lebensstränge zu sehen?», fragte die Königin.

Najira konzentrierte sich. «Oh! Ja, das geht. Ich wusste gar nicht, dass ich das kann. Euer Volk hätte eigentlich noch eine lange Zukunft vor sich.»

Parth straffte die Schultern. Seine Augen begannen zu brennen und das nicht im übertragenen Sinn. Raghi entdeckte echte Flammen in ihren dunklen Tiefen. Eine weitere Besonderheit der Lichtträger?

Die Stimme des Königs der Könige klang scharf wie eisiger Stahl, als er sprach. «Nutzen wir die verbleibende Zeit, bis wir Anjalis und Naveens Tod vorspielen müssen, um Pläne zu schmieden. Die Gegenwart bietet uns zu wenig Zeit, um unseren übermächtig erscheinenden Feind zu stoppen. Somit ist der Moment gekommen, in dem wir uns auf die ursprüngliche Bestimmung und die ältesten Fähigkeiten der Ghitains besinnen. Darüber hinaus zwingt uns der Konflikt, über Jahrtausende eingefahrene Wege zu verlassen und uns einen neuen Seelenpfad zu schaffen. Das Licht stehe uns bei!»

4

Als Raghi den Vardo der Königin verließ, jagte sein Herzschlag wie ein Trommelwirbel und seine Gedanken rasten.

Der Plan, in aller Eile entworfen und nicht wirklich zu Ende gedacht, hätte ihm eigentlich passen sollen wie ein maßgeschneiderter Handschuh. Er war verrückt, lebensmüde, brandgefährlich und die Erfolgschancen tendierten gegen null. Auf so etwas hätte er sich in seinem früheren Leben gestürzt. Sein persönlicher Tanz auf dem Vulkan. Ein Spiel, in dem sein eigenes wertloses Leben den Einsatz darstellte. Etwas anderes besaß er nun mal nicht — abgesehen von Desert Rose, die ihm alles bedeutete und die er niemals willentlich in Gefahr bringen würde.

Aber nun?

Wenn das Schicksal seinen von Lyrrhodenai veränderten Lauf nahm, starben in wenigen Wochen alle Ghitains und mit ihnen Violet und Mallika. Raghi durfte nicht daran denken, sonst lähmte die Angst seine Glieder und seinen Verstand. So viele lieb gewonnene Menschen und Freunde, die nur versuchten, ihrem Schicksalspfad zu folgen und dabei Licht und Glück zu verbreiten.

Zusätzliche Komplikationen brachten die Verräter in den eigenen Reihen. Parth und Kaea hatten sich nicht dazu geäußert, doch wenn Raghi die nötigen Schritte aufgrund seines Wissens extrapolierte, gab es eigentlich nur eine Konsequenz. Das Leben eines Ghitains galt als heilig. Wer es beendete oder auch nur bedrohte, bezahlte mit dem Tod. Einer der beiden Könige würde Charu und seinen Eltern das Leben nehmen müssen.

Er ging zu Chandana. Sie rührte in einem großen Topf, der über ihrem Feuer hing und aus dem es verführerisch duftete. Ihm war nicht nach Essen. Stattdessen erfüllte ihn Sorge. Die Heilerin war die eine zusätzliche Person, die sie in ihre persönliche Verschwörung einweihen mussten. Von ihr hing alles ab. Hoffentlich war sie eine gute Schauspielerin und konnte mit den Informationen umgehen, die er ihr nun knapp und unvollständig geben musste.

«Hallo, Raghi.» Chandana schenkte ihm ein Lächeln. «Suchst du Mallika und Violet? Sie sind bei den magischen Tieren.»

«Nein.» Raghi erwiderte das Lächeln und musterte dabei die Umgebung. Es war niemand in unmittelbarer Nähe und niemand hatte den richtigen Beobachtungswinkel, um ihre Lippen zu lesen.

Chandana bemerkte, was er tat. Ihre Miene wurde ernst. «Was ist los?»

«Etwas Schlimmes, zu dem du weiterlächeln musst.»

Sie begriff sogleich und gluckste amüsiert, als hätte er einen Scherz gemacht. «Her damit.»

Als Raghi gleich darauf zurück zu Kaeas Vardo ging, war er beeindruckt. Chandana hatte seiner furchtbaren Erklärung einfach nur zugehört. Sie zeigte keine Panik und stellte auch keine ungläubigen Fragen. Ein knappes Nicken bestätigte ihm, dass sie verstanden hatte. Dazu lächelte sie ein fast echt wirkendes Lächeln. Nur ihre strahlend blauen Augen, die während seiner Worte die Farbe von Eissplittern angenommen hatten, verrieten ihre Wut. Als Palashs Tochter hatte sie mit den Verschwörern eine Rechnung offen.

Zeit, den Verrätern das Handwerk zu legen.

Wenn man vom Teufel sprach! Charu, den Raghi noch vor dem offiziellen Kennenlernen insgeheim und ungnädig Specki getauft hatte, wabbelte herbei. «Hallo! Hier bist du. Störe ich dich bei etwas?»

Von einem Moment auf den anderen beruhigte sich Raghis frenetischer Herzschlag und sein Geist funktionierte messerscharf. «Nein. Ich warte nur auf Naveen und Anjali.» Darauf, dass das geplante Schauspiel losging.

«Sind sie bei Kaea?»

Entdeckte Raghi da Unsicherheit in Charus Blick? Zweifel, ob sein grausamer Plan funktionierte? «Ja.»

«Hier. Ich habe dir neue Kleider gemacht.» Der fette Ghitain hielt Raghi ein Bündel hin. Es wurde von einem Stoffband mit Schleife zusammengehalten und Charu achtete tunlichst darauf, nur die Schleife anzufassen. Er war ein grauenhafter Schauspieler. Ohne die lähmende Sorge um Anjali hätte selbst Naveen mit seiner Gutherzigkeit bemerkt, dass etwas nicht stimmte.

«Wieso?», fragte Raghi zweifelnd, während ihm der unverkennbare Geruch des Gifts in die Nase stieg.

Seine Ablehnung erschreckte Charu. «Da du nun zu Naveens Sippe gehörst, gehört sich das so», quietschte er.

Raghi erlaubte sich einen kurzen Augenblick der Überheblichkeit. Er mochte kein besonders guter oder intelligenter Auftragsmörder sein, aber den Umgang mit Giften beherrschte er. Nicht so wie der Feigling vor ihm, der sich aus Angst um sein elendigliches Leben fast selbst besudelte.

Die Tür von Chandanas Vardo öffnete sich. Parth, Kaea und ihre Kinder traten heraus und stiegen die Stufen hinab. Naveen und Anjali trugen wieder ihre neuen Kleider, die das Feuer vom Gift gereinigt hatte.

Nun gab es kein Zurück mehr.

Auf der Wiese angekommen, torkelte Anjali heftig.

«Anjali!», schrie Naveen und fing ihren Sturz ab. «Was ist mit dir?»

«Ich weiß nicht. Mir ist so s…» Ihre Augen rollten zurück und sie sackte in sich zusammen.

«Anjali!» Naveen fing ihren Sturz ab. Panisch schaute er sich um. «CHANDANA, SCHNELL!»

Die Heilerin ließ alles stehen und liegen und rannte mit wild flatterndem Kleid zu ihnen.

Raghi half Naveen, Anjali vorsichtig abzulegen. «Was ist mit ihr?», fragte er so laut, dass Charu es hören konnte. Hinter sich fühlte er Parth und Kaea, die ihre Rolle als besorgte Eltern spielten.

Als Chandana fast bei ihnen war, begann auch Naveen zu schwanken. «Was …? Wieso …?», hauchte er, versuchte sich an die Schläfe zu langen und brach über Anjali zusammen. Sie rührte sich nicht, obwohl er mit seinem vollen Gewicht auf sie fiel. Raghis Droge tat ihre Wirkung. Sie betäubte ihre Opfer und reduzierte ihre Lebensfunktionen so weit, dass sie wie tot wirkten.

Inzwischen vibrierte die Wiese, als weitere Ghitains zum Ort des Unglücks rannten.

«Hilf mir, Raghi!», befahl Chandana scharf.

Gemeinsam hoben sie Naveen von Anjali und legten ihn an ihre Seite. Rasch und konzentriert untersuchte die Heilerin die beiden. Ihre geübten Bewegungen wurden nach und nach langsamer, bis sie ganz aufhörten.

«Das kann ... Ich weiß nicht wie. Sie sind tot!», stotterte sie entsetzt und schaute mit tränenerfüllten Augen zu Parth und Kaea, die auf der anderen Seite der reglosen Körper knieten.

Kaea wirkte wie vom Donner gerührt. Nur ein gequältes Wimmern bewies, dass sie verstanden hatte.

Parths Gesicht wurde hart. «Das ist nicht möglich, Heilerin. Du irrst dich. Zwei gesunde junge Menschen können nicht zur gleichen Zeit sterben.»

«Doch, das geht schon», sagte Raghi.

«Und wie?», fragte Parth scharf.

«Gift.»

Ein Zischen brandete auf. Es rauschte fast so laut wie die Wogen des Eismeeres während eines Sturms. Raghi schaute sich um. Der gesamte Clan der Seher hatte sich hinter ihm versammelt. Erste Lichtträger kamen ebenfalls hinzu.

Parth erhob sich und stand mit hängenden Armen da, während sich seine Hände wiederholt zu Fäusten ballten. «Wie ...?», fragte er gepresst.

Chandana schreckte auf, als hätte sie gerade erst etwas bemerkt. Hektisch roch sie an ihren Händen, dann an Anjalis und Naveens Kleidern. Sie schoss auf die Füße. «Es ist im Stoff ihrer Kleidung! Jemand hat ihre Kleidung vergiftet und ich habe sie berührt! Ich muss das Gegenmittel anwenden. Haltet Abstand, sonst vergiftet ihr euch auch.» Sie rannte zu ihrem Vardo zurück.

Raghi roch an seinen Händen. Der Geruch des Gifts stieg in seine Nase. Nur war es nicht das Gift, sondern ein harmloser, nahezu identisch riechender Ersatz, der dazu verwendet werden konnte, ein Opfer durch psychologische Kriegsführung in den Wahnsinn zu treiben. Die Substanz stammte aus den persönlichen Vorräten des Meisters. Raghi hatte sie ihm einst gestohlen und jahrelang wie eine Trophäe mit sich herumgetragen im Wissen, dass es ihn den Kopf kostete, wenn man sie bei ihm fand. Schon seltsam, dass sie ihm nun nützlich wurde.

«Charu wollte mir gerade neue Kleidung geben, die genauso riecht», rief er entsetzt und zeigte auf den jungen Schneider, der das Bündel mit einem entsetzen Schrei hoch in die Luft warf und wegzurennen versuchte.

Er kam nicht weit. Ahriman schlug ihm die Faust mit voller Wucht ins Gesicht. Charu brach wie eine Lumpenpuppe zusammen.

«Rasch, Raghi. Folge Chandana und lass dir von dem Gegenmittel geben», befahl Parth.

Raghi gehorchte und hörte, wie Parth den Ghitains Anweisungen gab.

In Chandanas Vardo überraschte ihn eine unerwartete Präsenz — Palash. Er stand am Fenster und beobachtete die Vorgänge vor Kaeas Vardo. Seine Form war fast transparent, trotzdem konnte Raghi die unendliche Traurigkeit in seiner Miene erkennen.

Chandana tat so, als würde sie das Gegenmittel anrühren. In der Paste befand sich nur Asche. Für ihr Verwirrspiel waren die Inhaltsstoffe nicht relevant.

«Nimm, Raghi», sagte sie und rieb sich die Hände und Arme ein.

«So beginnt es», sagte Palash leise, ohne sich ihnen zuzuwenden. «Der Anfang vom Ende.»

AM ABEND des Mordanschlages bahrten die Familien Naveen und Anjali vor Naveens Vardo auf, der noch immer mitten im Lager der Lichtträger stand. Bisher funktionierte die überhastet geplante und umgesetzte List gut.

Nach und nach kamen die Ghitains beider Clans, um sich zu verabschieden, manche in Gruppen, andere allein.

Der Prozess dauerte die ganze Nacht. Raghi, der die Toten gemeinsam mit Parths Bruder Arjun bewachte, beobachtete herzzerreißende Szenen.

Am schlimmsten war Devis und Baz' unermessliches Leid zu ertragen. Durch die sich überstürzenden Ereignisse hatte es keine Möglichkeit gegeben, die beiden in den Plan einzuweihen. Sie glaubten wirklich, dass ihre Kinder gestorben waren.

Mit ihnen stand das gesamte Volk unter Schock. Viele, darunter Shaiv und Ahriman, wirkten gebrochen. Zu lange hatte der Zauber, der die Ghitains umgab, sie vor der Grausamkeit des Lebens geschützt. Diese Form von Gewalt kannten sie nicht. Und noch schwerer wog, dass sie in ihren eigenen Reihen entstanden war.

Immer wieder mussten Raghi und Arjun eingreifen, damit niemand das Paar berührte. Für die gutherzigen und familienbezogenen Ghitains war dieses Verbot unerträglich, doch es musste sein. Sonst hätte vielleicht jemand bemerkt, dass Naveens und Anjalis Körper nicht vollständig auskühlten. Und die von Charu verwendete Menge an Gift hätte die Leichen bei einem gelungenen Mord in eine Gefahr für die Lebenden verwandelt. Entsprechend hatten Arjun und Raghi dicke Lederhandschuhe getragen, als sie Naveen und Anjali auf das Aufbahrungspodest hoben und ihr Totenlager mit Frühlingsblumen schmückten.

Nur die Familie der Schneider war nicht unter den Kondolierenden. Als Arjun und einige Männer sie Parth vorgeführt hatten, war die Maske des älteren Ehepaares gebrochen. Bösartig hatten sie sich gegen den König der Könige gewandt. Dabei ließen sie einen Schwall von Beschimpfungen los — über Kaea, die sie als Bettelhure bezeichneten, sowie Naveen, Palash, Raghi und Parth selbst — und gaben den Mord an Palash offen zu. Ja, sie schienen sogar stolz darauf.

Ihre Hassrede deckte das gesamte Spektrum von traditionalistischem Standesdünkel, Homophobie und Rassismus ab. Raghi schüttelte innerlich den Kopf, wenn er daran dachte. Im Eterna seiner Zeit hatte er von Hasspredigern genau die gleichen Hetzreden mit identischen Argumenten gehört. Nur die Namen jener, die sie mit ihren Worten verdammten, waren andere gewesen.

Irgendwie ernüchternd, dass sich die Menschheit selbst über Jahrtausende nicht weiterentwickelte. Ein Grund mehr, seine Unsterblichkeit als Fluch anzusehen.

· · ·

DIE AUFBAHRUNG ENDETE IM MORGENGRAUEN. Raghi und Arjun brachten die Körper in Naveens Vardo, wo sie sie vorsichtig auf das Bettpodest legten. Danach hielten sie vor dem Eingang des Fahrzeugs Wache.

Von rundherum drangen die Geräusche des Aufbruchs zu ihnen, während die beiden Clans die Abreise vorbereiteten.

Wie Raghi erfahren hatte, war es eigentlich üblich, dass die traditionellen Feuerbestattungen im Beisein aller stattfanden.

Parth und Kaea hatten ihre Clans dieses Mal um eine Ausnahme gebeten. Offiziell, weil sie die Anwesenheit der drei überführten Mörder nicht ertragen konnten. Und weil sie mit der Tradition brachen, indem sie das ermordete Paar in Naveens über alles geliebtem Vardo den Flammen übergaben, was die strengen Hygieneregeln der Ghitains offenbar nicht so wirklich erlaubten.

Niemand übte an dieser Entscheidung Kritik. Kein Wunder nach der Hassrede von Charus Eltern. Sie hatte allen klargemacht, dass die Abgrenzung zwischen Tradition und Fanatismus eine Gratwanderung darstellte. Und dass es sinnvoll war, Überliefertes hin und wieder mit Blick auf die Anforderungen der Gegenwart zu hinterfragen.

Nur weil etwas einmal Sinn gemacht hatte, musste es nicht für alle Zeiten gelten.

«Ich gehe jetzt», riss Arjun Raghi aus seinen Gedanken. «Die Clans sind zur Abfahrt bereit und ich werde sie leiten.»

Raghi folgte Arjuns Blick und entdeckte eine herbe, hochgewachsene Ghitain, die vor einem Lichtträger-Vardo stand und unverwandt zu ihnen hinüberstarrte — vermutlich Arjuns Frau.

«Gute und sichere Fahrt.»

Arjun musterte ihn. «Sehen wir dich wieder?»

Die übliche spöttische Bemerkung, um sich möglichst konträr zu verhalten, lag Raghi schon auf der Zunge. Doch das waren die Ghitains — seine neue Familie. Sie hatten Besseres verdient als Häme.

Jener Teil von Raghi, der sich ungern festlegen ließ, zuckte bei diesem unerwarteten Gedanken kaum zusammen. Selbst das gefürchtete F-Wort — Familie — trieb ihn nicht in die Flucht. Offenbar war ihm ernst damit.

«Ich wünsche es mir. Entscheiden werden das Schicksal und dieser Idiot, der glaubt, Drachen versklaven zu müssen», erwiderte er ernst.

«Ja, das ist so.» Arjun nickte ihm zu. «Passt auf euch auf — du und deine Chimäre.»

Raghi hörte all das, was Arjun nicht aussprach. Soweit er wusste, war Parths Bruder nicht in ihre Pläne eingeweiht, doch schien er etwas zu ahnen.

«Und ihr auf euch.»

Arjun ging zu seiner Frau und übernahm die Zügel von ihr. Die beiden kletterten auf die Eingangsplattform des Vardos. Ein Signal erklang, nicht der Schrei eines Drachenpferds wie beim Clan der Seher, sondern eine Art Horn. Die Wagenburg rund um Raghi setzte sich in Bewegung und löste sich innerhalb einer Umdrehung auf.

Nur Parths und Devis Behausung und der zweispännige weiße Vardo — Anjalis Brautgeschenk für ihr Leben mit Naveen, wie Raghi inzwischen wusste — blieben an Ort und Stelle.

Direkt hinter dem letzten Gefährt der Lichtträger folgte der Clan der Seher, der seine angrenzende Wagenburg zeitgleich aufgelöst hatte. Chandana führte den Tross an. Sie winkte Raghi traurig zu. Auch die nachfolgenden Familien würdigten seine Anwesenheit im Vorbeifahren mit einem stummen Gruß.

Wie schon bei früheren Reiseabschnitten kutschierte Ahriman den Vardo der magischen Tiere. Sein Blick ging durch Raghi hindurch zu Naveens Gefährt. Das Leid stand ihm ins Gesicht geschrieben.

Raghi verspürte tiefes Mitgefühl. Ahriman hatte sich seinem besten Freund gegenüber stets korrekt verhalten, obwohl Naveen die Art seiner Gefühle nicht erwiderte. Das war wahre Freundschaft.

Zwei Gespanne hinter Ahriman folgte Palash. Der Geist saß auf der Plattform eines fremden Vardos, die Zügel in der Hand. Kaeas Mann Baz saß an seiner Seite und umklammerte einen dicken Knüppel auf seinem Schoss. Mehrere Reiter kesselten das Gefährt ein, bei dem es sich um das Zuhause der Schneider handeln musste.

Und tatsächlich entdeckte Raghi Charus feistes Gesicht hinter dem Fenster in der Seitenwand. Eisige Wut raste durch seinen Körper, doch er hielt sich unter Kontrolle.

Bald verschwand das letzte Gefährt aus seinem Blickfeld und er blieb allein auf der Lichtung zurück. Schaute er zum ehemaligen Lager der

Seher, stand nur noch Kaeas lavendelfarbener Vardo einsam und verloren da.

Ein leises Rascheln erregte seine Aufmerksamkeit. In weitem Umkreis richteten sich das Gras und die Frühlingsblumen auf, die von den Rädern zu Boden gedrückt worden waren. Ein Ghitain, der über eine Wiese ging, hinterließ keine Spuren und jene ihrer Fahrzeuge und Feuer verschwanden innerhalb von Minuten nach der Abreise, als hätte es nie ein Lager gegeben.

Abgesehen von den vier verbliebenen Vardos stand Raghi in unberührter Natur.

«Rose?»

Die Chimäre kroch unter Naveens Zuhause hervor. Raghi streichelte ihre Hälse. Unter einer Hand fühlte er Federn, unter der anderen Drachenschuppen — vertraute Empfindungen in einer fremd gewordenen Welt.

«Halte Wache. Niemand darf sich nähern.»

Ihr Drachenkopf badete ihn in zärtlichstem Feuer. Zwei rasche Flügelschläge hoben sie auf das Dach von Naveens Vardo, wo sie sanft landete. Von dort oben würde nichts ihrem scharfen Blick entgehen.

Raghi stieg die Stufen hinauf und betrat das Gefährt. Ohne die Stinkdrachen beim Ofen wirkte es leerer, als es sein sollte. Während der Vorbereitungen für die Feuerbestattung hatte er die kleinen Sauertöpfe in ihrem Körbchen in den Vardo der magischen Tiere gebracht, wo sie erstaunlicherweise geblieben waren.

Naveen und Anjali ruhten in unveränderter Pose in Naveens Bett und wirkten selbst für Raghi, der einen scharfen Blick für die kaum vorhandenen Atemzüge besaß, wie Leichen.

Inzwischen hätten sie sich eigentlich regen sollen. Hoffentlich hatte Raghi keinen Fehler gemacht. Die Betäubung direkt nach der Fast-Vergiftung stellte eine hohe Belastung für den Körper und ganz generell ein Risiko dar.

Er beugte sich über Naveen, um seinen Pulsschlag zu prüfen. Unerwartet schlug sein Freund die Augen auf und erschreckte ihn damit schier zu Tode.

«Ich versuche mir jedes Detail dieses vergehenden Traumes einzuprägen», flüsterte Naveen und schaute aus tränenverhangenen Augen zur kunstvoll bemalten Decke hoch. «Ich habe sogar versucht, wie ein Kind die Luft anzuhalten, damit die Zeit nicht vergeht, doch sie gehorcht mir nicht. Wozu bin ich dann ein Ghitain?»

Raghi presste seine Hand.

Auch Anjali regte sich. Zärtlich streichelte sie Naveens Wange. «Was, wenn wir diesen Vardo nehmen, um in die Vergangenheit zu reisen?»

Resigniert schüttelte Naveen den Kopf. «Wer ihn einmal gesehen hat, erkennt ihn wieder. Und irgendwann müssen wir ihn stehenlassen, weil wir sonst die westlichen Berge nicht erreichen. Das könnte ich noch viel weniger ertragen, als ihn in Asche und Staub zu wissen.»

Raghi hörte all das, was sein Freund nicht aussprach, darunter die Gewissheit, dass ihre Erfolgschancen schlecht standen und sie die Konfrontation mit Lyrrhodenai kaum überlebten.

«Kaea hat Nahrung für euch vorbereitet. Könnt ihr schon wieder gehen?»

«Keine Ahnung.» Naveen setzte sich auf, schwang die Beine vom Bettpodest und glitt geübt zu Boden. Seine Knie knickten etwas ein, doch er stand.

Anjali folgte.

Im Vardo der Königin erwarteten sie nicht nur Parth und Kaea, sondern auch Devi, von ihrem Mann inzwischen eingeweiht, die Naveen und Anjali mit einer Bärenumarmung an sich presste. Das Gespräch schien nicht gut verlaufen zu sein. Parth diente Devi als Ziel für fuchsteufelswilde Blicke. Aber wenigstens wusste sie nun die Wahrheit und musste nicht mehr trauern.

Kaeas Mann Baz, der mit den Ghitains davongefahren war, wusste noch immer von nichts. Dieses Gespräch stand der Königin irgendwann bevor — mit unsicherem Ausgang. Raghi bezweifelte, dass Baz, normalerweise die Ruhe selbst, anders als Devi reagierte.

«Ihr müsst essen», befahl Kaea. Sie hatte den Tisch unter dem Bettpodest herausgezogen. Darauf stand eine Mahlzeit für drei, die herrlich duftete. «Du auch, Raghi, aber beeil dich. Wir müssen gleich raus. Naveen und Anjali, ihr lasst euch Zeit und die Vorhänge unbedingt geschlossen. Diese Ungerechtigkeit sollt ihr nicht beobachten müssen. Ruht euch danach in Naveens Jugendbett aus. Niemand weiß, wann ihr auf eurer Reise wieder Schlaf bekommt.»

«Ja, Mama», bestätigte Naveen leise.

Kaea legte ihm die Hand auf die Wange. «Bitte versprich, mir noch dieses eine Mal zu gehorchen, Sohn. Mir ist klar, dass du inzwischen erwachsen bist. Ich habe das bestätigt, als ich dir dein eigenes Herdfeuer übergab. Und mir ist klar, dass die menschliche Neugier fast nicht zu beherrschen ist. Doch denk an dein Herz. Wenn es schon brechen muss, stampf nicht auch noch drauf.»

Naveen schniefte und rieb sich verstohlen eine Träne von der Wange. «Ja, Mama. Ich liebe dich.»

Kaea schluchzte und schlang die Arme ihn. «Und ich liebe dich. Du bist das Beste, was mir je passiert ist — und das Wertvollste, was ich je mein Eigen nennen durfte.»

Devi legte ihrer Tochter eine Hand auf den Arm. Mit der anderen berührte sie Naveens Rücken, während ihr Blick Raghis suchte. «Wenn ihr auf eurer Reise die Hoffnung verliert, erinnert euch an diesen Moment. Naveen entstand aus tiefster Dunkelheit — der Sohn eines gewalttätigen, wertlosen Vaters — und strahlt doch so warm wie die Sonne und so hell wie alle Sterne am Nachthimmel vereint. Das ist die Kraft des Lichts. Gibt es einen Weg, wird es immer über die Dunkelheit triumphieren.»

Raghi beobachtete gemeinsam mit Kaea, Parth und Devi, wie die Flammen um Naveens Vardo hochschlugen. Das Prasseln klang wie ein heftiger Platzregen, unterbrochen von kleinen Explosionen, wenn ein Stück Holz durch das darin enthaltene Harz explodierte.

Sein Herz blutete und Tränen rannen über sein Gesicht.

Was musste Naveen fühlen, für den dieser Vardo die Erfüllung seines größten Traums gewesen war!

Das Land schien mit den Ghitains zu trauern. In der Nacht war der Frühling gewichen und das Wetter hatte zu trüb und neblig umgeschlagen. Schroff und grau erhob sich das Rückgrat des Drachens über dem Umland. Bot die Kette aus isolierten Hügeln normalerweise einen faszinierenden

Anblick, wirkte sie im düster verhangenen Wetter unheilverkündend. Ein eisiger Wind fegte über die Wiesen. Er durchdrang mühelos Raghis Kleider, knickte die Frühlingsblumen und riss ihnen die Blütenblätter weg.

Auch von Parth, Devi und Kaea hatten die Ereignisse einen heftigen Tribut gefordert. Kaea stand einfach nur da wie besiegt, mit hängenden Armen und leerem Gesicht. Parth war blass und wirkte ungepflegt für einen Ghitain. Devi war am schwierigsten zu lesen. Die filigranen schwarzen Tätowierungen auf ihrem Gesicht schienen im Zwielicht ein Eigenleben zu entwickeln, während sie das Feuer beobachtete. In ihren Augen tanzten ähnliche Flammen, wie Raghi sie auch schon bei Parth beobachtet hatte.

Immer wieder warf sie ihrem Mann finstere Blicke zu. Raghi konnte Parths Gründe nachvollziehen, Devi nicht so rasch als möglich, sondern erst nach der Abreise der anderen Ghitains einzuweihen. Strategisch hatte der König der Könige sinnvoll und korrekt gehandelt. Dies ließ sich jedoch nicht gleichsetzen mit weise, was ihm Devi, die seit Anjalis vorgespieltem Tod durch die Hölle gegangen war, unmissverständlich klar machte.

Raghi wäre keine Wette eingegangen, dass sich das Paar wieder zusammenraufte.

Die Stunden zogen sich ins Endlose.

In der Abenddämmerung waren von dem einst prachtvollen Vardo nur noch Asche und verbogene Metallteile übrig.

«Da kommt eine Taube», sagte Kaea plötzlich und streckte den Arm aus. Mit dem typischen Fluggeräusch seiner Spezies, das für Raghi nach *Ieff-ieff-ieff* klang, landete das weiße Tier.

Parth zog die kleine Papierrolle aus der Hülse an ihrem Fuß und las die Botschaft mit zusammengezogenen Brauen. «Arjun schreibt, dass der Tiervardo und alle magischen Tiere spurlos verschwunden sind. Die Clans haben wie vereinbart in einer Stunde Entfernung das Lager errichtet. Am Mittag fiel Ahriman der leere Standplatz auf. Niemand hat etwas gesehen.»

Raghi atmete tief durch. Das waren schlechte Neuigkeiten. Ohne die Drachenpferde und anderen magischen Tiere waren die Ghitains Lyrrhodenais Angriffen noch schutzloser ausgeliefert.

«Die Tiere kamen mit Naveen und sie gehen mit ihm. Das ergibt auf schreckliche Weise Sinn», sagte Kaea.

Womit sie recht hatte, doch Raghi fragte sich, was genau das Verschwinden der magischen Tiere und ihres Gefährts bedeutete. Mit ihren besonderen Fähigkeiten musste ihnen klar sein, dass Naveen nicht tot war. Spielten sie die Scharade mit oder steckte hinter ihrem Verschwinden etwas Finsteres?

«Wir müssen zu unserem Volk.» Parth straffte die Schultern. «Hier trennen sich unsere Wege. Lasst uns die Pferde einspannen. Danach bist du dran, Devi.»

Devi sandte ihrem Mann einen weiteren vernichtenden Blick, machte sich aber mit allen anderen an die Arbeit.

Als die Vardos zur Abfahrt bereit waren, rief Devi Raghi, Naveen und Anjali zu sich. Sie mussten sich mit dem Rücken zu Anjalis Vardo an einer bestimmten Stelle der Wiese vor ihr aufstellen. Kaea und Parth bildeten hinter ihnen eine zweite Reihe.

«Egal, was gleich passiert, dreht euch nicht um», befal sie und hob die Hand. «Dies ist für nachher euer Zeichen.»

Raghi schluckte leer. Konnte ihr verrücktes Vorhaben wirklich funktionieren?

5

Die Nacht brach bereits herein, als die Ghitainherrscher davonfuhren, ihrem Volk hinterher. Parth lenkte den massigen einspännigen Vardo des Königs der Könige, Kaea ihren kleineren, zweispännigen und Devi fuhr den ebenfalls zweispännigen weißen Wohnwagen, der Naveens und Anjalis Hochzeitsgeschenk hätte werden sollen.

Wie verloren stand Raghi neben dem jungen Paar im Regen, Desert Rose an seiner Seite, und fühlte sich an den Moment erinnert, als er die Treppen der Ewigkeit verlassen hatte, um diese Zeit zu betreten.

Der Ort unterschied sich optisch kaum — dämmriges Grasland ohne erkennbare Konturen — und wieder wurde er nass. Allerdings reichte dieser Regen längst nicht an die damalige Sturzflut heran und Desert Rose regte sich nicht über die ihr zutiefst verhasste Gabe des Himmels auf. Viel war seit seiner und ihrer Ankunft passiert, obwohl sie erst wenige Wochen zurücklag.

Und doch blieb so manches gleich.

Unter anderem hatte er es wieder einmal geschafft, alles zu verderben und sich und andere in Lebensgefahr zu bringen.

Er sah auch wieder aus wie damals.

Für die bevorstehende Reise war Raghi in sein abgewetztes Mördergewand geschlüpft, ergänzt durch den Schmuck, den er von Kaea erhalten hatte. Naveen trug dafür Raghis Ghitainkleidung, deren abgetönte Farben so ungewöhnlich waren, dass er nicht sogleich als ein Angehöriger des wandernden Volkes zu erkennen war.

Anjalis Aufmachung bot eine Überraschung. Die Prinzessin trug Hosen, ergänzt durch ein Hemd, eine gefütterte Weste und einen Umhang. Vieles erinnerte an die Aufmachung der männlichen Ghitains und schien sich doch davon zu unterscheiden.

Alle Ghitainfrauen aus Raghis bisherigem Bekanntenkreis hatten sich ausschließlich in die typischen juwelenfarbigen Gewänder und Schals ihres Volkes gehüllt.

«Die traditionelle Kleidung von Mamas Volk, gefertigt aus den magischen Stoffen der Ghitains», erklärte Anjali, die seinen Blick trotz des Dämmerlichts bemerkte.

Er starrte sie verständnislos an.

«Die Tätowierungen? Mama wurde nicht als eine Ghitain geboren. Sie ist eine Fee, so wie Chandanas Mutter.»

Raghis Fähigkeit, Unerwartetes zu verarbeiten, war für den Moment erschöpft. Da half es auch nicht, dass sich neben ihnen die letzten metallenen Überreste von Naveens Vardo auflösten, als hätten sie nie existiert, und die Wiese ihre unberührte Form annahm.

«Was nun?», fragte er.

Naveen seufzte. «Nun tun wir das, was Ghitainkindern absolut verboten ist. Dafür sollten wir uns weg von hier bewegen. Es wird auch so seltsam genug.»

Sie folgten ihm vielleicht dreißig Schritte weit.

«Stehen wir jetzt hinter der Stelle, wo sich dein Vardo befand, Anjali?»

Sie musterte die Umgebung. Inzwischen war es so dunkel, dass Raghi die einzelnen Hügel des Rückgrats des Drachens gerade noch als tiefschwarze Schatten erkennen konnte. «Ja. Das müsste etwa hinkommen.»

«Also dann», fasste sich Naveen ein Herz. «Raghi, wir drehen uns nun gegen den Uhrzeigersinn um die eigene Achse, so wie die sesshaften Kinder spielen. Du machst auch mit. Bei deinen Fähigkeiten ist nie sicher, was du alles kannst. Geh es aber langsam an, eher wie einen Tanz, und streck die Arme für ein besseres Gleichgewicht mit den Handflächen nach oben aus. Es kann sein, dass wir länger durchhalten müssen.»

Als Raghi ihn nur anstarrte, demonstrierte Naveen, was er meinte. Raghi hatte den Prinzen durchaus verstanden, nur glaubte er an einen Scherz. Das reichte, um die Zeit zurückzudrehen?

«Wie soll Magie entstehen, wenn nicht aus dir selbst?», fragte Anjali und tat es Naveen gleich. Beide wirkten sehr graziös in ihren Bewegungen, als hätten sie den Tanz seit ihrer Kindheit geübt.

Wer zuerst kotzt ...

Resolut unterdrückte Raghi den Gedanken und gesellte sich ihnen bei. Desert Rose schnaubte. Das Geräusch klang fast wie ein leises Lachen.

«Soll sie auch mitmachen?», fragte Raghi und sandte ihr einen finsteren Blick. Das ging in der Bewegung. Die Mädchen, die in Eternas Bordellen tanzten, hatten ihm beigebracht, bei Pirouetten immer einen Punkt zu fixieren und den Kopf erst im letzten Moment zu drehen. So wurde einem weniger schwindelig.

«Ein magisches Geschöpf? Das könnte tatsächlich eine gute Idee sein», sagte Naveen nach einem Moment des Zögerns.

Raghi erlaubte sich ein böses Grinsen. «Du hast den Ghitainprinzen gehört, Rosie. Dann mach mal. Au!»

Ihr Flammenstoß stach wie Nadeln. Aber er hatte ihren Ärger mit dem verhassten Kosenamen provoziert. Vieles mochte sich geändert haben, doch die Chimäre würde ihm eine solche Frechheit nie durchgehen lassen. Auch in tausend Jahren nicht.

Bei dem Gedanken fühlte sich Raghi wie in eisiges Wasser getaucht. Dank seiner Unsterblichkeit würde er das überprüfen können — falls er Rose nicht irgendwann vergraulte. Was leider die wahrscheinlichere Variante war.

Mit seiner Dickköpfigkeit hatte er sich ganz schön was eingebrockt!

Rose drehte sich mit ihnen. Nur erhob sie sich dafür in die Luft und schien ganz viel Spaß zu haben, fast so wie ein Hund, der sich im Schlamm wälzt.

Anjali lachte leise. «Flügel sollte man haben.»

Raghi kannte die Prinzessin erst wenige Tage, doch mit jeder Interaktion stieg sie in seiner Achtung. Sie war tapfer, besonnen, intelligent und ließ sich offenbar durch nichts unterkriegen. Selbst nun, im eisigen Regen, von ihrem Volk für tot gehalten und von ihrer Familie zurückgelassen, um eine unmögliche Aufgabe zu erfüllen, entdeckte sie das Besondere.

Danach konzentrierte sich jeder auf die Bewegung.

«Puh, ist das schwer», seufzte Naveen nach einer Weile. «Ich hatte es schon mehrmals fast, dann entgleitet es mir.»

«Einfach weitermachen, Liebster. Wir haben noch nicht die angemessene Demut. Wenn es so weit ist, wird es einem von uns gelingen.»

Raghi erinnerte sich daran, dass ihr seltsamer Tanz kein Spiel war. Die Zukunft des Weltengefüges hing davon ab, dass es ihnen gelang, den Lauf der Zeit umzukehren.

Er zog sich tief in sich selbst zurück — dort, wo er sich auch während der Folterungen durch den Meister und die Altvorderen versteckt hatte. An diesem Ort erreichte ihn nichts, weder Schmerz noch Schwindel noch die Übelkeit, die sich durch die stetige Drehbewegung in seinem Magen auszubreiten drohte.

Das Ding auf seinem Rücken — sein Seelenschatten gemäß Najiras Erklärung — verhielt sich still. Raghi hatte es seit seinem Selbstmordversuch kaum mehr bemerkt, wahrscheinlich weil er durch all die nachfolgenden Ereignisse zu abgelenkt gewesen war. Und vielleicht, nur vielleicht, hatte er sich auch ein klein wenig mit der Existenz des Dings versöhnt, seit er wusste, wie er es erschaffen hatte.

«Es beginnt!», riss ihn Anjali aus seiner Versunkenheit. «Raghi, Rose, bitte dreht euch ganz langsam weiter, bis wir den Moment erreichen, in dem wir in die Vergangenheit einsteigen müssen. Es handelt sich dabei um den Moment, als wir nach dem Einspannen der Pferde zu dritt vor Mama standen.»

Und Devi sie anwies, mit dem Rücken zu Anjalis Vardo zu stehen und sich auf keinen Fall umzudrehen, egal, was sie hörten, ergänzte Raghi in Gedanken.

Die Landschaft um ihn herum schälte sich Umdrehung für Umdrehung aus der Finsternis. Raghi stutzte. War die Nacht bereits vergangen?

Fast wäre er gestürzt, als er plötzlich Anjalis weißen Vardo entdeckte, der rückwärts auf sie zufuhr. Sogar die Pferde schritten rückwärts, was völlig seltsam und unnatürlich wirkte.

«So geht das?», wisperte er atemlos. Das war das wahrscheinlich Gruseligste, was er je gesehen hatte, insbesondere als auch noch Kaeas und Parths Vardos auf die gleiche Weise aus der Zukunft auftauchten.

Wie sollte er das aushalten?

«Sobald wir aufbrechen, wird es besser», sagte Naveen tonlos und schluckte hörbar. «Zumindest hoffe ich das aufgrund der Überlieferungen.»

«Noch langsamer jetzt», befahl Anjali. «Unsere früheren Selbst stehen jetzt vor Mama. Erinnert euch daran, wie sie die Hand hob. Das ist der Moment, in dem wir in diese Zeitebene einsteigen. Drei, zwei, eins. Stopp.»

Raghi hatte Mühe zu gehorchen. Sein Verstand weigerte sich zu verarbeiten, was seine Augen sahen. Dort stand er mit Naveen und Anjali, und mit Parth und Kaea im Rücken, die sicherstellten, dass niemand sich umdrehte. Devi starrte unverwandt zu ihnen hin, ihr Gesicht so ernst, wie er es noch nie gesehen hatte.

«Los», befahl Naveen tonlos.

Sie hatten ihre Position gut geschätzt. Anjalis Vardo stand nur wenige Schritte von ihnen entfernt.

Sie kletterten auf die Eingangsplattform, ihre Bewegungen nach all den Drehungen tollpatschig wie die von Betrunkenen. Naveen ergriff die Zügel im zweiten Versuch und fuhr los, auf das Rückgrat des Drachens zu.

Raghi hängte sich an den Griff, der hoch an der Frontwand angebracht war, und schaute zu ihrem Abfahrtsort zurück. Dabei fielen ihm fast die Augen aus dem Kopf, obwohl die Ghitains ihm erklärt hatten, was geschehen würde.

Sie reisten in Anjalis Vardo. Gleichzeitig stand dieser immer noch genau dort, wo sie in das Gefährt und die Zeit eingestiegen waren.

Wenige Minuten später erreichten sie das Gehölz, das sich wie Treibgut um die Basis der schroffen Hügel sammelte. Nun waren sie für ihre jüngeren Kopien auf der Wiese nicht mehr zu sehen. Die Geräusche des Vardos und der Hufe der Pferde veränderten sich, als sie in die Schlucht zwischen zwei Hügeln fuhren.

«Wir sind auf dem Weg.» Naveen klang angespannt. «Lasst uns für die Nacht rasten, sobald wir auf den äußeren Kreis abgebogen sind. Mama hat uns gewarnt, die Spuren der Ewigkeit nur zu verwenden, wenn uns keine andere Wahl bleibt.»

Anjali nickte stumm.

Raghi tat es ihr gleich. Obwohl er die von Naveen erwähnten Begriffe kannte, musste er in seiner Verwirrung über ihre Bedeutung nachdenken.

Beim äußeren Kreis handelte es sich um eine der beiden fixen, seit Jahrtausenden etablierten Reiserouten der Ghitains. Wie Blütenblätter arrangierte er sich um den inneren Kreis, den er in regelmäßigen Abständen berührte und in dessen Zentrum die Stadt Eterna lag. Parth als König der Könige reiste mit seinem Clan stets auf dem inneren Kreis, so wie auch die Königin der Königinnen mit ihrem. Die Herrscher konnten, weil sie auf der Strecke rascher vorankamen als die Ghitains auf dem äußeren Kreis, so übers Jahr verteilt alle Sippen treffen.

Beide Reiserouten wurden ausschließlich im Uhrzeigersinn abgefahren, um den Lauf der Zeit aufrechtzuerhalten. Und manchmal reisten die Clans des äußeren Kreises kurze Strecken auf dem inneren, um die Positionen untereinander zu wechseln oder um den König der Könige oder die Königin der Königinnen in einem Notfall kurzfristig zu treffen — so wie der Clan der Seher es erst vor wenigen Tagen getan hatte.

Die unterschiedlichen Kreise zeigten direkte Auswirkungen auf die Bauweise der Vardos. Der äußere Kreis, der oft durch unwegsames Gelände führte, bedingte kleine und leichte Gefährte, die von zwei Pferden gezogen wurden. Auf dem inneren Kreis waren die Wege besser, was Parth und seinen Leuten erlaubte, in deutlich größeren, einspännigen Wohnwagen zu reisen.

Die Spuren der Ewigkeit hingen direkt mit den Kreisen zusammen und doch handelte es sich dabei um etwas ganz anderes.

Die Erinnerung daran ließ Raghi schaudern. Naveen hatte die Spuren heraufbeschworen, als sie die letzte Etappe zu Anjali allein durch die Nacht reisten — etwas, was bei den Ghitains unter normalen Umständen undenkbar gewesen wäre. Die Spuren der Ewigkeit zeigten die Pfade aller Lebewesen, die jemals existiert hatten, als leuchtende Wege vor einem Hintergrund aus absoluter Schwärze. Daraus stachen die Spuren der Ghitains auf dem inneren und äußeren Kreis wie ein Leuchtfeuer hervor und zuerst hatte Raghi nur sie bemerkt. Erst nach und nach war er sich der vielen Ebenen aus unterschiedlich feinen und hellen Lichtstreifen bewusst geworden. Da war ihm aufgegangen, dass jedes Lebewesen, selbst eine Mücke, ihre Spuren auf der Leinwand der Ewigkeit hinterließ.

So etwas sollte ein Mensch, selbst ein unsterblicher, nicht sehen dürfen. Das war Wissen für die Götter.

Der eisige Regen wurde zu einem Sturm. Rund um sie herum verwandelte sich die Dämmerung erneut zur Nacht. Raghi verstand nicht wieso, da sie doch dabei waren, die Zeit zurückzudrehen.

Als sie nicht mehr sahen, wohin die Pferde schritten, entzündete Anjali die Schmucklichter ihres Vardos und rieb sich gleich darauf unbehaglich die Hände. Also fühlte sich nicht nur Raghi wie auf dem Präsentierteller.

Sie erreichten die Weggabelung, wo der äußere Kreis auf den inneren traf. Raghi erkannte die Stelle wieder. Hier hatte Naveen ihn angewiesen, auf den inneren Kreis einzuschwenken — selbstverständlich im Uhrzeigersinn —, woraufhin Raghi nur mit Mühe dem Impuls widerstanden hatte, die Pferde falsch zu lenken. Dies einfach, um zu sehen, was dann passierte.

Nun reisten sie gegen den Uhrzeigersinn und für Raghi fühlte es sich nicht anderes an als zuvor. Funktionierte ihr Plan oder funktionierte er nicht?

«Das hier ist eine gute Stelle», sagte Naveen, als die Felswände unvermittelt zurückwichen und sie die Ausläufer der Hügelkette erreichten. «Das Gehölz schützt uns vor dem Wind und dem Regen und weiter hinten gibt es eine Quelle. Unser Clan hat hier schon gerastet, um ähnliche Stürme auszusitzen.»

Naveen und Raghi versorgten die Pferde. Als sie klatschnass den Vardo betraten, schlug ihnen die Wärme des Herdfeuers und der Duft nach Suppe entgegen.

«Setzt euch und trinkt von dem Tee, um euch aufzuwärmen», sagte Anjali. Sie hatte bereits den Tisch gedeckt.

Als die Suppe fertig war, aßen sie schweigend. Danach stellte Naveen das Geschirr zusammen.

«Ohne Wasser zu holen, können wir nicht abwaschen», sagte Anjali und erhob sich. «Ich stelle einfach alles in die Waschschale.»

Naveen starrte sie wie vom Donner gerührt an. «Aber …»

Anjali schmunzelte traurig. «Wir haben unseren Ghitainstatus verloren,

Liebster. Und in den kommenden Wochen werden wir noch viele weitere Regeln brechen. Da kann das Geschirr auch einmal warten.»

Sie stellte alles weg und setzte sich wieder.

Raghi schaute zwischen dem Paar hin und her. Er erkannte die Anzeichen für ein ernstes Gespräch.

«Dieser Vardo gehört mir», stellte Anjali fest. «Somit werde ich nun die Initiative übernehmen und sagen, was gesagt werden muss. Als Erstes möchte ich, dass Najira ihre menschliche Gestalt dauerhaft annimmt und aktiven Anteil an unserer Gemeinschaft nimmt.»

Fast sogleich schien eisiges Wasser von Raghis Hals über seinen Oberkörper zu fließen. Interessant. Normalerweise kapselte sich die kleine Missy von den Menschen ab und hörte ihnen auch nicht zu. Gleich darauf saß Najira auf der Bank neben ihm. Sie wirkte womöglich noch zerrupfter und blasser als sonst.

«Das war schnell», kommentierte er.

Sie sandte ihm einen schiefen Blick. «Ich habe so etwas erwartet. Dieser Wahnsinnige sollte eigentlich nur mein Problem sein. Weil ich zu dir floh, betrifft seine Anmaßung nun euch alle.»

Naveen wackelte mit dem Kopf, um sanften Widerspruch nach Ghitainart anzudeuten. «Es begann mit dir und er verfolgt dich. Das stimmt. Dann kam etwas Neues hinzu, das unser Volk zum Sterben verdammte. Worum es sich dabei handelt, wissen wir nicht.»

Raghi schnaubte. Wissen vielleicht nicht. Ahnen jedoch schon. Er hatte eine begründete Vermutung, was hinzugekommen war — oder wer. Das Schicksal liebte Symmetrien. Wahrscheinlich trieb sein verhasster Meister hier in der Vergangenheit seine Spiele. Aber wie? Raghi hielt ihn nicht für intelligent genug und Magie existierte im Eterna der Zukunft praktisch nicht mehr. Darüber hinaus war Castelalto unter all der Gewaltbereitschaft und Brutalität feige, so wie die meisten Tyrannen.

Wie also konnte er einen derartigen Plan umsetzen?

Zu dumm hatte Raghi Faya nie allzu genau zugehört bei dem wenigen, was sie ihm über ihre Aufträge und Emilios Schicksal berichtete.

Während sein Gedankenprozess versiegte, ging ihm auf, dass er darin den Meister beim Namen genannt hatte — etwas, das er sonst tunlichst vermied.

Wirkte etwa Parths Aufforderung, dem Übel keine Anonymität zu gönnen?

Er bemerkte, dass alle ihn abwartend anstarrten. «Habe ich etwas verpasst?»

«Nein», sagte Naveen. «Deine Überlegungen schienen tief zu gehen. Da wollten wir nicht stören.»

«Leider führten sie zu nichts, abgesehen von zwei Fragen. Halten wir uns immer noch an Parths Aufforderung, unseren Feind beim Namen zu nennen?» Immerhin verfügten sie nicht mehr über einen Schutzzauber, der ihr Lager abschottete.

«Papa hat die Magie dieses Vardos aufs Maximum verstärkt. Hier drin können wir offen sprechen. Draußen schlage ich vor, dass wir vorsichtig sind. Wir können nie abschließend wissen, was alles Ohren hat.» Anjali wartete ab, ob alle nickten. «Gut, dann ist das beschlossen. Und deine zweite Frage, Raghi?»

Er schaute zum Drachenmädchen und traf auf den Blick ihrer blauen Augen. «Ich finde es gut, wenn Najira permanent in ihrer menschlichen Gestalt bleibt. Nur so können wir ein funktionierendes Team bilden und haben vielleicht eine Chance. Wie schätzt du das Risiko diesbezüglich ein, Najira? Und weiß Lyrrhodenai, wie du in dieser Gestalt aussiehst?»

Ihr Gesicht nahm eine tiefrote Farbe an. Auf was war er da gestoßen?

«Najira?», fragte Naveen sanft, als sie nicht antwortete.

Eine Träne rann aus ihrem Augenwinkel und sie starrte auf die Tischplatte. «Diese Gestalt hier kennt er nicht. Auch meine richtige Drachengestalt nicht, also jene, die ich euch auf Parths Aufforderung hin zeigte.»

Raghi stutzte. Das konnte nicht sein.

Alle warteten. Najira hielt die Stille nicht lange aus. «Im Allerheiligsten der Drachen sah ich in den Erinnerungen Bilder meiner Vorfahren. Sie wirkten beeindruckend auf mich — wild und perfekt. Als Spielerei, auch als ich allein war, nahm ich ihr Aussehen an.»

«Und das bedeutet …?», fragte Anjali, als nichts mehr kam.

«Es gab eine ganz besondere Ausprägung von Drachen, die Erstes Blut genannt wurde. Schneeweiße Geschöpfe mit purpurfarbenen Augen. Ihre Gestalt eignete ich mir an.» Als immer noch niemand zu verstehen schien, seufzte Najira tief. «Soll ich es euch zeigen?»

Da sie dabei Raghi anschaute, nickte er.

Wie schon bei der Demonstration in Kaeas Vardo saß ein kleiner weißer Drache an Najiras Stelle, doch der Unterschied hätte nicht größer sein können. Dieses Tier war von reinstem Weiß und perfekter Schönheit, mit purpurnen Augen, die so unergründlich schimmerten wie die Ewigkeit.

Mitgefühl erfüllte Naveens Miene. «Bitte nimm mir diese Worte nicht übel, Najira, aber es scheint, als würdest du deinen Seelenweg noch nicht gehen. Dafür müsstest du mit dem arbeiten, was dir bei deiner Geburt gegeben wurde.»

Wieder diese brennende Verlegenheit. Raghi ahnte das Problem. «Welche menschliche Gestalt hast du Lyrrhodenai gezeigt?»

Najira verwandelte sich erneut und Raghi begann hysterisch zu lachen. Er konnte gar nicht mehr aufhören und fiel sogar von der Bank auf den Boden, wo Anjali ihm schließlich einen unsanften Tritt versetzte.

«Das ist nicht witzig, Raghi», ermahnte ihn die Prinzessin.

«Doch, ist es», japste er. «Nur bin normalerweise ich zuständig für solche Dummheiten.» Endlich konnte er sich beruhigen und wischte sich die Augen trocken.

Das Drachenmädchen hatte sich zurückverwandelt. Sie wirkte, als hätte er ihr einen Schlag gegen die Brust versetzt.

Als Raghi sich wieder setzte, legte er aus einem Impuls heraus den Arm um ihre Schultern und zog sie beschützend an sich. «Du kannst das nicht wissen, aber so sehen in meinem Eterna die allerteuersten Huren aus — jene, die speziell für diesen Zweck gezüchtet werden.»

Najira sank in sich zusammen. «Das wusste ich tatsächlich nicht. Als ich einst die Menschen beobachtete, schienen diese Frauen den Männern zu gefallen. Jedenfalls starrten alle ihnen nach.»

Und da war er wieder, der Mangel an Selbstwertgefühl, den Raghi nur zu genau kannte. Und eine herzzerreißende Unschuld, die ihn rührte. «Ich kann dir die Motive und Zusammenhänge irgendwann erklären. Jetzt ist nicht der Zeitpunkt dafür. Was ist mit der Gestalt, die du uns jetzt zeigst? Bist das du?» Er vermutete es, doch er wollte ihre Bestätigung hören.

«Ja. Ihr habt in Parths Vardo meine echte Drachengestalt gesehen. Und wenn ich diese in eine menschliche Form gieße, sieht das so aus.» Sie machte eine wenig begeisterte Handbewegung an sich hinab.

«Für uns ist das perfekt», sagte Raghi und küsste aus einem Impuls heraus ihre Schläfe. Sein Herz hatte schon immer für die Hilflosen und Unschuldigen geschlagen. Ihr fliegendes Haar kitzelte seine Nase und er atmete ihren Duft ein. Sie roch nach wilder Natur und etwas Komplexem, das ihn vage an die Essenz des Multiversums erinnerte.

Najiras verständnisloser Blick traf ihn.

«Also hat Lyrrhodenai dich nie so gesehen. Kann er dich in dieser Gestalt orten? Und würde er dich bei einer Begegnung erkennen oder nicht?», führte Anjali das Gespräch auf das ursprüngliche Thema zurück.

«Mmh, das ist eine schwierige Frage. Ich vermute, dass er mich aus der Ferne nicht orten kann, solange ich in Raghis Nähe bleibe, egal in welcher Gestalt. Wenn ich als Mensch direkt vor ihm stehe, würde er mich wahrscheinlich erkennen. Viele seiner Instinkte sind extrem gut ausgeprägt.»

«Dann vereinbaren wir, dass du bis auf Weiteres als Mensch bei uns lebst», beschloss Anjali. «Somit als Letztes für heute zu diesem Fahrzeug und wie wir es nutzen. Danach muss ich mich schlafen legen. Ich bin todmüde. Der Vardo und alles darin gehört mir und normalerweise würden die Höflichkeitsregeln meines Volkes eine sehr genaue Abgrenzung bedingen. Was ihr dürft und was nicht. Wofür ihr fragen müsst. Durch meinen Status als Prinzessin gilt insbesondere mein Herdfeuer als heilig. Ich trete all diese Rechte hiermit ab. Wir ziehen in den Kampf und solange dieser andauert und solange wir mit diesem Vardo reisen können, gehört er uns allen, und jeder tut, was getan werden muss. Um es ganz klar zu sagen: Ich übertrage euch somit Rechte wie auch Pflichten, damit jeder von euch zum Wohl unserer Gemeinschaft beiträgt.»

Raghi schaute zu Naveen. Mit mulmigem Gefühl fragte er sich, was er während seines Aufenthalts im Vardo des Prinzen alles falsch gemacht hatte.

Naveen bemerkte seinen Blick und machte eine begütigende Handbewegung. Womöglich sah er die Regeln durch seine befleckte Vergangenheit nicht ganz so eng.

Sie bestätigten, dass sie Anjali verstanden hatten, und dankten ihr für ihre Großzügigkeit.

Danach holten Raghi und Naveen Wasser, was sich durch die Nähe der

Quelle trotz der Dunkelheit und des Sturzregens einfach gestaltete, und erledigten den Abwasch.

Entgegen ihren Worten blieb Anjali noch auf, um sich mit dem übrigen Wasser die Spuren der Ereignisse abzuwaschen. Naveen, Raghi und selbst Najira taten es ihr gleich.

Als Raghi danach in den Bettschrank kroch und sich neben Najira hinlegte, fühlte er sich desorientiert. Ein seltsam verlängerter Tag hatte sein gesamtes Leben umgekrempelt. Was würde die Zukunft bringen?

6

D er neue Tag dämmerte grau und kalt. Als Raghi kurz draußen
war, um sich zu erleichtern, entdeckte er, dass Frost das Äußere
des Vardos überzuckerte. Im Inneren bedeckte der Raureif nur
die Fenster, da sie das Herdfeuer über Nacht in Gang gehalten hatten.

Als er in den Wohnwagen zurückkehrte, stand Najira am Fenster in der
Seitenwand, das als einziges leicht erreichbar war, und zeichnete Muster in
die Eiskristalle. Staunen erfüllte ihr Gesicht.

«Kennst du das nicht?», fragte Raghi.

Sie schüttelte den Kopf. «Ich habe zuerst nicht einmal begriffen,
weshalb das passiert, aber dann stiegen Erinnerungen an meine Ausbildung im Allerheiligsten der Drachen auf und ich konnte die Fakten
verbinden.»

Raghi schaute ihr zu, wie sie die Umrisse eines Schmetterlings zeich-
nete, während seine Gedanken in die Vergangenheit schweiften. «Das
Eterna, in dem ich meine Lehrjahre verbrachte, liegt mitten in der Wüste.
Nachts wird es im Zunfthaus der Mördergilde bitterkalt, da nur wenige
Räume über Feuerstellen verfügen, und wenn ich morgens im Schlafsaal
der Lehrlinge erwachte, hingen oft Eiszapfen von der Decke und den
Wänden. Von den immer kalten Eisinseln kannte ich dieses Phänomen
nicht.»

Während er erzählte, schaute Najira ihn versunken an.

«Was ist?»

«Du unterhältst dich mit mir.»

Obwohl sie nicht mehr sagte, begriff er. Für Lyrrhodenai war sie immer nur ein Mittel zum Zweck gewesen, selbst vor ihrer Versklavung. «Gewöhn dich besser daran. Du gehörst zu uns. Was aber auch bedeutet, dass niemand wegen deiner Abstammung als allmächtiger Drache ein Tamtam macht.»

«Bis auf eine Ausnahme», mischte sich Naveen ein. Er schob den Vorhang zurück, der den oberen Teil des Bettpodests vom Hauptraum trennte, und kletterte fertig angezogen herunter. «Was brauchst du als Nahrung, Najira?»

Sie schien in sich hineinzuhorchen. «Meine Form definiert die Nahrung. Wenn ich ein Mensch bin, das Gleiche wie ihr. Als Drache müsste ich ab und zu von der Essenz des Multiversums trinken, wenn ich meine Kräfte über die Äonen bewahren will. Allerdings sterbe ich in keiner Form, wenn ich nichts zu essen habe.»

«Mama und Kaea haben uns so viele Vorräte mitgegeben, wie sie entbehren konnten», sagte Anjali. «Sollten wir normal reisen können, reichen sie uns auf jeden Fall bis nach Aeriels Quellen. Es braucht also niemand zu hungern.»

Sie teilten sich die Aufgaben auf, frühstückten in aller Eile und machten sich auf den Weg.

Naveen und Raghi liefen hinter dem Vardo, während Anjali kutschierte und Najira ihr dabei Gesellschaft leistete. Hoch über ihnen drehte Desert Rose ihre Kreise und hielt Ausschau nach Feinden.

Es begann zu regnen. Raghi war bald bis auf die Haut durchnässt und vermisste seine Ghitainkleidung sehr. Zugleich war er froh, dass sie Naveen wärmte und schützte. Der Prinz riss sich mit aller Kraft zusammen. In unbeobachteten Momenten verrutschte jedoch seine Maske und seine tiefe Erschütterung wurde sichtbar.

Wer konnte es ihm verdenken?

«Ich wünschte, ich könnte irgendetwas für dich tun», gestand Raghi ihm leise. «Du warst so gut zu mir — und zu Mallika und Violet. Es scheint unfair, dass ich dir nicht helfen kann.»

«Wir alle haben unseren Seelenweg und das hier scheint meiner zu sein», erwiderte Naveen und ließ seine Blicke über die Landschaft schweifen. Das langweilige, stetig flacher werdende Gras- und Buschland bot den Augen wenig Abwechslung. Es bei Nacht und den Spuren der Ewigkeit folgend zu durchqueren war kein Verlust gewesen.

Irgendwann um die Mittagszeit würden sie die Stelle erreichen, wo Chandana Naveen sein eigenes Herdfeuer übergeben hatte und er und Raghi sich von dem Clan getrennt hatten, um allein weiterzureisen. Von da ging es durch Tasjars Schlucht hin zu der seltsamen Lichtung mitten in der Bergkette, wo die aufeinanderprallende Magie der kämpfenden Drachen den Lauf der Zeit für immer umgekehrt hatte. Hinter der Lichtung erwartete sie Jalassars gruselige Schlucht und dahinter bereits Aeriels Quellen. Insgesamt zweieinhalb Tagesreisen — vielleicht auch nur zwei, wenn sie sich und den Pferden wenig Rast gönnten.

Falls die Überlieferungen, auf die sie sich verließen, denn stimmten.

«Reisen wir tatsächlich in der Zeit zurück?», fragte Raghi. «Gestern, als die Vardos rückwärts fuhren, war es offensichtlich. Nun bin ich mir nicht sicher.»

Naveen zog den Umhang enger um sich. «Wir reisen zurück. Als die Vardos rückwärts fuhren, blieben wir stationär und drehten die Zeit zurück bis zu einem bestimmten Zeitpunkt. Nun bewegen wir uns gegen den Uhrzeigersinn auf dem äußeren Kreis, deshalb geschieht es langsam. Jeden Tag um einen weiteren Tag. Wie es genau funktioniert, verstehe ich nicht. Vorhin im Lager war es Morgen, wie der Raureif bewies. Da die Zeit rückwärts läuft, wäre es für mich logischer gewesen, am Abend zu erwachen. Leider sehen wir die Sonne nicht. Ihr Lauf würde uns einen wichtigen Hinweis geben. Es kann jedoch auch sein, dass die Tage trotz der rückwärts laufenden Zeit für uns normal vergehen. Die Überlieferungen meines Volkes besagen, dass ein Zauber vom stärksten anwesenden Magier gesteuert wird.»

Raghi fand das Konzept unglaublich verwirrend. Und er sorgte sich um etwas, das Naveen nicht zu kümmern schien. «Wir begegnen auf unserer Reise nicht dem Clan der Seher oder uns selbst?»

«Nein, wir sind hier ja schon durchgekommen. Erinnere dich: Die Clans verließen das Lager am Morgen — gestern Morgen nach unserem Zeitverständnis. Mama, Parth und Devi gestern Abend. In jenem Moment starteten auch wir. Ich kann nicht genau sagen, wie unsere kurze Reise gestern Nacht die Zeit beeinflusst hat. Falls sie als minus ein Tag zählt, brechen die beiden Clans jetzt ihr Lager in den Ausläufern des Rückgrats des Drachens ab. Falls nicht, befinden sie sich im neuen Lager und warten womöglich noch auf Mama, Parth und Devi.»

Das ergab Sinn, auch wenn Raghi bei der Visualisierung fast der Kopf platzte. «Darf ich dir noch ein paar weitere Fragen stellen?» Ihre Unterhaltung schien Naveen abzulenken. Einen Versuch war es also wert.

«Klar.»

«Weshalb wollte Devi nicht, dass wir uns beim Wegfahren mit dem Vardo selbst beobachten?»

Naveen schaute zum düsteren Himmel, schauderte und senkte den Kopf, sodass ihm der eisige Regen nicht ins Gesicht fiel. «Mmh. Das war eine Mischung aus Vorsicht und der Beachtung überlieferter Warnungen. Viele Jahrhunderte sind vergangen, seit mein Volk die Zeit zum letzten Mal zurückgedreht hat. Wir wissen noch, wie es geht, aber nicht mehr, wie es sich anfühlt. Menschen tun sich generell schwer damit, auf verschiedenen Zeitebenen zu existieren. Es gibt unheimliche Geschichten darüber, was passiert, wenn man sich selbst von Angesicht zu Angesicht gegenübersteht. Als harmloseste Konsequenz funktioniert der Zauber nicht. Deshalb bestand Devi darauf, vorsichtig zu sein. Als Fee verfügt sie über die stärkste Magie von uns allen und kann dadurch wahrscheinlich mit derartigen Ungereimtheiten umgehen.»

Konnte das die ganze Begründung sein? Vielleicht schon. «Dann waren wir, solange wir uns drehten, für unsere vergangenen Ichs unsichtbar?»

«Genau.»

Ein Punkt für den dümmsten Lehrling.

Raghi gab jenem Teil seines Verstandes, der ihm die Bemerkung eingeflüstert hatte, einen mentalen Tritt. Es war Zeit, das Gefängnis der Vergangenheit hinter sich zu lassen. Hier war er kein Lehrling und Sklave mehr, sondern frei.

«Wieso ist das Wetter anders? Abgesehen von Jalassars Schlucht, wo wir den Himmel nicht sehen konnten und es von den Bäumen tropfte, hatten wir auf unserer Reise recht warmes und gutes Wetter. Diese garstige

Variante kam nicht vor.» Raghi zeigte zu den düster-schweren Regenwolken am Himmel.

«Gute Frage. Mama und Parth haben mich gewarnt, so etwas zu erwarten. Unsere Überlieferungen berichten davon. Wieso es geschieht, wussten sie nicht. Das ist das Problem bei unserem Plan. Zeitreisen sind zu schwierig und komplex, als dass wir Menschen sie verstehen und mit unserem Geist erfassen können. Beten wir, dass wir nichts falsch machen und durch unser Umwissen etwas zerstören.»

Vor nicht allzu langer Zeit hatte Raghi ähnliche Ängste geäußert und eine überraschende Antwort erhalten. Vielleicht half sie auch Naveen.

«Wir mögen den Prozess nicht verstehen, aber zu sehr fürchten müssen wir uns auch nicht. Auf meiner Flucht über die Treppen bin ich einem alten Mann begegnet. Er hielt mich davon ab, in die Zukunft zu gehen, und sprach mir Mut zu. Unter anderem versicherte er mir, dass ich die Vergangenheit nicht ruinieren kann, da sie von unzähligen Zeitzeugen festgehalten wurde.» Raghi stutzte. «Und ich glaube, wir haben das beste Beispiel dafür gesehen, als wir mit diesem Vardo aufbrachen. Um das zu tun, drehten wir die Zeit nur um eine halbe Stunde oder weniger zurück. Trotzdem stahlen wir eine Kopie. Das Original bewegte sich nicht, denn sein Schicksal — Devi fährt damit davon — war bereits festgelegt. Dabei hat niemand den Vorgang in einer Chronik festgehalten.»

Naveen machte eine ausladende Handbewegung, die das gesamte Land umfasste. «Schau dich um. Alles um uns ist beseelt. Wir mögen sie nicht sehen, aber es gibt Tausende von Zeugen, vom Vogel bis zum kleinsten Insekt und — nicht zu vergessen — uns.»

So gesehen, erschien die Verdoppelung logisch.

«Also müssen wir nur noch herausfinden, wie wir einen Unsterblichen töten.» Raghis Stimme tropfte vor Zynismus.

Naveen nickte gedankenverloren und wandte sich ihm zu. «Wie geht es eigentlich *dir*? Es muss dir schwerfallen, deine Familie zurückzulassen — so kurz nachdem ihr einander gefunden habt.»

Die Worte verursachten ein Zupfen in Raghis Brust. Er hätte nie gedacht, dass ihm das einmal passieren und er es darüber hinaus zugeben würde, aber Mallika fehlte ihm sehr. Der kleine Wurm hatte sich einen Platz in seinem Herzen erkämpft. Und Violet …? Raghi liebte ihre Gegenwart, auch wenn es nicht einfach gewesen war, den durch die jahrelange Trennung aufgerissenen Abgrund zu überwinden.

«Ich vermisse sie», gab er zu. «Und das Allerschlimmste ist, dass wir uns im Streit getrennt haben. Violet wurde ganz schön laut und Mallika auf ihrem Arm begann durch die ganze Aufregung zu weinen. Danach wollte sie sich nicht mehr von mir halten lassen.»

«Oh weh, das ist hart», bestätigte Naveen.

Raghi war froh, dass der Regen die Tränen auf seinen Wangen verbarg. «Der Streit fand im Anschluss an die kurze Ad-hoc-Versammlung der Sippen statt, als Parth über den Mord an euch, die Schuldigen und die nächsten Schritte informierte. Violet wollte nicht akzeptieren, dass ich allein aufbreche, um eure Asche auf dem höchsten Berg innerhalb der beiden Kreise zu verstreuen — die Verschleierungsgeschichte, die meine Trennung von den Ghitains rechtfertigt. Auch dass Desert Rose mich begleitet, besänftigte sie nicht.» Raghi schniefte und wischte sich nun doch über die Wange.

Naveen ließ ihm die wortlos die nötige Zeit.

«Seltsamerweise haben die Ghitains alle Ankündigungen ohne Widerspruch akzeptiert, obwohl das Vorgehen nicht euren Bräuchen entspricht», fügte Raghi an.

Traditionell überließen Ghitains die Asche der Toten dem Wind, damit jene wieder eins mit dem Multiversum wurden. Parth und Kaea hatten die Ungeheuerlichkeit rund um Anjalis und Naveens vorgetäuschtem Tod genutzt, um auch diese Regel zu brechen.

Die Verschleierungsgeschichte war romantisch und passte von den örtlichen Gegebenheiten her gut. Der höchste Berg innerhalb der Kreise der Ghitains lag in jener Bergkette, durch die Jalassars und Tasjars Schluchten führten. Dies erlaubte Raghi umzukehren und weil Desert Rose ihn nicht hinfliegen konnte, brauchte der Weg seine Zeit. Bevor nicht vier oder fünf Wochen in der Wahrnehmung der Ghitains vergangen waren, würde niemand ihn vermissen.

Und bis dann hätte das alte Volk längst seinen Tod durch das von Lyrrhodenai veranlasste Gemetzel gefunden.

«Das Volk der Ghitains ist vor allem eins — anpassungsfähig. Lange vor allen Regeln und Traditionen kam immer die Anpassungsfähigkeit. Leider haben das manche von uns vergessen.» Naveen klang traurig. «Offenbar auch ich, denn wie sich zeigt, hänge ich am Besitz. Das kann nicht richtig sein.»

«Du hängst nicht am Besitz, sondern an der Schönheit. An jenen Dingen, die einfach richtig sind. Dazu gehörte Palashs Vardo. Für einen guten Grund hättest du ihn, ohne auch nur einen Moment an deine eigenen Interessen oder dein eigenes Wohl zu denken, weitergegeben.»

«Ich bin mir nicht sicher, ob ich dieses Vertrauen verdiene», erwiderte Naveen nach einer Weile.

Sie liefen schweigend. Der Regen nahm zu. Der Untergrund wurde matschig. Nass klebte die Kleidung auf Raghis Haut — ein vertrautes Unwohlsein. Er ignorierte es. Kälte würde ihm nie etwas ausmachen. Und selbst wenn er sich eine Lungenentzündung holte, war das egal. Er konnte schließlich nicht daran sterben.

Die Zukunft im Allgemeinen bereitete ihm jedoch große Sorgen.

«Wie rechnest du dir unsere Chancen aus?» Er hatte das eigentlich nicht fragen wollen. Ihr Plan war hirnverbrannt und ihre Lage hoffnungslos. Auf welche Antwort hoffte er?

«Das kann ich im Moment noch nicht sagen», überraschte ihn Naveen. «Uns fehlen wichtige Informationen, weil wir so überhastet unsere heimliche Flucht vorbereiten mussten. Und auch unsere Ziele sind diffus.»

Mal abgesehen von einem — dass Naveens und Anjalis Volk der Vernichtung entging.

«Wir müssen so bald als möglich mit Najira sprechen», bestätigte Raghi. «Sie weiß, was uns erwartet. Und sie muss uns die Informationen geben, wie wir sie befreien können.»

Naveen schmunzelte, ein echtes Schmunzeln, wenn auch etwas matt. «Du magst sie, das ist offensichtlich.»

Das wiederum wollte Raghi nicht hören. «Verwechsle nicht Mitgefühl mit mögen.»

«Tue ich nicht.» Das Schmunzeln wurde zu einem melancholischen Lächeln.

Raghi seufzte. «Wie auch immer.»

Der Vardo vor ihnen schlingerte im Matsch, als Anjali über mehrere Unebenheiten fuhr. Naveen musterte die Räder. Raghi tat es ihm gleich. Als erfahrene Wagenlenker achteten sie auf jedes Detail im Verhalten des Fuhr-werks. Nach allem, was Raghi bisher beobachtet hatte, war Anjalis Braut-geschenk neu und von herausragender Qualität. Wenn sie nicht völliges Pech hatten, würde der kleine Vardo sie nicht im Stich lassen.

«Ich sehe kein grundsätzliches Problem», sagte Naveen. «Ihr seid beide unsterblich und etwas scheint euch zu verbinden.»

«Das vielleicht, aber sie hat keine Persönlichkeit. Sie würde eine Annahme treffen, was ich von einer Partnerin will, und sich in das verwandeln.»

Naveen wackelte seitlich mit dem Kopf. «Du liegst nicht ganz falsch, aber du bist auch absichtlich gemein. Najira fehlt es nicht an Persönlichkeit, sondern an Selbstvertrauen und Selbstbewusstsein. Entsprechend wird sie zu dem werden, was wir aus ihr machen.»

Noch mehr Verantwortung?

Raghi verdrehte die Augen.

«Vielleicht ist sie *dein* Seelenweg», sagte Naveen leise. «Vielleicht zeigt sich an ihr, was passiert, wenn Raghi sein volles Potenzial ausschöpft.»

Für den Rest der Wegstrecke sprach keiner der beiden mehr.

ZUR MITTAGSZEIT ERREICHTEN sie das Ende des Graslandes, wo Chandana Naveen sein eigenes Herdfeuer übergeben hatte.

Anjali hielt den Vardo an. Als Naveen und Raghi zu ihr aufschlossen, zeigte sie nach vorn. «Dort liegt die Einfahrt zu Tasjars Schlucht.»

Raghi musterte das Terrain und schluckte beklommen. Das ehemalige Schlachtfeld der beiden Drachen war gruselig. Aus der anderen Richtung hatte er es nicht bemerkt, vielleicht weil die Sorge rund um Naveen und Anjali ihn abgelenkt hatte oder weil sich manche Aspekte der Schlucht nicht ganz so deutlich zeigten.

Von hier betrachtet, eröffnete sich das Grauen trotz des Schmuddelwet-ters und des Dauerregens.

Das breite Tal zog eine schnurgerade Schneise durch die Bergkette und schnitt dabei ganze Berge entzwei. Ein Stück weit in die Schlucht hinein entdeckte Raghi einen, dessen aufsteigende Hänge rechts und links der

Schlucht noch klar zu erkennen waren. Der ganze Mittelteil samt Gipfel war dafür weg, wie von einem Giganten herausgestanzt, sodass nur zwei senkrechte Abgründe übrig blieben.

Konnte Najira so etwas auch?

Sie schien seine Aufmerksamkeit zu spüren, denn der Blick ihrer himmelblauen Augen traf auf seinen. «Schau mich nicht so an. Ich habe keine Ahnung, wie meine Vorfahren das gemacht haben. Gemäß den Archiven im Allerheiligsten der Drachen waren Tasjar und Jalassar Bewahrer. Sie stammten somit aus der dritten Generation von Drachen, nur zwei Generationen nach den Urdrachen. Damit entsprechen sie für mich so etwas wie Göttern.»

«Darüber müssen wir uns unterhalten, aber nicht jetzt», bestimmte Naveen. «Wir alle sollten aus dem Regen raus und uns aufwärmen und trocknen. Und die Pferde brauchen eine Ruhepause und Zeit zum Grasen.»

Alle machten sich an die Arbeit. Die Frauen betraten den Vardo. Naveen und Raghi kümmerten sich um die Pferde, die beide ein beigesilbernes Fell und silberne Mähnen und Schweife zeigten. Wie schon während des morgendlichen Aufbruchs beschnüffelten sie die beiden jungen Männer freundlich und schnaubten sie an.

Als Raghi für sie den Eimer an der nahen Quelle befüllte, landete Desert Rose neben ihm und schüttelte sich. Raghi fand sich in einem Tornado aus Wassertropfen wieder.

«Danke, Rose. Aber deine Bemühungen sind umsonst. Nasser kann ich nicht mehr werden», bemerkte er milde und streichelte ihren gefiederten Hals. «Du wirkst entspannt. Macht dir der Regen nichts mehr aus?»

Sie brummte. Offenbar doch.

Die Chimäre folgte ihm zurück zum Vardo und kroch unter das Fahrzeug. Weil Raghi ihr genau dabei zuschaute, bemerkte er, wie ihr Körper kleiner wurde, bis sie darunter passte.

Er blieb wie vom Donner gerührt stehen.

Deshalb klappte das nach wie vor, obwohl es unmöglich schien! Das kleine tierische Waisenkind, das er einst aus der Wüste gerettet hatte, konnte die Gestalt wandeln. Kaum zu glauben, wie weit sie beide seit damals gekommen waren — in ihren Fähigkeiten, in dem zurückgelegten Weg und auch der Zeit, die sie überwunden hatten.

Kopfschüttelnd betrat er den Vardo. Drinnen war es mollig warm und das Essen kochte bereits auf dem Ofen. Noch so ein Wunder.

Anjali amüsierte sich über sein Erstaunen. «Najira hat Feuer gemacht und den Ofen innerhalb von Momenten auf Betriebstemperatur gebracht — nach Drachenart.»

«Klingt gut. Schade kann sie mich nicht so trocknen.» Raghi war kalt. Er hatte sich viel zu schnell an die Vorteile der Ghitainkleidung gewöhnt und war verweichlicht. Dabei hätte er es durch seine grausame Ausbildung eigentlich besser wissen sollen. Etwas mit Würde zu erdulden benötigte Training, so wie alles andere im Leben auch.

Seine Bemerkung ließ Najira aufhorchen. «Vielleicht kann ich das. Soll ich es versuchen?»

Naveen, der gerade den Tisch herauszog und vorbereitete, tauschte einen langen Blick mit Anjali. Es war die Prinzessin, die antwortete. «Wenn, dann sei bitte sehr vorsichtig, damit du Raghi nicht verletzt und den Vardo nicht beschädigst. Und du musst Raghi auf jeden Fall fragen, ob er es auch will.»

Najira wandte sich ihm mit hoffnungsvollem Blick zu.

Er konnte ihr nicht widerstehen. Hundewelpen, die um Futter bettelten, schauten ähnlich. «Tu es.»

Ein Flammenstoß hüllte ihn ein. Er fühlte sich ähnlich an wie Desert Roses zärtliches Feuer, aber eben nur fast. Streichelnden Fingern gleich glitten die Flammen über seinen Körper und erreichten jeden Winkel. Ihnen folgte eine heftige Welle aus Begehren, der Raghi nichts entgegenzusetzen hatte. Das Blut sackte ihm in die Füße und er musste sich an der Wand des Vardos abstützen, um nicht hinzufallen.

«Whoa! Etwas weniger intensiv bitte, sonst stoppt mein Herz», keuchte er.

Sogleich hörte das Prickeln auf. «Jetzt bist du trocken», sagte Najira und klang dabei etwas verschmitzt.

Naveen und Anjali kicherten leise.

«Ich hätte eher deinen Verstand in Gefahr gesehen als dein Herz», scherzte die Prinzessin sanft.

«Damit liegst du richtig, denn schließlich habe ich kein Herz.» Ein

Scherz aus alten Tagen. Nur fühlte er sich nicht mehr gut an. Und war es so offensichtlich, dass Najira ihn nicht kalt ließ?

Zum Mittagessen gab es Haferbrei mit Schlehenkompott.

«Lasst uns vereinbaren, wie wir unsere Reise fortsetzen», sagte Naveen, als die Schalen leer waren. «Von hier bis zum Talkessel zwischen den beiden Schluchten ist es eine Tagesreise. Von da aus eine weitere Tagesreise durch Jalassars Schlucht nach Aeriels Quellen. Wo und wie wollen wir rasten?»

Raghi wartete, ob eine der beiden Frauen antwortete. Als dem nicht so war, erwiderte er: «Ich würde es vorziehen, nicht in Jalassars Schlucht zu übernachten. Dort ist es unheimlich. Und wir wissen nicht, ob Räuber überlebt haben. Jede Auseinandersetzung verursacht Aufmerksamkeit und wenn wir uns erneut mit den Räubern anlegen und siegen, verschieben wir gemäß meinem Verständnis das Gleichgewicht zwischen Licht und Dunkelheit. Verlieren wir, ist diese Mission gefährdet. Beides sollten wir tunlichst vermeiden.»

«Das sind wichtige Überlegungen», bestätigte Anjali. «Zusätzlich stellt sich die Frage, was passiert, wenn wir im Talkessel zwischen den beiden Schluchten übernachten. Gemäß den Überlieferungen läuft dort die Zeit unter normalen Umständen rückwärts. Dreht sich die Zeit umso schneller zurück, wenn wir dort verweilen, oder kehrt sie sich um und schreitet wieder voran?»

Naveen zog die Brauen zusammen. Nach einem Moment des Nachdenkens wandte er sich an den Drachen. «Weißt du das, Najira?»

Sie schaute ihn aus großen Augen an und schüttelte stumm den Kopf.

«Magie, die wir nicht verstehen, ist gefährlich. Entsprechend fahrlässig wäre es, dort zu übernachten. Wie also teilen wir uns den Weg ein?» Naveen klopfte mit den Fingerspitzen auf den Tisch.

Raghi ging seine Erinnerungen an die Reise durch. Ihm kam eine Idee. «Wir müssen uns nicht beeilen, richtig?»

«Nicht von der Zeit her, nein. Wir reisen ja darin zurück. Allerdings sollten wir auch nicht trödeln, denn sonst verlieren wir vielleicht den Mut. Der menschliche Verstand ist tückisch.» Naveen seufzte und lehnte sich matt an die Wand des Vardos, die als Rücklehne für die Bank diente.

Diese Reaktion bestärkte Raghi in seinem Vorhaben. «Dann lasst mich euch etwas vorschlagen. In dieser seltsamen Situation ist es wichtig, dass wir uns selbst nicht vergessen. Das haben mich die Ghitains mit ihrem Fokus auf Achtsamkeit gelehrt. Etwa auf halbem Weg durch Tasjars Schlucht gibt es doch diesen von Blumenwiesen umgebenen See, dessen Schönheit fast unecht wirkt. Wenn wir bald aufbrechen, erreichen wir ihn vor Sonnenuntergang. Lasst uns dort bis morgen Mittag rasten. Naveen und Anjali, ihr zwei habt schließlich noch eine Hochzeit zu feiern. Najira und ich werden uns anderweitig beschäftigen. Morgen Nachmittag fahren wir weiter und rasten für die Nacht am Ende von Tasjars Schlucht in Blickweite des seltsamen Talkessels. Am darauffolgenden Tag bringen wir Jalassars Schlucht in einem Zug ohne Rast hinter uns.»

Dem Paar war bei Raghis unverblümten Worten die Röte ins Gesicht geschossen. Sie warfen sich Seitenblicke zu.

Anjali legte sanft die Hand über Naveens.

Er räusperte sich. «Leider sind wir nicht verheiratet.»

«Vielleicht nicht offiziell, aber ich glaube, das zählt in eurer Situation nicht. Schließlich geltet ihr auch als tot.»

Naveen senkte den Blick auf die Tischplatte. «Ich weiß nicht, Raghi. Meine Wünsche und Träume, die dir vollends zustimmen, sind eine Sache. Die Realität eine andere. Gerade noch war ich Naveen, Prinz des Clans der Seher. Ich besaß einen Vardo und eine Berufung. Nun sind der Vardo und die magischen Tiere weg und ich bin vielleicht auch kein Ghitain mehr. Einige unseres Volkes haben in unserer langen Geschichte den Lauf der Zeit umgekehrt. Keiner dieser Ghitains ist namentlich bekannt. Ja, es nicht einmal überliefert, ob es sich um Frauen oder Männer handelte.»

Es schmerzte Raghi, seinen Freund so deprimiert zu sehen. «Erinnere dich an deine eigenen Worte, Naveen. Anpassungsfähigkeit. Ihr zwei schmiedet euer eigenes Schicksal.»

Zögernd suchte der Prinz Anjalis Blick.

Sie lächelte. «Mich braucht Raghi nicht zu überzeugen. Er spricht meine heimlichen Träume aus.»

Entschlossenheit schien durch Naveens Adern zu fließen. Er straffte die Schultern. «Dann machen wir es so», bestätigte er. Dabei wurden seine Wangen feuerrot.

7

Sie reisten ohne Zwischenfälle und auch das Wetter besserte sich im
Verlauf des Nachmittags. Zwar hingen nach wie vor schwere
Wolken am Himmel, doch da und dort gab es auch Lücken, durch
die einzelne Sonnenstrahlen wie Glücksmomente erstrahlten.

Dieses Mal lief Najira neben Raghi, während sie dem Vardo folgten.
Staunend musterte sie ihre Umgebung. Die Schlucht war hier so breit, dass
sie sich eher wie ein Tal anfühlte.

«Du hast nichts mitbekommen, als wir aus der anderen Richtung hier
durchreisten?», fragte er nach einer Weile.

«Nein.» Ein rascher Seitenblick traf ihn.

Konnte das sein? «Wo warst du dann?»

«Auf unserer Lichtung. Du weißt schon. Dort, wo du mich in deinen
Träumen gefunden hast.» Sie hielt das Gesicht abgewandt. Offenbar wollte
sie nicht, dass er in ihrer Miene las.

Diese Antwort hatte er nicht erwartet. «Kein schöner Ort.»

«Doch, für mich schon.» Wieder ein Seitenblick aus ihren himmelblauen
Augen.

Raghi musste sich stets zusammennehmen, um nicht darin zu ertrinken.
Über die Jahre hatte er viele Menschen mit faszinierenden Augen kennengelernt und sich sogar einige seiner Geliebten deswegen ausgesucht.

Manche verfügten über dichte, lange Wimpern ähnlich wie die Kamele aus dem Süden, die in Handelskarawanen nach Eterna reisten. Andere Augen wiederum zeigten unglaubliche Farbkombinationen oder schimmerten besonders attraktiv bei Tag oder im Kerzenlicht. Gegen all das erschien Najiras strahlendes Blau wie nichts Besonderes. Und trotzdem besaß sie für Raghi die bemerkenswertesten Augen, die er zeit seines Lebens gesehen hatte.

Sein Schweigen schien sie nervös zu machen.

«Dort stand das Bett, das du für mich aus einem Bottich erfunden hast. Mit der weichsten und wärmsten Decke, die man sich vorstellen kann, und einem wolkengleichen Kissen. Noch nie zuvor habe ich mich so beschützt gefühlt», sagte sie leise.

Alles in Raghi drängte ihn dazu, zu scherzen und Najiras Geständnis kleinzureden. Er hatte stets alle Menschen von sich gestoßen — dies insbesondere, wenn sie ihn für gut hielten oder ihm zu nahe kamen. So wie sie gerade.

Resolut unterdrückte er den Impuls. «Das freut mich.»

Für eine Weile liefen sie schweigend. Die Hufschläge der Pferde und das Rumpeln des Vardos bildeten die einzigen Geräusche in der Stille. Hatten auf der Hinreise fast schon gruselige Harmonie und Perfektion geherrscht, zeigte sich Tasjars Schlucht heute von der leeren Seite. Es waren keine Tiere zu sehen und die Bäume und Pflanzen schienen noch im Winterschlaf zu liegen.

«Gefalle ... gefalle ich dir?»

Najiras ersticktes Stottern zupfte an seinem Herzen. Raghi ergriff ihre Hand. Sie atmete überrascht ein.

«Selbst wenn, dann tut das nichts zur Sache», erwiderte er im fürsorglichsten Tonfall, den er zustande brachte. «Du kommst aus einer auf Missbrauch basierenden Beziehung, ja bist noch auf der Flucht vor deinem Peiniger. Aus dieser Situation kann nichts Gutes erwachsen. Wenn es uns gelingt, mit ihm fertigzuwerden, musst du erst zur Ruhe kommen. Auch um zu verstehen, was genau passiert ist. Erst dann bildet sich Raum für Neues. Im Moment bin ich ein einfach verfügbares Ziel, an das du dich in deiner Unsicherheit klammerst. Das ist keine Basis für irgendetwas.»

Seine Worte gefielen ihr nicht. «Aber du verhältst dich freundlich und fürsorglich mir gegenüber.»

«Das mag sein. Trotzdem wäre ich der denkbar schlechteste Gefährte für dich. Der Raghi, den du gerade erlebst, existiert noch nicht lange. Als Sklave in Eterna habe ich mich durch alle sozialen Schichten gehurt. Ich habe jede Lunte angezündet, die ich fand. Und dem Teufel, wenn immer möglich, ins Auge gespuckt. Meine Berufung hieß Chaos und ich war verdammt gut darin.»

Sie zog die Brauen zusammen. Was würde als Nächstes kommen?

«Wieso?»

Mit ihrer simplen Frage überraschte sie ihn. Erneut musste er sich zusammenreißen, um nicht schnippisch zu reagieren. Das Drachenmädchen hatte genug erduldet und verdiente seine Ehrlichkeit.

Und anders als viele andere Menschen das tun würden, verurteilte sie ihn nicht. — Oder zumindest noch nicht.

«Du hast gar nichts von dem gehört, was ich den Ghitains erzählt habe?» Mit allem, was er seit seiner Ankunft in dieser Zeit erlebt hatte, war er sich nicht mehr sicher, ob sie ihn während dieser Gespräche schon in ihrer Stinkdrachengestalt um den Hals getragen hatte. Und er wusste von ihr, dass sie den Menschen grundsätzlich nicht zuhörte — weder ihren Stimmen noch ihren Gedanken.

«Nein. Bevor ich dich ...», sie schaute zum Vardo, «nein, euch kennenlernte, interessierte mich eure Spezies nicht. Oder vielleicht eher *nicht mehr*. Nicht, nachdem mein Interesse für einen Menschen so furchtbar schiefgegangen war.»

Nachvollziehbar. Raghi seufzte. «Nun, ich war das dicke Kind, der Tollpatsch und Trottel, der nichts hinbekam, über keine Kondition verfügte und darüber hinaus dumm war. Viel später als andere Lehrlinge kam ich zur Mördergilde. Und während der Zunftmeister seine Lehrlinge sonst immer stiehlt, haben meine Erzeuger mich verkauft. Dies, nachdem sie mich während der Jahre, die ich bei ihnen lebte, misshandelten, mehrmals umbrachten und so stetig unsterblicher machten. Das war nicht gerade der positivste Start für mich.»

Najira, die ihn während seiner bitteren Zusammenfassung unverwandt angestarrt hatte, stolperte über einen Stein und bewahrte sich gerade noch rechtzeitig vor einem Sturz.

«Wir haben so vieles gemein», sagte sie leise und rieb die Handflächen an ihrem Umhang. «Außer das mit den Eltern. Als ich aus dem Ei schlüpfte, war niemand da.»

Was Raghi sich fast ebenso schmerzhaft vorstellte wie die Misshandlungen. «Weißt du wieso?»

«Nein, im Allerheiligsten gab es keine Informationen dazu. Nur dass Drachen sich manchmal zurückziehen und für Jahrtausende schlafen. Vielleicht bin ich auch ganz einfach die Letzte meiner Art.» Sie schniefte. «Aber du wolltest mir von deiner Motivation als Satansbraten erzählen. Bisher hast du mir nur die Hintergründe dazu zusammengefasst.»

Sprach Najira so, klang sie gar nicht dumm.

Raghi ließ sich Zeit mit der Antwort. «Ich glaube, es war eine Mischung aus Minderwertigkeitsgefühlen, Trotz und dem brennenden Wunsch auszutesten, wie weit ich gehen konnte. Die Ergebnisse fielen unterschiedlich aus. Zum Teil bestrafte ich mich selbst, zum Teil tanzte ich der Welt auf der Nase herum und zeigte es allen. Gesund war das nicht, denn der Schmerz wurde mein Freund.»

Najira schwieg lange. «Das ist gefährlich. Ich tat mir während der Gefangenschaft meist leid und wollte, dass es aufhörte. Selbst den Tod hätte ich in jenen Phasen wie einen Freund willkommen geheißen. In seltenen Momenten tauchte ich jedoch in die Qual ein. *Ich habe das verdient. Gib mir mehr. Du kannst mich versklaven, doch du wirst mich nicht brechen.* Manchmal liegen Schmerz und Lust unmittelbar nebeneinander.»

Ganz so unschuldig war die kleine Missy offenbar doch nicht.

«Ich weiß», bestätigte Raghi. «Aber nicht für mich. Ja, der Schmerz war mein Freund. Aufgegeilt habe ich mich daran nie. Vielmehr war er der Lohn für mein Verhalten. Je schlimmer er ausfiel, desto erfolgreicher hatte ich meine Opfer geärgert.»

«Dann wolltest du also die größte Nervensäge im Multiversum sein?» Najira schmunzelte bei der Frage.

Raghi grinste. «*Das* fasst meine Ziele perfekt zusammen. Nur ahnte ich damals nichts vom Multiversum. In meiner Zeit gibt es nur das Universum.»

Unvermittelt erklang über ihnen ein Schrei und ein Schatten stürzte auf sie herab.

Raghi und Najira sprangen auseinander. Die Spitze eines Flügels traf Raghi an der Schulter. Die Berührung fühlte sich an wie ein Schlag. Najira, die offenbar ebenfalls getroffen wurde, stieß einen leisen Schmerzensschrei aus.

«Rose, verdammt noch mal. Lass das!», schimpfte er und schaute ihr wütend hinterher, wie sie wieder in den Himmel stieg. Er traute sich aber nicht, die Stimme zu erheben.

Najira rieb sich den Oberarm, die Chimäre wachsam im Blick. «Sie brennt vor Eifersucht.»

«Das ist mir klar. Doch mir ist nicht klar, was du ihr getan hast. Was ist in der Nacht geschehen, als du Anjalis Tod verhindern musstest?»

Sie zögerte.

«Die Wahrheit. Rose und ich haben sie verdient.»

Najira schaute zur Chimäre hoch, die erneut am Himmel ihre Runden zog. Ihr Schwanz peitschte im Flug, was sie zu halsbrecherischen Manövern zwang, die sie mühelos ausführte. Raghi sollte sich für sie freuen, doch die vielen Entwicklungen in kürzester Zeit überforderten selbst so einen verrückten Sturkopf wie ihn.

«Meine Magie hat ihr gnadenlos vor Augen geführt, was ihr entgeht. Wie du weißt, vereinen normale Chimären Aspekte von drei Tierarten in sich. Ich stelle mir vor, dass sich für diese Individuen die Frage, etwas *ganz* zu sein, nicht stellt. Rose hingegen ist halb Drache und halb Adler. Sie fühlt jene Aspekte, die ihr fehlen, akut.»

Raghi verschlug es die Sprache. Er wollte aufbegehren, dass Rose perfekt war — bis das Gedankenkarussell in seinem Kopf einsetzte und ihn verwirrte.

«Der Schöpfungsmythos bestätigt deinen ersten Gedanken, auch wenn das Ergebnis für uns manchmal nicht so aussieht», sagte Najira, mit einem kurzen Seitenblick zu ihm. «Das Gleiche lässt sich auf dich und mich und jedes Lebewesen anwenden.»

Raghi schnaubte. «Ich bin nicht perfekt.»

«Für mich schon.»

Er verdrehte kopfschüttelnd die Augen und bemerkte, dass sein

Schweigen Najira traurig machte. Sie hatte sich ein ähnliches Kompliment erhofft. «Ich werde dich nicht anlügen, kleine Missy. Du bist nicht perfekt, bei Weitem nicht. Aber du hast ein gutes Herz. Und wenn du irgendwann damit beginnst, dich selbst zu achten und zu lieben, dann wirst du perfekt sein.»

Seine Worte machten sie womöglich noch trauriger.

«Liebe kritisiert nicht. Also magst du mich wirklich nicht.» Ihre himmelblauen Augen überliefen mit Tränen.

Raghi musste eine klare Linie ziehen. Sonst lief ihre Anbetung völlig aus dem Ruder. «Bisher hast du mir dazu wenig Gelegenheit gegeben», wählte er bewusst grausame Worte.

Danach sagte Najira nichts mehr.

AM FRÜHEN ABEND erreichten sie den See. Inzwischen regnete es wieder in Strömen und ein bissiger Wind trieb ganze Wände aus Wassertropfen vor sich her. Das garstige Wetter ließ wenig von der Schönheit des Ortes übrig. Der See war über das Ufer getreten und die matte Farbe seines Wassers erinnerte an Schlamm.

Naveen und Anjali stiegen mit steifen Bewegungen von der Plattform des Vardos. Auch sie waren bis auf die Knochen durchnässt. Zwar wies die Kleidung der Ghitains Feuchtigkeit ab, doch die Sturzflut drang in die Ritzen zwischen Haut und Stoff und suchte sich ihren Weg über den gesamten Körper.

Naveen wirkte besiegt. «Wir werden erneut im Vardo essen müssen. In diesem Mistwetter bringt die seitliche Markise nichts. Selbst wenn sie dem Wind standhält, gelangt der Regen darunter.»

«Wenn wir sie nicht an den üblichen Pfählen befestigen, sondern im Boden verankern, könnte es gehen», widersprach Anjali ihm sanft. «Ich gebe euch die Anker und das Beil.»

Sie öffnete eine unter den Vardo montierte Aufbewahrungsbox und holte die Teile heraus. Weil Naveen einfach nur dastand, nahm Raghi sie von ihr entgegen. Verdutzt musterte er das Beil.

«Die breite Rückseite dient als Hammer. So brauchen wir nur ein Werkzeug.»

Wie dumm, dass er nicht von selbst darauf gekommen war. Allerdings hatte der Fokus seiner Ausbildung auf Waffen gelegen, nicht auf Werkzeugen. Und bisher hatte er noch keinen Ghitain auf diese Weise hämmern sehen.

Najira hatte sich unter den Vardo verzogen, wo sie mit verschränkten Armen im Dreck saß. Naveen rührte sich immer noch nicht. Von den beiden konnte Raghi keine Unterstützung erwarten.

«Rose, hilfst du mir?», bat er die Chimäre, die mit griesgrämiger Miene hinter ihm kauerte. Ihr Drachengesicht schaute dabei noch missmutiger drein als ihr Adlerkopf.

Sie folgte ihm schlurfend zum Ende des Vardos. Er zeigte auf den Haken hoch oben an der Seitenwand, der in den Sturzfluten kaum zu sehen war. «Die Öse in meiner Hand muss über den Haken dort. Bekommst du das hin?»

Roses Adlerkopf nahm eine Ecke der Leinwand von ihm entgegen. Geschickt führte sie die Anweisung aus. Dabei erinnerte sie Raghi an die Papageien, die er einst im exotischen Teil von Eternas Märkten bewundert hatte. Die klugen Vögel konnten sprechen und setzten ihre Füße und Schnäbel ähnlich geschickt ein wie ein menschlicher Einbrecher.

«Naveen?», rief Raghi. Er musste schreien, um sich über das Prasseln des Regens Gehör zu verschaffen.

Endlich bewegte sich der Prinz und trat neben ihn.

Raghi reichte ihm eine Ecke des Segeltuchs. «Halt das straff. Sonst reißt der Wind die Öse vom Haken.»

Naveen gehorchte mit den Bewegungen eines Zombies.

Raghi führte Rose zum vorderen Ende des Vardos, wo sich ein ähnlicher Haken am Vordach über der Plattform befand. Rose wiederholte ihr Manöver. Danach hielt sie für Raghi das Segeltuch straff, während er den Anker einschlug und die Markise daran befestigte. Nachdem er das Gleiche bei Naveens Ecke getan hatte, war er sich zuerst nicht sicher, ob er alles richtig gemacht hatte und die Konstruktion hielt.

Das Tuch knatterte im Wind und der Regen rann in Strömen die Schrägung hinab. Alles wirkte bestens.

«Schirren wir die Pferde ab?».

Naveen nickte.

Das improvisierte Zelt war groß genug, dass auch die Tiere darunter Schutz fanden. Als Raghi sein Pferd am Vardo anband, war der Boden unter seinen Füssen trocken. Erst da bemerkte er, dass Rose dabei war, die Fläche mit ihren Flammen zu trocknen. Dafür verwendete sie ihr normales Drachenfeuer, über das ihr Feind sie nicht orten konnte.

Zumindest hoffte Raghi das.

Während sie die Tiere mit Wasser versorgten, Naveen nach wie vor mit den Bewegungen eines Schlafwandlers, hängte Anjali Laternen mit dem magischen Licht der Ghitains auf, die den geschützten Bereich sogleich heimeliger wirken ließen.

«Kann ich dir helfen?», fragte Raghi. Am Hochzeitstag sollte sie nicht die ganze Arbeit machen müssen, selbst in der außergewöhnlichen Situation, in der sie sich befanden.

Die Prinzessin lächelte entschuldigend. «Wir brauchen Wasser.»

Also wieder raus in den Regen. Kein Problem. Er konnte kaum noch nasser werden. «Erlauben es eure Bräuche, dass ich den Regen, der über unser Behelfszelt läuft, auffange?»

«Ja. Zudem dürfte es das sauberste Wasser sein, das sich im Moment finden lässt.»

Raghi nahm einen Eimer entgegen und trat in die Regenwand hinaus. Erst von außen zeigte sich, welch beachtlicher Strom über die gespannte Leinwand lief. Wenige Augenblicke reichten und der Eimer war randvoll.

Als Raghi damit zurückkehrte, sah er erleichtert, dass Naveen einige Scheite ihres kleinen Brennholzvorrats aus dem Vardo geholt hatte und für Anjali aufschichtete. Rose kauerte abwartend neben ihm und entfachte das Holz, kaum dass er fertig war.

«Danke.» Der Prinz berührte kurz die Schulter der Chimäre.

Ihr Drachenkopf wandte sich ihm zu. Eine prüfende Musterung und sie sandte ihm einen Stoß ihres zärtlichen Feuers. Anjali erhielt die gleiche Behandlung.

«Ich nicht?», scherzte Raghi und schnippte spielerisch gegen den Schnabel ihres Adlerkopfs, der sich in Reichweite befand. «Au!»

Oh ja, Rose war wütend. Und er und seine Kleider nun dafür trocken.

«Bitte keinen Streit», bat Anjali.

Rose murrte, hüllte Raghi dann aber kurz in ihr sanftes Feuer.

Wie auf ein geheimes Zeichen schauten alle zu Najira, die nach wie vor trotzig unter dem Vardo hockte.

Rose grollte, zog beide Köpfe ein und rollte sich so weit von dem Drachenmädchen entfernt zusammen, wie es im Schutz des behelfsmäßigen Zelts möglich war.

Raghi seufzte.

Die jungen Männer unterstützten Anjali beim Kochen. Die Mahlzeit, einen einfachen Eintopf, verspeisten sie schweigend, wobei Najira sich weigerte, unter dem Vardo hervorzukommen. Raghi ignorierte sie. Er ließ sich kein schlechtes Gewissen machen.

«Was, wenn sie krank wird?», fragte Naveen schließlich besorgt.

«Wenn sie sich in dem eisigen Matsch den Tod holt, haben wir ein Problem weniger.»

Naveens Augen weiteten sich bei Raghis grausamer Bemerkung. Gleich darauf huschte Verstehen durch seine Miene, denn Najira kroch unter dem Vardo hervor und ließ sich auf den freien Platz neben Raghi plumpsen.

«So schnell wirst du mich nicht los», erwiderte sie wütend — und stutzte. «Außerdem bin ich als Drache unsterblich. Zumindest glaube ich das.»

Raghi wollte sie weiter aufziehen. Ein unauffälliger Tritt von Anjali stoppte ihn.

Naveen, der den stummen Austausch nicht bemerkt hatte, zog die Schultern zusammen und rieb die Handflächen gegeneinander. Sein Blick war auf das Zwielicht jenseits ihres schützenden Zeltes gerichtet. «Macht es wirklich Sinn, in dieser grausigen Atmosphäre Hochzeit zu feiern?»

Anjali schien seine Niedergeschlagenheit zu teilen, denn sie schwieg.

Raghi fühlte mit den beiden. Zugleich war ihm klar, dass sie die Prioritäten verdrehten. Trotz aller Gefahren und schweren Erlebnisse hatten die jungen Ghitains bisher ein beschütztes Leben geführt.

«Ja, denn nirgends kann das Licht eurer Liebe heller strahlen.»

Naveen schien aus seiner Lethargie zu erwachen. Er musterte Raghi. «Ich weiß, dass du durch tiefste Dunkelheit gewandert bist. Liebe hast du in diesem Zusammenhang nie erwähnt.»

«Weil es in meinem Fall Freundschaft war. Was ich so bevorzuge. Liebe ist … nicht mein Ding.» Wie lahm das klang.

Najira musterte ihn halb verletzt, halb verwirrt.

«Eine wichtige Voraussetzung für die Liebe ist sich selbst zu lieben.» Anjali schenkte Raghi ein trauriges Lächeln. «Das hast du mir vorgeführt, als ich im Sterben lag. Ich fühlte mich hässlich und unwürdig. Deshalb stieß ich Naveen weg und machte uns beide zutiefst unglücklich.»

Raghi hatte keine Lust, sein Befinden oder seine Lebensphilosophie vor Najira zu diskutieren. Er grinste. «Ihr erlebt tagtäglich, was für eine Nervensäge ich bin. Wie soll ich mich unter diesen Umständen selbst leiden können?»

«Du tust uns unrecht, denn ich liebe dich wie meinen Bruder», erklärte Naveen. «So wie auch Anjali dich lieben wird, wenn sie dich nur lange genug kennt. Und Najira ... Sie ist bis über beide Ohren in dich verliebt. Anders lassen sich ihre sehnsüchtigen Blicke nicht interpretieren. Vielleicht also solltest du deinen eigenen Rat befolgen und dich selbst etwas mehr lieben.»

«Ich? Lernfähig? Vergiss es.» Raghi schnaubte gespielt amüsiert, während sein Herzschlag stolperte. Er musste Naveen dringend von dem heiklen Thema ablenken. Ihm kam eine Idee. «Anjali, dieses magische Feuer deines Volkes — kann ich es in den Händen halten, ohne dass es mich verbrennt?»

Die Prinzessin schreckte aus ihren offenbar wenig erfreulichen Gedanken hoch. «Ja. Die Wärme der Flamme liegt in der Macht ihres Schöpfers. Lichtfeuer lassen wir meist kalt entstehen.»

«Gibst du mir eine Flamme von etwa der Größe», Raghi formte mit Daumen und Zeigefinger einen Kreis, «und hältst sie so lange am Leben, bis ich etwas anderes sage?»

Anjali wirkte verdutzt. «Was willst du damit?» Sie erweckte ein winziges magisches Feuer in ihrer Handfläche und ließ es wie Wasser in Raghis gleiten.

«Euch ein wenig aufmuntern. Bei einem traditionellen Hochzeitsfest gibt es Darbietungen und ich habe bei meinen ausgedehnten Streifzügen durch Eternas Bordelle so einiges gelernt. Unter anderem das.» Raghi ließ die Flamme wie von Zauberhand verschwinden und holte sie aus seinem Ärmel wieder hervor.

«Du beherrscht die Tricks der Taschenspieler?» Ein echtes Lächeln zeigte sich auf Anjalis Gesicht. «Weshalb erstaunt mich das nicht?»

«Weil du mich längst durchschaut hast. Ich bin von allem Nutzlosen fasziniert.»

Raghi führte ihnen sein Repertoire vor. Es befriedigte ihn, dass er die Täuschungen immer noch mühelos beherrschte. Bald gewann Freude die Oberhand, ausgelöst vom Staunen seiner Freunde. Die Tricks waren im Grunde simpel. Mit ein paar Erklärungen konnte jeder sie ausführen. Doch Anjali, Naveen und selbst Najira, die neben Raghi saß und durch diesen Blickwinkel hinter den Schein sehen konnte, verfolgten den Weg der Flamme wie verzaubert.

«Die Magie der sesshaften Menschen», sagte Naveen, nachdem Raghi die Vorführung beendet hatte.

«Betrug und Täuschung? Ja, das kommt hin.» Raghi zuckte die Schultern.

Anjali schmunzelte milde. Ihre Stimmung schien sich gehoben zu haben. «Rede dein Geschenk nicht gering, Raghi. Danke für diese Augenblicke der Normalität. Sie bedeuten mir viel.» Ihr Blick suchte Naveens.

Das Paar erhob sich.

Naveen ergriff Anjalis Hand und errötete.

«Bis morgen, ihr zwei», sagte Raghi.

Sie winkten ihm zu und gingen zur Treppe des Vardos. Bereits nach wenigen Schritten hatten sie nur noch Augen füreinander.

«Und was tun wir?», fragte Najira, als sie allein waren.

Desert Rose schien der trotzige Tonfall zu missfallen. Ihr Drachenkopf spuckte einen Feuerball auf Najira. Es war kein zärtliches Feuer. Raghi spürte die Hitze, als das glühende Projektil an seinem Gesicht vorbeizischte. Es traf Najira mitten auf die Stirn und blieb dort kleben.

Najira verengte drohend die Augen. Eine lange, gespaltene Zunge zuckte aus ihrem Mund und leckte das Feuer weg. Nicht einmal eine Rötung blieb zurück.

«Hey, fertig mit dem Zickenkrieg! Wenn jemand in dieser Runde für unmögliches Benehmen zuständig ist, dann ich.» Raghi unterdrückte ein Schaudern, während er mit einem Ast das Feuer schürte. Durch seine Ausschweifungen hatte er schon viel gesehen, wahrscheinlich zu viel, darunter menschliche Chimären. Eigenschaften davon an Najiras gegenwärtiger Gestalt zu entdecken, bereitete ihm Mühe. Offenbar gefiel ihm das zerrupfte Mädchen weit besser, als er es sich selbst eingestehen mochte.

Die Stille, die auf seine Aussage folgte, ließ ihn aufmerksam werden. Er fand sich im Fokus wütender Blicke — zwei Augenpaare wie Feuer und Eis von Desert Rose, ein babyblaues von Najira.

«Wenn ihr erwartet, dass ich in Flammen aufgehe, könnt ihr das vergessen. Ich habe mich dem Meister nie gebeugt und werde das ganz sicher nicht bei euch anfangen.»

Desert Rose spuckte ihm einen Feuerball vor die Füße, warf sich herum und kroch unter das Ende des Vardos. Najira schoss hoch, stampfte auf und verschwand zwischen den vorderen Rädern.

Raghi verdrehte die Augen. Das hatte er nun davon, seine einsamen Wege aufgegeben zu haben!

Verstohlen rieb er sich die Knie, wo Funken des Feuerballs seine Haut durch den Stoff hindurch verbrannt hatten. Es tat verdammt weh, aber natürlich würde es ihn nicht umbringen. Das schaffte höchstens Lyrrhodenai. *Vielleicht.*

Das Ding auf seinem Rücken regte sich. Seit Raghis misslungenem Selbstmord verhielt es sich so still, dass er seine Existenz fast vergessen hatte. Zu seinem Erstaunen löste es sich von ihm und setzte sich an seine Seite, um ihn mit glühenden Augen zu mustern.

Raghi erwiderte das Starren wachsam. Bisher war immer ein extremes Ereignis — Agonie in Verbindung mit Todesangst — nötig gewesen, damit sein Seelenschatten Gestalt annahm. Und mehr als einmal hatte das Ding völlig entfesselt gewütet und ein Blutbad hinterlassen. Das war das Letzte, was er in der gegenwärtigen Situation brauchen konnte.

«Die zwei gehen mir nur auf die Nerven. Sonst nichts», erklärte er tonlos.

War das ein Schnauben? Amüsierte sich sein Seelenschatten etwa? *Konnte* er sich amüsieren?

Wohl kaum. Raghi hatte dieses Ding aus Selbsthass und Abscheu für sich selbst geboren. Also kannte es keine Belustigung.

Der Seelenschatten langte nach Desert Roses Feuerball, der immer noch wie ein Lavaklumpen direkt vor Raghi brannte und bugsierte ihn ins Feuer.

Raghi spürte eine plötzliche Wärme in seinen Handflächen, die sogleich wieder verging. Die glühenden Augen richteten sich auf Raghis Knie.

«Nichts Wichtiges», beschwichtigte er.

Der Seelenschatten streckte den Arm aus, wie um ihn mit einer klauengleichen Hand zu berühren.

Instinktiv wich Raghi zurück. Das Ding war furchterregend, schwarz wie die Nacht und ohne exakt definierte Konturen — ein Amalgam, das den Urängsten der Sterblichen Form gab.

Seine Abwehrbewegung nutzte nichts. Der Arm wurde unnatürlich lang. Auch die Klauen dehnten sich aus, sodass sie sich auf Raghis Verletzungen legen konnten. Panik ließ seinen Herzschlag rasen. Riss es ihn nun etwa auseinander? Und wieso nun und nicht schon längst?

Der Schmerz der Verbrennungen verschwand. Das Ding zog die Klauen zurück. Raghi entdeckte unter den Löchern im Stoff unversehrte Haut. Nun verstand er gar nichts mehr.

Sein Seelenschatten legte die Arme um die angezogenen Knie und richtete die brennenden Augen aufs Feuer — eine Haltung, die Raghi von sich selbst kannte.

«Danke. Aber du musst das nicht tun. Schmerz macht mir nichts aus.»

Hatte das Ding tatsächlich gerade die Augen verdreht? So wie Raghi kurz vor dessen Auftauchen?

Nachdenklich starrte er in die Flammen. Seine Zeit mit den Ghitains und insbesondere seine Freundschaft mit dem Prinzen hatten ihm neue Perspektiven eröffnet. Der alte impulsive Raghi, der immer auf dem Vulkan tanzen musste, war noch da. Jene Aspekte gehörten zu ihm wie seine Haar-, Haut- und Augenfarbe — oder auch nicht. Mit Unbehagen erinnerte sich Raghi daran, dass seine Augen durch seine eigene Dummheit nun purpurn waren und nur durch einen Täuschungszauber normal wirkten. Aber Raghi ohne den selbstzerstörerischen Trotz? Da musste wahrscheinlich mehr passieren als ein misslungener Selbstmordversuch, der dem Multiversum den Stinkefinger zeigen sollte.

Trotzdem war er nicht mehr derselbe wie noch vor seiner Flucht durch die Zeit. Inzwischen schaffte er es manchmal nachzudenken und nicht immer nur seinen persönlichen Blickwinkel einzunehmen. Er war ruhiger geworden. Gnädiger. Und schämte sich immer öfter für sein früheres Verhalten. So wie nun.

Das Ding neben ihm, so gruselig es wirkte, hatte ihm mindestens einmal das Leben gerettet. Und bisher hatte er es dafür gehasst. Auch für seine bloße Existenz, obwohl es ein Teil von ihm und direkt aus seiner Seele entstanden war. Was natürlich passte. Denn von allen Menschen hasste Raghi sich selbst am meisten.

Was so auch nicht mehr stimmte. Seit er mit den Ghitains herumzog, hatte er Momente erlebt, in denen er stolz auf sich war und — so erstaunlich das schien — glücklich. Der Gedanke an seine kleine Schwester verursachte ihm einen Stich im Herzen. Wenn seine Gefährten und er versagten, endete Mallikas Leben, bevor es richtig begonnen hatte. Solche Konsequenzen rückten Prioritäten zurecht.

Er warf einen wachsamen Blick zu Desert Rose, die ihm in ihrem Versteck demonstrativ den Hintern zuwandte. Von Najira sah er ebenfalls nur den Rücken. Entweder sie bekamen durch das Prasseln des Regens nichts mit oder sie ignorierten ihn. Mit beidem konnte er leben.

Raghi wandte sich seinem Seelenschatten zu und schaute ihn direkt an — etwas, das er stets vermieden hatte.

Als ob es ihn spiegelte, erwiderte das Ding den Blick aus glühenden Augen, die Fenstern zur Hölle glichen.

«Danke», sagte Raghi. «Für deine Hilfe jetzt und dass du mir schon mehrmals das Leben gerettet hast.» Über die Beweggründe traute er sich nicht zu spekulieren. Vielleicht hatte der Seelenschatten nur sein eigenes Leben gerettet, denn seine Existenz war untrennbar an Raghis gebunden. Dies erklärte jedoch nicht die Tatsache, dass er Raghi gerade geheilt hatte.

Zog das Ding etwa eine Augenbraue hoch? Sein Gesichtsausdruck wirkte jedenfalls fragend.

«Ich schätze die Geste. Die Tatsache, dass ich noch lebe? Vielleicht nicht so sehr.» Und doch war es schön, am Leben zu sein. Selbst in Augenblicken wie diesem. Raghi schaute zum Ende des Vardos, wo sich Naveens und Anjalis Bett befand. Er freute sich für seine Freunde und hoffte, dass sie einander glücklich machten.

Ein leises, raues Bellen holte ihn in die Gegenwart zurück. Das Ding schüttelte — genervt? amüsiert? — den Kopf.

Raghi war nicht zum Scherzen zumute. «Du solltest nicht mir helfen, sondern ich dir. Najira erklärte mir, dass ich dich wieder in meine Seele integrieren muss. Aber ich weiß nicht wie. Weißt du es?»

Ein ratloses Schulterzucken.

Also nicht. «Wenn du das Nötige herausfindest, musst du einen Weg finden, um es mir mitzuteilen», sagte er drängend. «Ich habe dir diese Existenz aufgezwungen und das war nicht richtig.» Mit seinem Egoismus hatte er schon so einiges kaputtgemacht. Sich selbst zu verletzen ging in Ordnung. Andere nicht.

«Es tut mir leid.» Als die Worte draußen waren, fühlte Raghi Erleichterung. Hatten Schuldgefühle seinen Hass auf das Ding angefeuert? Auf einmal schien es so.

Ein langer, prüfender Blick traf ihn. Darauf folgte ein Nicken. Offenbar wurde seine Entschuldigung angenommen.

Bis Raghi sich schlafen legte, saßen sie stumm nebeneinander und starrten ins Feuer.

8

Im Morgengrauen erwachte Raghi allein neben dem erloschenen Feuer. Ein kurzes Umsehen zeigte ihm, dass Desert Rose und Najira an ihren einsamen Plätzen ausgeharrt hatten. Rasch unterdrückte er einen Hauch von Enttäuschung. Früher war die Chimäre nach Streitigkeiten meist zu ihm gekrochen, während er schlief. Die aktuelle Auseinandersetzung ging tiefer.

Mit einem Seufzen stemmte sich Raghi ins Sitzen. Wenigstens hatten die sintflutartigen Regenfälle aufgehört. Dafür war es deutlich kälter als am Vortag. Weshalb fror er dann nicht? Und wieso war seine Kleidung trotz der unglaublich hohen Luftfeuchtigkeit trocken?

Ein warmes Gefühl auf seinem Rücken, das sich bei genauerem Hinfühlen über den gesamten Körper erstreckte, gab ihm die Antwort. Sein Seelenschatten schien es sich in den Kopf gesetzt zu haben, ihm weiterhin zu helfen.

Ein leises Schaben erklang. Jemand hatte die Tür des Vardos geöffnet. Gleich darauf kam Anjali die Stufen herab. Als sie Raghi entdeckte, röteten sich ihre Wangen.

«Denkst du, ich sollte meinem Seelenschatten einen Namen geben?», fragte er, in seinen eigenen Überlegungen gefangen.

Anjali riss die Augen auf.

«Oh, entschuldige. Das sollte nicht meine erste Frage nach eurer Hochzeitsnacht sein. Möchtest du wirklich schon aufstehen? Wenn ihr hungrig seid, kann ich etwas für euch kochen.»

Anjali berührte seinen Arm. «Naveen und ich würden uns damit nicht wohlfühlen. Die vergangene Nacht haben wir uns vom Schicksal gestohlen. Nun ist es wieder Zeit für unsere Aufgabe. Könntest du mir beim Entfachen des Feuers helfen? Ich bereite uns etwas zu essen. In der Box dort unter dem Vardo müssten sich noch einige Scheite befinden.»

Raghi öffnete den Kasten, der zwischen den Rädern des Fahrzeugs hing. Der Inhalt reichte gerade noch für ein Feuer. Wenn sie heute weiterreisten, musste er sich nach Totholz umsehen, das sie mitnehmen konnten.

Er schichtete die Scheite auf und machte danach auf traditionelle Weise Feuer.

Als die Flammen über das Holz züngelten, erschien Naveen, der bei Raghis Anblick ebenfalls errötete. Raghi wusste nicht, ob er schmunzeln oder seufzen sollte.

«Raghi fragte mich, ob er seinem Seelenschatten einen Namen geben soll», erklärte Anjali.

«Was impliziert, dass du plötzlich mit ihm sprechen möchtest. Was ist passiert?» Naveen füllte den Kochtopf, den sie am Vorabend gesäubert hatten, mit frischem Wasser und hängte ihn über das Feuer.

«Er hat mir gestern Abend geholfen. Danach haben wir uns ausgesprochen … na ja, so irgendwie. Und ich verstehe gar nichts mehr. Najira erklärte mir, dass er aus meinem Hass und meiner Abscheu auf mich selbst geboren wurde, als die Dunkelheit meine Seele zu zerreißen drohte. Aber mir erscheint er nicht böse.»

Anjali starrte ins Leere. Sie schien auf etwas zu horchen, das nur sie hören könnte. «Das ist er auch nicht. Er ist wie du. Die meisten Menschen gehören entweder eindeutig zum Licht oder zur Dunkelheit. Du hingegen hast das Potenzial für beides.»

Chaos. Das Leitmotiv seines Lebens. «Was genau bedeutet das?»

Das Paar tauschte einen langen Blick. «Auf die Essenz herunterdestilliert, dass du in der Auseinandersetzung mit Lyrrhodenai diese Welt sowohl retten als auch zerstören kannst.»

Genau das, was er hören wollte. Raghi verwarf die Hände. «Wieso ich?!

Da draußen gibt es viele Helden. Aber nein, die Treppen mussten ausgerechnet mich, ausgerechnet hier ausspucken. Ich gehe jetzt Feuerholz suchen. Wartet mit dem Frühstück nicht auf mich.»

ALS RAGHI eine Dreiviertelstunde später mit einem riesigen Bündel Totholz zurückkehrte, hatten die anderen alles für die Abfahrt vorbereitet. Naveen half ihm, die bereits auf die passende Länge gestutzten Äste im Kasten zwischen den Rädern zu verstauen.

«Neue Pläne, weil es sich nicht gut anfühlt, einen halben Tag einfach zu verschwenden. Du fährst die erste Strecke mit Anjali, damit du deinen Anteil am Frühstück essen kannst. Wenn wir die Lichtung zwischen Tasjars und Jalassars Schluchten erreichen, fährt Anjali allein. Dies erlaubt uns, den Vardo zu dritt abzusichern. Danach versuchen wir, ohne Rast bis Aeriels Quellen weiterzureisen. Keine Ahnung, ob das funktioniert. Und irgendwann unterwegs müssen wir entscheiden, wie wir uns im Ort verhalten.»

«Alles klar», bestätigte Raghi.

An diesem Tag hatten sie besseres Wetter. Zwar hingen die Wolken tief am Himmel und gespenstische Nebelschwaden verfingen sich an den Wänden der Schlucht und den reich wachsenden Bäumen und Sträuchern, doch es regnete nur selten.

Anjali wirkte in sich gekehrt.

«Du fürchtest dich», stellte Raghi leise fest.

«Ja.»

«Darf ich fragen, wieso?»

«Etwas stimmt nicht mit diesem Ort. Und es wird immer schlimmer.»

Raghi musterte die umliegenden Landmarken. «Es ist nicht mehr weit bis zur Lichtung zwischen den Schluchten. Dort, wo die Zeit rückwärts läuft.»

Anjali schauderte und wispert etwas, das wie «Sakrileg» klang.

«Spürst du es nur, oder siehst du durch deine Fähigkeiten als Lichtträgerin Details?»

Ihr nachdenklicher Blick streifte ihn. «Ich sehe Details. Unter anderem ist hier zu viel Licht. Das ist ebenso falsch wie zu viel Dunkelheit.»

Raghi konnte den Gedanken nachvollziehen. Wahrscheinlich erwartete sie in Jalassars Räuberschlucht dann zu viel Dunkelheit.

«Wieso sind diese Wunden im Multiversum nie verheilt? Seit den Drachenkriegen ist doch unendlich viel Zeit vergangen.»

«Manche Wunden gehen zu tief. Vergiss nicht, dass Drachenmagie Schöpfungsmagie ist. Es gibt nichts Mächtigeres.»

Nach dieser Erklärung kutschierte Anjali schweigend, während Raghi sein Frühstück aß.

Sie erreichten den kreisrunden Talkessel, den die Drachen in ihrer Auseinandersetzung erschaffen hatten. Im einen Augenblick erschien alles normal. Ein weiterer Schritt der Zugpferde und sie fuhren im Uhrwerk des Multiversums.

Anjali gab ein überraschtes Keuchen von sich und zog heftig an den Zügeln. Die Pferde kamen zum Stand. «Wieso ...?»

Ja, wieso? Wachsam schaute Raghi sich um. Alles war so, wie er sich erinnerte. Als ob sie von der Welt in den Nachthimmel gefallen wären und nur noch jener existierte. Die Pferde und der Vardo standen im Nichts einer schwarzen Unendlichkeit. In der Ferne erkannte er die orangen Lichtwirbel der Treppen der Ewigkeit. Rund um sie herum hingen die Lebensstränge der Sterblichen und Unsterblichen. Manche allein, andere in dicken Bündeln.

Sie erschraken, als Naveen und Najira aus dem Nichts neben ihnen auftauchten.

Naveen schaute sich aufmerksam um. «War das schon da, oder hast du etwas gemacht, Raghi?»

Raghi schnaubte. Sollte er sich geschmeichelt fühlen, dass Naveen ihm das zutraute? «Es war einfach da, als ob wir über eine Schwelle gefahren wären.»

Najira entfernte sich einige Schritte weit vom Vardo. «Ich verstehe nicht, wie dieser Ort existieren kann. Der Talkessel stellt den Gegenentwurf zum normalen Multiversum dar — eine Leere zur Fülle. Unter normalen Umständen müssten sie zu einem Nichts verschmelzen.» Ihre Blicke zuckten hierhin und dorthin, während sie versuchte, den unglaublichen Anblick zu verstehen.

«Ich weiß, was du meinst», bestätigte Naveen, «aber dieser Ort ist so real wie die Welt, in der wir normalerweise leben. Der Unterschied besteht darin, dass hier die Zukunft in Stein gemeißelt ist und die Vergangenheit im Bereich des Möglichen liegt. Dieser Ort entspricht einem vollständigen Multiversum.»

«Einem ziemlich verkehrten», insistierte Najira.

«In unserer Wahrnehmung, ja. Aber das Gleiche würden etwaige Bewohner dieses Multiversums von unserer Realität sagen.»

Naveens Worte stimmten Raghi nachdenklich. Er schaute zu den Treppen der Ewigkeit. Trotz ihrer Entfernung glaubte er zu erkennen, wie sich aus der Zukunft Steinstufen herunterschraubten, die sich an einer bestimmten Stelle — der Gegenwart — in nebelhafte orange Schemen verwandelten.

Was genau bedeutete es, wenn die Vergangenheit ungewiss war? Und was machte diesen Ort aus? War er eine Gefahr? Oder bot er Chancen?

Ein leiser Schrei riss ihn aus seinen Gedanken. Najira, die offenbar das Gleichgewicht verloren hatte, schwebte plötzlich liegend neben ihnen.

«Raghi, die Pferde», befahl Naveen und ging zu dem Drachenmädchen. Er packte ihre Hand und richtete sie auf, sodass sie wieder neben ihm im Nichts stand. «Der Boden unter deinen Füssen verschwindet nur, wenn du es zulässt. Und sollte er doch einmal verschwinden, ist oben da, wo der Kopf ist — im Fall von unserer Gruppe dort, wo die Mehrzahl von uns den Kopf hat.»

Die Pferde hatten den seltsamen Anblick stoisch erduldet. Raghi, der auf Naveens Befehl hin von der Plattform geglitten war und ihre Zügel ergriffen hatte, streichelte ihre Nüstern.

«Wir sollten hier nicht verweilen», sagte Naveen nach einem Blick auf die Treppen der Ewigkeit. «Dieser Ort erfüllt mich mit tiefem Unbehagen.»

«Aber nicht, ohne uns kurz Gedanken über den nächsten Abschnitt unserer Reise zu machen», widersprach Raghi. «Tasjars Schlucht war absolut leer, ohne dieses zuckersüße Leben, das wir im normalen Lauf der Zeit präsentiert bekamen. Und statt im Sonnenschein zu wandern, wurden wir vom Regen ersäuft. Was also kann uns in Jalassars Schlucht erwarten? Und wie verhalten wir uns in Aeriels Quellen? Das müssen wir jetzt vereinbaren, falls uns irgendetwas verfolgt oder jagt.»

«Das stimmt.» Nachdenklich streckte Naveen die Hand aus, sodass seine Fingerspitzen einen nahen Lebensstrang fast berührten. Er war braun, also der Lebensstrang eines Sterblichen, zudem lang, von gleichbleibender Dicke und gerade.

Raghi stellte sich vor, dass die Person, der er gehörte, ein erfülltes und angenehmes Leben ohne Schicksalsschläge genoss — oder vielleicht genossen hatte. Hatte Kaea ihm erklärt, ob Lebensstränge verschwanden, wenn jemand starb? Er war sich nicht mehr sicher.

«Es wäre verlockend, in unseren Lebenssträngen nachzuschauen», sagte Naveen leise. «Aber einerseits weiß ich nicht, ob mein Wissen an diesem Ort gültig ist. Und wenn ich aus Versehen zu weit in die Zukunft schaue und sehe, dass wir versagen, dann geschieht es auch so. Was einmal gesehen wurde, kann nicht mehr ungesehen werden.»

Raghi schauderte. «Ich dachte eher an eine simple Einschätzung. Tasjars Schlucht verwandelte sich von einem grundsätzlich angenehmen Ort in einen unbehaglichen. Jalassars Schlucht erwies sich bei der ersten Durchreise als gruselig und gefährlich. Seht ihr das auch so, dass es nur schlimmer werden kann?»

«Davon müssen wir ausgehen», bestätigte Anjali. «Ich spüre Dunkelheit vor uns. Worin sie besteht, werden wir leider erst erkennen, wenn wir uns ihr stellen.»

«Also rechnen wir damit, dass wir die Schlucht eilig verlassen. Wie geht es danach in Aeriels Quellen weiter?», wandte sich Raghi an Naveen. Der Ghitainprinz kannte den Ort durch seine Reisen am besten.

«Jalassars Schlucht reicht nicht bis ganz an die Ansiedlung heran. Ich schlage vor, dass wir den Vardo im Wald verstecken und Sander im Schutz der Dunkelheit zu Fuß aufsuchen. Ich weiß, wo er wohnt. Nach dem Gespräch sehen wir weiter. Wenn wir mit dem Vardo durch die gepflasterten Straßen der Stadt fahren, wissen alle von uns, auch Lyrrhodenais Spione.»

Naveens abschließende Bemerkung schien Najira die Kraft zu rauben. Ihre Schultern sackten nach vorn und sie sank in sich zusammen. «Weshalb tun wir uns das überhaupt an? Wir haben sowieso keine Chance gegen ihn.»

Ihre Resignation machte Raghi wütend. Er ließ das Zaumzeug der Pferde los, ging zu Najira und boxte sie ziemlich unsanft in den Oberarm. «Hör mal, Missy Waschlappen. Dieses Gejammer kannst du vergessen. Wir versuchen dir zu helfen, also reiß dich zusammen.»

In ihren himmelblauen Augen standen Tränen, als sie ihn anschaute. Ihr Ausdruck war unendlich müde und abgeklärt und traf Raghi direkt ins Herz. «Aber es ist die Wahrheit. Er ist unglaublich mächtig. Und ihr werdet bei diesem hirnrissigen Unterfangen euer Leben verlieren und ich ewig um euch trauern.»

Raghi konnte nicht anders. Er legte die Arme um Najira und zog sie an sich. «Das ist ein mögliches Resultat, ja, aber bei Weitem nicht das einzige. Das Schicksal ist launisch und das Glück eine Hure. Jeder, selbst ein so übermächtiger Magier wie Lyrrhodenai, hat einmal einen schlechten Tag. Und dann werden wir da sein und ihn in den Arsch treten.»

Najira gab ein seltsames Geräusch von sich, halb Schluchzen, halb Glucksen. «Meinst du das wörtlich oder im übertragenen Sinn?»

«So, wie es dir am meisten Freude bereitet. Ich kann ziemlich gut treten.» Raghi tat, als würde er Naveens und Anjalis plötzliche Belustigung nicht bemerken.

«In den Arsch treten klingt gut. Könntest du auch seinen Hinterkopf packen und sein Gesicht in etwas hineinrammen?»

Huh, die kleine Missy war blutrünstig. «Ich fasse das als Bestellung auf und werde es versuchen», bestätigte Raghi. «Jetzt sollten wir weiter. Naveen, kannst du uns zum Eingang von Jalassars Schlucht führen?»

Das Schmunzeln verschwand aus Naveens Miene. «Einerseits das. Vielleicht kann ich auch das Uhrwerk für alle verschwinden lassen.» Er breitete die Arme aus und führte dann die Hände zusammen, als würde er den Anblick in sein Herz geleiten.

Das Uhrwerk verschwand. Sie fanden sich in dem kreisrunden Talkessel wieder und, wie hätte es auch anders sein können, in strömendem Regen.

Raghi schaute zum Eingang von Jalassars Schlucht und sein Herz sank. Er sah genau, was sie erwartete.

Geister.

Ihre schimmernd-transparenten Körper drängten sich hinter einer unsichtbaren Grenze. Es waren Hunderte, wenn nicht gar Tausende. Sie schwebten in ungeordneten Reihen übereinander und hintereinander — eine Masse so hoch und tief wie ein Turm. Bei dem Anblick schlugen die Pferde mit den Köpfen und wieherten nervös.

«Könnt ihr sie auch sehen?», fragte Raghi seine Gefährten.

«Leider ja.» Naveen presste die Lippen zusammen. «Können sie uns etwas anhaben?»

«Und wie.»

«Steigt alle in den Vardo», befahl Anjali. «Die Schutzzauber meines Vaters müssten auch Geister abwehren.»

«Das hilft uns nichts, wenn die Pferde durchdrehen.» Raghi atmete tief durch. «Ihr anderen steigt ein. Ich führe das Gespann.»

«Ich übernehme die andere Seite.» Naveen ging in Position.

«Bist du verrückt? Du bist sterblich. Mir können sie den Kopf abreißen und er wächst nach. Oder zumindest so ähnlich.»

Sein Galgenhumor brachte die anderen zum Schmunzeln.

«Du mit zwei Köpfen, *das* wäre furchterregend», scherzte Najira.

Raghi ging auf, dass er die kleine Missy immer noch in den Armen hielt. Und dass sie nicht mehr ganz so niedergeschlagen wirkte.

«Najira führt das Gespann mit mir. Du, Naveen, setzt dich zu Anjali auf die Plattform.» Raghi steckte die Finger in den Mund und stieß einen schrillen Pfiff aus.

Das war sein Befehl an Desert Rose, dass sie unverzüglich zu ihm kommen musste. Es war der erste Befehl, den er ihr je beigebracht hatte. Und er funktionierte immer noch. Wie ein Greifvogel stieß sie vom Himmel herab und landete neben ihm.

Raghi löste sich von Najira und trat vor die Chimäre. «Wir brauchen deine Hilfe, Rose. Nur wenn wir alle zusammenhalten, haben wir eine Chance gegen die Geister.»

Ihre Köpfe wandten sich zum Eingang von Jalassars Schlucht. Raghi sah ihre Augen schmal werden und sie grollte bedrohlich.

«Ich weiß. Ausgerechnet Geister.» Raghi konnte seine Abscheu und die darunterliegende Furcht nicht gänzlich aus seiner Stimme heraushalten.

Rose umhüllte ihn mit ihrem sanften Feuer, zwar nicht ganz so zärtlich wie früher, aber erträglich. Raghi berührte ihre Hälse, genoss kurz die warme Trockenheit der Drachenhaut und die weichen Adlerfedern.

Widerwillig stieg Naveen auf die Plattform.

Anjali wandte sich ihm zu. «Bevor wir uns in die Auseinandersetzung stürzen, Liebster, lass uns kurz nachdenken. Ich habe noch nie von Geistern in Jalassars Schlucht gehört. Da es zu Kaeas Aufgaben gehört, die Seelen der Räuber zu zerstören, dürfte es gar keine Geister hier geben. Also müssen sie ein Produkt der rückwärts laufenden Zeit sein. Könnten wir aus diesem Zeitfluss in den normalen umsteigen, bis wir Aeriels Quellen erreichen?»

Naveen zog die Brauen zusammen und rieb sich das Kinn. «Seit Menschengedenken hat kein Ghitain mehr den Lauf der Zeit umgedreht. So galt diese Reise als unmöglich, bevor wir sie antraten. Doch der angebliche Mythos erweist sich als wahr.»

«Das stimmt.»

«Also müssen wir davon ausgehen, dass wir den Lauf der Zeit stören, wenn wir im normalen Zeitfluss in die falsche Richtung reisen — genau so, wie unsere Überlieferungen es berichten. An einem der gefährlichsten Orte unserer Welt möchte ich das nicht versuchen.» Naveen schauderte.

«Ich auch nicht», bestätigte Anjali.

Raghi seufzte. Schade. Der Vorschlag der Prinzessin hatte ihm gefallen. «Da uns offenbar keine Wahl bleibt, einige überlebenswichtige Regeln. Wenn Geister ihre Energie fokussieren, können sie uns Menschen großen Schaden zufügen. Mit dem Fokus werden sie aber auch verletzlich. Sobald euch also ein Geist angreift, schlagt zuerst zu. Keine Ghitainskrupel, kein *wir bringen Licht in diese Welt*. Jetzt geht es ums nackte Überleben.»

Das Paar starrte ihn aus riesigen Augen an. Naveen schien widersprechen zu wollen, nickte dann aber resigniert.

«Gibt es ein äußeres Anzeichen, dass ein Geist seine Energie fokussiert?», fragte Anjali.

«Manchmal verlieren sie ihre Transparenz, aber du kannst dich nicht darauf verlassen.»

«Und wie genau wehren wir uns?»

«Indem du den Geist in irgendeiner Form zerteilst. Ich nutze dafür meine Würgeschlinge aus Draht. Zupacken und reißen funktioniert auch.

Oder dann ein Hieb mit dem Arm. Ihre Körper sind nicht solide wie unsere. Der Geist stirbt übrigens nicht daran, sondern wird eine Zeit lang außer Gefecht gesetzt. Um einen Geist dauerhaft umzubringen, braucht es andere Methoden.»

«Und wir müssen wirklich hier durch?» Anjalis Frage ging fast im prasselnden Regen unter.

Naveen legte seine Hand über ihre, sodass sie die Zügel gemeinsam hielten. «Desert Rose kann nicht den Vardo und uns alle tragen. Wenn wir in dieser Konstellation reisen wollen, müssen wir es wagen — mit dem Risiko, dass wir alles verlieren.»

Anjali musterte ihr Gefährt und Zuhause. «Du hast schon alles verloren. So ist es nur fair, wenn ich auch alles einsetzte. Ich liebe diesen Vardo, aber ich habe mein Herz nicht so stark daran gebunden wie du an deinen.»

Naveen lächelte und presste ihre Hand. «Ich habe nicht alles verloren. Das für mich Wichtigste in der Welt sitzt neben mir.»

SIE BRACHEN AUF. Desert Rose schwang sich in die Luft. Raghi und Najira führten die Pferde. Anjali und Naveen saßen auf dem Kutschbock.

So wundervoll Naveens Liebeserklärung war, Raghi wäre es lieber gewesen, er hätte sie zu einem passenderen Zeitpunkt von sich gegeben. Ein erfahrener Krieger spielte dem Feind keine derartige Waffe in die Hand. Doch die Ghitains mit ihrer überwiegend liebenswert-naiven Lebenseinstellung zählten wahrlich nicht zu den Kriegern und Strategen.

Der Eingang der Schlucht kam stetig näher. Raghi konnte Details der Geister erkennen. Es schien, als hätten sie sich herausgeputzt — auf abstoßende Weise. Ihr Äußeres erinnerte an die südländischen Erzählungen über Zombies, die als verwesende Leichen ihr Ungemach trieben.

Raghis Rücken kribbelte und wurde warm. Sein Seelenschatten erschien an seiner Seite, eine willkommene Unterstützung. Die glühenden Augen des Dämons richteten sich unverwandt auf die Geister. Zum ersten Mal überhaupt löste sein Erscheinen bei Raghi ein Gefühl der Dankbarkeit aus.

Als sie die Einfahrt zur Schlucht erreichten, machten die Geister ihnen Platz. Wie ein zum Himmel reichendes zweiflügeliges Tor wich eine

Gruppe nach links aus, die andere nach rechts. Und statt ihnen zu folgen, blieben sie zurück.

Gar nicht gut. Sie warteten bis zu dem Punkt, an dem es für ihre Opfer kein Zurück mehr gab. Dort würde dann der Angriff erfolgen.

Es dauerte nicht lange und die seltsamen optischen Täuschungen, die Raghi bei der ersten Reise durch Jalassars Schlucht aufgefallen waren, begannen. Der Weg wand sich durch ein bewaldetes Trümmerfeld aus riesigen Findlingen, deren Zwischenräume zu eng für den Vardo schienen. Und trotzdem blieben sie auf ihrer Fahrt nie stecken.

Hinter Raghi wisperten Anjali und Naveen miteinander. Die Prinzessin erlebte diese seltsamen Effekte zum ersten Mal. Raghi fand sie auch beim zweiten Durchqueren der Schlucht beunruhigend. Allerdings half das Wetter. Weil es deutlich schlechter war als bei der ersten Reise, fielen die Unstimmigkeiten nicht so ins Auge.

Wo sind die Geister?

Raghi zuckte heftig zusammen, als er Najiras Stimme in seinen Gedanken hörte. Hatten sie nicht vereinbart, dass sie das lassen sollte?

Entschuldige. Ich wollte nicht, dass die Geister mithören können.

Eine gute Überlegung, auch wenn Raghi das nicht gerne zugab. *Liest du meine Gedanken?*

Nein. Aber ich spüre deine Wut. Sie ist wie ein Feuer, das auf meiner Haut brennt.

Raghi schluckte leer. Von allen unpassenden Formulierungen! Ein weiteres Mal wurde ihm bewusst, wie niedlich er das stets zerzaust wirkende Drachenmädchen fand.

Deine Vorsicht ist gut. Ich weiß nicht, wo die Geister sind. Er stutzte. War der Baum etwas weiter vorn gerade aus dem Weg gesprungen? Offenbar ja, denn seine Äste und Nadeln zitterten — weit stärker, als es vom Regen möglich war.

Dieses Land ist zutiefst krank. Najiras Gedankenstimme klang traurig. *Seine wilde Schönheit — völlig verdreht. Geht das so bis zu unserem Ziel, Aeriels Quellen?*

Nein. Hier dominieren Felsbrocken. Später gewinnt der Wald. Als würden wir durch einen bedrohlichen grünen Tunnel reisen.

Mehr oder weniger Platz?

Viel weniger.

Vor allem für Rose. Wenn die Geister auch nur den geringsten Sinn für Strategie besaßen, griffen sie dort an.

Raghi schaute zur Chimäre, die über ihren Köpfen von Felsbrocken zu Felsbrocken sprang, manchmal für einige Augenblicke hoch über dem Talgrund schwebte und sich dann wieder ein Stück vor ihnen auf dem nächsten Aussichtspunkt niederließ, immer auf der Ausschau nach ihren Feinden.

Wieso konnte sie sich trotz der vielen Bäume so mühelos bewegen? Raghi schaute sich nachdenklich um. Seltsam. Bei seiner Reise mit den Ghitains war ihm dieser Abschnitt von Jalassars Schlucht viel dichter bewaldet vorgekommen. Normalerweise war seine Erinnerung für Lokalitäten präzise, ein Effekt seines Berufs. Vielleicht sprangen die Bäume nicht nur bei Bedarf aus dem Weg, sondern wanderten auch herum? Er beschloss, dass er die Antwort auf seine Frage nicht wissen wollte. Wenn die Bäume wegen der Geister abgewandert waren, änderte dieses Wissen nichts an der drohenden Gefahr.

Raghi erhaschte einen Blick auf die furchterregende Gestalt seines Seelenschattens. Jener huschte abseits des Weges zwischen den Felsbrocken durch, immer abwechselnd links und rechts von ihnen, um sie gegen Überraschungsangriffe zu schützen. Raghi fühlte stets, wo er sich gerade aufhielt.

Sie rollten voran, Wagenlänge um Wagenlänge. Unter dem strömenden Regen, der gnadenlos auf sie nieder peitschte.

Raghi wurde kalt und Müdigkeit machte sich in seinen Gliedern breit.

Ist das dort der Beginn des Waldtunnels? Najiras Frage riss ihn aus seiner Abstumpfung.

Mit der nächsten Kurve eröffnete sich der abschreckende Anblick auch für Raghi.

Ja. Er schaute über seine Schulter und suchte Naveens Blick.

Der Prinz war hellwach, seine Miene ernst.

Hoffentlich hielten er und Anjali sich an die vereinbarten Regeln.

Plötzlich lud sich die Atmosphäre mit Spannung auf wie unmittelbar vor einem Gewitter.

Raghi biss die Zähne zusammen. Verdammte Geister! Sie versuchten es nicht einmal zu verbergen.

Und sie warteten auch nicht bis zum Waldtunnel. Raghi und seine Gefährten befanden sich noch zwischen den Findlingen, als die Geister links und rechts von ihnen als immense Wogen aufbrandeten.

Höher und höher türmten sie sich in den regnerischen Himmel, bis Raghi den Kamm der Wogen nicht mehr von den tief hängenden Wolken unterscheiden konnte.

Waren das alle Seelen, die Kaea während ihrer Reisen durch diesen Ort vernichtet hatte? Oder ging die Ahnenreihe weiter, zurück bis zu den ersten Ghitains, die irgendwann nach den Drachenkriegen zum ersten Mal den Weg durch Jalassars Schlucht genommen hatten?

Und wieso existierten diese Seelen noch, hier in dieser rückwärts laufenden Nicht-Zeit? Ihre Lebensstränge waren zerrissen. Die Menschen, denen sie einst gehörten, hatten somit nie existiert. Schwer vorzustellen, selbst wenn die Zeit normal verlief. In diesem surrealen Zerrbild — keine Chance, das irgendwie zu verstehen.

Egal. Relevant war nur, dass sie ihnen massiven Schaden zufügen konnten.

Und das taten sie auch, gleich mit dem ersten Angriff.

Die beiden aus blassen Geistern bestehenden Wogen verbanden sich hoch über den Köpfen der Menschen, wandelten ihre Form und stachen wie ein gigantischer Speer herab. Seine Spitze traf mitten ins Dach des Vardos.

Explodierendes Holz flog in alle Richtungen. Raghi hörte Anjali schreien, während ihn etwas in den Rücken traf und dort steckenblieb. Er langte nach hinten, um es herauszureißen, und schnitt sich die Finger auf. Er hielt ein messerscharfes, verformtes Stück Blech, ein Stück des ehemaligen Wohnwagendachs.

«Rose, jetzt!», schrie Raghi. Keine Zeit, um irgendwie zu reagieren. Es blieb ihnen nur die Flucht.

Eine Sturmbö schleuderte ihn zu Boden, als die Chimäre in einem wahnsinnigen Sturzflug über ihn hinwegfegte und direkt hinter ihm wieder nach oben zog. Dabei packte sie gleichzeitig Naveen und Anjali mit ihren Klauen.

Raghi schaute ihnen nach, wie sie über den Wald davonflogen. Hoffentlich hatte Rose dem Paar bei der Rettung nicht noch weitere Verletzungen zugefügt. Obwohl alles unglaublich schnell gegangen war, hatte Raghi Blut gesehen. Viel Blut. Falls Rose falsch zupackte, kamen weitere Verletzungen wie ausgerenkte Glieder oder Risswunden hinzu.

Ein Teil der Geister verfolgte die davonfliegende Chimäre, die gegen den düsteren Himmel kaum noch zu erkennen war. Falls sie Distanzen normal zurücklegen mussten und nicht einfach an einem anderen Ort — dem Ende von Jalassars Schlucht nahe von Aeriels Quellen — rematerialisieren konnten, hatten die Ghitains eine Chance.

Die restlichen Geister bildeten einen Kreis um Raghi, Najira und die Pferde, die in ihrer Panik wild tanzten und ausschlugen. Raghi wurde hin und her geschleudert und konnte die Riemen gerade noch festhalten, dies dank seiner ganz persönlichen Magie und all der seltsamen Fähigkeiten, die er in seinem wilden Leben erlernt hatte.

Najira hielt mit, hoffentlich nicht mit einer Art Magie, die ihre Position an Lyrrhodenai verriet.

«Ihr könnt mich haben, aber lasst das Mädchen und die Pferde gehen.» Er schaffte es, gelangweilt zu klingen. Das war die Stimme, mit der er seinen ehemaligen Meister in Nullkommanichts zur Weißglut getrieben hatte.

Die Mienen der Geister gaben ihm seine Antwort.

Keine Chance.

«Dann die Pferde. Ich bin sicher, ihr habt selbst einmal welche besessen. Hättet ihr gewollt, dass ihnen das passiert?»

Ein schmaler Durchgang in Richtung von Aeriels Quellen tat sich auf. Raghi zückte sein Messer und schnitt die Zügel durch. Sein Pferd stob davon, kaum dass es frei war. Er tat das Gleiche bei Najiras.

Was tun wir, Raghi?

Ihre Gedankenstimme klang ruhig. Sein Herz stolperte, weil sie seinen Namen verwendete. Er riss sich zusammen, verstaute sein Messer und zog seine Würgeschlinge hervor.

Keine Ahnung, was du vorhast. Ich werde mit unseren neuen Freunden tanzen.

Plötzlich stand sein Dämon an seiner Seite und grollte bedrohlich.

Raghi schaute in seine glühenden Augen. Er ließ das Höllenfeuer in seiner eigenen Seele erwachen, bis es heller loderte als jemals zuvor.

Selbst in den schlimmsten Augenblicken seiner Existenz, als die Altvorderen ihn zu Tode folterten und dies nicht im übertragenen Sinn, wie er inzwischen wusste, hatte es nicht so intensiv gebrannt.

Er wandte sich den Geistern zu.

«Ihr hättet euch nicht mit mir anlegen sollen.»

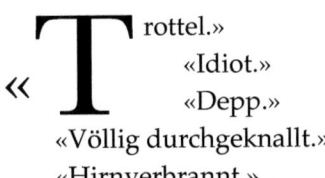

9

«Trottel.»

«Idiot.»

«Depp.»

«Völlig durchgeknallt.»

«Hirnverbrannt.»

«Wie kann man daran Spaß haben, Öl ins Feuer zu gießen?»

«Es reicht ihm nicht, im Hornissennest herumzustochern. Nein, er muss es auch noch treten.»

«Von allen Deppen im Multiversum musste ich ausgerechnet an ihn geraten.»

Raghi ließ Najiras Selbstgespräch kommentarlos an sich vorbeiziehen. Auch wenn er es nie zugeben würde, innerlich wusste er, dass ihre Tirade nicht unberechtigt war. Die Geister hatten ihn schwer verletzt. Er blutete aus unzähligen Wunden. Sein linker Arm war gebrochen. Dazu einige Finger. Wahrscheinlich sah er furchtbar aus. Nein, keine Lügen. Mit absoluter Sicherheit sah er furchtbar aus.

Doch die Wunden heilten bereits und juckten dabei fürchterlich. Schlimmer, als er es je zuvor erlebt hatte. Schaute er auf seine Hände, konnte er direkt zusehen, wie sich die Risse und Abschürfungen schlossen und die Quetschungen alle Farben bis schwarz durchliefen, nur um danach zu verblassen. Und die geborstenen Knochen richteten sich ohne Hilfe wieder korrekt aus, während die Bruchstellen sich zusammenfügten.

Vielleicht war er ein Depp, wie Najira das behauptete. Aber er war auch derjenige, der das Schlachtfeld erhobenen Hauptes und auf den eigenen Beinen verließ.

Von den Geistern war kein Einziger mehr übrig. Ob kurzfristig außer Gefecht gesetzt oder auf alle Ewigkeiten tot, keine Ahnung. Es war ihm egal. Raghi hatte nicht vor, diese abstoßende Schlucht jemals wieder zu durchqueren.

Nur leider verschwand durch die Heilung seiner Wunden das Blut nicht. Seine Kleidung war steif davon und er stank. Und statt es auszuwaschen, sorgte der Regen dafür, dass alles klebrig-glitschig wurde. Igitt!

«Kindischer Trotzkopf!»

«Jetzt ist aber gut, Najira», platzte Raghi der Kragen. «Dein Blutrausch war ebenfalls nicht von schlechten Eltern.»

«Na ja. Vielleicht meinte ich mit den Schimpfwörtern teilweise auch mich selbst.»

Sie klang so kleinlaut, dass Raghi lachen musste. «Wir haben beide gewütet. Vielleicht zu sehr, doch ich bin schlicht nicht mehr bereit, das Opfer zu sein. Und du offenbar auch nicht. Ich gratuliere dir zu diesem Schritt.»

Sie neigte erstaunt den Kopf zur Seite. Ihre Augen leuchteten auf. «Stimmt. Ich habe mich gewehrt. Dann darfst du mich ab sofort nicht mehr Missy Waschlappen nennen.»

«Na ja. Ganz so weit würde ich nicht gehen. Mach das noch zehnmal und dann reden wir weiter.»

Sie schniefte. «Unfair.»

Er zuckte die Schultern und verzog schmerzerfüllt das Gesicht. Keine gute Idee. «So ist das Leben.»

Ein Seitenblick aus ihren babyblauen Augen. «Fünfmal!»

«Viermal. Immerhin hast du soeben zu verhandeln begonnen.»

«*Hrmp.* Abgemacht.» Sie tat verschnupft, klang aber ganz zufrieden.

DER WEG durch den grünschwarzen Blättertunnel war lang. Ihre Schlacht gegen die Geister hatte sich dahingezogen. Längst tauchte die Nacht die Schlucht in absolute Dunkelheit.

Zum Glück hatte Raghi vorausgedacht und aus den Trümmern des Vardos improvisierte Fackeln gefertigt. Mit etwas Glück reichte der Vorrat, den sie trugen, für den Rest der Nacht, sodass sie nicht in völliger Finsternis wandern mussten.

«Was, wenn die Geister sich erholen und wiederkommen?», fragte Najira leise. Ihre besorgten Blicke gingen zum Dickicht links und rechts des Weges.

Ihre Umgebung bot Stoff für Albträume. Der flackernde Schein der Fackeln ließ alle Formen und Schatten als unheimliche Halluzinationen tanzen. Das wuchernde Grün bildete auf beiden Seiten des Weges eine blickdichte Wand. Dahinter konnte sich eine Stadt verbergen, ohne dass die Reisenden sie bemerkten. Bis zum ebenso undurchdringlichen Dach des Tunnels sahen sie schon gar nicht.

Zudem schien der ganze Wald in Bewegung. Rund um sie herum knackte und raschelte es ununterbrochen, eine unheimliche Begleitmusik zum monotonen Trommeln des Regens.

Ich mache mir mehr Sorgen darüber, wer diese Geräusche verursacht. Ups!

Najiras Augen blitzten im Fackellicht auf. *Ha! Gerade hast DU in Gedanken zu mir gesprochen. Wie war das nochmals, dass ich das lassen soll?*

Es ist praktisch. Raghi wusste, wann er verloren hatte, und war ehrlich genug, es zuzugeben.

Ich frage mich, weshalb deine Chimäre nicht für dich zurückkommt. Sie mag eine Nervensäge sein, aber es steht außer Zweifel, dass sie dich liebt.

Genau das bereitete Raghi die größten Sorgen. Möglich, dass Naveen und Anjali schwere oder gar tödliche Verletzungen davongetragen hatten. Der Vardo war unter dem Angriff der Geister förmlich explodiert.

Raghi und Najira hatten sich nach ihrem Sieg unter den Trümmern umgesehen. Durch den unbändigen Hass der Geister war nichts ganz geblieben, nicht einmal das kleinste Stück Geschirr.

Das Drachenmädchen schniefte. *Ihr verliert alles meinetwegen. Mit ziemlicher Sicherheit auch euer Leben — wenn nicht jetzt, dann bald.*

Es bringt nichts, Trübsal zu blasen. Und vergiss nicht, dass es längst nicht mehr nur um dich geht, sondern um das Leben alles Ghitains. Wenn vier sterben, damit ein Volk überleben kann, ist das schmerzhaft, aber mit Blick auf das große Ganze akzeptabel. Zudem müssen unsere Feinde erst noch einen Weg finden, mich umzubringen.

Aber Naveen und Anjali …?

Willst du ihnen das Recht absprechen, ihr Volk zu verteidigen?

Sie wanderten schweigend. Die Baumkronen hielten den meisten Regen zurück. Nur ein feiner Nebel sank zu ihnen herab.

Wie … wie machst du das? Wir sind in Gefahr, doch du scheinst dir keine Sorgen zu machen. Als wäre das alles ein Spiel.

Was es für Raghi ein Stück weit auch war. Er konnte nicht sterben, zumindest nicht unter einigermaßen normalen Umständen. Das war aber keine hilfreiche Erklärung für Najira. Wenn er ihr in ihrer ganz besonderen Situation helfen wollte, musste er ihr Informationen vermitteln, die sie für sich anwenden konnte.

In der Gilde gab es eine Weisheit, die wir neuen Lehrlingen immer als Erstes mitteilten. Es bringt nichts, mit deiner neuen Situation zu hadern, sie zu ignorieren, schönzureden oder dagegen anzukämpfen. Um zu überleben, musst du sie akzeptieren — in all ihrer Hässlichkeit. Jene, die das konnten, überlebten. Die anderen starben.

Najira schwieg mehrere Hundert Schritte lang. *Also kein: «Wieso ich?»*

Nein.

Ich habe das gemacht. Gehadert, meine ich. Viele Jahrhunderte, nein, Jahrtausende lang.

Raghi fühlte ihre tiefe Traurigkeit. *Diesen Prozess habe ich auch durchgemacht, als ich noch bei meinen Erzeugern lebte. Es ist schwieriger, wenn man allein ist. Alles selbst herauszufinden braucht Kraft.*

Und wie funktioniert es genau? Das Akzeptieren?

Schwierige Frage. Raghi überlegte. *Es holt dich ins Jetzt und macht den Kopf frei. Beides brauchst du, um zu kämpfen. Und die Angst wird weniger wichtig. Sie ist immer da, klar, aber sie lähmt dich nicht länger.*

Konnte es sein, dass sie sich dem Ende von Jalassars Schlucht näherten? Die Feindseligkeit ihrer Umgebung schien abzunehmen und die Bäume wuchsen nicht mehr ganz so dicht.

Akzeptanz braucht vielleicht den größten Mut von allem. Zu wissen, dass ein

Fehler ausreicht, damit du stirbst oder, so wie ich, auf immer verdammt und gefangen bist. Das Drachenmädchen klang gefasst.

Der Wald lichtete sich tatsächlich. Raghi entdeckte den Ausgang aus Jalassars Schlucht, ein hellerer Fleck in einem Meer aus Dunkelheit.

Gerade das ist das Spannende an diesem Spiel. Du kannst tausend Fehler machen und am Ende gewinnen. Oder du machst alles richtig und hast trotzdem keine Chance. — Konzentration jetzt. Für den Fall, dass unsere Gegner uns eine letzte Falle stellen.

Aber nichts geschah.

Jalassars Schlucht lag hinter ihnen. Sie befanden sich auf den baumbewachsenen Wiesen rund um Aeriels Quellen. Und im Trockenen.

Raghi schaute zum Sternenhimmel auf. Kein Wölkchen trübte das Funkeln. Und auch der Blick zurück über Jalassars Schlucht zeigte nur Sterne, so weit das Auge reichte. Wo war das schlechte Wetter hin?

Najira grollte und klang dabei fast wie Rose. *Welche Beziehung besteht zwischen Akzeptanz und dem Gefühl, verarscht zu werden?*

Raghi schnaubte amüsiert. Die kleine Missy sprach ihm aus dem Herzen und besaß einen Sinn für Humor. *Lass uns versuchen, unsere Freunde oder die Pferde zu finden. Idealerweise beides.*

Sie schlichen vorsichtig voran. Raghi erinnerte sich an ländliche Gehöfte in diesem Bereich.

Das erste Haus, das sie passierten, war vom Weg deutlich zurückgesetzt und völlig dunkel. Seine Bewohner schliefen sicher längst.

Etwas weiter in Richtung Aeriels Quellen entdeckte Raghi ein weiteres Haus. In einem seiner Fenster zeigte sich ein schmaler Lichtstreifen, ein Vorhang, der nicht ganz geschlossen war.

Er blieb stehen. Das Fenster gehörte zu einem Stall. Der Stall stand auf einem weitläufigen Areal mit Obstbäumen und Wiesen. Ein Bauer, der auf die Geburt eines Kalbs oder Fohlens wartete?

Raghi rief sich Bürgermeister Sanders Erscheinungsbild in Erinnerung. Ein älterer, attraktiver Mann, schlank, mit grauen Strähnen im schwarzen Haar. Von der Frühlingssonne gebräunte Haut. Hände, die an harte Arbeit gewöhnt waren.

Sander konnte sehr wohl ein Farmer sein und auf einem Hof leben.

Lass uns nachschauen, was da los ist.

Najira folgte ihm und tat Raghi alles gleich. Sie hielten sich an die Schatten von Bäumen und Sträuchern, kletterten über Weidezäune und überquerten die Wiesen, statt nach dem Weg zum Haus zu suchen. Es waren keine Nutztiere draußen, nicht einmal ein Hund. Reine Vorsichtsmaßnahme oder notwendig durch die Nähe zu Jalassars Schlucht?

Es wäre besser, wenn du deine Anwesenheit wie bei unserem letzten Aufenthalt in Aeriels Quellen verbirgst. Wir wissen nicht, wem wir trauen können. Mit den richtigen Drohungen knickt jeder ein, selbst zutiefst aufrichtige Menschen.

Najira verschwand. Dafür umgab ein vertrautes Gewicht Raghis Hals.

Er schlich sich näher an den Stall. Das Gebäude war solide gebaut, aber nicht schalldicht. Menschen sprachen leise miteinander. Er erkannte Naveens Stimme und Tonfall, auch wenn er die einzelnen Wörter nicht ausmachen konnte. Dann hörte Raghi ein tiefes Zischen — Desert Rose, die ihr tröstendes und schwach heilsames Feuer auf jemanden blies.

Raghi machte sich klein und glitt unter das Fenster. Dann reckte er sich wie ein Erdmännchen und spähte durch den Spalt zwischen den Vorhängen.

Der Gedanke an ein Erdmännchen rief ihm völlig unerwartet in Erinnerung, was, oder genauer gesagt *wen*, er in der fernen Gegenwart zurückgelassen hatte. Wie es wohl seinen Freunden in der Gilde ging? Faya, dem einzigen Mädchen, das der Meister je gestohlen und versklavt hatte. Jester, dem erfahrenen Auftragsmörder, der sich für seine Arbeit als Narr verkleidete und drei quirlig-liebenswerte Erdmännchen als Schoßtiere hielt.

Zum ersten Mal seit Beginn seiner verrückten Reise durch die Zeit wurde Raghi klar, dass er sie für immer zurückgelassen hatte und nie wiedersehen würde. Gewusst hatte er es, aber nicht gefühlt.

Es tat verdammt weh.

Raghi sank zu Boden und musste erst einmal tief durchatmen. Dabei verhielt er sich offenbar nicht so leise, wie es sich für seinen Berufsstand gehörte. Ein warnendes Bellen erklang. Einmal — tief und leise. Ein erfahrener Hund, der Situationen gut einzuschätzen wusste.

Ein Stück von Raghi entfernt öffnete sich eine Tür. «Ich zähle bis zwei, dann lasse ich den Hund raus.»

«Nicht nötig», erwiderte Raghi, der Sanders Stimme erkannte.

Er stieß sich auf die Füße und ging zur Tür.

Sander zuckte bei seinem Anblick zusammen. «Bist du das wirklich?»

Nein, ein Zombie.

Die böse Erwiderung zischte durch Raghis Gedanken, doch er presste die Lippen zusammen und ließ sie nicht frei. Nicht noch mehr Drama.

«Ich hatte eine kleine Auseinandersetzung mit einigen Geistern.»

Raghi betrat den Stall. Sein erster Blick ging zu seinen Freunden. Naveen stand und Anjali saß auf einem dreibeinigen Hocker neben ihm. Beide wirkten zerrauft. Schwere Verletzungen entdeckte Raghi keine. Dafür ein anderes Problem: Ihre Ghitainkleidung war zerstört und die Risse stopften sich nicht wie üblich von selbst. Wahrscheinlich war sie auch nicht sogleich getrocknet. Das würde die Feuerstöße von Rose erklären, die er gehört hatte. Verdammte Geister!

Eine Stichflamme traf ihn von der Seite, kaltes Feuer zwar, aber es schmerzte wie ein Peitschenhieb.

«Au!»

Sanders Hund versteckte sich winselnd hinter den Beinen seines Menschen, was dem Tier nicht viel nützte, denn es war fast so groß wie ein Kalb.

Raghi schaute zu Rose. Die Chimäre funkelte ihn aus beiden Augenpaaren an und grollte dumpf. Puh, war sie wütend!

Plötzlich fiel ihm auf, wie still es im Stall geworden war. Naveen und Anjali starrten ihn aus riesigen Augen an. Sein Blick ging zu Sander. Der Bürgermeister wirkte zu gleichen Teilen entsetzt und nachdenklich.

«Du bist nicht, was du scheinst.» Mehr sagte Sander zum Glück nicht, da die Wände Ohren haben konnten.

Raghi verstand seine Schlussfolgerung auch so. Er nickte. «Wie schwer seid ihr verletzt?», wandte er sich an seine Freunde.

«Einige Splitter vom Vardo und blaue Flecken an den Oberarmen», erwiderte Naveen für beide. «Rose war trotz ihrer blitzschnellen Reaktion vorsichtig.»

«Das hast du sehr gut gemacht, mein Mädchen.» Raghi legte ihr die Hand auf den Adlerschnabel, ohne sich von ihrem erneuten, zutiefst furchterregenden Grollen abschrecken zu lassen.

Der darauffolgende Feuerstoß fühlte sich sanfter an.

Raghi suchte Naveens Blick.

Es war Sander, der antwortete. «Ich kehrte gerade erst von einem Treffen mit der obersten Heilerin zurück, das sich bis tief in die Nacht zog. Wir konnten noch nichts besprechen. Wollen wir uns in die Küche setzen? Oder bleibt ihr lieber hier im Stall?»

«Rose, überwachst du für uns die Umgebung, ohne dass dich jemand sieht?»

Dieses Mal war ihr Feuer zärtlich. «Die Küche klingt gut», sagte Raghi.

In der Küche fachte Sander das Feuer im Herd an und stellte einen Kessel mit Wasser darauf. «Du musst dich und deine Kleidung waschen, Raghi», ordnete er an. «So erschreckst du jeden, der dich sieht, zu Tode.»

Raghi konnte es sich vorstellen.

Sander gab ihm einen Eimer mit warmem Wasser, Seife und alte Tücher, deren abgenutzter Stoff sich weich wie Daunen anfühlte, und führte Raghi in einen Raum mit Tischen und einem großen Waschbecken. Direkt neben dem Stall gelegen, diente er wahrscheinlich dazu, die Ernte zu waschen und Nutztiere zu schlachten.

«Kaltes Wasser kannst du von der Pumpe am Waschbecken nehmen. Dort ist das Waschbrett. Der Ablauf des Beckens ist mit der Jauchegrube verbunden. Bitte achte darauf, dass die Tücher keine Blutspuren mehr zeigen, wenn du fertig bist.»

Weil Lyrrhodenais Horden keinen Respekt vor fremdem Besitz zeigten.

«Alles klar», bestätigte Raghi.

«Ich helfe dir», sagte Naveen, der ihnen gefolgt war.

Sander ließ sie allein.

Naveen assistierte Raghi schweigend beim Entkleiden. Er entdeckte Najira. Ganz kurz zeigte sich Erleichterung in seiner Miene.

«Oh verdammt, ich sehe tatsächlich aus wie ein Zombie», rutschte es Raghi beim Anblick seiner Verletzungen heraus.

«Ja, sie sind ganz schön übel», bestätigte Naveen. «Die Geister?»

«Jeder Einzelne zerstückelt. Ich war wütend.»

Naveen tauchte einen Lappen ins warme Wasser und wusch Raghi vorsichtig den Rücken. Nur knapp konnte Raghi einen Schrei unterdrücken.

«Verständlich. Aber leider nützt uns die Wut nichts. Es ist trotzdem alles zerstört und verloren.»

Raghi war nicht bereit, diesen Standpunkt zu akzeptieren. «Abwarten. Solange wir atmen, geht es irgendwie weiter.»

Naveen zuckte die Schultern. Raghi fühlte mit ihm, schwieg aber. Jammern half nichts und zerstörte nur ihre Standhaftigkeit.

Eins der alten Tücher entpuppte sich als Tunika. Als Raghi Haut und Haare gewaschen hatte, streifte er sie über.

«Ich weiß nicht, ob sie zu retten sind», sagte Naveen, der den Eimer mit kaltem Wasser gefüllt hatte und Raghis Kleider und die benutzten Lappen darin einweichte.

Es dauerte eine ganze Weile, bis alles sauber war. Sie versicherten sich, dass sie korrekt aufgeräumt hatten, und kehrten in die Küche zurück. Naveen trug die gewaschene Kleidung und die Lappen auf dem Arm, da diverse von Raghi Verletzungen noch immer Blut und Gewebeflüssigkeit absonderten.

Ein Topf auf dem Herd verströmte den Duft von Suppe. Sander rührte bedächtig darin. «Mit dem Seilzug dort könnt ihr die Wäschehänge von der Decke herablassen. Meist dauert es nicht lange, bis alles trocken ist.»

ALS SIE MIT dem Aufhängen fertig waren, deckte Sander den Tisch und verteilte die Suppe. Zum Trinken gab es heißen Kräutertee, der den Duft heilender Essenzen verströmte.

Sie aßen schweigend. Irgendwann warf Sander einen Blick in die Runde und musterte aufmerksam seinen Hund. «Millie ist entspannt, also dürften uns keine fremden Ohren belauschen. Dann erklärt mir mal, was ihr mir erklären dürft.»

Naveen atmete tief durch. Sie hatten vorab vereinbart, dass er entscheiden würde, inwieweit sie Sander vertrauen durften. «Auch wenn diese Frage dir seltsam erscheint: Wann hat mein Volk diese Stadt verlassen?»

«Gestern am Morgen, also vor zwei Tagen und einer Nacht.»

Für Raghi nicht die schlechteste Neuigkeit. Wenn sie auf der sicheren Seite sein wollten, gab ihnen das etwas mehr als vierundzwanzig Stunden, um ihre Weiterreise zu planen und abzuhauen. Damit ließ sich arbeiten.

Naveen krauste die Stirn und überlegte. «Hast du eine Uhr, Sander? Irgendetwas, das die Zeit messen kann?»

«Ja, eine Sanduhr.»

«Kannst du sie holen?»

Sander erhob sich und verließ die Küche durch eine unscheinbare Tür. Bei seiner Rückkehr wirkte er verwirrt. «Als ich sie von ihrem Platz hob, befand sich der Sand im oberen Teil der Uhr. Wie kann das sein?»

«Darf ich?» Naveen nahm ihm vorsichtig den taillierten Glaszylinder aus der Hand und stellte ihn so auf den Tisch, dass der Sand sich unten befand.

Dem Bürgermeister fiel der Mund auf, als der Sand von unten nach oben zu rieseln begann.

«Unser Feind will unser gesamtes Volk beim bevorstehenden Jahrestreffen in Eterna auslöschen. Deshalb haben wir uns auf die älteste überlieferte Fähigkeit der Ghitains besonnen und den Lauf der Zeit umgekehrt, was zu unserem Erstaunen auch funktioniert hat. Es tut uns leid, dass wir dich in diese Sache mit hineinziehen.» Naveen wirkte, als wäre ihm übel.

Wie hypnotisiert beobachtete Sander die verkehrt laufende Uhr. «Und plötzlich ergeben eure immer gleichen Reiserouten sehr viel Sinn. Wie kann ich euch helfen?»

«Wir brauchen Informationen zu deiner ehemaligen Heimat und zur Burg unseres Feindes.»

Sander setzte an, um etwas zu sagen. Und verstummte wieder. Mehrmals. Schließlich seufzte er tief. «Die bekommt ihr. Dazu Winterkleidung, Vorräte und Pferde. Innerhalb von vierundzwanzig Stunden?»

Naveen nickte.

UM SEIN VERSPRECHEN ZU ERFÜLLEN, benötigte Sander die Unterstützung der obersten Heilerin. Da die Zeit rückwärts lief, befand sich sein jüngeres Ich gerade im Gespräch mit ihr. Diese Gelegenheit mussten sie nutzen.

«Ich begleite dich», bestimmte Raghi. «Wir wissen nicht, wie der umgekehrte Lauf der Zeit dich beeinflusst.»

«Und natürlich, um aufzupassen, dass ich euch nicht verrate», sagte Sander. «Alles andere wäre leichtsinnig in eurer Situation.»

«Naveen und Anjali, ihr versteckt euch hier in Sanders Haus.»

Raghi war erleichtert, dass die beiden nicht allzu sehr bockten. Das junge Paar wirkte geschockt und auch erschöpft — wenig erstaunlich nach den schlimmen Erlebnissen und dem erneuten Verlust, den sie erlitten hatten.

Sander zögerte. Er schien etwas sagen zu wollen. Raghi wurde wachsam. Was konnte das sein?

«Palash hat über die Jahre Kleidung bei mir zurückgelassen. Sie wird euch zu groß sein, aber wenigstens vertraut. Ich hole sie.»

Kaum hatte er den Raum verlassen, zischten Naveen und Anjali.

«Shhh, nicht so laut», mahnte Raghi.

Bald kehrte Sander zurück. Raghi staunte über den Kleiderberg, den er trug. Es handelte sich nicht um einen Satz, sondern um mehrere. Hatte Palash diese Kleider für sich gedacht oder hatte er seinen Geliebten heimlich mit Ghitaintextilien ausstaffiert? Alles war alt und sehr oft getragen.

Naveen konnte die Missbilligung nicht vollständig aus seiner Miene heraushalten. Offenbar hatte sein Onkel mit seinen Geschenken etwas ganz und gar Verbotenes getan. In ihrer Situation erwies sich Palash Regelübertretung als Segen.

«Danke, dass du diese Erinnerungen aufgibst, um uns zu helfen», sagte Anjali. Ihr Mitgefühl klang echt. Der Ausdruck ihrer Augen besagte etwas anderes.

Sander bemerkte es nicht. Er biss sich auf die Lippen und rang sichtlich um Fassung. «Er hätte es so gewollt. Er … ist nicht mit euch gekommen?»

«Nein», zerstörte Raghi die stille Hoffnung des Mannes. «Palash wird in Eterna sein Volk verteidigen.» Auch wenn kaum eine Chance auf Erfolg bestand.

Sie teilten die Kleidungsstücke auf. Sie passten von der Länge gar nicht so schlecht, was darauf hindeutete, dass Sander sie getragen und dafür Hosenbeine und Ärmel gekürzt hatte. Zudem stimmten die Farben nicht. Kein Ghitain würde sich in diesen matten Grün-, Braun- und Grautönen zeigen.

«Trotz des Umfärbens wirkt die Magie des Stoffes noch», bemerkte Naveen leise und strich sich über den Ärmel. «Unser Glück.»

Raghi und Sander verließen das Bauernhaus. Geräusche in einem nahen Gestrüpp ließen sie zusammenzucken. Sie horchten. Ein Stampfen. Dann ein Schnauben.

«Alle meine Pferde sind im Stall», sagte Sander so leise, dass Raghi ihn gerade noch verstehen konnte.

Raghi schluckte leer. Ihm fielen zwei Möglichkeiten ein. Eine davon unerwünscht. Die andere ...

Er wandte sich Sander zu und hob den Finger an die Lippen. Ein Nicken des Bürgermeisters.

Raghi schlich zum Gestrüpp, das aus einigen mittelgroßen Bäumen im Zentrum eines Dickichts aus Haselnusssträuchern bestand. Etwas landete auf seiner Nasenspitze. Als er zum wolkenverhangenen Nachthimmel hoch starrte, entdeckte er Schneeflocken, die gemächlich auf ihn herabschwebten.

Wie hatte Palash dieses Jahr genannt? Damals, als sie über die grasbewachsenen Ebenen in Richtung Aeriels Quellen rollten?

Das Jahr der zwei Winter.

Hatten die Seher der Ghitains den Konflikt etwa vorausgeahnt?

Im Dickicht krachte es.

Raghi fasste sich ein Herz und kämpfte sich zwischen den in alle Richtungen wachsenden Ästen der Haselnussstauden hindurch, die ihm den Weg versperrten.

Seine stille Hoffnung wurde zur Gewissheit. Anjalis Gespann.

Er lockte sie mit beruhigenden Lauten zu sich und tastete ihre Körper nach Wunden ab. Bis auf einige Schrammen, die sich behandeln ließen, waren sie unverletzt.

Und sie schienen ihn zu erkennen. Die Stute stieß ihm die Nase in den Magen, eine Aufforderung, dass er sie kraulte.

Raghi tat ihr den Gefallen, während er dem zweiten Tier, einem jungen Hengst, beruhigend über den Hals strich.

Erleichterung machte sich in ihm breit. Dass sie die Tiere nicht verloren hatten stellte die erste gute Nachricht seit Langem dar. Ghitainpferde waren schlau, nochmals um einiges schlauer als normale Pferde. Und es spielte keine Rolle, ob sie nach ihrer panikartigen Flucht aus Jalassars Schlucht hier im Gestrüpp Zuflucht gesucht hatten oder ob sie sich auf der Suche nach ihrer Herrin befanden.

Hauptsache, Naveen und Anjali mussten nicht auf sie verzichten.

Raghi fasste die Reste ihres Zaumzeugs und lockte sie mit einem sanften Schnalzen, ihm zu folgen.

Sanders Augen wurden groß, als Raghi mit den Tieren aus dem Dickicht trat. «Bring sie in den Stall. Ich sage deinen Freunden Bescheid.»

Raghi hatte die Pferde kaum hineingeführt, als Anjali herbeigestürzt kam und die Arme um die Hälse ihrer Tiere legte. «Was bin ich froh, dass ihr wieder da seid. Ich dachte, ich hätte euch verloren.» Dabei konnte sie ihre Tränen nicht zurückhalten.

Raghi nickte Naveen zu und schlüpfte wieder in die Dunkelheit hinaus. Sander wartete am Rand des Hofs auf ihn.

«Wohin gehen wir?» Raghi ahnte es, wollte es aber von Sander hören.

«Zur Akademie, wo die oberste Heilerin ihre Arbeitsräume und Gemächer hat.» Der Mann blieb stehen, als ihm etwas einfiel. «Im normalen Zeitgefüge war ich um diese Zeit bei ihr. Dann werde ich mir also gleich selbst begegnen?»

Raghi musterte ihn aufmerksam. Für sein Gefühl nahm Sander die Umkehrung des Laufs der Zeit viel zu gelassen. Es sei denn …

«Hat Palash für euch die Zeit umgedreht, damit ihr den Stopp der Ghitains hier in Aeriels Quellen ausdehnen und so mehr Zeit miteinander verbringen konntet?»

10

M it seiner Vermutung traf er ins Schwarze. Sander errötete so heftig, dass Raghi es selbst im Dunkeln erkennen konnte. Er gluckste. «Und ihr habt euch selbst beim Sex zugeschaut. Spannende Idee.»

«Sei gnädig, junger Herr», bat Sander zutiefst verlegen.

«Ich sage ja gar nichts, außer dass ich mir die Idee merken muss. Ich habe kein braves Leben geführt wie die Ghitains. Gar kein braves Leben.»

Sander schien ihn nicht zu verstehen.

Raghi beließ es bei der gegebenen Erklärung. Nicht dass der Bürgermeister ihnen plötzlich die Hilfe entzog. Und vielleicht auch, weil er auf seine verrückten Eskapaden nicht mehr ganz so stolz war. Immerhin hatte er inzwischen andere Lebensentwürfe kennengelernt. Und vielleicht, nur vielleicht, erschien es ihm sinnstiftender, etwas Positives zu erschaffen, als ständig das maximale Chaos anzurichten.

«Hast du jemals negative Konsequenzen verspürt, wenn du dir selbst begegnet bist? Immer davon ausgehend, dass eins deiner Ichs das andere gesehen hat.»

Sander zögerte mit der Antwort. «Vor allem habe ich mich im Nachhinein geschämt, weil es mir so sehr gefallen hat. Aber ich nehme an, du fragst eher nach etwas wie Desorientierung oder Panik. Das nie.»

Also war jener Teil des Mythos wahrscheinlich nicht korrekt.

Ihr Weg führte sie durch die stillen, dunklen Gassen der Stadt, wo nur Ratten und Katzen über das regenfeuchte Kopfsteinpflaster huschten. Er endete an einer Pforte in einer verwitterten Mauer.

Sander klopfte in einem bestimmten Rhythmus. Eine Klappe öffnete sich. Gleich darauf ging die niedrige Tür auf.

«Bürgermeister Sander? Aber …»

«Bitte entschuldige, dass ich heute Nacht zum zweiten Mal hier anklopfe. Ich bat die oberste Heilerin darum, diesen jungen Mann anzuhören, und musste ihn holen.»

Nicht schlecht. Sander verfügte über respektable Fähigkeiten im Lügen. Nur so viele Informationen wie nötig und keine Details, durch die man ihn auf der Stelle überführen konnte.

Sie wurden eingelassen und durften sich frei im Gebäude bewegen. Die Furcht vor Mördern schien gering.

Auch hinter den Kulissen war die Akademie der Heiler in funktionaler Schlichtheit gehalten. Kerzen in Wandhalterungen erfüllten die langen Gänge mit warmem Licht.

Raghi gefiel, was er sah.

An diesem Ort kann ich atmen, dachte er. Ganz anders als im Zunfthaus der Mördergilde, wo die Wände einst auf ihn einzupressen schienen.

«Hoffentlich erschrecke ich die Mutter Heilerin nicht gleich zu Tode.» Sander atmete tief durch und klopfte leise an eine Tür. Das kunstvoll aufgemalte Symbol eines Baumes hob sie unter all den anderen, ansonsten identischen auf dieser Etage hervor.

«Herein.»

Raghi erkannte die unvergleichliche Stimme der obersten Heilerin.

Sander öffnete die Tür einen Spalt breit. Dann versagte sein Mut und er schaute flehend zu Raghi.

Verflucht! Wieso musste ausgerechnet er die Situation retten? Seine Fähigkeiten in solchen Dingen waren lausig.

«Bitte erschrick nicht, Mutter Heilerin. Vor deiner Tür stehen zwei unerwartete Gäste.» Raghi zeigte sich im Türspalt, hielt aber Sander noch verborgen.

Die Szene, die sich ihm bot, überraschte ihn. Hinter der Tür lag ein

Besprechungszimmer und nicht etwa das Schlafgemach der obersten Heilerin. Sander und sie saßen an einem großen Tisch, umgeben von aufgeschlagenen Büchern, die sie offenbar durchgearbeitet hatten.

Die oberste Heilerin erschien Raghi noch hässlicher und vom Alter versehrter als in seiner Erinnerung. Der Blick, mit dem sie ihn musterte, war jedoch scharf und präsent.

«Der Ghitainjunge, der auch ein Auftragsmörder ist.» Sie schnalzte. Es klang geplagt. «Komm rein und bring Sander mit.»

Also wusste sie von den Eskapaden des Bürgermeisters? Raghi fiel kein anderer Grund für ihre Gelassenheit ein.

Er stieß die Tür ganz auf und beobachtete aufmerksam, wie Sander eins und Sander zwei aufeinander reagierten. Es passierte — nichts. Abgesehen davon, dass der sitzende Sander die Stirn runzelte und sagte: «Etwas Ernstes ist passiert. Erklärt uns was.»

EINE HALBE STUNDE und viele präzise Fragen später stieß die oberste Heilerin hörbar den Atem aus. Sie zeigte auf die ledergebundenen Bücher, die mit Buchzeichen versehen und an ausgewählten Stellen aufgeschlagen waren.

«Sander und ich haben in den Folianten und Geschichtsbüchern Informationen zu unserem Feind und seiner Heimat in den Bergen des Westens gesucht. Wir sind beide von dem brennenden Wunsch getrieben, diese wunderbare Stadt und ihre Bewohner zu schützen. Uns war nicht klar, um wie vieles größer die Gefahr ist, die von ihm ausgeht, und dass er vorwiegend euer Feind ist.» Ihr Blick fixierte Raghi. «Was habt ihr vor? Und bevor du fragst. Dieser Ort hier ist sicher. Uralte Zauber beschützen seine Mauern. Und ich verfüge dank Jahrzehnten der Meditation über die Fähigkeit, mit meinem Geist durch Mauern zu sehen. Niemand belauscht uns. Alle Heilerinnen, die nicht schlafen, sind auf ihren Posten und kümmern sich um ihre Aufgaben.»

Raghi, der rechts von der obersten Heilerin am Tisch saß, legte sich blitzschnell seine Geschichte zurecht. Weder er noch seine Freunde hatten bisher eine Idee gehabt, was sie in Aeriels Quellen von ihren wahren Beweggründen preisgeben wollten. Nun arrangierte sich alles wie von selbst — zu einer Erzählung, die mehrheitlich stimmte und zugleich Najiras Aufenthaltsort verschwieg.

«Um einen Unsterblichen mit derart weitreichenden magischen Fähigkeiten in seine Schranken zu weisen, brauchen wir Hilfe. Prinz Naveen als Bewahrer der magischen Tiere will den versklavten Drachen befreien, um mit seiner Hilfe und Macht gegen unseren gemeinsamen Feind vorzugehen. Ich weiß, wie wahnsinnig das klingt. Falls euch eine weniger waghalsige Strategie einfällt, her damit.»

«Ich denke nicht, dass es viele Alternativen zu diesem Plan gibt. Du sagst es selbst: Wie wollt ihr ohne Hilfe gegen einen so mächtigen Magier bestehen? Die Frage ist, in welcher Zeit ihr ihn herausfordert.»

Raghi fühlte Enttäuschung. Hatte er insgeheim gehofft, dass der Mutter Heilerin ein besserer Plan einfiel? Dann ging ihm auf, was sie gesagt hatte. «Was ist deine Meinung dazu?»

Sie antworte nach reiflicher Überlegung. «Ohne alle Konsequenzen der Zeitumkehr zu verstehen, denke ich, dass er als Unsterblicher überwiegend im normalen Lauf der Zeit existiert und darin durch seine wachsende Erfahrung immer stärker wird. Das spricht dafür, ihn in der Vergangenheit zu bekämpfen. Wann jedoch war der Drachen am stärksten? Ist er an seinen Prüfungen gewachsen oder hat die lange Gefangenschaft seine Macht erodiert?»

Ein wichtiger Punkt, zu dem Raghi etwas beitragen konnte. «Die Ghitains haben mir erklärt, dass Drachen regelmäßig von der Essenz des Multiversums trinken müssen, sonst schwinden ihre Kräfte.»

«Somit ist das Aushungern im Sinne unseres Feindes», erklärte Raghis Sander grimmig. «Wahrscheinlich war der Drache zu Beginn seiner Gefangenschaft starker.»

«Von der Essenz des Multiversums können wir euch mitgeben», sagte die oberste Heilerin. «Das ist kein Problem. Aber das mit der Stärke des Drachens müsst ihr euch gut überlegen. Alles Lebendige ist den gleichen Regeln unterworfen. Manche Seelen werden durch Belastung stärker, andere zerbrechen. Es kann sein, dass der Drache heute körperlich schwach ist, aber mental stärker denn je. Oder aber er hat aufgegeben, dann hilft keine noch so große Dosis der Essenz des Multiversums.»

Raghi schickte eine stumme Frage zu Najira und erhielt ein gedankliches Schulterzucken zur Antwort. Sie wusste nicht, was auf sie zutraf. Typisch Missy Waschlappen.

Die Mutter Heilerin starrte seit ihrer letzten Bemerkung ins Leere. Nun begann sie wieder zu sprechen. «Über den Zustand des Drachens können wir nur spekulieren. Lasst uns beeinflussen, was wir beeinflussen können. Ich erachte es als wichtig, dass möglichst wenige Menschen von eurer Präsenz hier in der Stadt erfahren. Können wir uns darauf einigen, dass Sander und ich die kommenden Stunden der Recherche widmen? Er trägt das gesammelte Wissen mit nach Hause und wird es euch mitteilen. Morgen organisieren wir dann alles, was ihr für eure Reise braucht. Dafür müsstet ihr allerdings wieder in den normalen Lauf der Zeit einsteigen. Alles andere birgt zur viel Potenzial für Fehler.»

«Ich muss Naveen und Anjali fragen, denke aber, dass das geht», bestätigte Raghi.

BALD DARAUF BEFAND er sich mit Sander auf dem Rückweg zum Bauernhof. Das Glück blieb ihnen treu und sie begegneten niemandem.

Wie insgeheim erwartet, reagierten die Ghitains zurückhaltend auf das Anliegen der obersten Heilerin.

«Sie hat recht und ich denke, es ist der einzige Weg. Was aber, wenn wir nicht wieder in die rückläufige Zeit einsteigen können?», sprach Anjali die Befürchtungen aller aus.

«Und was passiert, wenn wir durch die vorwärtslaufende Zeit den Zeitpunkt erreichen, an dem wir auf unserer Flucht vor den Geistern hier ankamen? Bleiben wir dann hier oder reisen wir zurück durch Jalassars Schlucht? Oder beides?» Naveens Gedanken.

«Hört auf, euch das Hirn zu verrenken, und lasst es uns einfach tun», erstickte Raghi die drohende Diskussion im Keim. «Wir haben keine Wahl.»

Seine harten Worte zeigten Wirkung. Anjali nickte.

Die Manipulation des Laufs der Zeit erfolgte wie schon beim ersten Mal, nur drehten sie sich dieses Mal im Uhrzeigersinn.

«Jetzt läuft die Zeit wieder normal», sagte Naveen nach wenigen Umdrehungen.

Sie stoppten. Raghi war nicht einmal schwindlig geworden.

Sie setzten sich in die Küche, um auf Sander zu warten. Dabei geschah nichts Außergewöhnliches. Weder aßen sie nochmals die gleiche Suppe, noch brachten Sander und Raghi die gefundenen Pferde in den Stall.

«Schon seltsam», brach Sander irgendwann das Schweigen. «Als ich heute Nacht zum ersten Mal nach Hause kam, wusste ich nichts von eurer Präsenz. Beim zweiten Mal werde ich jedoch wissen, dass ihr hier auf mich wartet. Das Ganze ist gedanklich schwer zu erfassen.»

Naveen wackelte mit dem Kopf, die Ghitaingeste für höflichen Widerspruch. «Du solltest dir eher Sorgen machen, dass es zwei Versionen von dir gibt.»

Sander warf einen raschen Blick zu Raghi. Der winkte für die Ghitains unsichtbar ab. Es lag nicht in seinem Interesse, Sanders Geheimnisse auszuplaudern. Naveen mit seinem Respekt für Regeln regte sich sonst nur auf.

«Was wird passieren?», fragte Raghi, als das junge Paar bald darauf die Küche verließ, um nach den Pferden zu sehen.

Sander zuckte die Schultern. «Nichts. Jene Version von mir, die nicht durch die Zeit zurückgereist ist, löst sich im Augenblick der Zeitumkehr auf.»

«Auch das ohne negative Auswirkungen?»

«Ja. Abgesehen von einem Schaudern, weil man sich selbst verschwinden sieht.»

Raghi versuchte sich vorzustellen, wie das im aktuellen Fall ablaufen musste. «Anjali und Naveen warteten vor der Haustür auf dich?»

«Ja.»

«Und entführten dich in jenem Augenblick in unseren rückläufigen Zeitstrom.»

«Ich nehme es an. Palash sagte immer, der stärkste Magier dominiert den Zauber.»

Mit seinen Worten bestätigte Sander Naveens frühere Erklärung. Raghi fühlte Palashs Abwesenheit akut. Sie hätten sein Wissen bei ihrer waghalsigen Mission dringend gebraucht. Aber vielleicht kam Palash ein Geistesblitz, wie er die Ghitains vor Lyrrhodenai schützen konnte. Somit befand sich Naveens Onkel genau am richtigen Ort — und der war nicht hier.

Wenig später hörten sie Schritte, die sich dem Bauernhaus näherten. Die Küchentür öffnete sich. Die beiden Sanders schauten sich an. Jener, der auf der Schwelle stand, löste sich auf.

«Hast du sein Wissen?», fragte Raghi alarmiert.

Sander nickte. «Und ich muss darüber nachdenken. Insbesondere werde ich versuchen, mich an Details der Sagen meiner Kindheit zu erinnern. Der Erfolg eurer Mission hängt davon ab.»

NAVEEN UND ANJALI schliefen im Gästezimmer. Raghi bevorzugte den Stall, wo er Desert Rose Gesellschaft leisten konnte.

Die Chimäre grollte immer noch leise vor sich hin und wollte sich nicht zu ihm ins Stroh legen. So rollte Raghi sich allein zusammen. Irgendwann in der Nacht weckte ihn eine Berührung. Er stellte fest, dass Rose einen schützenden Ring um ihn bildete und seinen frierenden Körper mit ihren Flügeln zudeckte.

Raghi schlief zufrieden wieder ein und erwachte lange nach dem Morgengrauen.

Er versorgte die Pferde und wusch sich an den Trögen, wo Naveen und er seine Kleider gereinigt hatten.

Die Küche war leer. Der Herd kalt. Durfte er als Gast Wasser aufsetzen und etwas suchen, das er zubereiten konnte?

Raghi entschied sich dafür. Er entfachte das Feuer und entdeckte einen Vorratsraum, der von der Küche abging. Aus Milch, Getreide und getrockneten Früchten bereitete er einen Brei. Heißes Wasser und getrocknete Kräuter ergaben einen Tee. Er war fast fertig, als Sander mit seinem Hund in die Küche kam und sich an den Tisch setzte. Der Mann wirkte erschöpft.

«Hätte ich auf dich warten sollen?», fragte Raghi und schob ihm einen Becher Tee hin.

Sander schüttelte den Kopf und trank Schluck um Schluck, bis der Becher leer war. «Ich bin aufgestanden, weil ich dich gehört habe. Durch all die aufgewühlten Erinnerungen habe ich sehr schlecht geschlafen. Die Vergangenheit ist nicht für alle ein wohlwollendes Land», sagte er leise.

Raghi schenkte ihm nach. «Hast du den Westen wegen deiner Homosexualität verlassen?»

«Indirekt ja. Meine Liebschaft endete. Er war ein Unsterblicher. Ich wollte nicht erleben, wie ich älter werde, während er jung bleibt. Die Beziehung an sich war kein Problem. Der Westen ist rau und die Menschen haben anderes zu tun, als sich gegenseitig reinzureden, wie jemand leben soll.»

«Was waren die anderen Gründe?» Raghi nahm sich selbst von dem Tee und setzte sich zu Sander an den Tisch. Lange blieben sie nicht mehr allein. Die leisen Geräusche im Haus deuteten darauf hin, dass auch die Ghitains aufgewacht waren.

«Im Westen mit seinen kurzen Sommern und harten Wintern ist deine ganze Existenz auf das Überleben ausgerichtet. Ich habe mir mehr erträumt. Ursprünglich wollte ich bis nach Eterna reisen. Hier blieb ich hängen. In Aeriels Quellen sind die Menschen freundlich und genießen das Leben. Ich kann mir keinen schöneren Ort vorstellen, auch wenn ich die Ankunft der Ghitains nie mehr mit der gleichen Inbrunst herbeisehnen werde.»

Zum ersten Mal erlaubte er Raghi, das gesamte Ausmaß seiner Trauer zu sehen.

«Sollten wir das hier überstehen, empfehle ich dir Palash zu bitten, dass er sich dir zeigt. Er ist der stärkste Geist, den ich je getroffen habe. Klar trennt euch der Tod, aber es wäre interessant zu sehen, wie Palash damit umgeht. Immerhin habt ihr die Zeit aus Spaß umgekehrt, als die restlichen Ghitains sich nicht sicher waren, ob sie als Volk die Fähigkeit dazu noch besitzten.»

Ein verschmitztes Lacheln zeigte sich kurz in Sanders Mundwinkeln.

«Guten Morgen.» Naveen öffnete die Küchentür und ließ Anjali zuerst eintreten. «Oh, hier riecht es lecker.»

Raghi gab den Brei in vier Schalen. Naveen trug sie zum Tisch, während Anjali Löffel und Becher verteilte.

Sie frühstückten schweigend.

Nachdem Naveen und Anjali den Abwasch erledigt hatten, sagte Raghi: «Also, Sander. Dann berichte uns, was wir wissen müssen.»

«Die Reise von hier in den Westen dauert etwa einen Monat, egal ob zu

Fuß oder mit Pferden. Wenn ihr dafür den Lauf der Zeit erneut umkehrt, geratet ihr in den Winter. Und der ist im Westen brutal.»

Das Jahr der zwei Winter. Raghi hoffte, dass er Palash irgendwann sagen konnte, wie korrekt die Prophezeiung der Seher gewesen war. «Heftige Schneefälle, Eisstürme, das Meer zugefroren?»

«Genau.»

«Kenne ich aus meiner ursprünglichen Heimat. Und ich weiß, was zu tun ist. Könnt ihr Naveen und Anjali so ausstatten, dass sie die Kälte aushalten?»

«Die Kleider können wir besorgen, ja. Aber wer die Temperaturen nicht gewöhnt ist leidet.»

Anjali zuckte die Schultern. «Wir haben keine Wahl. Also lohnt es sich nicht, darüber zu diskutieren.»

«Dafür aber über Vorräte und Vorbereitungen. Vier Wochen sind lang und der Vardo wird uns noch schmerzlich fehlen», sagte Naveen ernst.

«Das befürchte ich», bestätigte Sander. «Zu den Vorräten später mehr. Über das Durchkommen müsst ihr euch grundsätzlich keine Sorgen machen. Die alten Handelswege bestehen über weite Strecken aus Steinstraßen. Sie werden kaum noch gebraucht. Ihr Zustand ist jedoch nach wie vor akzeptabel oder war es bis vor einigen Jahrzehnten, als zum letzten Mal Händler den Westen bereisten.»

«Gibt es Wachtürme und Zollstationen?», fragte Raghi. «Drei Wanderer zur falschen Zeit und in die falsche Richtung fallen auf.»

«Zollstationen nicht, aber weil das Land so wild ist, sind die Menschen stets wachsam. Ihr werdet vorsichtig sein müssen.»

«Und wann können wir los?», fragte Naveen.

«In drei Tagen sollten die Mutter Heilerin und ich alles organisiert haben.»

Aus dem Nichts überlief Raghi ein warnendes Kribbeln und in seinem Kopf lief ein Gewitter aus Gedanken, Bildern und Eindrücken ab, viel zu schnell, um irgendetwas im Detail zu erkennen.

Sein Überlebensinstinkt hatte sich eingeschaltet und er wusste nur eins: Sie mussten sofort hier weg.

Rose — Ablenkungsmanöver. Najira — wir müssen fliehen.

Draußen brach ein Tumult aus. Etwas krachte mit furchterregender

Wucht gegen die Wände und schüttelte das gesamte Haus. Sanders Hund schnellte hoch und floh jaulend aus der Küche. Die Pferde im Stall wieherten schrill. Ihre Hufe trampelten in Panik.

«Etwas bedroht die Pferde», schrie Anjali, sprang auf und rannte in Richtung des Lärms, Naveen ihr hinterher.

Raghi packte Sander grob an den Haaren und hielt ihm das Messer an die exponierte Kehle. «Wie konntest du nur!», fauchte er.

Sanders Augen überliefen mit Tränen. «Er hat versprochen, Palash das Leben zurückzugeben.»

«Du Tor!» Raghi schlug Sander mit einem derben Hieb bewusstlos und rannte in den Stall, wo die Ghitains die Pferde unter Kontrolle gebracht hatten.

«Wir wurden verraten und müssen weg. Wir …»

Ein heftiges Krachen. Der Stall bebte. Dann ging die Welt in Flammen auf.

«Naveen, das Uhrwerk des Multiversums. Jetzt!»

Der Prinz reagierte nicht, in Todesangst erstarrt. Ein Blick zu Anjali zeigte Raghi, dass auch von ihr keine Hilfe zu erwarten war. Wie gestellte Beutetiere erwarteten sie den Tod.

Verdammt. Nur die Ghitains besaßen die Magie, die sie retten konnte.

«Entweder ihr kommt jetzt raus, oder wir verbrennen euch. Euch Menschen, um präzise zu sein. Meinen Drachen hole ich mir aus dem zurück, was übrig bleibt.»

Raghis Geist schien in ein Loch aus endloser Schwärze zu fallen. Najira riss ihn in ihrer Verzweiflung mit in den Abgrund. Aber sie durfte nicht aufgeben. Nicht einfach so.

NAJIRA. WIR BRAUCHEN ZUGANG ZU DEN TREPPEN DER EWIGKEIT.

Raghi legte all seine gedankliche Kraft in den Befehl. Vergeblich. Er spürte Najira nicht mehr. Katatonie im dümmsten Augenblick. Hervorragend!

Also lag es an ihm, dem dümmsten Lehrling aller Zeiten.

Rose. Hilf mir!

Was für ein Witz! Er besaß keine Magie. Seine besondere Kraft basierte auf seinem Überlebenswillen und seiner grenzenlosen Sturheit.

Das musste reichen.

Raghi konzentrierte sich wie noch nie zuvor in seinem Leben. Desert Rose schien es ihm gleichzutun. Er spürte sie an seiner Seite als Stütze und beruhigende Präsenz. Rund um ihn herum ging der Stall in Flammen auf. Das Prasseln und Knacken war ohrenbetäubend. Die Pferde stiegen und wieherten voller Panik.

Jetzt oder nie.

Raghi tat, als würde er den Schrank in Kaeas Vardo öffnen.

Sein verzweifelter Versuch gelang. Die Treppen der Ewigkeit drehten sich vor ihm. Ihr Erscheinen hatte Anjali, Naveen und die Pferde auf seine Seite des Stalls geschoben, weg von der in Flammen stehenden Außenmauer. Der Einstieg, jene Stufe, wo die transparent-orange Zukunft zum Stein der Gegenwart wurde, befand sich genau vor ihnen.

Raghi packte die Ghitains an ihrer Kleidung und stieß sie derb auf die Treppen. «Nach unten, los! Rose, nimm ein Pferd an der Stirnlocke und folge ihnen.»

Die Chimäre sandte ihm einen vernichtenden Doppelblick, gehorchte aber. Ihr Drachenkopf schnaubte tröstendes Feuer auf beide Pferde, die sich sogleich beruhigten. Ihr Adlerkopf schubste Naveen, der immer noch regungslos dastand, in den Rücken. Er torkelte gegen Anjali. Endlich setzten sich die Ghitains in Bewegung. Rose folgte mit einem Pferd. Raghi nahm das andere.

Kaum hatte er die unsichtbare Schwelle übertreten, schlossen ihn die steinernen Mauern eines Turms ein. Raghi fuhr herum. Wie erhofft entdeckte er eine Türöffnung samt einer mit Eisen beschlagenen Holztür. Raghi warf sie zu und legte den schweren Riegel vor. Der Anblick des lichterloh brennenden Stalls verschwand. Von einem Augenblick auf den nächsten verstummte das Prasseln der Flammen. Die Eingangstür verschwand, als hätte es sie nie gegeben.

War das ihre Chance?

Keine Zeit, um nachzudenken. Raghi fasste sein Pferd wieder an der Stirnlocke und führte es in die Vergangenheit hinab.

Die Treppen zeigten sich dieses Mal erstaunlich freundlich. Anstelle der halsbrecherischen Steintreppe, über die Raghi in tausend Umdrehungen klammheimlich in die Vergangenheit geflohen war, zeigten sie sich als gewendelte steinerne Rampe. Sie war gerade so steil und breit, dass die Pferde sie problemlos benutzen konnten. Kaltes magisches Feuer folgte als durchgehender Streifen auf Kniehöhe den Windungen und leuchtete jeden Winkel aus.

«Raghi, wie weit?», driftete Anjalis zitternde Stimme zu ihm hoch.

«Einfach immer weiter. Die Treppen werden dir den Ausgang zeigen.»

11

S ie liefen stundenlang. Zuerst begannen die Muskeln an Raghis Schienbeinen zu schmerzen, dann die an seinem Hintern. Immer wieder horchte er hinter sich. Kein Laut einer Verfolgung. Es schien, als hätten die Treppen Lyrrhodenai und seinen Schergen den Zugang verwehrt.

Wahrscheinlich nur ein Aufschub. Falls ihr Feind wie die Ghitains auf das Uhrwerk des Multiversums zugreifen konnte, war es ihm ein Einfaches, ihre Reise abzuschätzen und ihnen zu folgen. Raghi schob den Gedanken von sich. Kein Grund, sich jetzt deswegen zu sorgen. Was passieren musste, das passierte. Seine unbekümmert-fatalistische Einstellung hat sich zeit seines Lebens bewährt.

Immer weiter ging es nach unten. Anders als bei seiner ersten Reise über die Treppen hatte Raghi noch kein einziges Portal gesehen.

Dieser Umstand bereitete ihm weit mehr Sorgen als die Aktionen ihrer Verfolger. Verweigerten die Treppen trotz ihres Erscheinens die Kooperation? Hatte er seine Freunde in eine Falle geführt?

Er war zu weit hinten, um Naveen und Anjali auf der gewendelten Rampe zu sehen, doch ihre Kolonne stockte nie, also stiegen sie Schritt um Schritt in die Vergangenheit — stumm, ohne Pause und ohne sich zu beklagen. Die Pferde folgten ihnen willig. Rose grummelte und knurrte in einem fort. Dann und wann erschien über dem vor Raghi wackelnden Pferdehintern einer ihrer Köpfe und sandte ihm einen Todesblick. Damit hatte es sich mit dem Protest.

Gefühlt verging eine weitere Stunde. Raghi verfiel in eine Art Trance. Die Verantwortung für seine Freunde lastete schwer auf seinen Schultern. Er liebte es, auf Messers Schneide zu tanzen und dem Tod den Stinkefinger zu zeigen. Allein hätte er sich mit trotziger Inbrunst und selbstmörderischem Leichtsinn diesem Abenteuer gestellt.

Durch Naveens und Anjalis Gegenwart kam das nicht in Frage. Sie mussten leben. Sie hatten es verdient zu leben — glücklich und vereint bis ins hohe Alter und ihrem natürlichen Tod.

Und auch der Tanz auf Messers Schneide klappte nicht mehr. Worin bestand der Sinn seines Lebens, wenn Raghi eben dieses nicht mehr aufs Spiel setzen konnte?

Verdammte Unsterblichkeit! Er war ein Depp. Ob es eine andere Person im Multiversum gab, die es geschafft hatte, sich durch Selbstmord unsterblich zu machen?

Wahrscheinlich nicht.

Raghi seufzte. Mit der Unsterblichkeit war seine ganz persönliche Vision der Zukunft verschwunden — eine weite Ebene aus Schmerz und Unvernunft, hin und wieder gewürzt mit kleineren oder größeren Siegen, der Horizont begrenzt vom Tod. An manchen Tagen schien dieser Horizont zum Greifen nah, an anderen unendlich fern.

Seit seiner Wiedergeburt als Unsterblicher sah Raghi nur noch Schwärze vor sich, vermischt mit grauen Schlieren der Furcht. Er hatte sich selbst den ultimativen Ausweg versperrt. Das veränderte die Parameter des Spiels. Endlose Qual bedeutete nun genau das — endlos und ohne Hoffnung auf Entkommen.

«Da ist ein Ausgang», hörte er Anjalis Stimme. Die Prinzessin klang ausgelaugt und zögerlich. «Soll ich ihn nehmen?»

«Warte.» Raghi schob sich an den Pferden und Desert Rose vorbei. Er fand Anjali und Naveen Schulter an Schulter, die Schläfen aneinandergeschmiegt. Sie schwankten vor Erschöpfung.

Vor ihnen ragte der Ausgang auf. Er war erstaunlich hoch und glich keinem, den Raghi auf seiner ersten Reise gesehen hatte. Er erinnerte sich an Pforten aller Art sowie Portale von überschaubarer Größe. Die Öffnung vor ihnen wirkte wie ein unregelmäßiger Riss in einer Felswand — so breit, dass die Pferde ihn gerade passieren konnten. Die Rampe eine Windung über ihnen, die sie gerade noch hinabgestiegen waren, hatte wogendem grauem Nebel und undurchdringlicher Schwärze Platz gemacht. Das obere Ende der Felsöffnung verlor sich darin.

Hinter dem Riss erstreckte sich ein unregelmäßiger Gang, der nach einigen Schritten eine Kurve nahm, sodass Raghi die Welt dahinter nicht erkennen konnte.

Prüfend musterte er ihre Umgebung. Der Lichtstreifen, der sie seit dem Beginn ihrer Flucht über die Treppen begleitete, endete hier. Der Weg in die Tiefe glich einem schwarzen Loch.

Die Hinweise waren eindeutig.

Raghi suchte Roses Blicke. Sie musste die Pferde kontrollieren, während er den Ausgang prüfte. Naveen und Anjali waren dazu nicht mehr in der Lage. Die Chimäre schien gleicher Meinung, denn sie schnaubte bestätigend.

«Das ist unser Ausgang. Ich gehe voraus. Wartet hier, bis ich euch ein Zeichen gebe. Dann folgt mir.»

Eigentlich sinnlose Vorsicht. Ihr einziger Weg führte voran, in diese Zeit und Welt. Selbst wenn ihm etwas passierte, mussten die anderen ihm folgen, sonst steckten sie auf den Treppen fest.

Er zückte seinen Dolch und konzentrierte sich, damit all seine Sinne erwachten. Dann schlich er den Gang entlang. Ein kurzer Blick zurück zeigte ihm, dass die Öffnung zu den Treppen bestehen blieb und er seine Freunde dahinter erkennen konnte.

Das Licht, das ihren Weg bisher begleitet hatte, reichte bis zur Biegung des Gangs. Raghis Augen benötigten nur wenig Zeit, um sich auf die Dunkelheit einzustellen. Er hatte Jahre in den Katakomben von Eterna verbracht, teils sogar darin gehaust. Ohne ausgezeichnete Nachtsicht überlebte man dort nicht.

Der Gang krümmte sich vor Raghi. Er erkannte Spuren eines bläulichen Lichts, das mit jeder Windung stärker wurde. Schließlich stand er in einer weitläufigen Höhle.

Eine erste Prüfung mit allen Sinnen ergab keine Gefahr. Auch die zweite nicht. Als die dritte ebenfalls keinen Alarm auslöste, erlaubte sich Raghi zu staunen.

Weicher Sandboden bedeckte den Boden der Höhle. Vor ihm und etwas zur Seite erstreckte sich ein Teich. Wassertropfen, die von der Höhlendecke darüber fielen, kräuselten seine Oberfläche. Ansonsten schien der Boden trocken. Das blaue Licht brachte alles zum Schimmern. Es wurde erzeugt von Millionen von Lichtpunkten, die sich in zufälligen Ansammlungen über die Wände und Decke der Höhle zogen. Über dem See, im tropfenden Wasser, hatten sich ganze Trauben gebildet, von denen Ausläufer bis fast auf die Wasseroberfläche reichten.

Es war wunderschön. Ob es auch sicher war, mussten Naveen und Anjali entscheiden.

Raghi holte seine Freunde.

Der atemberaubende Anblick riss sie aus ihrer Lethargie. Naveen schien fast wieder sein übliches, heiteres Selbst, als er versuchte, den zauberhaften Anblick zu verstehen.

«Keine Gefahr für uns», entschied er schließlich. «Das sind halb Pflanzen, halb Tiere, nicht giftig, einfach nur wunderschön.»

«Dann lasst uns am Ufer des Teichs rasten», entschied Raghi. «Bleibt aber wachsam. Hinter blendender Schönheit verbirgt sich stets die größte Gefahr.»

Sie stillten dankbar ihren Durst am Wasser. Anjali entzündete ein magisches Feuer, das sie mit tief gehender Wärme versah. Da es ohne Rückstände brannte und nichts zerstörte, schien es ideal für diesen zauberhaften Ort.

«Wie weiter?», fragte sie, während sie sich die zitternden Hände an den Flammen wärmte. Naveen tat es ihr gleich. Die Ghitains froren bitterlich.

Raghi sandte einen fragenden Blick zu Rose. Die Chimäre musterte das Paar, rückte näher und tauchte sie in ihr heilendes Feuer. Raghi zählte die Stöße. Es brauchte neun, bis Anjali endlich die Hand hob und zärtlich Roses Nase berührte.

«Du musst uns für absolute Schwächlinge halten», sagte Naveen, die Augen auf den Teich gerichtet.

Raghi ergriff seine Schulter. «Du gehst mit einem Lächeln auf die Menschen zu und versuchst, ihr Leben besser zu machen. Das braucht mehr Mut, als ich jemals aufbringen könnte. Hören wir auf, uns zu werten. Wer kann, der übernimmt. Und im Moment habe ich die Kraft.»

«Sind wir … sind wir ihm entkommen?», wisperte Anjali.

«Das müssen wir herausfinden», bestätigte Raghi. «Gibt es eine Möglichkeit, das aktuelle Jahr festzustellen und wo wir gelandet sind?»

Naveen straffte die Schultern. «Lass es mich versuchen. Ich öffne aber nur ein ganz kleines Fenster ins Uhrwerk des Multiversums. Im schlimmsten Fall findet er uns sonst gleich wieder.»

«Muss das sein?» Anjali schauderte.

«Das Wo ist wichtig, um unser Ziel zu erreichen. Das Wann, um den Wissensstand unseres Feindes abzuschätzen.» Der Prinz konzentrierte sich und griff mit seiner Hand in eine dunkle Öffnung hinein, die in der Luft vor ihm entstand. Er hielt einen braunen Lebensstrang in der Hand. «Ich habe nur meinen genommen. Drei, einer davon unsterblich, würden vielleicht auffallen. Sterbliche gibt es jedoch endlos viele.»

Sie musterten den Strang. So, wie Naveen ihn hielt, knickte er oberhalb seines Griffs in einem rechten Winkel weg. Nach zwei Fingerbreit erfolgte ein weiterer rechter Winkel, der den Strang wieder direkt nach oben in einen undurchdringlichen Nebel führte.

«Die Vergangenheit sollte unten sein, die Zukunft oben.» Naveen zeigte auf den horizontal verlaufenden Bereich. «Das hier entspricht der Gegenwart und ist interessant.»

«Heißt das, wir sind in der gleichen Zeit, aber räumlich versetzt?», fragte Raghi.

«Ich denke es. Lass mich etwas versuchen.» Naveen ergriff den Lebensstrang an der horizontalen Stelle und schloss die Augen. «Das Jahr der zwei Winter», sagte er nach einem Moment.

Anjalis Blick fixierte jenen Teil des Strangs, der von der Gegenwart im Nebel verschwand.

Naveen schien zu ahnen, woran sie dachte, und öffnete die Hand. «In jenem Teil verbergen sich tausend mögliche Schicksale und Tode. Ich werde ihn nicht anfassen.» Der Lebensstrang verschwand spurlos.

«Wie willst du weiter vorgehen?», wandte sich der Prinz an Raghi.

«Versucht ihr, etwas zu schlafen. Ich suche den Ausgang der Höhle und, wenn möglich, Nahrung.»

Naveen schien aufbegehren zu wollen, dann seufzte er. «Nimm Desert Rose mit. Die Pferde werden uns wecken, falls etwas ist.»

BEVOR RAGHI AUFBRACH, stellte er sicher, dass der Zugang zu den Treppen, der sie in diese Zeit geführt hatte, verschwunden war. Genau wissen konnte er es nicht, aber er nahm an, dass sich diese Öffnungen immer auf beiden Seiten schlossen. Sie konnten nicht zurück. Im Gegenzug hatte niemand die Möglichkeit, ihnen zu folgen.

Der Ausgang der Höhle war nicht schwer zu finden. Zu Beginn hielt sich Raghi an eine Wand, um die Orientierung im Halbdunkel nicht zu verlieren. Wo der blaue Lichtschein der unbekannten Lebensformen nicht mehr hinreichte, begann auch schon trübes Tageslicht, das Raghi an die Winter auf den Eisinseln erinnerte.

Ohne den Sonnenstand ließ sich die Tageszeit unmöglich bestimmen. Raghis Erfahrung sagte ihm, dass es wahrscheinlich später Morgen war, aber das war ein reines Gefühl.

Ein wachsamer Blick aus der Höhle hinaus bestätigte seine schlimmsten Befürchtungen. Sie waren im Winter angekommen. Draußen erstreckte sich ein urzeitlicher Wald aus mächtigen Bäumen, deren Stämme erstaunlich weit voneinander entfernt standen und Raghi an die Säulen im mächtigsten Tempel von Eterna erinnerten.

Auf dem Boden lag Pulverschnee. An manchen Stellen blies der starke und bitterkalte Wind ihn weg, sodass der gefrorene Waldboden zum Vorschein kam, um dafür an anderen Orten kleine Verwehungen zu bilden.

Eine äußerst ungünstige Situation. Sie waren in keiner Weise für dieses Wetter ausgerüstet. Und sie trugen die Kleidung eines Verräters, die vielleicht mit Magie ausgestattet war, über die ihr Feind sie finden konnte. Wie also weiter?

Desert Rose stieß ein angewidertes *Hrumpf* aus.

Es ging darum, nicht nur Nahrung, sondern auch Bekleidung zu erjagen, ein zeitintensiver Prozess. Und was machten sie mit der Zeit? Ein weiteres Mal zurückdrehen? Bei ihrem ersten Versuch hatte sich das Wetter verschlechtert. Wenn dieses Winterwetter noch harscher wurde, hatten Anjali und Naveen gar keine Überlebenschance.

Aber sie hatten keine Wahl. Sie …

Etwas stieß von oben auf Raghi herab. Er tauchte blitzschnell zur Seite und zog seinen Dolch, bereit, sein Leben so teuer wie möglich zu verkaufen.

Als er seinen Angreifer erblickte, konnte er es nicht glauben. «Du?»

Ein *Huuhuuh* war seine Antwort.

Der Vogel flatterte furchtlos zu ihm und landete auf seiner Schulter. Es war die Stacheleule.

«Aber …»

Eine deutlich größere Gestalt sprang aus einem nahen Baum. Sie landete geschmeidig vor Raghi, setzte sich auf den Hintern und leckte eine Vorderpfote, um sich damit das Gesicht zu waschen.

Raghi konnte es kaum glauben. «Wo kommt ihr denn her?»

Er brauchte nicht zu fragen, ob sie ihm freundlich gesinnt waren. Die Stacheleule turnte aufgeregt auf seiner Schulter herum und *huhuute* ihm die Ohren voll. Offenbar gab es viel zu erzählen. Derweil rieb sich der geflügelte Luchs hingebungsvoll an seinen Beinen. Weil er so kräftig war, warf er Raghi ein ums andere Mal fast um.

Die Begrüßung dauerte eine Weile. Der Gedanke, dass sie ihn vermisst hatten, freute Raghi. Wer ihn genauer kannte, sah ihn für gewöhnlich lieber gehen als kommen.

Nach einer letzten, besonders intensiven Runde um Raghis Beine wandte der Luchs sich ab und schaute über die Schulter zu Raghi zurück.

«Folgen wir ihm?», fragte er die Stacheleule.

Die *Huhus* nahmen nochmals an Intensität zu.

Ihr Weg führte sie durch den majestätischen Wald. Raghi vertraute den Tieren. Trotzdem blieb er alle zwanzig Schritte stehen und musterte den Weg, den sie genommen hatten. Er musste unbedingt zu Naveen und Anjali zurückfinden — keine Selbstverständlichkeit in dem tiefgefrorenen Land. Der Boden nahm kaum Spuren auf und der Wind verbarg das wenige, das entstand, sogleich unter Schneekristallen.

Auch dem Wald war nicht zu trauen. Durch die Abstände zwischen den riesigen Baumstämmen wirkte er offen und licht, ohne es zu sein. Bereits wenige Schritte vom Höhleneingang entfernt verschwand die Felswand im Zwielicht. Unebenes Gelände und tief hängende Äste trugen ihren Teil dazu bei, dass der Verlust der Orientierung nur eine Frage der Zeit war.

«Wo bringt ihr mich hin?», fragte Raghi und berührte das Nackenfell des Luchses.

Das Tier schaute ihn mit seinen prachtvollen goldenen Augen an, blinzelte und lief weiter.

«Ich weiß, dass das ein Kuss nach Katzenart war», rief Raghi ihm leise nach. Rose hinter ihm grollte. Die Chimäre schien das mit der erneuten Reise über die Treppen verbundene Abenteuer nicht zu schätzen. Aus Eifersucht? Ohne Najira wären sie nicht hier.

Der Luchs führte Raghi um einen Hügel herum. Dahinter befand sich ein Weg und neben dem Weg …

Ihm wurde kurz schwindlig vor Überraschung. Wie konnte das sein?

Der Luchs zirpte — eine Aufforderung, ihm weiter zu folgen.

Raghi gehorchte. Als sie ihr Ziel erreichten, musste er die Hand ausstrecken und es berühren, um an seine Existenz zu glauben.

Der Vardo der magischen Tiere. Er war wieder da.

Ein Trick?

Nachdenklich musterte Raghi die ihm zugewandte Seite. Alle Luken waren fest geschlossen und von den magischen Tieren zeigten sich nur der Luchs und die Stacheleule.

«Überzeugt mich, dass das keine Falle ist.»

Auf diese Aufforderung hin schritt der geflügelte Luchs zur Front und stieg die Treppenstufen hoch. Die Tür zum Innern des Vardos öffnete sich. Er ging hinein.

Raghi prüfte nochmals mit allen Sinnen seine Umgebung. Weshalb kam kein Tier raus? Die Doggycorns ließen sich unter normalen Umständen nicht kontrollieren.

Nur ein Weg, um es herauszufinden.

Raghi trat über die Schwelle.

Der Angriff traf ihn mit voller Wucht. Eine Welle fiepender und kläffender Fellknäuel wogte an ihm hoch, riss ihn um und schlabberte ihn zu Tode.

Raghi brauchte mehrere Versuche, um sich aufzusetzen.

«Ihr seid also noch da.»

Blicke voller Anbetung wärmten sein Herz.

«Lasst mich schauen, wer sonst noch da ist.»

Raghi stemmte sich auf die Füße. Die Doggycorns drängten sich wie ein beweglicher Teppich um ihn.

Er fand die Phönixratte bei ihrer üblichen Beschäftigung. Sie baute sich aus Stroh, das in kleinen Haufen den Boden des Vardos bedeckte, den nächsten Scheiterhaufen.

Der kleine weiße Elefant, der Seifenblasen aus dem Rüssel blies, hatte es sich in einem Nest aus Lumpen bequem gemacht. Er schien wieder einen Schluckauf zu haben. In ungefähr gleichbleibenden Abständen stieg ein Schwall Seifenblasen aus seinem Rüssel auf.

Der Katzenpanther lag in seiner harmlosen Form an den Mini-Elefanten gekuschelt und blinzelte Raghi schläfrig entgegen.

Hinter ihnen an der Wand erhob sich der tote Stamm, dessen Äste der Stacheleule für gewöhnlich als Sitzgelegenheit dienten. Die riesige, mit Fell bedeckte Heuschrecke, klammerte sich kopfüber daran und schien das entspannend zu finden. Ihre Fühler mit den langen Haarbüscheln am Ende bewegten sich gemächlich in alle Richtungen.

Der Anblick ihres Fells stimmte Raghi nachdenklich. Es war viel länger als beim letzten Treffen. Wie viel Zeit war für diese Tiere seit damals vergangen?

Fehlten noch …

«Stinkies?», rief Raghi leise.

Der Brunnen mit der Essenz des Multiversums, dessen Oberfläche bisher glatt geblieben war, blubberte.

Raghi näherte sich ihm wachsam. Genau hier hatte seine Unsterblichkeit begonnen. An diesem Tag zeigte sich der Brunnen ungewöhnlich schlicht als von Flusssteinen umgebene kleine Wasserfläche. In Eternas ärmeren Gärten hatte er solche Fischteiche gesehen.

Die Stinkdrachen ruhten als unordentlicher Haufen auf dem Grund des Teiches und schafften es sogar durch das Wasser hindurch, ihn missbilligend anzustarren. Unglaublich, welche Griesgrämigkeit diese Kreaturen mit einem lethargisch-einäugigen Blick vermitteln konnten.

Raghi fiel etwas ein. Er wandte sich zu Desert Rose um, die so dicht hinter ihm stand, dass sie ihn fast umschubste. Offenbar traute sie ihm nicht über den Weg.

«Rose, dein Drachenkopf sollte hier und jetzt von der Essenz des Multiversums trinken. Wir alle scheinen auf dieser Mission etwas lernen zu müssen. An dir liegt es, deine volle Stärke zu entwickeln.»

Ihr tiefes, bitterböses Grollen stellte ihm die Nackenhaare auf.

«Bitte, Rose. Nicht für Najira. Für mich. Ich werde mit unserem Feind kämpfen müssen. Das kann ich nicht allein.»

Das Grollen nahm an Tiefe und Intensität zu.

Raghi zuckte die Schultern. «Kein Problem. Dann sterbe ich halt. Ich bin sicher, das bringe ich fertig, unsterblich oder nicht. AU!»

Der Feuerstoß war alles andere als freundlich gewesen.

Raghi lächelte böse. «Feigling.»

Ein Flügelschlag schleuderte ihn quer durch den Innenraum des Vardos und gegen die Wand. Raghi ignorierte den Schmerz des Aufpralls. Ein Torkeln brachte ihn in die Nähe des Brunnens. Er stürzte sich hinein.

Kaum berührte sein Körper die Wasseroberfläche, verschwanden alle Begrenzungen. Raghi tauchte unter wie in einem warmen See.

Hoffentlich musste er die Tortur vom letzten Mal nicht nochmals durchleben!

Er wartete bang. Nichts geschah. Sein Aufenthalt in der Essenz des Multiversums fühlte sich an wie schwimmen. Offenbar starb selbst ein Idiot nur einmal.

Wie durch Watte hörte er einen wütenden Schrei. Heftige Wirbel entstanden neben ihm — Rose, die das Wasser mit allen Extremitäten, die ihr zur Verfügung standen, aufpeitschte.

Konnte die Chimäre überhaupt schwimmen? Raghi erinnerte sich nicht, dass sie jemals im Wasser untergetaucht war.

Die Frage erübrigte sich, als zwei unterschiedliche Gesichter vor seinem erschienen und ihn mit Todesblicken anstarrten.

Schlucken, mein Liebling.

Uh-oh. Er sollte seine blöden Witze lassen, sonst riss sie ihm noch etwas aus. Andererseits … Er beobachtete, wie ihr Drachenkopf die Essenz einzusaugen begann, während ihre Augen ihn unablässig fixierten.

Dann schluckte sie, ein ums andere Mal.

Die Veränderung begann sogleich. Obwohl die Chimäre ihre Größe nicht veränderte, schien sie zu wachsen.

Raghi berührte ihre Hälse.

Was auch immer passiert, du musst frei bleiben. Er darf dich nicht bekommen.

Roses Blick wurde weicher. Während sie noch trank, sandte sie ihm einen zärtlichen Flammenstoß. Er ließ Tausende kleiner Bläschen im Wasser entstehen und kitzelte entsprechend.

Eine Sorge weniger. Nun galt es, noch etwas Weiteres zu erledigen.

Vorsichtig löste Raghi Najira von seinem Hals. *Najira, trink.*

Keine Reaktion. Der winzige Drachen hing wie tot in seinem Griff. Missy Waschlappen zelebrierte die Katatonie. Das durfte nicht länger so bleiben. Sie musste beginnen, für sich selbst einzustehen.

NAJIRA, TRINK!

Raghi legte all seine Furcht und Sorge hinein. Es ging einfach nicht, dass alle ihre Verantwortung auf ihn abschoben.

Ihre himmelblauen Augen öffneten sich und starrten ihn hoffnungslos an. Eine Träne sammelte sich darin, was unter Wasser nicht sein konnte, oder?

Zusammen? Raghi legte all seine Gefühle für Najira — dieses unmögliche, zerrupfte und zugleich zauberhafte Wesen — in das eine Wort.

Ihre Augen weiteten sich. Ihr Blick wurde prüfend. *Wenn du trinkst, trinke ich auch.*

Raghi achtete darauf, seine Erleichterung nicht zu zeigen. Die meisten Wesen waren so einfach zu manipulieren, selbst unsterbliche und Jahrtausende alte wie der kleine Drachen. Wie hatte ihm ein Trickbetrüger einst verraten? Die Welt wartete nur darauf, betrogen zu werden.

Raghi sog die Essenz ein und trank. Erst da ging ihm auf, dass er im Brunnen noch keinen einzigen Atemzug getan hatte. Offenbar war etwas dran an der Unsterblichkeit. Zu blöd!

Er trank weiter, bis sich Najiras Drachenbäuchlein wie eine Kugel rundete. Sonst veränderte sich nichts.

Weshalb bei Rose und nicht bei Najira?

Er ließ den kleinen Körper los.

Enttäuscht tauchte er auf und kletterte zurück in den Vardo. Seine Kleider trockneten sofort. So wie auch Roses Fell, Federn und Schuppen.

Die Chimäre starrte aus schmalen Augen in den Brunnen, wo sich ein siebter Stinkdrache zu den sechs missgestalteten Körpern gesellt hatte. Nicht das schlechteste Versteck vor ihrem Feind.

«Rose, lass uns die Drachenpferde suchen. Wenn sie nicht da sind, helfen uns der Vardo und all die anderen Tiere nichts. AU! VERDAMMT! Was ist los mit dir?» Raghi erwiderte ihren wütenden Drachenblick. «Du denkst, du kannst den Vardo allein ziehen? Das mag sein. Mir wäre es lieber, wenn du für uns Ausguck spielst. Immerhin kannst du fliegen und wir nicht.»

Sie gingen zur Tür des Vardos. Raghi, im automatischen Überlebensmodus, öffnete sie lautlos und spähte hinaus.

Ihn traf fast der Schlag. Die Herde der Drachenpferde stand im Halbkreis vor dem Vardo und musterte ihn mit glühenden Augen. Die Leitstute wartete unmittelbar vor der Treppe.

Raghi atmete tief durch, dann stieg er die Stufen zu ihnen hinab.

Er berührte zärtlich die Nüstern der Leitstute. «Seid ihr dabei?»

Sie atmete bestätigendes Feuer in seine Hand.

12

Naveen konnte es kaum fassen. Mit ungläubigem Staunen begrüßte er die magischen Tiere. «Ihr habt mich nicht verlassen. Ihr erachtet mich nicht als unwürdig.»

Danach ging er den gesamten Vardo ab. Anjali blieb an seiner Seite. Die Tiere behandelten sie ebenso liebevoll wie den Prinzen.

«Dieser Vardo ist aus einem bestimmten Grund hier», sagte Raghi, als Naveen ein wenig zur Ruhe kam. «Wie hilft er uns weiter?»

«Im Detail müssen wir das noch herausfinden. Bisher enthielten diese Räume immer das, was wir für die Pflege der magischen Tiere brauchten. Ich hoffe, wir werden in seinen Schränken Kleidung und vielleicht auch Nahrung finden. Und wahrscheinlich können wir darin reisen. Der Vardo ist innen immer so groß, wie er gerade sein muss. Ich bin mir ziemlich sicher, dass das auch für sein Äußeres gilt.»

«Durch das unwegsame Gelände?» Raghi konnte es sich nicht vorstellen.

«Durch das unwegsame Gelände. Erinnerst du dich, weshalb außer dir und mir nur Ahriman, der Wagenschmied unseres Clans, diesen Vardo fährt?»

Raghi erinnerte sich nur zu gut daran, wie seltsam sich das Gefährt kutschierte — und an einen Gefühlsausbruch des Wagners. Ahriman fuhr den Vardo der magischen Tiere nur, wenn Not am Mann war, denn er hasste es.

«Weil er sich nicht so verhält, wie er sollte?»

«Genau. Meiner Vermutung nach schwebt er ein klein wenig, weil er — und das ist ebenfalls nur geraten — parallel in verschiedenen Welten und Zeiten existiert. Das ist Magie aus den Urzeiten des Multiversums.»

«Dann lasst uns das überprüfen.» Raghi ging zu einem der Schränke, die sich immer wieder woanders befanden, legte die Hand auf den Riegel und suchte Naveens Blick. «Darf ich?»

Naveen nickte etwas nervös.

«Wir müssen die Kleidung des Verräters loswerden und uns besser für dieses Wetter ausstaffieren. Bitte hilf uns», wisperte Raghi so leise, dass die Ghitains es nicht hörten. Naveen und Anjali brauchten nicht noch mehr Sorgen. Er öffnete den Schrank. Kleidung und Ausrüstung stürzten ihm in Bündeln entgegen. Durch seine blitzschnellen Reflexe konnte er sie auffangen, bevor alles auf den Boden fiel.

Anjali und Naveen stürzten herbei.

Raghi legte die Bündel in einer Reihe aus. Die Doggycorns rannten kläffend herbei und beschnüffelten alles aufmerksam. Die Prüfung abgeschlossen, wichen sie zurück und bildeten einen großzügigen Kreis um Raghi und seine Freunde.

Naveen kniete sich hin. «Vier Bündel. Offenbar die Kleidung von Händlern, nicht reich, aber auch nicht arm.» Er betastete das Material. «Gefertigt aus den magischen Stoffen der Ghitains. Jemand meint es gut mit uns.»

«Wie teilen wir sie zu? Sie sehen identisch aus.» Anjali schien dem Glück nicht ganz zu trauen, ihre Miene eher besorgt als erfreut.

«Nimm dir ein Bündel und zieh die Dinge darin an, Liebste. Ich denke, sie werden passen. Jedenfalls hat die Magie des Vardos bisher immer so funktioniert.»

Sie zogen sich an Ort und Stelle um. Raghi musterte dabei aus den Augenwinkeln Anjali, seine Neugier größer als sein Anstand. Die Prinzessin besaß einen wunderschönen Körper, schlank, elegant und zugleich kräftig. Sie erinnerte ihn an die flinken Gazellen, die in der Wüste rund um das Eterna seiner Zeit lebten. Die Narben des Brandanschlags waren klar zu sehen. Raghi empfand sie als Ehrenabzeichen und nicht als Beeinträchtigung.

«Diese Verschlüsse», Naveen zeigte auf die kunstvolle hölzerne Brosche, die seinen Umhang über der Brust zusammenhielt, «bestehen aus dem Holz dieses Vardos. Sie haben eine besondere Bedeutung, die ich noch nicht verstehe. Wir sollten sie immer auf uns tragen.»

Raghi musterte seine eigene Brosche. Sie stellte filigran gewundene Äste dar, die Blätter, Blüten und zugleich Früchte trugen, was in der Natur nicht allzu häufig vorkam. Die Früchte waren rund wie winzige Äpfel. «Sie wirken sehr zerbrechlich.»

«Ich weiß. Lass uns einfach auf die Magie vertrauen.»

Somit blieb ein Bündel übrig. Die Botschaft war eindeutig.

«Ich hole Najira.» Raghi ging zum Brunnen, der nun die Form einer flachen Schale auf einer geschwungenen Säule zeigte, und fischte einen der Stinkdrachen aus der Essenz des Multiversums. Er musste nie raten, welcher der sieben es war. Auch in dieser Form schaffte es Najira, am zerrupftesten und missgestaltetsten von allen auszusehen.

Menschengestalt. Anziehen.

Offenbar ließen seine Gedanken keinen Widerstand und kein Ignorieren zu. Najira gehorchte.

«Was machen wir mit den alten Kleidern?» Naveen musterte sie besorgt. Offenbar war Raghi nicht der Einzige, der sich vor feindlicher Magie fürchtete.

Der Vardo antwortete ihnen auf seine Weise. Die Planken des Bodens bewegten sich und zogen die abgelegten Kleidungsstücke in sich hinein, bis sie verschwunden waren.

Raghi atmete auf. Ein Problem weniger.

Etwas kratzte an der Tür.

Als Raghi sie öffnete, stand der Katzenpanther in seiner Raubtiergestalt davor, zwei erlegte Hasen in den Fängen. Auf seinem Rücken hockte die Stacheleule. Sie hielt ein großes Bündel Kräuter im Schnabel.

Die Tiere legten alles vor Raghi ab. «Das ist für uns? Vielen Dank!» Er berührte kurz die Stirn des Katzenpanthers, der sich umdrehte und im Schneetreiben verschwand.

Die Eule flatterte auf Raghis Schulter. Als er in die Hocke ging und die Hasen aufhob, huhute sie leise und scheinbar zufrieden vor sich hin.

Im Raum entstand eine Kochstelle mit einem Metalltopf, in dem klares Wasser schimmerte. Die Kissen der Doggycorns lagen als Kreis darum herum.

Sie teilten sich die Arbeiten auf. Bald köchelte eine wunderbar duftende Suppe über dem Feuer. Sie füllten die Schalen, mit denen der Vardo sie ebenfalls versorgt hatte, und aßen, umgeben von den magischen Tieren.

«Wie deutet ihr das alles?», fragte Raghi, nachdem ihre Schalen leer waren.

Körbe entstanden entlang der Wand.

«Offenbar sollen wir Händler darstellen, die zu den Siedlungen in den Bergen des Westens reisen. Und unser Handelsgut besteht aus …?» Anjali erhob sich, ging hin und schaute unter mehrere Deckel. «Muscheln und Federn.» Ein weiterer Korb enthielt Beutel mit Glasperlen.

«Keine schlechte Tarnung», urteilte Raghi nach einem Augenblick des Nachdenkens. «Es handelt sich um Luxusgüter, deren Wert eher gering ist und zudem stark davon abhängt, dass man uns die Herkunft aus der Fremde abnimmt. Für Räuber sind wir so eher uninteressant. Wir hingegen können die Waren bei Bedarf gegen Dinge eintauschen, die wir benötigen. Zudem müssen wir weit reisen, um alles abzusetzen, und können in jedem Ort nach reichen potenziellen Kunden fragen.» Er berührte den Boden des Vardos. «Das ist ein schlauer Plan.»

Täuschte er sich oder hatte sich das Holz unter seinen Fingerspitzen gerade bewegt?

NACH DEM ESSEN brachen sie auf. Raghi bot an, das erste Stück zu fahren. So konnten Naveen und Anjali, deren Schlaf er unterbrochen hatte, um ihnen seine unerwartete Entdeckung zu zeigen, sich hinlegen. Für sie erschuf das seltsame Fahrzeug direkt hinter der Eingangstür einen Bereich, wie Raghi ihn von anderen Vardos kannte — mit einer Küche, einem Sitzbereich und einem Bettpodest. Allerdings erstreckte sich rechts davon der Raum der magischen Tiere, was verwirrende Proportionen ergab. Ein normaler Wohnwagen mit dieser Inneneinrichtung wäre an die zehn Schritte breit, also nicht fahrtüchtig.

«Das Wetter kommt in dieser Zeit und Gegend aus dem Nordwesten, richtig?», versicherte sich Raghi bei Naveen.

«Ja, orientierst du dich so?»

«Mir bleibt keine Wahl. Draußen fegt ein Schneesturm durch den Wald.» Das wehklagende Heulen und die Tatsache, dass das Fahrzeug immer wieder leicht im Wind schwankte, ließen keinen anderen Schluss zu.

Die Anordnung des Raums verschob sich. Plötzlich gab es bei der Küche ein Fenster, dort wo es sich auch in Naveens Vardo befunden hatte.

Alle starrten hinaus. Die Welt bestand aus einigen dunklen Schemen und weißen Striemen, die horizontal am Fenster vorbeizogen. Das Jahr der zwei Winter machte seinem Namen alle Ehre.

«Bleiben wir in unserer Zeit?», fragte Anjali.

Naveen zog nachdenklich die Brauen zusammen. «Wenn das der normale Zeitverlauf ist, stellt euch das grausige Wetter vor, das uns in der rückläufigen Zeit erwartet.»

Die Ghitains dachten noch immer nicht strategisch. «Die entscheidende Frage ist, wo unser Feind uns sucht. Die Gegenwart ist nicht der schlechteste Ort, um sich zu verstecken.»

Naveen zuckte nur matt die Schultern.

Najira begleitete Raghi nach draußen. In der Seitenwand des Vardos war ein Tor samt Rampe entstanden. Als Raghi hineinschaute, entdeckte er einen komfortabel mit Stroh gepolsterten Stall und Anjalis Pferde, die darin schliefen.

Raghi suchte nach einer Möglichkeit, die Tür zu schließen, was im Schneegestöber nicht einfach war. Schließlich entdeckte er, dass diese Rampe an Scharnieren befestigt war. Er klappte sie nach oben und fand Riegel, mit denen sie sich fixieren ließ. Diesem Gefährt fiel doch ständig Neues ein.

Als er zur Front des Vardos zurückkehrte, hatten sich die Drachenpferde selbst eingespannt.

Raghi ging zu ihnen und streichelte ihre Nüstern. «Danke!»

Sie schnaubten Feuer in seine Handflächen.

Er kletterte zu Najira auf die Eingangsplattform, setzte sich auf das Fahrerbrett und nahm die Zügel. Sie fuhren los. Das Geräusch der Räder auf dem Schnee klang unerwartet. Raghi beugte sich zur Seite, um unter das Gefährt zu schauen, und entdeckte Kufen. Auch gut. Sandschlittenrennen gehörten zu seinem wild zusammengewürfelten Erfahrungsschatz.

Während der ersten Stunde ihrer Reise testete Raghi, inwiefern er das Gefährt lenken und den sichersten Weg durch den Wald suchen musste.

Die Antwort lautete: Gar nicht. Der magische Vardo passte überall durch und sei der Abstand zwischen zwei Bäumen noch so klein. Ob er sich anpasste oder ob er seine Umwelt dafür veränderte, konnte Raghi nicht erkennen.

Najira saß wie ein Häufchen Elend neben ihm auf der Plattform.

«Wie geht es dir?», fragte Raghi, als er sicher war, dass die Drachenpferde ihre Aufgabe fehlerfrei erfüllten.

Ihr Blick streifte ihn. Ihre Augen zeigten eine Leere, die er noch nie in ihnen gesehen hatte. «Wenn ich könnte, würde ich mich umbringen. Ich bin nur eine Belastung für euch. Das hat alles keinen Sinn.»

Najiras Worte stachen wie ein Dolch in Raghis Herz. Sie klang zerstört. Das war kein Drama. Sie meinte es ernst. Er setzte sich zu ihr auf die Plattform, legte den Arm um ihre Schultern und zog sie an sich. Sie duldete die Berührung gleichgültig.

«Versuch nicht, so zu tun, als wäre ich dir wichtig. Du machst dich immer lustig über mich und nennst mich Missy Waschlappen.» In ihren Worten lag keine Wut, keine Anschuldigung.

Raghi atmete tief durch. Die Zeit für Spiele war vorbei. Wenn er nun falsch reagierte, verloren sie Najira, auf welche Weise auch immer.

«Damit versuche ich, dich auf Armlänge zu halten. Glaubst du wirklich, ich kann deinen babyblauen Augen widerstehen?»

Keine Reaktion, nicht einmal ein Schnauben. «Noch mehr Witze.»

«Nein, das ist die Wahrheit. Wir zwei sind uns sehr ähnlich. In der Gilde war ich der Tölpel, der Lehrling, der zu nichts zu gebrauchen war. Ich habe mich aus jener Rolle befreit. Leider nicht vollständig. Meine Selbstachtung ist noch immer nicht auf dem Stand, den andere Menschen kennen.»

«Und darum bist du gemein zu mir? Weil andere damals gemein zu dir waren?» Ihre Stimme klang furchtbar neutral, als würde sie eine Situation betrachten, die sie nichts mehr anging.

«Etwas komplexer ist die Sache schon. Du hast dich in deinem Elend eingerichtet. Mit den Witzen und dem Triezen will ich dich aufrütteln. Den Ort, an dem du dich gerade befindest, kenne ich aus eigener Erfahrung.»

Keine Reaktion, als würde er sich mit einem Stein unterhalten.

Wenn er sie erreichen wollte, blieb ihm nichts anderes übrig, als gnadenlos ehrlich zu sein. «Letzten Endes läuft alles auf eine einzige Frage hinaus. Wenn unser Feind gewinnt und wir verlieren, wie wirst du die Ewigkeit besser ertragen? Wenn du alles einfach nur hingenommen hast? Oder wenn du alles, wirklich alles gegeben hast, um dein Schicksal abzuwenden?»

«Nichts davon ändert etwas an der Situation.»

«Nein. Aber es ändert deine Gefühle. Eine Niederlage kannst du bedauern. Steckst du hingegen jetzt den Kopf in den Sand, wirst du dich hassen.»

Ihre Augen starrten ins Leere.

Nach einer Weile wandte sie sich Raghi so abrupt zu, dass er erschrak. «Wir reden immer nur von mir. Dabei gibt es über dich auch so einiges zu sagen. Wenn ich mutig sein soll, dann musst auch du es sein und mit mir eine Liebesbeziehung eingehen.»

«Whoa!» Raghi zuckte heftig zusammen und zog dabei an den Zügeln. Die Drachenpferde scheuten. Er brachte sie mit einigen beruhigenden Worten unter Kontrolle.

Verdammt!

Seine Gedanken mochten noch so heftig rotieren. Er wusste, wann er verloren hatte. Gleiches mit Gleichem. Missy Waschlappen war leider nicht ganz so naiv, wie er gedacht hatte.

Er hielt ihr die Handfläche hin. «Schlag ein. Falls du es tust, will ich diese Leichenbittermiene nie mehr sehen.»

13

Der Vardo schüttelte nicht mehr. Sie mussten Halt gemacht haben für die Nacht. Nachdenklich legte Raghi seine Kleidung an. Ihm war seltsam zumute.

Najira und er waren mehrere Stunden lang gefahren, danach hatten die Ghitains die Zügel übernommen. Womit der von Raghi so sehr gefürchtete Moment gekommen war.

Naveen und Anjali hatten wissend gelächelt. Und offenbar wusste auch ihr Gefährt, das vielleicht ein Lebewesen, vielleicht aber auch ein magisches Artefakt war, Bescheid.

Auf Najira und ihn wartete ein Raum, den der Vardo liebevoll für sie ausgestattet hatte. Vorhänge umgaben ein hohes Bett mit einer echten Matratze und weichen Kissen. Die Bettwäsche entsprach jener, die Raghi in den besten Bordellen Eternas gesehen hatte. Oder dann in den Häusern der Reichen, wenn er sich aus welchen Gründen auch immer unbemerkt eingeschlichen hatte. Nie hätte er erwartet, einmal selbst in so einem Bett zu schlafen — und dann noch mit jemandem, der ihm etwas bedeutete.

Schon seltsam. In Eterna hatte Raghi sich wie ein Satansbraten benommen, furchtlos und völlig unberührt davon, was andere von ihm dachten. Nichts war peinlich genug gewesen, solange es seinen Zweck erfüllte. Der häufigste Zweck war, den Meister in Rage zu versetzen. Beim zweithäufigsten hingegen wurde es persönlich. Es ging darum, in einer ausweglosen Situation eine Wahl zu haben, sich lebendig zu fühlen und nicht in der Hoffnungslosigkeit zu versinken. Die Dämonen, die jederzeit sein Leben verdüsterten, zurückzudrängen und den nächsten Tag oder die nächste Nacht zu überstehen.

Nun, in diesem Moment, war er verlegen.

Das Gefühl hing damit zusammen, dass Najira ihn mit verträumtem Blick anschaute. Vielleicht auch damit, dass ihr Zusammensein so wunderschön gewesen war.

Als sich die Tür hinter ihnen schloss und die Welt jenseits des vom Vardo erschaffenen Raums in weite Ferne rückte, hatte er bewusst alle Erwartungen zurückgelassen. Er war sich sicher, dass Najira neben all den psychischen Torturen von ihrem Peiniger sexuell missbraucht worden war. Solche größenwahnsinnigen Idioten geilten sich immer am Leiden anderer auf.

Sprach er nun jedoch mit Najira darüber, gestand er Lyrrhodenai Macht zu. Und das war das Letzte, was er in dieser Situation tun wollte. Dieser Moment sollte für Najira sein. Nur für sie.

Seit sie sich kannten, hatte er die ganze Zeit so getan, als bemerke er nichts. Nicht ihre sehnsüchtigen Blicke, die ihm überallhin folgten. Nicht die Tatsache, dass sie immer seine Nähe suchte oder ihm im wahrsten Sinne des Wortes am Hals hing, wenn sie sich als Kette tarnte.

Dass er sich über ihr Verhalten lustig gemacht hatte, war ihm nicht recht, aber der einzige Weg, sie auf Distanz zu halten. Und seine eigenen Gefühle zu schützen.

In ihrer Gegenwart erwachten Träume, die er seit vielen Jahren mit aller Gewalt unterdrückte — und weiter unterdrücken würde. Letztendlich blieb seine Situation unverändert. Er hatte nur ein Gefängnis gegen ein anderes ausgetauscht.

War er früher vollständig der Macht des Meisters ausgeliefert gewesen, saß er nun in einem Kerker, den er durch seine eigene Dummheit und Unfähigkeit, irgendwelchen Regeln zu folgen, selbst erschaffen hatte.

Er bekam schon ein normales Leben nicht hin. Wieso sollte das mit der Unsterblichkeit anders sein?

Trotzdem konnte er für Najira etwas Gutes tun. Als Mörderlehrling hatte er zahllose Stunden in den Bordellen Eternas verbracht. Aus seiner ursprünglichen Motivation, den Meister zu ärgern, war mit der Zeit etwas anderes geworden — Mitgefühl und Freundschaft.

Aus Raghis Sicht befanden sich die Huren in einer weit schlimmeren Situation als er. Der Wert dieser Frauen und Männer, Mädchen und Jungen, basierte auf ihrer körperlichen Unversehrtheit und Schönheit. Beides war verletzlich und zutiefst vergänglich. Ein einziges Treffen, das schiefging, konnte alles zerstören.

Die Huren sahen es interessanterweise genau andersherum. Sie konnten sich nicht vorstellen, Raghis Leben zu leben. Jegliche Beziehung, Berührung oder Intimität war ihm verboten. Wurde jemand schwach, strafte der Meister dies auf grausame Weise, indem er den Beziehungspartner und, wo Nachwuchs existierte, die Kinder tötete.

Einem seiner engsten Freunde aus der Mördergilde war es so ergangen. Raghi hatte in seine Augen gesehen. Der Ausdruck absoluter Leere und Zerstörung brannte sich in seine Seele ein. Sein Freund schien nicht mehr zu existieren. Seine Seele ausgelöscht.

Selbst offensichtliche Freundschaft mit den anderen Lehrlingen war gefährlich. Auch in dieser Hinsicht hatte Raghi Schlimmes beobachten müssen.

Deshalb verhielt er sich auf seinen Streifzügen durch die Bordelle zuerst sehr vorsichtig, damit er niemandem schadete. Die Macht des Meisters durchzog Eterna wie ein bösartiges Geschwür und schien sich von den höchsten Sphären bis in die tiefsten Abgründe zu erstrecken.

Mit der Zeit fand er heraus, dass dieser Eindruck täuschte. Der Meister war unglaublich mächtig, ja. Es gab jedoch auch Bereiche, die sich seinem Einfluss entzogen. So interessanterweise der Rat, der die politischen Geschäfte des Stadtstaates leitete, sowie die Bordelle, von denen es in Eterna unzählige gab.

Für Raghi die perfekte Motivation, sich in ihrer Schattenwelt auszutoben.

Dies blieb nicht ohne Konsequenzen. Freundschaften entwickelten sich. Und Raghi, der schon immer ein Herz für Schwächere gehabt hatte, half, wo er konnte. Oft war er nach schlimmen Erlebnissen der erste Sexualpartner, damit die Prostituierten zurück in die Arbeit fanden, denn ihnen blieb keine Wahl. Egal ob frei oder Sklaven, sie mussten eine bestimmte Anzahl Jahre abdienen.

All das kam ihm nun bei Najira zugute.

Raghi erachtete es als Ehrenabzeichen, dass sie bei ihrem Zusammensein kein einziges Mal vor ihm zurückgeschreckt war. Im Gegenteil, sie verhielt sich neugierig und verspielt wie ein Welpe — ein klares Zeichen, wie sehr sie ihm bereits vertraute.

Gerade beobachtete sie ihn mit ihren babyblauen Augen, in denen Sterne leuchteten, hellwach und etwas trotzig. «Müssen wir wirklich schon wieder raus?», fragte sie.

«Ich auf jeden Fall. Es darf nicht sein, dass Naveen und Anjali bei diesem furchtbaren Wetter noch länger fahren müssen. Wir haben uns viel Zeit gelassen.»

«Ja, das ist wahr.» Ein tiefes Seufzen. «Wenn es denn sein muss.» Najira stemmte sich ins Sitzen und schwang die Beine vors Bett.

«Ich gehe schon vor.» Raghi verließ ihre geschützte, heile Welt mit leisem Bedauern.

Er durchquerte den Hauptraum des Vardos. Als er die Eingangstür öffnete, erwartete ihn ein womöglich noch schlimmerer Schneesturm als zuvor. Anjali tanzte gerade wild auf der Plattform herum, um die Schneeberge von ihrer Kleidung abzuschütteln, während Naveen fuhr. Der Prinz sah aus wie ein Schneemann. Als er sich zu Raghi umdrehte, gingen kleine Lawinen von ihm ab und nur seine blitzenden Augen zeigten, dass unter all dem Weiß ein Mensch steckte.

Anjali schlüpfte an Raghi vorbei ins Innere des Vardos. Er hörte ihre Zähne klappern — dies trotz des Lärms, den der Sturm verursachte. Rasch trat er über die Schwelle und schloss die Tür.

Kümmerst du dich um Anjali? Sie ist gerade reingekommen und muss sich dringend aufwärmen.

Er fühlte Najiras Bestätigung.

«Was sind unsere Pläne?» Raghi musste schreien, um sich über das Heulen des Windes verständlich zu machen.

«Es sieht so aus, als wären wir auf einem Hauptverkehrsweg. Ich schätze, uns bleibt noch etwa eine halbe Stunde Tageslicht. Lass uns das nutzen.» Naveens Stimme klang ganz heiser. Wahrscheinlich hatte er sich in dem üblen Wetter erkältet.

«Geh auch rein», befahl Raghi.

Naveen überließ ihm die Zügel gerne. Um seinen Platz zu übernehmen, musste Raghi ihn vom Fahrerbrett auf die Füße ziehen. Sein Freund war vom langen Sitzen fast steif gefroren. Es war definitiv keine gute Idee, bei diesen Bedingungen auf die traditionelle Weise zu fahren.

Raghi hatte eine Idee. Sanft klopfte er gegen die Holzwand des Vardos und lehnte sich mit dem Rücken dagegen. Mal sehen, ob das seltsame Gefährt seine Intention verstand.

Tatsächlich schlängelten sich neben seiner Taille hölzerne Ranken aus der Wand und umfingen ihn sanft. Schon besser. So schleuderte ihn ein plötzlicher Ruck nicht von der hölzernen Plattform. Aber vielleicht ging es noch besser.

«Kannst du mich zudem vor der Kälte schützen?»

Der Vardo zog eine Art Gehäuse um ihn hoch. Es besaß die organische Form eines Kokons mit Öffnungen für die Arme und das Gesicht. Auf einen Schlag schien die Kälte weit weg. Als Raghi das Holz berührte, fühlte es sich unter seinen Fingerspitzen warm an.

«Wieso kannst du so viel besser mit diesem Vardo umgehen als ich?» Naveen klang traurig.

Raghi konnte ihn verstehen. Naveen war ein Ghitain durch und durch. Und das Schicksal hatte ihn gezwungen, all das hinter sich zu lassen, was ihn ausmachte. Dieser Vardo war die letzte Verbindung zu seinem früheren Leben.

«Es tut mir leid.»

«Es tut mir leid, dass ich so kleinlich bin.»

«Jetzt geh endlich rein und wärm dich auf. Bei dem Wetter bekommt jeder miese Laune.»

Die Tür schloss sich hinter Naveen und Raghi blieb allein mit dem Sturm in einem unbekannten Land, das nur aus Schemen bestand. Aus den Augenwinkeln erhaschte er immer wieder unheimliche Schatten, die den Vardo zu umkreisen schienen. Offenbar patrouillierten die magischen Tiere und sorgten für die Sicherheit der menschlichen Reisenden. Ob Rose über ihnen kreiste, konnte Raghi nicht bestimmen. Hoffentlich gelang es ihr, ihnen in diesem Wahnsinn zu folgen.

Langsam wandelte sich das Zwielicht zu Dunkelheit. Bald mussten sie einen Rastplatz für die Nacht finden. Raghi war gerade dabei, seine Umgebung noch genauer als zuvor zu mustern, als die Bäume plötzlich zurückwichen und einer gefühlt weit offenen Fläche Platz machten.

Raghi verengte die Augen. Täuschte er sich oder befand sich dort rechts vor ihm ein Gebäude? Vielleicht ein Bauernhof?

Er brachte das Gefährt zum Stillstand. Hinter ihm öffnete sich die Tür.

«Rasten wir für die Nacht?», fragte Anjali.

«Nein. Schau mal da vorne.» Er zeigt auf das vermeintliche Gebäude.

Unvermittelt stieb eine Bö den fallenden Schnee in alle Richtungen, sodass Raghi und Anjali für einen Augenblick freie Sicht hatten.

«Das ist ein Bauernhof. Und kein kleiner», sagte Anjali. «Weichen wir aus oder klopfen wir an?»

«Frag Naveen. Für mich ist beides denkbar.»

Anjali holte Naveen und Najira. Zu viert standen sie auf der Plattform des Vardos und besprachen ihre Optionen, wobei sogar Najira zum ersten Mal etwas beitrug. Missy Waschlappen entwickelte sich.

Gemeinsam kamen die Freunde zum Schluss, dass die Chance auf neue Erkenntnisse die potenzielle Gefahr der Situation überwog. Sie waren ohne Informationen in einem fremden, gefährlichen Land unterwegs. Selbst wenn sie an einen Verbündeten Lyrrhodenais gerieten und kämpfen mussten, würden sie doch etwas lernen. In dem ausweglosen Kampf, den sie führten, konnte das kleinste Detail entscheidend sein.

«Wie nähern wir uns?», fragte Raghi.

«Auf jeden Fall zu Fuß», bestimmte Naveen. «Wir fahren den Vardo in den Schutz jener Baumgruppe, wo er vom Haus aus nicht zu sehen ist, und stellen ihn in Fluchtrichtung auf. Zwei bleiben beim Vardo. Zwei gehen zum Haus und klopfen. Am besten wir beide, Raghi. In gefährlichen Gegenden macht es Sinn, die weiblichen Reisenden einer Gruppe zuerst zu verstecken.»

Desert Rose wählte diesen Augenblick, um neben dem Vardo zu landen. Dabei sank sie bis zum Bauch in eine Schneeverwehung ein. Der Ekel auf ihren Gesichtern ließ keinen Zweifel, was sie davon hielt.

«Was ist mit Rose?», fragte Anjali. «Nehmen wir sie mit?»

«Nein. Sie ist zu auffällig. Leider. Ich hätte ihr eine warme und geschützte Unterkunft gegönnt», sagte Raghi.

Rose wandte sich ihm zu und umhüllte ihn mit ihrem liebevollen Feuer.

«Bleibst du in der Nähe und achtest darauf, was passiert?»

Ein weiterer Flammenstoß und sie war weg.

RAGHI MUSTERTE DIE UMGEBUNG, während Naveen und er sich dem stolzen Bauernhaus näherten, und prägte sich alle Details ein, immer auf der Suche nach strategischen Vorteilen für den Notfall. Das normale Verhalten eines Auftragsmörders. Zu wenige Informationen konnte man in dem Beruf eigentlich gar nicht haben. Ging etwas schief, galt es, blitzschnell auf alternative Pläne umzustellen. Nur so sicherte man sein Überleben.

«Was ist dein Eindruck?», fragte er Naveen. Flüstern mussten sie nicht. Hier auf der offenen Fläche blies der Wind so laut, dass man sein eigenes Wort kaum verstand.

«Ein ungewöhnlich wohlhabender Hof dafür, dass wir im Nirgendwo sind. Ich frage mich, wie sie sich gegen Banditen wehren. Falls sie sich nicht verteidigen müssen, ist das kein gutes Anzeichen für uns.»

Raghi stimmte Naveen zu. Wenn dieser Bauer Angreifer nicht fürchtete, hatte er einen mächtigen Beschützer. Und in diesem Landstrich konnte das fast nur Lyrrhodenai sein.

Liefen sie also in eine Falle?

Sie erreichen die Eingangstür. Sie wirkte solide, nicht unähnlich der Personenpforte in einem Stadttor. Naveen streifte sich die Kapuze vom Kopf und wartete, bis Raghi es ihm gleichtat. Dann betätigte er den Klopfer. Trotz des tobenden Windes hörten sie den Widerhall der Schläge im Haus.

Schritte näherten sich. Der Verschluss des vergitterten kleinen Fensters, das den Blick nach außen erlaubte, wurde zur Seite geschoben. Raghi sah blitzende Augen. Ein Knirschen erklang — der schwere Riegel der Tür, der zurückgezogen wurde. Sie öffnete sich. Warmes Licht fiel auf den Schnee. Vor ihnen stand ein großer Mann, der um die dreißig zu sein schien. Seine Miene wirkte streng, doch Raghi glaubte, in seinen Augen einen gütigen

Ausdruck zu erkennen. Er sprach, bevor sie ihm erklären konnten, was sie an seine Tür brachte.

«Du bist der Junge, der früher meinen Säuen das Futter stahl.» Dabei schaute er Naveen an.

Naveen stand wie vom Donner gerührt. Er schien leer zu schlucken. «Ja», bestätigte er nach einem Augenblick. Weil der Sturm für einen kurzen Moment innehielt, war seine Bestätigung klar zu hören.

«In späteren Jahren, wenn ihr Ghitains durch mein Dorf gereist wart, fand ich dann nützliche kleine Dinge, die mein Leben verschönerten oder einfacher machten.»

«Ja», bestätigte Naveen erneut.

Der Mann musterte das Gelände hinter ihnen. «Ihr Ghitains seid weit weg von euren üblichen Routen. Ich muss überlegen, wie ich einen ganzen Clan von euch unterbringen kann. Über so viele Nebengebäude verfügt diese Farm nicht.»

«Wir sind nur zu viert, mit einem Gefährt.»

«Dann zeige ich euch den Schuppen, in dem ich meine eigenen Fuhrwerke unterbringe. Ein Wohnwagen von euch sollte da problemlos reinpassen.»

Naveen wechselte einen fragenden Blick mit Raghi. Sollten sie dem Mann vertrauen? Raghi hört auf sein Bauchgefühl und nickte.

Ihr Gastgeber holte zwei Laternen. Sie folgten ihm zur Rückseite des Bauernhauses, wo sich ein hoher Anbau befand. Der Mann schob das Tor auf. Es ließ sich leicht bewegen, seine Rollen und Scharniere gut gepflegt. Im Zwielicht erkannte Raghi verschiedene Anhänger, wie wohlhabendere Bauern sie besaßen. Über den Gefährten erhob sich ein Heuboden, der etwa zur Hälfte gefüllt war. Kein schlechter Vorrat für diese Zeit des Winters. Raghi stutzte kurz und überlegte, wieso er das wusste. Offenbar war von seiner Jugend auf den Eisinseln doch etwas mehr hängen geblieben, als er immer gedacht hatte.

Ihr Gastgeber hängte eine der beiden Laternen an einen Stützpfeiler des Anbaus und zeigte zum hinteren Teil der Scheune. «Dort hat es ein Gehege, in dem ihr eure Tiere unterbringen könnt. Das Heu werft ihr ihnen am einfachsten vom Heuboden herab. Im Hof, nicht weit vom Eingang des Schuppens auf der linken Seite findet ihr meinen Brunnen, der auch im

Winter nicht zufriert. Und seht ihr die Verbindungstür zum Haupthaus dort in der Wand? Ich öffne sie für euch. Kommt herein, nachdem ihr die Tiere versorgt habt. Und bringt die Laterne mit.»

Naveen holte den Vardo und die Frauen, während Raghi in der Scheune blieb. Angeblich, um alles vorzubereiten, was er auch tat. In Wahrheit ging es darum sicherzustellen, dass ihr Gastgeber keine Tricks versuchte. Das schien jedoch nicht der Fall. Als die Verbindungstür zum Wohnbereich aufging, sah Raghi warmes Licht und hörte Küchengeräusche. Es gab nichts Auffälliges, das seine Instinkte alarmierte.

Das Geräusch von Rädern erklang. Der Vardo tauchte aus der Dunkelheit auf und fuhr in den Schuppen. Raghi rollte das Tor hinter ihm zu. Kaum war der Wind ausgesperrt, wurde ihre Umgebung merklich stiller.

«Alles in Ordnung?», fragte Naveen.

«Es scheint so.» Raghi nickte zur offen stehenden Tür.

Naveen atmete tief durch. Raghi konnte es ihm nachfühlen. Es war schwer, Vertrauen zu haben, nachdem Sander sie so grausam verraten hatte.

«Ich frage mich, wie er hierher kommt. Sein Hof lag früher auf dem äußeren Kreis nordöstlich von hier. Wir sind alle weit weg von unserem angestammten Zuhause.»

Raghi zuckte die Schultern. «Die Nacht ist lang. Vielleicht wird er es uns erzählen.»

Bald hatten sie ihre Pferde versorgt. Es war reine Show, denn wie Naveens andere unsterbliche Tiere aßen oder tranken die Drachenpferde nichts — zumindest nichts, was sie den Menschen zeigten. Dieses eine Mal jedoch knabberten sie wie normale Pferde am Heu und steckten ihre Köpfe in die Wassereimer. Und auch ihr Aussehen hatten sie getarnt. Nur wenn Raghi sehr genau hinschaute, entdeckte er das bedrohliche Glühen ihrer Augen und all die anderen Dinge, die sie zu Drachenpferden machten.

Hinter der Verbindungstür wartete eine gemütliche Küche auf die Freunde. Im Zentrum stand ein Kachelofen. Darin knisterte ein Feuer und erwärmte den Raum auf wunderbare Weise. Talglichter spendeten sanftes Licht. Der Tisch war für fünf gedeckt.

Raghis Magen krampfte sich zusammen. Die Szene erinnerte ihn an Sanders Gastfreundschaft. Und an den Verrat danach.

«Beim Ofen steht eine Schüssel mit warmem Wasser, wo ihr euch die Hände waschen könnt. Setzt euch danach an den Tisch.»

Sie gehorchten. Ihr Gastgeber trug einen Eintopf auf und schöpfte ihre Schalen mit großzügig bemessenen Portionen voll. Zu Trinken gab es große Becher mit warmem Kräutertee.

«Vielen Dank, dass wir deine Gäste sein dürfen», sagte Naveen, wie es sich gehörte.

Der Mann nickte. «Esst. Nach eurer Reise in dieser Kälte müsst ihr sehr hungrig sein.»

Eine Weile lang speisten sie schweigend. Auch ihr Gastgeber langte ordentlich zu. Offenbar hatte an diesem Abend noch nichts gegessen. Raghi nutzte die Stille, um die Küche zu mustern und Schlüsse aus seinen Beobachtungen zu ziehen. Wieso war der Mann allein? Alles, was sie bisher gesehen hatten, deutete auf einen großen funktionierenden Bauernhof hin. So einen konnte niemand allein bewirtschaften. Wo also war die Familie des Bauern? Seine Knechte und Mägde?

«Dürfen wir dich nach deinem Namen fragen?» Mit dieser Formulierung nutzte Raghi die traditionellsten Umgangsformen, die er kannte. In seiner ursprünglichen Zeit galten sie als antiquiert. Hier in der Vergangenheit konnten sie noch funktionieren. Gleichzeitig tauschte er einen Blick mit Naveen. Sein Freund nickte fast unmerklich.

«Tomak.»

«Ich bin Raghi. Das ist Naveen mit seiner Frau Anjali. Und das hier ist meine Frau Najira.» Er griff nach der Hand des Drachenmädchens. Seine Geste trug ihm einen Blick voller Anbetung ein.

Ihre richtigen Namen zu nennen war ein Risiko. Falsche Namen bargen jedoch die weitaus größere Gefahr, dass jemand sich verhaspelte. Als Gast beleidigte man seinen Gastgeber mit solchen Betrügereien schwer. Die Gastfreundschaft war heilig — in beide Richtungen. Was Sander als Gastgeber getan hatte galt als schlicht unverzeihlich.

«Ihr seid weit weg von euren traditionellen Reiserouten. Und ihr seid ohne euren Clan unterwegs. Ich wusste nicht, dass so etwas möglich ist.»

Naveen nickte ernst. «Wir auch nicht. Leider sind die Zeiten für uns Ghitains nicht mehr so sicher, wie sie einmal waren. Deshalb haben wir uns aufgeteilt und versuchen uns in neuen Beschäftigungen. Wir vier sind

Händler geworden für kleinere Luxusgüter wie Muscheln, Federn und Glasperlen. Gibt es in dieser Gegend dafür einen Markt? Wir möchten bis zum Gebirge des Westens reisen.»

Tomak überlegte. «Einen Markt gibt es grundsätzlich schon. So wild das Land scheint, die Bewohner wissen es zu bewirtschaften. Dadurch sind Geld und Tauschgüter vorhanden. Allerdings liegen die Gehöfte und Siedlungen weit verstreut, sodass ihr weite Reisewege auf euch nehmen müsst. Aus meiner Sicht seid ihr auch nicht zur besten Zeit unterwegs. Zwar sind die Menschen im Winter eher zu Hause, aber das Reisen bei diesem unwirtlichen Wetter kann sehr beschwerlich sein.»

«Wie sehr müssen wir uns vor Banditen fürchten?», fragte Anjali.

«Ich will nicht behaupten, dass die Wege völlig sicher sind. Das harsche Wetter und die bereits erwähnte Distanz zwischen den Siedlungen machen das Wegelagern jedoch eher unattraktiv. Im Gegensatz zu den Gegenden im Osten muss man hier als Bandit mitunter Tage im Gebüsch hocken, bis jemand vorbeikommt. Da erfrierst du, lange bevor du Beute machst.»

Naveen trank von seinem Tee und behielt danach den Becher in den Händen, um ihren Gastgeber über den Rand hinweg zu mustern. «Bevor wir aufbrachen, konnten wir nicht allzu viel über diese Region in Erfahrung bringen. Wer etwas wusste, bevorzugte es zu schweigen. Weißt du wieso?»

Tomak senkte den Blick und spielte mit dem Griff seines Löffels. Er schien sich seine Worte genau zurechtzulegen. «Ja. Die weiß jeder, der hier lebt. Hier gibt es noch Magie und Dinge, die in anderen Gegenden von Eterna längst vergessen oder verpönt sind. Über so etwas redet niemand gerne, denn danach gilt man als Spinner oder schlimmer.»

Raghi beschloss, ein kalkuliertes Risiko einzugehen. «Mit *Dingen* meinst du die Unsterblichen, die hier leben?»

«Unter anderem.» Tomak entspannte sich. Er lehnte sich im Stuhl zurück und erwiderte ihre Blicke offener als zuvor.

«Gibt es Fürstenhäuser, die unsere Waren schätzen könnten?», übernahm wieder Naveen.

«Nicht in dem Sinne, wie du es meinst. Die Gemeinschaften sind als Dörfer oder Höfe organisiert, für gewöhnlich mit einem Bürgermeister oder einem Vorstand. Ich würde mich an sie halten. Ganz im Nordwesten gibt es so etwas wie ein Fürstentum, aber dorthin würde ich nicht reisen. Über jenes Hoheitsgebiet und seinen Herrscher wird viel gemunkelt. Es gibt schlimme Gerüchte, von denen niemand sagen kann, ob sie wirklich wahr sind. Zumindest nicht in dieser Gegend. Weiter im Westen werden sie mehr wissen.»

Alle hatten ihr Mahl beendet. Sie halfen Tomak, die Schalen zusammenzutragen und abzuwaschen. Danach setzen sie sich mit einem frisch aufgebrühten Krug Tee zurück an den Tisch.

«Darf ich fragen, was dich in diese Gegend verschlagen hat, Tomak? Du bist weit weg von dem Hof, den du früher bewirtschaftet hast.» Naveens Tonfall klang gepresst. Er musste sich klar zu der Frage durchringen. Wenn sie Tomaks Vergangenheit besprachen, war es nur ein kleiner Sprung zu seiner eigenen.

Tomaks Blick richtete sich auf die Mitte des Tisches. Er schien zu einer Entscheidung zu gelangen. «Ich hatte jenen Hof dreißig Jahre lang bewirtschaftet. Die Leute begannen zu reden.»

Ein Unsterblicher! Und er gab es ihnen gegenüber offen zu.

«Wir Bauern betreiben ein Netzwerk. Wenn die Zeit gekommen ist, tauschen wir untereinander die Höfe. So endet der Tratsch — zumindest eine Zeit lang.»

Raghi hörte Schmerz und eine Andeutung von Verbitterung in Tomaks Worten. Alle schwiegen, während sie sich sein Leben vorzustellen versuchten.

Erstaunlicherweise war es Najira, die etwas sagte. «Ich habe mich gefragt, ob du diesen Hof ganz allein bewirtschaftest, ohne Helfer und ohne Frau und Kinder.»

«Ja. Irgendwann tut es zu sehr weh. Freundschaften knüpfen, sich verlieben, beobachten, wie die anderen alt werden, Abschied nehmen. Und dann das ewige Gerede, der Neid, der Hass und die Furcht, mit der viele Sterbliche uns begegnen. Ganz im Westen geht es. Dort leben viele wie ich und die normalen Menschen haben sich mit den Tatsachen arrangiert. Hier bin ich fast immer allein, was ich inzwischen bevorzuge. Näher bei Eterna, wo das Land dicht besiedelt ist, ertrage ich es nicht mehr.»

«Aber wie schaffst du das alles ganz allein?», fragte Anjali. «Dieser Hof fühlt sich groß an, der wahrscheinlich größte, den ich je gesehen habe.»

Tomak lächelte müde. «Ich arbeite gerne. In den Zeiten, in denen es zu viel wird, engagiere ich Helfer. Mit dem Lauf der Natur zu leben — ihn mit den Händen im Dreck tagtäglich zu erleben —, bewahrt mich vor dem Wahnsinn.»

In Raghi regte sich ein Verdacht. «Und du erzählst uns das so offen, weil …?»

Tomak erwiderte seinen Blick. «… ich als Unsterblicher andere Unsterbliche erkenne. Du bist einer. Und an deinen Augen ist es etwas seltsam. Sie wirken dunkel, doch ich kann dahinter einen purpurnen Schein erkennen. Willst du hier im Westen nicht auffallen, musst du diesen unbedingt besser tarnen. Und du, Najira, bist auch unsterblich. Ich verstehe allerdings nicht wie. Deine Art von Unsterblichkeit ist mir noch nicht untergekommen.»

Nach dieser Eröffnung breitete sich Schweigen rund um den Tisch aus.

«Was passiert jetzt?», fragte Najira irgendwann kleinlaut. Aus den Augenwinkeln sah Raghi, wie sie die Hände in ihrem Schoß zu Fäusten ballte. Die kleine Missy hatte furchtbare Angst.

«Wir führen unsere Unterhaltung noch ein wenig fort. Zumindest hoffe ich das. Ich habe nicht oft Besuch.»

Konnte es so einfach sein?

Nach einer Weile fasste sich Naveen ein Herz. «Es tut mir sehr leid, dass ich dich damals mehrfach bestohlen habe.»

«Vier Jahre lang, bei jeder Durchreise eures Clans.»

«Trotzdem hast du mich immer nur beobachtet, wenn du mich erwischt hast. Mir nie Steine nachgeworfen oder mich mit Verwünschungen eingedeckt.»

«Ich hätte dir Essen gegeben, wenn du mich gefragt hättest. Ihr Ghitains macht die Welt normalerweise zu einem besseren Ort für uns alle. Es erfüllte mich mit Traurigkeit, dass sie zwei Angehörige ihres Volkes so im Stich ließen. Dein Erzeuger war den Dreck unter meinen Schuhen nicht wert.»

Naveen senkte den Blick. «Es war … sehr schwer. Aber meine Mutter und ich fühlen uns heute stärker, weil wir uns selbst befreit haben. Ich hoffe, die Kleinigkeiten, die ich dir in späteren Jahren daließ, haben die Diebstähle zumindest ein Stück weit aufgewogen. Zu stehlen ist falsch. Wir wussten das. Weil wir tagtäglich um unser Überleben kämpften, taten wir es trotzdem. Ich kann mich nur nochmals bei dir entschuldigen.»

Tomak winkte ab. «Ich hege keinen Groll. Und deine Geschenke waren immer sehr nützlich. Sie wogen das gestohlene Schweinefutter weit auf. Wenn du die Worte hören musst: Ich vergebe dir. Nun lass die Vergangenheit hinter dir und denk nicht mehr daran.»

Schweigen senkte sich über den Tisch. Tomak drehte seinen Teebecher zwischen den Fingern, Runde um Runde.

Die Freunde schauten ihm wie gebannt zu. Raghi ahnte, dass die Würfel bald fielen.

«Verratet ihr mir, was das Volk der Ghitains so sehr bedroht, dass sich ein Prinz mit seiner Frau von seinem Clan trennt?», fragte er schließlich ruhig.

Naveen zuckte so heftig zusammen, dass er fast seinen Tee verschüttete. Anjali wurde blass und Najiras Gesichtsausdruck zeigte reine Panik. Raghi seufzte innerlich. Was waren sie doch für großartige Verschwörer! Null Talent.

Da niemand etwas sagte, übernahm er. «Woher wissen wir, dass nicht auch du uns verrätst?»

«Das wisst ihr nicht.»

Interessant, dass Tomak sich in keiner Weise rechtfertigte. Raghi überlegte.

«Vorsichtig, wie ihr seid, wurdet ihr offenbar verraten», kam ihr Gastgeber ihm zuvor.

«Ja», bestätigte Raghi.

«Von wem?»

Das Gespräch erinnerte Raghi an ein strategisches Kartenspiel, wie es in den Tavernen und Bordellen von Eterna mit oft horrenden Einsätzen gespielt wurde. Tomak hatte die Lider halb gesenkt, beobachtete ihn aber intensiv durch den Schleier seiner Wimpern. Er beschloss, das Risiko einzugehen. «Von Sander, dem Bürgermeister von Aeriels Quellen.»

Tomak stieß einen langen Atemzug aus. «Sander und ich wuchsen zusammen auf. Dass ausgerechnet er euch verriet, erstaunt mich nicht. Er ist ein guter Mann, ein wirklich guter Mann. Aber leider erpressbar.»

14

Tomaks Aussage schlug wie eine Bombe ein.

«Was? Sander ist ebenfalls unsterblich?», rief Naveen. Er war von seinem Stuhl aufgesprungen, die Hände auf den Tisch gestützt.

Tomak nickte.

Naveen ließ sich zurückfallen. Tiefes Mitgefühl verdrängte die Überraschung in seiner Miene. «Wie traurig. Ich kann seine Beweggründe nachvollziehen. Und doch auch wieder nicht. Es sei denn …»

«… wir haben nicht alle Fakten», vervollständigt der Raghi Naveens Vermutung.

Tomak hakte nicht nach. Sein hellwacher Blick zeigte jedoch, dass er ihre Konversation und seine eigenen Gedanken verfolgte.

Das Bedürfnis, sich jemandem anzuvertrauen, wurde fast überwältigend. Sie waren allein in einem unbekannten Land und in einer Zeit, die ihnen nicht mehr wie ihre eigene vorkam. Sie konnten jede Hilfe gebrauchen, die sie kriegen konnten. Trotzdem stellte sich die Frage, ob sie Tomak vertrauen durften. Wie weit reichte Lyrrhodenais Netzwerk, insbesondere unter den Unsterblichen? Die Sterblichen gingen im Fluss der Zeit unter. Die Unsterblichen wurden an die Oberfläche gespült und begegneten sich alle irgendwann irgendwo wieder. Allein die Tatsache, dass ihre Lebensspanne tausendmal länger war als die eines Menschen, sorgte dafür.

Nach einem fragenden Blick zu Raghi erklärte Naveen die Situation. «Sander führte eine Beziehung mit meinem Onkel, der vor einigen Monaten ermordet wurde. Angeblich hat Lyrrhodenai versprochen, meinen Onkel wieder lebendig zu machen, als Lohn für Sanders Verrat. Aber aufgrund von dem, was du uns gerade erklärt hast, kann das nicht alles sein. Wenn Lyrrhodenai meinen Onkel wieder lebendig macht, bleiben den beiden trotzdem nur eine begrenzte Anzahl Jahre.»

In seiner Naivität erwähnte Naveen die Identität ihres Feindes einfach so, wahrscheinlich ohne sich etwas dabei zu denken. Dabei fiel Lyrrhodenais Name in diesem Haus zum ersten Mal und würde über den weiteren Verlauf ihres Aufenthalts entscheiden.

Raghi musterte Tomak ganz genau. Die Gelassenheit, mit der ihr Gastgeber auf die Eröffnung reagierte, ließ ihn Hoffnung schöpfen. Er entdeckte weder Nervosität noch versteckte Genugtuung und auch keine übermäßige Furcht.

Tomak starrte nachdenklich ins Leere. «Du fragst mich, ob Lyrrhodenai einen Unsterblichen erschaffen kann? Da bin ich mir nicht sicher. Er war selbst einmal sterblich und hat sich unsterblich gemacht. Die Frage ist, ob er diesen Prozess wiederholen kann.»

Vielleicht war das ihre Chance. «Da wir gegen Lyrrhodenai ins Feld ziehen, würde uns alles helfen, was du uns über ihn erzählen kannst. Wärst du dazu bereit?», fragte Raghi.

Tomak zögerte. «Wollen, ja. Es wagen …? Ich bin nur ein normaler Unsterblicher, ohne magische Kräfte. Ich hätte ihm nichts entgegenzusetzen.»

Naveen ballte die Faust und presste die Lippen zusammen. «Bald findet das jährliche Treffen der Ghitains in Eterna statt. Jene von uns, die in die Zukunft sehen, prophezeien, dass er unser gesamtes Volk dort vernichten wird. Männer, Frauen, Kinder, unsere Vardos und Tiere, einfach alles.»

«Ja, das würde zu ihm passen.» Tomak schien nicht überrascht. Konnte es eine schlimmere Reaktion geben? Sie bedeutete letztendlich nichts anderes, als dass sie ihren Feind korrekt einschätzten.

Naveen wollte etwas anfügen. Raghi hinderte ihn mit einer heimlichen

Geste daran. Er konnte spüren, dass in Tomak etwas vorging. Seiner Erfahrung nach lohnte es sich, die Menschen zu ihrer eigenen Entscheidung kommen zu lassen. Willige Hilfe war immer vollständiger als unwillige.

«Ohne euch Ghitains wäre diese Welt ein weit dunklerer Ort. Wenn ich euch alles erzähle, was ich über Lyrrhodenai weiß — kann ich auf euer Stillschweigen zählen, woher ihr die Informationen habt?»

«Ja», bestätigte Raghi.

Tomak riss die Augen auf. «Um das durchzustehen, brauche ich etwas Stärkeres als Tee. Wer will auch?»

Alle schüttelten den Kopf.

«Aber nimm du nur», sagte Naveen. «Wir brauchen einen klaren Kopf.»

Ihr Gastgeber holte eine bauchige, in Korbgeflecht eingeschlossene Flasche und schenkte sich daraus einen großzügigen Becher ein. Der herbe Geruch von Alkohol breitete sich in der Wohnküche aus. Tomak stürzte den halben Becher in einem Zug hinunter. Raghi sah seine Hand zittern.

«Seid euch einfach bewusst, dass ich nie direkt mit ihm interagiert habe. Ich lebte damals in den Bergen des Westens bei meiner Familie. Ich kann euch erzählen, was wir beobachteten. Das, was uns andere Bewohner berichteten, und die Geschichten, die uns zugetragen wurden. Wenn Lyrrhodenai in unser Dorf kam, war er stets von seinen Männern umgeben. Mit uns normalen Leuten sprach er nie. Nur mit jenen, die entweder Geld oder Macht besaßen.»

Raghi winkte begütigend. «Berichte uns einfach alles, was du weißt. Wir werden versuchen, die Informationen zu sortieren und zu gewichten.»

Tomak atmete tief durch, trank einen weiteren Schluck und begann. «Niemand unter den Bewohnern des Westens hat Lyrrhodenai jemals als Kind gesehen. Er tauchte vor etwa eintausendundsiebenhundert Jahren in der Gegend auf, da schien er achtzehn oder zwanzig zu sein. Unter den Unsterblichen herrscht bis heute die Meinung vor, dass er damals noch sterblich war. Jene, die sich mit Magie auskannten, berichteten, dass ihn die Kraftlinien der Treppen der Ewigkeit wie Spinnweben umhüllten. Sagt euch das etwas?»

Etwas regte sich in Raghis Erinnerung. «Vielleicht. Lass uns später auf dieses Thema eingehen.»

Tomak zuckte die Schultern. «Oder auch nicht. Für mich spielt es keine

Rolle. Lyrrhodenai war von Beginn weg unbeliebt. Alle von moralischen Werten geprägten Menschen, die mit ihm zu tun hatten, beschrieben sein Verhalten als nicht normal, ja gar bedrohlich. Andere, die selbst in der Dunkelheit lebten, sahen einen charismatischen Anführer. Unter diesen Bewunderern suchte er seine Gefolgsleute aus, allerdings immer nur Sterbliche. Sie folgten ihm in ein Hochtal, das sich zwischen den unzugänglichsten Gipfeln des Gebirges versteckt. Damals begannen die Horrorgeschichten. Angeblich erbaute er sich eine Burg auf einem Berg aus den Schädeln seiner gefallenen Feinde. Doch woher diese Schädel stammen, weiß niemand. Einen allumfassenden Krieg, wie ihn andere Regionen Eternas erlebten, gab es in den Bergen des Westens nie. Die Auseinandersetzungen erfolgten stets als kleinere Scharmützel, wie sie auch heute noch vorkommen können. Dabei stehen sich vielleicht dreißig oder vierzig, maximal einhundert Krieger gegenüber. Für mehr ist in dem schroffen Gelände gar kein Platz.»

Tomak hob den Becher mit dem Weinbrand, überlegte es sich anders und stellte ihn wieder ab. «Es hilft euch nichts, wenn ich betrunken bin und die Fakten oder Gerüchte verdrehe. Um ehrlich zu sein, kann ich mir gar nicht vorstellen, wie euch meine Geschichten in eurer Auseinandersetzung helfen soll.»

«Das wird der Verlauf unseres Abenteuers zeigen. Bitte erzähl weiter», bat Raghi. «Kannst du uns dabei gleich auch erklären, wo dieses Hochtal liegt und wie man es erreichen kann, vorzugsweise heimlich?»

«Auf normalem Weg geht das nicht. Das Hochtal ist wie eine Festung, nur bestehen die Mauern aus natürlichen Abhängen. Es gab immer wieder Neugierige. Falls es jemals jemand geschafft hat einzudringen, so kehrte er nicht zurück, um davon zu berichten. Lyrrhodenai und seine Leute fliegen angeblich.»

Naveens Schultern sanken nach vorn.

Tomak bemerkte es. «Vielleicht gibt es trotzdem eine Möglichkeit für euch, junger Prinz. In den Sagen vom Anbeginn der Zeit wird von einem magischen Volk berichtet, das genau in jenem Hochtal lebte. Man nannte es das Wolkenvolk. Sie wollten für sich allein sein, aus welchen Gründen auch immer. Ließen sie doch einmal Besucher zu, reisten jene bequem über eine Wolkenbrücke in das Hochtal. Und noch heute geht die Sage, dass sich bei wolkenverhangenem Wetter genau jene begehbare Brücke bildet.»

«Wird erzählt, woran man sie erkennt?», fragte Raghi.

«Vielleicht. In all den Sagen wird stets betont, dass die Wolken völlig eben zu einem bestimmten Hochpass führen müssen. Euren Gesichtern nach zu urteilen, kennt ihr euch mit der Begrifflichkeit der Bergbewohner nicht aus. Ein Pass ist der einfachste Weg für menschliche Reisende über ein Gebirge. Im Idealfall folgt man lang etablierten Wegen durch Täler und Hochtäler auf die andere Seite der Bergkette, ohne je klettern zu müssen. Als Hochpass hingegen wird die Senke zwischen zwei Gipfeln bezeichnet. Will man sie überqueren, ist Klettern meist unumgänglich.»

Raghi spreizte Daumen und Zeigefinger und zeigt auf die Haut dazwischen. «Wenn meine Finger Berge sind, wäre das hier ein Hochpass?»

«Genau. So unzugänglich Lyrrhodenais Hochtal ist, es liegt nicht allzu hoch oben. Rundherum gibt es Hügel und Berghänge, von wo aus man einen Blick darauf erhaschen kann. Falls ihr auf die Wolkenbrücke hofft, müsst ihr einen Beobachtungsposten über den Wolken einnehmen. Nur von dort aus könnt ihr beurteilen, ob sie sich korrekt bildet. Insofern die Sage denn stimmt.»

Auf seiner Reise in die Vergangenheit hatte Raghi schon so viel Verrücktes erlebt, dass ihm die Vorstellung nicht abwegig vorkam. Er prägte sich die Details genau ein. «Wie finden wir das Hochtal?»

«Seid ihr über den normalen Reiseweg zu meinem Hof gelangt?»

«Keine Ahnung.» Raghi zuckte die Schultern. «Um uns herum war alles weiß.»

«Falls morgen das Wetter aufklart, solltet ihr die Straße trotz des gefallenen Schnees gut erkennen können. Sonst zeige ich euch den Einstieg. Folgt ihr bis zu einem Ort namens Durgins Dämmerung. Im Ort gabelt sich der Weg. Dort biegt ihr nach Norden ab und reist weiter bis zu einer Ansiedlung namens Ailwens Mine. Dahinter erstreckt sich ein langes Tal. Lyrrhodenais Hochtal befindet sich direkt hinter dem nordwestlich verlaufenden Bergrücken.»

«Wie lange dauert die Reise?»

Tomak wiegte den Kopf hin und her. «Bei dem Wetter müsst ihr mit zehn Tagen bis Durgins Dämmerung rechnen, vielleicht sogar länger.

Ailwens Mine liegt dann nochmals zwei Reisetage entfernt. Ich kann euch Nahrung mitgeben für euch und eure Pferde. So müsst ihr nicht jagen und eure Tiere bleiben bei Kräften. Trotzdem wird die Reise sehr hart. Selbst im Sommer ist sie kein Spaziergang.»

Weiter, als Raghi sich erhofft hatte. Ob Naveen und Anjali so lange durchhielten? Die kommenden Tage würden es zeigen. «Wie stehen die Bewohner in den beiden Orten zu Lyrrhodenai?»

Tomak rieb sich das Kinn. «Widersprüchlich. Das beschreibt es wahrscheinlich am besten. Fast alle hassen ihn. Gleichzeitig sorgt er für den Lebensunterhalt vieler. Anders als man es sonst von Despoten hört, hat er die Menschen in den Gebieten um seinen Rückzugsort herum nie unterworfen oder durch Raubzüge ausgeblutet. Er bestellt regelmäßig Waren bei den Geschäftsleuten und bezahlt dafür mit Gold. Niemand getraut sich, ihn abzuweisen. Und es ist schwer, der Verlockung des Goldes zu widerstehen. Nicht wenige sind auf diese Weise zu Reichtum gekommen. Und sie möchten reich bleiben. Ich denke, dass ihr nicht auf Unterstützung hoffen dürft. Und er wird Spione in der Bevölkerung haben. Es lohnt sich also, sehr vorsichtig zu sein und eure Tarnung in jedem Moment beizubehalten.»

Schweigen breitete sich um den Tisch aus. «Lasst uns die Informationen zusammenfassen, die wir bisher erhalten haben», sagte Anjali nach einer Weile. «Unser Ziel ist Lyrrhodenais Hochtal. Wir wissen, wie wir hinkommen. Wir wissen, wie wir vielleicht hineinkommen. Was ist noch wichtig? Gibt es eine Möglichkeit zu erkennen, ob er sich in seinem Hochtal aufhält?»

«Das kann ich dir nicht sicher sagen. Von außerhalb siehst du die Burg nicht. Also hat nie jemand die Anzahl beleuchteter Fenster oder den Stand einer Flagge beobachtet. Einmal drin, könnte es schon Hinweise geben. Seit Lyrrhodenai seine Burg in den Bergen des Westens errichtet hat, treibt die Menschen die Frage um, wie stark seine Armee ist. Beobachtungen lassen vermuten, dass er gar nicht so viele Männer hat, dafür sehr gefährliche. Von Bediensteten oder Sklaven haben wir gar nie etwas gehört und auch nie welche gesehen. Es sind immer seine Krieger, die Waren abholen — wie erwähnt Sterbliche. Ich hätte nie gehört, dass er einen Unsterblichen in seine Dienste genommen hat. Allerdings wird von schwarzer Magie und finsteren Kreaturen berichtet. Entsprechend könnte ich mir vorstellen, dass seine Burg von den Lebenden verlassen ist, wenn er und seine Männer ausschwärmen. Dafür könnte anderes, weit Gefährlicheres, darin herumstreifen, aber das ist nur eine Vermutung.»

«Wird das Hochtal bewacht? Ich denke dabei an alle möglichen Varianten: Wachtürme oder Wehrmauern, Magie, magische Kreaturen», fragte Raghi.

Tomak zuckte die Schultern. «Dazu ist mir nichts bekannt. Von außerhalb ist nichts zu sehen. Da Lyrrhodenai erwiesenermaßen ein Magier ist, nehme ich es an.»

«Was ist dran an der Geschichte über den Drachen, den Lyrrhodenai gefangen halten soll?» Naveen stellte die Frage, die auch Raghi auf der Zunge lag. Die Perspektive eines Außenstehenden konnte interessante zusätzliche Informationen liefern.

Tomak erschauderte heftig. «Sie basiert meiner Ansicht nach auf der Wahrheit. Manche behaupten, es sei nur der Wind, der durch die Täler streift. Jeder, der ein Herz hat, hört fürchterliches Wehklagen voller Schmerz und Einsamkeit.»

«Weißt du noch mehr dazu? Wurde der Drache über all die Zeit hinweg von jemandem gesehen?»

«Nein.»

Zu schade. Raghi überlegte. Dieses Treffen hier war unglaublich wichtig. Es gab ihnen die Möglichkeit, von einem Augenzeugen Details zu erfahren, an die sie sonst kaum herankamen. Dazu musste er jedoch die richtigen Fragen stellen.

«Ist bekannt, wie Lyrrhodenai unsterblich wurde?», fragte er.

«Keine Fakten. Jene von uns, die über Magie verfügen, führen es auf den Drachen zurück. Lyrrhodenais Schicksal ist als Ganzes schwer zu verstehen. Er kam als junger Sterblicher in den Westen. Nicht lange danach war er unsterblich und das schon seit Jahren. Und auch danach stimmte der Zeitlauf nicht. Zeigte er sich ein Jahr lang nicht in unserem Dorf und tauchte danach wieder rauf, war er manchmal um Jahrzehnte älter, wenn nicht gar Jahrhunderte. Klar altern wir Unsterblichen nach menschlichem Ermessen nicht. Untereinander können wir aber immer einschätzen, wie lange jemand den Pfad des Lebens schon geht.»

«Und du hast keine Ahnung wieso?» Raghi wunderte sich. War es möglich, dass Tomak die Funktionsweise der Treppen der Ewigkeit, die er selbst erwähnt hatte, nicht kannte?

Der lächelte matt. «Die Ghitains sind die Meister der Zeit. Ich denke nicht, dass ich sie mit meinem begrenzten Wissen, wie so etwas möglich ist, langweilen muss.»

Raghi fiel eine weitere Facette ein. «Wie entstand die Vermutung, dass Lyrrhodenai einen Drachen gefangen hält?»

«Puh, da muss ich tief in meinen Erinnerungen graben.» Tomak schaute zur Decke und fixierte die Laterne, die dort oben hing und sanftes Licht verbreitete. «So viele Jahre sind seither vergangen. Ich muss den zeitlichen Ablauf seit Lyrrhodenais Auftauchen durchdenken.»

«Machst du das laut? Vielleicht können wir etwas lernen.»

«Kann ich machen. Als Lyrrhodenai das erste Mal unter uns auftauchte, war es tiefster Winter. Ich erinnere mich, dass wir uns fragten, wie ein sterblicher Grünschnabel eine Reise bei diesem fürchterlichen Wetter überleben kann. Von Beginn weg schien er größenwahnsinnig. Er fragte tatsächlich nach einem abgeschlossenen Hochtal, das von den Bewohnern der Gegend nicht beansprucht wurde, und wo er seine Festung erbauen konnte. Einer der Dorfältesten machte ihn auf den Ort aufmerksam, wo Lyrrhodenai auch heute noch lebt. Niemand nahm ihn damals wirklich ernst. Und das Hochtal hatte keinen Nutzen für uns, weil es völlig karg ist, sodass nicht einmal Ziegen genügend Nahrung finden. Ich erinnere mich an eine Diskussion der Ältesten, wie das sein kann. Jemand erklärte, dass es während der Drachenkriege verwüstet worden war. Nach so einer Auseinandersetzung sei die Erde für immer tot.»

Raghi spürte Najiras Verwirrung. Offenbar war ihr dieser Aspekt nicht bewusst gewesen.

«Lyrrhodenai brach zum Hochtal auf, in einem Schneesturm im tiefsten Winter. Allein. Wir erwarteten nicht, ihn noch einmal zu sehen. Der Winter war so hart, dass die Sterblichen, die unter uns lebten, sich nicht von ihren Herdfeuern weg trauten. Und auch wir Untersterblichen mussten stets aufpassen. Zwar konnte uns nichts passieren. Aber einen ganzen Winter lang unter einer Schneeverwehung mit furchtbaren Kälteschmerzen auszuharren ... Ein Albtraum! Und danach ...»

Tomak schwieg für einige Momente und schien seine Erinnerungen durchzugehen. Raghi fand den Prozess faszinierend. Gleichzeitig erfüllte ihn eisiges Grauen. Tomak führte ihm vor, was es bedeutete, unsterblich zu sein. Raghi mochte nicht zu den aufmerksamsten Menschen gehören. Trotzdem konnte er sein Leben in einem Zug sequenziell erzählen. Er wusste, was wann geschehen war und aus welchem Grund. Ein Aspekt seiner Jugend. Tomaks Erinnerungen an sein Leben schienen sich in einen unendlichen Nebel verwandelt zu haben und er fischte darin wie im Trüben, als ob er sich selbst verloren hätte.

«Ich glaube, es war direkt in jenem Winter, als wir unbekannte Geräusche aus dem Hochtal hörten. Nicht immer. Nur wenn der Wind aus dem Norden blies. Manchmal klang es wie ein Erdbeben, manchmal wie ein Erdrutsch. Ein tiefes Ächzen, das einem durch Mark und Bein ging. Ein hohles, beklemmendes Geräusch wie Knochen, die aneinanderschlugen. Solange ich in den westlichen Bergen lebte, hörten diese Geräusche nicht mehr auf. Sie erklangen nicht jedes Mal, wenn der Wind aus dem Norden kam. Es konnte einmal im Monat sein, dann eine Zeit lang täglich, dann wiederum vergingen Jahre. Manchmal tags und manchmal nachts. Nun, da ich so darüber nachdenke, waren diese Geräusche der Auslöser für das Gerücht, dass Lyrrhodenai seine Burg auf einem Berg aus Schädeln errichtet hat.»

Auch das keine beruhigenden Worte für Raghi. Es hatte ihn unendliche Mühe gekostet, seinen Verstand zu formen und die Nebel in seinem Kopf zu vertreiben, die ihm das Lernen so unglaublich erschwert hatten. Wenn die Unsterblichkeit ihn diese Klarheit kostete, konnte sie ihm gestohlen bleiben.

Tomak, dem nicht bewusst war, was er bei Raghi auslöste, fuhr fort. «Vielleicht drei, vielleicht auch fünf Jahre nach seinem ersten Erscheinen tauchte Lyrrhodenai zum zweiten Mal auf. Er sah noch immer aus wie achtzehn, doch sein ganzes Gebaren fühlte sich um Jahrzehnte erwachsener an. Und jene bedrohliche Aura, die ihn heute auszeichnet, begann sich zu manifestieren. Damals folgten ihm die ersten Sterblichen in sein Hochtal. Auch er selbst war damals noch sterblich. Etwa ein weiteres Jahrzehnt verging, ohne dass etwas Nennenswertes passierte. Dann tauchte er ein drittes Mal auf und alles wurde anders. — Ja, das kommt hin», sprach Tomak mit sich selbst. «Die Kinder, die bei Lyrrhodenais erstem Auftau-

chen noch klein waren, standen damals an der Schwelle zum Erwachsen
sein. Bei jenem Mal kam Lyrrhodenai als Unsterblicher zu uns, was großen
Aufruhr unter den Ältesten auslöste. Damals begriffen auch die letzten
unter uns, wie gefährlich er war. Wenig später begann das Wehklagen.»

«Wie kamt ihr darauf, dass es von einem Drachen stammte? Aus meiner
Perspektive scheint mir die Vermutung weit hergeholt. Immerhin hat seit
Jahrtausenden niemanden mehr einen Drachen gesehen und es könnte sich
dabei um rein mythische Tiere handeln.»

Gleichzeitig hätte Raghi auch darauf hinweisen können, dass eine auf
den Schädeln von Lyrrhodenais Feinden erbaute Burg ein ähnlich unrealis-
tisches Konstrukt darstellte. Das Ganze klang wie eine Schauergeschichte,
mit der man Kinder erschreckte.

Tomak zog die Brauen zusammen. «Das ist eine gute Frage. Ich ... Da
war ... Etwas regt sich in meiner Erinnerung. Genau. Das hatte ich ganz
vergessen. Es war doch einmal jemand von uns im Hochtal. Die ersten
sterblichen Gefolgsleute von Lyrrhodenai hatten Geliebte in den Siedlungen. Eine der jungen Frauen war neugierig und ließ ihrem Geliebten keine
Ruhe, bis er sie ins Hochtal schmuggelte. Was sie sah, kostete sie den
Verstand. Er brachte sie zurück, doch es war zu spät. Meist starrte sie nur
vor sich hin, ihre Augen leer, als ob die Seele ihren Körper verlassen hätte.
Selten hatte sie Anfälle, in denen sie wirres Zeug schrie. Die Burg auf dem
Berg aus Schädeln und der gefangene Drache kehrten als Themen bei
jedem dieser Anfälle wieder. Die Weisen unter uns gingen davon aus, dass
sie diese beiden Dinge tatsächlich gesehen hatte.»

Der Mut schien ihren Gastgeber zu verlassen. Raghi fühlte, dass sie das
Gespräch zu Ende bringen mussten. «Hast du einen abschließenden Rat für
uns? Oder etwas Hilfreiches, das du uns mitgeben kannst?»

Tomak riss sich noch einmal sichtlich zusammen. «Vielleicht das: Es
gab über die Jahrhunderte in den westlichen Bergen viele Diskussionen,
wie man Lyrrhodenai loswerden könnte. Schlaue Köpfe haben das Thema
gewälzt und sind zu keinem Ergebnis gekommen. Mein Bauchgefühl sagt,
dass ihr das Undenkbare denken müsst — was auch immer das bedeutet.
Mit einer normalen Strategie kommt ihr Lyrrhodenai nicht bei, schon
allein wegen seines unglaublich langen Lebens. Er hat schlicht alles gesehen, jede List und Tücke, und die meisten davon selbst angewendet.

Wenn es euch irgendwie gelingt, ihn zu überraschen, habt ihr vielleicht eine Chance. Ein zweiter möglicher Ansatzpunkt könnte sein Temperament sein. Auf den ersten Blick wirkt er abgebrüht und jeder Situation gewachsen. Im Westen wurden wir jedoch Zeuge von Wutausbrüchen, Tobsuchtsanfällen und irrationalem Verhalten. Wenn ihr ihn so wütend macht, dass er nicht mehr klar denken kann, ergeben sich daraus vielleicht Möglichkeiten. Allerdings macht ihr ihn dadurch umso gefährlicher.»

Aufgrund von Lyrrhodenais Auftritt in Aeriels Quellen hatte sich Raghi so etwas schon gedacht. Und er hatte viel Erfahrung damit, seine Gegner zur Weißglut zu treiben. Damit ließ sich arbeiten.

SIE BEDANKTEN sich bei Tomak für die erhaltenen Informationen und seine Gastfreundschaft.

Er schien froh zu sein, nicht mehr weiter in seinen Erinnerungen graben zu müssen. «In den kommenden Tagen liegt eine weite, äußerst beschwerliche Reise vor euch. Ihr solltet schlafen. Hier in der Küche ist der beste Platz dafür. Es ist warm und ihr könnt eure Tiere im Stall hören, falls etwas ist.»

«Das nutzen wir gern», bestätigte Raghi. Er beschloss, ein Thema anzusprechen, das ihm und seinen Freunden schwer auf der Seele lag. «Wäre es möglich, dass auch du hier bleibst, wo wir dich sehen können? Sanders Verrat wiegt schwer.»

Tomak nickte. «Das ist kein Problem. Im Winter verbringe ich die Nächte oft hier, schaue dem Feuer zu und lausche dem Wind, der ums Haus bläst.»

Sie richteten sich ein für die Nacht. Naveen und Anjali fielen bald in einen tiefen traumlosen Schlaf. Raghi hielt Wache und nutzte dafür den Halbschlaf, den er als Lehrling der Mördergilde zwangsläufig gelernt hatte, um vor den Gemeinheiten des Meisters auf der Hut zu sein.

Die Nacht verlief friedlich. Tomak saß nahe beim Feuer und bewegte sich kaum. Sein Verhalten gab ihnen Sicherheit.

Früh am Morgen erhob er sich, schürte das Feuer und kochte für sie. Danach bat er Raghi und Najira, ihm beim Bereitstellen der Vorräte, die er ihnen mitgeben wollte, zu helfen. Naveen und Anjali spannten derweil die Drachenpferde, die ihre Tarnung aufrechterhielten, vor den Vardo.

Nur zu bald waren sie zur Abfahrt bereit. An diesem Morgen war das Wetter besser. Zwar schneite es noch leicht, doch die Wolkendecke befand sich weit oben am Himmel und das Licht war gut. Die relative Fernsicht erlaubte ihnen zum ersten Mal einen Blick auf das Land, das sie bereisten.

«Sind das viele Berge», staunte Naveen.

Raghi konnte ihm nur zustimmen. Tomaks Hof befand sich auf einer großen Lichtung, die von einem majestätischen urzeitlichen Wald bedrängt wurde. Rundum erhoben sich mächtige schneebedeckte Berge, mal näher, mal ferner.

Tomak schmunzelte. «Von hier aus mögen diese Erhebungen wie Berge erscheinen, doch das sind Hügel. Warte, bis du das Gebirge des Westens siehst. Dagegen ist das nichts.»

Die Ghitains wirkten von seiner Erklärung gar nicht begeistert. Raghi ging es ähnlich. Was Tomak so beiläufig Hügel nannte war wirklich hoch. Seine alte Heimat, die Eisinseln, bot nichts Vergleichbares. Wie sollten sie das schaffen? Jedes Gelände barg neue Herausforderungen. Raghi konnte sich nicht vorstellen, dass das Wissen seiner Jugend ausreichte, um sich diesen Bergen zu stellen und auf ihnen zu überleben.

«Da vorne bei der großen Eiche verläuft die Straße.» Tomak zeigte in die Richtung, aus der sie gestern gekommen waren. «Seht ihr den Abstand zwischen den beiden Bäumen am rechten Waldrand? Dort beginnt die Route, der ihr folgen müsst. Etwa alle zweihundert Schritte findet ihr, wenn ihr nach Westen reist, am rechten Wegrand eine kleine Stele als Marker. Viele sind im Laufe der Jahrhunderte umgefallen. Trotzdem geben sie noch einen guten Hinweis. Passt auf euch auf. Ich wünsche mir und ganz Eterna, dass ihr erfolgreich seid. Möge das Licht gewinnen.»

Raghi und Naveen erwiderten Tomaks Handschlag. Den Frauen nickte er zum Abschied, wie es sich gehörte, zu. Anjali und Najira spiegelten die Geste.

Sie rollten davon. Naveen hielt die Zügel. Tomak schaute ihnen nach, bis sie den beschriebenen Eingang zwischen den Bäumen erreichten. Sie winkten ihm noch einmal zu, dann verschluckte sie der kahle Wald.

«Was denkt ihr? Können wir uns besprechen?», fragte Naveen.

Ein Drachenpferd — die Leitstute — wandte den Kopf, sodass ihr glühender Blick Raghis traf. «Ich denke ja», bestätigte er.

«Kannst du das nochmals machen mit dem Schutz wie gestern?», fragte Naveen. «Das Wetter wirkt zwar freundlicher, aber mir scheint es noch kälter.»

So ging das nicht. Naveen musste unbedingt wieder zu seinem Selbstvertrauen finden. «Weshalb versuchst du es nicht selbst? Dieser Vardo kam einst zu dir. Wenn er mich unterstützt, dann nur aus Freundschaft oder Höflichkeit.»

Naveen, der wegen der Kälte stehend fuhr, berührte die Wand neben der Eingangstür. «Kannst du uns so schützen, dass wir uns besprechen können und es trotzdem so aussieht, als würde ich fahren?»

Ein Raum entstand um die Plattform herum, mit einem Fenster vor Naveen.

«Was haltet ihr von unserem Gastgeber und unserem Gespräch mit ihm?» Naveen wickelte die Zügel locker um einen Haken, der in der Wand unter dem Fenster entstanden war, und rieb sich die eiskalten Hände.

«Ausgehend von dem, was ich über meine Gabe weiß, glaube ich ihm», sagte Anjali, ohne zu zögern. Sie drängte sich mit Najira in der offenen Eingangstür des Vardos. «Sein Seelenlicht brannte hell und klar. Und ich glaube, dass er uns die Informationen nach bestem Wissen und Gewissen gegeben hat.»

«Das mag sein, aber was bedeutet das? Bei Sander hast du keine Bedenken geäußert. Hättest du seinen Verrat nicht erkennen müssen?» Raghi kassierte einen bösen Blick von Naveen für seine Frage.

Anjali reagierte gelassen. «Das habe ich mich auch gefragt. Um euch zu erklären, was ich sehe: Jeder Mensch trägt Licht und Dunkelheit in sich. Schaue ich in jemanden hinein, sehe ich oft nur eine graue wogende Masse mit helleren und dunkleren Arealen. Bei den wirklich guten Menschen brennt in diesem Zwielicht eine Flamme, welche einen hellen Raum in dem Getümmel schafft. Dafür tobt darum herum die Dunkelheit oft umso intensiver. Das hat mit den Versuchungen zu tun und dem willentlichen Entscheid, gut zu sein.»

Naveen nickte. «Gut zu sein ist immer eine Entscheidung. Dem Bösen zu folgen hingegen einfach.»

Anjali wackelte mit dem Kopf, ein sanfter Widerspruch. «Einst dachte ich das auch. Aber so einfach scheint es nicht zu sein. Interessanterweise trug Sander genau so eine helle Flamme in sich. Dafür schien sie in absoluter Finsternis zu brennen. Wie ich nun erkenne, zeigte sich dadurch sein Verrat. Papa oder Mama hätten das vielleicht gewusst. Mir ist das so noch nicht begegnet.» Anjali klang traurig.

«Wir sind alle noch am Leben — und am Lernen.» Raghi schob Naveen vom Fenster weg. Der Prinz ließ sich durch das Gespräch ablenken und achtete nicht mehr auf den Weg vor ihnen. Zwar brauchten die Drachenpferde keine Führung. Einfach so drauflos zu fahren war trotzdem dämlich. Nur weil ein Hinterhalt wenig wahrscheinlich war, machte ihn das nicht unmöglich.

Es rumpelte auf dem Dach. Gleich darauf schauten zwei Gesichter zu Raghi hinab. Rose. Es ging ihr gut und sie waren wieder komplett.

«Was hast du bei Tomaks Seelenlicht beobachtet, Anjali?»

«Eine reine, nahezu weiß brennende Flamme fast ohne Dunkelheit darum herum. Es scheint, als würde der Lauf der Zeit bei einem Unsterblichen alle Unreinheiten seiner Seele wegbrennen. Tomak wurde dadurch nahezu vollständig gut. Ich vermute, dass auch der Umkehrschluss gilt. Wer dem Weg des Bösen folgt, der wird vollständig böse.»

«Was bedeutet, dass wir mit unserem Feind gar nicht erst verhandeln müssen. Er wird keines unserer Argumente akzeptieren», schlussfolgerte Raghi.

Naveen wackelte mit dem Kopf. «Da wäre ich mir nicht so sicher. In einer Auseinandersetzung gibt es immer zwei Seiten. Du musst nachher mit deinen Handlungen leben können. Vielleicht musst du ihn nicht seinetwegen zu Wort kommen lassen, sondern für dich. Durch die Unsterblichkeit bleibt dir eine besonders lange Zeit, um zu bereuen.»

Als Lehrling der Mördergilde sollte er solche Skrupel nicht kennen. Doch an Naveens Argument war etwas dran. Jene von Raghis Freunden, die ihren aufgezwungenen Beruf über Jahre ausgeführt hatten, ohne ihre Seele zu verlieren, folgten strengen Regeln. Bei Emilio, dem Wolf des Südens, lauteten diese Regeln, heimlich, sofort und absolut schmerzfrei zu töten. Das Opfer sollte nicht einmal merken, dass ihm ein Mörder aufgelauert hatte. Selbst die ganz Bösen.

«Du bist das Instrument, Raghi. Du darfst nicht auch der Richter sein», hatte Emilio ihm erklärt.

Nur waren sie für Lyrrhodenai Richter und Vollstrecker zugleich. Weil er das gesamte Volk der Ghitains auszurotten drohte. Weil niemand sonst sich ihm entgegenstellte.

«Dann denken wir, dass uns von Tomak kein Verrat droht?», fragte Naveen.

Raghi schaute in die Runde. Die Frauen schienen Naveens Meinung. Er selbst beurteilte die Situation differenzierter. «Ich teile deine Einschätzung, allerdings mit einer Einschränkung. Ich denke, Tomak wird uns nicht verraten, solange seine Umstände sich nicht ändern. Sollte Lyrrhodenai ihn oder etwaige Familienmitglieder, von denen er uns nichts erzählt hat, bedrohen, wird er einknicken. Das ist schlicht die menschliche Natur.»

Anjali wackelte mit dem Kopf. Naveen zuckte die Schultern und Najira seufzte leise.

«Wie machen wir weiter?», fragte Anjali.

«Unser Weg ist lang. Ich habe mich gefragt, ob wir vielleicht fliegen könnten.»

Naveens Vorschlag kam für Raghi nicht überraschend. Auch er hatte schon daran gedacht. Sie verfügten über eine Chimäre, einen Drachen und Drachenpferde, die allesamt fliegen konnten. Zwölf Tage Weg durch den eisigen Winter erschienen ihm im Gegenzug wenig verlockend und sehr gefährlich. Trotzdem …

«Meine Zeit bei euch Ghitains hat mich gehörigen Respekt für die Wege des Schicksals gelehrt. Dieser Vardo ist nicht ohne Grund hier. Es fühlt sich falsch an, ihn zurückzulassen und einfach davonzufliegen. Ohne ihn fehlt uns jeglicher Schutz vor den Unbilden des Winters.»

«Vielleicht sollten wir ihn fragen, so wie du das immer wieder tust», schlug Naveen vor. «Für dich scheint das gut zu funktionieren.»

Raghi macht eine einladende Handbewegung. «Dein Vorschlag, deine Frage.»

Naveen berührte das Holz des Vardos. «Falls wir mit unseren fliegenden Tieren den Weg zurücklegen sollen, gib uns bitte ein Zeichen.»

Nichts passierte.

«Bitte bestätige mir, dass wir mit dir reisen sollen.»

Kaum hatte Naveen gefragt, wuchsen Ranken aus dem Holz und wanden sich sanft — ja gar zärtlich — um sein Handgelenk.

«Das war eindeutig.» Anjali seufzte. «Also stellen wir uns dem Winter.»

Ganz so einfach war es nicht. Raghi überlegte «Nicht ohne Plan. Tomak hat uns äußerst großzügig von seinen Vorräten mitgegeben. Wir müssen nicht anhalten, um zu jagen. Deshalb schlage ich vor, dass wir Schichten bilden und Tag und Nacht durchfahren. Anjali und Naveen, ihr bildet eine Schicht. Najira und ich die andere. Jede Schicht fährt abwechselnd sechs Stunden. Wir versuchen das durchzuhalten, solange es irgendwie geht. Ich kann meinen Eindruck nicht begründen, aber ich bezweifle, dass das Wetter lange so freundlich bleibt. Während der ruhigen Phasen möchte ich möglichst viel Distanz zurücklegen.»

Naveen schaute in die Runde. Als niemand widersprach, sagte er: «Dann lasst uns Raghis Plan in die Tat umsetzen. Anjali und ich übernehmen die erste Schicht.»

15

Zwei Tage und Nächte lang kamen sie gut voran. Die von Tomak erwähnten Stelen auf der rechten Seite der Straße ließen sich trotz der Schneedecke gut erkennen und auch dort, wo viele von ihnen umgefallen waren, bestanden nie Zweifel, wo die Straße verlief. Sie musste unglaublich alt sein. Immer wieder waren Abschnitte mit groben Steinbrocken gepflastert. Deren hohe Abnutzung zeigte, dass viele Fahrzeuge sie einst befahren hatten. An manchen Stellen gab es tiefe Furchen, über die Jahrhunderte oder -tausende hineingefräst von eisenbeschlagenen Rädern. Dort, wo scheinbar kein Pflaster verlief, vermutete Raghi, dass sie nur durch den Schnee und Dreck hinuntergraben müssten, um es zu finden.

Das Problem war, dass sich der Untergrund so oder so nicht gut befahren ließ. Auf dem Dreck verlief die Reise ruhiger, dafür bildeten Schnee und Erde an vielen Stellen einen schlüpfrigen Matsch, der den Hufen der Drachenpferde kaum Halt bot. Auf den gepflasterten Abschnitten wiederum wurde der Vardo durch den unruhigen Boden hin und her geworfen. Zudem bedeckte oft Eis die Steine, was noch weit gefährlicher war als der lästige Matsch.

Zuerst schien es, als könnten sie ihre eilige Fahrt nicht durchhalten. Dem Team, das gerade Pause hatte, gelang es kaum zu kochen. Und selbst Raghi, der sich einst gebrüstet hatte, überall schlafen zu können, fand bei dem fürchterlichen Rütteln keine Ruhe. Als Najira und er zum ersten Mal fuhren, tauchten Naveen und Anjali rasch wieder aus dem Innern auf, um neben den Vardo her zu gehen.

«Da drin wird man wahnsinnig», sagte Naveen knapp. Für jemanden, der den fahrenden Lebensstil so verinnerlicht hatte, war das eine krasse Aussage.

Erstaunlicherweise kam Najira bei ihrer und Raghis nächster Pause auf die Lösung. Mit einem unsicheren Blick zu Raghi berührte sie den Boden des Vardos. «Kannst du uns Hängematten so von den Wänden hängen, dass sie während der Fahrt nicht zu wild schaukeln? Und könntest du uns ein Herdfeuer bauen, über dem ein Topf an einer Kette von der Decke hängt, der wiederum mit Ketten an deinem Boden befestigt ist?»

Der Vardo erfüllte ihre Bitte.

«Das ist eine großartige Idee», sagte Raghi. «Wie bist du darauf gekommen?»

Sein Lob hatte nicht den gewünschten Effekt. Najira wurde traurig und senkte den Blick. «Ich habe euch nicht alles erzählt. Manchmal holte mich Lyrrhodenai aus der Dunkelheit und kettete mich in seinem Thronsaal an, wo er auch meine Träne in einem Flakon aus Kristall zur Schau stellte. Ich musste auf dem nackten Boden schlafen. Irgendwann habe ich mir aus altem Zeug, das er mir vor die Füße warf, eine Hängematte gebaut und sie von den Fackelhaltern gehängt. Ich fürchtete, dass er sie mir gleich wieder wegnimmt. Zum Glück hat er nur gelacht.»

«Du scheinst dich zu schämen. Stattdessen solltest du stolz auf dich sein. So beginnt Widerstand. Der erste Schritt ist immer der härteste.»

Nun lächelte Najira. «Danke.»

IN DER DRITTEN Nacht traf ein Schneesturm sie mit voller Wucht. Von einem Augenblick auf den nächsten war die Welt weiß und die Sicht reichte nicht mehr bis zu den Ohren der Drachenpferde.

Raghi zog an den Zügeln. Der Vardo stoppte.

«Wir müssen rasten. In diesem Wahnsinn können wir nicht weiterfahren. Rose, komm vom Himmel runter», rief er in den Wind.

Najira und er befreiten die Drachenpferde vom Zaumzeug.

Raghi streichelte kurz die Nüstern der Leitstute. «Danke. Und bitte passt in dem Sturm auf euch auf.»

Zärtliches Feuer strich über seine Hand.

Als Najira und er die Tür des Vardos öffnen wollten, stach ein schwarzer Schatten aus dem Schneegestöber herab und plumpste neben dem Fahrzeug in die rapide anschwellenden Verwehungen. Rose schüttelte sich grollend und führte einen wilden Tanz auf, um sich von dem ihr anhaftenden Schnee zu befreien.

«Kommst du mit rein?», fragte Raghi.

Ein weiteres tiefes Grollen. Übellaunig kletterte sie auf die Plattform und folgte ihnen ins Innere.

Naveen erwartete sie schon voller Sorge «Kein Durchkommen mehr?»

Raghi schüttelte den Kopf. «Keine Chance.»

Anjali rührte in einem Topf, der über Najiras Feuerstelle hing. Ein wunderbares Aroma stieg daraus auf. «Was denkt ihr? Wie weit sind wir gekommen?»

Da es offenbar nichts zu helfen gab, sanken Raghi und Najira auf die Kissen rund um das Herdfeuer, griffen sich je eins der schlafenden Doggycorns und nahmen es auf den Schoß. Raghi schien es, als würde das Drachenmädchen immer menschlicher. Ob Najira nur sein Verhalten imitierte oder ob sie einem eigenen Impuls folgte, konnte er allerdings nicht sagen.

«Falls Tomak von Tagesetappen ausgegangen ist, wie auch die Ghitains sie kennen, haben wir an die sechs Tagesreisen zurückgelegt», sagte Raghi.

«Also benötigen wir wahrscheinlich noch vier, um Durgins Dämmerung zu erreichen.»

«Ja, das denke ich auch», bestätigte Naveen.

«Und wir sind noch auf dem richtigen Weg?», versicherte sich Anjali.

Raghi schaute zu seiner Chimäre. «Rose?» Sie verfolgte ihren Weg aus den Lüften und stellte sicher, dass sie nicht von der Straße abwichen.

Ein wütendes Funkeln, gefolgt von einem leisen Schnauben. Ihre Art der Bestätigung.

«Falls wir nach dem Sturm also wie bisher weiterreisen können, benötigen wir noch zwei volle Tage mit insgesamt acht Schichten. Wir sollten die Zwangspause nutzen, um unsere Strategie zurechtzulegen.» Anjali starrte in den blubbernden Kochtopf. Die Prinzessin wirkte blass und ausgelaugt. Und sie hatte sich erkältet. Immer wieder hustete sie verstohlen in ihren Schal.

Naveen schien es nicht besser zu gehen. Raghi hatte so etwas befürchtet. Die Konstitution der beiden ließ die Anstrengungen einer derart schwierigen Reise nicht zu.

«Bevor wir unsere Strategie besprechen, müssen wir eure Erkältung irgendwie behandeln. Ihr seid noch einen Atemzug von einer Lungenentzündung entfernt.» Falls es nicht sowieso schon zu spät war. «Haben wir etwas dabei?» Leider gab sein Beutel nichts mehr her. Seine Kräuter und Ingredienzen waren mehr oder weniger aufgebraucht durch all das, was sie erlebt hatten.

Naveen schüttelte matt den Kopf. Anjali rührte schweigend und schaute nicht einmal auf.

Raghi verspürte Panik. Wie schlecht ging es den beiden wirklich? Es gab nur einen Weg, das herauszufinden. Er setzte sein Doggycorn ab, erhob sich und trat neben Naveen. «Bitte entschuldige, aber das muss jetzt sein.» Er legte ihm die Hand auf die Stirn. Fast wäre er zurückgezuckt. Naveen brannte. Und protestierte nicht gegen die Berührung. Der gleiche Test bei Anjali. Mit dem gleichen Resultat.

Verdammt. Was nun?

Seine Reaktion alarmierte Najira. «Raghi?»

«Beide sind sehr krank. Hast du eine Idee?»

Wahrscheinlich zum ersten Mal, seit er sie kannte, dachte Najira intensiv nach. Verschwunden war Missy Waschlappen, die sich stets als Opfer sah. Stattdessen versuchte sie wirklich zu helfen. «Mir fällt nur meine Drachenmagie ein. Die möchte ich aber nur einsetzen, wenn ich muss. Er … ich meine Lyrrhodenai … kann mich sonst orten.»

«Ich weiß», sagte Raghi. «Das muss anders gehen.» Während er noch nachdachte, spürte er eine Berührung an seinem Bein. Er schaute nach unten und erwartete, ein Doggycorn zu sehen oder eins der anderen magischen Tiere. Doch nichts dergleichen. Es war eine Ranke, die aus den Planken des Bodens wuchs.

Alarmiert durch seine Überraschung, folgte Najira seinem Blick. «Der Vardo sucht deine Aufmerksamkeit.»

Raghi schluckte leer. Verstand dieses seltsame Gefährt wirklich jedes ihrer Worte und Probleme? Er konnte damit umgehen, dass es auf direkte Ansprache reagierte. Dass es aktiv zu einem Gespräch beitrug erschien ihm hingegen etwas gruselig. «Was erwartest du von mir?»

Die Tür nach draußen ging auf. Der Sturm wirbelte einen Schwall Schneeflocken in den Raum, als würde jemand wild die Federn aus einem Kissen schütteln.

Najira sprang auf die Füße, ohne ihr Doggycorn loszulassen. «Rasch, Raghi. Sonst kommt die Kälte rein. Soll ich mitkommen?»

«Nein, du bleibst hier bei ihnen. Ich versuche herauszufinden, weshalb ich nach draußen soll. Ich komme so rasch als möglich wieder.»

Er eilte auf die Plattform hinaus und schloss die Tür. Als er sich wieder dem Schneesturm zuwandte, schien sich seine Wahrnehmung mit einem Ruck zu verschieben.

Raghi schüttelte den Kopf. Was war gerade passiert? Und wieso stand er plötzlich im Schnee auf dem Waldboden und nicht mehr auf der Plattform des Vardos?

Sein Nacken kribbelte.

Er legte die Hand auf den Griff seines Dolchs und wandte sich langsam um. Wo der Vardo hätte stehen sollen, erhob sich ein mächtiger Baum. Raghi hatte noch nie so einen Riesen gesehen. Die Höhe war dabei nicht das Außergewöhnliche. Im Eterna seiner Zeit gab es höhere Häuser. Der Umfang seines Stamms jedoch ...

Da passte eine ganze Blockhütte hinein.

Raghis Blick ging nach oben, wo ihm ein Lichtschein auffiel. Er entdeckte eine Öffnung, aus der Rauch aufstieg. Selbst hier draußen roch es nach Anjalis Eintopf.

Es gab nur eine Antwort. Der Vardo hatte sich in einem Baum verwandelt. Zu welchem Zweck?

«Ich bin hier. Zeig mir, was ich tun soll.»

Etwas fiel ihm auf den Kopf und von da zu Boden. Raghi bückte sich. Es war eine violette Frucht. Sie wirkte unscheinbar und klein. «Ist das Nahrung?»

Zwei weitere Früchte fielen ihm auf den Kopf, diese deutlich härter als die erste.

«Au!» Raghi schaute nach oben in das beeindruckende Geäst des Baums. Wegen des Schneesturms war es schwierig zu erkennen, doch dort oben schienen noch eine ganze Menge weiterer Früchte zu hängen. Falls seine Reaktion dem Baum nicht gefiel, konnte er Raghi unter ihrer Last begraben.

«Und was mache ich jetzt damit?»

Keine Reaktion des Baums. Raghi wunderte sich schon gar nicht mehr, wie seltsam der Gedanke war. Vielleicht wussten Anjali und Naveen, wie sie mit den Früchten umgehen mussten. Darauf verlassen wollte sich Raghi aufgrund ihres Fiebers allerdings nicht. Mal überlegen. Wäre das eine Aufgabenstellung aus seiner Lehrzeit, wie würde er damit umgehen?

«Vermahlen und mit heißem Wasser aufgießen?»

Keine Reaktion des Baums. Und er Depp hatte zwei Fragen aufs Mal gestellt.

Raghi berührte den Stamm. «Bitte stoß gegen meine Handfläche, wenn ich das Richtige sage. Wir müssen die Früchte vermahlen.» Ein sanfter Stoß. «Danach gießen wir sie mit heißem Wasser auf?» Keine Reaktion. Welche Variante nun? Es gab Heilkräuter, die man unverarbeitet essen musste, damit sie ihre Wirkungen entfalteten. Andere wiederum musste man auskochen oder sogar mehrere Tage lang ziehen lassen. «Gießen wir sie mit kaltem Wasser auf?» Ein sanfter Stoß. «Und das trinken Naveen und Anjali dann, ja?»

Ein sanfter Stoß bestätigte seine Vermutung.

«Und diese drei Früchte reichen für beide?»

Wieder die Bestätigung.

«Muss ich noch mehr wissen?»

Keine Reaktion. Also offenbar nicht. Zum Glück! Hier draußen war es so eisig kalt, dass sogar Raghi fror. Allerdings gab es ein Problem. «Wie komme ich wieder rein?»

Im mächtigen Stamm öffnete sich eine Tür. Sie entstand auf Raghis Frage hin. Er war sich ganz sicher, dass sie vorher nicht da gewesen war. Kopfschüttelnd betrat er das Innere des Vardos — nein — Baums.

«Du wirkst perplex», begrüßte ihn Najira.

Raghi kratzte sich am Kopf. «Ja, so kann man das nennen.»

Die Früchte in seiner Hand erweckten Naveens Aufmerksamkeit. Trotz seines schlechten Zustands sprang er auf die Füße, eilte herbei und legte seine Hände zu einer Schale geformt um Raghis. «Wo hast du die her?», fragte er andächtig.

«Du weißt, was das ist?»

«Ich habe nie welche gesehen, weil es sie in unserer Zeit nicht mehr gibt, aber sie entsprechen genau der Beschreibung der Früchte des sagenumwobenen Heilerbaums. Violett. Klein. Etwas schrumpelig.»

«Na, dann halt dich mal fest. Als ich draußen war, stand da kein Vardo mehr, sondern ein Baum.»

Naveen fiel der Mund auf. «Du machst keine Witze, ja? Dafür ist das Thema viel zu ernst.» Er war so bewegt, dass er trotz aller sichtbaren Zeichen seiner Erkrankung fast gesund wirkte.

«Keine Witze, nein. Wir halten uns im Moment im Innern eines Baums auf.»

«Unglaublich», staunte Naveen. «Und doch ergibt zum allererersten Mal alles rund um diesen seltsamen Vardo einen Sinn.»

Wenn, dann einen traurigen. Wie sie immer wieder vermutet hatten, war der Vardo ein Lebewesen. Und vermutlich das Letzte seiner Art. Wie einsam musste er sich da fühlen? Najira schienen ähnliche Gedanken durch den Kopf zu gehen. Raghi sah, wie sie mit ihren Fingerspitzen den Boden berührte. Sie und der Heilerbaum teilten das gleiche Schicksal.

«Ich bereite den Heiltrank für euch vor. Der Baum hat mich instruiert, wie das geht. Allerdings brauche ich dafür einen Mörser. Mal sehen.»

Der Innenbereich hatte sich nicht verändert und wirkte immer noch wie das Innere des Vardos. Raghi ging zu den Schränken. Tatsächlich fand er darin alles, was er benötigte.

«Ich traue mich kaum, das zu trinken», sagte Naveen, als Raghi Anjali und ihm die Becher reichte. «Das ist Magie aus den Legenden der Vorzeit. Womit haben wir das verdient?»

«Dieser Vardo kam zu dir — zu dir allein unter allen Menschen und allen Ghitains. Also hast du es verdient. Und Anjali auch.» Naveen ging Raghi gerade ziemlich auf die Nerven. Runter damit und gut. Es brachte nichts, wenn sie das Heilmittel geschenkt erhielten und es nicht nutzten.

Der Trank schien fast sofort seine Wirkung zu entfalten.

«Ich denke, ich mag jetzt etwas essen», staunte Anjali. «Zuvor fühlte ich mich so schlecht, dass ich mir das nicht einmal vorstellen konnte.»

Naveen betrachtete hingegen staunend die Adern an seinem Handgelenk. «In meinem Körper fließt jetzt die Magie aus den Legenden der Vorzeit. Unglaublich!»

«Jetzt essen wir und danach legt ihr euch schlafen. Im normalen Leben gibt es keine Sofort-Genesung. Das ist etwas aus den Märchen.» Raghi verdrehte die Augen. Na großartig! Jetzt klang er schon wie seine verantwortungsbewussten Freunde. Jene, die sonst ihn zusammengeflickt hatten.

Mit der warmen Suppe im Bauch fielen Naveen und Anjali die Augen zu. Nachdem sie sich in ihre Kammer zurückgezogen hatten, sandte Najira Raghi einen auffordernden Blick. «Wir sind nicht müde. Ich hätte da so eine Idee, was wir miteinander anstellen können.»

Raghis Herz machte einen kleinen Sprung. Er war so mit der vertrackten Situation beschäftigt, dass ihm diese Idee gar nicht gekommen war.

Seine Libido reagierte begeistert auf den Vorschlag. Sein Verstand hingegen seufzte. So begann es. Seine Gefühle waren bereits nicht mehr seine, sondern gehörten Najira. Und er befürchtete, dass sich auch ihre Seelen verbunden hatten. Egal wie ihr Projekt ausging — all das wieder aufzutrennen würde furchtbar wehtun.

Fast wäre ihm ein «wenn es denn sein muss» über die Lippen gerutscht. Doch das hatte Najira nicht verdient. «Lass mich den Baum fragen, ob wir eine Wache aufstellen müssen. Falls nicht, bin ich dabei.»

Desert Rose, die sich in einer Ecke zusammengerollt hatte, grollte bedrohlich, ihre Blicke wie Dolche. Tatsächlich hatte Raghi eine heftigere Reaktion erwartet. Es schien, als würden sich die beiden Frauen in seinem Leben, widerwillig zwar, aneinander gewöhnen.

Als Raghi erwachte, schien der Sturm abgeflaut zu sein. Er hatte keine Ahnung, wie spät es war — und ob Tag oder Nacht. «Najira, hast du zufällig eine innere Uhr eingebaut?», wisperte er ihr ins Ohr.

Sie brummte. «Ist das denn wirklich schon wichtig? Lass uns noch etwas kuscheln oder mehr.»

«Ich würde gern, aber irgendetwas stört mich. Ich möchte nachsehen.»

Najira öffnete ein Auge, ihr Blick keck. «Unglaublich, wie verantwortungsbewusst du dich plötzlich verhältst.»

Ihre Aussage streute Salz in Raghis Wunden.

Sie stupste ihn mit dem Fuß zärtlich an. «Es war nur ein Scherz. Und nein, ich habe deine Gedanken nicht gelesen. Ich merke nur immer, wenn dir etwas peinlich ist. Es ist ... morgen, noch ziemlich früh. Bei den Ghitains seid ihr kaum je so früh aufgestanden.»

In dem Moment hörte Raghi wieder das Geräusch, das ihn geweckt hatte. Jemand weinte und Raghi hätte viel darauf gewettet, dass es Naveen war. «Najira, bleibst du einen Moment hier? Ich denke, ich sollte mit Naveen unter vier Augen sprechen.»

Ihr Blick ging kurz ins Leere. «Oh, da hast du recht. Ich werde ein bisschen lauschen, damit ich nicht zu früh auftauche. In Ordnung?»

«Ja.»

Raghi schlüpft aus dem Raum, den er mit Najira teilte. Er fand Naveen in Tränen aufgelöst. Da war er nun, der Zusammenbruch, auf den er seit der Verbrennung des Vardos wartete.

Raghi machte sich gar nicht erst die Mühe, etwas zu sagen. Er schob die magischen Tiere, die sich wie ein tröstender Wall um Naveen angeordnet hatten, aus dem Weg, setzte sich an Naveens Seite und nahm ihn in die Arme.

Fast sogleich fühlte er, wie sich sein Seelenschatten von seinem Rücken löste. Was sollte das? Mitgefühl erfüllte ihn, keine Rage. Als er alarmiert aufschaute, sah er, dass das Wesen seine Umarmung auf Naveens anderer Seite spiegelte.

Naveens Weinkrampf brach mit einem erschreckten Hickser ab. «Raghi?», wisperte er.

Raghi schaute in die brennenden Augen seines Seelenschattens. «Alles gut, Naveen. Vier Arme sind besser als zwei.» Hoffentlich täuschte er sich mit seiner Einschätzung nicht. Einst hatte sein Seelenschatten — wie er nun wusste, um ihn zu schützen — drei Menschen mit bloßen Händen auseinandergerissen. Dieses Wesen, oder was auch immer es war, verfügte über unglaubliche Kräfte.

Erneut übermannten Naveen die Gefühle. Es ging lange, bis sich verständliche Worte in sein Schluchzen schlichen. «Raghi — entschuldige — ein Schwächling.» Dazwischen gingen ganze Sätze im Weinen unter.

Raghi wartete ab. Nichts, was er sagte, konnte Naveen trösten. Der Prinz konnte sich nur selber wieder aus dem tiefen Loch hocharbeiten, in das die Ereignisse ihn geschleudert hatten.

Irgendwann begann Naveen sich vor und zurück zu wiegen, wie Betende es oft taten. Einem Mantra gleich schlichen sich ganze Sätze zwischen das Schluchzen.

«Dies hier ist mein Seelenweg. — Ich bin stark genug, um ihn zu gehen. — Dieses Dharma wurde mir bestimmt. — Es ist meine Pflicht, all diese Ereignisse auszuhalten.»

Raghi hätte das Ganze als «das Schicksal ist fies, unbarmherzig und liebt es, einen durch die Mangel zu drehen» zusammengefasst. Naveen als Ghitain stand diese Option nicht offen. Seine Spiritualität zwang ihn dazu, in allem einen Sinn zu suchen. Ob es diesen gab? Früher hätte Raghi mit einem kategorischen Nein geantwortet. Seine Zeit bei den Ghitains hatte ihn nachdenklich werden lassen.

«Ich heule dir deine Kleider voll.» Naveen rieb sich die Augen. «Bitte entschuldige.»

«Es sind Ghitainkleider. Denen macht das nichts. Wie geht es dir an diesem Morgen, mal abgesehen von deinem Weinkrampf? Besser?»

Der Prinz schaffte ein schiefes Lächeln. «Körperlich ja. An meiner Ausgeglichenheit arbeite ich noch.»

Raghi musste lachen. «Idiot.»

«Ja, wahrscheinlich. Ich weiß nicht, wie du das schaffst. Ich habe Panik. Mir kommt es so vor, als würde uns irgendeine Kraft alle möglichen Hilfestellungen geben, damit wir Lyrrhodenai besiegen können. Aber wie soll das gehen? Ich bin nur ein Ghitain. Kein Krieger. Niemand mit besonderen Fähigkeiten wie du. Das ist doch, wie Perlen vor die Säue …»

Raghi packte Naveens Arm, bevor der Prinz den furchtbaren Satz ganz aussprechen konnte. «So darfst du nicht denken. Weder in Bezug auf dich, noch auf uns alle. Ich weiß auch nicht, wieso diese Aufgabe an uns gefallen ist. Und ja, wir sind sicher nicht die üblichen Krieger. Aber lass mich dir sagen, ich möchte diese furchterregende Reise mit niemand anderem machen. Du, Anjali und Najira — ihr seid für mich die perfekten Gefährten.»

Nun grinste Naveen. «Sterben in netter Begleitung?»

Auch Raghi musste lachen. «Ja, genau.»

«Aber nun im Ernst. Wie machen wir weiter? Ja, es geht mir besser. Ich denke aber nicht, dass ich in diesem furchtbaren Wetter eine ganze Schicht durchhalte.»

Raghi lauschte. Naveen hatte recht. Draußen tobte sich der Winter gerade wieder auf übelste Weise aus. «Lass uns das alle gemeinsam besprechen. Mein Vorschlag ist, dass Anjali und du drinbleiben. Najira und ich fahren abwechselnd und übernehmen sämtliche Schichten.»

«Du meinst einzeln? Denkst du, dass Najira das kann?»

Raghi horchte in sich hinein und fand dabei eine überraschende Antwort. Wohl wissend, dass Najira zuhörte, sagte er: «Ja. Sie hat schon sehr viel gelernt und sie überrascht mich jeden Tag aufs Neue.»

Er fühlte ein überraschtes Zucken in seinem Geist. *Meinst du das echt? Danke!*

Raghi musste leer schlucken und schämte sich ein wenig, wie hart er mit dem Drachenmädchen umgesprungen war. Andererseits hätte die Entwicklung ohne seine Strenge nie eingesetzt. Der Fluch des Lehrers. Raghi erinnerte sich nur zu gut, wie ihm seine Freunde in der Gilde Mal ums Mal den Kopf zurechtgerückt hatten. Jedes einzelne Mal verdient. Und siehe da: Es schien etwas genützt zu haben.

«Ich hole Anjali. Auch sie fühlt sich besser. Weckst du Najira? Wir frühstücken und schmieden gleichzeitig Pläne.»

NOCH ZWEI GANZE Tage und Nächte bis Durgins Dämmerung. Raghi übernahm die erste Schicht. Jede Minute kam ihm wie eine Ewigkeit vor. Der eisige Wind, gegen den selbst die Magie der Ghitainkleidung keinen Schutz bot, peitschte über das dicht bewaldete Land. Dabei trieb er Eiskristalle so scharf wie Wurfsterne vor sich her. Sie klatschten als nie endender Trommelwirbel gegen Raghis Kleidung und schnitten in seine Haut, ohne sie sichtbar zu verletzen. Trotzdem taten sie furchtbar weh. Raghi konnte nur fahren, weil der magische Vardo ihn in einen hölzernen Kokon einschloss, der gerade mal einen schmalen Spalt für die Augen und die Zügel offen ließ.

Wie sollten sie das nur aushalten?

Es war die Hölle, so zu reisen. Raghi erwischte sich immer wieder bei dem Gedanken, weshalb sie das Kutschieren nicht einfach den Drachenpferden überließen. Jene schienen zu wissen, welchen Weg sie nehmen mussten, und waren wahrscheinlich schlauer als Raghi und seine Freunde zusammengenommen. Leider war es nicht so einfach.

Es schien unendlich lange her, seit Raghi mit Palash über die Ebenen in den Frühling gefahren war. Ob diese Begebenheit von ihrer aktuellen Situation aus gesehen in der Zukunft oder in der Vergangenheit lag, wagte er sich nicht auszumalen. Sonst gab es einen Knoten ins Hirn.

So wie auch jetzt hatte er sich damals gewundert, worin genau seine Rolle hinter den Zügeln bestand. Dieses Mal wollte er eine Antwort. Er verbrachte seine gesamte erste und absolut furchtbare Schicht damit, über diese Frage nachzudenken — zu erspüren und zu definieren, was sein Einfluss war. Über die Stunden hinweg manifestierte sich eine Erkenntnis. Um aus den Drachenpferden und dem Vardo eine Einheit zu bilden, brauchte es ein Verbindungsglied. Dieses Verbindungsglied waren er und seine Freunde.

Es brauchte sie wirklich. Sie waren nicht nur Dekoration.

Als Najira ihn ablöste und der Baum ihn freigab, musste sie die Zügel aus seinen Fingern klauben. Er konnte sie nicht selbst loslassen. «Bleibst du in meiner Nähe?», fragte sie.

«Klar.» Er brachte das Wort kaum über seine steifgefrorenen Lippen.

Najira berührte das Holz des Vardos. «Kannst du für Raghi hier in meiner Nähe einen schützenden Bereich gestalten, in dem er sich aufwärmen kann?»

Unter Raghis tauben Füßen schien sich eine Armee von Käfern in Bewegung zu setzen. Sie verschoben ihn vom angestammten Platz des Kutschers nach rechts, wo für gewöhnlich die Begleitung reiste. Das schmutzige Weißgrau des Sturms verschwand. Seine Welt wurde dunkel. Ihm fielen die Augen zu.

· · ·

«DU BIST WAS?», rief Raghi aus, als Najira ihn schließlich weckte.

«Durchgefahren bis Durgins Dämmerung. Ich brauche keinen Schlaf und mir macht die Kälte weniger aus als euch.»

Auch Naveen und Anjali staunten. Najira hatte sie alle im Innern des Vardos zusammengerufen.

Tausend Bedrohungsszenarien gingen Raghi durch den Kopf. Gerade noch rechtzeitig kämpfte er sie nieder. Najira hatte Initiative gezeigt. Und ihre Miene war hoffnungsvoll. Das durfte er nicht zerstören.

«Haben die Dorfbewohner uns schon entdeckt?»

«Nein. Der Sturm ist vorbei, aber die Schneeflocken sind so groß wie Daunenfedern und man sieht keine zehn Schritte weit. Als Rose direkt vor den Drachenpferden landete, fragte ich sie nach dem Grund. Ihre Gedanken zeigten mir das Dorf. Es scheint direkt in einer Senke vor uns zu liegen.»

Rose half dem Drachenmädchen freiwillig? Flaute ihre Feindschaft tatsächlich ab?

«Wie kann es sein, dass wir fast zwei Tage durchgeschlafen haben?», stellte Anjali eine Frage, die Raghi noch gar nicht bewusst geworden war.

Najira errötete. «Das könnte am Vardo liegen. Ich bat ihn, sich darum zu kümmern.»

«Das heißt, wir haben ein wichtiges Etappenziel erreicht.» Die Prinzessin horchte in sich hinein. «Und Naveen und ich sind wieder gesund — beides sehr positiv für unser Unterfangen. Was ist die Tageszeit, Najira?»

«Späterer Nachmittag, vielleicht eine Stunde vor Einbruch der Dämmerung.»

«Also eine der besseren Zeiten, um in einem Ort anzukommen. Was sind unsere nächsten Schritte?»

Raghi dachte laut. «Wir müssen uns entscheiden, ob wir ins Dorf fahren oder darum herum. Fürs Dorf spricht, dass wir an Informationen kommen. Aber wir können nur eine bestimmte Zeit lang als Händler durchgehen. Vielleicht verschafft uns das ungemütliche Wetter eine zusätzliche Galgenfrist. Mit dem Vardo brauchen wir keine Gaststätte oder jemanden, der uns aufnimmt. Nur einen Ort, wo wir stehen dürfen. Wahrscheinlich würden sie uns eine Weile dulden.»

«Das denke ich auch», bestätigte Naveen. «Weil die Felder gefroren sind und keine Arbeiten darauf erfolgen, gibt es viel Platz. Auf dem äußeren und inneren Kreis liegen Orte, wo die Ghitains nur im Winter Halt machen, weil nur dann Standplätze verfügbar sind.»

«Das bedingt aber, dass die Menschen von Durgins Dämmerung nichts gegen Besucher haben.»

Ein berechtigter Einwand von Anjali.

Raghi überlegte. «Wie würde sich ein Clan Ghitains einem unbekannten Dorf nähern? Und wo rasten? Ich nehme an, auf euren Kreisen gibt es das nicht mehr, doch existieren vielleicht Überlieferungen?»

«Nicht Überlieferungen, sondern Höflichkeitsregeln, die jedes Kind lernt», bestätigte Naveen. «Vereinfacht gesagt, stellen sie sicher, dass man als Fremder nicht uneingeladen in den inneren Bereich einer Gemeinschaft eindringt. Lass mich überlegen. Wir nähern uns einer Ansiedlung von mittlerer Größe.» Der Prinz verengte die Augen. «Ich würde erwarten, dass wir, bevor wir das Dorf selbst erreichen, auf einen Außenposten stoßen. Für gewöhnlich handelt es sich dabei um eine Mühle oder Schmiede, manchmal auch eine Fischzucht. Sollte das der Fall sein, müssen wir anhalten und dort an die Tür klopfen. Die Menschen, die diese Gewerbe betreiben, genießen meist hohes Ansehen im Ort. Wenn wir uns ihnen als Händler vorstellen, werden sie uns sagen, was wir tun dürfen.»

Das klang machbar. «Und wenn wir direkt auf das Dorf stoßen?»

«Wenn sie keine Befestigungsanlagen haben, halten wir in einer Distanz von fünfzig Schritten an und jemand von uns geht zu Fuß zum ersten Haus und klopft dort an. Gibt es eine Befestigungsmauer mit einem Tor, dürfen wir hingegen direkt davor halten.»

Das klang nach einem sehr sinnvollen Vorgehen. Raghi schaute in die Runde. «Bauchgefühl. Wer ist für welche Strategie?»

«Dorf», sagten Naveen und Anjali fast gleichzeitig.

Najira überlegte etwas länger, zuckte dann kläglich die Schultern. «Ich habe einfach nur Angst. Wir sind der Burg so nahe. Was wenn mich jemand erkennt?»

Das war eine echte Gefahr. Raghi wog die Vor- und Nachteile ab. «Wir können es nur versuchen. Ich bin auch für das Dorf, denn falls uns beim heimlichen Umfahren jemand entdeckt, erwecken wir von Beginn weg Verdacht.»

16

Raghi übernahm die Zügel, weil er abgesehen von Najira die Kälte am besten aushielt und einen glaubhaften Kutscher abgab. Er ging davon aus, dass die unsterblichen Bewohner des Dorfes ihn als ihresgleichen erkannten, so wie Tomak das getan hatte. Ihm nahmen sie — wahrscheinlich — ab, dass er durch den Schneesturm gefahren war.

Kurz nach dem Aufbruch führte die Straße in weiten Serpentinen über einen Hang nach unten — offenbar in ein Tal. Raghi versuchte sich alle Merkmale seiner Umgebung einzuprägen. Er musste erklären können, wie er den Weg in dem dichten Schneetreiben gefunden hatte. Zum Glück wurde die Antwort kurz darauf eindeutig. Die Straße grub sich in das Terrain ein. Links und rechts wuchs eine Böschung empor und über Raghi bogen sich kahle Äste unter der horrenden Schneelast.

Ab jetzt konnten sie nicht mehr verloren gehen.

Wenig später erschien ein Haus im heftigen Schneetreiben. Es war eine Mühle, wie Naveen vermutet hatte. Raghi konnte das gewaltige Rad erkennen, dessen oberes Ende das gedrungene Steinhaus überragte. Sein unteres Ende reichte tief in einen Graben. Dort musste in der warmen Jahreszeit ein Bach fließen. Eine Fußbrücke, gerade mal so breit wie eine Planke, führte über den Graben zu einer Eingangstür, die kaum von den schmalen Fenstern zu unterscheiden war.

Das konnte unmöglich der Haupteingang sein. Aber das Fenster daneben leuchtete einladend. Einen Versuch war es wert.

Raghi hielt das Gespann an und überquerte die Fußbrücke, dankbar für die hübschen schmiedeeisernen Geländer, die einen Sturz in den mit Schnee gefüllten Graben verunmöglichten. Er betätigte den Klopfer. Nach einigen Augenblicken öffnete sich die schwere Holztür einen schmalen Spalt breit. Wachsame Augen blitzten im Halbdunkel.

Raghi deutete eine Verbeugung an. «Ich grüße dich, ehrenwerte Müllerin. Wir sind Händler und bitten um die Erlaubnis, in Durgins Dämmerung zu rasten. Unterbringung benötigen wir nicht, aber einen Platz, wo wir unser Gefährt abstellen dürfen. Ist das möglich?»

Die Tür öffnete sich ganz. Die Müllerin, eine große und beeindruckend kräftige Frau, musste sich bücken, um in das Schneetreiben hinauszuspähen. «Ihr seid durch diesen Sturm gefahren?»

«Ja, ich. Zuletzt durften wir auf Tomaks Gehöft im Osten rasten. Da war der Sturm noch nicht so schlimm. Wir hofften, er würde aufhören.»

«Da habt ihr leider falsch gedacht. Das hätte euer Tod sein können.» Sie warf einen genaueren Blick auf Raghi. «Oder auch nicht. Wenn ihr möchtet, könnt ihr gleich hier bei mir rasten. Hinter dem Haus gibt es eine überhängende Felswand, wo euer Gefährt vor dem Wind und dem meisten Schnee geschützt ist. Heu für eure Pferde habe ich auch. Mit deiner Bitte kannst du aber auch an jede andere Tür des Ortes klopfen. Jeder von uns kann euch und euer Gefährt unterbringen.»

Nun musste er feinfühlig vorgehen, um ihre Gastfreundschaft nicht zu beleidigen. «Was würdest du bevorzugen? Wir sind zu viert — ich mit meiner Frau und mein Geschäftspartner mit seiner.»

«Dann bleibt bei mir. Ich möchte mich wieder einmal mit Frauen unterhalten, die ich nicht schon mein Leben lang kenne.»

«Ich danke dir für deine Gastfreundschaft. Wo dürfen wir abspannen?»

Sie griff an die Innenwand seitlich der Tür und hielt gleich darauf einen schweren Umhang in der Hand. «Ich zeige es dir.»

Sie führte ihn über die Fußbrücke zurück auf die Straße und von dort das Gebäude entlang.

Hinter der Mühle führte eine massive Steinbrücke über den Graben auf einen weitläufigen ebenen Hof, wo offenbar die Getreidelieferungen eintrafen und abgeladen wurden. Und darüber schwebte drohend der Überhang. Raghi, der die Zügel der Leitstute ergriffen hatte und den Vardo so führte, schluckte leer. Die vorspringende, absolut beeindruckende Felswand bedeckte mindestens die Hälfte des Hofes. So etwas hatte er noch nie gesehen.

«Keine Sorge. Hier kommt nichts runter. Das ist massiver Fels. Die Sage erzählt, dass ihn Drachenfeuer während der Drachenkriege ausgehöhlt und unzerstörbar gehärtet hat. Ich denke, es stimmt. Jedes Werkzeug, das du ans Gestein ansetzt, zerbricht sogleich.»

Wie die Müllerin erwähnt hatte, lag unter dem Überhang kein Schnee. Ein Teil des geschützten Bereichs war mit Vorratsschuppen, Ställen und Koppeln zugebaut. Das Konstrukt erinnerte Raghi an Eterna, wo jeder freie Platz entlang der inneren Stadtmauern für Behausungen, egal wie klein oder schäbig, genutzt wurde.

Raghi stellte den Vardo dicht an der Felswand ab. Die Drachenpferde führte er in eine freie Koppel, die auch einen Stall aufwies.

«Oben an der Leiter findest du Heu. Gib ihnen ruhig großzügig davon in die Raufen. Der vergangene Sommer war gut zu uns.»

Raghi gehorchte.

«Dann ruf deine Gefährten. Ihr kommt mit mir ins Haus rein. Ich sehe, ihr könnt in eurem Wagen leben, doch das ist bei der Kälte nicht angenehm.»

Raghi zögerte. «Wie gesagt, wir sind Händler — für Glasperlen, Federn und Ähnliches. Muss nicht jemand von uns im Wagen bleiben, um ihn zu bewachen?»

Eine ruhige Musterung. Seine Frage schien sie nicht zu beleidigen. «Wenn etwas gestohlen wird, wäre es das erste Mal. Dieser Ort hier ist nicht ungefährlich, aber Diebe kennen wir bislang nicht.»

Raghi zögerte für einen angemessenen Moment, damit ihre Tarnung glaubhaft blieb. «In Ordnung. Dann wagen wir es.» Er kletterte auf die Plattform des Vardos, der sich im Vergleich zu seinen sonstigen Erscheinungsformen ausgesprochen hässlich zeigte. Eine bullige Kiste mit vergitterten Fenstern, das Holz sehr dunkel. Das Dach ein Blech, das zum hinteren Ende abfiel, damit Regen und Schnee leichter abflossen oder wegrutschten. Raghi fühlte sich an einen Gefangenentransporter erinnert.

Allerdings war es das passende Gefährt für Händler in unbekanntem Gelände. Eine kleine Festung. Nicht arm, aber auch nicht übermäßig wohlhabend.

Raghi öffnete die Tür im Vertrauen, dass der Vardo sich für ihre Gastgeberin passend präsentierte. Auf der Innenseite entdeckte er ein Schloss mit einem beeindruckenden Schlüssel.

«Die ehrenwerte Müllerin von Durgins Dämmerung bietet uns in ihrem Haus ihre Gastfreundschaft an. Kommt ihr?»

ES WURDE EIN VERGNÜGLICHER ABEND. Die Müllerin, die sich Solan nannte, war eine intelligente und witzige Gesprächspartnerin, mit der sich selbst Najira auf Anhieb verstand. Während sie gemeinsam kochten, aßen und danach vor dem munter knisternden Feuer saßen, blieb Raghi wachsam. Welche Formen Gastfreundschaft annahm, ließ sich nie im Voraus erahnen. In den einfachsten Behausungen ging es oft am herzlichsten zu, während man bei den Reichen mit dem goldenen Löffel in der Hand seelisch und körperlich verhungerte.

Gelöst, wie die Stimmung war, galt es besonders aufzupassen, damit sie sich nicht verplapperten.

«Denkst du, es gibt einen Markt für unsere Waren in Durgins Dämmerung? Und wie können wir sie euch anbieten?», fragte Anjali, als das Gespräch für einen Augenblick abflaute.

«Einen Markt gibt es auf jeden Fall. Und zum Ort: Wir haben eine große Scheune weiter vorn im Dorf, wo wir zweimal in der Woche im Trockenen Markt halten. Anders geht es bei unserem rauen Klima nicht. Während der Markttage schauen alle vorbei. Gestern fand der Letzte statt. Der Nächste ist übermorgen. Und bevor ihr fragt: Ihr dürft so lange bei mir bleiben.»

Anjali lächelte. «Herzlichen Dank. Das ist sehr großzügig von dir. Tomak hat uns auch von Ailwens Mine berichtet. Wie sieht es dort aus?»

Solan wiegte nachdenklich den Kopf hin und her. «Ailwens Mine, wie der Name sagt, ist eine Bergbau-Gemeinde. Im Ort wohnen nicht allzu viele Menschen. Die eigentlichen Bergleute leben mit ihren Familien in Camps auf den Hängen rund herum — dies das ganze Jahr über. Es sind äußerst zähe und starrsinnige Leute, sonst würden sie es in den Bergen des Westens nicht aushalten. Doch selbst ihnen könnte dieses ungewöhnlich kalte und heftige Wetter zu viel sein, sodass sie lieber in ihren Lagern bleiben.»

«Wie steht es mit Abgaben und dergleichen? Müssen wir uns bei einer Zollstelle anmelden, damit wir auf dem Markt verkaufen dürfen?»

Puh, zum Glück wusste Naveen etwas mehr über das Händlerdasein als Raghi. Auf diese Frage wäre er nicht gekommen, obwohl er auf allen Märkten Eternas herumgestreift war — bei Tag und Nacht, auf den erlaubten und den verbotenen, illegalen, deren Besuch von der Obrigkeit mit dem Tod bestraft wurde.

«Das ist eine Unsitte der Städte des Ostens. Wenn ihr euch erkenntlich zeigen wollt, übergebt unserem Bürgermeister ein kleines Präsent für seine Frau und Tochter. Solche Gesten werden bei uns geschätzt.»

«Das machen wir gern. Was ist mit dem Fürstensitz? Angeblich gibt es hier einen.»

Anjalis Frage veränderte das gesamte Gebaren der Müllerin. «Im Osten nennt man es einen *Fürstensitz*?» Sie klang empört und ihre Augen blitzten.

«Ja», bestätigte Anjali kleinlaut. «Habe ich etwas Falsches gesagt?»

Solan atmete einige Male tief durch. Sie schien sich beruhigen zu müssen. «Seit dieser elende Kerl hier auftauchte, ist nichts mehr wie früher. Er sät gezielt Missgunst in unserer Gemeinschaft, indem er Einzelne bevorzugt und reich macht. Jedenfalls versucht er es. Wir konnten ihm zu vielleicht neunzig Prozent widerstehen.»

Im Raum breitete sich ein unbehagliches Schweigen aus. Die Freunde tauschten einen langen Blick.

Naveen biss sich auf die Lippen, setzte dann zögerlich zu einer Frage an. «Bitte sag uns, wie wir uns verhalten sollen. Deine Reaktion zeigt uns, dass etwas an der Situation nicht stimmt. Wir möchten dich nicht in Gefahr bringen. Sollen wir dir etwas aus unserer Welt des Ostens erzählen, um davon abzulenken, oder sollen wir Interesse am Thema zeigen? Das hier ist dein Haus. Als Gäste gehorchen wir deinen Regeln.»

Die Müllerin dachte nach. Sie hatte die Zähne zusammengebissen. Raghi erkannte es an ihren stark hervortretenden Wangenmuskeln.

«Es ist besser, wenn wir darüber sprechen. Es kann sein, dass ihr in seinen Fokus geratet. Manchmal interessiert er sich für die Waren der durchreisenden Händler.»

«Wir hören», bestätigte Raghi. «Was müssen wir wissen?»

«Der Kerl ist voll durchgedreht. Ich kann es nicht anders sagen. Meistens habt ihr es nur mit seinen Lakaien zu tun. Sie scheinen die Anweisung erhalten zu haben, dass sie anständig mit uns umgehen müssen und uns nichts tun dürfen. Wir — und damit meine ich jene, die sich ihm nicht in der Hoffnung auf Vorteile unterworfen haben — verhalten uns irgendwo zwischen zuvorkommend und kooperativ, sagen aber auch sofort nein, wenn etwas nicht möglich ist. Als Beispiel: In harten Wintern kam es schon vor, dass sie mir das Getreide abkaufen wollten, das für die Dorfbewohner reserviert ist. Ich lehnte ab mit dem Argument, dass die Menschen hier dann hungern müssen. Interessanterweise wurde das akzeptiert und es gab keine negativen Konsequenzen. Ich muss euch sicher nicht erzählen, wie so etwas normalerweise abläuft.»

Alle schüttelten den Kopf.

«Mit ihm ist es eine andere Sache. Ihr wisst nie, woran ihr seid. Er kann im gleichen Atemzug zwischen einem Lachen und einem Wutanfall hin und her wechseln. Ich kann ihn nicht ausstehen.»

«Wie gefährlich ist er?», fragte Najira leise.

«Ohne Zweifel sehr gefährlich. Täuscht euch darin nicht. Aber er hat bisher noch niemandem von uns etwas getan.»

«Wie geht ihr mit ihm um?»

Offenbar ließ sich Raghis Frage nicht ganz einfach beantworten, denn die Müllerin dachte länger nach. «Ich wünschte, ich könnte dir ein allgemeingültiges Rezept geben. Ihr habt wahrscheinlich als Gruppe mit ihm zu tun, nicht einer von euch allein. Ich rate euch deshalb dazu, vorher zu überlegen, wer von euch die höchste Sozialkompetenz hat. Diese Person soll ihm dann antworten. Ein Gespräch mit ihm ist wie der sprichwörtliche Tanz auf einem Vulkan. Und seine Launen wechseln schneller als das Wetter hier im Gebirge des Westens. Man muss sich die ganze Zeit anpassen und umstellen. Ich habe mich immer geweigert, in irgendeiner

Form vor ihm zurückzuweichen oder zu kuschen. Für mich hat das funktioniert. Dabei ist mir allerdings des Öfteren das Herz in die Hose gerutscht.»

«Was d…?»

Ein heftiges Klopfen unterbrach Raghis Frage. Alle fuhren erschreckt zusammen.

Die Müllerin schaute zum Eingang. «Das darf jetzt aber nicht wahr sein», wisperte sie.

«Müllerin! Wir haben Geschäfte mit dir.»

Keine Frage. Ein Befehl.

Raghi schaute zu Najira. Das Drachenmädchen war blasser geworden als Schnee, ihr Gesicht transparent, ihre Miene von lähmender Furcht erfüllt.

«Ich komme», rief Solan.

Kaum hatte sie die Tür geöffnet, drängten drei Männer in den Raum. Ihr Gebaren ließ keinen Widerstand zu.

Panik fuhr eiskalt durch Raghis Knochen. Sie hatten etwas nicht bedacht. Lyrrhodenais Leute hatten sie in Aeriels Quellen gesehen und konnten sie jederzeit wiedererkennen. Andere Kleidung und eine neue Umgebung boten keinen hinreichenden Schutz. Die entscheidende Frage war, wo auf der Zeitachse sie sich gerade befanden und wo der Markt der Ghitains in Aeriels Quellen. Lag Letzterer in der Zukunft? Und falls ja, änderte sich etwas an der Zukunft, wenn Lyrrhodenais Leute ihn und seine Freunde nun sahen?

Zeitreisen waren wirklich die Hölle.

Der Anführer der Männer trat an den Tisch und musterte die Freunde ausgiebig. Seine Körperhaltung enthielt eine implizite Drohung.

Raghi schoss auf die Füße. «Ich weiß nicht, wer du bist, Herr, doch dein Verhalten ängstigt meine Frau.» Besitzergreifend und mit absoluter Selbstverständlichkeit legte er eine Hand auf Najiras Schulter. «Das gehört sich nicht. Insbesondere nicht in einem Haus, dessen Gastfreundschaft wir genießen und in dem du ebenfalls zu Gast bist. Bitte stell dich uns vor und nenne dein Begehr.»

Nun fokussierte sich die intensive Musterung auf ihn. Der Anführer der Gruppe war ein jüngerer, hochgewachsener Mann, vielleicht um die dreißig Jahre, mit langen braunen Haaren und karamellbraunen Augen. Unter normalen Umständen hätte Raghi ihn sympathisch und attraktiv gefunden. Wären sie sich bei einem seiner früheren Streifzüge durch die Bordelle Eternas begegnet, hätte er sicher den Kontakt gesucht und vielleicht mehr. Sein Gespür für Menschen sagte ihm, dass dieser Mann einst Anstand und Ehrgefühl besessen hatte. Aber nicht mehr. Der Ausdruck seiner Augen war tot, als hätte er absolut Furchtbares gesehen, und seine Miene zeigte, dass seine aufs Äußerste strapazierte Seele jederzeit zerbrechen konnte.

Lyrrhodenais Dienste forderten einen furchtbaren Tribut.

«Und wer bist du?», gab der Mann die Frage zurück.

«Auch das verletzt die Regeln des Anstands. Ich habe dich zuerst und in aller Höflichkeit gefragt.» Inzwischen war Raghi wütend, für ihn ein nützlicher Zustand. Wenn das Blut wie kochendes Eis durch seine Adern raste, wurde er nicht etwa unvorsichtig. Stattdessen fokussierten sich seine Gedanken, wurden kristallklar und ermöglichten blitzschnelle Reaktionen. In solchen Momenten lief er zur Höchstform auf.

«Mein Name ist Roamar. Ich diene dem Herrscher dieses Ortes als Seneschall.»

Die Müllerin trat neben den Mann. «Deine Antwort verletzt immer noch die Regeln der Höflichkeit und Gastfreundschaft, Roamar. Lyrrhodenai ist Fürst über sein Hochtal, das wir ihm seinerzeit zur Nutzung überlassen haben. Wir sind ein freier Ort, regiert von unserem Bürgermeister. Ich verstehe nicht, weshalb du meine Gäste anlügst.»

Höflicher konnte man eine derartige Zurückweisung nicht formulieren. Doch das war nur die Oberfläche. Raghi spürte, dass auch Solan innerlich kochte.

Endlich gab der Mann nach und bewies damit, dass Solans Rat korrekt gewesen war. Man durfte in der Konfrontation auf keinen Fall nachgeben.

«Mein Fürst hat gehört, dass Fremde im Dorf sind. Händler. Er will wissen, womit ihr handelt. Sollten eure Waren ihn interessieren, fordert er eure Dienste.»

Sie hatten sich durchgesetzt. Nun war es an der Zeit, ein Stück weit nachzugeben. «Mein Name ist Cadric. Dies hier ist mein Geschäftspartner Corbin und dies sind unsere Ehefrauen.» Mit diesen Namen hatten sie sich auch Solan vorgestellt. «Wir handeln mit exotischen Federn und Muscheln und stehen deinem Herrn bei Interesse gerne zur Verfügung. Die ehrenwerte Müllerin hat uns bereits angeboten, dass wir unsere Waren in zwei Tagen auf dem Markt hier in Durgins Dämmerung verkaufen dürfen.»

Bei der Erwähnung ihrer Handelswaren hatte ein Muskel in Roamars Gesicht verächtlich gezuckt. «Du meinst, ihr handelt mit Tand?»

«Du magst unsere Güter so nennen. Für unsere Kunden entsprechen sie erschwinglichem Luxus.»

«Pah, ich verschwende hier meine Zeit.» Er machte auf der Ferse kehrt, nickte aber immerhin Solan zum Abschied kurz zu. Seine Männer, die neben der Tür Wache gehalten hatten, folgten ihm in den Schneesturm hinaus. Dabei ließen sie die Tür einfach offen.

Solan schloss sie und kehrte kopfschüttelnd zu ihren Gästen zurück. «Seltsam. Mit Roamar kann man es sonst aushalten. Etwas hat sie aufgescheucht.»

Najira wurde bei der Bemerkung noch blasser.

«Erst jetzt oder schon länger?», fragte Raghi. Konnte es sein, dass Najira gerade eben aus ihrer Jahrtausende andauernden Gefangenschaft geflohen war? Einen dümmeren Zeitpunkt, hier aufzutauchen, gab es nicht.

«Ich muss darüber nachdenken.»

«Dann bedanken wir uns für deine Gastfreundschaft und kehren zu unserem Wagen zurück. Wir wünschen dir eine gute Nacht.» Raghi hielt Najira die Hand hin. Die Geste kam ganz natürlich. Sie legte ihre hinein. Furchtbar, wie domestiziert er schon war.

«Ich danke euch für euer Verständnis und eure Gesellschaft. Kommt fürs Frühstück, sobald ihr wach seid. Sollte ich noch schlafen, macht es euch vor dem Feuer gemütlich. Ihr werdet nicht lange warten müssen. Ich stehe früh auf.»

IM VARDO ERWARTETE sie ein mit Kissen ausgelegter Raum. Lampen mit magischem Licht tauchten alles in einen goldenen Schein. In der Mitte erhob sich eine offene Feuerstelle, in der knisternde Flammen tanzten. Ein Trichter aus Metall fing den Rauch ein und leitete ihn über ein Rohr durch das Dach ab.

Alle magischen Tiere hatten sich versammelt. Die kleineren verteilten sich auf den Kissen. Die Drachenpferde und Desert Rose lagen den Wänden entlang auf Betten aus duftendem Stroh.

Naveen schloss die Eingangstür des Vardos. «Offenbar halten wir Kriegsrat.»

Das war auch nötig. Seit Tomaks Hof hatten sie alles gegeben, um Durgins Dämmerung zu erreichen. Dabei war keine Zeit geblieben, über das Gelernte zu sprechen und die Informationen zu gewichten.

«Raghi, kannst du …?» Naveen fuhr sich durch die Haare. «Kannst du bitte unsere Überlegungen leiten? Mein Herzschlag jagt immer noch.»

«In Ordnung.» Raghis Stimme klang sicher. Innerlich zitterte er. Sie befanden sich in der Höhle des Löwen. Er war ein Einzelgänger. Nun trug er die Verantwortung für seine Freunde — zwei davon sterblich. Wo beginnen?

Es half nicht, dass sein Seelenschatten sich von ihm trennte und zwischen den magischen Tieren Platz nahm, Raghi fest im Blick der brennenden Höllenaugen.

«Ging euch gerade das Gleiche durch den Kopf?» Anjali sank in die Kissen und hob das am nächsten liegende Doggycorn auf ihren Schoß. «Najiras Flucht hat sie aufgescheucht?»

Inzwischen saßen alle. Najira zog die Knie an, schlang die Arme darum und machte sich ganz klein. «Seid ihr sicher, dass wir hier drin so offen sprechen dürfen?»

Ranken entstanden aus den Dielen und umspielten ihre Beine zärtlich-beruhigend.

«Der Vardo bestätigt das. Also tun wir es. Wer weiß, wann wir wieder Gelegenheit dazu bekommen.» Raghi starrte aus schmalen Augen in die Flammen.

Was hatte ihm seine Nana immer gesagt, wenn er ihr als kleiner Junge etwas erzählen wollte und sich vor Aufregung verhaspelte?

Beginne am Anfang und hör nicht auf, bis du das Ende erreichst.

«Ich fasse kurz die Sequenz dieser Zeitlinie zusammen. Lyrrhodenai ist ein Reisender auf den Treppen der Ewigkeit. Er taucht vor Jahrtausenden hier auf, beginnt den Bau seiner Festung und führt seine Zeitreisen fort. Auf einer davon findet er dich, Najira. Er wirbt um dich. Du gibst ihm eine Träne von dir. Er nimmt dich gefangen und bringt dich in diese Zeitlinie. Durch die Träne wird er unsterblich, oder vielleicht war er es auch schon. Es folgen Jahrtausende der Gefangenschaft. Du entkommst — in dieser Zeitlinie offenbar gerade eben. Um Lyrrhodenai zu entgehen, fliehst du durch Zeit und Raum, kehrst aber aus irgendeinem Grund doch wieder in diese Zeit zurück, wo du — offenbar in den nächsten Tagen — mich und die Ghitains findest.»

Najira, der Tränen über die Wangen liefen, rekapitulierte die Worte in ihren Gedanken. «Ja.»

«Wieso eigentlich?» Naveen räusperte sich. «Ich meine, wieso bist du wieder in diese Zeit zurückgekehrt?»

«Weil meine Zukunft in der Vergangenheit bereits geschehen war. Sie bot mir kein Versteck.»

Ihre Erklärung schlug wie eine Bombe ein. «Was?!» — «Häh?» — «Ich verstehe nicht …», schallten die Ausrufe der Freunde durcheinander.

«Das musst du uns erklären», verlangte Anjali.

Najira stutzte. «Mal sehen, ob ich das kann. Wir alle haben einen Zeitpunkt und einen Ort im Gefüge des Multiversums, wo wir hingehören. Das eine ist nicht vom anderen trennbar. Unser ganz eigenes Jetzt. Ihr Ghitains bezeichnet das als Vorsehung. Wenn ihr zudem die richtigen Entscheidungen für euren Lebensweg fällt, nennt ihr es Dharma. Ergibt das so weit für euch einen Sinn?»

Eigentlich nicht, aber Raghi mochte nicht mehr über die Auswirkungen von Zeitreisen nachdenken. Tatsachen einfach abzunicken machte das Leben weit einfacher — und verhinderte den unumgänglichen Knoten im Hirn.

«So ungefähr», bestätigte Naveen.

«Vom Jetzt aus liegt die Vergangenheit hinter uns und die Zukunft vor uns. Reisen wir zurück in unsere Vergangenheit, ist ein Teil unserer Zukunft bereits festgelegt und über diesen können wir leicht von jemandem wie Lyrrhodenai gefunden werden.»

Anjali zog die Brauen zusammen. «Gilt das auch für Raghi?»

«Raghi kommt aus der fernen Zukunft. In dieser Zeit hat er noch nicht gelebt. Deshalb nein. Hinzu kommt, dass die Wächter ihn über die Treppen der Ewigkeit hinabgesandt haben, um hier eine Aufgabe zu erfüllen. Deshalb gelten für ihn nochmals andere Regeln.»

«Moment mal», protestierte Raghi. «Ich habe mich aus eigenem Antrieb die Treppen hinabgestohlen. Ich kam freiwillig.»

Najira sandte ihm einen *Das glaubt du doch selbst nicht*-Blick. «Deine Freundin Faya? Sie gehört zum Rat der Wächter.»

Damit bestätigten sich Raghis finsterste Vermutungen. Also doch! Genau wie bei Emilio, dem Wolf des Südens. Dabei hatte sich Raghi geschworen, dass ihm so etwas nie passieren würde.

Anjali wirkte besorgt. «Najira, woher weißt du das plötzlich alles? Das ist doch neues Wissen.»

«Oh!» Najira stutzte. «OOOOH! Offenbar werde ich langsam zu einem richtigen Drachen. Wir können Zusammenhänge erkennen, ohne sie gelernt zu haben. Die wirklich alten und erfahrenen von uns konnten das gesamte Uhrwerk des Multiversums betrachten.» Ihre babyblauen Augen richteten sich in Leere. «Es ist wie ein Nebel, der sich lichtet. Unglaublich!»

«Siehst du, wie wir Lyrrhodenai besiegen können?» Raghi fühlte Hoffnung. Auch Najira war nicht grundlos da. Vielleicht war es ihre Aufgabe, den Dreckskerl zu vernichten.

«Nein.» Sie ließ die Schultern hängen. «Das wäre zu schön gewesen.» Sogleich ruckte sie wieder hoch. «Aber … ich weiß etwas anderes. Wo Lyrrhodenai herkommt. Kann das sein?» Ihre Aufmerksamkeit richtete sich nach innen. «Was für ein gemeines Komplott!»

«Erzähl uns davon.» Naveen beobachtete sie gebannt.

Auch Raghi konnte sich der Faszination nicht erwehren. Erfuhren sie nun endlich, worum es ging?

«Das ist nicht einfach. Vielleicht habe ich nicht alle Begriffe. Der Zunftmeister von Raghis Mördergilde … Castelalto?» Sie schaute zu Raghi, der bestätigend nickte. «Er will sich zum Herrscher über die Zeit aufschwingen. Dazu braucht er die Magie der Ghitains. Und deshalb sollt ihr bald sterben. Und — mmh, das ist kompliziert — er hat so etwas wie erste Gefolgsleute, die älter sind als all jene, die er über die Jahre hinweg als Lehrlinge versklavt hat. Ihr nennt sie … die Altvorderen?»

Raghi schauderte unwillkürlich, als er sich an seine furchtbaren Konfrontationen mit ihnen erinnerte. «Ja. Angeblich waren Castelalto und

die heutigen Altvorderen gemeinsam Lehrlinge in der früheren Mördergilde von Eterna. Sie rebellierten, folterten den damaligen Zunftmeister zu
Tode und übernahmen die Macht. Ob sie danach Castelalto zum neuen
Zunftmeister bestimmten oder ob er die Funktion irgendwie an sich riss,
weiß ich nicht. Die Vorgänge sind nicht allgemein bekannt, weder in der
Gilde, noch in der Bevölkerung Eternas. Faya erzählte sie mir, kurz bevor
ich selbst die Treppen hinabstieg.»

«Erzähl weiter, Najira», bat Naveen, als sie nach Raghis Erläuterung
nicht gleich weitersprach.

Sie kam seiner Aufforderung nach und wirkte dabei tief in sich versunken. «Ich glaube, es war beides. Die Altvorderen betrachten ihn als den
Ersten unter ihresgleichen. Gleichzeitig ließ er nie einen Zweifel daran,
dass ihm die Rolle zustand. Lyrrhodenai — er ist Castelaltos Sohn, einer
von mehreren. Er wurde einige Jahre nach dir geboren, Raghi. Ungefähr
drei. Wäre er in deiner Zeit geblieben, wäre er also neunzehn Jahre alt.»

«Was …?!» Die Dielen unter Raghi schienen sich aufzulösen. Er fiel in
einen Abgrund, während Terror sein ganzes Sein überflutete. «Von dem
Kerl gibt es inzwischen mehrere?»

Sein heftiger Ausruf riss Najira aus ihrer Versunkenheit. Sie setzte sich
neben Raghi und umarmte ihn. Sein Seelenschatten tat es ihr auf seiner
freien Seite gleich.

«Nur weil der Vater abgrundtief böse ist, müssen nicht alle Söhne
seinen Fußstapfen folgen. Oder?» Naveens Hoffnung klang gespielt.

«Du willst nicht wissen, wie er sie aufziehen und ausbilden ließ. Ich
wünschte, ich könnte das wieder vergessen. Diese armen Kinder! Ihr Lehrlinge, Raghi, ihr hattet im Vergleich dazu noch halbwegs Glück.»

In Raghi regte sich Mitgefühl für Lyrrhodenai — das Allerletzte, was er
für ihren Widersacher fühlen wollte. Seine Lebensgeister erwachten. Er
schob Najira und seinen Seelenschatten von sich, allerdings nur ein kleines
Stück, um seinem Widerspruchsgeist Genüge zu tun. Um die beiden ganz
wegzustoßen, fühlten sich die Berührungen zu gut an.

Er dachte zurück an seine Begegnung mit Lyrrhodenai in Aeriels Quellen. Die Ähnlichkeit war tatsächlich da. «Wie genau geht das alles zeitlich
auf?»

«Ausgehend von deinem Eterna stieg Lyrrhodenai kurz vor dir die

Treppen hinab. Aber er stieg tiefer in die Vergangenheit und treibt sich seither nach Belieben darin herum.»

Lyrrhodenais «seither» umfasste Tausende von Jahren, Raghis hingegen wenige Monate. Noch so eine Tatsache, die einen wirren Knoten in seiner Vorstellungskraft erzeugte.

«Was seltsam ist.» Najira starrte aus schmalen Augen ins Leere. «Die Wächter der Treppen haben vor langer Zeit Castelaltos Blut gebannt, um die Treppen seinem Zugriff zu entziehen. Er und seine Nachkommen können sie weder sehen, noch erscheinen lassen.»

Wieso war Lyrrhodenai dann hier?

Mit Verspätung ging Raghi etwas auf. «Auch wir könnten über Zeitreisen alles Nötige lernen, um ihn zu besiegen, also seine eigene Strategie gegen ihn verwenden.»

Anjali wackelte mit dem Kopf. «Mein Verstand sagt Ja, mein Bauchgefühl Nein. Die Treppen der Ewigkeit haben dich genau hier in dieser Zeit aussteigen lassen. Das bedeutet etwas.»

«Vielleicht nur, dass ich auf euch treffen musste.»

«Selbst wenn es so ist, wird Lyrrhodenai immer einen Vorsprung haben», wandte Naveen ein. «Ihr seid gleichzeitig eingestiegen, aber er tauchte tiefer in die Zeit ein. Das kannst du nicht mehr aufholen.»

Konnte er nicht? Es schien so einfach. Raghi platzte bald der Kopf.

In so einem Moment konnte er sich nur auf seinen Instinkt verlassen. Naveen als Ghitain war selbst ein Meister der Zeit. Wenn er das sagte, musste es stimmen.

«Wie konnte Lyrrhodenai die Treppen nutzen, wenn sein Blut gebannt wurde?», nahm Anjali den Faden wieder auf.

Najira schnaubte. «Mein Drachenwissen brauchte ein wenig, doch inzwischen weiß ich es. Durch eine perfide List. Castelalto hat dafür einen seiner Altvorderen geopfert. Ich verstehe das Machtgefüge in Raghis Eterna noch nicht wirklich, aber es gibt sterbliche und unsterbliche Wächter für die Treppen der Ewigkeit. Durch eine Intrige Castelaltos schien es, als würde der Altvordere eine besondere Gefahr im Zusammenhang mit den Treppen darstellen, sodass die Wächter ihn ausschalten wollten. Er wurde gefangen genommen. Als er sich im Gewahrsam der sterblichen Wächter befand, gelang es Castelalto, diese zu beeinflussen. Bei Sterblichen ist das einfacher als bei Unsterblichen. Statt den Altvorderen nur gefangen zu setzen, stießen sie ihn die Treppen der Ewigkeit hinab. Castelalto flüsterte ihnen ein, dass er dort der Gegenwart nicht gefährlich werden könne.»

«Nur war der Hinabgestoßene nicht der Altvordere, sondern Lyrrhodenai.» Raghi schüttelte seufzend den Kopf. «Ein klassisches Täuschungsmanöver. Und sobald Lyrrhodenai sich auf den Treppen befand, hafteten ihm ihre Kraftlinien an, die ihn mit seiner Gegenwart verbanden. Erinnert euch — Tomak beschrieb, dass sie ihn wie ein Gespinst umgaben. Über dieses Gespinst konnte er die Treppen jederzeit wieder herbeirufen, selbst wenn sie für ihn unsichtbar waren.»

«Damals unsichtbar waren», korrigierte Anjali. «Ich bin sicher, er hat den Blutfluch, der sie vor ihm verbarg, längst überwunden.»

«Wie ist das bei mir, Najira? Niemand hat je etwas erwähnt, dass mich ein Gespinst aus Kraftlinien umgibt.»

«Das tut es auch nicht. Du sollst hier sein. So haben es die Wächter bestimmt. Dich verbindet eine einzige Kraftlinie mit der Gegenwart und nur die Wächter können sie sehen. Lyrrhodenai ist durch die Zeit geborsten wie jemand, der durch ein Spinnennetz läuft.»

Sie schwiegen, während jeder seinen eigenen Gedanken nachhing.

Anjali atmete tief ein. «Wir sollten noch besprechen, wie wir weiter vorgehen wollen. Lyrrhodenai weiß, dass Händler im Ort sind. Sein Handlanger hat uns bereits ausgekundschaftet. Wie reagieren wir, wenn er unsere Bekanntschaft sucht?»

«Ich denke, dass unsere Strategie gerade eben funktioniert hat», sagte Raghi. »Wenn es für euch in Ordnung ist, lasst weiterhin mich reden und mit ihnen verhandeln. Auch wenn wir damit möglicherweise nicht den Umgangsformen im Ort entsprechen, scheint unser patriarchalischer Ansatz gut zu funktionieren.»

Anjali schmunzelte matt. «Du meinst, die Männer reden, die Frauen haben zu schweigen?»

«Ja, denn so können wir umgehen, dass Najira direkt mit ihnen sprechen muss. Falls jemand auf sie zugeht, kann ich verlangen, dass sie mit mir reden und ich die Fragen an Najira weitergebe.»

«Das sind ganz archaische Umgangsformen. Ich bezweifle, dass uns die jemand abnimmt.»

Raghi zuckte die Schultern. «Sie haben sie uns soeben abgenommen. Erinnere dich: Ich habe euch Frauen Roamar nicht namentlich vorgestellt, nur Naveen und mich.»

«Wir brauchen einfach eine gute Begründung.» Naveen rieb sich die Stirn. «Und als fahrende Händler haben wir diese. Wir tun es, um unsere Frauen zu schützen. Weil sie belästigt wurden, als sie die Geschäfte führten.»

«Dann lasst es uns versuchen. Und wie verhalten wir uns in den nächsten Tagen konkret? Warten wir ab, was passiert?» Wie so oft übernahm Anjali die Planung.

«Das wäre meine Strategie. Unser nächstes Ziel ist der Markt übermorgen. Bis dahin sollten wir die Zeit nutzen, um unauffällig Informationen zu sammeln und zu beobachten. Dieser Ort könnte eine Schlüsselrolle in unserer Auseinandersetzung mit Lyrrhodenai spielen. Wir müssen wissen, woran wir sind.»

Raghis Vorschlag erhielt allgemeine Zustimmung.

«Dann vertreiben wir uns jetzt die Zeit, bis wir müde genug zum Schlafen sind?»

Naveens unschuldig gemeinte Frage löste ein ersticktes Prusten von Anjali aus.

Najira hingegen grinste. «Ich wüsste da was.» Suggestiv hob sie die Augenbrauen.

Naveen errötete. «Diese Hintergedanken hatte ich nicht, als ich das sagte.»

«Ich aber, als ich es hörte.» Anjali rückte zu Naveen. «Jede Stunde kann unsere Letzte sein, Liebster. Wir sollten jeden Moment genießen.»

«Ich sah vorhin, wie du Roamar gemustert hast, Raghi. Vielleicht sollte ich mich für dieses Mal in einen Mann verwandeln», sagte Najira keck.

Nun war es Raghi, dem die Röte in die Wangen stieg. Schon verrückt! Früher war ihm nichts peinlich genug gewesen. Nun reichte eine Bemerkung dieser kleinen Klugscheißerin, um ihn verlegen zu machen. «Wie konntest du das sehen, Najira? Ich dachte, du hattest Angst vor Roamar?»

«Angst macht nicht blind. Und? Wie stehst du zu meinem Angebot?»

Raghi warf einen Seitenblick zu Anjali und Naveen, die etwas konsterniert wirkten. «Lass uns das in unserem Bett besprechen. Dort ist der richtige Ort dafür.»

Er war erstaunt, als Naveen plötzlich breit grinste. «Ich habe mich immer gefragt, welcher Deckel auf deinen Topf passt, Raghi. Ich kann nur sagen, du hast ihn gefunden.»

Raghi befürchtete das auch. Und mit jedem Tag verliebte sich sein Herz etwas mehr, obwohl das schon gar nicht mehr möglich schien.

17

Es war nach Mitternacht, als Raghi sich vorsichtig von Najira löste und aus dem Bett schlüpfte. Er nahm seine Kleider, die wild im Schlafgemach verstreut lagen, und schlüpfte in den Hauptraum des Vardos. Dort sah es immer noch gleich aus wie vorhin, als sie Kriegsrat gehalten hatten. Überall schliefen magische Tiere. Die wenigsten schauten auf, als er sich leise anzog und hinaus ins Freie schlich.

Er fühlte sich seltsam. Zugleich ekstatisch und ausgehöhlt.

Najira war absolut schamlos. Ihr Zusammensein ... Raghi schluckte leer. Nun wusste er, was er im Licht und Schatten Eternas gesucht hatte, auf seinen Streifzügen durch die Bordelle, Gossen und jene Häuser, in die man ihn eingelassen hatte. Es war eine verrückte Liebe. Eine, die es unter Sterblichen nicht geben konnte. Najira hatte tatsächlich die Form gewandelt und sie hatten ohne Scham oder Grenzen miteinander gespielt.

Für das zweite Mal hatte sie ihn verwandelt. Und die darauffolgenden Male gerieten in Raghis Erinnerungen zu einem Taumel der Leidenschaft, dessen einzelne Elemente er nun, im Nachhinein, nicht mehr separieren konnte.

Es war unbeschreiblich schön gewesen.

Wie sollte er das jemals wieder aufgeben können? Er war nicht der geeignete Partner für Najira. Ihre Drachenkräfte begannen zu erwachen.

Lange würde sie es nicht mit ihm aushalten. Nur zu bald würde sie sich nach ihresgleichen sehnen und ihn verlassen. In den wenigen Wochen, die sie sich kannten, hatte sie einen weiten Weg zurückgelegt. Inzwischen mochte er sie nicht einmal mehr zum Spaß oder aus Ärger Missy Waschlappen nennen.

Es fühlte sich nicht richtig an.

Mehrmals schon hatte das Drachenmädchen Mut und Verstand bewiesen. Zuletzt in der vergangenen Nacht. Sie hatten es nicht thematisiert, aber durch Roamars Besuch mussten all ihre alten Wunden wieder aufgebrochen sein.

Dafür hatte sie sich fantastisch gehalten. Raghi kannte Lehrlinge aus der Mördergilde, die unter den gleichen Umständen eingeknickt wären oder sich durch dummes Verhalten verraten hätten. Najira nicht. Trotz ihrer Angst hatte sie durchgehalten und ihm vertraut, dass er die Situation, die in eine heftige Konfrontation auszuarten drohte, regeln konnte.

Draußen hatte sich der Sturm in friedlichen Schneefall verwandelt. Die Flocken fielen dicht und schienen die bissige Kälte zu verdrängen, bis sich fast ein Gefühl der Wärme einstellte. Raghi kannte diese Wetterlagen von seiner Jugend auf den Eisinseln und hatte sie geliebt. Dann wurde das immerwährende Tosen des Meeres um die schroffen Kliffs der Inseln zu einem sanften Murmeln. Stille legte sich über das Land und es schien keine anderen Menschen außer ihm zu geben. Kurze Momente des Glücks für einen einsamen Jungen, der keine Zukunft zu haben schien.

In Durgins Dämmerung gab es kein Meer. Die Stille war absolut. Raghi hörte das Rieseln jeder einzelnen Schneeflocke, die sich an ihre Gefährten auf dem Boden schmiegte.

Tief atmete er durch und hoffte, dass die reine Luft sein Elend verdrängte. Er hatte soeben die schönsten Stunden seines Lebens verbracht. Nun war er so unglücklich wie noch nie zuvor. Wieso musste ihm das Schicksal zeigen, was er nicht haben durfte — nicht haben konnte? Es war einfach nur unfair.

Das Geräusch von Schritten ließ ihn aus seinem Selbstmitleid aufschrecken. Rasch glitt er hinter dem Vardo in Deckung. Der dichte Schneefall machte es schwierig, doch mit seiner ausgezeichneten Nachtsicht und im sanften Licht der Laterne, die über dem Eingang der Mühle brannte, erkannte er die Gestalt eines Mannes. Jener blieb vor der Tür der Mühle stehen und kratzte leise am Holz.

Die Tür öffnete sich. Raghi erkannte Solans Gestalt im schwach erhellten Haus. Sie ließ den Mann ein.

Die Heimlichkeit, mit der das Treffen vonstattenging, machte Raghi misstrauisch. Er musste wissen, was die beiden besprachen. Seine Einschätzung, dass die Müllerin, wenn nicht auf ihrer Seite, so doch gegen Lyrrhodenai war, konnte täuschen. Verrat hatte viele Gesichter.

Raghi huschte über den Hof. Wie stets hatte er sich seine Umgebung laufend eingeprägt. Er vermutete, dass das Dachgeschoss des Wohnhauses als Kornspeicher diente. Ein Hebegalgen und eine zweiflügelige Tür im Giebel des Hauses deuteten auf diese Nutzung hin. Wenn es ihm gelang, ins Dachgeschoss zu klettern, konnte er die beiden wahrscheinlich belauschen. Er hatte Spalten in der Decke des Wohnbereichs gesehen, wo die Dielen des Obergeschosses nicht genau zusammenpassten.

Die Herausforderung war, im pulverigen Schnee so wenig Spuren wie möglich zu hinterlassen.

Zum Glück schien Solans Mühle geschäftig zu sein. Auf dem Hof lag der Schnee nur knöcheltief. Wahrscheinlich wischte sie ihn regelmäßig weg, was nicht vollständig möglich war, weil jedes Fahrzeug mit seinen Rädern und Kufen neue Eisspuren auf den Boden presste. Auf dem unebenen Untergrund würden Raghis Fußspuren am Morgen kaum auffallen — es sei denn, es hörte auf zu schneien.

Wie er schon bei der Ankunft entdeckt hatte, führte neben der Mühle eine Treppe ins Obergeschoß. Raghi kletterte die Stützkonstruktion hoch. Die schneebedeckten Balken verursachten eisige Nadelstiche in seinen Handflächen und er musste sich konzentrieren, um nicht abzurutschen. Trotzdem war das der sichere Weg, denn mit dem Haus verbundene Treppenstufen leiteten immer Geräusche in den Innenraum weiter.

Ganz vorsichtig öffnete er die mit einem Riegel gegen Tiere gesicherte Tür. Offenbar stellten die Menschen des Tals tatsächlich keine Gefahr für Solans Kornvorräte dar. Die Scharniere waren gut geölt und bewegten sich lautlos. Bereits hörte Raghi dumpfe Stimmen.

Er legte sich auf den Bauch und glitt über den staubbedeckten Boden zu einer Ritze, durch die Licht drang.

«Eine seltsame Reisezeit für Händler», hörte er die Stimme eines Mannes. Sie war ungewöhnlich tief und trug gut bis zu Raghi. «Wie schätzt du sie ein?»

«Mein Bauchgefühl sagt mir, dass es gute Menschen sind. Ich vermute aber, dass hinter ihrem Besuch bei uns noch andere Absichten stecken, als Handel zu treiben. Wenn sie etwas erzählen, glaube ich ihnen — und doch wieder nicht.»

Solan war eine schlaue Frau. Raghi seufzte innerlich. Natürlich mussten sie an so jemanden geraten.

«Erzähl mir von ihnen.» Raghi konnte den Mann durch den schmalen Spalt erkennen. Er besaß den kräftigen Körperbau eines Schmieds. Seine wilden Haare wurden von grauen Strähnen durchzogen. Wahrscheinlich der Bürgermeister des Orts.

«Es sind zwei Ehepaare. Eins ist unsterblich, das andere nicht. Die Namen des unsterblichen Ehepaars lauten Cadric und Lyrien. Cadric sieht aus, als wäre er um die zwanzig Jahre alt, ein drahtiger Bursche an der Grenze zur Ausmergelung. Er erscheint mir verschlagen, ein Überlebenskünstler. Ich war beeindruckt, wie furchtlos er Roamar Widerstand geboten und sich durchgesetzt hat.»

«Also ein älterer Unsterblicher?»

«Eben nicht. Mein Gefühl sagt mir, dass er genauso alt ist, wie er aussieht. Dafür ist seine Frau unfassbar alt. Sie sieht aus wie ein zerrupftes, aus dem Nest gefallenes Küken und benimmt sich auch so. Roamar hat ihr mit seinem unmöglichen Auftreten große Angst eingeflößt.»

«Also haben wir zwei Unsterbliche mit unerwartetem Verhalten, die wir nicht kennen und von denen wir noch nie gehört haben. Das ist ungewöhnlich angesichts unserer überschaubaren Anzahl.»

«Genau.»

Verdammt! Raghi fühlte Sorge. Diesen Punkt hatten sie nicht bedacht. Wenn die Bewohner von Durgins Dämmerung über diesen Umstand nachdachten, würde er auch Lyrrhodenai nicht entgehen.

«Und das sterbliche Ehepaar?»

Solan schwieg eine Zeit lang. «Du kennst mich als überzeugte Einzelgängerin, deshalb wird dich meine Aussage überraschen. Ich warf einen Blick auf die beiden und wünschte mir, einen dieser wunderbaren jungen

Menschen geboren zu haben. Sie nennen sich Corbin und Aurelis und du kannst ihre tiefe Liebe zueinander in jedem Moment erkennen. Zuerst fand ich Corbins Namen — der Rabe — seltsam unpassend. Vielleicht entschieden sich seine Eltern aufgrund seiner federleichten, schwärzer als schwarzen Haare dafür. Dabei wird ihm dieser Name in keiner Weise gerecht. Er und seine Frau Aurelis gehören zu den attraktivsten und sympathischsten Menschen, denen ich je begegnet bin. Keine Spur von Einbildung. Nur Sanftheit. Dabei muss Aurelis Fürchterliches widerfahren sein. Sie trägt eine Augenklappe und ihr Gesicht ist von Narben gezeichnet.»

Der Mann zeigte sich wenig beeindruckt. «Ein Täuschungszauber?»

«Nein. Dieses Licht ist echt. Das kommt aus tiefster Seele.»

«Was hast du sonst noch beobachtet?»

«Für ihre jungen Jahre — Corbin und Aurelis wirken nochmals etwas jünger als Cadric — scheinen sie als Händler sehr erfolgreich zu sein. Ihre Kleider sind von schlichter, aber ausgezeichneter Qualität. Das Gleiche gilt für ihr Gefährt und ihre Pferde.»

Der Mann seufzte. «Jeder einzelne Aspekt ist an sich nicht unmöglich. Alles zusammengenommen, ergibt sich ein unstimmiges Bild. Schon allein die Tatsache, dass sich Unsterbliche und Sterbliche zusammentun.»

«Cadric, den ich als den Anführer der Gruppe wahrnehme, ist ein *junger* Unsterblicher, Durgin. So wie wir es auch einmal waren, vor unglaublich langer Zeit. Auch wir haben damals Fehler gemacht. Lyrrhodenai das Hochtal zu überlassen war einer davon.»

Raghi sah, wie Durgin — jener Durgin, der dem Ort auch den Namen gegeben hatte? — heftig den Kopf schüttelte. «Das zerrupfte Küken — Lyrien —, wenn sie so alt ist, wie du vermutest, muss sie den Schmerz kennen.»

«Um ehrlich zu sein, bin ich mir bei ihr nicht sicher, ob sie vollständig bei Verstand ist.» Solan klang nachdenklich. «Zudem vermute ich, dass sie für Cadric alles tun würde. Sie liebt ihn und scheint zu glauben, dass er auf Wolken gehen kann. Das war trotz ihrer Furcht zu spüren.»

«Und Cadric erwidert ihre Gefühle?»

Eine lange Pause. Raghi verzog das Gesicht. Das war das Problem am

Lauschen. Man konnte äußerst unvorteilhafte Wahrheiten über sich vernehmen. Und jene taten weh — egal, wie berechtigt.

Inzwischen forderte der zentimeterdicke Staub auf dem Boden des Kornlagers seinen Tribut. Raghis Augen tränten und seine Nase juckte unerträglich. Er schob das Unwohlsein beiseite. Ein Mörderlehrling, der seinen Niesreflex nicht unter Kontrolle hatte, überlebte nicht lange. Das war das Gemeine an einem Versteck: Es wurde für gewöhnlich nicht regelmäßig gereinigt. Gerade deshalb eignete es sich so gut, um jemanden abzupassen — oder heimlich zu belauschen.

«Mir erscheint Cadric eine zerrissene Seele, vermutlich die kaputteste, der ich je begegnet bin. Gleichzeitig lag in seinem Verhalten eine besondere Konsequenz. Er verhielt sich seiner Gruppe gegenüber beschützend und loyal. Das ist jemand mit einem Rückgrat aus Stahl, der ohne Bedenken für seine Prinzipien sterben würde. Und ja. Ich glaube, dass er Lyrien liebt — aus tiefster Seele. Eine andere Frage ist, ob er die Liebe in seiner Zerrissenheit zulässt.»

Au, das tat wirklich weh! Sahen alle Unsterblichen so tief? Raghi beschloss, das Gehörte gleich wieder zu vergessen.

«Auch mit dieser Beobachtung klärt sich das Bild nicht, das die Händler abgeben. Was tun wir?»

Raghi hörte Geräusche. Solan hatte sich erhoben und füllte die Becher der beiden auf. Der Geruch eines aromatischen Tees stieg zu Raghi hoch — Minze und etwas Duftendes, vielleicht Rosen? Ein wenig Sommer inmitten des unerbittlichen Winters.

«Lass uns die Händler für einen Augenblick vergessen. Was tun wir wegen Lyrrhodenai? So geht es nicht weiter. Sein Verhalten und das seiner Speichellecker eskaliert mit jedem vergehenden Tag. Die Sterblichen unter uns sind in Gefahr.»

Durgin brummte. «Die Sterblichen befinden sich in geringerer Gefahr als wir. *Sie* können sterben. *Wir* müssen mit den Konsequenzen unseres Widerstands bis in alle Ewigkeit leben.»

Solan schwieg.

«Und denk an das Gold. Lyrrhodenai und seine Getreuen …»

Ein verächtliches Schnauben. «So weit ist es mit dir gekommen,

Durgin? Was ist mit dem mutigen, rechtschaffenen Mann, an den ich mich erinnere?»

«Bevor du mich anklagst, überprüfe deine eigenen Motive, Solan. Du kennst den Leitspruch: Ums Prinzip kämpfen funktioniert nicht. Nur der Sieg darf das Ziel eines Kriegs sein.» Die Stimme des Bürgermeisters — etwas anderes konnte der Mann nicht sein — klang trotz der harschen Zurechtweisung mild.

War auch das eine Konsequenz der Unsterblichkeit? Regte man sich irgendwann einfach nicht mehr auf? Wie gruselig.

Die beiden schwiegen für eine ganze Weile. Das Kribbeln in Raghis Nase war inzwischen unerträglich.

«Du hast recht», gab Solan schließlich zu. «Lass es mich anders formulieren. Lyrrhodenais Präsenz wirft einen Schatten auf unser Tal, der mit jedem Jahr größer wird und sich bereits über weitere Teile Eternas erstreckt. Ich möchte nicht bis in alle Ewigkeit unter diesem Schatten leben. Muss ich zwischen finanziellem Wohlstand und Freiheit entscheiden, wähle ich die Freiheit.»

Der Bürgermeister klopfte mit den Fingerspitzen auf den Tisch. Raghi wartete gespannt, der Niesreiz vergessen.

«Wir haben bisher noch nie so offen darüber gesprochen, obwohl ich deinen Standpunkt schon länger erahnte. Lass es mich so formulieren: Deine Gedanken sind mir nicht fremd. Mir fällt jedoch keine Lösung ein. Lyrrhodenai kam als Sterblicher zu uns. Damals wollte ich ein guter Mann sein — ein guter Bürgermeister von guten Menschen — und bot ihm das Hochtal an. Dies, obwohl es auch andere Stimmen unter uns gab, die auf seinen Wahnsinn hinwiesen und verlangten, ihn zu töten. Zu jenen Stimmen gehörtest du. Du warst von Beginn weg überzeugt, dass er böse ist. Heute wissen wir, dass dein Gefühl richtig war und ich einen Fehler gemacht habe. Einen schlimmen Fehler, unter dem wir heute immer noch alle leiden.»

Raghi beobachtete, wie Solan nach Durgins Hand griff, deren Finger noch immer auf den Tisch klopften. Die Berührung wirkte vertraut und voller Vergebung.

«Du hast über all die Zeit Tausende guter Entscheide gefällt, die unser Leben verbesserten.»

«Das vielleicht schon. Aber zählen sie angesichts des katastrophalen Fehlers, den ich bezüglich Lyrrhodenai gemacht habe? Er kam als Sterblicher, wurde zuerst wie wir und danach immer mächtiger. Heute ist er uns und jedem anderen Wesen in Eterna weit überlegen. Und ich — ich habe diese Plage über die Welt gebracht.»

Die Qual in Durgins Stimme ließ keine Zweifel an seiner Ehrlichkeit zu. Raghi musste sich bald entscheiden. Aber es ging nicht mehr nur um ihn.

Najira?

Wahrscheinlich sandte er den Gedanken zu nachdrücklich. Sie antwortete sogleich und klang sehr alarmiert. *Ja?*

Solan spricht gerade mit Durgin, der offenbar der Bürgermeister des Ortes ist. Kannst du hinhorchen, ob du Falschheit in den beiden spürst?

Ihre Präsenz in seinem Bewusstsein dehnte sich aus. Noch vor Kurzem hatte Raghi das Gefühl kaum ausgehalten. Inzwischen war es fast vertraut. Wenn Najira irgendwann fort war, würde er sich in seinem Kopf sehr einsam fühlen.

Keine Falschheit, denke ich. Aber Durgin schämt sich sehr. Nimmt dieses Gefühl überhand, dann wird er nicht rational reagieren.

Najiras Einschätzung deckte sich mit Raghis. Was also tun?

Offenbarst du dich den beiden? Najira klang beklommen.

Raghi horchte auf seine Instinkte. *Nicht in dieser Nacht. Am sichersten dürfte es sein, zuerst allein mit Solan zu sprechen.*

Haben wir denn so viel Zeit?

Das Jahrestreffen der Ghitains in Eterna. Sie hatten völlig den Überblick über die Zeit verloren. Hatte es bereits stattgefunden? Oder lag es noch in der Zukunft?

Weißt du, wann das Treffen ist? Oder war.

Najira schwieg lange. *In drei Tagen. Es findet in drei Tagen statt.*

Raghi schluckte leer. Um die Ghitains zu retten, mussten sie Lyrrhodenai bis dann besiegt haben. Wie sollten sie das schaffen?

DAS GESPRÄCH zwischen der Müllerin und dem Bürgermeister brachte keine weiteren Erkenntnisse hervor. Raghi harrte aus, unerträglicher Niesreiz und tränende Augen hin oder her, bis Durgin sich verabschiedete. Er wollte sehen, was Solan danach tat.

Sie ging zu Bett.

Auch wenn Raghi sie durch den Spalt nicht mehr sah, waren die von unten aufsteigenden Geräusche eindeutig.

Er wartete, bis er regelmäßige Atemzüge hörte. In sie mischte sich ein leises Schnarchen.

Raghi schlich sich aus dem Kornspeicher und zurück zum Vardo. Nach wie vor schneite es heftig.

Als er die Tür zum Schlafzimmer öffnete, warf sich Najira in seine Arme. Tränen benetzten ihre Wangen. «Jetzt geht es los. Noch drei Tage, dann …»

Raghi ließ sie nicht zu Wort kommen.

IN DER MORGENDÄMMERUNG ging er mit Naveen zur Mühle und klopfte an die Tür. Solan öffnete ihnen. «Hier seid ihr ja. Kommen eure Frauen noch? Dann bereite ich jetzt Frühstück für uns alle.»

«Wir …» Naveen räusperte sich nervös. «Wir möchten dich einladen, in unserem Wagen mit uns zu frühstücken.»

Es war eine seltsame Frage, nahe an einem Verstoß gegen die Regeln der Gastfreundschaft. Solan schien sogleich zu begreifen. Eine kurze, intensive Musterung der beiden und sie nickte. «Es ehrt euch, dass ihr euch erkenntlich zeigen möchtet. Ich nehme gerne an. Lasst mich nur kurz mein Herdfeuer sichern.»

Gleich darauf folgte sie ihnen durch den Schnee. Raghis nächtliche Spuren waren nicht mehr von den älteren Verwerfungen zu unterschieden.

Der magische Vardo hatte seinem Äußeren eine geschwungene dreistufige Treppe hinzugefügt, über die sie bequem zur Eingangsplattform hinaufstiegen. Für einmal entsprachen seine inneren Dimensionen den äußeren und wirkten auf gepflegt-gebrauchte Weise völlig normal. Die magischen Tiere hielten sich verborgen. Solan einzuweihen war herausfordernd genug. Die zusätzliche Komplikation durch alles Magische wollten sich die Freunde ersparen.

Die aktuelle Einrichtung des Vardos entsprach weitgehend den Präferenzen der Ghitains. Hinten gab es ein Bettpodest. Um zwei Paaren Platz zu bieten, teilte eine senkrechte Mittelwand es in zwei Hälften. Darunter befand sich der Stauraum mit ihren Handelswaren. Quer davor erstreckte sich eine Bank, die den Aufstieg zum Bettpodest erleichterte und deren mittlerer Abschnitt hochgeklappt werden konnte. Zwei weitere Bänke entlang der Wände schlossen nahtlos daran an. Unter ihren Sitzflächen verbargen sich die üblichen Truhen.

Anders als bei Naveens Vardo hing die Tischplatte direkt unter der Decke und wurde über einen Seilzug abgesenkt. Ein einzelnes, herunterklappbares Tischbein verband sie über einen Riegel mit dem Boden. Es gab einen Ofen, der zugleich als Herd diente. Öllaternen verbreiteten ein angenehmes Licht. Und natürlich wurde jede verfügbare Fläche an den Wänden für Regale und Schränke genutzt.

So gab der magische Vardo ein schützendes, warmes und praktisches Zuhause ab, auch wenn er nicht an die Pracht von Palashs Schöpfung herankam.

«Wir geben dir den Platz hier am Anfang der Bank. Damit hast du die Wahl, jederzeit zu gehen, wenn du uns nicht mehr zuhören willst.» Anjalis Stimme klang ebenso sanft wie ernst.

Solan nickte.

Der Tisch war bereits gedeckt. Raghi half Anjali, das fertige Essen aufzutragen. Naveen rutschte über die Bänke ans Kopfende, wo die Tür zum Stauraum seine Rückenlehne bildete. Zu seiner Linken nahm Najira Platz, neben ihr Solan. Anjali rückte an Naveens rechter Seite auf. Raghi saß Solan gegenüber. Sie hatten diese Sitzordnung vereinbart, damit er jederzeit frei agieren konnte, falls Gefahr drohte.

Das Essen verlief mehrheitlich schweigend. Nachdem alle fertig waren, räumten Raghi und Anjali Teller und Löffel in den Waschbottich und füllten die Becher mit heißem Tee nach.

«Hier drin kann uns niemand belauschen», erklärte Raghi.

Danach erzählten sie Solan den größten Teil der Wahrheit, auch dass Raghi Durgin und sie in der vergangenen Nacht belauscht hatte, und Solan hörte ihnen aufmerksam zu.

«Ihr zwei seid also Ghitains, deshalb eure goldene Aura. Und du bist ein Auftragsmörder?» Solans Blick ging von Raghi zu Najira. «Dann kannst du eigentlich nur der Drache sein. Eine andere Möglichkeit gibt es nicht.»

Diese Tatsache hatten sie Solan gegenüber verschweigen wollen.

Najira nickte schwach. «Bitte verrat mich nicht.»

«Das habe ich nicht vor. Und Gedanken lesen kann Lyrrhodenai bisher nicht, also müsste ich die Wahrheit vor ihm verbergen können. Dessen ungeachtet musst du dich dringend besser tarnen. Ich spüre, wie unglaublich alt du bist. Und vermutete aufgrund deines Verhaltens, dass du nicht bei Verstand bist.»

Die Wahrheit tat weh. Najiras niedergeschlagene Miene verursachte ein schmerzhaftes Zucken in Raghis Brust. Ohne nachzudenken, langte er quer über den Tisch und legte kurz seine Hand über ihre. Sie fing sich wieder.

«Gerade eben habe ich dein Alter für einen kurzen Augenblick nicht wahrgenommen, als du auf Cadric reagiert hast. Deine Gefühle für ihn scheinen es zu tarnen.»

Solan wusste, dass Raghi anders hieß. Sie hatte die wahren Namen nicht wissen wollen, damit sie sich nicht verhaspeln konnte. Diese Strategie war ganz im Sinne der Freunde.

«Warte, lass mich das probieren.» Najiras Fokus ging nach innen. «Fühlst du mein Alter jetzt?»

«Ja.»

Najira verzog das Gesicht. «Jetzt?»

«Ja. — Jetzt nein.»

Nach einigen Versuchen schienen sie die Möglichkeiten ausgelotet zu haben. «Sagst du mir, wenn ich die Tarnung verliere?»

«Ja.» Solan schaute von Naveen zu Raghi. «So sehr ich euren Mut bewundere, eure Pläne sind Selbstmord.»

Naveen drehte die Handflächen zur Decke. «Würdest du in der gleichen Situation etwas anderes tun?»

«Wahrscheinlich nicht.»

Wie so oft führte Anjali die Diskussion zurück auf das Wesentliche. «Was kannst du uns über die Wolkenbrücke erzählen. Gibt es sie?»

«Nicht so, wie die alten Sagen es erzählen. Ihr könnt nicht einfach plötzlich über die Wolken laufen, nur weil jene gerade richtig hängen. Es muss ein Zauber sein. Was ich euch sagen kann: Oben in den Bergen gibt es

Felsen mit seltsamen Markierungen genau dort, wo die Wolkenbrücke der Sagen angeblich begann. Niemand von uns konnte die Zeichen je entziffern. Wie das jetzt plötzlich innerhalb von drei Tagen gehen soll, kann ich mir nicht vorstellen.»

Raghi stutzte. Etwas kratzte an seinen Erinnerungen. Allerdings verschwand die Eingebung so rasch, wie sie gekommen war.

«Kannst du uns mehr Details über das Hochtal berichten?»

Kategorisch schüttelte Solan den Kopf. «Niemand von uns war je dort und Lyrrhodenais Gefolgsleute könnt ihr nicht fragen ...» Plötzlich brach sie ab.

Ihr Zögern weckte eine Vermutung in Raghi. «Jene junge Frau, die ihren Geliebten unter Lyrrhodenais sterblichen Gefolgsleuten überredete, sie ins Hochtal zu schmuggeln — war sie unsterblich?»

«Woher wisst ihr? — Tomak. Unglaublich, dass er sich an dieses Detail erinnert. Ich hatte es bis gerade eben vergessen. Es ist so lange her. Tati *ist* unsterblich und absolut wahnsinnig. Ihr werdet keinen vernünftigen Satz aus ihr herausbringen.»

Auch im Wahnsinn konnten sich wichtige Informationen verbergen. «Lebt sie hier im Dorf?», fragte Raghi.

«Nein. In einem Camp bei Ailwens Mine. Das ist das einzig Gute an der Situation. Trotz ihres Wahnsinns kann sie ihren Lebensunterhalt selbst verdienen. Sie hat sich auf das Waschen von Gold und das Schürfen von Silber spezialisiert.»

Zwei Tagesreisen entfernt. Verdammt! Sie hatten sich nicht ausreichend um die Zeit gekümmert. Nun ging sie ihnen aus. Was also tun? Noch einmal über die Treppen hinabsteigen?

Naveen und Anjali wirkten ebenfalls alarmiert, Najira verzweifelt. Raghi hob kaum merklich die Hand, eine Bitte, die Führung des Gesprächs ihm zu überlassen. «Wie kommen wir von hier nach Ailwens Mine und wie erkennen wir Tatis Camp?»

Auf seine Frage gab es tausend sinnvolle Einwände. Solan gab sich einen Ruck und lieferte ihm ohne Umschweife die verlangten Informationen. «Denkt euch zurück auf den Weg vor meiner Mühle. Er führt gerade ins Dorf hinein, wo er sich gabelt. Dort nehmt ihr die nach Norden führende Abzweigung. Hinter dem Ort beginnt die Schneise in der Vegetation, die bis Ailwens Mine führt. Es ist nicht alles Wald, manches nur Gebüsch, aber der Weg ist gut zu erkennen und verfügt über die Marker, denen ihr auch hierher gefolgt seid. Ailwens Mine erkennt ihr daran, dass ihr nach zwei Tagesreisen zum ersten Mal wieder Häuser seht.»

Solan stockte in ihrer Erzählung. «Tatis Camp ist schwieriger zu beschreiben. Ich war auch lange nicht mehr dort. Lasst mich nachdenken. Jedes Camp verfügt über einen Mast mit einer Fahne. Sie dient für alles Mögliche, unter anderem der Kommunikation auf Distanz. Diese Fahne ist für ihren Besitzer ein Statussymbol und wird liebevoll gepflegt. Nur von Tati nicht. Sie hängt immer als Mögliche auf, manchmal auch zerrissene Wäsche. Ihr Camp liegt rechts an den Berghängen, wenn ihr vor Ailwens Mine steht. In den Bergen darüber gibt es einen Überhang, der einem Pferdekopf gleicht — der übrigens der Brückenkopf der Wolkenbrücke aus den Sagen sein soll. Dort findet ihr die Markierungen und Symbole, die ich vorhin erwähnt habe.»

«Wo genau?», hakte Raghi sogleich nach.

«Dort, wo das Pferd seine Stirn hätte.»

Das ging nicht auf. «Wie konntest du an einem Überhang die Symbole lesen? Bist du geklettert?»

«Nein. Von unten sieht der Überhang wie eine einzige Fläche aus, aber das ist eine optische Täuschung. Es gibt einen Weg, der ihn entlangführt und bei der Stirn des Pferdekopf abrupt endet — eine alte Passstraße aus der grauen Vorzeit von einer Wolkenstadt zur nächsten.»

Wieder regte sich etwas in Raghis Erinnerung. Wieso kam er nicht darauf? Und was konnte es sein?

«Wie genau kommen Lyrrhodenais Leute aus dem Hochtal heraus und hierher?», fragte Anjali. «Ein Auftauchen wie gestern müsste sie hin und zurück mindestens vier Tage kosten. Trotzdem schien es, als wären sie wegen uns Händlern gekommen und dies nur wenige Stunden nach unserer Ankunft.»

«Wir wissen es nicht genau. Es gehen Gerüchte um, dass Lyrrhodenai fliegen kann. Ich vermute eher, dass er die Treppen der Ewigkeit für seine Zwecke missbraucht. Er hat die Fähigkeiten, um zwei fixe Tore so einzurichten, dass die Reise zu einem Katzensprung wird. Im Hochtal oben rein. Hier wieder raus, ohne dass Zeit in irgendeine Richtung vergangen ist.»

Solan erwähnte die Treppen ähnlich beiläufig, wie auch Tomak das getan hatte. Raghi erkannte, dass einige Fragen zu dem Thema angebracht waren.

«Du erwähnst die Treppen, als wären sie für dich eine Selbstverständlichkeit. Ähnlich tat es Tomak bei unserem Gespräch auf seiner Farm. Verwendet ihr sie denn?»

«Nein. Einige von uns waren schon geboren, als die Treppen noch für alle Menschen Eternas sichtbar waren. Deshalb wissen wir von ihnen, während die Menschen in anderen Regionen sich nicht mehr an ihre Existenz erinnern. Das ist alles. Damals wie heute verwalten die Wächter den Zutritt und das ist gut so. Wer die Treppen zu oft verwendet wird wahnsinnig. Dafür ist Lyrrhodenai das beste Beispiel. Wir fragen uns manchmal, weshalb die Wächter ihn nicht von seinen Reisen abhalten. Wahrscheinlich hat er irgendeinen Weg gefunden, sie zu umgehen.»

Raghi war nur zu Beginn seiner Flucht über die Treppen jemandem begegnet, der vielleicht ein Wächter war. Sie kamen ihm wie der verlassenste Ort im ganzen Multiversum vor. Was sich aus dem Umstand ergab, dass kaum jemand Zutritt erhielt. Letzteres hatte auch Faya ihm bestätigt.

«Für die Theorie des Wahnsinns spricht auch, dass seine sterblichen Helfer nie besonders alt werden, bevor sie verschwinden. Ich habe noch kein einziges graues Haar an ihnen gesehen. Roamar hält sich bisher am längsten von allen.»

Somit war alles gesagt.

Solan schien es zu spüren. «Ich lasse euch jetzt allein. Ihr habt sicher viel zu besprechen.»

Das war richtig. Eine weitere Antwort benötigten sie jedoch. «Wenn wir verschwinden, gibt es eine Möglichkeit, unsere Abwesenheit zu erklären?» Raghi hatte wenig Hoffnung. «Ich meine, ohne dass Lyrrhodenai gleich ahnt, dass wir etwas planen?»

Sie presste die Lippen zusammen. «Die gibt es. Ob sie klappt, hängt davon ab, wie sehr er Verdacht geschöpft hat.»

«Wir hören?»

«Die Berge des Westens waren nicht immer so abgeschieden wie heute. Früher kamen viele Händler und andere Reisende. Mit Lyrrhodenais steigendem Einfluss legte sich eine düstere Wolke über das Land, ein bedrückendes, abweisendes Gefühl der Gefahr. Über die Jahrhunderte versiegte der Strom der Reisenden. Deshalb befinden sich die Straßen in dem Zustand, den ihr selbst gesehen habt. Vor vielleicht zehn oder zwanzig Jahren traute sich ein letzter, einsamer Händler aus dem Osten hierher. Er begegnete Lyrrhodenai am Markttag. In der Nacht nahm er Reißaus.»

Raghi ahnte, worauf Solan hinauswollte. «Wie würdest du die Geschichte spinnen?»

«Dass ihr euch auf der Suche nach neuen Märkten hierher getraut und darauf gehofft habt, gute Geschäfte zu machen, weil all die anderen Händler die Region meiden. Das furchtbare Wetter gab euch zu denken. Roamars bedrohlicher Auftritt den Rest. Deshalb seid ihr abgereist, solange das Wetter es noch erlaubt.»

«Wird er uns nicht suchen?»

Solan zuckte die Schultern. «Möglich, aber nicht allzu wahrscheinlich. Dafür seid ihr nicht wichtig genug.»

«Dann danken wir dir für deine Hilfe.» Raghi erhob sich und deutete eine Verbeugung an. «Wir werden jetzt gleich, bevor es hell wird, abreisen. Ohne nochmals bei dir zu klopfen. So musst du nicht lügen, wenn du erzählst, dass wir ohne Abschied verschwunden sind.»

«Falls ihr in Schwierigkeiten geratet und wir Dorfbewohner euch helfen sollen, schickt uns ein Zeichen. Eine Ablenkung bekommen wir hin.»

Raghi nickte. «Danke! Danke für alles.»

18

Als Solan in ihrem Haus verschwunden war, bereiteten sie den Vardo für die Abreise vor.

«Weihst du uns ein, was wir vorhaben?», fragte Naveen, während sie die Drachenpferde einspannten.

«Später. Lass uns erst abhauen.» Raghi warf einen Blick zum Himmel, wo schwere Wolken nur darauf warteten, ihre Schneelast abzuwerfen. «Und hoff darauf, dass es gleich zu schneien beginnt.»

Als sie vom Hof fuhren, sah Raghi Solans Schatten hinter einem Fenster. Er erwiderte ihren Blick, winkte aber nicht. So blieb ihre Tarnung erhalten.

Sie bogen auf die Straße ein. Die kräftigen Schritte der Drachenpferde führten sie über die Serpentinen aus dem Talkessel heraus. Dabei begegneten sie keiner Menschenseele. Auch die Straße wirkte unberührt, ohne eine Spur ihrer Reise hierher.

Raghi konnte nur hoffen, dass er sich im dichten Schneegestöber nicht getäuscht hatte. Und tatsächlich. Oben am Talkessel, wo Najira bei ihrer Herreise angehalten hatte, sah er die Abzweigung.

Seine Freunde waren bei ihm auf der Plattform des Vardos geblieben. Alle sorgten sich viel zu sehr, um sich zu verstecken.

«Ich denke, dass diese Abzweigung zum Pferdekopf oberhalb von

Ailwens Mine führt», erklärte Raghi nur so laut, dass die anderen ihn verstanden. «Straßen werden für gewöhnlich nicht aufgegeben. Sie bleiben erhalten, lange nachdem die letzten Spuren einer Ansiedlung verschwunden sind.»

«Selbst wenn du damit richtig liegst, wie soll das gehen? Uns fehlt die Zeit.» Anjali klang tieftraurig.

«Vielleicht nicht. Wir haben fliegende Tiere. Sie können uns wahrscheinlich tragen.»

Während er sprach, fielen die ersten Schneeflocken. Das Fahrgeräusch des Vardos wurde sogleich leiser, dafür mischte sich ein leises Knirschen hinein. Als Raghi zu den Rädern blickte, entdeckte er Kufen.

«Falls ja, ergibt sich daraus welcher Plan?»

Raghi wünschte sich, er hätte die fertige Antwort auf Anjalis Frage. «Einfach mal so dahergeredet. Wir teilen uns auf. Ich fliege mit Najira zu Tati. Vielleicht erfahren wir trotz ihres Wahnsinns mehr. Du und Naveen, ihr folgt uns mit dem Vardo.»

Plötzlich schüttelte alles, als würde er über ein Geröllfeld fahren.

«Da ist jemand anderer Meinung.» Naveen legte seine Hand auf das Holz neben der Eingangstür. «Sollen wir fliegen? — Das war ein Ja. — Nur Raghi und Najira? — Nein, das ist es nicht. — Wir alle? — Ja, wir alle. Aber was wird dann aus dir?»

Das Holz umfing seine Hand liebevoll.

«Offenbar sollst du dir keine Sorgen machen.» Anjali rieb sich das Gesicht. «Mir wird angst und bang. Fliegen? In diesem weißen Wahnsinn? Ich weiß nicht, ob ich das kann.»

Bereits schneite es wieder heftig.

«Habt ihr eine Idee, wie wir den Weg finden? Vorhin, als die Wolken noch höher hingen, stellte ich mir vor, der Straße zu folgen.» Missmutig schaute Raghi zum Himmel. Durch seine Jugend auf den Eisinseln glaubte er sich in der Lage, jedes noch so schlechte Winterwetter gleichmütig zu ignorieren. Das war vorbei. Die ewigen Schneestürme nervten einfach nur noch.

«Mir fallen drei Möglichkeiten ein.» Anjali hob die Hand, um sie an den Fingern abzuzählen. «Die Spuren der Ewigkeit. Würde Lyrrhodenai es fühlen, wenn du auf sie zugreifst, Naveen?»

«Möglich. Es ist sicher ein Risiko, den Zauber anzuwenden.»

«Zweitens kann sich Najira vielleicht orientieren. Fühlst du, wie sich dieses Land erstreckt?»

Najira schüttelte heftig den Kopf. «Keine Chance. Und ich möchte es auch nicht probieren. Nach meiner Magie sucht er am ehesten.»

«Drittens finden die magischen Tiere möglicherweise den Weg. Rose wie auch die Drachenpferde verfügen über beachtliche Fähigkeiten.»

Raghi horchte in sich hinein. «Rose denkt nicht.» Etwas pikte ihn in die Rippen, nicht grob, aber unmissverständlich. Sein Seelenschatten. «Wie soll das gehen?»

Sein Schatten löste sich von ihm. Naveen und Anjali beobachteten ihn gelassen.

Najira schien ungehalten. «Raghi, wieso trennst du dich schon wieder von ihm? Ich habe dir doch gesagt …»

«Das ist jetzt nicht der Moment», brach Raghi ihre Tirade ab. Er schaute in die glühenden Augen. «Wie …?»

Mit einem gigantischen Satz hechtete sein Seelenschatten von der Plattform und landete vor den Drachenpferden im Schnee. Dann rannte er los — die Straße entlang in den Schneesturm.

Raghi atmete scharf ein. «Ja, das geht.»

«Was fühlst du?», fragte Anjali besorgt.

«Dass es mir die Seele rausreißt, je weiter er sich von mir entfernt?» Raghis Scherz misslang.

Naveen legte ihm die Hand auf den Arm. «Ruf ihn zurück. Wenn es nicht anders geht, machen wir es so, aber er darf dir jetzt nicht weiter wehtun. Du brauchst deine Kraft.»

Bisher waren sie zwischen kahlen Bäumen gefahren, deren Äste sich unter der Schneelast zum Boden bogen. Plötzlich schoss links von ihnen eine schroffe Felswand empor. Der Übergang geschah so plötzlich, als würde das Gestein sich tatsächlich bewegen.

«Gefährliches Gebiet.» Naveen versuchte Details der Felswand zu erkennen, doch die Wolken hingen zu tief.

Plötzlich blieben die Drachenpferde stehen. Die Plattform des Vardos neigte sich zur Seite.

Naveen begriff als Erster. «Absteigen. Unsere Reise ist hier zu Ende.»

Gleich darauf standen sie im knietiefen Schnee, umgeben von der Herde der Drachenpferde. Die Leitstute und das zweite Tier, das den Vardo gezogen hatte, waren plötzlich frei von den Geschirren. Rose — wo auch immer sie hergekommen war — bäumte sich drohend vor dem Leittier auf.

Ohne einen Gedanken an seine eigene Sicherheit zu verschwenden, ging Raghi dazwischen. «Rose, was ist in dich gefahren?» Er streichelte ihre Hälse.

Sie grollte bedrohlich und fixierte die Leitstute. Es war pure Eifersucht. «Sssh, Rose. Wenn du mich tragen kannst, fliege ich natürlich mit dir. Was denkst du auch?»

Es dauerte, aber nach und nach beruhigte sie sich.

«Ich vermute, man erwartet von uns, dass wir uns aufteilen?» Je ein Tier hatte sich neben Naveen, Anjali und Najira aufgestellt.

«So sieht es aus», bestätigte Raghi.

«Ich, mit dir fliegen?» Najiras Stimme klang verwundert. «Darf ich denn?»

Das Drachenpferd, ein junger Hengst, schnaubte zärtliches Feuer in ihre zu einer Schale geformten Hände.

Raghi fühlte, wie Eifersucht in ihm hochkochte. Drehten sie jetzt alle durch? «Lasst uns aufsteigen, da das offenbar von uns erwartet wird — und hoffen, dass die Vorsehung uns gnädig ist.»

Gleich darauf erhoben sie sich in die Luft. Raghi konnte im letzten Moment einen Jubelschrei unterdrücken. Darauf hatten sie gewartet und hingearbeitet, seit er Rose als scheinbar hilfloses Chimärenkind in der Wüste gefunden hatte. All die Versuche, ob sie ihn tragen konnte — stets ohne Erfolg.

Aber nun, nun flog sie, als würde sie sein Gewicht nicht einmal spüren. Unter ihrem prachtvollen Fell spielten die Muskeln, Bewegungsabläufe voller Leichtigkeit und Eleganz.

Raghi fühlte, wie ihm die Tränen in die Augen stiegen. Etwas im Leben hatte er richtig gemacht. Dabei spielte es keine Rolle, ob er Roses Retter oder nur ihr Zeitvertreib gewesen war.

Gemeinsam, Rose.

Ihre Zuneigung umfing ihn wie ein wärmender Mantel.

Raghi, schau nach unten. Etwas passiert.

Inzwischen stand der Vardo verlassen da. Alle magischen Tiere, die sich ihnen gezeigt hatten, befanden sich in der Luft. Raghi hörte ein Rumpeln. Plötzlich sah er nur noch weiß. Rose stieg blitzschnell höher.

Eine Lawine.

Als der aufgewirbelte Schnee zurück zum Boden sank, folgte ihm Rose, bis sie wenige Meter über dem Boden an Ort und Stelle flog. Raghi fühlte sich ausgehöhlt und leer. Der magische Vardo, dieses wunderbare und ach so weise Wesen, war einfach weg. Hieß das, dass er zerstört war?

«Unsere Broschen», rief Naveen plötzlich.

Raghi schaute zu seiner Brust und beobachtete, wie das zerbrechlich wirkende Schmuckstück sich veränderte. Hatte das filigrane Motiv bisher einzelne Äste mit Blättern, Blüten und Früchten gezeigt, bildete es nun ein Medaillon mit der Darstellung eines kunstvoll stilisierten Baums.

Da hatte er seine Antwort. Der Vardo, der eigentlich ein Heilerbaum war, befand sich nicht unter dem Lawinenkegel. Jener war schlicht eine List, sollte Lyrrhodenai ihnen folgen.

Raghi legte eine Hand über die Brosche und fühlte, wie seine Zuversicht zurückkehrte. Ein uralter und sehr mächtiger Zauber unterstützte sie in ihrem Kampf. Das musste etwas bedeuten.

Ihr Flug durch den Schneesturm entwickelte sich zu einer Tortur. Wenn Helden in den Sagen flogen, klang es stets nach einem spannenden Abenteuer. In einer warmen Sommernacht mochte das zutreffen. Nicht in einem Schneesturm und nicht mit schlimmen Schmerzen als richtungsweisendem Leuchtfeuer.

Tut dir das auch so weh?

Raghi stellte die Frage, ohne zu denken und ohne eine Antwort von seinem Seelenschatten zu erwarten.

Nein.

Also konnte sein Seelenschatten sprechen.

Raghi verdrängte die Qual aus seinem Bewusstsein. Es waren nur Schmerzen. Er hatte schon weit schlimmere erlebt und durchgestanden.

Allerdings noch nie welche, die ihre Widerhaken so tief in seine Seele trieben. Ihm schien, als würde ein Teil davon herausgerissen.

Kaum hatte er die Pein einigermaßen im Griff, wurde er seekrank. Rose flog schnell und hektisch, mit vielen kleinen Richtungswechseln. Er musste ihr nicht sagen wohin. Sie konnte den aus Schmerzen bestehenden Kompass in seinem Geist lesen. Er hielt so lange wie möglich durch. Irgendwann ging es nicht mehr.

Genug. Ich brauche eine Pause!

Sie landeten auf einer Waldlichtung in der Nähe der Straße. Der Schneefall war etwas leichter geworden, sodass sie im Flug wenigstens wieder den Boden sahen. Unter einer Gruppe hoher, weitausladender Nadelbäume war der Boden fast schneefrei, ein idealer Ort für eine kurze Rast.

Raghi stürzte weg von den anderen. Er versteckte sich hinter einer kleinen Tanne jenseits der freien Fläche und übergab sich heftig, bis sein Magen leer war. Er fühlte Naveen an seiner Seite.

«Naveen …»

«Shh.» Der Prinz half ihm, Gesicht und Hände mit Schnee abzuwaschen. Dann nahm er ihn in die Arme. «Ich mag kein verrückter Held sein wie du. Ich habe nicht Anjalis Tatendrang und planerischen Fokus. Und ich bin auch nicht hellsichtig wie Najira mit ihren Drachenfähigkeiten. Das jedoch kann ich. Lass mich wenigstens so meinen Teil beitragen.»

Raghi Widerspruchsgeist gab sich geschlagen. Dafür fühlte sich die Umarmung zu gut an.

Über Naveens Schulter beobachtete er, wie Najira sich ihnen nähern wollte. Anjali hielt sie mit sanftem Griff zurück.

«Wie geht es dir? Und bitte die Wahrheit, kein Heldengetue.»

Raghi schauderte. «Furchtbar. Ich hatte noch nie solche Schmerzen — und das will bei meiner Vergangenheit etwas heißen.»

Naveen streichelte tröstend seinen Rücken. «Das tut mir so leid. Und es kann dir niemand von uns helfen?»

«Ich wüsste nicht wie.» Er versuchte ein schiefes Lächeln. «Sieht so aus, als wäre Schmerz mein Dharma.»

Naveen schnaubte halb amüsiert, halb genervt. «Schmerz ist Niemandes Seelenweg. Ein Volk oder gar eine ganze Welt zu retten hingegen schon.» Er hielt Raghi immer noch fest an sich gepresst.

Raghi fühlte, wie die Schmerzen nach und nach abebbten. «Ich bin so froh, dass du da bist, Naveen. Auch wenn ich dich lieber weit weg in Sicherheit wüsste.»

Naveen wurde ganz still. «Unser Vorhaben widerspricht so vielem, woran ich glaube. Ich möchte nicht tun, was wir tun müssen. Ich *will* es nicht tun. Aber ich beginne zu verstehen, dass das nicht meine Entscheidung ist. Der Kampf zwischen Licht und Dunkelheit wütet seit dem Anbeginn des Multiversums. Wir sind in seine Wirbel geraten. Sollten wir überleben, bete ich einfach darum, dass meine Seele meine Handlungen akzeptieren kann.»

Nun war es Raghi, der Naveen festhielt. «Das wünsche ich dir von ganzem Herzen.»

Eine Weile standen sie still und spendeten sich gegenseitig Kraft. Als Raghi sich schließlich von Naveen löste, erhoben sich Hügel aus Schneeflocken auf ihren Kapuzen und Schultern.

Sie schüttelten sie ab und kehrten zu den anderen zurück. Anjali hatte auf einem flachen Stein ein Feuer entfacht und schmolz Schnee in einem Metalltopf. Das Wasser kochte bereits. Sie gab eine Handvoll Kräuter und andere Zutaten, allesamt aus kleinen Leinenbeuteln, hinein.

«Der Topf und die Beutel …?», fragte Raghi, obwohl er die Antwort ahnte.

Anjali berührte ihre Brosche. «Erschienen plötzlich neben mir. Ein Geschenk des Vardos.»

Die Suppe — oder war es ein Tee? — weckte Raghis Lebensgeister. Er fühlte sich nicht mehr ganz so hohl und wund.

«Kannst du etwas sanfter sein?», wandte sich Naveen an den Seelenschatten, der neben Raghi Platz genommen hatte.

Raghi fühlte den Blick der glühenden Augen. Erwidern mochte er ihn nicht. Zu sehr fürchtete er sich vor der Weiterreise und dem damit verbundenen Schmerz. Ein weiteres Lehrstück, auf das er gerne verzichtet hätte. Seit er denken konnte, war Schmerz sein Freund gewesen. Die Belohnung für seine wahnsinnigsten Provokationen und der Beweis, dass er noch lebte.

Beides war inzwischen irrelevant. Schon verrückt, wie das Leben sich auf den Kopf kehren konnte.

«Raghi, wenn du wieder aufsitzt, such dir einen Fixpunkt an Desert Rose.» Naveen ging zum Rand des freien Bereichs und wischte seine Schale im Schnee aus. «Wenn kleinen Ghitainkindern von den Bewegungen des Vardos übel wird — was öfter vorkommt, als du vielleicht denkst —, nehmen die Eltern sie mit auf die Plattform und bringen ihnen bei, sich während der Fahrt auf die Pferdeohren zu konzentrieren. Für gewöhnlich ist die Übelkeit danach Geschichte.»

Einen Versuch war es wert.

Wichtiger als sein eigenes Wohlbefinden war das seiner sterblichen Freunde. «Wie geht es für euch mit der Kälte, wenn wir fliegen?» Ob er gefroren hatte, konnte er sich nicht erinnern. Dazu war der Schmerz zu überwältigend gewesen.

Anjali antwortete nach einem langen Moment des Zögerns. Sie hatte einen Teil ihrer Gelassenheit verloren und wirkte verstört. «Kein Problem. Mein Drachenpferd fühlt sich so heiß an wie ein Kachelofen.»

«Meins auch», bestätigte Naveen.

«Najira, ist auch bei dir alles in Ordnung?»

Sie zuckte die Schultern. «Ich friere nicht, wenn du das meinst. Hingegen fühlt sich geflogen zu werden völlig falsch an. Ich bin dankbar, dass er mich toleriert.» Ihr Drachenpferd nutzte diesen Moment, um die Nüstern an ihrer Seite zu reiben.

Raghi unterdrückte seine Eifersucht. «Ich denke, er ist ein bisschen in dich verliebt. Solange du freundlich zu ihm bist, sollte alles in Ordnung sein.»

«Was?!» Najira wurde flammend rot. «Oh.» Sie kraulte die schuppenbedeckte Stirn des Drachenpferds. «Du weißt aber schon, dass ich zu Raghi gehöre?»

Der Hengst knabberte an ihrer Seite.

«Das hindert ihn nicht daran, es zu probieren.» Raghi zeigte mit dem Finger auf das Drachenpferd. «Ich beobachte dich, Freundchen.»

Die Antwort auf seine Bemerkung bestand aus einem ruppigen Flammenstoß.

«Jetzt hört schon auf. Ich weiß gar nicht mehr, was sagen», bat Najira.

Der etwas leichtere Moment verflog.

Anjali schauderte. «Was denkt ihr, welche Distanz wir zurückgelegt haben? Ich hatte während des Flugs die Augen zu und habe mein Drachenpferd wahrscheinlich fast erwürgt. Das ist mir zu hoch.» Ein erneutes Schaudern. «Viiiiel zu hoch!»

Raghi schaute zu Naveen. Es ging um den Vergleich mit einem von Pferden gezogenen Vardo. Diesbezüglich waren die Ghitains die Experten — zumindest jene mit offenen Augen.

«Ich könnte mir vorstellen, dass wir etwa vier Mal schneller sind als ein Vardo. Somit brauchen wir einen halben Tag bis zu den Felsritzungen. Und wir dürften etwa die Hälfte der Strecke zurückgelegt haben.»

Dann ging die Tortur nicht mehr ewig. Falls sie denn auf der richtigen Straße reisten.

«Könnt ihr uns nochmals tragen?», wandte sich Raghi an Rose. Sie umhüllte ihn mit ihrem zärtlichen Feuer. «Und ihr?» Die Drachenpferde bestätigten ihrerseits mit Flammenstößen. «Also los!»

Die zweite Etappe fiel Raghi leichter. Die Wolkendecke hatte sich gehoben und der Schneefall soweit nachgelassen, dass sie im Umkreis von fünfhundert Schritten ihre Umgebung überblicken konnten.

Wildes Gebirgsland bot sich ihnen dar. Raghi fühlte sich an Jalassars Schlucht erinnert, an jenen zweiten Teil, wo die Distanzen nicht mehr stimmten und die Realität zur Illusion zu werden schien. Das gesamte Gebiet war dicht bewaldet, durchbrochen von mächtigen Steinhaufen. Manche der Findlinge waren so groß wie ein Vardo. Von welchen Bergen die Steine runtergerollt waren, ließ sich nicht erkennen. Das Gelände war extrem schroff, aber über die gesamte Schroffheit hinweg eben. Möglicherweise ein Hochtal.

Unter ihnen wand sich die Straße. Raghi war froh, dass sie nicht fahren mussten. Mit all den Kurven um die Hindernisse herum verdoppelte sich die Distanz, die man auf dem Boden zurücklegte.

Tief unten, inmitten von all dem Weiß, bewegte sich ein schwarzer Schemen, Raghis Seelenschatten.

Er rannte schnell wie der Wind und schien Naveens Bitte um Rücksichtnahme nachzukommen. Der Sog, den er in Raghis Seele auslöste, war deutlich erträglicher. Im besseren Licht war deutlich zu erkennen, wie er durch die hohe Geschwindigkeit einen Wirbel aus Schneeflocken hinter sich her zog.

Nur ab und an schaute Raghi zu ihm hinab. Ansonsten hielt er sich an Naveens Rat, sich auf einen Körperteil von Rose zu konzentrieren.

Die Aufgabe fiel ihm leicht. Seine Chimäre war eine ausgezeichnete Fliegerin geworden, eine Akrobatin der Lüfte. Hatte sich früher stets irgendetwas am falschen Ort befunden — und Rose sich deswegen in der Luft oder bei der Landung des Öfteren überschlagen —, harmonierten ihre Bewegungen inzwischen perfekt. Ihren Adlerkopf hielt sie auf der Höhe ihres Körpers und ließ ihre Blicke fortwährend über das Land unter ihnen schweifen. Raghi war sich sicher, dass ihr keine Maus und kein Hermelin entgingen. Ihr Drachenhals wiederum erhob sich in einem eleganten Bogen von ihrem Körper, sodass ihr Drachenkopf voraus und in alle Richtungen schauen konnte. Durch diese doppelte Wachsamkeit machte sie es einem Feind sehr schwer, sich in irgendeiner Weise unbemerkt zu nähern.

Die Übelkeit blieb aus.

Plötzlich schlitterte sein Seelenschatten tief unter ihnen zu einem Halt und machte eine herrische Bewegung. Rose schien ihn zu verstehen. Sie landete in einiger Distanz hinter ihm. Die Drachenpferde mit seinen Freunden taten es ihr gleich.

«Habe ich richtig gesehen, dass das Land dort vorne in ein Tal abfällt?» Naveen flüsterte unwillkürlich.

«Ja, wir sind da.» Raghi wandte sich an seinen Seelenschatten, der zu ihnen zurückgeeilt war. «Ailwens Mine?»

Ein Nicken.

«Lasst uns die Lage erkunden.»

Sein Seelenschatten verschmolz ungefragt mit ihm. Inzwischen lief der Prozess so mühelos, dass Raghi ihn kaum spürte.

Links von ihnen erhoben sich nun Hügel. Eine Frage der Perspektive. Raghi vermutete, dass die Bewohner des dahinterliegenden Tals sie als die Kuppen hoher Berge wahrnahmen.

«Denkt daran, dass uns von unten und aus Lyrrhodenais Hochtal niemand sehen darf», ermahnte er seine Freunde. «Verlasst euch nie auf das Wetter. Der Schneefall kann von einem Moment auf den anderen aufhören und wir wissen nicht, ob irgendwo Wachen stehen.»

Alle nickten.

Vorsichtig schlichen sie voran. Die Straße führte nun direkt an der Felswand eines Hügels entlang und machte einen Bogen nach links. Auf der rechten Seite wuchs niedriges Gebüsch zwischen Geröll.

Raghi hielt inne und hob die Hand. Aufmerksam musterte er die Umgebung.

Obwohl es um die Mittagszeit war, herrschte düsteres Zwielicht. Links erkannte er das Ende der Straße. In etwa zwanzig Schritten Entfernung hörte sie einfach auf. Das Gebüsch auf der rechten Seite endete auf halber Distanz.

«Lasst uns zum letzten Busch dort schleichen.»

Bald lagen sie bäuchlings nebeneinander im Schnee. In Reichweite ihrer Arme fiel der Fels scharf ab. Unter ihnen erstreckte sich ein enges Tal. An seinen schroffen Hängen entdeckte Raghi an langen Stangen zahllose farbenprächtige Fahnen, die vom Schnee durchnässt schlaff herunterhingen. Wie Solan es beschrieben hatte, war die eigentliche Ortschaft auf dem Talgrund von überschaubarer Größe.

«Sind das viele Camps.» Anjali bewegte den Zeigefinger und schien zu zählen. «Mindestens einhundertzehn.»

Raghi musterte die Berge rund um den Ort. «Wo liegt Lyrrhodenais Hochtal?» Er konnte kein Anzeichen entdecken. Ein Berg sah aus wie der andere.

«Dort!» Najira zeigte auf einen breiten Felssattel zwischen zwei markanten Bergspitzen. «Wenn du genau hinschaust, siehst du den orangen Widerschein.»

Jetzt sah Raghi es auch. «Das ist kein schmutziger Schnee?»

Najira schüttelte heftig den Kopf. «Im Hochtal herrscht oranges Licht. Frag mich nicht wieso.»

«Der Sattel liegt etwa auf unserer Höhe. Wenn das hier ein Brückenkopf ist, könnte dort tatsächlich der andere liegen.» Anjalis Blicke gingen hin und her.

«Finden wir Tatis Camp?» Naveen musterte den Fahnenwald auf dem Abhang unter ihnen.

Raghi entdeckte es zuerst. «Dort. Höher als alle anderen. Seht ihr all die verschiedenen Farben der Fahne? Und der Stoff scheint in Fetzen zu hängen.»

Er musterte den Abhang. Der Abstieg dorthin war ungemütlich und äußerst schwierig, insbesondere nun im Winter. Raghi hatte jedoch schon Ähnliches geleistet. In der Nacht bei Regen oder Schnee an den majestätischen Gebäuden Eternas herumzuklettern war ebenso gefährlich. Aber Naveen und Anjali? Keine Chance.

«Ich gehe», bestimmte Raghi. «Eine andere Möglichkeit gibt es nicht. Najira, traust du dir zu, mich zu begleiten?»

«Auf jeden Fall. Egal, wie doof ich mich anstelle, sterben kann ich nicht.» Das Drachenmädchen klang sehr entschlossen. Keine Spur mehr von Missy Waschlappen.

«Was tun wir, wenn euch jemand erwischt und ihr gefangen genommen werdet?»

Naveens Frage löste beklommenes Schweigen aus.

«Ich habe darüber nachgedacht.» Raghi atmete tief durch. «Wenn es eine realistische Chance gibt, uns zu befreien, versucht es. Wenn nicht oder auch später, sollte alles verloren scheinen, überlegt euch, über die Treppen der Ewigkeit zu fliehen und einen Wächter zu suchen. Bittet ihn, euch in Sicherheit zu bringen, und startet das Volk der Ghitains neu. Vielleicht ist das unsere einzige Möglichkeit, über Lyrrhodenai zu siegen.»

«Du beschreibst ein Leben voller Traurigkeit. Da bevorzuge ich den Tod.» Naveens Tonfall ließ keinen Zweifel daran, wie ernst es ihm war.

«Ich auch», bestätigte Anjali.

«Gerade sprechen eure Gefühle. Es gibt auch eine strategische Betrachtungsweise.»

«Wir haben dich gehört, Raghi.» Anjali deutete auf Tatis Camp. «Wann willst du hinuntersteigen?»

«Jetzt gleich. Zieht euch mit Rose und den Drachenpferden hinter die Biegung zurück und sucht euch ein Lager abseits der Straße. Zwischen den großen Findlingen müsstet ihr trockene Bereiche finden. Aber kein Feuer. Eine einzelne Rauchfahne hoch über dem Tal könnte auffallen.»

Anjali nickte knapp. «Wir werden die Drachenpferde bitten, uns warmzuhalten. Wie findet ihr uns?»

«Ihr hinterlasst Fußspuren. Was wir, denke ich, riskieren können. Der

Schnee war den ganzen Weg über unberührt. Es scheint hier keine Reisenden zu geben.»

RAGHI UND NAJIRA machten sich auf den Weg. Sie robbten bäuchlings durch den Schnee bis zu der Stelle, wo die Straße im Nichts endete. Dort hatte das Gelände vielversprechend ausgesehen. Tatsächlich fand Raghi einen Einstieg in den Abhang, wo struppige Büsche sie vor Blicken aus dem Tal schützten. Gleich darauf schrak er heftig zusammen, als sich etwas samtweich an seiner Seite rieb.

Der Katzenpanther. Najiras Gedankenstimme zitterte. Raghi fühlte, dass sie für ihn tapfer sein wollte. *Er will uns helfen.*

Das magische Tier schaute sie an, bog den Rücken verspielt und sprang ihnen voran in das steil abfallende Gelände hinein. Raghi, durch seine Lehrzeit auf Misstrauen getrimmt, folgte ihm vorsichtig.

Bald gab er Najira recht. Der Katzenpanther zeigte ihnen den Weg. Wo die Länge der Beinchen dafür ausreichte, kletterte er als Katze voran. Wurde der Schnee zu tief, wechselte er in seine Panthergestalt. Raghi hätte den Weg nicht besser wählen können.

Tatis Camp glich in seiner Einsamkeit einem Adlerhorst. Um es zu erreichen, mussten sie trotzdem mehr als die Hälfte der Bergflanke hinabsteigen. So direkt wie möglich bewegten sie sich auf ihr Ziel zu, ohne je ihre aus immergrünen Bäumen und Felsbrocken bestehende Deckung zu verlassen. Der Abstieg war herausfordernd, aber für einen Menschen machbar.

Bald wurden Raghis Hände eiskalt. Alles war mit Schneekristallen bedeckt, egal was er ergriff. Er ignorierte den Schmerz.

Wie wollten sie auf Tati zugehen?

Warum hatten sie Solan nicht gefragt, wie sich Tati fremden Menschen gegenüber verhielt? Und wie sie ihr Vertrauen gewinnen konnten? Absolut essenzielle Fragen. Er hatte nicht daran gedacht.

Sie erreichten einen Wasserfall. Im Zwielicht ließ sich nicht erkennen, von wie weit oben das Wasser kam. Trotz der eisigen Temperaturen stürzte es sich die Felswand hinab. Durch die Gischt, die es dabei aufwirbelte, wuchsen links und rechts gigantische Eisnadeln empor.

Im Teich des Wasserfalls stand eine Frau in hüfthohen Lederstiefeln und wusch seelenruhig Gold. Ihren Platz hatte sie gut gewählt. Die vom herabstürzenden Wasser verursachten Sturmwinde trieben die Gischtschleier von ihr weg, während das Wasser auf sie zufloss. Wenn sich irgendwo etwas finden ließ, dann dort.

Raghi, sie hat uns bemerkt.

Wie war das möglich? Najira und er kauerten hinter einem immergrünen Busch. Neben ihnen presste sich der Katzenpanther flach in den Schnee. Tati konnte sie nicht gesehen haben.

«Das kleine Drachenmädchen ist zurückgekehrt», trällerte die Frau heiter.

«Geh zu ihr, Najira. Es sieht aus, als würde sie dich nicht fürchten.»

Sie schien widersprechen zu wollen. Mehrmals setzte sie an — und entschied sich dann anders. Ihre Schultern reckten sich. Sie erhob sich aus dem Versteck und kletterte etwas ungeschickt zu der Frau hinab.

«Bist du Tati? Man erzählt mir, dass du mich damals gesehen hast. Ich erinnere mich nicht daran. Es tut mir leid.»

Ein Seitenblick traf Najira. «Das kleine Drachenmädchen sieht ganz anders aus. Es ist richtig hübsch. Nicht so ein hohles Ding.» Tati — um jemand anderen konnte es sich nicht handeln — schöpfte eine neue Ladung Kies und Sand in ihre Waschschüssel.

Soll ich ihr sagen, dass du da bist, Raghi? Willst du direkt mit ihr sprechen?

Er zögerte. Aufgrund von Solans Beschreibung hatte er sich Tati ganz anders vorgestellt. Die Frau war groß und überaus attraktiv mit langem honigblondem Haar und tiefgrünen Augen. Sie wirkte wie Mitte vierzig. Bei den Unsterblichen schien dieses Aussehen einem sehr hohen Alter zu entsprechen.

Für ihr raues Leben waren ihre Kleider sauber und in gutem Zustand. Spuren der Vernachlässigung erkannte er keine. War es möglich, dass sie trotz ihres Geisteszustands so gut für sich sorgen konnte? Oder gab es irgendwo einen Aufpasser?

Fragst du sie, ob sie allein lebt? Wir müssen wissen, ob sie einen Beschützer hat.

Najira überlegte kurz. «Ich benötige Hilfe gegen Lyrrhodenai und möchte dich um deine bitten. Bin ich bei dir sicher, Tati?»

«Ich lebe allein und ich bevorzuge es so. Und du, Drachenmädchen?»

«Ich habe einen Begleiter. Darf er sich zeigen?»

Tati nickte.

Raghi erhob sich und stieg zu den Frauen hinab. Tati musterte ihn furchtlos. Verspätet ging Raghi auf, wie groß die Frau war. Sie stand im Teich und war trotzdem fast so groß wie er. Wenn sie aus dem Wasser kam, reichte Najira ihr wahrscheinlich gerade mal bis zum Ellbogen.

«Du starrst mich an, als wüsstest du nicht, was sagen.»

Raghi errötete. Tati hatte recht. Er, der sonst nie um einen dummen Spruch oder eine rotzfreche Bemerkung verlegen war, fand keine Worte. So viel hing von dieser Begegnung ab und was sie sahen, entsprach in keiner Weise dem, was sie erwartet hatten. Tati wirkte nicht verrückt. Ihre Augen erwiderten Raghis Blick mit Klarheit und Intelligenz.

Hatte Solan ihnen falsche Informationen gegeben? Und falls ja, mit welcher Absicht?

«Uns wurde gesagt, dass du wahnsinnig seist», sprang Najira in die Bresche.

Tati schnaubte amüsiert. «Dann hat meine List ja funktioniert.»

«Weshalb gibst du das uns gegenüber zu? Wir könnten es im Dorf unten erzählen.»

Raghis Einwand beeindruckte sie nicht. «Die Bemerkung eines Fremden gegen das, was die Menschen von Ailwens Mine seit Jahrtausenden beobachten? Denkst du wirklich, auch nur jemand würde dir glauben?»

«Vielleicht Lyrrhodenai?»

«Ich denke, er hat mich längst vergessen. Mit seinem Kopf und Verstand stimmt vieles nicht.»

Raghi war ratlos. Wie sollte er die Situation einschätzen?

Najira, was ist dein Eindruck? Spielt Tati uns in einer Art genialem Wahnsinn etwas vor oder ist ihr Verstand so klar wie unserer?

Wieso fragst du mich das? Denk an meine Fehleinschätzung von Lyrrhodenai. Ich bin ja wohl am wenigsten geeignet ...

Ihre Tirade brach ab. Sie überlegte.

Raghi fühlte Stolz. Najira entwickelte sich mit jedem vergehenden Tag.

Sie fühlt sich für mich völlig normal an. Sie ist müde und desillusioniert wie

viele der alten Unsterblichen. Und sie liebt die Einsamkeit. Sie ist irgendwie froh,
dass wir da sind, und fühlt sich zugleich gestört.

Danke. Raghi sandte ihr eine geistige Umarmung.

Er suchte Tatis Blick. «Wir bitten um deine Zeit und Erinnerungen, was
du seinerzeit in Lyrrhodenais Hochtal gesehen hast. Gewährst du sie uns?»
Er unterstrich seine Worte mit einer leichten Verbeugung.

«Wenn ich das tue, erwacht in meiner Seele die Hoffnung. Die Wahr-
scheinlichkeit ist hoch, dass ihr sie enttäuscht. Und doch …» Ihr Blick ging
zu Najira. «Was du erlebt hast, soll niemand erleben müssen. Ja. Ich bin
bereit, es zu versuchen.»

Jemand Weiteres, der ihnen bereitwillig Auskunft gab? Wie wahrscheinlich war das?

Während seiner Lehrzeit hatte Raghi des Öfteren Informationen
sammeln müssen. Normalerweise gab niemand diese freiwillig. Viele
hielten die Hand auf. Andere hatten etwas zu verbergen. Und der weitaus
größte Teil interessierte sich keinen Deut für deine Probleme und war nicht
bereit, dir auch nur eine Sekunde zu opfern. Tomak hatte er als Glücksfall
erachtet. Bei Solan war er sich weniger sicher gewesen, aber kein Zeichen
von Falschheit entdeckt. Hier wusste er nicht mehr, was er denken sollte.

«Ist das nicht die Antwort, die du dir erhofft hast?»

«Du bist die vierte Person, die bereit ist, uns zu helfen. Die erste hat uns
verraten. Die beiden anderen schienen es ehrlich zu meinen. So wie auch
du. Ich wundere mich wieso. Sind wir nicht eine unerwünschte Komplikation für dich?»

Bisher hatte Tati keinen Moment mit dem Goldwaschen aufgehört. Nun
richtete sie sich auf und ließ zu, dass das Wasser den Inhalt aus ihrer Schale
spülte. «Wen alles habt ihr außer mir gefragt?»

«Sander, Tomak und Solan.»

«Und Sander verriet euch? Das tut mir leid. Wieso wir anderen euch
helfen? Ich kann nur für mich sprechen. Seit Lyrrhodenai hier aufgetaucht
ist, leben wir in einem lähmenden Albtraum. In anderen Gegenden Eternas
geht jedes Unrecht irgendwann zu Ende. Hier nicht. Hier wird es uns ewig
erhalten bleiben. Es lastet auf jeder Sekunde, jeder Stunde, jedem Tag,
jedem Jahr, jedem Jahrhundert und jedem Jahrtausend — in Vergangenheit,

Gegenwart und Ewigkeit. Wie wenn alle Farben und jegliche Freude aus dem Leben herausgesogen worden wären.»

«Trotzdem kommt es euch nicht in den Sinn, etwas dagegen zu unternehmen?»

«Sag mir was und ich bin gerne bereit, darüber nachzudenken. Ihr wisst ja sicher schon, wie ihr Lyrrhodenai beikommen wollt.»

Eben nicht. Sonst wären sie nicht hier.

Raghi seufzte. «Gibt es einen sicheren Ort, wo wir uns unterhalten können?»

19

Tati hatte in der Nähe des Wasserfalls eine Art Zweitcamp eingerichtet, von dem angeblich niemand im Tal wusste. Es lag in einer Höhle, deren Eingang sich in einer Felsspalte versteckte und von einer schweren Tür versperrt wurde. Im Innern war es angenehm warm. Raghi schaute sich nach einem Feuer um. Er entdeckte keins.

«Im Berg gibt es heiße Quellen. Ein Grund, weshalb der Wasserfall nicht zufriert. Wenn du den Fels berührst, fühlst du die Wärme.» Tati nahm etwas aus einem Regal. Funken sprühten auf. Bald bildete sich eine kleine Flamme, mit der sie eine Laterne entzündete.

Der sanfte Lichtschein holte das Innere der Höhle aus der Dunkelheit. Raghi entdeckte gemütlich wirkende Möbel aus grob bearbeitetem Holz, gegerbte Häute, Werkzeug zur Bearbeitung von Leder, ein Spinnrad und Körbe mit Wolle. Hier ließ es sich an eisigen Wintertagen wunderbar aushalten.

Tati setzte sich auf eine Truhe und zog sich die Stiefel von den Beinen. Unter den hüfthohen Schäften waren ihre Hosen trocken. Der Stiefelmacher — vermutlich Tati selbst — hatte ausgezeichnete Arbeit geleistet.

Tati schlüpfte in Fellschuhe mit weichen Sohlen. Sie musterte ihre Gäste nachdenklich. «Ihr seid unruhig. Euch brennt die Zeit unter den Nägeln.

Wollen wir gleich mit den Fragen beginnen? Wenn ihr hungrig und durstig seid, kann ich gleichzeitig zuhören und euch etwas zubereiten.»

«Vielen Dank für dein Angebot. Nahrung brauchen wir keine, aber Informationen. Und vielleicht ein paar Erklärungen.» Raghi Handbewegung umfasste Tati und das Innere der Höhle. «Ich verstehe gar nichts mehr.»

Tati zeigte auf zwei Hocker, die auch als tiefe Tische dienen konnten. «Setzt euch.» Sie selbst wählte den Sessel, neben dem das Spinnrad stand.

«Die Kurzversion, wie all das zustande kam. Meiner Familie gehört Ailwens Mine, also das ganze Tal, was mich zu einer guten Partie machte. Dazu gesellte sich, dass ich ein wildes Kind war. Wenn ich dich so betrachte, vermute ich, dass ich dir nicht allzu viel dazu erklären muss.»

Raghi nickte knapp. «Wir können uns gerne später über unsere hirnverbranntesten Abenteuer austauschen — sollte es ein Später geben.»

Seine bedrohliche Eröffnung machte keinen Eindruck. Tati zuckte bloß die Schultern. «Ich bevorzugte Liebesaffären mit Sterblichen, weil ich mich da nie lange binden musste. Aber der Druck all der Familien mit hübschen unsterblichen Söhnen nahm zu. Mein Vater, eigentlich ein herzensguter Mensch, begann einzuknicken. Wie ich heute verstehe, half mein Verhalten mit. Es wurde ihm zu viel.»

Tati seufzte. «Mein armer Vater. Es gibt vieles, das ich mit meinem heutigen Verständnis gerne rückgängig machen würde. — Lyrrhodenais Einzug ins Hochtal bekamen wir in Ailwens Mine zuerst gar nicht richtig mit. Jemand ließ sich in jenem versehrten Gebiet nieder? Sollte er doch, wenn er dort glücklich wurde. Dann begann das Wehklagen. Es zerrte an meiner Seele und mein Mitgefühl ging einen schicksalsschweren Bund mit meiner Abenteuerlust ein.»

Für Raghi klang das nur allzu vertraut. Er ahnte, wie die Geschichte weiterging.

«Wir Mädchen fanden Lyrrhodenais Männer interessant. Sie waren jung, nicht von hier und etwas Düsteres, Verbotenes umgab sie. Lockstoff pur. Sie hielten uns auf Armlänge oder wichen uns aus. Einer konnte die Augen nicht von mir lassen. Das nutzte ich aus. Bald konnte er mir nichts abschlagen. Auf mein Verlangen hin schmuggelte er mich ins Hochtal.»

Tati hielt kurz inne. «Ich nehme an, ihr wollt dorthin und somit alles wissen, woran ich mich erinnere?»

«Ja.» Raghi erwischte sich dabei, wie er den Atem anhielt. Erhielten sie nun endlich genauere Informationen?

«Um ins Hochtal zu gelangen, nutzten wir die Treppen der Ewigkeit. Lyrrhodenais Leute tragen einen eisernen Halsreif mit einem Sternenwirbel darauf. Berühren sie diesen, öffnet sich eine Tür zu den Treppen direkt neben ihnen.»

«Nur eine Tür?», versicherte sich Raghi.

«Ja. Eine Holztür mit einem steinernen Spitzbogen als Türrahmen. Sie hängt einfach so in der Luft. Nur gerade so hoch, dass der Träger des Halsreifs durchgehen kann. Ich war höhergewachsen als er und musste mich bücken. Wir stiegen die Treppen hoch. Da kamen mir erste Zweifel. Alles hing voller Spinnweben. Die Stufen waren brüchig und tief abgelaufen. Moder bedeckte die Wände. Es stank fürchterlich.»

Raghi wechselte einen erstaunten Blick mit Najira.

«Kann es sein, dass die Treppen so gegen den Missbrauch protestierten? Ich hatte von den Wächtern die Erlaubnis, sie hinabzusteigen, und kenne sie ganz anders.»

Tati öffnete den Mund, zögerte und sprach dann doch. «Ich habe meine eigene Theorie dazu aufgrund von dem, was ich sah und seit damals beobachten musste. Alle sagen, Lyrrhodenai sei ein Magier. Dem stimme ich nicht zu. Er ist ein Fälscher, jemand der kopiert und es so aussehen lässt, als wäre die Kopie das Echte. Dazu nutzt er etwas, das für uns wie Magie wirkt. Was es genau ist, kann ich nicht sagen.»

Najira wirkte plötzlich ganz beklommen.

Die Kräfte, die er dir angeblich stahl?

Sie wagte es nicht, Raghis Blick zu erwidern. *Ich vermute es. Es würde Sinn ergeben, dass er sie nicht korrekt nutzen kann. Sie gehörten mir und selbst ich konnte sie damals nicht korrekt nutzen.*

Tati, die von ihrem stummen Austausch nichts mitbekommen hatte, erzählte weiter. «Oben im Hochtal verließen wir die Treppen. Ich werde euch einfach erzählen, was ich sah. Was ich fühlte, mag ich nicht nochmals erleben. Das Hochtal hat die Form eines steilen, tiefen Kelchs. Angeblich schwebte die Stadt der Wolkenmenschen auf der Höhe der umliegenden

Bergflanken und war mit Befestigungen in den Felsen verankert, damit sie nicht wegtrieb. Davon war nichts mehr zu sehen. Schneeweiß gebleichte Schädel bedeckten den gesamten Grund des Hochtals und türmten sich in der Mitte zu einem Hügel. Oben auf dem Hügel erhob sich eine gleißend weiße Burg in hässlichem Protz. Ihr Hauptgebäude ist rund, ein Turm von beachtlichem Durchmesser. Ziertürme, schlank wie Speere, umgeben ihn. Um die Burg herum dreht sich ein gigantisches Abbild der Treppen der Ewigkeit, das sein bedrohlich oranges Licht auf den weißen Stein der Burg und die grauen Berghänge wirft. Egal, wo du hinschaust, es gibt nichts Lebendiges — keine Pflanze und kein Tier, nur Staub und Tod. Mein Begleiter erklärte mir stolz, dass der Schädelberg mit jedem gefallenen Feind Lyrrhodenais wächst und die Burg deshalb irgendwann höher in den Himmel reichen wird als der höchste Gipfel im Gebirge des Westens.»

Raghi erinnerte sich an den orangen Widerschein auf dem Schnee und den Wolken. «Er sprach die Wahrheit?»

Tati presste die Lippen zusammen. «Leider ja. Seit einigen Jahrhunderten sehen wir nachts den orangen Widerschein an der Unterseite der Wolken und er wird beständig stärker.»

«Wo genau öffnete sich der Ausgang der Treppen? In der Burg selbst?» Raghi versuchte sich vorzustellen, was ihn und seine Freunde im Hochtal erwartete.

«Nein. Die Burg verfügt über ein massives Eingangstor mit einem Burggraben davor. Eine Zugbrücke verbindet das Tor mit einer hohen Steinbrücke, die schnurgerade zur Flanke des Hochtals führt — und einfach endet. Dort öffnet sich die Tür zu den Treppen.»

Also eine klassische Verteidigungsstellung. War die Zugbrücke hochgezogen, führte der einzige Weg der Angreifer über den Abhang aus Schädeln. Selbst Raghi fand das ziemlich abschreckend.

«Die erwähnte Steinbrücke erhob sich ungemütlich hoch über dem Talgrund. Sie stand auf Pfeilern, die mit Rundbögen verbunden waren. Auf einer Seite gab es eine tiefe Grube in den Schädeln, wie manche Völker sie für wilde Tiere bauen. Darin, mit leuchtenden Ketten gefesselt, lag der Drache.» Tatis Blick ging zu Najira. «Von so hoch oben sahst du aus wie ein misshandelter Welpe. Deine Schuppen glänzten unter all dem Dreck weiß und deine Augen waren purpurn. So beschreiben die Sagen die Drachen des Ersten Bluts. Selbst in deiner misslichen Lage wirktest du wunderschön. Aber ich sah deine wahre Gestalt durch die Illusion, die du für Lyrrhodenai zeigtest, deine kupferfarbenen Schuppen und blauen Augen — eine Gabe aus der grauen Vorzeit, die unter den Unterstersblichen noch recht verbreitet ist. Lyrrhodenais Diener hielt mir einen Stein hin, den ich auf dich hinabwerfen sollte. In jenem Moment begann ich zu begreifen, welchen Fehler ich begangen hatte.»

Najiras Lippen zitterten. «Hast du es getan?» Ihre Stimme klang unendlich dünn.

«Nein. Ich fragte ihn, was er für ein Mann sei und ob er keine Ehre habe? Da sah ich etwas in seinen Augen, das euch vielleicht helfen wird. Meine Frage hatte ihn für einen kurzen Moment aus einer Art Verblendung herausgerissen und er fühlte Zweifel.»

Das war eine interessante Beobachtung. «Du denkst, Lyrrhodenai macht seine Gefolgsleute mit einem Zauber gefügig?» Raghi dachte zurück an den Markt in Aeriels Quellen. Ihm war nichts aufgefallen. Das musste nichts heißen. An Lyrrhodenais Stelle hätte er für so einen Auftritt seine besten Leute mitgenommen — all jene, die das Böse verinnerlicht hatten.

«Vielleicht ein Zauber, vielleicht Hypnose, vielleicht eine Art Droge. Allerdings ist das alles inzwischen unendlich lange her und Lyrrhodenai seither um vieles stärker geworden. Falls ein Zwang existiert, lässt er sich vielleicht nicht mehr brechen.»

In einem Kampf konnte der kleinste Aspekt entscheidend sein. «Was geschah danach? Nahm der heimliche Besuch ein Ende?»

Tati fixierte die fröhlich tanzende Flamme in der Laterne. Ihre Miene war seltsam leer und für einen Moment sah Raghi ihr das unvorstellbar hohe Alter an. «Nein. Wie gesagt, war ich ein wildes Kind. Ich besaß aber auch einen sehr starken Gerechtigkeitssinn und eine verschlagene Art von Intelligenz. Ich ahnte, dass das die einzige Chance für uns Menschen des Westens war, mehr über den Ort zu erfahren. Ich stellte auf verliebtes Mädchen um und brachte meinen Begleiter dazu, dass er mir den Rest der Burg und des Hochtals zeigte. Hier die Zusammenfassung, was ich beobachten konnte. So prächtig die Burg aussieht, sie ist eine Art Hülle und wirkt innen nur halb fertiggestellt. In der Mitte des Hauptturms führt eine mächtige Wendeltreppe gegen den Uhrzeigersinn nach oben. Sein Fundament besteht aus Bogengängen und scheint nur zu existieren, um den Rest des Konstrukts in den Himmel zu heben. Seelenlose Geister streichen durch die Gänge. Ihr Wehklagen hallt von den Wänden des Felstrichters wider, eine grausige, nie verklingende Begleitmusik.»

Raghi hielt sich mit Mühe davon ab, die Augen zu verdrehen. Im Eterna seiner Zeit verbarg sich das abgrundtief Böse hinter perfekter Schönheit und Lieblichkeit. Dazu stand ihm fast unmenschliche Intelligenz zur Verfügung. Nur wer sehr genau hinschaute — oder durch dessen Adern wie bei Raghi Zynismus statt Blut floss — entdeckte es.

Lyrrhodenai hingegen schien zu jenen Tyrannen zu gehören, die Klischees liebten. Vielleicht eine Täuschung. Umsonst tyrannisierte er den Westen nicht seit Jahrtausenden.

«Wo genau beginnen diese Bogengänge? Unterhalb der Ebene mit der Zugbrücke?»

«Ja. Auf der Ebene der Zugbrücke befinden sich die Ställe. Darüber je eine Etage mit einem Lagerraum und den Quartieren für Lyrrhodenais Männer. Den obersten Raum — er erstreckt sich über das gesamte Dachgeschoss — beansprucht Lyrrhodenai für sich selbst. Ein seltsamer Ort. Weil der Grundriss rund ist, gibt es nur eine Wand, durchsetzt von offenen Bogenfenstern, durch die gnadenlos der Wind pfeift. Das Wehklagen der Geister umweht dich wie klebrige Albträume. Über dir erhebt sich die gigantische Balkenkonstruktion des Spitzdachs. In der offenen Fläche um dich verliert sich Lyrrhodenais hölzerner Thron, der seltsam klein und unpassend wirkt. Auf einem Podest steht eine Trophäe, ein kunstvoll geschliffener Kristallflakon. An der Wand hing eine leuchtende Kette für den Drachen. Ich sah keine persönlichen Räume, kein Arbeits- oder Schlafzimmer. Ich fragte meinen Begleiter, wo sein Herr schläft. Er zuckte nur die Schultern.»

Najira schauderte heftig. «Die Trophäe ist eine Träne von mir. Ich schenkte sie ihm und besiegelte damit meine eigene Versklavung.»

Tati betrachtete Najira mit großem Ernst. «Ich kann nur wiederholen, was ich schon einmal erwähnt habe. Ich bin überzeugt, dass Lyrrhodenai tief unter all dem Schein der Macht und Unbezwingbarkeit ein Trickbetrüger ist. Ketten, die mit sogenannter Magie leuchten, sind keine Ketten, sondern eine Botschaft. So wie auch die prominent zur Schau gestellte

Träne. Ähnlich verhält es sich mit der Unterdrückung von uns Menschen des Westens. Sie geschieht in unseren Köpfen. Das weiß ich ganz sicher. Leider habe ich über all die Jahrtausende keinen Schlüssel gefunden, um die Tür der Illusion zu öffnen und daraus auszusteigen.»

«Das ist ein überaus wichtiger Gedanke, auch wenn ich die Implikationen nicht verstehe. Lyrrhodenai selbst könnte der Schlüssel sein. Er ist unsterblich und gefährlich.» Raghi stockte. Die Schlussfolgerung fühlte sich unbefriedigend an. «Aber er war nicht immer unsterblich und verbreitet vielleicht nur die Illusion von Gefährlichkeit. Wer sind diese Feinde, auf deren Schädeln seine Burg erbaut ist? Gab es sie wirklich?» Er schaute zu Najira. «Befrag noch einmal dein Drachenwissen. Wir müssen endlich wissen, wie genau Lyrrhodenai unsterblich wurde. Kann ein sterblich geborener Mensch tatsächlich durch irgendeine Handlung oder einen Zauber ewiges Leben erlangen?»

Najiras babyblaue Augen verloren jeden Ausdruck. Es dauerte eine ganze Weile, bis sie entschieden «Nein!» sagte.

Raghi fühlte, wie sein Magen ins Bodenlose sank. «Wir wissen, wer Lyrrhodenais Vater ist. Wer ist seine Mutter?» Oder spielte auch das keine Rolle? Raghi erinnerte sich daran, was seine Nana ihm erzählt hatte und was sie wiederum von dem zweiten Drachenfürsten erfahren hatte. *Drachenartefakte rufen Drachenseelen zu sich.* War Lyrrhodenai sein dunkler Seelenbruder und hatte Ähnliches erlebt wie er selbst? Kein angenehmer Gedanke.

Aber konnte das wirklich sein? Hätte Kaea die Hinweise in Lyrrhodenais Lebensstrang dann nicht entdeckt?

Najira suchte seinen Blick. *Vielleicht nicht, wenn es sich um eine einzelne silberne Faser innen drin handelte. Eine einzige, feiner als ein Haar, reicht. Und Kaea suchte ja nicht spezifisch danach, als sie den braunen, sterblichen Beginn von Lyrrhodenais Lebensstrang untersuchte.*

Möglich. Raghi wollte lieber nicht daran glauben. *Aber noch ein Drachenartefakt? Wir wissen nicht einmal sicher, dass das erste existiert. Und wieso haben die Drachenfürsten bei mir eingegriffen, aber nicht bei Lyrrhodenai?*

Najira trug plötzlich eine Miene zur Schau, als würde sie an akuter Verstopfung leiden.

Was?

Die Drachenfürsten sind nicht allmächtig. Und vergiss nicht, dass die Drachen das gesamte Multiversum, all das um uns herum, als Spiel erschufen. Das Spiel von Licht und Dunkelheit. Jede Partei wählt ihre Spieler und unterstützt sie.

Raghi biss die Zähne zusammen. Sollte ihm einmal ein Drachenfürst begegnen, dann …

«Ihr scheint gerade einige Erkenntnisse gehabt zu haben.» Tati schmunzelte. «Ihr wirkt wie zwei Katzen, die nach einer Auseinandersetzung den Anschein von Würde wiederherzustellen versuchen.»

Eine passende Beschreibung. Raghi erwischte sich dabei, wie er sich unnötig an der Schulter kratzte. Najira hatte mit einer Strähne ihres unordentlichen Haares zu spielen begonnen.

«Leider nichts, was uns direkt weiterhilft. Nochmals zum Schloss: Gibt es Orte, wo wir uns beim Einschleichen verstecken können?»

«Nein, nicht wirklich. Du hast immer die Treppe in der Mitte und einen offenen Bereich darum herum. Auf den Etagen, wo es Räume gibt — die Ställe oder die Quartiere der Männer —, liegen diese zur Außenwand des Turms hin und alle Türen zeigen auf das Zentrum mit der Treppe. Vielleicht am ehesten im Fundament, wo die Geister herumstreifen. Die Bogengänge dort sind spiralförmig angeordnet. All die Säulen verwirren das Auge und die Wahrnehmung. Die kleinen Spitztürme um den Hauptturm herum sind hingegen leer — reine Dekoration. Dort hat es nicht einmal Treppen drin.»

Vielleicht konnten sie außen hochklettern? Ob das möglich war, musste er vor Ort entscheiden. Durch seine Ausbildung konnte er Wände erklimmen, die andere Menschen als glatt und unbezwingbar bezeichnet hätten. «Gibt es Wachen?»

«Als ich dort war, stand die Burg bis auf die Geister, den Drachen und uns leer. Ich sah keine menschlichen Wachen. Auch keine anderen, wer auch immer diese sein könnten. Und die Geister ignorierten uns.»

Raghi entschied sich, dass es Zeit war für die schwierigste Frage. «Wie ging dein Besuch aus? Und was kam danach?»

Tati schnaubte. «Lyrrhodenai hat uns natürlich erwischt. In seinem Thronraum. Plötzlich war er da. Allein. Es war … sehr unangenehm und bedrohlich. Er hat mich gepackt, aus der Burg und über die Treppen der Ewigkeit gezerrt und in einen Kerker geworfen. Dort habe ich Jahre verbracht. Sein Gefolgsmann, der mich in die Burg geschmuggelt hatte, musste mir Wasser und Essen bringen. Jeden Tag, oder vielleicht sollte ich sagen jedes Mal, wenn er kam, wirkte er älter und kraftloser. In jener Zeit bin ich durchgedreht — zuerst richtig, bis mein Überlebensinstinkt und Trotz sich einschalteten. Danach spielte ich den Wahnsinn. Dies offenbar überzeugend. Eines Tages kam Lyrrhodenai selbst. Er brachte mich zurück in die Gegenwart und stieß mich in der Nähe von Ailwens Mine in den Schnee. Weil ich mich schämte und um mich vor Lyrrhodenais Zorn zu schützen, spielte ich weiter die Wahnsinnige. Ich versuchte, die Menschen auf die wachsende Gefahr aufmerksam zu mache, indem ich Informationen über das Hochtal und die Burg in meine Anfälle mischte. Niemand wollte die Wahrheit hören. Die meisten mieden mich. Diese Situation hatte auch Vorteile. Seit damals hat mein Vater kaum noch Heiratsanträge für mich erhalten. Ich konnte mein eigenes Camp beziehen, weg von den Menschen, was mir gefällt. Ich hatte schon immer gerne meine Ruhe. Seit einigen Jahrhunderten benehme ich mich weitgehend normal, wenn ich auf jemanden aus den Siedlungen treffe — was niemandem auffällt. Das Wissen, dass ich wahnsinnig bin, macht die Menschen blind.»

Raghi ahnte, was Tati ihnen alles verschwieg. «Ich bewundere deinen unbeugsamen Willen. Gleichzeitig tut es mir leid, was du alles durchmachen musstest.»

«Sie könnte deine Schwester sein, Raghi. Eine Schwester im Geiste ist sie auf jeden Fall.» Najira wandte sich an Tati. «Das war übrigens ein Kompliment. Raghi ist … Raghi. Absolut stur, trotzig, nervig. Er akzeptiert kein Nein und keine Grenze. Er kann dich in Nullkommanichts zur Weißglut treiben. Ein unglaublicher Überlebenskünstler. Ich bewundere ihn so sehr.»

Raghi öffnete den Mund, um etwas zu sagen. Im fiel nichts ein. Nichts. Kein Scherz über das wahrscheinlich wirrste Kompliment aller Zeiten. Keine witzige oder scharfe Bemerkung. In seinem Kopf kollidierten die verschiedensten Gedanken und flogen gleich wieder weg, sodass er keinen einzigen fassen konnte. Dafür entfachte sich ein warmes Gefühl in seiner Brust. Najira bewunderte ihn?

Tati, gerade noch in ihrer traurigen Vergangenheit gefangen, lachte herzlich. «Der kleine Drachen ist verliebt. Kann es eine stärkere Waffe gegen Lyrrhodenai geben?»

Bald darauf nahmen Najira und Raghi ihren Abschied von Tati und bedankten sich für ihre Offenheit und die wertvollen Informationen.

Der Katzenpanther erwartete sie dort, wo sie ihn zurückgelassen hatten. Zärtlich strich er um ihre Beine und führte sie den Abhang hinauf.

Raghi war für die Hilfe dankbar. Es dämmerte und schneite auch wieder — ein weiteres Mal im Jahr der zwei Winter. Im diffusen Licht war die Sicht extrem schlecht. Mit der hereinbrechenden Nacht würden sie gar nichts mehr sehen.

Dank dem Katzenpanther fanden sie Naveen und Anjali ohne Mühe. Die Ghitains lagerten abseits der Straße in einer Gruppe mächtiger Findlinge, wie von Raghi vorgeschlagen. Irgendeine Kraft hatte die Steine so arrangiert, dass sich zwischen ihnen eine trockene Höhle bildete. Alle Zugänge führten um mehrere Windungen, sodass kein Lichtschein nach außen drang und der Wind abgehalten wurde.

«Wir haben diese Höhle nicht selbst gefunden. Der fliegende Luchs führte uns her.» Naveen hielt zwei Doggycorns in den Armen und schien Kraft aus der Berührung zu ziehen. Die Stacheleule saß auf Anjalis Schulter. Von den anderen Tieren war nichts zu sehen.

Raghi wärmte sich die Hände am magischen Feuer.

«Ich hoffe, ich habe damit keinen Fehler gemacht.» Anjali kraulte sanft den Bauch der Stacheleule. «Ich hätte die Dunkelheit keinen Augenblick länger ausgehalten.»

Raghi ging zu Rose, die den Ghitains gegenüberlag und lehnte sich an ihre Seite. Die Chimäre schnaubte zärtliches Feuer in sein Haar. Schneefetzen und Tropfen stieben auf alle Seiten.

«Igitt!» Anjali schüttelte sich und rieb sich die Wange trocken.

Najira setzte sich etwas abseits von Raghi ans Feuer. Rose musterte sie und grollte.

«Was?!» Najira verwarf die Hände. «Ich sitze hier. Er ist bei dir. Hör auf zu schimpfen. AU!»

Der Feuerstoß war nicht ganz so sanft gewesen.

Raghi griff nach oben und holte Roses Adlerkopf auf seine Höhe, sodass er in ihre eisig blauen Augen schauen konnte. Zuerst konnte er gar nicht glauben, was er sah. «Najira, kommst du an meine Seite?»

Sie verschränkte die Arme und wandte ihm demonstrativ den Rücken zu. «Im Gegensatz zu dir ziehe ich aus dem Schmerz keine Freude.»

«Najira, bitte komm zu mir.»

Sie verdrehte grollend die Augen, gehorchte dann aber zögernd. «Wenn du deinen Ärger zeigen willst, dann ihm», sagte sie trotzig zu Rose.

Raghi zog sie neben sich und legte den Arm um ihre Schultern.

«Was …?»

«Rose hat dich akzeptiert. Halt einfach die Klappe und lehn dich an sie.» Raghi schaute zu den Ghitains. «Seid ihr bereit zu hören, was wir von Tati gelernt haben?»

Er fasste ihr Gespräch zusammen.

«Absolut verrückt.» Naveen schüttelte den Kopf. «Und wie vieles, was wir auf unserer Reise erfahren haben, sehr traurig. Die Zeit scheint mir das schlimmste Gefängnis von allen. Ich beneide dich nicht um dein Schicksal, Raghi.»

«Also so schlimm ist die Unsterblichkeit auch wieder nicht.» Najira stutzte. «Wenn man Freunde hat», fügte sie kleinlaut an. «Die Gefangenschaft war furchtbar. Seit ich bei euch sein darf, erscheint mir das Leben voller Wunder. Dabei ist alles hoffnungslos.»

Raghi korrigierte sie nicht. Die Situation war hoffnungslos — so wie schon sein ganzes Leben. Aber er war immer noch da. Durch Glück, die Wirren des Schicksals und seine eigenen Fähigkeiten. Er musste sich darauf verlassen, dass er weiterhin auf diese Faktoren zählen konnte. Damit er seine Ewigkeit mit Najira verbringen konnte. Seit er sie kannte, war auch sein Leben voller Wunder.

Und die Liebe? Nun, da er sie sich zum ersten Mal mit Demut eingestand, schien sie ihm nicht mehr lächerlich oder furchterregend. Und er mochte keine Witze darüber reißen.

Vielleicht war er einfach erwachsen geworden. Was in Ordnung war.

Weniger in Ordnung war, dass er Hoffnung geschöpft hatte. Sein Leben kannte Hoffnung nur als Quelle bitterer Enttäuschung.

Ihm fiel auf, dass die Ghitainprinzessin mit zusammengezogenen Brauen ins magische Feuer starrte. «Anjali?»

«Ich versuche, unser bisheriges Wissen mit den Informationen von Tati zu verbinden und die Auswirkungen auf unsere Pläne zu verstehen. Weshalb genau sind wir hier und nicht bei unserem Volk? Geht es noch um Najiras Träne oder nicht?»

Raghi war es inzwischen gewohnt, dass Anjali die unbequemen Fragen stellte. «Es ging nie um Najiras Träne, zumindest nicht ausschließlich. Wir stellen uns gegen einen sehr mobilen Feind, der uns örtlich und zeitlich auf der Nase herumtanzt. Wenn du einen Feind nicht stellen kannst, musst du eine andere Strategie verfolgen. Etabliert sind zwei. Erstens, du lockst ihn mit einem Köder zu dir und stellst ihm eine Falle, was in unserem Fall keine Option ist. Zweitens, du stößt direkt ins Zentrum seiner Macht vor und bewegst dort etwas, was wir versuchen.» Hatte er tatsächlich gerade aus den Lehrbüchern über den Krieg zitiert? Wann hatte er sich das gemerkt?

«Aber Tati sagt, dass Lyrrhodenais Macht eine Täuschung ist. Kannst du dich nicht einfach so von ihm befreien, Najira?»

«Ich wüsste nicht wie.»

«Was sind dann unsere nächsten Schritte? Ins Hochtal und uns töten lassen?» Anjali klang bitter.

Naveen rückte zu ihr und gab ihr eins der beiden Doggycorns. Das magische Tier himmelte sie an und fiepte herzzerreißend. Trotzdem nahm Anjali es nur widerwillig. «Wir haben alle Angst, Liebste. Und auch ich möchte nicht sterben. Schaue ich in mich hinein, ist es trotzdem richtig, dass wir hier sind.»

Verstohlen wischte Anjali sich eine Träne von der Wange. «Ich weiß.»

Raghi wünschte, er könnte ihnen die Auseinandersetzung mit ihrem Feind ersparen. Vielleicht ging das sogar. «Es steht außer Diskussion, dass Najira und ich einen Weg ins Hochtal und zu Lyrrhodenais Thronraum suchen. Die Frage ist wie. Ich muss mir die Felsritzungen zur Wolkenbrücke anschauen. Irgendetwas regt sich in meiner Erinnerung und ich komme nicht darauf, was es ist.»

«Und weshalb fliegen wir nicht?», konterte Anjali.

Raghi stutzte. Stimmt. Sie konnten fliegen. Irgendwie hatte sein Verstand das verdrängt.

Naveen kam ihm zu Hilfe. «Ich denke, die Frage ist, wie wir weniger auffallen. Es klingt nicht so, als würde das Hochtal bewacht. Oder vielleicht eignet sich die Wolkenbrücke zur Flucht.»

«Bei einem Feind, der angeblich auch fliegen kann? Wie realistisch ist das?»

Nicht sehr, das war auch Raghi klar. «Najira, konsultier dein wachsendes Drachenwissen. Kann er wirklich fliegen oder ist es ein Trick? Denk dabei auch darüber nach, wie du fliegst und ob er es kopieren kann.»

«Huh, das ist wirklich schwierig. Lass mich nachdenken. Das Fliegen gehört zu meiner Drachenessenz. Erklären kann ich es nicht, außer dass ich die Flügel dazu nicht benötige. Mein Bauchgefühl sagt mir, dass er das nicht klauen kann. Dann müsste es ein Trick sein. Es tut mir leid, dass ich es nicht besser erklären kann.»

Naveen räusperte sich. «Mir geht seine pervertierte Kopie der Treppen nicht aus dem Kopf. Wenn er die Portale irgendwo und in beliebiger Form entstehen lassen kann, auch in der Luft, würden die meisten Beobachter denken, dass er fliegt.»

«Aber was ist dann genau seine Kraft? Wie macht er das alles?» Anjali wandte sich an Naveen. «Wie lässt du das Uhrwerk des Multiversums erscheinen?»

«Fokus.» Naveen hatte eine Weile gebraucht, um eine Antwort zu formulieren. «Fokus und Glaube. Ich weiß, dass es da ist und ich es rufen kann.»

«Wenn du daraus *Fokus und keine Fragen stellen* machst, hast du genau das, was uns als Lehrlingen der Mördergilde eingetrichtert wurde. Das ist es, woran Castelalto glaubt. Er wird auch bei seinem Sohn keine Ausnahme gemacht haben.»

Anjali stellte das Doggycorn neben sich. Das bezaubernde magische Tier schien gar nicht zu verstehen, wie ihm geschah. Normalerweise konnte kein Mensch seinen Blicken und dem knuffigen Äußeren widerstehen.

«Bevor wir sterben müssen, erklärt ihr mir nochmals, weshalb wir hier sitzen? Wieso dieser überaus komplexe Plan Castelaltos, seinen misshandelten Sohn Lyrrhodenai in die Vergangenheit zu schicken, um uns

Ghitains die Macht über die Zeit zu stehlen? Weshalb macht er das nicht in seiner Gegenwart, in Raghis Zeit? Das wäre doch viel einfacher.»

Anjalis Zusammenbruch kam für Raghi nicht überraschend, auch wenn er einen solchen eher von Naveen erwartet hatte. In der Gilde kam jeder Lehrling an diesen Punkt. Irgendwann ging die Kraft aus. Man glaubte, die Qual und die Pein keinen Augenblick länger ertragen zu können. Dann zeigte sich der Charakter eines Menschen. Dann traten aus der Maße der Menschheit jene Individuen hervor, die mehr ertragen konnten und zu Helden geboren waren. Oder zu nervigen Querschlägern, wie Raghi einer war. Zu den Helden zählte er ganz sicher nicht.

Anjali hatte unglaublich viel für sie alle geopfert und getan. Darüber hinaus verdiente sie eine ehrliche Antwort.

«Ich denke, es sind drei Umstände, die diesen Plan nötig machten. In meiner Gegenwart ist Castelalto sehr mächtig, lästig und gefährlich. Seine Kraft wirkt jedoch im Schatten. Er ist kein sichtbarer Tyrann wie Lyrrhodenai in dieser Zeit. Und es gibt einflussreiche Mächte, die gegen ihn arbeiten und ihn immer wieder zurückdrängen. Dazu gehören unter anderem die Wächter der Treppen.»

Das Doggycorn kam ganz verloren zu Raghi getapst. Es war ein bezauberndes Exemplar mit langem weißem Fell, Schlappöhrchen, einem Pferdeschweif und einem silbern glitzernden Horn auf der Stirn. Er hob es in die Arme, erlaubte aber nicht, dass die überwältigend liebevolle Magie des Tieres seinen Fokus störte.

«Dazu kommt, dass es in meiner Zeit kaum noch Magie gibt. Die Existenz der Treppen wird als Märchen abgetan. Nur einige Eingeweihte wissen von ihnen. In dieser Epoche hingegen durchdringt die Magie der Vorzeit scheinbar alles auf der Welt. Alle Menschen scheinen von den Treppen zu wissen oder haben sie, wie uns die alten Unsterblichen berichteten, sogar noch gesehen. Und der vielleicht wichtigste Grund: Im Eterna meiner Zeit gibt es keine Ghitains mehr. Was mit euch geschah, entzieht sich meiner Kenntnis. Bevor mich die Treppen in eurem Lager ausspuckten, hatte ich noch nie von euch gehört.»

Anjali und Naveen verarbeiteten diese Information und kamen, wie von Raghi befürchtet, zum falschen Schluss.

«Also gelingt es Lyrrhodenai, unser Volk zu vernichten.» Naveen seufzte.

«Die Zukunft wäre eine andere, wenn Lyrrhodenai so siegen würde, wie wir es im Moment befürchten.» Raghi stockte. Stimmte das überhaupt? Oder entschied sich genau in diesen Tagen, in welcher Welt Raghi in vielen Jahrtausenden geboren wurde? Und würde er überhaupt geboren werden? Nochmals geboren oder zum ersten Mal geboren …?

Raghi gab auf. Zeitreisen machten wahnsinnig. Da hatten die Menschen in dieser Epoche absolut recht.

«Der Punkt ist, dass du nicht wissen kannst, was passiert. Wenn ich eins gelernt habe, dann das: Das Zusammenspiel der Handlungen, aus denen die Geschichte Eternas in jedem Augenblick gewoben wird, ist außerordentlich komplex. Es kann schlicht auch sein, dass ihr irgendwann das Reisen aufgebt und sesshaft werdet. Aus welchen Gründen auch immer.»

«Ich mag nicht mehr darüber nachdenken.» Anjali reckte die Schultern. «Wie machen wir weiter?»

Raghi hatte gewusst, dass sie zu den Helden zählte. «Ich tendiere darauf, dass wir heute Nacht rasten und morgen früh ins Hochtal aufbrechen. Naveen und du — ihr braucht dringend Schlaf. Und wir haben nur eine Chance gegen Lyrrhodenai, wenn wir alle vier unseren Verstand beieinander haben.»

«Morgen ist der letzte Tag, an dem wir etwas erreichen können. Übermorgen stirbt unser Volk.» Naveen griff nach Anjalis Hand. «Trotzdem vermute ich, dass du mit deinem Vorgehen recht hast. Ich hätte nie gedacht, dass ich das einmal sage, aber hier und jetzt, in diesem Moment, hasse ich es, sterblich zu sein. Und zwar nicht nur, weil ich Schlaf brauche.»

20

Raghi wartete, bis er sicher war, dass seine Freunde tief und fest schliefen, dann schlich er sich aus dem Lager. Najira folgte ihm schweigend. Er achtete darauf, dass sie sein Verhalten exakt kopierte. Das Beobachtete erfüllte ihn mit Stolz. Sie hielt sich an die Schatten, bewegte sich lautlos und blieb immer in Deckung.

Der Schneefall hatte aufgehört, zumindest für den Moment. Noch immer hingen die Wolken tief und die Nacht war rabenschwarz. Dank der kniehohen Schneedecke, die sanft schimmerte, konnte Raghi den Weg trotzdem erkennen.

Sie näherten sich dem Ende der Straße hoch über dem schroffen Tal, in dem Ailwens Mine lag.

Die Felsritzungen?

Ja, allerdings frage ich mich, was es bringen soll. Meine Nachtsicht ist ausgezeichnet. In dieser Suppe sehe ich nichts.

Als sie der Straße um die letzte Kurve folgen, verharrte Raghi abrupt. Vor ihnen schimmerte der Schnee bläulich.

Mit größter Vorsicht schlich er weiter — und staunte. *Die Ritzungen leuchten. Wie ganz schwache Sterne.*

Der Widerschein bedeutet, dass wir besonders auf unsere Deckung aufpassen müssen. Richtig?

Ja. Gegen diesen Schein kann man unsere dunklen Silhouetten aus dem Tal problemlos erkennen.

Im Schatten des letzten Gebüschs kauerte Raghi sich hin und betrachtete die Ritzungen. Sie bestanden aus einigen wenigen Symbolen. *Damit aktiviert man die Wolkenbrücke? Das sieht kinderleicht aus.* Najira klang wenig beeindruckt.

Vielleicht sollte es das sein. Nicht jedes Volk ist paranoid.

Wieso fürchtet sich dann Lyrrhodenai nicht?

Überheblichkeit. Nachlässigkeit. Oder er hält Vorkehrungen nicht für nötig. Diese Straße wird nicht mehr benutzt, außer vielleicht von ihm und seinen Leuten. Und das Exempel, das er an Tati statuiert hat, enthielt eine deutliche Botschaft.

Raghi starrte auf die Symbole. Seine Gedanken fingen eine Melodie ein, die durch seinen Geist trieb. Dann fügten seine Erinnerungen den dazugehörigen Text ein.

«Die Wolkenbrücke führt ins Herz der Stadt.» Er hörte Violet die Worte singen, wie sie es tausendmal während seiner problematischen Kindheit getan hatte. Um ihn zu trösten. Oder in den Schlaf zu singen.

Kurz bevor wir die Zeit zurückdrehten, hat meine Nana mir erzählt, dass sie aus einer Wolkenstadt stammt. Als ich klein war, sang sie mir immer ein Lied vor, das sie die «Brücke zu meinen Träumen» nannte. Wahrscheinlich handelte es sich eher um ihre Träume. Sie wollte zurück nach Hause. In die Wolkenstadt, wo sie geboren wurde.

Najira starrte die Symbole an. Raghi konnte ihre Konzentration fühlen. *Du meinst, man muss sie einfach in der richtigen Reihenfolge berühren?*

Ich vermute es.

Mmh. Das Symbol für die Wolken ist mir klar. Die Brücke sehe ich auch. Und die Stadt muss dieses Zickzack-Gekritzel mit dem darüber hinausragenden Türmchen sein. Der Pfeil, der euch Menschen eine Richtung angibt, dürfte dem «führen» entsprechen. Dann ist dieses merkwürdige symmetrische Symbol ein Herz? Ein Herz sieht doch ganz anders aus. Wenn ich in dich hineinschaue, ist es ein faustgroßer Klumpen, der über dicke Blutgefäße mit Blut versorgt wird.

Raghi musste schmunzeln. *Wenn du einen Liebesbrief schreibst, möchtest du so etwas eher nicht daraufmalen. Deshalb haben sich die Menschen für dieses Symbol entschieden. Es bedeutet auch «Liebe».*

Die Information schien Najira wiederum sehr zu interessieren.

Raghi war es wichtig, dass sie ihren Fokus nicht verlor. *Ob ich mit meiner Vermutung richtig liege und wir die Wolkenbrücke so erscheinen lassen können, werden wir nie erfahren. Ich denke, sie leuchtet wie die Symbole. So entdeckt uns Lyrrhodenai sogleich. Es gibt nur einen Weg für uns ins Hochtal. Wir müssen fliegen.*

AM MORGEN WAR das Wetter auf ihrer Seite. Es schneite leicht und Nebelschwaden hüllten das Land in einen Trauerschleier. Raghi war aus dem Schutz der Felsbrocken getreten und schaute sich um.

Naveen stellte sich neben ihn. «Dann ist heute also der Tag. Ich hatte gehofft, etwas älter werden zu dürfen, aber wir können unserer Bestimmung nicht entgehen. — Du wirkst beschäftigt.»

Raghi hatte auf Naveens Bemerkung zu seinem Tod nicht reagiert. «Entschuldige. Ich war in Gedanken. Mir ist aufgegangen, dass ich eine Frage an Tati vergessen habe. In der Burg gibt es Pferde. Wie verlassen sie das Hochtal? Auf dem gleichen Weg wie die Menschen?»

Naveen schaute zu den fernen Bergen, deren Spitzen in der schweren Wolkendecke verschwanden. Im Nebel zeigten sie sich als schwach zu erkennende Schemen. «Ich vermute nicht. Pferde steigen nicht gerne Treppen. Und bereits eine Gruppe von zehn Reitern ergibt eine lange Kolonne. Das ist wenig effizient.»

Raghi war zur gleichen Einschätzung gekommen. «Weißt du, was hinter dem Hochtal liegt? Gibt es dort besiedelte Gebiete?»

«Kommt drauf an, was du damit meinst. Dort leben Menschen. Fischervölker, wenn ich mich richtig erinnere. Es gibt aber nur winzige Ansiedlungen, weshalb es für uns Ghitains leider kaum möglich ist, diese Länder zu bereisen. Wir benötigen in mehr oder weniger regelmäßigen Abständen größere Ortschaften, um unsere Waren gegen Lebensmittel zu tauschen.» Naveen seufzte. «Ich Dummkopf erzähle dir unwichtige Details, die schon morgen der Vergangenheit angehören, statt mich auf die Gegenwart zu konzentrieren. Weshalb erscheint dir das mit den Pferden so wichtig?»

«Weil ich nicht verstehe, wie sie eingesetzt werden. Auch jemand wie Lyrrhodenai tut nichts ohne Sinn. Ein Pferd dient nur als Statussymbol, wenn andere es sehen. Was hier nicht der Fall ist. Ihre Haltung an diesem verlassenen Ort ist aufwendig. Überleg dir die benötigten Mengen an Futter, die er herbeischaffen muss. Wozu also dienen sie?»

Naveen betrachtete ihn von der Seite und legte ihm die Hand auf die Schulter. «Die Verantwortung für uns lastet schwer auf dir.»

Raghi schluckte leer. «Ja, ich wäre lieber allein. Wenn etwas schiefgeht, muss ich eine Ewigkeit lang mit der Schuld für euren Tod leben. Und durfte nicht einmal ein einziges Menschenleben mit euch genießen.»

Naveen presste Raghis Schulter und ließ dann los. Nachdenklich schaute er zu den Schemen der fernen Berge. «Vielleicht sind die Pferde als Unterhaltung für Lyrrhodenai und seine Leute gedacht. Als du mir von Tatis Erfahrungen berichtet hast, dachte ich die ganze Zeit, wie trostlos alles klingt. Wenn ich meine Angst für einen Moment vergesse, empfinde ich vor allem eins: Lyrrhodenai tut mir leid. Zugleich macht er mich unglaublich wütend. Ich sehe das so oft in der Welt. Menschen, denen übel mitgespielt wurde, tragen die Erfahrung nach außen und lassen andere leiden — eine Art Rache an der Allgemeinheit. Glücklich werden sie dabei nicht, sondern sinken nur noch tiefer in die Verzweiflung. Du könntest einer von ihnen sein, Raghi. Aber du bist nicht so. Das bewundere ich unglaublich an dir. Schau dir Rose an. Lyrrhodenai in deiner Situation hätte sie geknechtet und gequält. Du hast ihr geholfen und warst immer an ihrer Seite, bis sie ihre Bestimmung fand.»

Raghi spürte Rose schon länger hinter sich. Nun tauchten ihre Köpfe auf, jeder von einer Seite und wanden sich in einer Umarmung um ihn und Naveen.

Sie verloren Zeit. Mit unnötigen Worten. Mit dem Festhalten am Ist, damit sie sich ihrer Angst nicht stellen mussten. Es war alles gesagt. Alles, bis auf eins.

«Ich liebe dich, Naveen. Ich kann mir keinen besseren Freund vorstellen als dich.»

Ein echtes Lächeln erschien auf Naveens Gesicht. «Und ich liebe dich, Raghi. Wie du ja schon länger weißt.»

SIE BRACHEN AUF. Raghi flog mit Rose voraus und bestimmte den Weg, unterstützt von seinem Seelenschatten. Jener saß direkt hinter ihm und hatte seine langen Arme um Raghis Taille geschlungen. Ein unglaublich gruseliges Gefühl. Auf diese Nähe vermischte sich ihre Wahrnehmung. Raghi fühlte zugleich das Geben und Nehmen der Umarmung. Und wenn sein Seelenschatten den Hals verrenkte, um in alle Richtungen zu spähen, verschob sich ihre Balance auf dem Rücken der Chimäre. Jedes Mal war Raghi sich sicher, dass sie gleich in den Tod stürzten.

Trotzdem hielt er durch. Sein Seelenschatten besaß das Sehvermögen eines Adlers. Gemeinsam mit Rose konnte er jede Gefahr, die ihnen drohte, frühzeitig erkennen.

Ihr Plan war, sich auf der nördlichen, also von Ailwens Mine abgewandten Seite des Hochtals einzuschleichen. Alle erhaltenen Informationen deuteten darauf hin, dass Lyrrhodenais Fokus — wie auch immer dieser aussah — eher nach Süden und Osten gerichtet war.

Es war eine beeindruckende Erfahrung, einen Gebirgszug aus der Vogelperspektive zu betrachten. Gigantische Kräfte aus der Vorzeit hatten das Urgestein tausendmal gefaltet und in den unglaublichsten Winkeln als Berge Richtung Himmel geschoben. Raghi fühlte sich an das gefrorene Eismeer erinnert, wenn die ebene Fläche aufbrach und das wütende Meer die Schollen zu chaotischen Bergen auftürmte. Sich in diesem zerklüfteten Gelände zu Fuß fortbewegen? Keine Chance.

Auch in den Lüften gestaltete sich die Reise nicht gerade angenehm. Der Wind riss an ihnen und drohte sie ins Tal zu schmettern. Rose musste all ihre Flugkünste aufbieten, um sich nicht zu überschlagen und abzustürzen.

Raghi fühlte, wie sie wütend wurde. Ihr Körper unter ihm schien zu wachsen, ihre Flügel sich zu strecken. Bei aller Übelkeit wurde ihm ein wenig wehmütig ums Herz. Wahrscheinlich ließ sein kleines Mädchen gerade die letzten Überbleibsel ihrer Welpenzeit hinter sich.

Linker Hand näherten sie sich einer in den Himmel ragenden Bergkette, deren Gipfel an Haifischzähne erinnerten — schmal im Profil, mit gebogenen Abhängen, die sich zu messerscharfen Spitzen vereinten.

Dahinter musste das Hochtal liegen.

Durch die Nebelschwaden und Wolkenfetzen zeigte sich ein oranges Glimmen, das sich mit jedem Flügelschlag von Rose verstärkte.

Rose, wir brauchen einen Felssattel zum Landen. Eine sichere Fläche, wo keine Lawinengefahr besteht.

Sie mussten eine ganze Weile suchen. Raghi schlug das Herz bis zum Hals. Rose flog unmöglich nah an den Felsen wegen des Nebels, der ihre Sicht extrem einschränkte, und weil sie vom Hochtal aus nicht gesehen werden durften. Er konnte nur ahnen, wie es seinen Freunden ging.

Plötzlich zeigte sein Seelenschatten energisch nach vorn.

Rose verstand sogleich, ging in den Sturzflug über und landete mit einem halsbrecherischen Manöver. Auf dem Boden musste Raghi erst einmal tief durchatmen. Er hätte nicht gedacht, dass er noch solche Angst empfinden konnte. Wie so oft bestand ein großer Teil davon aus dem Gefühl absoluter Hilflosigkeit und Abhängigkeit. Die Luft war nicht sein Element und würde es nie sein.

Als Naveen und Anjali sich zu ihm gesellten, waren ihre Gesichter so weiß wie der Schnee.

«Lasst uns das nie wieder tun.» Naveens Scherz klang schwach.

«Einverstanden.» Raghi schaute sich um. Das Glück schien auf ihrer Seite. Der Platz war perfekt. Sie befanden sich auf einem nahezu schneefreien Sattel hinter einer Bergspitze. Der Fels war von Wind und Wetter abgeschliffen, fast eben und frei von Geröll.

Raghi zeigte zur Kuppe des Sattels, wo einige kleinere Felsen Deckung versprachen. Dahinter erstreckte sich das Hochtal. Gleich würden sie erfahren, wer ihnen die Wahrheit gesagt hatte und welche Aufgabe sie erwartete.

«Oh verdammt!» Es war Anjali, die aussprach, was alle dachten.

Raghi konnte ihr nur beipflichten. Ihm war von Beginn weg klargewesen, wie unglaublich viel Zeit seit Tatis Beobachtungen vergangen war. Lyrrhodenai hatte sie gut genutzt.

Er musterte alles genau, wie er es als Lehrling der Mördergilde gelernt hatte. Auch wenn ihnen die Momente wie Sand zwischen den Fingern zerrannen, durften sie nicht hetzen. Nicht jetzt, da sie so weit gekommen waren.

Der Durchmesser des Hochtals war größer, als er aufgrund der Erzählungen erwartet hatte. Die Burg verlor sich fast darin — wahrscheinlich eine optische Täuschung, denn sie erhob sich auf einem Meer aus Schädeln wie auf einer Welle. Die Spitze des zentralen Turms befand sich auf der Höhe ihres Beobachtungspostens. Die von Tati beschriebene Steinbrücke traf weit links von ihnen auf die Felswand des Hochtals, ebenfalls fast auf ihrer Höhe.

«Seht ihr das auch so, dass es viel mehr Schädel sind als früher und dass sie die Burg und alles, was zu ihr gehört, nach oben getragen haben? Fast so, als würden die Bauwerke schwimmen?» Naveens Stimme klang erstickt.

«Ja.» Raghi konnte die Augen nicht von den Treppen der Ewigkeit nehmen, die sich als geisterhafte orange Schemen um die Burg drehten und das gegen den Uhrzeigersinn. Eine höhnische Illusion?

Er musterte das Meer aus Schädeln. Es schien zu wogen. Erst nach und nach erkannte er, wodurch die Bewegung verursacht wurde. Millionen von nahezu transparenten weißen Schemen huschten darauf umher.

Geister. Ihr Anblick weckte in Raghi all die erlernten Ängste und Erinnerungen, wie übel sie ihm in seiner Jugend mitgespielt hatten. Ein Geräusch wie Meeresrauschen erfüllte seine Ohren. Er zwang sich hinzuhören.

Bald verstand er erste Sätze. Er musterte die Geister genauer, folgte einigen von ihnen für längere Zeit mit seinen Blicken. Rastlos durchsuchten sie den Schädelberg, einen Schädel nach dem anderen.

«Dieses verdammte Schwein!»

Seine Freunde starrten ihn alarmiert an.

Raghi nickte zu den Schädeln hin. «Das sind nicht die Schädel seiner Feinde. Er räumt die Schlachtfelder der Geschichte leer. Die verlorenen Seelen folgen dem Ruf ihrer Gebeine durch Raum und Zeit. Aus ihrem Wehklagen zieht Lyrrhodenai die Kraft für seine Untaten. Das ist die Magie, die hinter allem liegt, was wir hier sehen.»

«Ein furchtbares Unrecht. Was bedeutet es für uns? Eine Aufgabe mehr?» Tränen sammelten sich in Anjalis Augenwinkeln, während sie die Geister beobachtete. Für jemanden, der im Licht wandelte, musste der Anblick unerträglich sein.

«Raghi?», hakte Naveen nach, als Raghi nicht antwortete.

«Ich habe euch nie angelogen und werde es auch jetzt nicht tun. Die Kraft von Geistern ist äußerst volatil. Die meisten von ihnen leben in ihrer eigenen Realität, die unsere nicht berührt. Keine Chance, mit Vernunft zu argumentieren oder zu verhandeln. Gerade habe ich keine Ahnung, wie wir dagegen bestehen sollen.»

«Aber Palash ...» Naveen stockte.

«Palash ist die absolute Ausnahme. Ich kenne nur einen einzigen weiteren Geist, der ähnlich im sterblichen Leben verwurzelt bleibt wie er.»

«Jedenfalls hast du deine Antwort wegen der Pferde.» Naveen zeigte ins Hochtal.

Die von Tati beschriebene Steinbrücke setzte sich schnurgerade hinter der Burg fort, als würde ein unsichtbarer Abschnitt quer durch das Gebäude hindurchführen. Nur war der rückseitige, ebenfalls hinter einer Zugbrücke gelegene Teil breiter und führte zu einem leuchtenden Tor. Beides war breit genug, um mehreren Reitern nebeneinander Platz zu bieten.

«Keine Chance, diese Zugangs- und Fluchtwege irgendwie zu stopfen. Die Geister versorgen sie laufend mit Energie.» Raghi entschied sich. «Najira und ich versuchen es allein. Anjali und Naveen, ihr bleibt hier und beobachtet alles. Ihr seid unsere Verstärkung.»

«Du machst Witze!» Anjalis Blick war vernichtend. «Was sollen wir von hier aus ausrichten?»

Naveen nahm ihre Hand. «Raghi hat uns bisher gut geführt. Ich vertraue ihm.»

«Vertraut mir nicht zu sehr. Und schaltet vor allem euer Gehirn nicht aus. Hier gibt es so viel, was wir nicht verstehen. Ich habe kein gutes Gefühl. Najira, die Idee kommt vielleicht zu spät. Kannst du es Anjali und Naveen irgendwie ermöglichen, dass sie wie wir über Gedanken kommunizieren können — mit uns und untereinander?»

Naveen zuckte zusammen und fasste sich an die hölzerne Brosche, die seinen Umhang hielt. «Sie hat sich bewegt. Etwas passiert.»

Najira riss die Augen auf. «Ich habe nichts gemacht.»

Naveen, kannst du mich hören? Raghi versuchte es einfach.

Seine angewiderte Miene war Antwort genug.

Anjali?

Auch sie wirkte wenig begeistert.

«Ihr gewöhnt euch daran. Das Wichtigste: Eure Gedanken gehören nach wie vor euch. Niemand kann sie lesen.»

«Wenn du das sagst.» Anjali schüttelte sich und ließ ihren Blick über das Hochtal schweifen. «Wie geht ihr rein? Man sieht keine Wachen und auch sonst niemand Lebendiges. Nur das Meer aus Geistern.»

«Die Gefahr, dass wir erwischt werden, ist hoch. Deshalb sollten wir den Ort bestimmen, wo das geschieht. Ich würde Lyrrhodenais Thronraum bevorzugen. Ich sehe jedoch keinen Weg, wie wir unbemerkt auf dem Dach landen und hineingelangen könnten. Dafür ist das Dach zu steil und steht zu weit über. Auch an den Außenwänden bietet der Turm keinen Halt für Rose, zumindest keinen, der es Najira und mir erlaubt, durch ein Fenster hineinzuklettern. Übersehe ich etwas?»

Für eine Weile musterten alle die Burg. «Du könntest auf mir reiten. Wenn wir uns klein machen, könnte es reichen, um durch eins der Fenster in den Thronraum fliegen.»

Ein beherzter, aber dummer Vorschlag von Najira. Raghi war dankbar, als Naveen für ihn antwortete.

«Ohne dass ihr das gemeinsame Fliegen je geübt habt? Und ohne die genauen Dimensionen dieser Fenster zu kennen? Bei allem Respekt für eure Fähigkeiten. Ich bezweifle, dass euch das ohne Verletzungen gelingt.»

Raghi atmete tief durch. «Es hilft nichts. Die Brücken sind unsere einzige Chance. Ich bevorzuge jene für die Pferde. Ihr Einstieg liegt näher. Ihre Brüstung ist höher. Auch scheint sich dort mehr Nebel zu sammeln.»

«Dann warten wir auf die Nacht?»

«Nein. Wir gehen jetzt. Rose, du bleibst hier. Wenn du spürst, dass ich Hilfe brauche, greifst du ein.»

Raghi fühlte die Wut der Chimäre. Trotzdem gehorchte sie. Eine kurze Umarmung und ein «Passt auf euch auf!» für das Ghitainpaar, dann waren Najira und er unterwegs.

Bevor sie in den Felstrichter des Hochtals einstiegen, berührte er kurz seine Brosche. «Bitte gib unseren Kleidern Farben, die uns tarnen.»

Es funktionierte. Der Stoff nahm eine fleckige, schmutziggraue Farbe an, als hätten sie sich in blauem Lehm gewälzt.

Ihr Weg führte sie nahezu horizontal den Abhang entlang. Das Gestein blieb fest und schneefrei. Dafür türmten sich hinter den Bergzacken, die über ihren Köpfen aufragten, die weißen Massen wahrscheinlich umso höher.

Bald erreichten sie den Beginn der Hochbrücke. Weil das Portal zu den Treppen der Ewigkeit ihre ganze Breite ausfüllte, mussten sie ein Stück über die Brüstung robben. Erst danach konnten sie sich in deren Schatten gleiten lassen. Raghi warf einen Blick zurück. Auch dieses Portal schien zu Lyrrhodenais Version der Treppen zu führen. Ein bestialischer Gestank drang daraus hervor und die breite, gewendelte Rampe, mehr oder weniger die gleiche wie Raghi und seine Freunde sie für die Reise mit den Pferden verwendet hatten, wirkte baufällig und mit Unrat übersät.

«In einmal durch bis zur Burg. Wir stoppen erst wieder bei der Zugbrücke.»

Najira nickte tapfer.

Auch Raghi musste sich zusammennehmen. Die Nähe der Geister ließ ihm jedes einzelne Haar zu Berge stehen. Heftigste Gänsehaut überlief seinen Körper in Wellen und ihm war schlecht. Resolut schob er das Unwohlsein beiseite.

Die Höhe der Brüstung erlaubte ihnen ein geducktes Rennen, ohne dass die Geister sie sehen konnten. Niemand stoppte sie. Ein Alarm blieb aus. Sie legten die Strecke problemlos zurück.

Die Zugbrücke war heruntergelassen. Raghi spähte in die Dunkelheit dahinter. Es roch nach Pferden. Hören konnte er nichts. Hier im Zentrum des Hochtals verstärkte sich das Heulen der Geister zu einer Brandung, die sein ganzes Bewusstsein erfüllte und alle Gedanken aus seinem Kopf verdrängte. Wie hielten Lyrrhodenais sterbliche Gefolgsleute das aus? Das Eismeer im schlimmsten Wintersturm hatte nicht solchen Lärm gemacht.

Raghi fokussierte sich. Schritt um Schritt und durch pure Willenskraft verdrängte er das alles überwältigende Wehklagen aus seinem Bewusstsein. Bald gehörten seine Gedanken wieder ihm. Der Lärm war noch da, aber er hatte nichts mehr mit ihm zu tun. Najira schien zu ahnen, was er tat. Ihr Fokus richtete sich nach innen, als würde sie pinkeln.

Ach ja, sein respektloser Verstand. Daran hätte er nun nicht unbedingt denken müssen. Raghi nahm es gelassen. In dieser Situation gab es keinen besseren Beweis dafür, dass Lyrrhodenai keine Kontrolle über seine Gedanken ausübte.

Ich erinnere mich gar nicht an diesen Lärm. Jetzt ist es viel besser. Ich kann das Heulen nicht so vollständig verdrängen wie du, aber ich kann wieder denken.

Vielleicht ist das genau der Grund, weshalb du so lange gebraucht hast, um endlich zu fliehen.

Bist du sicher? Tati hat uns nicht berichtet, dass das Heulen ihr Denkvermögen beeinträchtigte.

Eine gute Frage, aber in ihrer aktuellen Situation nicht relevant.

Los, hinein. Raghi schlich über die Zugbrücke in die Burg und huschte auf eine Seite, sodass seine Silhouette nicht länger als nötig im Eingang sichtbar war.

Die Ställe präsentierten sich ungefähr so, wie er sie sich während Tatis Erzählung vorgestellt hatte, mit einigen zusätzlichen Details. In der Mitte schraubte sich die mächtige offene Wendeltreppe gegen den Uhrzeigersinn nach oben, umgeben von einem großen, vollständig leeren Raum. Entlang der gebogenen Außenwand des Turms reihte sich eine Pferdebox an die nächste, abgeschlossen von einer deckenhohen Innenwand. Die Türen waren waagrecht zweigeteilt, damit die Pferde in den freien Raum rund um die Treppe schauen konnten. Wahrscheinlich die einzige Quelle für Licht, denn wo Raghi in die Boxen schauen konnte, entdeckte er nirgends ein Fenster. Eine geschützte, aber trostlose Existenz für diese freiheitsliebenden Tiere.

Kein Pferd da. Und es stinkt trotz der bissigen Kälte. Hier wurde schon eine Weile nicht mehr ausgemistet.

Also ist Lyrrhodenai weg?

Raghi teilte Najiras Hoffnung nicht. *Die meisten seiner Leute scheinen nicht da zu sein. Mal sehen, wo er steckt.*

Die verlassenen Ställe stimmten Raghi nachdenklich. Wo war Roamar vorgestern hergekommen, als er sie in Durgins Dämmerung aufgeschreckt hatte? Aus dieser Burg? Befehligte er eine stehende Wache?

Los, die Treppe hinauf.

Die Lagerräume boten keine neuen Erkenntnisse. Auf diesem Geschoss war der gesamte Innenraum offen. Sie entdeckten Haufen mit Heu und Hafer für die Pferde. Für die Menschen gab es lang haltbare Vorräte wie Säcke mit Mehl und Trockenwaren, darunter Gemüse, Früchte und Fleisch. Sie lagerten in Regalen, die im weitläufigen Raum völlig verloren wirkten. Das einzig Besondere war die vollständige Abwesenheit von Schädlingen. Raghi hatte noch keine Vorratshaltung ohne Maus gesehen.

Je mehr er von der Burg sah, desto trostloser fand er sie. Der an sich edle und schimmernd weiße Stein, aus dem sie erbaut war, wirkte durchgehend matt und schmutzig. Beißend kalte Zugluft rauschte über die Wendeltreppe nach oben — die perfekte Umsetzung eines Kamineffekts. Wie Sturmwind riss sie an Raghi und Najira, ließ ihre Kleider flattern und zerrte die Haare aus ihren Kopfbedeckungen. Auf dem Boden tanzten Windteufel aus Staub, Heu und Spelzen.

Sie stiegen zur nächsten Etage hinauf. Die Quartiere der Gefolgsleute lagen verlassen. Bis auf die einteiligen Türen waren sie identisch mit den Pferdeställen.

Lyrrhodenai stellte das Gegenteil von einem warmherzigen und besorgten Herrscher dar. Wieso also dieser Luxus für Tiere und Menschen?

Was keinen Sinn ergab, war immer suspekt. Raghi betrat einen der Räume und schloss die Tür hinter sich. Das Wehklagen der Geister blieb gleich laut wie zuvor. Das konnte es nicht sein. Dafür spürte er den Zugwind nicht mehr. Die Luft fühlte sich fast warm an. Also handelte es sich bei den geschlossenen Kammern um ein Zugeständnis Lyrrhodenais an das Überleben seiner Leute und Pferde, damit sie ihm nicht wegstarben wie die Fliegen.

Als er die Tür wieder öffnete, erwartete Najira ihn voller Sorge. *Musstest du mich allein lassen?*

Entschuldige. Mein Fehler. Es ist nicht leicht für mich, im Team zu arbeiten.

Sie berührte kurz seinen Arm. Die Geste tat gut.

Bereit für den Thronsaal? Ich glaube nicht, dass wir dort oben allein bleiben. Das alles fühlt sich wie eine gigantische Falle an.

Tränen füllten Najiras Augen. Ihre Gedankenstimme zitterte. *Das habe ich mir auch überlegt. Was, wenn mich meine Wahrnehmung der Zeit getäuscht hat und alles schon vorbei ist, Naveens und Anjalis Volk tot?*

Dann gehen wir über die Treppen in der Zeit zurück und kämpfen weiter. Was dieser Wahnsinnige kann, das können wir auch.

Najira schluckte schwer. Versuchte zu nicken und wurde von einem Hickser daran gehindert. Raghi wurde warm ums Herz. Sein bezaubernd ungeschicktes und linkisches Drachenmädchen. Wie sollte er jemals ohne sie leben?

Ich bin bereit. Sie sah gar nicht so aus.

Raghi machte sich nicht die Mühe, den Thronraum auszuspähen. Er ging einfach nach oben, während Najira wie eine Bremse an seinem Arm hing. Ihr Griff war so fest, dass die Finger seiner Hand zu kribbeln begannen.

Oben auf der letzten Stufe blieb er stehen und schaute sich um. Der Thronraum war leer.

Zeit, sich für ein Spiel zu entscheiden. Er wählte jenes, das er am besten beherrschte: Raghi, die respektlose Nervensäge, die jeden um den Verstand brachte.

«Echt jetzt?!» Er schob Najira von sich und verwarf die Hände. «Wir schleichen uns nach allen Regeln der Kunst an und dieser Möchtegern-Bösewicht ist nicht da? Ich glaub es nicht.»

Raghi musste gegen den pfeifenden Wind anschreien, der sich mit dem Stöhnen und Raunen der Geister zu einer ohrenbetäubenden Brandung vermischte. Hier oben gab es so viele schmale Fenster, dass die Außenwand eher einem mit Zinnen besetzten Wehrgang glich.

Najira war leichenblass geworden, als würde sie im nächsten Augenblick umkippen. *Raghi, was tust du? Lass das sein.* Sie klang völlig verzweifelt.

«Wieso auch? Du siehst es ja. Lyrrhodenai ist nicht da. Vielleicht muss er irgendwo noch ein paar Schädel klauen. Das ist es schließlich, was er ist. Ein Grabräuber und Betrüger. Ein Vagabund der Geschichte, der sich aus ihrem Abfall dieses — Wie will er schon wieder, dass es genannt wird? Ach ja! — *Fürstentum* aufgebaut hat. Wieso überrascht mich das nicht? Castelalto, sein Vater, ist genau gleich. Viel Schall und Rauch. Dahinter verbirgt sich ein bemitleidenswerter Feigling mit dem Rückgrat eines nassen Waschlappens.»

Bei diesem Thema durfte Raghi nicht zu dick auftragen. Er nahm an, dass Lyrrhodenai im Verborgenen seiner Darbietung lauschte. Sollten Najiras Einsichten in seine Vergangenheit zutreffen, war sein «Erzeuger» ein ganz schmerzhaftes Thema, das ihn bis aufs Blut provozierte. Was Raghis Absicht entsprach, doch das reichte noch nicht.

Wenn Lyrrhodenai sich schließlich zeigte, musste er fuchsteufelswild jenseits aller Vernunft sein. Dann würde er Fehler machen — und sie hatten vielleicht eine Chance.

«Da steht sein Thron. Schauen wir ihn uns mal an.» Raghi ging hin, stellte sich davor auf und sagte erst einmal lange nichts. Stattdessen nutzte er alle subtilen Anzeichen der Körpersprache, die er kannte. Zweifel, Belustigung, Verwirrung, Geringschätzung, wachsendes Desinteresse. Die anderen Lehrlinge hatten ihm immer gesagt, dass an ihm ein Schauspieler verloren gegangen war.

Raghi hoffte es. Von seiner Darbietung hingen Najiras Glück und das Überleben eines ganzen Volkes ab. Kein Druck. Nicht der geringste.

Tati hatte recht gehabt. Der Thron bestand aus Holz und war ungewöhnlich klein. Er diente nicht dazu, das gemeine Volk zu beeindrucken. Wozu dann? Die Vorlagen für die geschnitzten Verzierungen stammten, insofern Raghi das richtig beurteilte, aus verschiedenen Epochen. Vieles davon hatte er in seinem Eterna an alten Gebäuden und Statuen selbst gesehen. Diese Kopien wirkten in der Ausführung eher grob oder ungeschickt, ausgeführt von einem Lehrling mit zwei linken Händen.

Im Raghi begann sich ein Verdacht zu regen. Sollte er damit recht haben, war der Thron der Schlüssel, um Lyrrhodenai zutiefst zu verletzen.

«Holst du schon mal deine Träne, Liebste? Dann können wir nachher gleich verschwinden.» Raghi winkte über die Schulter zur Säule mit dem darauf präsentierten Flakon.

Najira gehorchte. Inzwischen wirkte sie völlig panisch und sah sich die ganze Zeit gehetzt um. «Lass uns verschwinden! Was starrst du diesen Thron so lange an? Ist etwas damit?»

«Nein, gar nichts. Nicht. Das. Geringste.»

Raghi beendete seine mimische Darbietung mit einem Finale aus Geringschätzung und Verachtung, gefolgt von Gleichgültigkeit.

Als er sich abwandte, erkannte er aus den Augenwinkeln einen Schatten und tänzelte zur Seite. Der Angriff ging ins Leere. Najira schrie verzweifelt auf.

Lyrrhodenai stand vor Raghi. Verschwunden war die eklig kalte Souveränität, die er in Aeriels Quellen gezeigt hatte. Hektische Flecken leuchteten auf seinen Wangen. Seine Blicke brannten vor Wut.

21

«Du Ratte wagst es, meinen Thron zu beleidigen!»

Soweit so gut. Raghi hatte seinen Gegner dazu gebracht, sich zu zeigen. Nun begann der schwierigere Teil.

Er mimte den Überraschten und nahm sich die Zeit, Lyrrhodenai genau zu mustern. Wie schon bei ihrem ersten Treffen traf ihn die engelhafte Schönheit des Mannes wie ein Schlag. Dazu die unheimliche Ähnlichkeit zwischen ihnen. Sein perfekter Bruder, nicht nur im Aussehen. Raghi hatte es vom unfähigen Lehrling zur perfekten Nervensäge gebracht. Lyrrhodenai ein ganzes, nein, wahrscheinlich mehrere Zeitalter unterworfen.

Verglichen mit ihm war Raghi nur ein hässlicher und ziemlich unfähiger Kümmerling.

Es erschien ihm unglaublich, dass Najira ihn liebte. Aber das war ein Thema für eine andere Gelegenheit. Das Schauspiel musste weitergehen.

Raghi legte sich die Hand auf die Brust und riss die Augen auf. «Du bezeichnest mich als Ratte? Was war das schon wieder? Moment. Gleich fällt es mir wieder ein. Ach ja, diese kleinen, felligen Tiere mit den nackten Schwänzen, die sich von Abfall ernähren. Mit solchen Zähnen.» Raghi zog die Oberlippe hoch und machte eine Grimasse. «Und solchen Schnurrhaaren.» Er hielt die Hände weit auseinander. «Findest du wirklich, ich sehe so aus? Damit tust du mir unrecht. Und dir auch, so ähnlich, wie wir uns sehen. Ich verlange, dass du dich entschuldigst.»

Lyrrhodenai stieß ihn mit beiden Händen gegen die Brust. Heftig, sodass Raghi mehrere Schritte zurücktaumelte. «Spiel hier nicht den Spaßvogel. Du weißt genau, was ich mit Ratte meine. Und wir sind uns NICHT ähnlich!»

«Wie gesagt, ist es mir gerade wieder eingefallen, was du mit Ratte meinst. Kein Wunder, dass ich einen Moment dafür brauchte. Ich habe in dieser Burg keine gesehen. Nur Geister. Offenbar halten nur sie es mit dir aus.» Raghi legte den Zeigefinger auf die Unterlippe und drehte sich langsam um die eigene Achse, als würde er den Thronraum in allen Details mustern. «Ist ja kein Wunder. Was für ein trostloser und hässlicher Ort. Was für ein bemitleidenswerter Thron. Und übrigens: Doch, wir gleichen uns total. Schau mal in den Spiegel. Alles gleich. Unsere Augen und Haare, ihre Farbe ...»

Die hektischen Flecken auf Lyrrhodenais Wangen nahmen eine blutrote Färbung an. Ein weiterer, brutaler Stoß gegen Raghis Brust. Der Kerl war stark, obwohl er gar nicht so wirkte. Ein wichtiger Hinweis für die drohende körperliche Auseinandersetzung.

«Was fällt dir ein, meinen Thron — mein Werk! — zu beleidigen?! Was hast du in deinem Leben schon erschaffen? Die Antwort lautet: Nichts. Du bist nur ein dreckiger Mörder, einer der zahllosen Sklavenlehrlinge meines Vaters.»

Interessant. Also wusste Lyrrhodenai inzwischen, wer oder was Raghi war. Bedeutete das, dass Vater und Sohn laufend durch die Zeit miteinander kommunizierten? Falls ja, dann nicht allzu gut. Sonst ließe sich Lyrrhodenai nicht dermaßen provozieren. Es war ja nicht so, dass Castelalto Raghis Strategien nicht durchschaute. Raghi hatte einfach stets den richtigen Brandbeschleuniger gefunden, um das Temperament des Zunftmeisters zu entfachen.

«Vielleicht, aber ich bin in der Kunst des Tötens deutlich fortgeschrittener als du in deinem Schreinerhandwerk. Dein Thron fällt eindeutig in die Kategorie *Gibt sich und hat Mühe*. Wenn Jahrtausende nicht für eine erträgliche Ausführung reichen, dann wird das auch in der Ewigkeit nichts mehr.»

Dieses Mal flog Raghi quer durch den Raum und krachte in die Wand. Sein Rücken kribbelte. Raghis Seelenschatten hatte sich für das Einschleichen in die Burg mit ihm vereint. Nun brannte er darauf, sich von ihm zu trennen und Rache an Lyrrhodenai zu nehmen.

Noch nicht. Warte. Ich brauche dich als Überraschung.

Ein Knuff in seinen Rücken. Aber der Seelenschatten gehorchte und hielt sich still.

Raghi stemmte sich auf die Füße. Sein ganzer Körper schmerzte und er fühlte, wie Knochen sich wieder zusammenfügten. Ein qualvoller Prozess. Nur weil man unsterblich war, tat es nicht weniger weh.

Zeit, die Taktik zu ändern.

«Lyrrhodenai, hör auf, solange du noch kannst.» Raghi legte all seine ehrlichen Gefühle in diese Worte. Ernsthaftigkeit. Eine tiefe Überzeugung. Und Respekt für sein Gegenüber. «Was du tust ist zutiefst unrecht. Nichts im Multiversum rechtfertigt, ein ganzes Volk auszulöschen, um an seine Kräfte zu gelangen. Ebenso wie nichts im Multiversum rechtfertigt, ein magisches Geschöpf gefangen zu nehmen und für Jahrtausende zu versklaven. Du hast gigantisches Unrecht auf deine Schultern geladen. Noch ist das unwiederbringlich Verlorene und Zerstörte überschaubar. Wende dein Leben zum Guten, trage zum Schöpfungsprozess bei, statt nur zu zerstören. Das ist der einzige Weg, um deine Seele zu heilen. Der Prozess wird lange dauern, aber er ist machbar. Das weiß ich aus eigener Erfahrung.»

Noch während Raghi sprach, erkannte er, dass sein Appell sinnlos war. Lyrrhodenai Seele war zu kaputt. Zu lange wanderte dieser Mann schon in der Dunkelheit. Jene war so absolut geworden, dass nichts Helles mehr darin bestehen konnte — Vernunft, Ehre, Werte. In anderen Seelen konnten sie ein Licht entzünden. Für Lyrrhodenai war das alles bedeutungslos.

Entsprechend würdigte er Raghi keiner Antwort.

Zeit, zu anderen Waffen zu greifen.

Raghi klopfte den Staub von seinen Kleidern, als wäre kein Angriff passiert, und ließ sich viel Zeit damit. Erst als sein Gegner die Fäuste ballte und mit den Zähnen knirschte — Raghi hörte es über den endlosen Wind und das Lamentieren der Geister — wandte er sich Lyrrhodenai wieder zu und schaute ihm direkt in die Augen.

«Ich bedaure dich. Du denkst, wenn du die wahnsinnigen Pläne deines

Vaters in die Tat umsetzt, wird er dich endlich lieben und mit Zuneigung überschütten. Dass er dich an seine Seite erhebt und du seine rechte Hand wirst. Gleichberechtigt und geschätzt. Alles richtest du auf diesen einen Moment aus. — Du täuschst dich. Ich kann dir sagen, was passieren wird. Entweder er entsorgt dich genau in jenem Moment wie eine Frucht, deren Saft er ausgepresst hat und die ihm nicht mehr von Nutzen ist. Wie Dreck unter seinen Schuhen. Oder es folgt der nächste wahnsinnige Plan. Die nächsten Jahrtausende des Wütens und Zerstörens für dich. Wieder und wieder, bis deine heute bereits zerfledderte Seele aufgibt und du dich nicht einmal mehr erinnerst, wer du einst warst. Ausgelöscht. Leer. Ein sabbernder Idiot, der nicht mehr selbst essen und sich nicht mehr selbst sauber halten kann. Ich habe diesen Prozess bereits bei Dutzenden Lehrlingen der Mördergilde beobachtet. Nur dürfen sie irgendwann sterben und das Elend hinter sich lassen. Dich wird es in Ewigkeit gefangen halten.»

Raghi hatte Lyrrhodenais Wut bearbeitet wie ein Schmied ein glühendes Stück Eisen. Das Gesicht seines Feindes war immer dunkler geworden, bis es die bräunlich-grüne Farbe eines faulenden Stücks Leber zeigte. Bei Raghis letzten Voraussagen verschwand plötzlich alle Farbe daraus. Lyrrhodenai wurde blass wie ein Geist.

Die entscheidende Phase hatte begonnen.

«Jetzt reicht es mir mit diesem Unfug!»

Blitzschnell trat Lyrrhodenai zu Najira, riss ihr den Flakon mit ihrer Träne aus der Hand und schleuderte ihn zu Boden. Das Kristall zerbarst in tausend Scherben. «Du willst deine Freiheit, Drache? Dann kannst du sie ja auflecken.»

Najiras stieß einen Schrei aus, als würde ihre Seele bersten. Bereits bückte sie sich.

Blitzschnell war Raghi bei ihr und ergriff ihren Arm.

«Raghi!»

«Nicht im Traum. Geh weg von uns. Dort, zur Wand.» Er zeigte auf eine Stelle weit entfernt von den Ketten, die sie einst gefangen gehalten hatten.

Najira konnte ihren Blick nicht von den winzigen Tropfen nehmen, als die sich ihre Träne über den Boden verteilt hatte. Mit dem ersten Kontakt waren sie gefroren. Nun lösten der Wind und die trockene Luft sie auf. Sie verschwanden, als hätten sie nie existiert.

Raghi, das war meine einzige Chance. Jetzt muss ich für immer bei ihm bleiben. Ihre resignierte Verzweiflung schnitt Raghi tief ins Herz. Aber er durfte nicht nachgeben. *Das werden wir noch sehen. Jetzt geh aus dem Weg. Das wird hässlich.*

Wie weiter? Raghi war ratlos. Ziellos begann er durch den Raum zu wandern. Lyrrhodenai verfolgte jede seiner Bewegungen aus schmalen Augen, seine Miene verkniffen, sein Gesicht wächsern, während das Blut in seinen Adern kochte. So hatte Raghi ihn haben wollen. Und doch reichte es nicht.

Sie waren beide unsterblich. Und Lyrrhodenai ließ sich trotz seiner Wut nicht von seinen Gefühlen überwältigen. Eine Pattsituation. Sie konnten sich verletzen, aber genauso schnell heilten sie wieder. Wenig zielführend. Raghi mochte viel Dummes getan haben. Seine Dummheiten in identischer Form zu wiederholen gehörte nicht dazu.

Er entschied sich für die Strategie, die ihn noch nie im Stich gelassen hatte.

Weiternerven.

Und dabei — hoffentlich — Informationen sammeln. Irgendeine Schwachstelle musste Lyrrhodenai haben. In der Natur, selbst in der verdrehten Magie der Finsternis, war nichts perfekt. Das konnte es gar nicht sein.

Raghi schaute zu den Scherben des Flakons und setzte sich mit gemächlichen Schritten in Bewegung, auf den Thron zu. «Minus ein mit Inbrunst gehüteter Besitz. Viele tausend Jahre hast du aufgepasst, dass niemand die Trophäe deines Verrats an dem Drachen beschädigt. Dein großer Sieg, erlangt durch Betrug, indem du die Hoffnungen und Träume eines naiven jungen Drachenmädchens getäuscht, missbraucht und zerstört hast. Einer deiner Leute hätte sie beim Staubwischen runterwerfen können. Ich wage mir gar nicht auszumalen, was du mit ihm gemacht hättest.»

Raghi erreichte den Thron. Wie beiläufig ließ er seine Fingerspitzen über die Lehne gleiten. Das Holz war unnatürlich rau unter seiner Berührung. Definitiv kein Meisterwerk.

«Nun hast du nur noch deinen Thron.» Raghi stand jetzt dahinter. Mit hypnotisch langsamen Bewegungen strich er über die Krone der Rücklehne. Dabei bohrten sich Splitter wie Nadeln in seine Fingerspitzen. Er ignorierte den Schmerz und beobachtete stattdessen Lyrrhodenai.

Der folgte jeder noch so kleinen Bewegung mit seinen Augen, während Schweißperlen auf seiner Stirn entstanden.

«Was, wenn jemand deinen Thron entweiht? Vielleicht so?» Raghi streckte die Zunge raus und leckte aufreizend langsam über das Holz, während er seinen Blick in Lyrrhodenais bohrte.

Lyrrhodenai ballte die Fäuste so fest, dass seine Arme zitterten. «Du …»

«Vielleicht daraufspucken?», unterbrach ihn Raghi und tat, als müsse er nachdenken. «Nein, zu harmlos. Ich weiß da etwas Besseres.» Er ging zur Vorderseite des Throns und langte sich an den Gürtel.

Lyrrhodenai bewegte sich so schnell, das Raghi keine Zeit zum Reagieren blieb. Sie flogen durch die Luft, prallten irgendwo hart auf. Ein heftiger Kampf, bei dem sie sich gegenseitig durch den Thronraum jagten, entbrannte. Die Wucht war erschreckend. So kämpften offenbar Unsterbliche. Raghi hatte den Fehler gemacht, seine neuen Fähigkeiten nicht zu trainieren. Menschen konnten nur bis zu einer gewissen Härte zuschlagen, ohne dass ihre Knochen barsten. Als Unsterblicher war einem so etwas egal.

Eine Ablenkung, um den Kampf neu aufzubauen, musste her. Raghi versuchte, an seinen Dolch zu gelangen. Bevor es ihm gelang, stürzten sie in die Wendeltreppe. Instinktiv packte er Lyrrhodenai. Weil keiner losließ, überschlugen sie sich wie ein einziger Körper mehrmals auf den Stufen, bis sie über den Rand rollten und zur darunterliegenden Ebene hinabstürzten.

«Ich versenke dich im nächsten Vulkan, du größenwahnsinniger Mistkerl. Mal sehen, wie du rauskommst, wenn die Lava deinen Körper schneller verdampft, als du dich heilen kannst.»

Raghi klammerte sich an Lyrrhodenai fest. «Dazu musst du mich erst von deinem Körper reißen. Mal sehen, wie dir das gelingt. Habe ich dir schon erzählt, dass ich Männer liebe? Dabei ist mir völlig egal, ob sie mir sympathisch sind oder nicht. Oh ja, mach das noch einmal!»

Sein Gegner drehte völlig durch. Raghi konnte sich nicht mehr wehren.

Er wurde herumgeschleudert, zerstampft, sein Körper zu Brei zerschlagen. Es gelang ihm kaum, bei Bewusstsein zu bleiben.

Wieso hielt sich sein Seelenschatten still?

Wäre jetzt vielleicht der Moment ...

Selbst in seiner äußerst misslichen Lage musste Raghi noch sticheln.

Plötzlich schien sein Gegner abgelenkt. Er ließ von Raghis zerschlagenem Körper ab. Raghi öffnete die blutenden Augen einen Spalt breit und entdeckte zu seiner Überraschung Najira, die sich an Lyrrhodenai klammerte und auf ihn einprügelte.

«Lass ihn in Ruhe, du Monster. Ich kratze dir die Augen aus. Du hast mich zum Quälen.» Interessanterweise kreischte Najira nicht. Es klang eher nach dem Gebrüll eines wütenden Löwen.

Lyrrhodenai schleuderte sie weg. «Um dich kümmere ich mich später. Zuerst werfe ich diesen hier in die brodelnde Lava — in der grauen Vorzeit, wo jeder einzelne Vulkan so groß und hoch ist wie eine ganze Welt.» Mit einer beiläufigen Handbewegung öffnete er ein Portal, warf sich Raghi wie eine Lumpenpuppe über die Schulter — und erstarrte.

Ein Grollen setzte ein. Es begann tief, wie eine leise Ahnung. Mit jedem Moment schwoll es an, bis die gesamte Burg bebte und nicht nur sie. Das Wehklagen der Geister verstummte. Dafür klapperten ihre Schädel.

«DAS WIRST DU NICHT.»

Raghi, dessen Gesicht äußerst unwürdig auf der Höhe von Lyrrhodenais Hintern baumelte, drehte sich so, dass er an Lyrrhodenais Taille vorbeischauen konnte. Zwar stand alles auf dem Kopf, aber der Anblick war eindeutig.

Verschwunden war das zerrupfte Drachenmädchen. An seiner Stelle kauerte ein beeindruckender Drache, seine Haltung die Verkörperung einer tödlichen Drohung.

«Ich befehle über dich. Du verwandelst dich jetzt sofort zurück.» Lyrrhodenai klang plötzlich nicht mehr ganz so überzeugt.

Begann sich das Blatt zu wenden?

Der Drache senkte den Kopf, nicht in Demut, sondern als Drohung.

«Wenn dem so ist, beweis es mir.»

Das dunkle Grollen jagte ein Schaudern über Raghis Wirbelsäule.

«Ich befehle dir, Drache, dich in deine menschliche Form zurückzu…

Aaarg!» Lyrrhodenais erstaunlich selbstsichere Worte endeten in einem Schmerzensschrei. Raghi, der heimlich seinen Dolch gezogen hatte, stach ein zweites Mal zu. Wieder in die Nieren. Dieses Mal ließ Lyrrhodenai ihn fallen.

Es gelang Raghi abzurollen. Er stellte sich neben Najira. Sie war riesig. Weit größer als Desert Rose. Hoffentlich war sie trotz ihrer Verwandlung die Gleiche geblieben, sein liebenswert linkisches Drachenmädchen.

«Wie siehst du es nun, mein Herz? Gab ihm deine geschenkte Träne Macht über dich?»

«Nur weil ich es zuließ und daran glaubte.» Der Drache setzte sich in Bewegung, direkt auf Lyrrhodenai zu. «Nun ist der Tag der Abrechnung gekommen.»

Raghi dachte blitzschnell ihre Optionen durch. Seine Intuition riet ihm davon ab, einen im Gebrauch seiner Kräfte ungeübten Drachen auf das Multiversum loszulassen. Zu viele Geschichten erzählten davon, wie Auseinandersetzungen dieser Geschöpfe ganze Landstriche oder gar Welten verwüstet hatten. Jalassars und Tasjars Schluchten mit dem gruseligen Bereich in der Mitte stellten nur ein Beispiel dar.

Etwas kratzte unerwartet an Raghis Gedanken. Eine vage Erinnerung. Er versuchte sie einzufangen, doch sie entwischte ihm.

«Ich werde dich zu Staub verbrennen, dann kannst du sehen, wie du dich selbst heilst.» Najira baute sich vor Lyrrhodenai auf.

Uh oh, Anfängerfehler! Einem Gegner seine Absichten darzulegen war dumm.

Während der Auseinandersetzung war Lyrrhodenais Kleidung in Unordnung geraten. Als er sich bewegte, entdeckte Raghi ein mattes Schimmern an seiner Kehle. Ein eiserner Halsreif mit einem Sternenwirbel darauf, wie Tati es beschrieben hatte. Also konnte Lyrrhodenai die Treppen nicht einfach so rufen, sondern brauchte ein Hilfsmittel dazu.

Raghi schnellte vor. Seine linke Hand griff nach dem Halsreif. Seine Rechte hielt das Messer. Dieses Instrument des Terrors musste weg, auch wenn er Lyrrhodenai den Kopf dafür abschneiden musste.

Ein normaler Sterblicher hätte keine Chance gegen ihn gehabt. Lyrrhodenai bemerkte Raghis Absicht gerade noch rechtzeitig. Er warf sich zurück, berührte den Sternenwirbel an seinem Hals und machte mit der anderen Hand eine komplizierte Geste.

Das eine Portal, das immer noch ungenutzt im Raum hing, verschwand. Stattdessen entstanden direkt neben Lyrrhodenai zwei, die ineinander verwachsen waren. Wo sie sich berührten, gab es keine richtige Trennung, nur einen Energiewirbel.

Er stürzte sich hinein. Raghi erwischte ihn gerade noch an der Schulter seiner Tunika. Blitzschnell zückte sein Gegner ein Messer und schnitt sich das Kleidungsstück vom Leib.

Das Portal verschwand. Wie ein Trottel stand Raghi da, das ruinierte Kleidungsstück in der Hand. «Verdammt!»

Najira verwandelte sich in ihre menschliche Gestalt. «Habe ich das richtig gesehen, dass er durch beide Portale verschwunden ist?»

Raghi ließ die Tunika fallen. «Ja. Er hat sich zweigeteilt.»

«Aber welcher ist dann der Echte?»

«Najira, schalt bitte dein Drachenhirn ein. Das naive Mädchen können wir gerade nicht brauchen.» Harte Worte, doch sie taten ihre Wirkung.

«Oh. Entschuldige! Kann er sich zweiteilen? Nein, sicher nicht. Er hat zwei verschiedene Zeitstränge benutzt, so wie Sander und Palash, wenn … du weißt schon.»

«Wenn sie sich selbst beim Sex zugeschaut haben. Genau.»

«Aber wozu?» Najira biss sich auf die Lippen.

«Strategisch gesehen muss er zwei Prioritäten haben — die Ghitains zu beseitigen und uns unschädlich zu machen. Seine Bemerkung über den Vulkan hat mich zum Nachdenken gebracht. Offenbar ist es möglich, Unsterbliche aus dem Verkehr zu ziehen.»

«Wir könnten ihn in einen Diamanten einschließen. Wobei ich mir nicht sicher bin, ob ich die dazu nötige Feuerenergie hinbekomme. Das sind Welten formende Kräfte. Ich glaube nicht, dass meine Drachengeneration über diese verfügt.»

Raghi schüttelte nachdenklich den Kopf. «Das ist eine kreative Idee. Trotzdem rate ich davon ab. Unser Ziel muss es sein, ihn umzubringen und so für alle Zeiten aus dem Verkehr zu ziehen. Wenn wir ihn in einen Diamanten einschließen und verstecken, wird er zwangsläufig irgendwann gefunden werden. Und dann dient er irgendwelchen anderen Verrückten als Symbol. Das geht nie gut aus.»

Wieder kratzte etwas an seinem Bewusstsein. So langsam nervte es. Wieso kam er nicht darauf, was sein Unterbewusstsein ihm mitteilen wollte?

«Was nun?» Najira klang beklommen.

«Uns zwei bleibt nichts anderes übrig, als uns aufzuteilen. Flieg zu Naveen und Anjali und bring sie nach Eterna zu den anderen Ghitains — über die Treppen oder wenn du einen noch schnelleren Weg kennst, dann so. Setz all deine Fähigkeiten dazu ein. Ihr müsst vor Lyrrhodenai dort ankommen. Und dann kämpft ihr. Um das Licht, um das Überleben der Ghitains, um dieses Multiversum und die Freiheit seiner Geschöpfe. Mit allem, was ihr habt.»

Najira wirkte nicht überzeugt. «Das ist relativ wenig.»

«Nein, das ist es nicht. Du bist ein Drache. Der erste, der sich seit Jahrtausenden den Menschen gezeigt hat. Wenn die Ghitains mit dir nicht siegen, haben sie das Überleben nicht verdient.»

Najira reckte die Schultern. «Ich tue es. Aber es passt mir überhaupt nicht. Ich will bei dir bleiben.»

«Ich weiß.» Raghi packte sie und küsste sie mit all der Liebe, die er für sie empfand.

Nur mit größter Willensanstrengung schaffte er es, sich wieder loszureißen. «Jetzt geh! Und pass auf Naveen und Anjali auf. Sie müssen überleben!»

«Und das werden sie auch.» Mit einer eleganten Bewegung verwandelte sich Najira und flog durch eins der Fenster in die beginnende Dämmerung hinaus.

Raghi blieb allein zurück. Es fühlte sich furchtbar an.

Wieso zitterten seine Beine? Und wieso heulten die Geister plötzlich wie Furien? Raghi eilte an ein Fenster und schaute zu den Schädeln hinab. Der ganze Talkessel wogte. Ein Teil der Bewegung wurde von den verzweifelten Geistern verursacht. Der andere Teil …?

Er täuschte sich nicht. Der Schädelberg sackte weg, als hätte jemand auf dem Grund des Hochtals einen Stöpsel gezogen, wodurch alles hinausgeschwemmt wurde. Bei der Geschwindigkeit brach die Burg in wenigen

Momenten zusammen. Bereits schwankten die Wände. Auf der Höhe der Zugbrücke barsten die ersten Abschnitte mit ohrenbetäubendem Knallen.

Aus dem Augenwinkel entdeckte Raghi einen Schatten. Der Schrei eines Adlers.

Rose. Fang mich!

Raghi stieß sich weg vom Fensterbrett. Fünf Schritte Anlauf. Mehr traute er sich nicht, sonst stürzte die Burg mit ihm drin ein. Er gab all seine Kraft in die Beschleunigung und hechtete aus dem Fenster. Draußen erwischte etwas seinen Rücken. Die ersten hinabstürzenden Ziegel.

Dann fiel er.

Und fiel …

Die Momente dehnten sich zu Ewigkeiten.

Wenigstens blieb nicht genügend Zeit, damit ihm schlecht werden konnte. Der Aufprall würde auch so genügend wehtun. Ob sich sein zu Matsch zerschelltes Gehirn danach wieder korrekt zusammenfügte?

Ein schriller Schrei. Riesige Klauen packten ihn sanft und ohne seine Haut zu verletzen. Kurz darauf setzte Rose ihn auf dem Felssattel ab, wo sie ihren Vorstoß in die Burg begonnen hatten, und landete geschmeidig nehmen ihm.

Najira und die Ghitains waren weg, so wie auch die Drachenpferde.

«Nun ist es an uns, mein Mädchen.» Raghi berührte ihre Schulter. In ihm zitterte alles.

Das Hochtal glich einem Mahlstrom aus den Sagen des Nordens. Ein riesiger Wirbel, der alles in die Tiefen des Meeres riss und verschlang. Nur gab es hier kein Meer. Das Hochtal leerte sich, ohne dass ersichtlich war, wohin die Schädel und die Trümmer der Burg verschwanden. Bald würde es sich wieder so präsentieren wie vor Lyrrhodenais Ankunft vor Abertausenden von Jahren. Raghi hatte kein gutes Gefühl.

Wie Lyrrhodenai folgen? Ein Ziel war klar. Eterna. Wo lag das andere? Und spielte es eine Rolle, welcher Lyrrhodenai was tat?

Raghi kam eine Idee. Es gab nur eine Möglichkeit, ihren Gegner durch die Zeiten aufzuspüren.

«Bitte verzeih mir, Kaea.»

Raghi schloss die Augen, stellte sich den Schrank im Inneren von Kaeas Vardo vor und öffnete die Türen. Als er die Lider wieder aufschlug, erstreckte sich das Uhrwerk des Multiversums in seiner ganzen Pracht vor ihm. Schritt eins war gelungen.

«Bitte verzeih mir, Naveen.»

Raghi schloss die Augen ein zweites Mal. Von den Ghitains hatte er gelernt, dass die Wirklichkeit in vielerlei Hinsicht eine Illusion war. Nun musste er darauf zählen, dass er die verschiedenen dahinterliegenden Wahrheiten übereinanderlegen konnte.

Raghi konzentrierte sich wie noch nie zuvor in seinem Leben, machte dann die Handbewegung, die er bei Naveen beobachtet hatte, und schaute hin.

Es war ihm geglückt. Nun überlagerten die Spuren der Ewigkeit das Uhrwerk des Multiversums. Falls er sich das richtig ausgerechnet hatte, konnte er Lyrrhodenai nun durch Raum und Zeit folgen.

«Bitte verzeih mir, Parth.» Raghi streckte die Hand aus und rief Lyrrhodenais Seelenstrang zu sich.

Gleich darauf hing das Geschwür von seinen Fingern. Es sah weit schlimmer aus als beim letzten Mal, als Parth es in der Versammlung der Ghitains allen gezeigt hatte. Ihr Feind war nicht untätig geblieben.

Raghi nahm sich die Zeit, den Seelenstrang im Detail zu betrachten. Wie dumm, dass er das nicht schon früher gewagt hatte. Nun, da er ihn selbst in der Hand hielt, erkannte er Feinheiten, die ihm zuvor entgangen waren.

Insbesondere untersuchte er den braunen, wie Holz wirkenden Anfang. Kein bisschen Silber zu sehen. War Najiras Drachenwissen doch nicht korrekt? War Lyrrhodenai als vollständig Sterblicher geboren worden und hatte irgendwie die angeblich unüberwindbare Barriere zur Unsterblichkeit durchbrochen?

Auch wenn sein Gegner es spürte, Raghi musste Gewissheit haben. Er pulte den braunen Teil des Seelenstrangs direkt an dessen Beginn, bei Lyrrhodenais Geburt, auf — und wurde fündig. Ganz im Innern verlief ein hauchdünner silberner Kern, feiner als ein Haar.

Raghi öffnete den Seelenstrang weiter. Er erwartete, dass sich der silberne Anteil laufend erhöhte, ausgelöst durch eine Kindheit der tausend Tode, wie Raghi sie selbst erlebt hatte.

Er fand keinerlei Anzeichen. Es blieb bei dem einzelnen hauchdünnen Silberfaden, auch als der Seelenstrang sich wild zu winden begann, ein

Abbild von Lyrrhodenais unzähligen Zeitreisen über die Treppen der Ewigkeit. Es folgte ein dicker Knoten, der braune und silberne Anteile aufwies. Hinter dem Knoten wand sich der nunmehr vollständig silberne Seelenstrang womöglich noch wilder.

«Sieh dir das an, Rose. Wenn du genau hinschaust, erkennst du um diesen Knoten hier tausend Spuren der Ewigkeit. Lyrrhodenai wurde nicht, wie wir vermutet haben, durch Castelaltos Grausamkeit zu einem Unsterblichen. Lyrrhodenai hat sich die Unsterblichkeit selbst zugefügt, hier in der Vergangenheit. Er hat die Tatsache ausgenutzt, dass er in der Vergangenheit nicht sterben kann, solange er an die Treppen der Ewigkeit gebunden ist. Er hat sich tausende Mal selbst umgebracht ...»

Raghi stockte, als ihm eine Erkenntnis kam. Er berührte den hässlichen zweifarbigen Knoten. Sinneseindrücke stürzten auf ihn ein und bestätigten seine Vermutung.

«Nein, er hat sich nicht selbst umgebracht, zumindest nicht allzu oft, weil er rasch erkannte, dass seine Versuche nichts brachten und er die Unsterblichkeit selbst nicht hinbekommt. An dieser Stelle kommt der Drache mit seinen Kräften ins Spiel. Deshalb hat er Najira versklavt: Um sie zu zwingen, ihn zu töten, wieder und wieder. Weil alles andere fehlgeschlagen war. Berühre ich den Knoten, spüre ich Drachenfeuer — glühend heiß vor Hass, Verbitterung und den Schmerzen eines unverzeihlichen Betrugs, todtraurig und zutiefst verzweifelt. Erst das Drachenfeuer besaß genügend Macht, auch das letzte bisschen Sterblichkeit aus Lyrrhodenais Lebensstrang zu brennen. Najira hat ihn also tatsächlich unsterblich gemacht, nur nicht so, wie sie dachte.»

Rose schnaubte. Sie klang nicht beeindruckt.

Raghi versuchte, die Implikationen seiner Erkenntnis zu verstehen.

Was für ein kranker Bastard!

Nein, was für ein immens gefährlicher und verschlagener Bastard. Sie hatten Lyrrhodenai zumindest teilweise für ein Opfer gehalten und ihn für sein Schicksal und seine angebliche Lebensmüdigkeit bedauert. Dabei war er weit mehr als ein Sklave seines Vaters. Er handelte aus eigenem Antrieb, voller Berechnung und List. Mit seiner finsteren Kreativität hatte er bisher für alle Hindernisse auf seinem Weg eine Lösung gefunden. Und sein Fokus, Weitblick und Wahnsinn ließen Schlimmes befürchten.

Solche Fähigkeiten entstanden nicht von heute auf morgen, nicht einmal über Tausende von Zeitreisen. Ihre Wurzeln lagen tief im Charakter eines Menschen. Wahrscheinlich verfolgte Lyrrhodenai seit seiner frühen Jugend Pläne, sich aus der Gewalt seines Vaters zu lösen, ihn gar aus seiner Machtposition zu stürzen und sich selbst zum Tyrannen des Multiversums aufzuschwingen.

Und was bedeuteten diese Erkenntnisse für Raghi selbst? Für sein eigenes Schicksal?

«Ich habe das Elixier des Multiversums getrunken, während ich an die Treppen der Ewigkeit gebunden war. Ich bin es ja jetzt noch. Heißt das …?»

Nein, sein Lebensstrang war schon lange zweifarbig gewesen. Auf Raghis Weg in die Unsterblichkeit stellte die Bindung an die Treppen der Ewigkeit nur einen winzig kleinen Faktor dar, mehr nicht.

Raghi fasste einen Entschluss, allen Konsequenzen zum Trotz. Er musste es einfach wissen. Wie er es bei Kaea beobachtet hatte, durchtrennte er Lyrrhodenais Lebensstrang im braunen Bereich kurz nach seiner Geburt. Das gelang ihm auch, doch der Lebensstrang setzte sich sofort wieder zusammen.

«Natürlich. Die Vergangenheit, selbst wenn sie in der Zukunft stattfindet, ist fix … Nur wenn …» Raghi verstummte, atmete dann scharf ein. «Rose, ich weiß, wie wir Lyrrhodenai beikommen können. Wir müssen …»

Die Chimäre grollte — ein tiefes, bitterböses Grollen.

Raghi schaute auf. Lyrrhodenai stand unweit von ihm, sein Oberkörper nach dem Verlust seiner Tunika nackt, und beobachtete ihn aus schmalen Augen. «Sprich weiter, Mörder. Wir müssen …?»

Raghi fletschte die Zähne. «Wir müssen gar nichts.» Aufreizend langsam ließ er seinen Blick über Lyrrhodenai gleiten in der Hoffnung, ihn aus dem Konzept zu bringen. Kurz flackerte Neid in ihm auf. Wieso konnte er nicht so perfekt aussehen? Wie ein eleganter, durchtrainierter Krieger?

Leider funktionierte die Ablenkung nicht.

Ungerührt griff Lyrrhodenai in die Unmengen an Seelensträngen, die sie umgaben, und zog einen Silbernen hervor. Raghi spürte im tiefsten Inneren eine Berührung, ein ekliges unreines Gefühl wie bei seinen missglückten Abenteuern in den Bordellen von Eterna.

Lyrrhodenai schnippte Raghis Seelenstrang entzwei. Sogleich fügte jener sich wieder zusammen. Der winzige Moment dazwischen ... Die Empfindung war unfassbar. Pein wurde ihr als Beschreibung nicht annähernd gerecht. Komplette Annihilation schon eher. Dazu allumfassende Qual. Das Bewusstsein, dass die Seele sich auflöste und nichts von einem mehr existierte. Weniger zu sein als Staub. Möglicherweise die am tiefsten verwurzelte menschliche Urangst.

Raghi könnte süchtig danach werden.

Er torkelte heftig.

«Noch etwas unerfahren, um bei den Großen mitzuspielen? Nun ist es zu spät.» Lyrrhodenai zerriss Raghis Lebensstrang erneut, dieses Mal an mehreren Stellen.

Die Empfindungen von vorher — unendlich gesteigert. Als löste sich das Multiversum rund um Raghi auf und bildete sich gleich darauf neu.

«Oh ja, mach das noch mal! Das ist geil!», stieß er hervor, begleitet von einem weiteren Torkeln.

Lyrrhodenai erstarrte. Wie erhofft konnte er mit Raghis Aufforderung nicht umgehen, sein Geist blockiert wie ein verklemmtes Uhrwerk. Es schien unglaublich, dass Raghis ältester Trick immer wieder funktionierte, selbst bei einem abgebrühten Bösewicht, der seine Seele unrettbar der Dunkelheit verschrieben hatte und sich für die Unsterblichkeit unzählige Male willentlich hatte töten lassen.

Die Vorstellung, dass jemand tiefste Qual genussvoll zu sich einlud ... Lyrrhodenai hatte gerade erst selbst erfahren, was er Raghi antat.

«Na los! Worauf wartest du!» Raghi hatte Lyrrhodenai mit seinen scheinbar willkürlichen Bewegungen inzwischen fast erreicht.

Lyrrhodenai, die Augen weit aufgerissen, wich vor ihm zurück. Ein kleiner Sieg.

Raghis Hand schnellte vor. Er packte den eisernen Halsreif und zog ruckartig mit aller Kraft.

Leider gab nur der Verschluss nach. Ginge es nach Raghi, hätte sein Gegner gern auch den Kopf verlieren dürfen, wortwörtlich.

Ein Schrei von Lyrrhodenai. Panisch versuchte er, Raghi den Halsreif zu entreißen.

«Rose. Zerstör ihn!» Raghi warf ihr den Reif zu.

Ein grellweißer Flammenstoß. Der Reif erglühte und verdampfte.

«Du Hurensohn!» Lyrrhodenai schlug Raghi die Faust ins Gesicht und rannte durch das Uhrwerk das Multiversums davon, auf die Treppen der Ewigkeit zu, die sich scheinbar weit in der Ferne gemächlich drehten.

Raghi japste. Der Faustschlag hatte ihn voll erwischt. Seine Knochen und Zähne brauchten einen Augenblick, um ihren korrekten Platz wieder zu finden und sich neu auszurichten. Der Prozess war fast unangenehmer als der zerrissene Lebensstrang.

«Komm, Rose, den holen wir uns!»

22

Tief unter ihnen flog das Land nur so dahin. Zum ersten Mal seit Langem war die Nacht klar. Im blassen Schimmer des Mondlichts sah Naveen kahle Wälder, die sich in die Unendlichkeit erstreckten, eine einzige eisige Winterlandschaft. Durch eine solche waren sie vor wenigen Tagen auf uralten Wegen gereist. Es kam ihm wie eine Ewigkeit vor.

Najira hatte darauf bestanden, dass Anjali und er auf ihr ritten. Ob zum Schutz der Menschen oder zur Beruhigung des ängstlichen Drachens, Naveen hielt beides für möglich. Er hätte den Wechsel gerne vermieden. Es war schwierig genug gewesen, sich an das Drachenpferd als Reittier zu gewöhnen. All die schnellen, ruckartigen Bewegungen. Die schwindelerregende Höhe.

Anjali, die hinter ihm ritt, hatte die Arme um seine Taille geschlungen und klammerte sich mit aller Kraft an ihm fest. Naveen fühlte ihre Todesangst. Er wünschte sich so sehr, er hätte ihr all das Böse und Schreckliche ersparen können, das sie seit der Bekanntgabe ihrer Verlobung erleiden musste. Der Anschlag, die Bedrohung durch Angehörige ihres eigenen Volkes, die Auseinandersetzung mit Lyrrhodenai und diese Reise.

Für Anjali wäre es besser, sie hätte sich nie in ihn verliebt.

Hör auf, so etwas zu denken, und konzentrier dich auf unsere Aufgabe. Anjalis

Gedankenstimme zitterte, doch ihr Ärger schien stärker als die lähmende Furcht.

Naveen schämte sich. *Du kannst meine Gedanken lesen? Angeblich geht das nicht.*

Die Unsterblichen ermöglichen uns die Kommunikation mit einem Zauber. Da ist es klar, dass wir nicht die gleiche Reichweite oder Abgrenzung haben wie sie.

Najira änderte ruckartig die Flugbahn.

Anjali zuckte zusammen. Ihr Griff, zuvor schon unangenehm, glich nun eisernen Klammern.

Versuch, dich zu entspannen, Liebste. So kann ich nicht atmen. Auch ich fürchte mich vor der Höhe. Gleichzeitig bin ich mir sicher, dass sie uns nicht abstürzen lassen wird.

Bitte entschuldige. Anjali brauchte mehrere Versuche, um Naveens Bitte zu erfüllen, aber sie gab nicht auf, bis es ihr gelang. *Wir fliegen so viel höher als auf der Reise nach Ailwens Mine. Ich bin mir sicher, dass ich von hier bis nach Eterna sehen könnte — würde ich die Augen öffnen. Was nicht passieren wird, bis wir wieder festen Boden unter den Füßen haben.*

So hoch sind wir gar nicht. Langsam lichten sich die Wälder und es sind erste offene Landstriche zu sehen. Offenbar lassen wir die Ausläufer der Wälder des Westens nun hinter uns. Vielleicht erkenne ich bald erste Landmarken.

Verstehst du, was diese gehetzte Reise bezwecken soll, Liebster? Wenn unser Feind die Treppen nahm, ist er längst in Eterna. Bis wir da sind, ist die Auseinandersetzung vorbei.

Und ihr Volk ausgelöscht. Naveen schluckte leer.

Falls Raghi in seiner Auseinandersetzung siegreich ist, hilft uns das auch nicht. Solange die Kopien von Lyrrhodenai sich nicht begegnen, existieren beide weiter. Und ich vermute, sie sind sich ebenbürtig.

Darüber hatte Naveen ebenfalls nachgedacht. *Leider habe ich keine Antwort für dich. Wie auf so vieles andere nicht in dieser Auseinandersetzung.*

Sie waren nur zwei Sterbliche. Zwar Ghitains — eine Lichtträgerin und ein Hüter der magischen Tiere. Begrenzte Fähigkeiten, die in einem Krieg nichts nützten. Ihre Anwesenheit veränderte nichts.

Naveen schaute über das Land. Bei Nacht und von oben sah alles ganz anders aus. Wo waren sie? Er musste es wissen.

Najira, kann ich die Spuren der Ewigkeit unter uns entstehen lassen? Oder verwirrt dich das?

Lass mich versuchen, sie sichtbar zu machen. Erst dann kann ich die Frage beantworten.

Das Land überzog sich mit leuchtenden Bahnen. Bald herrschte unter ihnen ein einziges Glimmen. Es war wunderschön, aber nutzlos.

Ich habe die Spuren aller Lebewesen seit dem Anbeginn der Zeit sichtbar gemacht. Das sind zu viele. Ich hebe die Spuren der Ghitains hervor. Ich nehme an, darum geht es dir?

Ja.

Wenn Naveen rücksichtslos ehrlich war, traute er Najiras Fähigkeiten aufgrund ihrer problematischen Vorgeschichte nicht oder zumindest nicht ganz. Auch ein Grund, weshalb er lieber nicht mit ihr fliegen würde.

Möglicherweise war dieses Misstrauen nicht mehr angebracht. Seit das Drachenmädchen von der Konfrontation mit Lyrrhodenai zurückgekehrt war, agierte sie fokussiert und entschlossen. In der Burg musste etwas Grundlegendes passiert sein — eine tief gehende Veränderung und diese, wie es schien, zum Guten.

Als ihr das Aussortieren der Spuren der Ewigkeit nicht sogleich gelang, gab sie nicht auf. Naveen verfolgte ihr *Falsch! — Vielleicht so? — Nein, das war es nicht. Wie dann? — Jetzt weiß ich es!* in seinen Gedanken.

Und tatsächlich. Weit vor ihnen entstanden Markierungen, die nur dem äußeren Kreis der Ghitains entsprechen konnten. Tausende von Reisen, immer wieder in den eigenen Spuren, erzeugten ein gleißendes Leuchten, das aus großer Distanz zu erkennen war.

Da vorne liegt Aeriels Quellen. Soll ich es umfliegen?

Naveen musste suchen, bis er die Ansiedlung entdeckte. Lokale, warm glimmende Lichtpunkte rund um die blendend hellen Spuren der Ghitains. Einige davon reichten in die Höhe. Die mehrstöckige Akademie?

Ist das sicher Aeriels Quellen?

Ja. Siehst du das undefinierte Schillern, das alles umgibt? So zeigt sich eine Quelle mit der Essenz des Multiversums auf dieser Wahrnehmungsebene.

Umfliegen oder nicht? Naveen fühlte Panik. Wenn doch nur Raghi …

Der Punkt muss sein, ob uns von unten Gefahr droht. Sonst ist es egal, durchbrach Anjali seine Lähmung. *Falls wir Sander sehen, können wir auf ihn spucken.*

Ein verständlicher Gedanke, der Naveen mit Unbehagen erfüllte. *Diese Worte flüstert dir die Dunkelheit ein. Sanders Handlung muss Konsequenzen haben und ich denke, diese wird er fühlen, ohne dass wir uns zu Richtern aufschwingen müssen.*

Anjali dachte nach. *Palash. Er wird Sanders Verrat an dir nicht dulden. Durch seinen Egoismus hat Sander das für sich zerstört, was er am meisten begehrt.*

Ich vermute es. Wahrscheinlich begleitet Palash uns in die Ewigkeit, wenn Lyrrhodenai uns alle getötet hat. Damit das gesagt ist, Liebste: Ich bleibe keinen Moment als Geist hier.

Und ich werde dich begleiten, Liebster. An deiner Seite. Für immer und unter allen Umständen.

Die traurigen Worte stachelten Najira an. Sie flog womöglich noch schneller. *Dann nehme ich den direkten Weg. Helft mir, unsere nächsten Schritte durchzudenken. Eterna liegt im Zentrum der beiden Kreise der Ghitains. Das klingt weit, ist es aber in Luftlinie nicht. Wir sind schon bald da. Raghi wollte, dass wir vor Lyrrhodenai ankommen. Ich kann das mit meiner Magie bewerkstelligen, ohne dass wir die Treppen nehmen. Aber dann wissen wir nicht, was uns erwartet.*

Naveens Magen sackte ins Bodenlose. *Du willst dir unser Ende ansehen? Was soll das bringen? Und ist es dann nicht fix, weil die Geschichte bereits stattgefunden hat?*

Ein langes Zögern von Najira.

Das ist in der Schwebe. Lyrrhodenai hat das Gewebe der Geschichte zerrissen und seine eigene Realität hineingeflickt. So etwas hat es über die Äonen noch nie in diesem Ausmaß gegeben. Sollten wir ihn besiegen, wird sich die Geschichte im besten Fall selbst heilen. Im schlechtesten …

Najira musste den Gedanken nicht zu Ende führen.

Schauen wir es uns an. Anjali klang entschlossen.

Nicht ganz so schnell. Was, wenn er uns entdeckt und uns unschädlich macht? Dann ist es vorbei.

Naveens Einwand ließ alle verstummen.

Kannst du auf den Hängen des erloschenen Vulkans landen, Najira? Von der abgewandten Seite her, sodass niemand unseren Anflug sieht?

Eine gute Idee von Anjali. Naveen dachte an frühere Treffen zurück. Das Lager, das die Ghitains bei ihren großen Treffen in Eterna aufschlugen, lag außerhalb der Stadtmauern zwischen dem Vulkan und der Stadt. *Das kann funktionieren. Die Distanz ist allerdings beträchtlich und wahrscheinlich zu groß für unsere menschlichen Augen, um im Mondlicht Details zu erkennen. Wie ist es für dich, Najira?*

Ich kann so weit sehen. Lasst es uns versuchen. Der Vulkan liegt ... südwestlich von Eterna, korrekt? Also nähern wir uns bereits von seiner der Stadt abgewandten Seite.

Anjali sortierte die Informationen am schnellsten. *Ja, sei trotzdem sehr vorsichtig und wachsam. Es gibt rund um die Stadt Zitadellen. Auf dem Vulkan allerdings nicht, glaube ich. Dafür sind seine Hänge zu schroff und zu hoch.*

Für eine Weile flogen sie stumm. Wie schon während der ganzen Reise sorgte Najira dafür, dass ihre menschlichen Reiter es warm hatten und trotz des Flugwinds problemlos atmen konnten. An sich eine komfortable Reise und die Erfüllung eines Menschheitstraums — die Welt von oben zu entdecken.

Naveen fand nicht länger das Herz, sich umzusehen und alles zu bestaunen. Zu schwer lastete das, was sie erwartete, auf ihm. Ein Detail ließ sich trotz seiner Verzweiflung nicht übersehen.

Selbst in der Wüste liegt Schnee. Was für ein verrücktes Jahr!

Er fühlte ein Zögern von Najira, schließlich sprach sie doch. *Wenn du nach vorne schaust, brennt der Nachthimmel.*

Ist das Rauch? Oder sind das Sturmwolken? Naveen konnte es nicht klar erkennen.

Das ist Rauch.

Also war etwas verbrannt. Und dafür gab es genau eine Möglichkeit. Eterna, die goldene Stadt, bestand aus honigbraunem Stein, der je nach Sonneneinstrahlung zwischen Weiß bis Goldgelb leuchtete.

Da vorne erhebt sich der Vulkan. Der Landeanflug wird schnell. Habt keine Angst. Ich weiß, was ich tue.

Nun schloss auch Naveen die Augen. Najiras Flug fühlte sich elegant an, nur schien sein Magen während der rasanten Höhen- und Richtungsänderungen stets wie ein totes Gewicht zurückzuhängen.

Endlich setzte Najira auf. Sie glitten von ihrem Rücken. Anjali noch schneller als Naveen. Naveen musterte die Umgebung. Noch befanden sich die Rauchwolken auf der anderen Seite des Vulkans und das fahle Mondlicht warf ihre Umgebung in ein Relief aus Licht und Schatten. Der Hang war steil und übersät mit scharfkantigem Geröll, Geschosse aus der aktiven Zeit des Vulkans. Hoffentlich mussten sie in diesem Terrain nicht zu lange klettern, sonst schnitten sie sich Hände und Beine auf.

Najira verwandelte sich in ihre menschliche Gestalt zurück. Sie wirkte noch immer wie ein zerrupftes Vogelkind, die braunen Haare wild und ihre Kleidung unordentlich. Neu zeigten ihre Augen und Miene grimmige Entschlossenheit.

«Da vorne.» Sie zeigte auf einen Felsvorsprung. «Von dort aus müssten wir Eterna überblicken können. Folgt mir.»

Der Beobachtungsposten erwies sich als ideal. Das raue Gelände bot ihnen perfekte Deckung. Lange sagte niemand etwas.

Schließlich schluckte Anjali schwer. *So sieht also das Ende aus.*

Naveen, der bisher absolute Leere gefühlt hatte, begann heftig zu zittern.

Lyrrhodenai und seine Männer hatten furchtbar gewütet. Das Volk der Ghitains hatte gemäß Naveens letztem Wissensstand an die eintausendfünfhundert Angehörige umfasst, die in Hunderten von Vardos den Kontinent bereisten. Davon war nichts mehr übrig. Einige der Wohnwagen brannten noch, während von anderen nur noch Aschehaufen vor sich hin glühten. Leichen stapelten sich überall. Und noch immer wütete der mit Schwertern, Lanzen und Morgensternen bewaffnete Feind unter ihnen.

Auch sonst gab es Bewegung.

Was geschieht bei den beiden Stadttoren? Kämpfen dort die letzten Ghitains? Naveen zeigte auf das größere Scharmützel. Jenes beim anderen Stadttor schien fast beendet.

Ich glaube, das sind die Bewohner von Eterna. Offenbar sind sie uns zu Hilfe gekommen und zahlen nun bitterlich dafür. Anjali strich sich über die Wange.

Erst da bemerkte Naveen, dass auch er weinte. Resolut brachte er seine Furcht, seinen Schock und das damit verbundene Zittern unter Kontrolle.

Wir müssen uns zusammenreißen. Lasst uns alles beobachten, was wir wissen müssen und dann verschwinden. Raghi, auch wenn wir ihn vielleicht nie wiedersehen, soll stolz auf uns sein.

Du hast recht. Was sehen wir? Anjali musterte das Schlachtfeld aus schmalen Augen. *Lyrrhodenai verfügt über viel mehr Männer, als wir gedacht haben. Viel zu viele, um sie in seiner Burg unterzubringen. Ich denke, er hat sie über die Jahrtausende rekrutiert und im Lauf der Geschichte versteckt. Deshalb haben die Bewohner von Durgins Dämmerung und Ailwens Mine nie einen davon alt werden sehen. Ebenso ihre Pferde. Das ist ein ganzes berittenes Heer.*

Damit hatte sie recht. Auch Naveen fiel etwas auf. *Was ist das weiße, teilweise glitzernde Zeug, das den Boden bedeckt? Das ist kein Schnee. Die Hitze hätte ihn schon lange geschmolzen.*

Najira atmete zischend aus. In ihrer Drachenform hätte sie Feuer ausgestoßen. *Das sind die Schädel aus dem Hochtal. Seht ihr die Katapulte am Rand des Schlachtfelds? Er hat die Schädel als Geschosse verwendet. Ich sehe erst jetzt, dass einzelne davon aus Kristall sind. Er muss sie aus den Legenden der Vorzeit geholt haben. Ihre Splitter sind noch schärfer als jene normaler Knochen.*

Naveen schauderte. Die Schädel sind also da. Ich sehe jedoch keine Geister. Sind sie ihren Gebeinen nicht gefolgt?

Ich weiß nicht, ob sie das einfach so können. Wahrscheinlich eine weitere Strategie Lyrrhodenais. Wenn Heerscharen verlorener Geister durch alle Epochen der Geschichte irren, werden die Sterblichen ihres Lebens nicht mehr froh. Lasst uns bei der Schlacht vor uns bleiben. Sie haben euer Volk mit den Schädeln beschossen und bereits viele Ghitains verwundet oder getötet. Als zweite Phase wurden die Überlebenden niedergemetzelt und die Vardus angezündet. Mir fällt kein Weg ein, wie wir uns dem wirkungsvoll entgegenstellen können. Lyrrhodenai durch die Nutzung der Treppen ein Schnippchen zu schlagen und seine Leute und Katapulte aus dem Verkehr zu ziehen funktioniert nicht. Er wird uns immer einen Schritt voraus sein.

Naveen wandte sich von dem Anblick ab. Er konnte ihn keinen Augenblick länger ertragen. *Dann bleibt Anjali und mir nichts anderes übrig, als mit unserem Volk zu sterben. Wir werden in diesem Kampf sicher keinen Unterschied machen. Also gehen wir!*

Die Reise zurück durch die Zeit gestaltete sich lächerlich einfach. Najira erhob sich mit ihnen hinter dem Vulkan in die Luft und flog von Eterna weg. In sicherer Distanz zur Stadt ließ sie vor sich ein orange leuchtendes Tor — nicht mehr als eine unregelmäßige, annähernd runde Öffnung — am Nachthimmel entstehen und flog hindurch.

Dahinter erwartete sie strahlendes Sonnenlicht.

Es ist jetzt gestern Morgen. Bis zu Lyrrhodenais Angriff bleibt uns ein Tag. Insofern er uns nicht irgendwie auf die Schliche kommt und alles vorzieht.

Ein letzter Tag. Wie nutzten sie ihn am besten?

Wie kommen wir so rasch als möglich zu unserem Volk? Wie stets konzentrierte sich Anjali auf das Wesentliche.

Ich fliege euch so nahe heran, wie ich das sicher kann. Danach verwandle ich mich in ein Pferd. Oder ihr reitet auf den Drachenpferden, insofern sie denn genau so abrupt erscheinen, wie sie an den Hängen über Lyrrhodenais Hochtal verschwunden sind.

Da sind sie bereits. Naveen zeigte nach vorn zu einer versteckten Senke in der Wüste, wo sich der Schnee sammelte. *Wolltest du dort landen?*

Offenbar. Najira klang etwas verschnupft.

Kaum waren sie abgestiegen, drängten sich die Drachenpferde um sie.

«Lasst uns wieder laut sprechen. Sonst verwirren wir alle, denen wir begegnen.» Naveen streichelte die Nüstern der Leitstute und genoss die Wärme ihres Feuers, das zärtlich seine Finger umspielte. «Sie mahnen uns zur Eile. Wie stoßen wir zu unserem Volk? Verdeckt oder so rasch als möglich?»

Er schaute sich nachdenklich um. Hier am Boden ging die Sonne gerade erst auf, ihre Strahlen ganz flach und weich schimmernd. In der Senke herrschte Dämmerlicht und die Kälte der eisigen Wüstennacht ließ ihn frösteln.

«Das ist die Zeit, in der wir unsere Pferde trainieren und ausreiten. Ich bin sicher, es sind auch schon andere unseres Volkes unterwegs. Also offen. Wir müssten so tun, als hätten wir Spaß und würden spielen.» Anjali klang, als wäre ihr gar nicht danach.

Naveen konnte es ihr nachfühlen. Für einmal erkannte er einen ungelösten Aspekt. «Wie kommst du mit, Najira? Verwandelst du dich in eine

Kette? Oder als zusätzliches Pferd? Letzteres würde nicht auffallen. Wir nehmen oft unsere Jungtiere mit, damit sie sich austoben können.»

«Keine Kette mehr», bestimmte Najira grimmig. «Ich komme als Pferd mit. Wie sieht das aus?»

Naveen und Anjali rissen die Augen auf und lachten im nächsten Moment los. Die Heiterkeit tat unendlich gut. Sie sprengte die eisernen Ketten der Angst um Naveens Brust. Endlich konnte er wieder atmen.

«Du hast dir vielleicht eine Scheibe zu viel von Raghi abgeschnitten», japste Anjali.

«Wieso?» Najira bog ihren langen Hals und tänzelte herum, während sie an sich hinabschaute. «Was ist falsch?»

Damit löste sie weitere Lachsalven aus. Mit den ungewöhnlich dicken Füßen an den dünnen Beinen sah es zu lustig aus. Schließlich ließ sie ihren Hintern auf den Boden plumpsen.

«Jetzt bist du aus der Rolle gefallen.» Naveen wischte sich die Lachtränen von den Wagen. «Ich habe nicht viele Kamele gesehen in meinem Leben. Die meisten hier in Eterna. Aber diese Tiere knien sich immer zuerst mit den Vorderbeinen hin.»

«Wenigstens habt ihr gelacht. Das war ja nicht mehr zum Aushalten.» Najira verwandte sich in ihre Menschengestalt zurück. «Müsst ihr noch etwas an eurer Kleidung ändern? Wegen der für Ghitains ungewöhnlichen Farben?»

«Um ehrlich zu sein, mag ich nicht m...» Naveen stockte abrupt. «Wir sind Idioten! Wir können gar nicht zu unserem Volk zurück. Sie halten uns für tot.»

Anjali schlug sich die Hand vor die Stirn. «Stimmt. Nach all den Verwirrspielen und Zeitreisen kann ich nicht mehr klar denken. Was machen wir jetzt?»

Najira reckte die Schultern. «Ich gehe und finde Parth. Als König der Könige wird er wissen, was zu tun ist. — Zumindest hoffe ich das.» Ihre letzte Ergänzung klang nicht allzu überzeugt. «Damit die Tarnung funktioniert, brauche ich Hilfe. Darf ich noch einmal auf dir reiten?» Sie hielt einem der Drachenpferde die Handflächen hin.

Das magische Tier schnaubte weiches Feuer auf ihre Hand.

Als Najira über die Hügelkuppe verschwunden war, setzten sich

Naveen und Anjali auf einen schneefreien Felsen. Wortlos kuschelten sie sich aneinander. Die Berührung vertrieb einen Teil der bohrenden Furcht, die Naveen nicht mehr unterdrücken konnte. Anjali fühlte sich unglaublich gut an und er liebte sie so sehr. Wie sehr, hatte er erst auf ihrer hirnverbrannten Mission verstanden. Sie war tapfer, schlau und hartnäckig — all das viel mehr als er selbst. Ein gemeinsames Leben war ihnen wahrscheinlich verwehrt, dieser Tag alles, was ihnen blieb. Doch welche Gnade zu erkennen, wie reich die Vorsehung ihn beschenkt hatte! Anjali war eines Königs würdig. Und von allen möglichen Partnern hatte sie ihn, den Ghitain mit der unwürdigen Vergangenheit, erwählt.

Naveen merkte, wie unendlich müde er war. Bei all dem Hin und Her durch Raum und Zeit war er sich gar nicht mehr sicher, wann er zuletzt geschlafen hatte. Es kam ihm gar nicht so lange her vor.

Bevor er irgendeinen Gedanken an ihre Sicherheit fassen konnte, driftete er auch schon weg.

Naveen erwachte neben Anjali auf einem weichen Lager in den unverkennbaren leuchtenden Farben der Ghitains. Die Geräusche, die ihn umgaben, klangen vertraut. Das Atmen verschiedenster Geschöpfe. Das Plätschern eines Brunnens. Konnte es sein?

Er hob den Kopf und schaute sich um. Er entdeckte den Brunnen mit dem Elixier des Multiversums und rund um ihn herum die magischen Tiere.

Der Vardo der magischen Tiere, der einst ein Heilerbaum gewesen war. Wieso erschien er plötzlich wieder und wo stand er?

«Anjali, Liebste? Wach auf.» Sanft stupste Naveen sie an.

Sie orientierte sich deutlich schneller als er.

Ein Klopfen. Naveen suchte die Quelle des Geräuschs und entdeckte eine Tür, die sich vor seinen Augen bildete. Parth schlüpfte herein, gefolgt von Kaea.

«Mama!», rief Naveen und rannte in Kaeas Arme.

«Papa!» Anjali tat es ihm bei ihrem Vater gleich.

Eine Weile lang brachte niemand ein Wort heraus.

Es war Anjali, die sich schließlich von ihrem Vater löste, um auch Kaea zu begrüssen. «Uns bleibt nicht viel Zeit. Doch erklärt uns kurz, wieso wir hier sind. Hat Najira euch gefunden?»

«Ja, Tochter.» Parth räusperte sich. «Der Ablauf war ungewöhnlich. Gestern Nacht, nach Einbruch der Dunkelheit, ist plötzlich der Vardo der magischen Tiere unter unseren aufgetaucht — dies im Zentrum des Lagers, wo wir Könige, wie es bei solchen Treffen üblich ist, einen eigenen inneren Kreis mit unseren Wagen gebildet haben.»

Naveen schluckte leer. «Dieser Vardo steht mitten im Kreis der Könige? Damit hatten wir nichts zu tun.» Seine Stimme klang höher als sonst.

«Shh, Naveen», beruhigte ihn Kaea. «Selbst wenn, spielt das angesichts der Gefahr, der wir gegenüberstehen, keine Rolle. Lass Parth berichten.»

«Das Erscheinen des Vardos weckte Hoffnung in unserem Volk. Doch seine Präsenz bot ein Mysterium. Er gewährte uns während der Nacht keinen Zutritt. Dann, vor wenigen Augenblicken, traf Najira ein. Sie erkannte offenbar sogleich, was vor sich ging, und schickte uns her. Und hier sind wir.»

Anjali tauschte einen Blick mit Naveen. *Ich fühle mich erholt wie schon länger nicht mehr. Kann es sein, dass wir die Nacht hier drin verbracht haben?*

Obwohl wir draußen in der Wüste gerade erst eingeschlafen sind? Möglich ist alles.

Parth schien zu bemerken, dass sie miteinander kommunizierten. Sein Blick ging zwischen ihnen hin und her. «Wollt ihr zuerst berichten oder sollen wir?» Er zeigte auf einen Tisch mit Stühlen, der neben ihnen erschienen war.

Sie setzten sich.

«Wir beginnen, denn wir haben keine guten Neuigkeiten.» Naveen atmete tief durch und berichtete von ihren Erlebnissen. Das gelang ihm fokussiert und ohne unnötige Ausschweifungen.

Parth und Kaea lauschten in aufmerksamem Schweigen. Die einzige Unterbrechung kam von unerwarteter Seite.

«Sander hat euch verraten? Wie konnte er nur.» Palash erschien plötzlich und sackte auf den fünften Stuhl, der bisher freigeblieben war. Er stützte die Ellbogen auf den Tisch und vergrub das Gesicht in den Händen.

Naveen ging nicht auf seine Verzweiflung ein. Wenig später beendete er seinen Bericht mit einer Beschreibung des Schicksals, das den Ghitains bevorstand. «Es ist also alles entschieden. Wir können unserer Vernichtung nicht entkommen. Dies trotz all dem, was wir in Erfahrung gebracht und versucht haben.»

Parth nahm die Nachricht erstaunlich gelassen auf. «Ich kann diese Schlussfolgerung nachvollziehen. Ich stimme ihr jedoch in keiner Weise zu. Im Gegenteil: Dank dem, was ihr getan habt, ist alles wieder offen.»

«Wie kann das sein, Papa?» Anjalis Stimme klang brüchig. «Wir haben gesehen, was morgen passiert.»

«Das ist so nicht korrekt. Ihr habt gesehen, was passiert, wenn ihr uns nicht warnt. Aber jetzt seid ihr hier. Wir sind gewarnt und können Vorkehrungen treffen.» Parth schaute zu Kaea.

Sie nickte.

«Lasst mich nun berichten, was wir während eurer Abwesenheit getan und erlebt haben. Zuerst das eine, was kein König der König der Ghitains seit Menschengedenken tun musste. Wir Könige und Königinnen haben gemeinsam über Charu und seine Eltern Gericht gehalten, sie gemäß unseren Gesetzen für schuldig befunden und hingerichtet. Sie starben an dem gleichen Gift, das Palash getötet hat und auch euch, Anjali und Naveen, umbringen sollte.»

Naveen fühlte, wie ihm das Blut aus den Wangen wich. Er hatte Charu immer für einen seiner besten Freunde gehalten — offenbar ein einseitiges Gefühl. All die Hinweise, die er über die Jahre beobachtet hatte. Charus Gewalt bei der Jagd. Die patzigen Aussagen, die in Wahrheit versteckte Beleidigungen gewesen waren. Wieso hatte Naveen ihnen nicht früher die notwendige Aufmerksamkeit geschenkt?

«Das erlauben unsere Gesetze?»

«Ja. Eine Gemeinschaft, wie wir sie bilden, ist sehr verletzlich und braucht klare Regeln. Jeder von uns lebt freiwillig das Leben eines Ghitains. Sagt jemandem unser Lebensstil nicht mehr zu, kann er oder sie uns jederzeit verlassen. Anjali und du, ihr seid jung und es geschieht sehr selten, doch auch ihr habt das schon erlebt.»

Ein einziges Mal. Naveen erinnerte sich. Ein junger Ghitain aus Kaeas Clan hatte sich in eine Bäuerin verliebt. So schmerzhaft der Prozess für die näheren Beteiligten gewesen war, das Ergebnis wog alle Mühen auf. Jedes

Jahr hielten sie auf ihren Reisen bei dem Hof. Die Wiedersehensfreude war immens und endete stets in einem fröhlichen Fest.

«Der Seelenweg aller Ghitains ist es, Licht in diese Welt zu bringen. Jeder von uns trägt auf seine Weise zum Guten im Multiversum bei. Gewalt gehört zur Dunkelheit. Wir dulden sie nicht, weder gegen andere Ghitains noch gegen sesshafte Menschen. Doch wie können wir urteilen gegen jene unter uns, die gegen diese Regeln verstoßen? Die Könige und Königinnen vor uns haben in ihrer Weisheit einen Weg gefunden. Der Täter erleidet das Schicksal, das er anderen zugedacht hat. Er definiert sein eigenes Urteil. Verweigert er sich seiner Strafe, wird sein Seelenstrang durchtrennt.»

Parths Miene wurde grimmig. «Charu und seine Eltern haben sich vorgestern selbst vergiftet. Danach sind wir ihren Vardo mit den Leichen drin in die Wüste gefahren, wo wir ihn verbrannten. Und weil die Verurteilten sich auch nach dem Tod uneinsichtig zeigten und als Geister bei uns blieben, um uns zu plagen, hat Kaea ihre Seelenstränge durchtrennt.»

Naveen war traurig, doch das eben Gehörte machte es ihm schwer, Bedauern zu empfinden. Zudem wollte er seine verbleibende Lebenszeit nicht Dingen widmen, die außerhalb seines Einflusses lagen.

«Diese furchtbaren Vorgänge und die Bedrohung durch Lyrrhodenai haben auch eine unerwartete positive Seite», übernahm Kaea, da Parth in Gedanken verloren blieb. «Gestern setzten sich alle Könige und Königinnen der Ghitains zusammen, um zu besprechen, wie die Zukunft unseres Volkes aussehen soll. Dabei entstand zum ersten Mal seit Langem Bewegung in den Verhandlungen. Wir haben beschlossen, dass Ghitains sesshaft werden dürfen, ohne dass sie unser Volk verlassen müssen. Wie genau das möglich ist, werden wir mit den Herrschern der Gebiete, durch die wir reisen, verhandeln. Da wir allgemein geschätzt sind, erwarte ich keine Probleme. Der Prozess wird schlicht Zeit brauchen.»

«Genau.» Parth hatte sich wieder gefangen. «Auch müssen Ghitains sich nicht für das ganze Leben entscheiden. Es soll möglich sein, zwischen den beiden Lebensweisen hin und her zu wechseln, auch mehrmals. Ich bin überzeugt, dass wir geeignete Regeln finden werden, um gleichzeitig unsere Gemeinschaft und die Freiheit jedes Einzelnen zu stärken.»

Parth hielt kurz inne und räusperte sich. Naveen horchte auf. Was kam jetzt noch?

«Gleichzeitig werden wir den fixen Fokus der Clans aufweichen. Kaea hat über die Jahre all jene Ghitains um sich versammelt, die aus welchen Gründen auch immer aus den anderen Clans hinausgefallen sind. Die ganz Traditionalistischen unter uns bezeichneten sie deshalb als Lumpensammlerin. Inzwischen sind einige Jahre ins Land gezogen. Schauen wir heute auf das Resultat, erkennen wir einen lebensfrohen, bei den sesshaften Menschen überaus beliebten Clan. Fast all eure jungen Menschen binden sich, gründen eine Familie und haben dabei die meisten Kinder von uns allen. Deshalb haben wir beschlossen, dass sich zukünftig alle Clans diesem Vorbild annähern.»

Naveen merkte, dass ihm der Mund aufgefallen war. Rasch schloss er ihn wieder. Anjali und er hatten viele Anfeindungen — offen und versteckt — aussitzen müssen. «Ich bewundere euren Optimismus. Doch wie soll das gehen? Dafür müsstet ihr die Barrieren in den Köpfen der Ghitains niederreißen.»

Gerade noch rechtzeitig fiel ihm ein, dass er bei so einer Aussage mit dem Kopf wackeln musste, um den Höflichkeitsregeln seines Volkes Genüge zu tun.

War das Raghis Einfluss? Früher hätte Naveen sich so etwas nicht getraut.

Zwischen Parths Brauen entstand eine tiefe Falte. Naveen hielt die Luft an. Die Falte verschwand so rasch, wie sie gekommen war.

Parth atmete tief durch. «Das wissen wir. Es gibt jedoch keine Alternative. So schwer es einigen der Könige und Königinnen fiel, wir erkennen, dass auch wir uns wandeln müssen, um nicht unterzugehen. Gerade stellen wir uns der Bedrohung durch einen mächtigen Feind. Ebenso zerstörerisch ist es, um der Traditionen willen an einer Gepflogenheit festzuhalten, die uns nachweislich schadet. Beachtet meine Wortwahl: Gepflogenheit. Keine unserer Überlieferungen legt fest, dass sich die Clans nach einem gemeinsamen Fokus formieren sollen. Das ist über die Jahrtausende von selbst entstanden, weil wir uns wie alle Menschen bevorzugt mit Gleichgesinnten umgeben. Es ist schlicht am einfachsten und bequemsten.»

Anjali war den Ausführungen ihres Vaters mit gekrauster Stirn gefolgt.

«Das ist alles wichtig und gut, Papa, doch sollten wir uns nicht zuerst der aktuellen Bedrohung stellen, bevor wir Pläne für eine Zukunft schmieden, die es vielleicht nicht gibt?»

«Ich höre und verstehe deinen Einwand, Tochter. Doch lohnt es sich zu wissen, wofür wir kämpfen.»

«Wir kämpfen? Auch das ist ein Wort, das in unserem Volk ungebräuchlich ist.»

Kaea legte Anjali begütigend die Hand auf die Schulter. «Wir werden bedroht, also dürfen wir uns verteidigen.»

«Und wie sieht diese Verteidigung konkret aus?»

Auch Anjali schien sich in ihrer Beharrlichkeit eine Scheibe von Raghi abgeschnitten zu haben. Naveen fühlte zugleich Stolz und Angst. So viele Veränderungen hatten sie schon durchgemacht. Noch viele weitere standen ihnen, sollte ihr Volk überleben, gemäß dem König der Könige bevor. Was blieb da am Ende von der Kultur der Ghitains übrig?

«Als Erstes formieren wir unser Lager um. Wir bilden eine verstärkte Wagenburg und innerhalb der Wagenburg weitere Befestigungen, wo sich all jene verstecken, die nicht kämpfen können. Gleichzeitig werden wir unser Volk informieren, dass ihr am Leben seid. In diesen Zeiten ist das ein wichtiges Zeichen der Hoffnung. Dann werde ich den Rat von Eterna über die Bedrohung informieren sowie den Kommandanten der Stadtwache. Mit ihm habe ich direkt nach unserer Ankunft gesprochen und ein Unterstützungsangebot erhalten. Des Weiteren ...»

Während Naveen Parths Ausführungen lauschte, erkannte er, dass sein Volk tatsächlich nicht so hilflos war, wie er gedacht hatte.

Vielleicht bestand doch eine klitzekleine Chance, dass sie gegen Lyrrhodenai bestehen konnten.

23

Parths Bruder Arjun koordinierte das Umstellen des Lagers. Mit all den verschiedenen Clans vor Ort umfasste es über vierhundert Vardos — eine gigantische Aufgabe. Naveen und Anjali assistierten ihm. Es war ihre Gelegenheit, sich bei allen zu zeigen.

Naveen war erstaunt, wie geordnet der Prozess ablief. Einige der Clans hatten sich in der Vergangenheit nicht gerade flexibel gezeigt. Statt Kooperation hatten lange Diskussionen stattgefunden. Nun, im Angesicht der Bedrohung, rückten alle zusammen. Auch begegneten sie Anjali und ihm mit Höflichkeit, teilweise fast Ehrfurcht.

Die größte Überraschung erlebte er, als Tantotunaja resolut auf sie zusteuerte. Die Königin des Clans der Schicksalsweber hatte am vehementesten gegen Naveens Verbindung mit der einzigen Tochter — ja dem einzigen Kind — des Königs der Könige protestiert. In seiner Wahrnehmung waren sie und ihr Clan hochnäsige und sauertöpfische Traditionalisten.

Die kleine, mollige und stets absolut perfekt gekleidete und frisierte Ghitain baute sich vor ihnen auf. Früher hatte sich Naveen vor ihr gefürchtet. Mit ihrem stechenden Blick und ihrer eisigen Ausstrahlung wirkte sie unbezwingbar. Nun erschien sie ihm plötzlich klein und zerbrechlich.

Tantotunaja öffnete den Mund, setzte an und schloss ihn wieder. Das Schauspiel wiederholte sich mehrmals.

«Ich bin froh, dass ihr wieder da seid», quetschte sie schließlich hervor, machte auf der Ferse kehrt und stakste davon.

«Habe ich gerade das Multiversum in seinen Grundfesten erzittern spüren?» Anjali klang fassungslos.

«Hast du.» Naveen schluckte schwer. «Das war schon fast ein Friedensangebot.»

«Offenbar …» Anjali gab sich selbst einen Klaps auf die Hand. «Nein, ich werde jetzt schweigen und den Moment genießen. Sie hat uns das Leben unglaublich schwer gemacht. — Schau, da kommt Violet mit Mallika auf dem Arm. Wenn wir nur Neuigkeiten von Raghi für sie hätten.»

Kaum war Violet bei ihnen, streckte Mallika fordernd die Arme nach Naveen aus. Er hob sie zu sich und küsste ihre Wange. Sie gluckste voller Freude. «Na, kleiner Wirbelwind? Hallo, Violet.»

«Hallo, ihr zwei. Es ist schön, euch wieder unter den Lebenden zu sehen. Ich will euch nicht lange stören. Najira ist bei Baz und bespricht sich mit ihm. Das soll ich euch auszurichten. Von allen Ghitains scheint Kaeas Mann am meisten über Drachen zu wissen. Sie hofft, noch etwas von ihm zu lernen. Komm wieder zu mir, Mallika. Wir dürfen Naveen und Anjali nicht länger aufhalten. Die beiden müssen weitermachen.»

Sie verloren sich in der Arbeit. Mit so vielen Gefährten in Bewegung glich die schneebedeckte Wüste einem tosenden, farbenprächtigen Meer. Und es war unglaublich laut. Als würden Kontinente sich verschieben. Naveen fiel es schwer, diesen Tumult zu akzeptieren. In seiner Wahrnehmung verhielten sich Ghitains stets so leise wie möglich.

«Zum Glück ist es bitterkalt und der Wüstenboden gefroren. Würde der Schnee in der Sonne schmelzen, müssten wir uns durch Treibsand kämpfen.» Anjali wies eine Armee von Kindern an, in den fertigen Bereichen des Lagers alle größeren Steine zusammenzutragen und an bestimmten Stellen Haufen zu bilden. Sollte der Gegner ruhig die geraubten Schädel katapultieren! Fast alle Ghitains konnten meisterhaft mit Steinschleudern umgehen.

Gegen Mittag hörte Naveen, wie jemand ihre Namen rief. Parth eilte herbei, gefolgt von zwei Männern. Einer trug die schwarze, metallbeschlagene Lederrüstung der Stadtwache von Eterna, der andere, der älter wirkte, reiche Kleider.

«Prinz Naveen, Prinzessin Anjali. Dies ist Magister Dewain vom Rat von Eterna. Das hier ist Kommandant Kor von der Stadtwache», stellte Parth die beiden vor. «Sie haben Fragen an euch. Bitte beantwortet sie.»

Naveen war noch nie so wichtigen Leuten begegnet. Er nickte, legte die Hand auf die Brust und deutete eine leichte Verbeugung an. Anjali, die neben ihn getreten war, tat es ihm gleich.

Der Kommandant der Stadtwache ergriff das Wort. «Werte Ghitains. Eterna duldet nicht, dass ein Aggressor unsere Stadt zu seinem Kriegsschauplatz macht. Dass er dabei euer Volk, mit dem wir so bereichernde Beziehungen pflegen, ins Visier nimmt, ist umso verwerflicher. Unsere Hilfe habt ihr auf sicher. Dazu benötigen wir Informationen zu den Waffen und Strategien unseres gemeinsamen Feindes.»

Die beiden Männer stellten viele Fragen, so zu den beobachteten Katapulten und der Funktion der Halsreifen des Gegners. Kommandant Kor fokussierte dabei auf militärisch relevante Informationen, Magister Dewain auf die Weise, wie Lyrrhodenai und seine Männer die Treppen für ihre Zwecke missbrauchten. Beide schienen mit dem Konzept von Zeitreisen kein Problem zu haben.

«Es gibt nur eine begrenzte Anzahl Positionen, um die von euch beschriebenen Katapulte in Stellung zu bringen. Ein Teil meiner Männer wird die Stadt bewachen. Es wäre nicht das erste Mal, dass ein Aggressor heimlich ein zweites Ziel verfolgt. Den anderen Teil der Soldaten werde ich so verteilen, dass sie die Katapultstellungen aus dem Hinterhalt beschießen können. Auf einen Nahkampf werden wir uns einlassen, sobald wir die Fähigkeiten des Gegners ausgekundschaftet haben.» Kommandant Kor schaute auffordernd zu Magister Dewain.

«Wir werden die Treppen vor dem Zugriff des Feindes schützen», übernahm der das Wort, «und sie anhalten, sobald der Angriff beginnt. Damit sollte auch die verdrehte Version unseres Gegners nicht mehr funktionieren. Von irgendwo her bezieht er die Energie, um sie zu betreiben. Ich vermute, dass er sie von den echten Treppen ableitet.»

Als die beiden Männer gegangen waren, wandte sich Naveen an Parth.

«Unglaublich, dass sie uns helfen. Hast du einfach so bei ihnen vorgesprochen und um ihre Hilfe gebeten?»

Parth schmunzelte und schüttelte den Kopf. «Wenn ich zum Auslöser zurückdenke, verdanken wir ihre Hilfe dir. Als vor ungefähr sechs Jahren ersichtlich wurde, dass Anjali dich zum Partner will, begann ich dich und den Clan der Seher zu beobachten. Ich wurde Zeuge, wie du den Menschen kleine Geschenke machst. Um ihnen in einer Notlage zu helfen. Oder ihnen schlicht eine Freude zu bereiten. Und manchmal als Entschuldigung für das, was du tun musstest, als es dir und deiner Mutter schlecht ging. Ich wurde Zeuge, wie den Menschen das Herz aufging, wenn sie dir und deinem Clan begegneten. Da begann ich nachzudenken.»

«Worüber?» Naveen begriff nicht.

«Über meine eigene Einstellung gegenüber den sesshaften Menschen. Ich gehöre zum alten Schlag der Ghitains. Lange erwarteten wir, dass die Menschen zu uns aufsehen für das, was wir sind. Und ja, sie schätzten uns. Aber sie liebten uns nicht. Nicht so wie dich und den Clan der Seher. Da begann ich mein Verhalten zu ändern. Beim nächsten jährlichen Treffen in Eterna stellte ich mich dem Kommandanten der Torwache vor. Ich brachte ihnen von dem Konfekt mit, das mein Clan herstellt, und bedankte mich dafür, dass wir in der Ebene vor der Stadt unser Lager aufschlagen durften. Im Magistratspalast fragte ich mich zum Sekretariat der Ratsmitglieder durch und tat das Gleiche. Am nächsten Tag schauten der damalige Kommandant der Stadtwache und Magister Dewain bei uns vorbei. So begannen positive diplomatische Beziehungen, die bis heute andauern. Dank dir.» Parth vollführte die komplexe Dankesgeste der Ghitains.

Naveens Wangen wurden warm. «Ich war einfach nur ich selbst», wehrte er ab.

Anjali nahm seine Hand und strahlte ihn an. «Und dafür liebe ich dich.»

DER NACHMITTAG NEIGTE sich bereits dem Ende zu, als sie die letzten Vardos umstellten.

Arjun nickte zufrieden. «Das ist die komplexeste Wagenburg, die wir je erstellt haben.»

Naveen konnte ihm nur zustimmen. Aus den Hunderten von Behau-

sungen war eine labyrinthartige Festung auf der kleinstmöglichen Stand-
fläche entstanden. Ohne Zwischenraum aufgestellt, bildeten ihre Gefährte
drei konzentrische Verteidigungswälle. Durch den äußersten führte genau
ein Durchgang, der auf das Stadttor von Eterna ausgerichtet war. Zwischen
den Wällen gab es enge Verbindungskorridore, allesamt zueinander
versetzt, sodass der Feind nicht durchstürmen konnte. Den innersten Kreis
bildeten die Behausungen der Könige und Königinnen, mit dem Vardo der
magischen Tiere im Zentrum.

Überall spannten sich Markisen, schräg aufgehängt, sodass sie die
Korridore und Durchgänge bestmöglich vor fallenden Geschossen
schützten.

Die Pferde und anderen Tiere der Ghitains befanden sich alle im Vardo
der magischen Tiere. Das war so nicht vorgesehen gewesen. Eigentlich
hatte Arjun sie in die Wüste treiben wollen. In die Stadt kam als Option
nicht in Frage, obwohl Kor und der Ratsherr das vorgeschlagen hatten. In
einer Ansiedlung dieser Größe gab es stets unterschiedliche Fraktionen.
Pferde von derart herausragender Qualität wie die der Ghitains weckten
automatisch Begehrlichkeiten. Ein Bürgerkrieg wäre der schlechtmöglichste
Dank an die Stadt für ihre Hilfe.

Arjun beobachtete kopfschüttelnd, wie die breite Rampe an der Seite
des magischen Vardos wie von Geisterhand hochging und der Eingang sich
schloss. «Ich wollte gerade den Befehl geben, alle Tiere freizulassen und in
die Wüste zu treiben. Da erschien dieses Tor. Danach hat kein Tier mehr
seinen Besitzern gehorcht. Stattdessen trottete es stur ins Zentrum der
Wagenburg und in diesen Vardo. Wo sind sie alle hin? Das waren über
tausend Pferde. Mindestens ebenso viele Hühner, Ziegen, Kaninchen und
sonst alles Mögliche.»

Naveen legte ihm die Hand auf die Schulter. «Dieser Vardo ist ebenso
magisch wie die Tiere, die normalerweise darin leben. Anjalis Pferde haben
den größten Teil unserer Reise da drin verbracht. Ich bin sicher, es geht all
unseren Tieren gut. Und sollte unser Gegner siegen, wird der Vardo mit
ihnen verschwinden und sie ihn Sicherheit bringen.»

Nur die Hunde und Katzen waren draußen geblieben. Gemeinsam mit
den Drachenpferden wachten sie seit jeher über die Lager der Ghitains und

schienen diese Aufgabe auch in dieser Auseinandersetzung wahrnehmen zu wollen.

«Wieso tut der magische Vardo das nicht auch mit unseren Frauen, Kindern und alten Menschen?»

«Ich weiß es nicht. Es muss aber einen Grund geben.» Zumindest hoffte Naveen das. «Wir haben von diesem Wesen nichts als Liebe und Fürsorge erfahren.»

Der Platz zwischen den Vardos der Könige und Königinnen füllte sich mit Menschen. Es handelte sich um all jene, die nicht kämpfen konnten. Sie trugen Laternen mit magischem Licht, Decken, um sich gegen die Eiseskälte einzuhüllen, und Matten, um sich darauf zu setzen. Alles lief sehr gesittet und ruhig ab. Auch die Kinder waren still. Ghitainkinder lernten früh, wie sie sich bei Gefahr zu verhalten hatten.

Arjun, Naveen und Anjali nickten so vielen Gruppen wie möglich zu, während sie sich zum Vardo des Königs der Könige begaben. Devi und Najira standen mit Kaea und Baz davor.

«Parth ist bereits bei den Verteidigern der ersten Linie. Unsere fähigsten Jägerinnen und Jäger befehligen je einen Sektor und wechseln sich dabei in Schichten ab. Sie verfügen hoffentlich über die richtigen Instinkte, um zu bemerken, wenn der Feind sich nähert.»

«Die Königinnen und Könige, die nicht selbst kämpfen, haben ihre Clans im innersten Kreis um sich geschart.» Arjun ließ seinen Blick aber den Bereich schweifen. Unter den Markisen, die einen großen Bereich davon bedeckten, brannten inzwischen viele kleine magische Feuer. «Ich hoffe, wir begehen damit keinen strategischen Fehler.»

«Es muss sein. Wenn die Fähigkeiten der einzelnen Clans im Kampf gebraucht werden, bleibt uns keine Zeit, alle zusammenzusuchen.» Devi wirkte besorgt. «Chandana hat das besprochene Lazarett im zweiten Ring eingerichtet. Violet lässt sich nicht davon abbringen, ihr zu helfen. Und weil Violet bleibt, bleibt auch Baz' Bruder. Mallika schläft im Moment bei uns im Wagen. Gleich nachher gehe ich mit ihr zu den Lichtträgern.»

Bald war alles besprochen. Arjun, der mit einigen Männern über den innersten Kreis wachte, trug Mallika für Devi.

Naveen, Anjali und Najira setzten sich auf die Plattform von Parths

Vardo. Sie hatten keinen zugewiesenen Platz in der Wagenburg. Ihnen traute man zu einzugreifen, wo Bedarf bestand. Naveen fragte sich wie.

«Wie war dein Gespräch mit Baz?», wandte sich Anjali an Najira.

«Beeindruckend. Er spricht selten, dabei weiß er so viel über die Legenden der Vorzeit. Gut möglich, dass ich dank ihm zum ersten Mal begreife, was es bedeutet, ein Drache zu sein.»

«Spürst du, ob es Raghi gut geht?»

«Nur wir sind in der Zeit zurückgereist. Raghi befindet sich im Moment mit unseren anderen Versionen wohlauf im Lager oberhalb von Ailwens Mine, während wir auf den Tagesanbruch warten, um zu Lyrrhodenais Hochtal aufzubrechen.»

Anjali griff nach Naveens Hand. «Sollten wir das hier überleben, unternehmen wir unserem Leben keine einzige Zeitreise mehr, versprochen?»

Naveen erwiderte den Druck ihrer Hand. «Versprochen.»

IN DER WAGENBURG um sie wurde es unheimlich still. Ohne die unzähligen Geräusche der Tiere war es so oder so viel zu ruhig. Nun schliefen auch noch all die Menschen, die keine Wache halten mussten, ein.

Dann und wann trabte ein Hund auf Patrouille vorbei oder die Augen einer Katze leuchteten in der Dunkelheit. Schnaubte ein großer, lautloser Schatten Feuer, handelte es sich um ein Drachenpferd.

Naveen musterte die Sterne, die sich als eisiger Dom aus diamantenen Lichtern über der Wüste wölbten. Die wahrscheinlich letzte Nacht seines Lebens. In den Geschichten verbrachten Liebende sie stets zusammen im Bett.

Er war zufrieden, Seite an Seite mit Anjali und Najira zu sitzen, während die Temperatur um sie herum tief unter den Gefrierpunkt fiel. So viel hatten sie schon zusammen erlebt und durchgestanden. Nie hätte er von sich aus solche Abenteuer gesucht. Nun konnte er sich nicht mehr vorstellen, sie nicht erlebt zu haben. War man einmal über seine Grenzen hinausgewachsen, gab es tatsächlich keinen Weg zurück.

«Ich wärme euch», sagte Najira, als sie Anjalis Zittern bemerkte. «Lyrrhodenai wird sich denken können, wo ich bin. Es gibt nichts mehr zu verstecken.»

Sie umwob ihre sterblichen Freunde mit Magie. Sie fühlte sich so wundervoll an wie der Frühlingssonnenschein nach einem langen, düsteren Winter.

«Ich überlege mir die ganze Zeit, wann wir wissen, was Raghi im Kampf mit Lyrrhodenai widerfahren ist.» Anjali schüttelte den Kopf, wie um ihre Gedanken zu klären. «Ich bekomme es nicht hin.»

Najira überlegte. «Es gibt keinen eindeutigen Hinweis. Da wir morgen Abend hier alles zerstört vorfanden — Wie krank klingt das denn? —, scheint Lyrrhodenai seinen Angriff einen Tag früher als ursprünglich geplant ausgeführt zu haben. Nichts hindert ihn daran, die Zeit erneut zu seinen Gunsten zu verändern. Allerdings nicht in dieser Realität, in der wir uns gerade befinden. In dieser Zeitlinie waren wir vor ihm hier.»

«Gebt es einfach auf.» Naveen schüttelte den Kopf. «Und lasst uns auf Raghis Fähigkeiten vertrauen. Wir werden sehen, was passiert.»

Mitternacht kam und ging.

Plötzlich entstand westlich vom Lager ein Tumult. Gleiche darauf erklang der markerschütternde Ruf eines Horns.

«Das Signal der Stadtwache. Offenbar beginnt der Angriff.» Blitzschnell kletterte Naveen auf das Dach von Parths Vardo. Um sie herum glühte die Wüste.

«Feuer? Hat er erneut seine Taktik geändert und will uns nun abfackeln?» Anjali, die ihm gefolgt war, versuchte zu erkennen, was vor sich ging. «Verdammt. Wir müssen mehr sehen. CLAN DER LICHTTRÄGER, UNTERSTÜTZT MICH!», schrie sie, schaute zum Himmel und breitete die Arme wie in einer stummen Bitte aus.

Aus ihrer Brust stieg ein gleißender Lichtball auf. Naveen beobachtete, wie er in den Himmel stieg. Anjalis Seele. Die Seele einer Lichtträgerin.

Hinter ihm, aus dem inneren Bereich der Wagenburg, erschienen weitere Lichter, alle von leicht unterschiedlicher Farbe. Anjalis Lichtball leuchtete orange, warm und einladend wie einst das Herdfeuer in Palashs Vardo. Ein weiterer, überaus heller schimmerte rötlich. Vielleicht Devis?

Bald schwebte eine Vielzahl von Seelenlichtern hoch über der Wagenburg. Wie auf ein Kommando hin verbanden sie sich und erzeugten ein Strahlen so hell wie die Sonne.

«Najira?», rief Naveen.

Bereits wandelte sich ihre Gestalt. Diese war noch mächtiger geworden. Ihr Rücken befand sich nun auf gleicher Höhe wie das Dach des Vardos. Gleichzeitig hatte sich ihr Körper gestreckt. Najira wirkte schlank und elegant — und absolut tödlich. «Ja, steig auf. Lass uns nachsehen, was passiert.»

Sie erhoben sich in die Luft.

Da kommen die ersten Geschosse, Naveen. Unsere Feinde sind nicht untätig geblieben und haben die Schädel mit etwas Brennbarem befüllt. Ich habe so etwas befürchtet.

Ich sehe es. Um das zu tun, benötigen sie einen Vorrat von dem Zeug in ihrer Stellung. Du bist ein Drache, Najira. Gibt dir das Ideen?

Oh ja! Najira klang ebenso grimmig wie er selbst. *Halt dich fest.*

Mit mächtigen Flügelschlägen stieg sie über dem Lager auf. Dabei flogen sie so nah am Seelenlicht der Lichtträger vorbei, dass Naveen es berühren konnte.

Pass auf dich auf, Naveen. Ein Gedanke, so leise wie eine Erinnerung. Wahrscheinlich Devi, da Anjali mit ihrer Energie alle Seelenlichter verband und zusammenhielt. In der kurzen Zeit hatte sie daraus einen Ring geformt, der sich über den Umriss der Wagenburg hinaus ausdehnte und in allen heiteren Farben strahlte.

Die umliegende Wüste bot dem Feind keinen Ort mehr, um sich zu verstecken.

In der Stadt wiederum erschienen immer mehr Menschen in den Fensteröffnungen. Sie staunten, woher mitten in der Nacht dieses magische Licht kam, und zeigten aufgeregt zum Himmel. Angst spürte Naveen keine. Kein Wunder. Das Licht fühlte sich an wie eine Segnung, wobei ihr Feind das sicher anders sah.

Sie erreichten die erste Katapultstellung — eine Ansammlung von Hügeln, die der Wüstenwind zu bizarren Formen geschliffen hatte. Sie bildeten Täler und leider auch ein geschütztes Plateau, das eine ausgezeichnete Abschussstellung für Katapulte bot.

Naveen entdeckte gleich drei davon. Eins schleuderte seine brennende Ladung in diesem Moment in Richtung Eterna. Zwei weitere wurden scharfgemacht.

Verdammt, sind das viele!

Naveen konnte Najira nur beipflichten. Unter ihnen wogte die Wüste mit Lyrrhodenais Männern. Ein Teil davon bediente die Katapulte und sorgte für den Nachschub an brennenden Geschossen. Die anderen schienen mit ihren Pferden in einer abseits gelegenen Senke auf das Zeichen zum Angriff zu warten.

Auf den abgewandten Seiten einiger Hügel entdeckte Naveen Einheiten der Stadtwache, welche die Vorgänge unbemerkt observierten. Sollte der Feind sie entdecken, waren sie angesichts seiner erdrückenden Überzahl verloren.

Inzwischen hatten die Männer den Drachen entdeckt. Hektisch richteten sie ihre Waffen gegen den Himmel. Bei Schwertern unsinnig. Mit Pfeil und Bogen schon weniger.

Naveen fühlte, wie Najira mit einem Mal tieftraurig wurde. Auch ihm wurde das Herz schwer. Er erkannte, was sie tun mussten, noch bevor Najira ihre Pläne aussprach.

Die Stadtwache hat sich gut versteckt, aber sie haben zu wenig Männer, um etwas gegen Lyrrhodenais Krieger auszurichten. Also bleiben nur wir. So ungern ich das tue: Wir müssen sie ausschalten. Die Hügel bieten der Stadtwache eine sichere Deckung. Und die Pferde unserer Feinde stehen etwas abseits vom Geschehen. Wenn ich mein Feuer ganz präzise ausrichte, passiert beiden nichts. Ja, das bekomme ich hin. — Naveen, press dich an mich, bis ich dir sage, dass du damit aufhören kannst. Ich muss dicht über Lyrrhodenais Männer hinwegfliegen. Nicht, dass ein Pfeil dich trifft.

Najira brachte sich in Position — und stach dann fast senkrecht auf die feindlichen Truppen hinab. Ihr Brüllen ließ das Multiversum in seinen Grundfesten erzittern. Naveen hörte es, doch es blieb erträglich, sicher ein Schutzzauber von Najira. Entsetzensschreie, fast ebenso laut wie Najiras Brüllen, erklangen. Dazu ein Geräusch, wie Naveen es noch nie gehört hatte, eine Art durchdringend lautes, extrem nerviges Vibrieren, das er in den Wurzeln seiner Zähne und in seinem Rückgrat spürte.

Ihre Feinde unter ihnen lösten sich einfach auf. Ebenso ihr Brennstofflager. Naveen sah kurz gleißende Umrisse. Gleich darauf verstummten alle Kampfgeräusche auf einen Schlag und die Wüste unter ihnen war leer.

Najira, wie geht das?

Plasma. Das heißeste Feuer, das ein Drache produzieren kann. Dafür bestehen

319

die Hügel da unten nun aus Glas. Zu oft darf ich das nicht anwenden. NAVEEN, VORSICHT!

Vor ihnen in der Luft war ein Tor entstanden. Darin stand einer von Lyrrhodenais Kriegern und zielte mit Pfeil und Bogen auf sie. Instinktiv ließ Naveen seinen Oberkörper flach auf Najiras Rücken fallen, während sie ein geschicktes Ausweichmanöver flog. Leider nicht mit dem gewünschten Erfolg. Das Tor folgte ihren Bewegungen. Der erste Pfeil flog dicht über Naveen hinweg.

Najira richtete einen heftigen Flammenstoß auf den Feind. Das Tor verschwand und erschien an einer anderen Stelle. Dieser Pfeil pfiff unmittelbar über Naveens Kopf hinweg. Der nächste traf bestimmt.

Bevor es dazu kommen konnte, stach ein blassbrauner, schwarz gesprenkelter Schatten mit weißen Flügeln auf den Feind herab, machte sich an seinem Kopf zu schaffen und wischte ebenso geisterhaft davon, wie er erschienen war. Das Tor verschwand. Der Mann blieb bestehen. Mit einem Entsetzensschrei fiel er in den Tod.

Der geflügelte Luchs. Er hatte den Halsreif des Feindes mit seinen Zähnen weggerissen.

Naveen blieb keine Zeit, sich darüber zu wundern.

Naveen, schau nur! Eure Wagenburg.

Najira klang so aufgeregt, dass er das Schlimmste befürchtete. Stattdessen erwartete ihn ein wundervoller Anblick. Über dem Lager der Ghitains erhob sich der Heilerbaum. Sein Umriss war so gewaltig, dass er das gesamte Lager in seinen Wurzelausläufern schützte. Seine Äste ruderten wild wie im Sturmwind. Damit fing er die brennenden Wurfgeschosse ihrer Gegner und schleuderte sie zu ihnen zurück.

Über seinem Wipfel leuchteten wie eine magische Krone die Seelen der Lichtträger.

In ihrem Schein entdeckte Naveen nahe bei den Stadtmauern von Eterna eine weitere Katapultstellung der Feinde. Die gesamte Herde der Drachenpferde flog um sie herum, während die Tiere die Gegner mit gezielten Feuerstößen ausschalteten. Wer nicht ihnen zum Opfer fiel, wurde von den vorrückenden Männern der Stadtwache überwältigt.

Magister Dewain hat wie versprochen die Rotation der Treppen angehalten. Somit sollten wir vor weiteren fliegenden Portalen gefeit sein. Offenbar hat das

einen Moment gebraucht oder er und seine Leute wurden von dem Angriff über-
rascht. Najira schaute sich hektisch um. *Wohin als Nächstes?*

Lass uns das Schlachtfeld abfliegen und all jenen der Unseren helfen, die
sonst ihren Kampf verlieren. So erkennen wir auch, ob du irgendwo eingreifen
musst.

Einverstanden. Und ich lasse einen Schutzzauber um dich entstehen, damit
Pfeile und Ähnliches dich nicht treffen können. Wie dumm, dass ich vorher nicht
daran gedacht habe. Dann kannst du als mein Aussichtsposten agieren.

Naveen entdeckte erste Nahkämpfe gefährlich dicht an der Wagenburg.
Sie mussten unbedingt verhindern, dass jene überrannt wurde. Alle
Vorkehrungen im Lager drin waren nur allerletzte Verteidigungsmöglich-
keiten und bremsten die Feinde nicht lange aus. *Zurück zum Lager. Dort*
geschieht etwas, das wir uns ansehen müssen.

Najira hielt darauf zu, nur um in einiger Entfernung überrascht an Ort
und Stelle zu flattern.

Also sind diese kleinen Kerlchen doch zu etwas nütze.

Naveen versuchte aus der Szene schlau zu werden. *Welche meinst du?*
Die Stinkdrachen oder die Doggycorns?

Offenbar hatte ein Stoßtrupp ihrer Feinde zu Beginn des Angriffs direkt
vor der Wagenburg ein großes Portal geöffnet — eine verheerende Waffe,
über die Lyrrhodenai dank Magister Dewain nun nicht mehr verfügte.
Bevor Naveen die Szene unter ihnen zu verstehen versuchte, musste er
etwas anderes wissen.

Najira, gibt es noch andere solcher Stoßtrupps?

Sie vergaß ihr Erstaunen und konzentrierte sich. *Nein, das war der*
Einzige. Sonst befinden sich keine Feinde so nahe am Lager.

Naveen musterte die Szene unter ihnen. Die Stinkdrachen, hässlich wie
eh und je, fläzten auf den Dächern der äußersten Vardos, ihre Hintern den
Feinden zugewandt. Löste sich ein Feind von der Gruppe und kam auf sie
zu, stießen sie Feuer… ähm …fürze aus. Was lustig und irgendwie peinlich
klang, war alles andere als das. Das wabernde Feuer traf die Männer und
überfloss sie wie Öl. Wer erwischt wurde, hatte keine Chance und löste sich
auf wie zuvor die Truppen in den Hügeln.

Das ist ebenfalls Plasma. Wer hätte geahnt, dass diese kleinen Sauertöpfe so
gefährlich sind.

Naveen schluckte leer. *Wenn du sie gefährlich findest, schau mal, was die scheinbar so harmlosen Doggycorns machen.*

Wie aufgeregte Welpen rannten sie kläffend und fiepend um die Männer herum, wischten zwischen ihren Beinen durch und brachten damit einige zu Fall. Das Schauspiel wirkte zuckersüß, bis eines der magischen Tiere zubiss, weil sie so klein waren meist in die Wade ihres Opfers.

Der Gebissene fuchtelte einmal kurz mit den Armen und fiel dann tot um, sein Gesicht schwarz und zu einem endlosen Schrei verzerrt, die Zunge ein vertrocknetes Stück Kohle.

Offenbar sind sie so giftig wie sonst nichts im Multiversum. Und der riesige fellige Grashüpfer schneidet unseren Gegnern mit den messerscharfen Klingen an seinen Hinterbeinen die Köpfe ab. Hat Raghi nicht einmal gesagt, dass sich höchste Gefahr hinter perfekter Schönheit verbirgt? Naveen schauderte heftig.

Und offenbar Niedlichkeit. Najira klang perplex. *Hier scheint alles im Griff. Also weiter?*

Naveen riss sich los. *Ja, lass uns sicherstellen, dass die Seite des Lichts nach diesem Kampf so wenige Gefallene wie möglich zu verzeichnen hat.*

Und Lyrrhodenai finden und ihm den Garaus machen. Er hat mir eine Idee gegeben, als er Raghi bedrohte. Wenn es sein muss, fliege ich mit ihm in einen Vulkan. Ich komme ziemlich sicher wieder raus. Und ich kann sicherstellen, dass er drinbleibt. Wenn es sein muss, wache ich über ihn bis in alle Ewigkeit.

Eine mögliche Lösung. Die erste konkret umsetzbare, die ihnen einfiel. Naveen schaute instinktiv zum Vulkan, der sich über die Ebene von Eterna erhob und entdeckte etwas. *Auf den Hängen des Vulkans liegt eine weitere Geschützstellung unserer Feinde. Als Lyrrhodenai wäre ich wahrscheinlich dort. Nirgends gibt es einen besseren Überblick.*

Nichts wie hin!

Naveen erkannte die Wüste unter ihnen nur noch als langgezogene Schemen, so schnell flogen sie.

Najiras Eile machte ihm Angst. *Bitte verlier nicht deine Besonnenheit. Lyrrhodenais Stärke ist seine immense Erfahrung. Er hat sich das Wissen von Äonen angeeignet. Im Moment scheint es, als wären wir im Vorteil. Eine geschickte Aktion von ihm kann alles wieder wenden.*

Sie flog langsamer. *Ich will es nicht zugeben, aber du hast recht. Was tun wir?*

Naveen überlegte fieberhaft. Sie mussten endlich eine Lösung finden. Solange ihr Feind existierte, würde er die Ghitains dazu zwingen, diesen Horror in abgewandelter Form wieder und wieder zu erleben. *Im Moment wissen wir nicht, wo er steckt. Das zu etablieren, sollte ein Vorteil für uns sein. Denkst du, er hat noch Kräfte, von denen wir nichts wissen?*

Keine Ahnung. Wenn er ein Betrüger ist, wie alle vermuten, wird es schwierig zu erkennen, was da ist und was er uns nur vorspielt.

Allerdings. Naveen seufzte. Eine List wäre gut, doch Improvisation war Raghis Stärke, nicht seine.

Lass uns nach Westen fliegen, entschied Najira. *Hinter dem Vulkan biegen wir nach Süden ab und überraschen unsere Gegner in der Geschützstellung. Auf diese Wiese überfliegen wir jetzt dann gleich das restliche Gebiet zwischen der Stadt und dem Vulkan. Bisher habe ich dort keine Stellung entdeckt. Schaust du auch, Naveen?*

Klar.

Die Wüste erstreckte sich unter ihnen, so weit das Auge reichte. In den sanften Hügeln entdeckte Naveen einige Plateaus, die sich optimal für Katapulte eigneten. Seltsam, dass Lyrrhodenais Männer sie nicht nutzten. Hatte das Anhalten der Treppen ihnen einen Strich durch die Rechnung gemacht? Ein plötzliches Auftauchen über die Portale, während die Kämpfe schon in Gang waren … Naveen stellte sich das als strategischen Vorteil vor, doch was wusste er schon? Er war kein Kämpfer.

Sie überflogen eine Oase. Rund um ihren See wucherte das Grün. Auch sie wirkte verlassen.

Najiras Überlegungen gingen in die gleiche Richtung. *Wir haben heute Abend viel mehr Truppen gesehen. Wir müssen sie unbedingt finden. Wo verstecken sie sich? Auch wenn die Portale Zeit und Distanz bedeutungslos machen, Lyrrhodenai wird seine Krieger in der Nähe und unter seiner Aufsicht haben wollen. Sie müssen also im Hier und Jetzt irgendwo sein.*

Das klang plausibel, aber wie sie finden? Naveen hatte eine Idee. *Was, wenn wir einen weiten Kreis rund um Eterna fliegen? Wenn unser Feind die Beobachtungsposten gut wählt, kann er aus großer Distanz erkennen oder hören, was bei der Stadt vor sich geht.*

Interessante Idee. Welchen Radius würdest du wählen? Und in welcher Richtung würdest du suchen?

Naveen zögerte. *Eine Tagesreise mit dem Vardo als Radius. Und die Richtung …? Die Wüste bietet wenig Deckung für ein Versteck. Im Norden wird das Land immer bergiger und irgendwann auch grün. Ich würde meine Leute dort postieren an einem Ort, von wo aus sie die Übersicht über die Wüste rund um Eterna haben.*

Nachvollziehbar. Also korrigiere ich unsere Richtung zu nordwestlich und fliege, bis wir den vereinbarten Radius von einer Tagesreise mit dem Vardo erreicht haben. Ich kann das natürlich nur schätzen. Dort biegen wir nach rechts ab und umfliegen Eterna einmal im Uhrzeigersinn. Mit diesem Vorgehen decken wir zu Beginn des Fluges all das kühlere Land ab. Allerdings erreichen wir die Stellung auf dem Vulkan dadurch erst, wenn wir mehr als drei Viertel des Kreises abgeflogen haben. Das wird dauern, zwei oder drei Stunden. Damit priorisieren wir die Armee höher als Lyrrhodenai.

Genau. Und damit besprachen sie bereits die dritte Planänderung innerhalb weniger Minuten. Naveen fühlte sich völlig verunsichert. *Wenn es für dein Bauchgefühl auch stimmt, dann ja.*

Pah! Najira stieß die Silbe voller Verachtung aus. *Mein Bauchgefühl sagt mir, dass mir das alles zu hoch ist. Ich will einfach nicht, dass meine Freunde und all jene, die auf der Seite des Lichts stehen, sterben.*

24

Während Najira schnurgerade nach Nordwesten flog, ging die Sonne auf und der Tag, der das Schicksal der Ghitains besiegelte, brach an. Zum zweiten Mal. Welches Resultat würde er bringen?

Von Najiras Rücken aus beobachtete Naveen, wie die Lichtstrahlen das mit Schnee überpuderte Land aus der Dunkelheit holten — erst die Erhebungen, dann die Senken, von denen einige besonders tiefe dem Licht lange Widerstand leisteten.

Die Landschaft veränderte sich. Aus den sandigen, abgerundeten Wellen der Wüste wurden Hügel mit felsigen Flanken, manche ganz rau, andere vom Wind zu faszinierenden Formen glatt geschliffen. Das warme Gold des Wüstensandes verdunkelte sich zu rotem Ocker, einem kühlen Grau oder einem mit Asche aufgehellten Schwarz. Nicht lange danach wuchsen die Hügel zu kleineren Bergketten empor. Der Schnee wurde höher und sammelte sich in Verwehungen. Hatte sich das Grün zuvor als lokale Tupfer oder niedrige Wiesen gezeigt, wucherten die Nadelwälder hier mit überbordender Lebenskraft. Sie gehörten zu den dichtesten, die Naveen je gesehen hatte. Durch sie gab es kein Durchkommen mit dem Vardo, auch wenn sich nicht wie im Jahr der zwei Winter mannshohe

Schneeverwehungen türmten und der Schnee mit einem immensen Gewicht die Äste zu Boden drückte. Das war das Land von flinken Jägern.

Über einem beeindruckenden Tal, dessen Fluss zu Eis erstarrt war, bog Najira nach rechts ab, um dem Radius des vereinbarten Kreises zu folgen. Naveen schaute nach links. Irgendwo dort hinter dem Horizont befanden sich die Kreise, welche die Ghitains seit Jahrtausenden um Eterna zogen.

Würde er die Spuren der Ewigkeit aktivieren, könnte er ihr Leuchten vielleicht sogar aus dieser Distanz und trotz all der Hindernisse erkennen.

Du hast auch nichts gesehen? Najiras Gedankenstimme klang besorgt.

Nein. Ich schaue mich schon die ganze Zeit um. Keine Rauchsäule. Keine Vögel irgendwelcher Art. Sie sind ein untrügliches Zeichen für die Anwesenheit von Menschen, insbesondere im Winter.

Ich mache mir Sorgen, dass unsere Annahmen nicht korrekt waren. Was, wenn die Verstärkung doch noch irgendwie nach Eterna gelangt ist?

Naveen fühlte Übelkeit, als er die Konsequenzen bedachte. *Das kann sein, aber wir dürfen unsere Strategie nicht nochmals ohne triftigen Grund ändern. Das hat Mama mir beigebracht. Wenn du einen Korb, ein Gewand und einen Vardo zur gleichen Zeit herzustellen beginnst, wird nichts je fertig. Wir haben uns für etwas entschieden und müssen uns darauf fokussieren.*

Hoffen wir, dass Königin Kaea auch dieses Mal recht behält. Schau nach vorn. Weit vor uns kannst du bereits die Wüste erkennen.

… und am Horizont rechter Hand den mächtigen Kegel des Vulkans, der wie eine ewige Drohung über Eterna aufragte. Die Seelenlichter der Lichtträger schwebten immer noch über der Stadt — im Vergleich zum gigantischen Vulkan lächerlich klein und tief. Trotzdem stellte der auch im Sonnenlicht prachtvoll schimmernde Ring ein unumstößliches Zeichen der Hoffnung dar. Wie lange konnten die Frauen und Männer des Clans ihn aufrechterhalten?

Sie überflogen eine schroffe, feindselig wirkende Hügelkette und befanden sich plötzlich über der Wüste.

Mir wird mulmig. Etwa um diese Zeit haben wir Raghi mit Lyrrhodenai allein gelassen. Was auch immer passiert, die entscheidende Phase beginnt.

Wenigstens hatte Najira noch den Überblick. Naveens zuvor schon wackeliges Zeitgefühl hatte in der Aufregung des Kampfes aufgegeben. Auf dem Rücken des Drachens dehnte sich jede Minute zu einer Stunde.

Und mit jedem Moment, in dem sie nichts entdeckten, nahm seine Verzweiflung zu.

Naveen, schau! Da vorne sind sie!

In dem Moment sah er sie auch. Lyrrhodenais Männer. Eine ganze Armee. Verbissen stapften sie durch die karge Landschaft, ihre Umhänge eng um sich geschlungen, ihre Köpfe gesenkt.

Das Anhalten der Treppen hatte sie im dümmsten Moment erwischt. Wahrscheinlich waren sie, während andere Einheiten den Kampf in Eterna begannen, über ein Portal in die Wüste gereist, um sich für einen Überraschungsangriff bereitzuhalten — und gestrandet.

Sie brauchen einen Tag bis Eterna. Das werden sie schaffen, auch ohne Wasser. Wir haben jetzt hier die Chance einzugreifen. Najira seufzte und klang auf einmal ganz müde. *So viele Männer. Wenn ich sie alle töte, bin ich keinen Deut besser als Lyrrhodenai. Aber es muss sein.*

In diesem Augenblick schien ein Ruck durch das Land zu gehen. Plötzlich überlagerte das Uhrwerk des Multiversums den Anblick der marschierenden Armee. Ein weiterer Ruck und die Spuren der Ewigkeit erschienen. Naveen erkannte genau, von wo die Männer gestartet waren. Ihre Spuren erschienen an der Stelle einfach aus dem Nichts, was es im normalen Lauf der Geschichte nicht gab.

Über ihnen hing ein Gespinst aus feinsten Kraftlinien, so dicht, dass es wie ein Nebel wirkte. Es verband sie mit den Treppen der Ewigkeit. Jene erhoben sich im Zentrum von Eterna, in einem mächtigen Gebäude, das sie in der normalen Welt vor den Augen der Öffentlichkeit verbarg. Und zum ersten Mal, seit Naveen der überwältigende Anblick des Uhrwerks des Multiversums zuteilgeworden war, standen sie still.

Eine Idee regte sich.

Najira, wozu genau dienen die Kraftlinien, die Zeitreisende an die Treppen ketten?

Der Drache flog eine weite Kurve um die Armee. Die Männer hatten innegehalten und folgten ihnen mit den Blicken. Aufgrund der Höhe und ihrer Visiere fiel es Naveen schwer, ihre Mimik zu deuten.

Das ist komplex. Die Zeit wehrt sich dagegen, manipuliert zu werden. Deshalb kennzeichnet sie alles, was kein Recht hat, in einer bestimmten Zeitlinie zu existieren. Die Farbe der Kraftlinien hat auch eine Bedeutung, wobei ich keine Erklärung für dieses eitrige Gelbgrün habe. Befindet sich hingegen jemand auf einer Mission der Wächter der Ewigkeit, dienen die Kraftlinien dazu, die zerstörten Teile der Geschichte zu reparieren. Wie ein Teppich, der sich von selbst neu webt. Kannst du damit etwas anfangen?

Vielleicht. Falls ich die Männer dazu bringe, sich zu ergeben, kannst du sie über die Kraftlinien in jene Zeit zurücksenden, wo sie hingehören?

Najira zögerte. *Jein. Die Magie dafür ist hoch spezialisiert und wird ausschließlich von den Wächtern der Ewigkeit praktiziert. Ich kann sie kopieren, aber pro Mal auf höchstens ein Dutzend Männer aus verwandten Epochen anwenden.*

Naveen sammelte all seinen Mut. *Dann werde ich es versuchen — sobald ich mein Herz aus der Hose geklaubt und wieder im Brustkorb verankert habe. Ich möchte, dass du ihnen den Weg versperrst, indem du einige Manneslängen über dem Boden vor ihnen schwebst. Zudem müsstest du meine Stimme verstärken. Bekommst du das hin?*

Das ist kein Problem. Und den Schutzschild für dich verstärke ich ebenfalls. So sollte keine Waffe der Menschen dir etwas anhaben können. Bereite dich vor. Ich inszeniere einen großen Auftritt für dich.

Najira ließ die Armee hinter sich und flog eine weite Kurve.

Das Uhrwerk des Multiversums und die Spuren der Ewigkeit verschwanden ebenso plötzlich, wie sie erschienen waren. Die Welt wirkte wieder normal.

Bald rasten sie so dicht über der Wüste dahin, dass Naveen glaubte, in den Schnee greifen zu können. Die Armee war aus seinem Blickfeld verschwunden. Najira und er befanden sich nun hinter der kleinen Kuppe, auf welche die Männer zumarschierten. Offenbar plante der Drachen, dort in die Höhe zu schießen. Für die Männer musste es wirken, als erschiene sie aus dem Nichts.

Dann war es auch schon so weit.

Najiras Brüllen ließ das Multiversum in seinen Grundfesten erzittern. Naveen achtete darauf, so entspannt wie möglich auf ihrem Rücken zu sitzen. Das musste für den Eindruck der Heldenhaftigkeit reichen. Er konnte nun einmal nicht aus seiner Haut heraus.

Die Männer hatten sich voller Entsetzen auf den Boden geworfen. Naveen wartete, bis ihre Schreie verklungen waren und sie sich langsam wieder aufrichteten. Er wartete, bis sich alle ihm zuwandten. Und er wartete, bis er auch die Aufmerksamkeit des Allerletzten hatte.

Die wahrscheinlich nur ganz kurze Zeitspanne — Najiras beeindruckender Auftritt stellte sicher, dass niemand sie ignorieren konnte — kam ihm wie eine Ewigkeit vor. Er starb tausend Tode. Trotzdem ließ er sich nichts anmerken.

«Männer aus allen Epochen des Multiversums. Mein Name ist Naveen. Ich bin ein Ghitain, der Prinz des Clans der Seher. Es ist mein Volk, für dessen Vernichtung ihr nach Eterna marschiert.»

Seine Stimme hallte über die Wüste. Najira hatte eine gute Lautstärke gewählt. Er klang mächtig, obwohl er sich nicht so fühlte.

«Die Ghitains sind die Meister der Zeit. Lyrrhodenai will uns diese Fähigkeit stehlen. Dafür sollen wir alle sterben — durch eure Hand. Sollte er euch Reichtümer und Ruhm versprochen haben, so lasst euch sagen, dass ihr sie auf diesem Schlachtfeld nicht finden werdet. Unter uns gibt es keine Krieger. Wir sind ein fahrendes Volk aus Handwerkern und Schaustellern. Wir leben dafür, Freude in das Leben der sesshaften Menschen zu bringen, sie zu verzaubern und den Alltag für einen kleinen Augenblick vergessen zu lassen. Wenn einige wenige von euch die Hände zu einer Schale formen, passt alles Gold, das wir besitzen, dort hinein. Unsere restlichen Besitztümer sind zu gering, als dass jeder von euch nach dem Kampf etwas davon abbekommen könnte. Lyrrhodenai hat euch nur aus einem Grund hergebracht: Um für ihn als Schlächter zu agieren. Ihr begeht Völkermord an einem friedlichen Volk, um den Plänen eines wahnsinnigen Tyrannen Genüge zu tun.»

Täuschte er sich oder wurden die Männer unruhig? Sein Ziel war es, Zweifel zu säen. Und nichts eignete sich besser dazu als die Wahrheit.

«Wir mögen uns für den Frieden als Seelenweg entschieden haben. Das heißt nicht, dass wir uns einfach so vernichten lassen. Ihr habt in diesem Moment die Wahl. Marschiert ihr weiter, werdet ihr durch Drachenfeuer sterben. Ergebt ihr euch hingegen, dann kehrt ihr zurück in eure angestammte Zeit, wo ihr vielleicht die Möglichkeit habt, euer Leben wieder ins Licht zu wenden.»

Naveen ließ seine Worte wirken, egal wie schwer ihm das Warten fiel. Die Männer mussten die Vergebung wollen, sie als ihre eigene Idee und

Entscheidung wahrnehmen, nur dann konnte der Konflikt zu Ende gehen.

Ja, sie wurden definitiv unruhig.

Ist dir aufgefallen, wie ausgelaugt diese Männer wirken? Lyrrhodenai hat nicht gut auf sie aufgepasst. Auch ein Anführer der Dunkelheit muss die Seelen seiner Getreuen nähren. Er hat das offenbar verpasst.

Naveen hatte das Gleiche beobachtet. *Das ist sicher ein Grund. Vielleicht entgleiten die Männer auch seiner Kontrolle, weil die Halsreifen durch das Anhalten der Treppen nicht mehr funktionieren. Wir haben nie herausgefunden, ob Lyrrhodenai durch sie Zwang auf seine Gefolgsleute ausübt.*

Ein Mann nahe der Spitze der Armee reckte die Schultern. All jene, die ihn umgaben, wichen zurück wie Kakerlaken vor dem Licht. «Was müssen wir tun, um uns zu ergeben?»

Najira verstärkte offenbar auch seine Stimme. Sie war so gut zu verstehen wie Naveens, klang aber deutlich dünner. Ein ganzes Gebirge schien von Naveens Schultern zu fallen. Der erste Schritt war getan.

«Werft eure Waffen und Halsreifen hier vor dem Drachen auf den Boden. Dann versammelt euch dort zu meiner Linken.» Naveen zeigte auf die Fortsetzung der Hügelkuppe, über der Najira und er schwebten. Sie war der ideale Ort, um die Männer im Blick zu behalten.

Etwa die Hälfte ließ sich nicht lange bitten. Wer den Halsreif vor den Waffen ablegte, hielt meist kurz inne, schaute sich verwirrt um und schleuderte sein Kampfgerät danach angeekelt auf den wachsenden Haufen.

Der Prozess verlangsamte sich. Bald würde Najira das Unvermeidliche tun müssen.

«Noch habt ihr die Chance, euch zu ergeben. Überlegt es euch!», beharrte Naveen.

«Lyrrhodenai fand uns einmal. Er wird uns erneut aufspüren und Rache an uns nehmen», begehrte ein verwegen aussehender Krieger auf.

«Lyrrhodenai wird nach diesem Tag Geschichte sein, das verspreche ich euch.» Najiras Stimme schien das gesamte Multiversum in sich zu vereinen — seine Altehrwürdigkeit, den immerwährenden Kampf zwischen Licht und Dunkel, die Magie, die all die Wunder um sie herum geformt hatte. «Ihr wisst zweifellos, dass er unsterblich ist. Nein, ich bin mir sicher, er hat damit geprahlt, bis ihr es nicht mehr hören konntet. Das heißt, niemand —

auch ich nicht — kann ihn töten. Jedoch kann ich dafür sorgen, dass er nie mehr Einfluss erlangt und so viele Seelen mit sich in die Dunkelheit reißt. Darauf gebe ich euch mein Wort.»

Auf dieses Versprechen hin ergaben sich alle Männer. Naveen war erstaunt, dass niemand, nicht ein einziger, sich widersetzte oder zögerte. Schließlich gab es Menschen, die abgrundtief böse waren und für die kein Weg zurück ins Licht führte.

Najira schien seine Gedanken zu lesen. *Ich vermute, all diese Männer hat die Zeit bezwungen. Über die Äonen schleift sie ganze Gebirge flach. Was ist dagegen die Seele eines Menschen?*

Die Blicke der Männer konzentrierten sich auf Naveen. Die Energie ihrer Aufmerksamkeit — in die sich ein Hauch von Hoffnung mischte? — war so intensiv, dass er bereit war, aus der Haut zu springen. *Lass uns später philosophieren. Was tun wir?*

Sag ihnen einfach, dass es jetzt beginnt. Ich weiß inzwischen, wie ich es mache. Ich gehe von diesem Moment aus durch die Zeit, gleichzeitig vorwärts und rückwärts, und sende alle zurück. Vielleicht brauche ich doch nicht ganz so lange.

Das klingt gut. Kannst du darauf achten, dass niemand uns getäuscht hat und heimlich noch den Halsreif trägt?

Alles klar.

«Männer aus allen Epochen des Multiversums, ich danke euch von Herzen für eure Entscheidung.» Naveen nickte mit so viel majestätischer Würde, wie er hinbekam. «Dann bereitet euch jetzt darauf vor, in eure Zeit zurückzukehren. Es wird in Gruppen geschehen. Ihr werdet beobachten, wie mehr und mehr von euch verschwinden, bis auch eure eigene Rückreise an der Reihe ist.»

Najira begann den Zauber. Recht zügig entstanden Lücken im versammelten Heer. Die Gruppen lichteten sich. Dabei verschwanden die Männer nicht plötzlich. Stattdessen wirkten sie erst blasser, dann transparent, bis die letzte Andeutung ihrer Gestalt sich auflöste. Der Prozess schien schmerzlos abzulaufen. Einige fanden noch die Zeit, ihren Kameraden zuzunicken oder für ein letztes Winken.

Naveen und Najira blieben allein in der Wüste zurück.

Auch wenn sie offenbar ordentlich mit dem Nötigen versorgt wurden, haben sie so viel Grausamkeit von Lyrrhodenai erfahren. Und niemand weiß, welches

Gericht sie in ihrer Zeit erwartet. Da sollte ihre Reise wenigstens ohne Pein verlaufen. Der Drache klang melancholisch.

Naveen konnte sie verstehen. Das Drachenmädchen, das er kannte, hatte Träume, die sich um einen gewissen nervigen Auftragsmörder drehten. Nun sah es so aus, als müsste sie sich ein weiteres Mal in Gefangenschaft begeben — dieses Mal freiwillig und mit vertauschten Rollen —, um das Multiversum vor Lyrrhodenai zu schützen.

Das Schicksal war einfach nur unfair.

Zerstörst du die Waffen und Halsreifen, Najira?

Endgültig oder so, dass noch jemand das Metall brauchen kann?

Naveen musste nicht nachdenken. *Endgültig. Auch unbeseelte Dinge nehmen Energien auf. Dieses Metall trägt zu viel Böses in sich, als dass die Menschen es noch verwenden sollten.*

Najira schwang sich höher in die Luft und richtete ihr intensivstes Feuer auf den Haufen Metall.

Eine weitere Glasfläche in der Wüste. In Tausenden von Jahren werden die Menschen sich fragen, wie sie entstanden ist und sich dazu die verrücktesten Geschichten erzählen.

Naveen schmunzelte. *Vielleicht. Ich könnte mir aber auch vorstellen, dass die heutigen Vorgänge nicht so rasch vergessen und in Tausenden Variationen weitererzählt werden.*

Über den edlen und tapferen Prinzen Naveen der Ghitains und seinen Drachen.

Das war Naveen jetzt fast etwas peinlich. Zudem war die Aussage nicht korrekt. *Du ehrst mich, Najira, aber du bist nicht mein Drache. Du gehörst dir selbst und, wenn du das für dich so entscheidest, ein klein wenig Raghi.*

Sie flogen weiter auf dem vereinbarten Kreis um Eterna. So konnten sie sicherstellen, dass nicht noch weitere Armeen durch die Wüste marschierten.

Naveen kämpfte mit dem großen Schlottern nach überstandener Aufregung. Zugleich staunte er, dass das Multiversum diesen gigantischen Raub an Leben heil überstanden hatte. Bevor Lyrrhodenai sie um sich geschart hatte, trugen diese Männer in irgendeiner Form zum Lauf der Geschichte bei. Sie hinterließen ihre Spuren als Soldaten, Bauern, Handwerker, Helden oder Verbrecher. Sie verliebten sich, zeugten Kinder, dienten vielleicht im

Alter ihren Gemeinschaften als Berater. Es gab tausend Variationen von Licht und Dunkelheit.

Und nun begannen all die Spuren der Ewigkeit, die im Nichts geendet hatten, erneut. Gleichzeitig blieben die Spuren der Männer im Hier und Jetzt bestehen. Was ...

Naveen, es ist nicht unsere Aufgabe, uns darüber den Kopf zu zerbrechen. Dafür gibt es die Wächter der Ewigkeit. Und angeblich die Drachenfürsten, auch wenn ich noch nie einem begegnet bin. Wir geben einfach unser Bestes. Das ist alles, was nötig ist.

Najira hatte recht. Naveen atmete tief durch.

Sie näherten sich dem Vulkan, ohne einer Armee begegnet zu sein. Falls es irgendwo noch weitere Krieger gab, dann nicht in dieser Zeit. Also auf zur letzten Geschützstellung auf der Eterna zugewandten Flanke des Vulkans.

Ich drehe noch etwas weiter nach Süden ab, bis wir aus dem Blickfeld unserer Feinde verschwunden sind. Von da fliegen wir direkt zur Rückseite des Vulkans. Dann müssen wir uns entscheiden, wie wir sie überraschen wollen.

Und wie wir vorgehen, sollte Lyrrhodenai dort sein. In Naveens Magen ballte sich ein eisiger Klumpen zusammen. Er hatte den Mut gefunden, sich einer Armee zu stellen, wenn auch nur knapp. Ihrem Befehlshaber hingegen? Der Mann jagte ihm furchtbare Angst ein, Betrüger hin oder her.

Wir sind da. Najira flog auf der Stelle. *Links oder rechts um den Vulkankegel?*

Raghi würde uns raten, das Unerwartete zu tun. Und das wäre ...? Naveen überlegte. Plötzlich erschien ihm die Lösung offensichtlich. *Von oben.*

Von oben ist es. Bevor wir losfliegen, hör mir bitte genau zu. Ich habe mir überlegt, was ich tue, sollten wir Lyrrhodenai finden. Falls unsere Informationen stimmen, hat er im Moment keine besonderen Kräfte mehr. Ich werde deshalb versuchen, ihn mir zu greifen. Dann fliegen wir nach Eterna zurück, wo ich dich absetze und gleich weiterfliege, um Lyrrhodenai in einem Vulkan gefangen zu setzen. Wahrscheinlich nicht in diesem und sicher nicht in dieser Zeit. Das ist mir zu gefährlich. Wir bleiben in Gedankenkontakt. Das bekomme ich auch über die Äonen hin. Falls ihr eine bessere Lösung findet, sag es mir. Und sag Raghi, dass ich ihn liebe. Er ist meine fleischgewordene Nervensäge, mein Tänzer auf dem Vulkan. Ich bewundere ihn unendlich dafür, wie er sich allen Herausforderungen stellt und dies meist für andere, Schwächere, die sich nicht selbst wehren können. Ich liebe ihn mit all seinen Eigenheiten, mit Seelenschatten und obwohl er mich laufend dazu zwingt, mich meinen Dämonen zu stellen und über mich hinauszuwachsen.

Naveen schluckte leer. *Du hast mein Wort. Hoffentlich kannst du es ihm selbst sagen.*

Ich sehe nicht, wie das möglich sein soll, ohne dass es mir das Herz zerreißt. Mein Seelenweg wird von Lyrrhodenai definiert. Ich wünschte, es wäre nicht so, aber ich werde mich nicht länger belügen. Wenn es meine Aufgabe ist, ihn für die Ewigkeit in Schach zu halten, dann tue ich es. Bist du bereit?

Ja.

Es war überwältigend, den Vulkankegel hinaufzufliegen. Die teils schroffe, teils von Lavaströmen zu Glas versiegelte Bergflanke schien nicht enden zu wollen. Die Luft wurde dünner. Naveen spürte, wie Najira ihre Magie veränderte, um ihn davor zu schützen. Endlich — es kam ihm wie Stunden vor — erreichten sie die Spitze. Die keine war. Die Felsen bildeten einen Ring um einen Krater. Das schwarze Gestein darin zeigte Risse, die rot glühten.

Doch nicht so erloschen, wie alle denken. Ich habe mich noch gewundert, weshalb auf dem ganzen Vulkan kein Schnee liegt. Dann geht es jetzt ABWÄRTS!

Najira stürzte sich in die Tiefe. Naveens Magen blieb oben über dem Vulkankrater zurück und das Herz schlug ihm bis zum Hals. Gleichzeitig schoss Euphorie in den hintersten Winkel seines Körpers. Ihr wahnwitziger Sturzflug war unglaublich. Er hatte sich noch nie so lebendig gefühlt. War das der Grund, weshalb Raghi all seine verrückten Abenteuer suchte?

Ich sehe das Lager. Bereite dich auf unseren zweiten Auftritt vor.

Najira bremste ihren wahnsinnigen Flug und bäumte sich über der Geschützstellung auf, während ihr Gebrüll das Land erzittern ließ. Unter ihnen flohen die Männer und stolperten in ihrer Panik übereinander.

Fieberhaft schaute Naveen sich nach Lyrrhodenai um. Dabei entdeckte er, dass diese Truppe noch mit ganz anderen Problemen als einem Drachen zu kämpfen hatte.

Die Stacheleule flatterte wild durch das Lager und verschoss dabei ihre Stacheln wie fiese Dornen. Diese mussten außerordentlich schmerzhaft oder gar giftig sein, denn die getroffenen Kämpfer schleuderten ihre

Waffen von sich und versuchten sich die Stacheln mit bloßen Händen aus der Haut zu kratzen, während sie wie am Spieß schrien.

Auf einem Felsblock mitten in der Stellung stand der kleine weiße Elefant und blies seine Seifenblasen auf die Krieger. Was süß und nutzlos wirkte war alles andere als das. Wer von einer Seifenblase berührt wurde, fand sich plötzlich darin eingeschlossen wieder und stieg Richtung Himmel auf. Nach einer Weile übernahm der Wind und trug die Seifenblase hoch über die Wüste hinaus, wo sie sich irgendwann auflöste.

Und als wäre das alles nicht genug, baute sich die Phönixratte inmitten der Fässer mit dem Brennstoffvorrat ein Nest, das bald fertig war. Der Katzenpanther stellte derweil sicher, dass niemand sie störte. Mehrere zerfetzte Körper ihrer Feinde bewiesen, wie erfolgreich er dabei war.

Da ist Lyrrhodenai!

In dem Augenblick entdeckte Naveen ihn auch. Er war der Einzige, der nicht floh. Stattdessen stand er da, bolzengerade und mit geballten Fäusten, das Gesicht von Wut verzerrt, während er Najira aus schmalen Augen anstarrte.

Sie stach im Sturzflug auf ihn hinab, die Klauen ausgefahren —

— und griff ins Leere.

Lyrrhodenai war einfach verschwunden.

Fieberhaft flatterte Najira in die Höhe, um sich einen Überblick zu verschaffen.

Wo ist er hin?

Sie schauten sich hektisch um, während die Männer unter ihnen immer noch schreiend vor dem Drachen flohen. Das Brennstofflager ging mit einem unheimlichen *Wusch!* in Flammen auf. Ihr Flackern tauchte die Bergflanke in dämonisches Licht, als hätte ein Tor zur Hölle sich geöffnet.

Najira flog die Stellung und die nähere Umgebung ab und verursachte dabei noch größere Panik unter den Männern, die sich gejagt fühlten.

Das Ergebnis blieb das Gleiche.

Lyrrhodenai, der angeblich über keine Kräfte mehr verfügte, war verschwunden.

25

Lyrrhodenai war schnell, verdammt schnell. Raghi musste sich
größte Mühe geben, ihn im Uhrwerk des Multiversums nicht zu
verlieren. Die Seelenstränge um ihn herum waren die ganze Zeit
in Bewegung. Immer wieder versperrten sie ihm die Sicht auf seinen flie-
henden Feind. Einmal rannte er aus Versehen in ein Bündel hinein, das ihn
wie ein Spinnennetz festhielt. Sich daraus zu befreien kostete Zeit.

Mein Seelenschatten, bitte hilf mir!

Raghi hatte den Gedanken kaum formuliert, als sich das Wesen von
seinem Rücken löste und an ihm vorbeischoss.

Lyrrhodenai war schon fast bei den Treppen. Offenbar kannte er sich
mit den Besonderheiten des Uhrwerks bestens aus. Kein Mensch konnte
unter normalen Umständen so schnell rennen. Er musste einen Effekt
dieser seltsamen Dimension genutzt haben.

Raghi dufte nicht zulassen, dass er sich auf die Treppen rettete. Dann
ging die Suche nach ihm von Neuem los. Hektisch schloss er beide Ansich-
ten, sowohl das Uhrwerk des Multiversums wie auch die Spuren der Ewigkeit. Um ihn herum erschien wieder die normale eisige Winterwelt.

Es gelang ihm gerade noch rechtzeitig.

Lyrrhodenai stieß einen Wutschrei aus, der selbst über die Distanz deutlich zu hören war. Ein zweiter wütender Schrei erklang, nun mit der Beimi-

schung von Schmerzen. Raghis Seelenschatten hatte seine Jagd erfolgreich beendet.

Der wichtigste Schritt war getan, Lyrrhodenai gefangen. Nun mussten sie herausfinden, wo sie sich befanden. Raghi schaute sich um. Um ihn erstreckte sich eine grasige Ebene mit Bergketten am fernen Horizont. Sie erinnerte ihn an die Steppenlandschaft, wo er den Vardo der magischen Tiere in den Frühling gefahren hatte.

Nur herrschte nun bitterer Winter. Unter einem bleiernen Himmel schlief das in Kälte und Schnee erstarrte Land.

Rose, wir müssen zu jener seltsamen Lichtung hinter Jalassars Schlucht. Dort, wo die Zeit rückwärts läuft.

Sie schnaubte bestätigend.

Ich denke, wir müssen fliegen. Mit Lyrrhodenai als Gefangenem traue ich mich nicht auf die Treppen. Wenn es ihm gelingt, von ihrer Energie zu ziehen, kann er uns entkommen.

Rose verdrehte die Augen, alle vier. Mit übertriebener Deutlichkeit wandte sie den Adlerkopf und schaute sich selbst auf den Rücken.

In Ordnung. Ich steige ja schon auf.

Als sie sich in den Himmel schraubten, erkannte Raghi Rauch in der Ferne. Ein genaueres Hinschauen zeigte ihm eine Ansiedlung. Aeriels Quellen. Das Gebäude der Akademie war unverkennbar. Dahinter erstreckten sich schneebedeckte Wälder, so weit das Auge reichte. In Jalassars Schlucht wuchsen sie ungewöhnlich dicht. Eine nebelhafte klebrige Dunkelheit waberte über den Bäumen und verschleierte die Details. Es war offensichtlich, dass dort etwas gar nicht stimmte.

Lyrrhodenai wehrte sich heftig gegen den Seelenschatten, als Rose landete. Raghi erkannte mit leiser Befriedigung, wie stark das aus ihm entstandene Wesen war. Es schien keine Mühe zu haben, den sich aufbäumenden Mann zu bändigen, dies trotz einiger fieser Tricks Lyrrhodenais.

Sein Feind spuckte ihm vor die Füße. «Mich nennst du ein Monster, dabei befehligst du über diesen Dämon.»

Raghi hätte ihm gerne auf die Nase gebunden, dass der sogenannte Dämon ein Teil von ihm war. Dank der Disziplin, die ihm während seiner Lehre eingeprügelt worden war, konnte er sich zurückhalten. Das Prahlen war eine zutiefst menschliche Schwäche und eine gigantische Dummheit. Man gab damit seinen Gegnern wertvolle Informationen.

«Ich habe nie behauptet, besser als du zu sein. Und eigentlich bist du mir völlig egal. Du musst weg, weil du meine Freunde bedrohst.»

Lyrrhodenai wollte etwas sagen. Raghi gab seinem Seelenschatten ein Zeichen. Jener ballte seine furchterregenden Klauen zu einer Faust und schlug Lyrrhodenai bewusstlos.

«Ich mag ihn besser, wenn er die Klappe hält.»

Den Scherz hatte er sich nicht verkneifen können.

ROSE PACKTE Lyrrhodenai beiläufig mit ihren Klauen. Der Seelenschatten signalisierte Raghi, dass er auf dem Boden reisen würde. Raghi begriff nicht ganz, wieso das nötig war. Trotzdem nickte er.

Während sie flogen, schaute Raghi immer wieder nach unten. Lyrrhodenai hing wie ein Stück tote Beute im Griff der Chimäre. Dabei war sie nicht zimperlich. Blut lief seinen nackten Oberkörper und seine Arme hinab und tropfte von seinen Fingerspitzen auf die Landschaft.

Nicht so grob, Rose. Wir sind nicht er. Und ich möchte keine Bestandteile von ihm über Eterna verstreuen. Am Ende kann er sie für irgendeinen Zauber nutzen.

Die Chimäre gehorchte grollend und wechselte ihren Griff. Der Blutfluss hörte auf. Die Wunden heilten.

Die Ebene ging in die Wälder über. Aeriels Quellen lag weit links von ihnen. Raghi hoffte, dass niemand dort sie bemerkte. Sanders Verrat lastete immer noch auf seiner Seele und löste Schuldgefühle aus. Wieso hatte er die Anzeichen übersehen? Sonst konnte er die Menschen gut lesen.

Inzwischen befanden sie sich direkt über Jalassars Schlucht. Die Luft nahm eine ölige Qualität an und blieb auf Raghis Gesicht und Zunge kleben. Verquere Magie.

Raghi erschrak. *Rose, flieg höher. Wir müssen aus dieser Atmosphäre alter Magie raus. Lyrrhodenai kann sie sonst nutz...*

Zu spät. Rose schrie schmerzerfüllt auf. Ihr Griff löste sich. Lyrrhodenai stürzte in den Wald hinab.

Seelenschatten! Er ist wieder frei.

Ohne nachzudenken, sprang Raghi seinem Feind hinterher.

Er schaffte es, mit den Füßen voran in die Baumwipfel einzutauchen. Die Beine presste er so fest wie möglich zusammen. Die Arme hielt er dicht vor dem Körper verschränkt. Mit den Händen schützte er das Gesicht. So wurde sein Körper hoffentlich nicht auseinandergerissen.

Zuerst blieb ihm das Glück treu. Er traf auf einen Nadelbaum mit nach unten hängenden Ästen. Auf ihnen konnte er fast schmerzfrei nach unten rutschen. Dann kam der Aufprall und die Knochen in seinen Füßen, Beinen und seiner Hüfte barsten.

Aua! Er musste sich solche Aktionen endlich abgewöhnen. Nur weil er unsterblich war, tat es nicht weniger weh.

Allerdings heilten seine Knochen inzwischen blitzschnell. Wodurch der ganze Heilungsschmerz auf die Dauer eines Herzschlags komprimiert wurde. Nochmals Aua!

Wie Lyrrhodenai finden?

Er brauchte sich keine Mühe zu geben. Jemand brach nicht weit von ihm entfernt durch das Unterholz. Sein Seelenschatten konnte es nicht sein. Jener machte nicht so einen Lärm.

Raghi rannte los. Dabei musste er sich durch das Gestrüpp kämpfen. Die verquere Magie ließ die Vegetation fast undurchdringlich dicht wachsen.

Er fand den Hohlweg, auf dem er zuerst mit den Ghitains, dann mit Najira gereist war. Vor sich erkannte er Lyrrhodenais halb nackte Gestalt. Sein Feind hielt auf die Lichtung zu, wo die Zeit rückwärts lief. Hatte er die gleiche Idee gehabt wie Raghi?

Ein Schatten stieß auf ihn herab und packte seine Oberarme. Er wurde in die Luft gewirbelt. Gleichzeitig erschien vor ihm ein Adlergesicht, dessen Augen ihn aus schmalsten Schlitzen musterten. Während seiner Ausbildung in der Gilde hatte er in biologischen Texten gelesen, dass Tiere keine Mimik besaßen. Offenbar hatten die Wissenschaftler keine Chimäre gekannt.

Raghi zog eine Grimasse. *Was soll der Todesblick? Du hast ihn fallen lassen. Also mach mir keinen Vorwurf.*

Ihm ging auf, dass seine Reaktion kindisch war. Und dass Rose Lyrrhodenai nicht willentlich hatte entkommen lassen. Er verrenkte sich den Hals, um ihre Unterseite zu mustern. *Bist du schwer verletzt?*

Der Drachenkopf wechselte den Adlerkopf ab. Liebevolles Feuer traf ihn.

Offenbar nicht. Zum Glück.

Überholen wir ihn. Wir müssen unbedingt vor ihm auf der Lichtung ankommen.

Sie flatterten durch den Hohlweg, ein ungewöhnlich unruhiger und hektischer Flug. Rose wandte in dem beengten Raum all ihre Fähigkeiten an, um sich nicht die Flügel an den Baumstämmen zu brechen.

Endlich lichtete sich der Wald und sie erreichten jenen Teil der Schlucht, wo sich der Weg in verrückter Weise zwischen den gigantischen baumbestandenen Findlingen hindurch wand. Rose stieg über die Baumkronen auf. Von oben wirkte alles nochmals wirrer als auf dem Boden und Raghi erhielt die endgültige Bestätigung seiner Vermutung. An manchen Stellen standen die gigantischen Felsbrocken links und rechts des Weges zu eng, um einen Vardo durchzulassen. Und doch waren sie genau dort durchgefahren. Die verquere Magie machte es möglich.

Sie zogen mit Lyrrhodenai gleich. Er spähte zu ihnen hoch.

Raghi schaute sich nach seinem Seelenschatten um und entdeckte ihn nicht weit hinter ihnen. Die Kopfbewegung machte seinen Feind auf die Gefahr aufmerksam. Er verschwand in den Spalten eines Findlingshaufens.

Rose stoppte ihren Flug mit einer halsbrecherischen Kurve und flatterte an Ort und Stelle.

Vorsicht, Seelenschatten. Unser Gegner hat sich versteckt. Er fügte seiner Warnung ein Abbild des Ortes bei, wo Lyrrhodenai verschwunden war.

Der Seelenschatten hielt inne und prüfte die Umgebung. Langsam und lauernd ging er weiter.

Es geschah so plötzlich, dass Raghi und Rose nichts tun konnten. Unvermittelt öffnete sich ein Tor zu den Treppen neben dem Seelenschatten. Lyrrhodenai schnellte aus seiner Deckung hervor und versetzte der furchterregenden Gestalt, die sich ihm gerade noch zuwenden konnte, einen mächtigen Stoß.

Raghis Seelenschatten stolperte rückwärts durch das Portal. Blitzschnell schloss es sich.

Raghi wurde ein Teil seiner Seele herausgerissen. Der Schmerz war fast so schlimm wie beim Durchtrennen des Lebensstrangs. Eine weitere

Antwort. Ein Band hatte ihn und diese Kreatur noch immer verbunden. Aber nicht mehr.

Er und Rose waren auf sich allein gestellt.

Und Lyrrhodenai konnte durch die von den Drachenkämpfen verbliebene Restenergie die Treppen wieder bedienen. Raghi musste sicherstellen, dass er nicht einfach verschwand.

Rose übernahm die Initiative. Ein Schwall ihres heißesten Feuers raste auf Lyrrhodenai zu.

Und natürlich ließ jener ein weiteres Portal entstehen und floh auf die Treppen.

Raghi musste hilflos zusehen, wie das Tor sich in Luft auflöste. Er knurrte wütend. Diese verdammten Treppen hingen ihm zum Hals raus. Sie gefährdeten das Leben normaler Menschen, indem sie solchen Wahnsinnigen wie Lyrrhodenai ein perfektes Instrument für ihre Intrigen boten. Es war zum Haare raufen!

Zur Lichtung, Rose. So rasch es geht. Der Mistkerl beginnt das Spiel erneut. Wir müssen es beenden.

Die Chimäre flog schnell wie der Wind. Die felsige Waldlandschaft unter ihnen verwandelte sich in Striemen. Grau für die Findlinge, grün für die knorrigen Bäume und weiß für jene Flächen, die der Schnee vor ihren Blicken verbarg.

Raghi ordnete seine Gedanken. Sobald sie die Grenze zur Lichtung überflogen, musste er handeln. Jedes Zögern von ihm bot Lyrrhodenai die Möglichkeit zu einer Gegenstrategie.

Die kreisrunde Lichtung — jener seltsame Ort, wo sich das Feuer der beiden kämpfenden Drachen getroffen und einen Wirbel geformt hatte — erschien vor ihnen.

Raghi rief sich noch einmal jedes Detail seines Gesprächs mit Palash in Erinnerung — damals, als er mit den Ghitains durch Jalassars Schlucht gereist und schließlich hier angekommen war. Es schien so unendlich lange her.

Auf dieser Lichtung hatte die sich verwirbelnde Energie der Drachen den Lauf der Zeit umgekehrt.

An diesem Ort war die Zukunft in Stein gemeißelt, während die Vergangenheit von den Fäden des Möglichen hing.

Hier war der Ort, an dem er Lyrrhodenai vielleicht töten konnte.

Und Lyrrhodenai ihn. Hoffentlich hatte sein Feind das nicht begriffen.

Nur noch wenige Flügelschläge. Raghi riss die imaginären Türen zum Uhrwerk des Multiversums auf. Sie überflogen die Grenze zur Lichtung. Er griff ins Uhrwerk hinein — ins Leere.

Lyrrhodenais Lebensstrang war weg. Fieberhaft schaute Raghi sich um. Er hatte alles korrekt gemacht. Wieso gelang es ihm nicht, den Lebensstrang seines Feindes zu sich zu rufen?

«Suchst du das?»

Raghi schaute nach unten, wo er schwach den Boden der Lichtung wahrnehmen konnte. Lyrrhodenai stand da, in jeder Hand einen Lebensstrang.

Er schnippte mit dem Daumen und durchtrennte einen davon. Dies leider korrekt, ganz am Lebensanfang.

Rose brüllte voller Verzweiflung.

Raghi starb ein weiteres Mal. Dieses Mal endgültig.

Seine Wahrnehmung löste sich auf. Alles, was blieb, war ein letzter Gedanke, eine leise Traurigkeit, dass seine Seele nun nie existiert haben würde. Was er schade fand. Sein Leben hatte unter einem ganz schlechten Stern begonnen. Angesichts der bescheidenen Anfänge hatte er etwas wirklich Großartiges daraus gemacht. Etwas, worauf er zu seiner Überraschung sehr stolz war.

«Verdammt, wieso funktioniert das nicht!» Hektisch durchtrennte Lyrrhodenai Raghis Lebensstrang in dessen Kindheit ein weiteres Mal.

Dieses Mal fühlte Raghi nichts. Wieso war er noch da? Im umgekehrten Lauf der Zeit konnte auch er sterben. Ganz am Beginn seines Lebens, dort wo Lyrrhodenai den Lebensstrang zweimal gekappt hatte, überwog der sterbliche Teil seiner Seele den unsterblichen. Nur seine unvergleichliche Sturheit hatte zu jener Zeit verhindert, dass seine Eltern ihm den Garaus machten.

Egal.

Raghi ließ sich von Roses Rücken fallen, direkt auf Lyrrhodenai hinab.

Jener bemerkte ihn zu spät. Raghi sah noch sein Gesicht aufblitzen. Die weit aufgerissenen Augen, ihre Farbe seinen eigenen so ähnlich.

Von seinen Armen gehorchte ihm nur einer. Im Sturz riss er Lyrrhodenai damit den unversehrten Lebensstrang aus der Hand und biss, in Ermangelung von Alternativen, ein Stück vom Anfang ab. Dort, wo Lyrrhodenais Unsterblichkeit aus einem einzigen hauchdünnen silbernen Faden bestand.

Raghi schlug auf dem Boden der Lichtung auf. Mit einem Würgen spuckte er das abgebissene Teil aus. Von all dem Widerlichen, das er im Lauf seines wilden Lebens getan hatte, war das mit Abstand das Ekligste.

Lyrrhodenais Lebensstrang löste sich auf. Der Teil, den Raghi noch hielt, verschwand, als hätte er nie existiert. Das Stück auf dem Boden der Lichtung tat es ihm gleich.

Raghis letzter Eindruck seines Feindes bestand aus einer Miene absoluter Fassungslosigkeit. Lyrrhodenai konnte es nicht glauben, dass jemand ihn besiegt hatte.

Doch genau das hatte Raghi. Die Vorgänge waren eindeutig. Lyrrhodenais Seele existierte nicht mehr.

Und Raghis würde ihr bald ins Nichts folgen. Die drei Teile seines Seelenstrangs lagen welkend neben ihm auf dem Boden, dort, wo Lyrrhodenai sie fallen gelassen hatte. Bald würden sie ganz vertrocknen und sich in Staub auflösen. Raghis Momente waren gezählt. Doch es gab noch etwas zu tun.

Rose?

Sie landete völlig außer sich neben ihm und badete ihn hektisch in ihrem zärtlichen Feuer.

Das bringt leider nichts mehr. Bitte hilf mir, etwas Letztes zu tun. Ihm fehlte die Kraft, weitere Gedanken zu übermitteln. So öffnete er ihr einladend seinen Geist, wartete auf ihre Präsenz und zeigte es ihr.

Sie grollte.

Bitte.

Plötzlich erschien sein Seelenschatten an seiner Seite, fiel auf die Knie und nahm ihn liebevoll in die Arme. Raghi fühlte sich erstarken.

Du bist es, der meine Seele zusammenhält. Kein Wunder starb er nicht. Dank der Bemühungen seines Seelenschattens. Dazu der hohe Anteil silberner Fasern in seiner Jugend.

Bitte bringt mich nach Eterna. Ich muss wissen, was mit den Ghitains geschehen ist. Und bitte helft mir, es so aussehen zu lassen, als wäre ich gesund.

Rose kauerte sich hin. Der Seelenschatten hob Raghi auf ihren Rücken und stieg hinter ihm auf, um ihn sicher festzuhalten.

Die Chimäre schwang sich elegant in die Lüfte. Raghi nahm all seine verbliebene Kraft zusammen und schloss das Uhrwerk des Multiversums.

Dann flogen sie los, Richtung Eterna.

ALS DER TAG der Schlacht sich dem Ende zuneigte, versammelten sich die Ghitains in der Wüste vor der Wagenburg. Überall um sie herum taute es. Offenbar ging die zweite Kaltzeit im Jahr der zwei Winter nunmehr zu Ende.

Die Schlacht hatte ein seltsames Ende gefunden. Mit Lyrrhodenais Verschwinden direkt vor Naveens Augen waren die Kampfhandlungen zum Erliegen gekommen. Die Armeen ihres Feindes stolperten in zielloser Verwirrung umher.

Najira übernahm die Initiative. Sie entwaffnete die Männer und sandte sie in ihre angestammten Zeitepochen zurück. Mit ihnen verschwanden auch die zersplitterten Schädel. Dann zerstörte Najira alle Waffen, inklusive der Katapulte.

Kommandant Kor und Magister Dewain standen bei Naveen am Rand der Menschenansammlung. Er hatte ihnen im Detail von seinen und Najiras Abenteuern berichtet.

Najira kauerte in ihrer Drachengestalt neben ihm. Es war wichtig, dass alle sie sahen und dadurch begriffen, dass sie tatsächlich existierte. Sie durfte kein Mythos bleiben.

Kommandant Kor und Magister Dewain akzeptierten die Anwesenheit des Drachens tapfer. Zuerst hatten sie offen gestaunt. Inzwischen musterten sie Najira immer wieder aus den Augenwinkeln.

«Was für eine merkwürdige Schlacht.» Kommandant Kor ließ seinen Blick über die Wüste rund um Eterna schweifen. Die Abenddämmerung zauberte vielfarbige Lichteffekte an den Himmelsdom. «Keine Leichen oder Waffen unserer Feinde zum Einsammeln, nur eine Vielzahl an Pferden. Dazu moderate, wie ich betonen muss, äußerst moderate Zerstörung.

Das Ganze fühlt sich an wie der Morgen nach ausschweifenden Festlichkeiten. Ich frage mich, ob das alles wirklich passiert ist.»

Er fasste in Worte, was alle dachten. Es fühlte sich wie ein schlechter Traum an, doch die Konsequenzen waren real. Alle Beteiligten hatten Verluste erlitten. Zwar waren sie überschaubar. Damit taten sie nicht weniger weh.

Zwölf Ghitains waren gefallen. Dazu neun Männer der Stadtwache. Sollte Lyrrhodenai tatsächlich tot sein — was inzwischen wahrscheinlich schien —, galt es, auf angemessene Weise den Sieg zu feiern, die Opfer zu ehren und um sie zu trauern.

Naveen suchte Parths Blick. Der König der Könige stand mit Kaea auf einer freien Fläche in der Mitte seines Volkes. Auf einem Tisch neben ihnen ruhte der kleine Schrein, den sie sonst für das Ghitaingericht verwendeten.

Die Versammlung war ungewöhnlich unruhig, denn die Ghitains konnten sich nicht, wie die Traditionen es für solche Anlässe verlangten, setzen. Durch das Tauwetter hatte sich der Wüstenboden in einen Morast verwandelt, viel zu nass selbst für die magischen Stoffe der Ghitains. Und in der Eile hatte niemand daran gedacht, die für einen solchen Anlass nötigen Decken und Kissen mitzubringen.

«Clans der Ghitains.» Parth verstärkte seine Stimme, sodass alle Anwesenden ihn hören konnten. «Seit Menschengedenken hat sich uns Sterblichen kein Drache mehr gezeigt. Bis heute. Der Drache neben Naveen heißt Najira. Die Clans der Seher und Lichtträger kennen ihre Geschichte bereits, einige wenige auch ihre menschliche Gestalt. Ich lade hiermit jeden Ghitain aller Clans ein, Najira den Drachen und Najira die junge Frau anzuschauen und ihre Anwesenheit wahrzunehmen, so wie sie ab sofort auch euch wahrnehmen darf.»

Parth suchte Naveens Blick, eine Bitte in seinen Augen.

Najira, kannst du auf mein Zeichen hin den Boden trocknen und mein Volk zugleich trösten? Ganz vorsichtig, sodass sie sich nicht fürchten?

Mache ich.

Naveen nickte Parth zu.

«Willkommen Drache Najira, Sagengestalt der Vorzeit, Freundin von Naveen und Anjali und Geliebte von Raghi», antwortete die Menge geschlossen.

Die ritualisierte Antwort verursachte für einmal auch Naveen Gänsehaut. Sprach man die Worte selbst aus, kamen sie mit all den zusätzlichen Informationen, die man zuvor nicht gekannt hatte, aus dem Nichts. Trotzdem fühlte sich der Vorgang völlig natürlich an. Dieses Mal war er nur Zuhörer und konnte verstehen, wieso Raghi den Prozess unheimlich fand.

«Najira wird nun den Boden unter euch mit ihrem heilenden Feuer trocknen. Habt keine Angst vor ihren Flammen. Sie brennen nicht, sondern geben euch Kraft. Danach könnt ihr euch setzen, wie unsere Bräuche es verlangen.»

Überraschtes Murmeln brandete auf, als Najira das Volk der Ghitains in ihr zärtliches Feuer hüllte. Das erste Erschrecken — kaum jemand konnte diese zutiefst menschliche Reaktion unterdrücken — machte tiefem Staunen und Ehrfurcht Platz. Die Ghitains sogen die heilende Kraft des Feuers in sich auf. Naveen durfte beobachten, wie nicht wenige davon endlich aus ihrer Schockstarre erwachten. Andere begannen zu weinen.

«Bitte setzt euch jetzt.»

Die Menge gehorchte. Kommandant Kor und Magister Dewain schauten fragend zu Naveen.

«Wenn es euch möglich ist, dann bitte ja», bestätigte er ihre unausgesprochene Frage.

Sie setzten sich mit ihm hin. Der Boden unter Naveen fühlte sich warm und trocken an. Er merkte, wie müde er war und wie dankbar, sich einen Augenblick ausruhen zu dürfen.

«Clans der Ghitains. Mein Name ist Parth. Ich bin der König des Clans der Lichtträger und der König der Könige der Ghitains. Wir haben uns versammelt, um zu verstehen, was in der heutigen Schlacht geschah. Wir sind alle erschöpft, eine knochentiefe Erschöpfung, die selbst Najiras Drachenfeuer nur kurz lindern kann. Deshalb lasst uns gleich zur Sache kommen. Königin Kaea vom Clan der Seher wird nun im Uhrwerk des Multiversums nachschauen, was mit Lyrrhodenai geschah.»

«Lyrrhodenais Schicksal zeige sich», murmelten die versammelten Ghitains, inklusive Naveen.

Kaea öffnete die Türen des Schreins. Das Uhrwerk des Multiversums erschien. Für einmal hielt Naveens Mutter das Abbild klein, wahrscheinlich um ihre Verbündeten aus der Stadt nicht zu erschrecken. So füllte es gerade mal die freie Fläche in der Mitte der Versammlung.

Naveen hörte Kommandant Kor andächtig seufzen. Magister Dewain hingegen wirkte neugierig. Wahrscheinlich verglich er das Uhrwerk mit den Treppen der Ewigkeit, für die er verantwortlich war.

«Ich rufe nun Lyrrhodenais Seelenstrang zu mir.» Kaea konzentrierte sich und fasste in die Seelenstränge, die sie wie Lianen umgaben.

«Lyrrhodenais Seelenstrang zeige sich», intonierten die Clans wie aus einem Mund.

Kaeas Hand kam leer zurück.

Die Ghitains tauschten überrascht-hoffnungsvolle Blicke. Einige begannen zu wispern. Parth ließ es zu. Angesichts ihrer außergewöhnlichen Situation war es unsinnig, auf die normalen Höflichkeitsregeln zu beharren.

«Lasst mich das Ergebnis überprüfen.» Kaea schloss die Augen und breitete die Hände aus, die Flächen bittend zum Himmel gerichtet. «Ich rufe die Varianten der Zeit an. Zeigt mir, was hätte sein können.»

Naveen hielt den Atem an. Seine Mutter hatte ihm von dieser Möglichkeit — und den damit verbundenen Gefahren — erzählt. So wie niemand seinen eigenen Tod oder den von geliebten Menschen beim Umgang mit den Seelensträngen sehen wollte, bargen auch die Varianten der Zeit beträchtliche Gefahren. Sie zeigten einem Seher, was hätte sein können, im Guten wie im Schlechten. Nur wenige hielten all die Möglichkeiten aus.

Seine Mutter stand regungslos. Naveen wusste, dass der Prozess Geduld und Einfühlungsvermögen brauchte. Es hing ganz allein von Kaeas Fähigkeiten ab, ob ihr von den unendlich vielen Varianten der Zeit die richtigen gezeigt wurden.

Kaea öffnete die Augen und ließ den Blick über die Menge schweifen. «In keiner Variante der Zeit kommt Lyrrhodenai vor.»

«Seine Seele scheint ausgelöscht», intonierten die Ghitains. Freudige Unruhe breitete sich in der Versammlung aus.

Kaea hob die Hand. «Eine letzte Prüfung, bevor wir den Sieg über unseren Feind für gewiss erklären. Diese gehe ich ganz allein ein.» Sie bewegte die Hände, als würde sie einen Schleier über das Uhrwerk des Multiversums werfen.

Diese Zeremonie kannte Naveen noch nicht. Er versuchte zu verstehen, was vor sich ging. Ein Vorhang schien zwischen den Zuschauern und dem Uhrwerk in die Höhe zu steigen, wie gezogen von unsichtbaren Schnüren. Er konnte das Uhrwerk und Kaea nur noch schemenhaft erkennen. Täuschte er sich oder rief sie einen weiteren Seelenstrang zu sich?

«Unser Feind ist besiegt! Lyrrhodenais Seele existiert nicht mehr!», rief Kaea mit mächtiger Stimme.

Unter den Ghitains brach Jubel aus. Die Erleichterung war unbeschreiblich. Naveen sah, wie sich die Angehörigen seines Volkes in die Arme fielen. Die ersten sprangen auf.

«Clans der Ghitains. Bevor wir feiern und die Gefallenen ehren, bitte ich euch noch um einen letzten Moment Geduld», erhob sich Parths Stimme über den Lärm.

Seine Präsenz war so überwältigend, dass ihm alle sogleich gehorchten. Stille breitete sich aus.

«Wir haben Seite an Seite mit Verbündeten, ich hoffe, ich darf sogar sagen *Freunden*, gekämpft. Magister Dewain. Kommandant Kor. Würdet ihr euch bitte erheben? Gleichzeitig bitte ich auch alle Ghitains, die dazu in der Lage sind, aufzustehen.»

Naveen gehorchte mechanisch, seine Aufmerksamkeit woanders. Seine Mutter hatte den Moment der Ablenkung genutzt und die Türen zum Uhrwerk des Multiversums geschlossen. Etwas stimmte gar nicht. Trotz der freudigen Neuigkeit war sie leichenblass.

«Magister Dewain. Kommandant Kor. Im Namen der Königinnen und Könige der Ghitains, aller Clans und jedes Einzelnen von uns danke ich euch und der Stadt Eterna für die großzügige Unterstützung, die ihr uns habt zuteilwerden lassen. Von ganzem Herzen und aus tiefster Seele.»

Parth legte sich die rechte Hand aufs Herz, sank auf ein Knie und beugte den Kopf. Alle Ghitains imitierten seine Geste. Auch Naveen. Für einen langen Moment verharrten sie regungslos. Erst als Magister Dewain das Wort ergriff, schauten sie wieder auf und erhoben sich.

«Clans der Ghitains. Wir fühlen uns geehrt.» Der Ratsherr zuckte kurz zusammen, als seine Stimme lauter klang als erwartet. «Ich werde eure Dankesworte dem Rat von Eterna übermitteln. Die Gefahr kam über die Treppen der Ewigkeit zu euch, unbemerkt von uns Hütern, die das hätten verhindern müssen. So war unsere moralische Pflicht, euch zu helfen. Weitaus gewichtiger als diese Pflicht war jedoch unser Wunsch, euch gegen den Feind beizustehen. Seit Menschengedenken bringt der jährliche Besuch der Ghitains große Freude in unsere Stadt und die Bewohner Eternas fiebern dem Moment entgegen, wenn der erste eurer Wagen am Horizont auftaucht. Bitte hört niemals auf, uns zu besuchen. Nun einmal etwas für euch tun zu können, euch helfen zu dürfen, war uns eine große Ehre.» Magister Dewain suchte den Blick des Kommandanten.

«Diesen Worten kann ich mich nur anschließen. Ihr habt fantastischen Ideenreichtum, großen Mut und außergewöhnliche Tapferkeit bewiesen. Wir sind nur einfache Krieger. Während dieser Schlacht durften wir Wundersames erleben, von dem sich noch unsere Urenkel berichten werden. Es war mir und meinen Männern eine besondere Ehre, an eurer Seite zu kämpfen.» Kommandant Kor schlug sich die Faust auf die Brust, sank auf ein Knie und neigte den Kopf, fast identisch mit der Geste der Ghitains, nur martialischer.

Eine Gruppe Wachen, die als Geleitschutz der Würdenträger fungierte und etwas abseits der Versammlung stand, tat es ihm hastig gleich, während Magister Dewain sich tief verneigte.

Naveen bekam die darauffolgende Verabschiedung nur nebenbei mit. Die Versammlung zerstreute sich. Gemäß Dekret der Königinnen und Könige begann das kollektive Aufräumen, Trauern und Feiern erst morgen. Bis dahin war jede Familie und jeder Ghitain sich selbst überlassen.

«Mama?»

Kaea wich Naveens Blick aus.

«Mama? Was ist los?»

«Nichts, woran wir etwas ändern könnten.» Mit einem Mal wirkte seine Mutter alt und erschöpft. «Such Anjali. Feiert euer Überleben. Du hast Großartiges vollbracht, mein Junge. Keine Mutter könnte stolzer sein als ich.»

Inzwischen hatte sich der Versammlungsplatz geleert. Nur Najira war noch da. Sie hatte ihre menschliche Gestalt angekommen und unterhielt sich leise mit Baz. Und etwas entfernt standen Anjali und Devi bei Parth.

«Schaut, dort ist Rose. Mit Raghi!», hörte er plötzlich einen aufgeregten Schrei Najiras. Sie zeigte in den westlichen Himmel.

Statt sich umzusehen, schloss Kaea die Augen. Naveen entdeckte Tränen in ihren Augenwinkeln.

Desert Rose landete elegant. Raghi glitt von ihrem Rücken und stolperte über seine eigenen Füße. Sogleich fing er sich wieder.

Naveen musterte seinen Freund. Raghi sah aus, als wäre er durchs Fegefeuer getanzt. Er hatte es geschafft, seine Ghitainkleidung zu zerstören — wie war so etwas überhaupt möglich? — und alles war mit getrocknetem Blut verklebt. Seins? Oder das von Lyrrhodenai? Der Seelenschatten war nirgends zu sehen.

«Raghi!» Najira warf sich ihm an den Hals und bedeckte sein Gesicht mit wilden Küssen.

Der Aufprall warf Raghi aus dem Gleichgewicht. Er fiel mit Najira gegen die Chimäre, deren Hälse ihn sogleich stützten.

«Hey, langsam mit den wilden Pferden.» Raghi lachte. Er langte mit einer Hand hinter sich, löste Najiras Griff und schob sie von sich. Sie eiskalt ignorierend, wandte er sich Parth zu. «Wie ich sehe, habt ihr alles im Griff. Dann hätte ich ja nicht noch einmal herkommen müssen.»

Parth erwiderte nichts, sondern musterte ihn aus schmalen Augen.

Najira stand wie ein Häufchen Elend an Raghis Seite. Das Unverständnis in ihrer Miene tat Naveen in der Seele weh.

«Raghi?» Mit zitternden Fingern berührte sie seinen Ärmel. «Hast du denn gar keinen Kuss für mich? Ich war ganz tapfer und habe mich mit Naveen den Armeen und sogar Lyrrhodenai gestellt.»

Raghi lachte kalt. «Wieso auch? Lyrrhodenai ist tot. Da brauche ich dir den Liebhaber nicht mehr vorzuspielen.»

Naveen hörte, wie die anderen Ghitains zischten.

Najira wurde ganz still. «Du hast mir das alles nur vorgespielt?», fragte sie kraftlos und mit zitternder Stimme.

«Klar. Sonst hättest du dich nie zu wehren begonnen.» Er zuckte grinsend die Schultern. «Lyrrhodenai und ich — zwei Seiten der gleichen Medaille.»

Wie erstarrt warteten alle auf die Reaktion des Drachenmädchens. Ihre Augen füllten sich mit Tränen. Ihre Lippen begannen zu zittern. Ebenso ihr ganzer Körper. Dann plötzlich schien ein Ruck durch sie zu gehen. Sie ballte die Fäuste. Ihre Tränen verschwanden. Stattdessen begannen ihre Augen zu blitzen.

«Du verdammter Betrüger. Ich hasse dich!» Sie hieb Raghi mit aller Kraft die Faust ins Gesicht. Blitzschnell verwandelte sie sich in ihre neue, mächtige Drachengestalt und flog davon, ohne sich noch einmal umzusehen.

Lange rührte sich niemand.

Raghi lag auf dem Boden und starrte Najira nach, seine Miene von trauriger Sehnsucht erfüllt.

«Sie hat mir eine geschmiert. Wenigstens das habe ich hingekriegt», wisperte er. Dann begann er lautlos zu weinen.

26

Auf die Schlacht folgte eine geschäftige Zeit. Die Ghitains ehrten die Toten und feierten das Überleben, zuerst unter sich, dann in einem großen Fest mit der Stadt Eterna. Parallel dazu reparierten sie, was nötig war. Ihren Pferden und anderen Tieren ging es glücklicherweise gut. Sie hatten die Schlacht im Vardo der magischen Tiere unversehrt überstanden.

Mit dem Abschluss der Trauerzeit trat ein Teil der Clans die Reise auf dem äußeren und inneren Kreis wieder an — im Uhrzeigersinn, wie die Tradition es erforderte. Ein Teil, darunter Parths Clan der Lichtträger, blieb in Eterna, um mit der Stadt die Möglichkeiten der Sesshaftigkeit zu besprechen.

Kaeas Clan hingegen tat das Undenkbare. Sie reisten nach Westen, gegen den Uhrzeigersinn und auf Pfaden, die noch kein Ghitain jemals bereist hatte. Magister Dewain hatte ihnen Kontakte an der Universität vermittelt, spezifisch in der Universitätsbibliothek, wo alle verfügbaren Karten des Kontinents aufbewahrt wurden.

Naveen und Anjali verbrachten Tage in den Lesesälen jenes altehrwürdigen Ortes, der von einem ganz anderen Leben erzählte als jenem, das sie führten. Gemeinsam mit zwei hilfsbereiten Wissenschaftlern entschlüsselten sie alte Karten, lokalisierten Durgins Dämmerung und Ailwens Mine und die alten Handelsrouten, welche diese Ansiedlungen mit Eterna verbanden. Danach trugen sie die weiteren Ansiedlungen und einst bekannten Wege des Westens zusammen.

Das Ergebnis — eine detaillierte Karte — konnte sich sehen lassen.

«Ihr habt dem traditionellen inneren und äußeren Kreis der Ghitains einen Kreis des Westens hinzugefügt. Das hat noch niemand vor euch getan», lobte Parth ihre Arbeit. «Und was eure Absicht betrifft, direkt von hier — und somit gegen den Uhrzeigersinn des neuen Kreises — nach Ailwens Mine zu fahren: Damit kann ich leben. Das Multiversum hat Lyrrhodenai überstanden. Ein Ghitainclan, der in die traditionell falsche Richtung fährt, wird daran nichts ändern. Viel wichtiger ist es, Freude in das Leben der Menschen zu bringen, die so lange in Lyrrhodenais Schatten ausharren mussten. Das ist ein würdiges Ziel.»

Und so waren sie unterwegs.

Naveen und Anjali hatten den weißen Vardo der Prinzessin bezogen, ihr Hochzeitsgeschenk. Der Wohnwagen existierte noch, weil sie beim Umkehren der Zeit mit einer Kopie in die Vergangenheit gefahren waren. Für das junge Paar war es ein Moment der Freude und Traurigkeit zugleich. Freude und Dankbarkeit, weil sie noch ein Zuhause hatten und nicht wie Bettler bei anderen Familien Unterschlupf suchen mussten. Traurigkeit, weil im vertrauten Umfeld die Erinnerung an Naveens prachtvollen Vardo umso präsenter war.

Raghi reiste mit den beiden. Sie hatten ihm keine Wahl gelassen, obwohl er sich wie eine furchtbare Last fühlte. Er war invalid. Mit jedem Tag schwand seine verbliebene Kraft etwas mehr. Er konnte nicht mehr gehen. Nur ein Arm gehorchte ihm noch halbwegs zuverlässig.

Naveen und Anjali umsorgten ihn liebevoll und ließen ihn keinen Moment lang aus den Augen. Nachts schliefen sie bei ihm, jeder an einer Seite und hielten ihn fest, als ob sie damit sein langsames Sterben verhindern könnten.

«Hey, lasst es gut sein. Fürs Rudelbumsen fehlt mir die Kraft», hatte Raghi in der ersten Nacht noch gescherzt.

Beide Ghitains schnaubten halb amüsiert, halb genervt. Er hatte die beiden, einst so naiv und prüde, wirklich verdorben.

«Wenigstens magst du noch scherzen.» Anjali hielt ihn etwas fester und schmiegte ihre Wange an seine Schulter.

Raghi schmunzelte. «Seid euch sicher. Sollte ich noch sprechen können, werden meine letzten Worte ein schlechter Scherz oder sonst etwas Unpassendes sein.»

Es war eine bittersüße Zeit des Abschieds.

Der Vardo der magischen Tiere, alias der Heilerbaum, trug seinen Teil dazu bei, indem er in Form der hölzernen Broschen mitreiste. So musste ihn niemand kutschieren und Naveen konnte mit Raghi und Anjali reisen.

Als die Ghitains die zivilisierten Gebiete Eternas hinter sich ließen, wurde der Weg beschwerlicher. Plötzlich gab es Sperren aus Baumstämmen oder Felsbrocken, welche den Weg blockierten. Ganze Abschnitte waren von der Wildnis überwuchert. Mensch und Natur hatten Hand in Hand gearbeitet, um den Westen dem Zugang der Reisenden zu entziehen.

Mithilfe der magischen Tiere stießen die Ghitains trotzdem in nahezu normaler Reisegeschwindigkeit vor. Desert Rose hob die meisten Felsbrocken einfach in ihren Klauen hoch und flog sie zur Seite. Blockierte ein Baumstamm die Straße, sägte ihn der fellbedeckte Grashüpfer durch. Half alles nichts mehr, setzten die Stinkdrachen, nicht mehr ganz so launisch wie früher, ihr Plasmafeuer ein.

Dann, nachdem sie sich einige Tage auf diese Weise durchgekämpft hatten, geschah ein Wunder.

Raghi, der von weichen Kissen gestützt auf der Plattform mitfuhr, bemerkte es zuerst. «Wir sind nicht mehr allein», warnte er Naveen. Sie führten die Kolonne der Vardos an, weil sie durch ihr Abenteuer über die größte Erfahrung beim Vordringen in neues Gelände verfügten.

Naveen zügelte die Pferde.

Eine Gruppe Männer und Frauen trat vor ihnen aus den Bäumen. Sie waren bewaffnet. Eine große Frau kam zu Naveen und musterte Anjali, Raghi und ihn durchdringend. Raghi spürte Wachsamkeit und Vorsicht, aber keine akute Feindseligkeit.

Die Frau musterte die Wagenkolonne hinter ihnen, dann wieder sie. «Wer seid ihr und weshalb öffnet ihr die Straße in den Westen?»

«Wir sind Ghitains vom Clan der Seher. Wir sind Handwerker und Schausteller und haben es uns zur Lebensaufgabe gemacht, Freude in das

Leben der sesshaften Menschen zu bringen. Nach Lyrrhodenais Tod sind wir von unseren üblichen Reiserouten abgewichen, um mit euch, insofern ihr das erlaubt, den Beginn der neuen Zeit zu feiern.»

Naveens sorgfältig gewählte und nur die allerwichtigsten Informationen enthaltenden Worte schienen zu gefallen. Die Frau war nicht einfach zu lesen.

«Ihr seid euch sicher, dass der Bastard tot ist?»

«Ja. Sein Krieg galt uns, den Ghitains. Er begehrte unsere Fähigkeiten und suchte vor wenigen Wochen die Entscheidung in der Wüste vor Eterna. Mithilfe von Verbündeten haben wir ihn besiegt und seine Seele ausgelöscht. Wir sind wieder frei und der Westen mit uns.»

Die Frau schaute zu ihrer Gruppe, die sich etwas entfernt hielt. Ein Mann trat an ihre Seite. Sie wirkten vertraut. Raghi tippte auf ihren Lebensgefährten.

«Es heißt, ein Prinz auf einem Drachen sei über die Ebene von Eterna geflogen und habe gegen die feindlichen Armeen gekämpft.» Der Mann fixierte Naveen.

Also existierten Informationskanäle in den Westen. Raghi hatte sich so etwas gedacht. Nur weil die Straßen unpassierbar waren, musste das noch lange nicht heißen, dass die Menschen nichts von den Vorgängen in der weiten Welt wussten.

«Gekämpft hat der Drache. Ich, der Prinz, war nur ihr Berater. Mein Name ist Naveen.»

«Und eine Prinzessin der Ghitains habe mit ihrem schimmernden Seelenlicht die Nacht zum Tag gemacht.» Nun geriet Anjali in den Fokus des Mannes.

«Mein Clan hat die Nacht zum Tag gemacht. Meine Seele war eine von vielen. Ich bin Anjali, Prinzessin vom Clan der Lichtträger.»

Die Aufmerksamkeit richtete sich auf Raghi. «Und ein junger Mörder auf einer Chimäre habe Lyrrhodenai im Zeitenwirbel der Urzeit-Drachen gestellt und ausgelöscht.»

«Das war ich. Mein Name ist Raghi.»

Rose nutzte den Moment, um auf der freien Seite vom Dach des Vardos zu gleiten, wo sie sich nach dem letzten Aufräumen in den Strahlen der Frühlingssonne ausgeruht hatte.

Der Mann nahm die Aufmerksamkeit nicht von Raghi. «Es heißt, Lyrrhodenai hätte dich im Kampf so schwer verletzt, dass du das höchste Opfer erbringen wirst.»

Ganz so gut hätte der Latrinenkanal aus der Hauptstadt nun doch nicht funktionieren müssen.

«Auch das ist korrekt.»

Rose wählte diesen Moment, um Raghi in ihr heilendes Feuer zu tauchen. Er berührte ihre Nüstern mit seiner funktionierenden Hand. Das war das Schlimmste am Sterben. Sein Mädchen zurücklassen zu müssen.

Die Frau beobachtete die Szene mit gerührter Mine. Der Mann gab Naveen ein Zeichen, kurz zu warten, und ging zu seinen Leuten, um sich mit ihnen zu besprechen.

Als er zurückkehrte, nickte er der Frau zu.

«Würdet ihr mit uns heute Abend ein Fest feiern?», wandte sie sich an Naveen. «Wir haben von den magischen Märkten der Ghitains gehört und möchten endlich selbst einen erleben. In etwa zwei Wegstunden gibt es eine große Lichtung. Wir helfen euch, die Straße zu öffnen.»

Naveen neigte den Kopf. «Es ist uns eine Ehre und Freude.»

Von jenem Tag an feierte der Clan der Seher jeden Abend einen festlichen Markt mit den Menschen des Westens. Was anstrengend klang, funktionierte erstaunlich gut. Am Morgen schliefen sie etwas länger als sonst an Reisetagen. Danach packten sie zusammen und fuhren zwei bis vier Stunden bis zum nächsten geeigneten Lager.

Ihr Kommen verbreitete sich wie ein Lauffeuer in der Region. Vor ihnen räumte sich die Straße wie von selbst. Sie mussten kein einziges Hindernis mehr beseitigen, sahen nur links und rechts am Wegrand die Überbleibsel der Sperren. Im neuen Lager angekommen, war alles schon vorbereitet. Sie mussten nur noch die Vardos aufstellen und den Markt beginnen.

Für Raghi waren es zugleich wunderschöne und unendlich schwere Tage. Er flog jeden Tag mit Desert Rose, was nur möglich war, weil sein Seelenschatten seinen Körper wie eine Marionette bediente und stützte. Die Reisezeit und Nächte verbrachte er mit Naveen und Anjali. Und während der Feste ruhte er vor Chandanas Vardo, wo ihm seine Nana und Schwester Gesellschaft leisteten.

Mallika schien zu spüren, was los war. Raghi ertappte sie immer wieder dabei, wie sie ihn bedeutungsschwer und ernst beobachtete. Kein normales Kleinkind bekam so einen Blick hin. Im Umgang mit ihm war sie ungewöhnlich sanft, um nicht durch eine hastige Bewegung die Spinnenfäden, die seine Seele noch zusammenhielten, zu zerreißen.

Violet hingegen tat sich schwer mit Raghis Schicksal und durchlebte einen Wirbelsturm der Emotionen. «Als Sterblicher hast du dich geweigert zu sterben. Nun, als Unsterblicher, bringst du es fertig, dich töten zu lassen. Immer anders, als es gerade ist. Jedes einzelne meiner grauen Haare verdanke ich dir.»

Weil sie an seiner besseren Seite saß, konnte Raghi ihre Hand nehmen. «Ich liebe dich auch, Nana. Und ich bin dir unendlich dankbar für alles, was du für mich getan hast.»

Violet brach ein weiteres Mal in Tränen aus.

Chandana setzte sich zu ihnen. Mit Einbruch der Dämmerung war der Markt in den festlichen Teil übergegangen, das Tagwerk der Heilerin getan. «An dem, was ist, lässt sich leider nichts ändern. Einen Gedanken bekomme ich trotzdem nicht aus dem Kopf. Ich verstehe, wieso du es getan hast, Raghi. Trotzdem war es nicht richtig, Najira zu vergraulen. Damit verweigerst du ihr die Zeit und Möglichkeit des Abschieds.»

Ein Stich zuckte durch Raghis Herz. Niemand brauchte zu wissen, wie sehr er Najira vermisste. Sein Drachenmädchen mit den himmelblauen Augen und dem stets unordentlichen Äußern. Wer würde zukünftig die Blätter aus ihren Haaren klauben und ihre Kleidung richten? Oder hatte er ihr Vertrauen unheilbar zerstört und sie verbrachte die Ewigkeit allein? Hoffentlich nicht. Das war leider das Risiko an seinem Plan.

«Sie ist wütend auf mich. Wut gibt Kraft. Das ist unendlich besser als ewige Traurigkeit.»

«Ich höre dich und ich kann deine Gedanken nachvollziehen. Mein Bauchgefühl stimmt dir trotzdem nicht zu. Jetzt trink deinen Heiltrank.» Chandana gab ihm einen Becher.

Raghi gehorchte. Sie wussten alle, dass der Trank nichts brachte.

Trotzdem hielten sie an dem Ritual fest, für etwas Normalität und damit Chandana sich nicht ganz so hilflos fühlte.

Bald darauf begann das Festmahl und damit auch die Prozession der Ghitains, die jeden Abend bei Raghi vorbeischauten. Er hatte wirklich Glück gehabt, eine so liebevolle neue Familie zu finden.

TAG FÜR TAG rückte das Gebirge des Westens näher. Aus einer Ahnung am Horizont wurden Bergketten, die sich nach und nach in einzelne Gipfel auflösten. Hügel ersetzten das flache Terrain, durch das sie bisher gereist waren. Die Tage wurden frühsommerlich und immer länger. Allen war bewusst, dass sie Ailwens Mine bald erreichten.

Kurz nach Mittag fuhr Anjali den Vardo auf eine Hügelkuppe. Von hier aus konnten sie das Land zum ersten Mal seit Tagen wieder überblicken. Plötzlich waren die Bergketten ganz nah.

«Dort vorn erhebt sich die Felsnase mit dem Brückenkopf über der Schlucht. Dahinter liegt Ailwens Mine. In wenigen Stunden sind wir da.» Naveen sprach leise.

Raghi fragte sich, ob seine Freunde etwas ahnten. Er hatte es den beiden nicht gesagt, aber er plante, seinen Seelenschatten bald wegzuschicken, dies entweder in Ailwens Mine oder dann in Durgins Dämmerung. Danach war es nur noch eine Frage von Stunden, vielleicht Tagen, bis seine Seele sich auflöste.

Den richtigen Moment würde es nicht geben. Und wenn er die Entscheidung zu lange hinauszögerte, gelang es ihm vielleicht nicht mehr, sich von diesem Leben zu lösen. Seit seiner Jugend entschied er eigenständig über sein Sterben. So wollte er es auch nun, da es ernst galt, halten.

Schweigend fuhren sie durch die Schlucht, jeder in eigene Erinnerungen versunken. Raghi bestaunte die wild-schroffe Schönheit der Natur. Befreit von Lyrrhodenais Schatten versprach das Gebirge des Westens Freiheit und Abenteuer.

Wie so oft in den vergangenen Tagen wurden sie bereits erwartet. Die Bewohner von Ailwens Mine und der näheren Umgebung hatten sich auf der Straße vor der Ansiedlung versammelt. Zuvorderst standen Solan und Tati.

Anjali zügelte die Pferde und stieg mit Naveen von der Plattform, um die beiden zu begrüßen.

«Ich konnte nicht warten, bis ihr nach Durgins Dämmerung gelangt. Ihr war mir sicher, dass ihr es seid. Keine Ahnung, wieso», erklärte die Müllerin, während sie die beiden umarmte.

Tati, die ihr Leben als verrückte Einsiedlerin offenbar aufgegeben hatte, trat derweil an die Plattform heran und wandte sich an Raghi. «Du hast geschafft, wovon wir alle nur träumten. Es schmerzt mich, dass dein außergewöhnlicher Mut nicht belohnt wurde.»

Raghi schmunzelte matt. «Das ist in Ordnung so. Es ging nie um mich, sondern um das Überleben meiner Freunde und ihres Volkes.»

«Das mag so sein. Trotzdem wünschte ich, dass wir etwa für dich tun könnten.»

Das war Raghis Gelegenheit. «Das könnt ihr tatsächlich. Ich würde zu gerne einmal die Wolkenbrücke sehen. Und bevor du sagst, dass ihr vergessen habt, wie sie entsteht: Ich weiß wie. Ihr müsst es nur erlauben.»

Tati nickte. «Dann werde ich mit meinem Vater sprechen. Ich bin sicher, er wird zustimmen.»

Solan führte die Ghitains zu einer Wiese hinter dem Dorf, wo sie ihre Vardos aufstellen konnten. Kaum hatten sie die letzten Vorbereitungen für den Markt getroffen, kam Tati mit der Neuigkeit: Ihr Vater und seine Beraterinnen, die als Rat die Geschicke von Ailwens Mine leiteten, erlaubten das Aktivieren der Wolkenbrücke.

Also galt es nur noch Violet um ihre Meinung zu fragen. Sie bestätigte Raghis Vermutung. Mit dem Kinderlied, das sie ihm einst vorgesungen hatte, lernten die Kinder ihres Geburtsorts die Brücken zu bedienen. Naveen und Anjali folgten ihren Erläuterungen fasziniert.

«Fliegst du hoch, Raghi, oder soll ich es für dich tun? Insofern Rose mir erlaubt, auf ihr zu reiten.» Naveen berührte entschuldigend die Schulter der Chimäre, die inzwischen nicht mehr von Raghis Seite wich. Sie antwortete mit ihrem zärtlichsten Feuer.

Raghi zögerte. Selbst mit der Hilfe seines Seelenschattens konnte er sich inzwischen nicht mehr allein auf Roses Rücken halten. «Ja, bitte flieg du.»

Naveen schluckte leer. «In Ordnung. Ich sende dir einen Gedanken, wenn ich sie aktiviere. Damit du den Moment sicher nicht verpasst.»

Raghi döste.

Jetzt berühre ich die Symbole.

Raghi schaute zum Brückenkopf hoch. Er wusste nicht, was er erwarten sollte. Eine Brücke aus Stein oder Holz auf Pfeilern, das immense Gewicht getragen von Magie? Eine Hängebrücke, was mit Fuhrwerken sicher eine sehr spannende Erfahrung war?

Die Realität war weit spektakulärer. Ein Raunen ging durch das Lager der Ghitains.

«Bei Tag gesponnen aus einem Regenbogen. Bei Nacht aus den blassen Strahlen des Mondlichts. Ich hatte vergessen, wie unglaublich schön die Brücken sind.» Violet schaute andächtig zum Himmel.

Ein würdiger Hintergrund für den Markt und das abendliche Fest.

Um Raghi herum entwickelte sich geschäftiges Treiben. Naveen kehrte mit Rose zurück und widmete sich dem Vorstellen der magischen Tiere. Raghi wartete geduldig. Während jedes Marktes kam irgendwann ein Moment, in dem sich niemand in seiner Nähe befand.

Dann war es so weit.

Seelenschatten?

Das Wesen erschien neben ihm.

Es ist so weit. Bitte lass mich nun allein.

Sein Seelenschatten zischte.

Du weißt, dass das keine Existenz für uns ist. Und dass es auch mit deiner Hilfe bald zu Ende geht. Für mich ist heute eine gute Nacht zum Sterben. Für dich beginnt dein Leben frei von mir. Ich hoffe, du kannst dir eine Existenz aufbauen, die dich glücklich macht, und danke dir für alles, was du für mich getan hast, deinen Schutz und deine Loyalität. So seltsam das klingen mag: Ich liebe dich. Du warst mir der beste Freund, den es geben kann.

Die glühenden Augen verschwanden kurz. Hatten Tränen ihr Feuer gelöscht?

Das Wesen streckte die Klauen aus und strich Raghi ganz sanft mit einer messerscharfen Kralle über die Wange. Es grollte fragend.

Bitte geh, bevor mich der Mut verlässt.

Wie ein schattenhafter Blitz hetzte das Wesen davon. Rose kommentierte sein Verschwinden mit einem herzzerreißenden Wimmern.

Raghi war allein mit sich selbst. So allein wie noch nie zuvor in seinem Leben.

27

Najira saß im Allerheiligsten der Drachen. Sie hatte ihre menschliche Gestalt angenommen und die Arme um die angezogenen Knie geschlungen. Grimmig starrte sie in den Teich mit der Essenz des Multiversums.

Ihre Laune war rabenschwarz. Allerdings nicht traurig, sondern wütend. Genauer gesagt war sie fuchsteufelswild. Erfüllt von Hass auf sich selbst.

Wie hatte sie so dumm sein können, nicht nur auf Lyrrhodenai, sondern auch auf Raghi hereinzufallen? Es war ernüchternd. Hatte sie durch ihre Versklavung denn überhaupt nichts gelernt?

Und dieser Ort half auch nicht. Er war so öde, wie sie sich erinnerte. Wer hatte eigentlich irgendwann bestimmt, dass Drachen Gebirge, Höhlen und Feuer liebten? Die Lava, die in den umliegenden Tälern kochte, erfüllte die Luft mit Schwefelgestank und Rauch. Najira fand es widerlich.

Offenbar war sie tatsächlich kein richtiger Drache. Als ob es darauf noch ankam.

Sie ...

Eine Gestalt materialisierte neben ihr. Es war ein Mann, mit Haut und Haaren so weiß wie Schnee und Augen, in denen alle Farben des Multiversums miteinander zu spielen schienen. Najiras Blut erkannte ihn instinktiv.

Sie sprang auf. «Ausgerechnet jetzt zeigt sich mir ein Drachenfürst? Wo warst du all die Jahrtausende, als ich deine Führung und deinen Rat brauchte? Jetzt kannst du mir gestohlen bleiben!»

Sie rannte zur anderen Seite des Teichs und wandte ihm mit verschränkten Armen den Rücken zu. Heftig atmend versuchte sie ihre Wut unter Kontrolle zu bringen. Es gelang ihr nur schleppend.

Es blieb still hinter ihr.

Nach und nach mischte sich Beschämung in den roten Nebel, der ihren Geist erfüllte. Das Gefühl wurde immer stärker. Wofür hielt sie sich? Gemäß den Überlieferungen der grauen Vorzeit bewahrten die Drachen-fürsten das Multiversum vor dem Untergang. In ihrer Wahrnehmung entsprachen Lyrrhodenai und seine Jahrtausende andauernde Schreckens-herrschaft einer kleinen Störung.

Sie wartete, bis sie es nicht mehr aushielt, und schaute sich zu ihm um.

Er hatte sich gesetzt und beobachtete die kleinen Verwirbelungen auf der Oberfläche des Teichs. Sie fingen das orange Licht im Allerheiligsten ein und glitzerten wie Edelsteine, ein hypnotischer Anblick.

Najira ging zu dem Drachenfürsten und ließ sich neben ihn auf das Felsgestein plumpsen. Autsch. In ihrer menschlichen Form sollte sie wirk-lich vorsichtiger sein. Sie benahm sich schon wie Raghi.

Raghi! Sogleich sah sie wieder rot.

«Du bist ein kluger junger Drache, Najira. Du hast ein gutes Herz. Du beweist Mut, wenn du die Chance dazu erhältst. Die Menschen lieben dich und gehen tiefe Freundschaften mit dir ein, so wie du mit ihnen. Aber in deiner Unerfahrenheit und Unbeherrschtheit denkst du oft zu wenig nach, bevor du handelst. So war es mit der Träne, die du Lyrrhodenai geschenkt hast. So geschieht es gerade wieder.»

«Was gibt es da nachzudenken? Raghi hat mir die Liebe vorgespielt. Und ich Depp bin darauf reingefallen.» Sie schnaubte. Weil sie so wütend war, stieß Feuer aus ihrer Nase, und dies in ihrer menschlichen Gestalt — für einen Drachen ein Fehltritt. «Entschuldige.» Sie schniefte und rieb sich die Oberlippe.

Er tat, als hätte er nichts bemerkt. «Raghi hat dir also die Liebe vorge-spielt. Bitte zähl mir auf, was er sonst noch für dich getan hat.»

Was für eine seltsame Frage. «Nun, er hat mich vor Lyrrhodenai beschützt, mir beigebracht, für mich selbst einzustehen und eine eigene Meinung zu haben. Er hat mich zum Lachen gebracht, auch über mich selbst. Er hat mir gezeigt, wie die zärtliche Liebe geht, wie schön es sein kann, miteinander zu schlafen. Er hat sich so lange von Lyrrhodenai verprügeln lassen, bis ich den Mistkerl vor lauter Wut angegriffen und mich dadurch aus den geistigen Ketten befreit habe, die mich immer noch gefangen hielten. Er …»

«Hör dir selbst zu, Najira. Der grundlegende Charakter eines Menschen ändert sich nicht.»

Während sie über Raghi sprach, hatte sich ein Gefühl des Wohlbehagens in Najiras Brust breitgemacht. Die Erinnerungen erfüllten sie mit Wärme und Glück. Plötzlich ergab gar nichts mehr einen Sinn.

«Aber er hat selbst zugegeben, dass er ein Betrüger ist!»

Der Drachenfürst wackelte mit dem Kopf. Übernahm er für sie diese Geste der Ghitains? Oder hatten die Ghitains sie vor Äonen von ihm übernommen?

«Raghi ist kein Betrüger, sondern vielmehr ein begnadeter Schauspieler, der seinem ganz persönlichen Ehrenkodex folgt und diesen mit aller Konsequenz umsetzt. Wenn er grausam ist, dann nur gegen sich selbst.»

Najira biss sich auf die Unterlippe und dachte fieberhaft nach. Ihr ging auf, dass sie gar nicht wusste, wie Raghi Lyrrhodenai besiegt hatte. Sie konzentrierte sich auf ihr Drachenwissen, zutiefst besorgt, was es ihr zeigen würde. Die Lösung überraschte sie.

«Brillant. Darauf konnte nur Raghi mit seinen verrückten Ideen kommen. Aber wieso dann …?» Najira sprang hektisch auf die Füße. «Lyrrhodenai hat ihn erwischt. Wir müssen…»

Ein Schatten schien auf sie herabzufallen. Najira schrie überrascht auf und torkelte zurück. Eine mächtige Welle spritzte aus dem Teich hoch und durchnässte sie.

Ungerührt wechselte der Drachenfürst in eine kniende Haltung und hielt dem Wesen, das in die Essenz des Multiversums gefallen war, eine helfende Hand hin. Klauen ergriffen sie ehrfürchtig. Raghis Seelenschatten kletterte aus dem tiefen Teich, dessen Rand nahezu senkrecht abfiel.

Najira schlug sich die Hände auf die Wangen. «Hat er dich fortgeschickt? Oh nein! Dann ist es zu spät.»

Ohne auf den Drachenfürsten zu warten, verwandelte sie sich, ließ ein Portal entstehen und flog hindurch.

IHRE DRACHENSINNE FÜHRTEN sie nach Ailwens Mine. Die Vardos der Ghitains bildeten ihren Kreis auf einer Wiese hinter dem Dorf. Hoch über ihnen verband die Wolkenbrücke, gesponnen aus Mondstrahlen, den Felsvorsprung mit Lyrrhodenais ehemaligem Hochtal.

Im bläulichen Licht der Morgendämmerung entdeckte Najira eine Gruppe von Menschen vor Chandanas Vardo. Zwischen ihnen lag eine Gestalt auf einem Krankenlager. Ihr Herz stockte und sie stach im Sturzflug hinab. Im letzten Augenblick bremste sie ihren wahnsinnigen Flug, verwandelte sich in ihre menschliche Gestalt und landete mit kaum einem Stolpern auf den Füßen.

Rücksichtslos drängte sie sich zwischen den Ghitains hindurch. Schmerzerfülltes Ächzen und Laute der Überraschung markierten ihren Fortschritt. Aus den Augenwinkeln sah sie, wie jemand umfiel, weil sie ihn offenbar so stark und überraschend gerammt hatte.

«Raghi!» Ihr Schrei der Verzweiflung kam aus tiefster Seele.

Naveen, Anjali, Chandana, Kaea und Violet mit Mallika umrahmen das Lager. Jeder von ihnen hatte mindestens eine Hand auf Raghis Körper.

Sein Kopf bewegte sich leicht. Er lebte noch!

«Mein Herz. Du solltest das nicht sehen müssen.»

Najira ergriff seine Hände, die gelähmt auf der Decke ruhten. Spürte er ihre Berührung überhaupt noch? «Bist du verrückt? Ich bin ein Drache. Ich kann dich heilen.» Sie verwandelte sich in ihre kleine Drachengestalt — in jenes zerrupfte Ding, das sie immer so gehasst hatte und das er zu lieben schien — und atmete heilendes Feuer auf ihn.

Ihre Bemühungen blieben ohne Erfolg. Dies obwohl sie ihre heilende Energie so stark konzentrierte, wie sie nur konnte. Wieso ging das nicht? Vielleicht sollte sie sein Schicksal ändern, so wie sie es bei Anjalis Heilung getan hatte?

«Mein Lebensstrang ist durchtrennt. Dagegen ist heilende Magie machtlos.» Raghis Worte klangen unendlich schwach, doch er lächelte und ließ sie nicht aus den Augen, als wollte er sich jedes Detail an ihr einprägen.

Najira verwandelte sich in ihre menschliche Gestalt zurück. «Dann verwende ich die Treppen, um zurück in die Zeit vor eurem Kampf zu reisen, und verhindere, dass Lyrrhodenai dir das antun kann.»

Noch während sie sprach, regten sich Zweifel in ihr. Das ging leider nicht. Raghi hatte den Lebensstrang ihres Feindes durchtrennt. Als Konsequenz hatte Lyrrhodenai nie existiert, obwohl sich die Menschen an ihn erinnerten. Es gab keine Kampfszene mehr, in die Najira eingreifen konnte.

Ein Paradox der Urzeitmagie.

Wieder kochte die Wut in ihr hoch. «Drachenfürst!», brüllte sie.

«Ja, Najira?» Er erstand an Raghis anderer Seite, inmitten der Ghitains.

Jene machten ihm staunend-ehrfürchtig Platz. Violet reagierte besonders stark auf ihn, als würde sie ihn wiedererkennen. «Das ist der eine Drachenfürst, von dem ich dir erzählt habe», wisperte sie in Raghis Ohr.

«Bitte rette ihn», flehte Najira.

Der Mann trat an das Krankenlager. Als Naveen und Anjali für ihn aufstehen wollten, bedeutete er ihnen mit einer Handbewegung zu bleiben.

«Ganz so einfach ist das nicht. Möchtest du denn leben, Raghi?»

Raghi musterte ihn abwägend. «Das kommt auf die Bedingungen an.»

«RAGHI!» Najira konnte es nicht glauben. Dieser Satansbraten verhandelte sogar auf seinem Sterbebett!

Der Drachenfürst schmunzelte. «Eine wichtige Frage. So wie wir uns die Frage stellen müssen, ob wir einen mit allen Wassern gewaschenen Auftragsmörder als wahren Unsterblichen auf das Multiversum loslassen.»

Die Luft an seiner Seite flimmerte. Ein weiterer Mann erschien. Dieser mit grauer Haut, schwarzen Haaren und den gelben Augen eines Raubtiers.

«Und das ist der zweite Drachenfürst, der freundlichere.» Wieder Violets Wispern.

Täuschte sich Najira oder verbreitete sich das Schmunzeln des weißen Drachenfürsten?

«Die Frage ist von solcher Konsequenz, dass die Wächter der Treppen sie an uns delegiert haben. Normalerweise entscheiden sie, ob ein Bittsteller sich als würdig erwiesen hat und sein neues Leben in der Vergangenheit weiterführen darf.»

Raghi öffnete den Mund, wahrscheinlich um trotzig darauf hinzuweisen, dass niemand ihn gesandt, sondern er sich heimlich die Treppen hinuntergeschlichen hatte.

Najira sandte ihm einen Todesblick. Zu ihrem Erstaunen schwieg er und blinzelte ihr zu.

Offenbar ging es ihm besser. Oder er hatte eingesehen, dass es nichts brachte zu protestieren. Er war gesandt worden. Weil er jedoch wie eine schlaue Katze nie das tat, was von ihm erwartet wurde, hatten die Wächter ihn mit einer List geködert.

Der weiße Drachenfürst schien zu einer Entscheidung zu kommen. «Bist du bereit, Raghi, deinen Teil dazu beizutragen, das Multiversum bis in alle Ewigkeit zu schützen und zu bewahren? Auf der Seite des Lichts das Gute zu fördern? Seinem natürlichen Verfall entgegenzuwirken? Feinde wie Lyrrhodenai, die es bedrohen, auszuschalten? Und nicht zuletzt, deine kleine Schwester zu erziehen und ihr beizustehen, ihren eigenen Seelenweg zu finden? Auch sie wird sich zwischen Sterblichkeit und Unsterblichkeit entscheiden müssen.»

«Keine Ahnung, das klingt nach Arbeit.»

«RAGHI!» Moment mal ... Dieses versteckte Schmunzeln. Er nahm sie auf den Arm. Najira presste seine Hände, die sie noch immer hielt. «Bitte sag ja.»

Es fiel ihm schwer, sein widerspenstiges Verhalten abzulegen. Sie konnte seinen inneren Kampf fühlen.

In seinen Augen entzündete sich ein hoffnungsvolles Licht. «Gemeinsam, mein Drachenmädchen?»

Najira fiel ein ganzer Berg vom Herzen. «Bis in alle Ewigkeit, mein garstiger Held», bestätigte sie.

Die Drachenfürsten teilten einen langen Blick. Sie schienen sich in Gedanken miteinander zu unterhalten.

«Bei all den Weisen, die wir deiner Meinung nach haben, brauchen wir ein paar Narren», sagte der weiße Drachenfürst plötzlich laut.

Nun grinste Raghi offen. «Einen habt ihr gefunden.»

Najira löste eine Hand und gab ihm einen sanften Klaps auf die Schulter.

«Ich nehme den Schmerz, aber ein Kuss wäre mir lieber.»

«Ach, Raghi.» Najira fühlte Tränen auf ihren Wangen. Sie küsste ihn liebevoll und ganz vorsichtig. Nicht, dass sie jetzt noch einen Fehler machten. Er befand sich eindeutig nicht mehr an der Schwelle des Todes. Trotzdem musste er noch geheilt werden, auch wenn sie keine Ahnung hatte wie.

«Dann sei es so.» Der weiße Drachenfürst machte eine beiläufige Handbewegung. Ein Raunen ging durch die Anwesenden. Über ihren Köpfen drehten die Treppen der Ewigkeit in ihrer beeindruckenden, schwerelosen Majestät. Ätherisch leuchtende hellblaue Fäden verbanden sie mit drei der Anwesenden: Raghi, Violet und Mallika.

Das Gericht hatte begonnen.

Der Drachenfürst wandte sich Raghis Amme zu. «Violet. Ich spüre deinen Wunsch, dein Leben als Sterbliche in dieser Zeit fortzuführen.» Sein Blick ging zu Baz' Bruder Daakshi, der nicht von ihrer Seite wich und Mallika auf dem Arm trug. «Gemeinsam mit deinem erwählten Gefährten. Ist das so?»

«Ja, Herr. Wir träumen von einer Familie, obwohl ich nicht mehr jung bin.»

Der Drachenfürst überlegte kurz. Dann griff er in die Luft. Aus dem Nichts entstand eine Sanduhr in seinen Händen. Sie leuchtete im gleichen Hellblau wie die Kraftlinien. Ihr Sand stand still, in der Bewegung erstarrt. Najira sah, dass der obere Glasbehälter bis auf einige letzte Sandkörner leer war. Raghi hatte seine Nana wirklich im allerletzten Moment gerettet.

Violet gab einen Laut der Verzweiflung von sich.

«Sorge dich nicht, Violet. Du hast große persönliche Opfer gebracht, um Raghi und Mallika vor ihren Eltern zu retten. Dein Mut wird belohnt werden. Allerdings darf kein Sterblicher sein genaues Schicksal kennen. Dafür sind eure Seelen nicht gemacht. Deshalb so viel: Wenn ich diese Sanduhr in ihr Regal zurückstelle, wird ihr Sand erst wieder zu rinnen beginnen, wenn Daakshi dein jetziges Alter erreicht. Während der Jahre, bis ihr beide gleich alt seid, könnt ihr die ersehnte Familie gründen. Da ihr bereits auf gutem Weg seid, benötigt ihr damit keine weitere Hilfe.»

Was? Najira schaute zu Raghis Nana. Deren Wangen hatten sich gerötet. Gleichzeitig schien sie es kaum glauben zu können.

«Dann ist es wahr? Ich bilde es mir nicht nur ein?», wisperte Violet den Tränen nahe.

«Es ist wahr. Und ich bestätige euch, dass ihr euch freuen und die kommenden Monate genießen dürft.»

Der Drachenfürst gab dem glücklichen Paar kurz Zeit, die Neuigkeit zu begreifen, und sprach dann weiter. «Sobald ihr beide gleich alt seid, füllt sich der obere Behälter von Violets Sanduhr mit der gleichen Menge an Lebenszeit, wie sie Daakshi dann noch beschieden ist. Seid euch bewusst, dass ihr dadurch nicht notwendigerweise zur gleichen Zeit sterbt. Wer seiner Lebensenergie Sorge trägt und sie nährt lebt länger als jemand, der sie gedankenlos verschwendet.»

Violet brach von Glück überwältigt in Tränen aus.

Daakshi legte einen Arm um ihre Schultern und balancierte gleichzeitig Mallika gekonnt auf dem anderen. «Danke, Herr. Das ist …» Ihm versagten die Worte. «Danke», flüsterte er und senkte den tränenverschleierten Blick.

Der weiße Drachenfürst ließ Violets Sanduhr verschwinden. Mit ihr lösten sich die Kraftlinien, die Violet mit den Treppen der Ewigkeit verbanden, in Nichts auf.

Er wandte sich Raghi zu. «Mit deiner Sanduhr verhält es sich etwas anders. Du wurdest in absoluter Dunkelheit geboren, deine Seele schwarz. Du hast mit der Finsternis kokettiert, sie herausgefordert und ihr doch nie nachgegeben. Mit der Reise in die Vergangenheit begannst du, deinem Seelenweg zu folgen, und deine Sanduhr verwandelte sich.» Er griff ins Nichts und hielt eine matt-lilafarbene Sanduhr in der Hand. «Sie war einst rabenschwarz. Als Najira dich fand, schimmerte sie grau. Nun ist sie lila und es würde nicht lange dauern, bis sie weiß leuchtet. Doch als wahrer Unsterblicher brauchst du sie nicht mehr. Ich werde sie jetzt zertrümmern. Damit entsteht dein Lebensstrang neu.»

Als das Glas zerbrach, schnellte Raghi mit einem scharfen Einatmen ins Sitzen hoch.

«Etwas sanfter wäre auch in Ordnung gewesen», beklagte er sich schweratmend, die Hände vor die Brust geschlagen. «Mit all der Freude kann mein schmerzgestählter Körper nicht umgehen.»

«Du hast eine ganze Ewigkeit lang Zeit, mir das vorzuhalten.» Der Drachenfürst betrachtete ihn ungerührt. Auf dem Boden vor ihm lösten sich die letzten Splitter der Sanduhr auf und mit ihnen die Kraftlinien von Raghi zu den Treppen.

Najira konnte es kaum glauben. Raghi war am Leben, gesund, frei und wollte die Ewigkeit mit ihr verbringen. Damit wurden all ihre Träume wahr. Das Hochgefühl war unbeschreiblich. Kein Wunder hatte Violet von Glück überwältigt geweint.

«Du wirst deinen Seelenweg in der Unsterblichkeit finden, Raghi. So wie einst wir alle. Eine Aufgabe habe ich für dich. Ich bin überzeugt, du wirst sie gern und mit größter Sorgfalt wahrnehmen. Dies ist Mallikas Sanduhr.» Der Drachenfürst reichte Raghi ein kleines, grau schimmerndes Artefakt. «Deine Schwester teilt dein Schicksal, wenn auch nicht in der gleichen Schwere. Ich hole ihren Lebensstrang nun in diese Zeit, damit sie bei Violet und Daakshi im Volk der Ghitains aufwachsen kann. Begleite Mallika ins Erwachsenenalter. Bringe ihr bei, im Licht zu wandeln, und hilf ihr bei der Entscheidung, die sie irgendwann treffen muss. Ihr Seelenweg kann sich in der Sterblichkeit und Unsterblichkeit erfüllen. Ich bin sicher, mit dir an der Seite wird sie die beste Entscheidung für sich fällen.»

Raghi betrachtete die Sanduhr und schluckte angesichts der ihm übertragenen Verantwortung leer. «Ich schwöre es», sagte er, seine Stimme erfüllt von Ehrlichkeit und felsenfester Überzeugung.

Mit seinem Schwur verschwanden auch die Energielinien der Treppen zu Mallika.

Die Drachenfürsten tauschten einen Blick. Der graue nickte bestätigend.

«Dann verlassen wir euch jetzt. Unser tief empfundener Dank geht an euch alle. Mit Lyrrhodenai musste das Multiversum die größte Bedrohung seit Äonen überstehen. Raghi war dazu auserwählt, sich ihm zu stellen. Najira und das Volk der Ghitains, allen voran Naveen und Anjali, haben ihn mit Heldenmut dabei unterstützt. Webt die Ereignisse in eure Sagen, damit zukünftige Generationen sie nicht vergessen, und — vor allem — lebt euer Leben in Freude. Die Mächte der Finsternis haben eine schwere Niederlage erlitten. Irgendwann werden sie sich davon erholen, aber das geschieht nicht heute oder morgen.»

Die Drachenfürsten und das Abbild der Treppen verschwanden.

Raghi schaute etwas verdattert drein und versuchte Mallikas Sanduhr ins Nichts zu stellen. Sie verschwand. Er zog die Brauen zusammen, griff ins Leere und hielt sie wieder in der Hand.

«In Ordnung. Es scheint, als hätte ich das begriffen.» Er spielte alles noch einmal durch und ließ die Sanduhr dann an ihrem unsichtbaren Aufbewahrungsort.

Raghis Freunde, die sich mit Mühe zurückgehalten hatten, drängten sich um ihn und beglückwünschten ihn zu seinem Überleben. Najira ließ es geschehen. Sie musste sich nicht vordrängen. Raghi und sie hatten alle Zeit der Welt zu zweit.

Ihr Blick fiel auf Raghis Seelenschatten, der irgendwann während des Gerichts der Drachenfürsten aufgetaucht sein musste.

Ähm … zu *dritt*.

Desert Rose, die am Kopfende von Raghis Lager kauerte, grollte.

Najira verdrehte die Augen. *Also dann zu viert.*

EPILOG

Langsam schälten sich die sturmgepeitschten Eisinseln aus dem düsteren Grau, zu dem sich Himmel und Meer vereinten. So weit nördlich war vom Frühsommer, der auf dem Kontinent alles erblühen ließ, nichts zu spüren.

Raghi flog auf Najira. Rose war nie weit entfernt von ihnen. Wie übermütige Welpen spielten der Drache und die Chimäre Fangen in den stürmischen Wellentälern und zwischen den zerzausten Wolken. Immer wieder wurde Raghi von Gischt getränkt, wenn sie es mit ihrer Verfolgungsjagd zu wild trieben.

Er beklagte sich nicht. Es war ein wunderbares Geschenk, dass sich die beiden inzwischen verstanden und respektierten. Während der Auseinandersetzung mit Lyrrhodenai hatten Najira und Rose ihre Liebe zu ihm bewiesen, jede auf ihre Art. Das rückte einige Perspektiven zurecht. Freundschaft ersetzte die schwärende Eifersucht.

Raghis Seelenschatten begleitete sie auf der Reise. Er hatte seine frühere Tarnung als Tattoo auf Raghis Rücken wieder angenommen. Offenbar reichte es ihm für eine Weile mit der Unabhängigkeit.

Hatte Raghi die Bewegungen und das gelegentliche Kitzeln auf seiner Haut früher verabscheut, genoss er sie nun. Er trug seine mächtigste Waffe immer bei sich auf dem Körper — und einen treuen Freund, auf den er sich bedingungslos verlassen konnte.

Verrückt, welche Entwicklung sie alle durchgemacht hatten.

Die Sturmwinde trieben die Wolken auseinander und erlaubten den Blick auf Geröllhaufen, zerzauste Bäume und einige von spärlichem Grün bewachsene Felder.

Ist das trostlos! Najira klang gar nicht begeistert.

Raghi wollte ihr zustimmen, dann regten sich seine Erinnerungen — jene von seiner Heimat außerhalb des Palastes. *Nicht immer. In wenigen Tagen oder Wochen, wenn es wärmer wird, explodiert die Natur in einer Vielzahl von sanften Farben. Auf eine melancholische Weise sind die Eisinseln dann wunderschön. Und im Herbst kannst du die Wunder bestaunen, welche die Bauern auf den kargen Böden vollbringen. Hier leben gute Menschen. Nur leider ist das Blut des Königshauses verdorben.*

Raghi konnte die Burg bereits erkennen. Das hässliche Gebäude erhob sich auf einer Anhöhe und drohte dem Fischerdorf in der darunterliegenden Bucht mit baldigem Steinschlag.

Hinter der Burg gibt es im Wald eine Lichtung mit einem kleinen See. Landest du bitte dort?

Najira benötigte keine weiteren Anweisungen.

Hier haben wir uns zum ersten Mal getroffen, sagte sie, während Raghi von ihrem Rücken stieg.

Raghi schaute sich um und bemerkte, dass Najira recht hatte. Schon seltsam. In seinen aktiven Erinnerungen hatte dieser Ort nicht mehr existiert und doch hatte er ihn im Schlaf Detail für Detail entstehen lassen können.

Rückblickend der beste Moment meines Lebens. Er berührte zärtlich ihre Schuppen. Für die Reise hatte Najira sich in ihre mächtige Drachengestalt verwandelt — schlank, langgezogen und sehr elegant. Wie sie ihm erklärte, war sie so mit Naveen rund um Eterna geflogen.

Auch wenn Raghi diese neue Gestalt sehr gefiel, bevorzugte er die zerrupfte Form, die sie ihm zuerst gezeigt und mit der sie ihm sein Herz gestohlen hatte.

Najira sandte ihm eine geistige Liebkosung. Früher hätte ihn diese Intimität gestört. Heute nährte jede dieser Berührungen seine Seele.

Seufzend fokussierte sich Najira auf den Grund ihres Hierseins. *Dann prüfe ich jetzt mal, wie ich die schlimmsten Ängste deiner Familie bedienen kann.*
Momente vergingen.

Echt jetzt? Davor haben sie Angst? Das ist ja lächerlich.

Sie wandelte ihre Gestalt. Nun wirkte sie eher wie ein Seeungeheuer mit Tentakeln, einem gigantischen Schlund und hervorquellenden Augen.

Raghi lief es eiskalt die Wirbelsäule hinab und ihm sträubten sich die Haare. Offenbar zirkulierte ein letzter Rest der Eisinseln in seinem Blut.

Nicht für ein Volk, das einen wichtigen Teil seines Lebensunterhalts in kleinen Booten dem Meer abtrotzt.

Auch Rose an seiner Seite schien sich erschreckt zu haben. Sie grollte bedrohlich.

Ein weiteres Kribbeln überlief seinen Rücken, dieses vertraut und inzwischen willkommen. Raghis Seelenschatten entstand an seiner Seite.

Raghi hatte ihm angeboten, einen Namen für sich auszuwählen. Noch zögerte sein Schatten. Wahrscheinlich eine Frage der Zeit.

«Dann gehen wir jetzt meine Erzeuger zu Tode erschrecken», bestimmte er und wollte sich in Bewegung setzen, da materialisierte eine weitere geisterhafte Gestalt an seiner Seite.

«Palash.» Raghi staunte. «Du wolltest doch nach Aeriels Quellen.»

«Und da war ich auch. Um Sander zu sagen, wie sehr er mich enttäuscht hat und dass wir uns niemals wiedersehen werden. Und dass ich ihn ins Licht sende, sollte er es wagen, ein Geist zu werden.»

Raghi bezweifelte nicht, dass Palash mit seinen außerordentlichen Kräften dazu fähig war. «Ich bewundere deine Konsequenz. Aber was bedeutet das für dein Herz …?»

Palashs Blick brannte, als er Raghi direkt in die Augen starrte. «Nichts auf der Welt ist so wichtig wie meine Familie. Wer ihr schadet hat keinen Platz in meinem Herzen.»

Für Raghi, der die Ghitains nicht anders kannte, absolut nachvollziehbar. «Und weshalb bist du dann hier und nicht bei besagter Familie?»

Palashs Blick wurde vorwurfsvoll. «Was an *Familie* hast du nicht verstanden? Meinen Blutsverwandten geht es gut und sie brauchen mich jetzt gerade nicht. Du hingegen schon.»

Raghi schluckte leer. «Danke», wisperte er.

Palash verdrehte die Augen. «Jetzt geh schon los. Es wäre schade, wenn wir meine Wut auf Sander verschwenden. Andererseits kocht die gleich nochmals höher, wenn ich daran denke, was deine Erzeuger dir angetan haben.»

RAGHI FAND den Weg zur Burg sogleich. Es half, dass er ihre Lage von Roses Rücken aus gesehen hatte. Zudem tauchten die Erinnerungen an die darum verlaufenden Wege und Pfade aus dem Vergessen auf. Er wusste, wo er war und wie sie sich für den maximalen Effekt am besten näherten.

Palashs Aussage hatte ein wärmendes Feuer in seinem Herzen entzündet. Sein Verstand musste sich natürlich danebenbenehmen.

«Daraus könnte man einen Witz bauen. Ein Mörder, ein Drache, eine Chimäre, ein ... AUA! Das tat weh!»

Konzentrier dich, Raghi. Nicht nur Rose fand das unpassend.

Wenn ihr zwei so weiter macht, kann ich mich bald zu den geknechteten ... AU! Lass das!

Najira umarmte ihn mit ihren Gedanken, was nicht hieß, dass ihr voriger Flammenstoß deswegen weniger brannte. *Du fühlst Angst und Sorge. Wie du dir vorstellen kannst, verstehe ich das sehr gut. Aber du bist nicht allein. Statt Witze zu reißen, solltest du dir eine Heldengeschichte vorstellen. Der verstoßene Sohn kehrt mit seiner neuen Familie zurück und sorgt für Gerechtigkeit.*

Raghi erkannte, dass Najira recht hatte. Ihm war schlecht vor Angst und Sorge. Und es war schön, sich eine Heldengeschichte vorzustellen. Doch worin genau lag die Gerechtigkeit?

Vielleicht darin, seine Erzeuger und ihre Brut auszurotten? Verdient hätten sie es.

Die Wiese vor der Burg, wo einst die Truppen exerziert hatten, lag verlassen, das Tor in ihren Mauern offen und unbewacht. Seltsam. Es war mitten am Morgen. Wo steckten alle? Und wie sah die Festung nur aus! Ganz so verlottert hatte Raghi sie nicht in Erinnerung.

Er fühlte, wie sich seine Gefährten hinter ihm aufstellten. Palash und der Seelenschatten direkt in seinem Rücken. Rose und Najira dahinter.

Durch das Tor betrat er den Innenhof. Auch hier war niemand zu sehen. Wo steckten die Wachen?

Raghi stieg die Stufen zum Portal der Haupthalle hinauf. Spätestens hier hätten Wachen stehen sollen. Das gehörte sich so für einen König, schon allein des Status wegen.

Egal.

Raghi musterte das zweiflügelige Portal. Seine mächtigen Scharniere waren verrostet und in katastrophalem Zustand. Er bezweifelte, dass sie sich noch öffnen ließen. Bei dem, was er vorhatte, zählte wie so oft die Show. Wenn er dieses Tor nicht eindrucksvoll aufwerfen konnte, war sein grandioser Auftritt versaut.

Najira, lässt du für mich das Tor auffliegen? Du darfst es gern kaputtmachen, allerdings niemanden dabei verletzen. Ich möchte Genugtuung von hier mitnehmen, keine Schuldgefühle.

Er fühlte, wie sie sich konzentrierte.

Ich muss ein wenig tricksen. Es hat Menschen dahinter. Grandioser Lärm, eine fühlbare Druckwelle und Tausende harmloser Splitter?

Das passt für mich. Teilst du deinen Plan den anderen mit?

Ist gemacht. Also dann: Drei, zwei, eins …

Ein mächtiger Knall ließ die Burg in ihren Grundfesten erzittern.

Selbst auf den größten Bühnen Eternas hätte Raghi sich keinen grandioseren Auftritt wünschen können. Najira fügte zusätzlich noch grelloranges Licht hinzu, das den Eindruck von Feuer vorgaukelte.

Umgeben von gleißender Helligkeit und einem Regen aus Holzsplittern, von denen keiner ihn berührte, betrat Raghi die große Halle. Schreckensschreie schallten um ihn herum. Menschen versuchten hektisch, sich in Sicherheit zu bringen, ohne zu verstehen, was geschah.

Mitten in der Halle blieb Raghi stehen und wartete. Seine adoptierte Familie stellte sich fächerförmig hinter ihm auf — ein verdammt beeindruckender Anblick.

Nach und nach kehrte Stille ein. Bald war sie so tief, dass er die letzten Holzsplitter fallen hörte. In aller Seelenruhe schaute er sich um.

Menschen drängten sich an die Wände und beobachteten ihn aus riesigen Augen, erstarrt wie Beutetiere im Fokus eines Jägers. Die meisten waren Frauen und Kinder. Wachen entdeckte er nur ganz wenige und alle schon jenseits des besten Mannesalters. Auch hier im Innern der Burg wirkte alles verlottert. Die Halle war schmutzig und stank.

Auf dem Thron …

Dies war der Terror seiner Kindheit? Dieser verlebte, ungepflegte Mann? Und die aus ihrem Kleid quellende Frau im Sessel daneben. Mit einem Gesicht, das an den Hintern eines Schweins erinnerte, und Mundwinkeln, die steil nach unten zeigten. Das war die Frau, die ihn geboren hatte?

Raghi erkannte, dass er sich die Hände hier nicht schmutzig machen musste. Diese Menschen lebten bereits in ihrer eigenen Bestrafung.

«Wer bist du?», keifte der König plötzlich. «Was fällt dir ein! Verlass sofort meine Burg!»

Drei Sätze, welche seine völlige Inkompetenz als Herrscher bewiesen. Raghi waren sie egal. Er fühlte nicht einmal Genugtuung.

«Guten Tag, Vater.» Raghi ließ seinen Blick beleidigend langsam über ihn gleiten. «Hallo, Mutter.» Der gleiche Prozess.

Raghi wandte sich den Menschen entlang der Wände zu. «Für alle, die mich nicht kennen. Ich bin Raghi, der Prinz, den diese Menschen einst an den Meister der Mördergilde von Eterna verkauften.»

Plötzlich brandete Tuscheln unter den Anwesenden auf. Einige reagierten heftiger als andere. Seine Halbgeschwister vielleicht? Das Alter konnte passen.

Der Mann auf dem Thron begann mit den Füßen zu scharren und presste seinen Rücken so fest gegen die Lehne, als wolle er mit ihr verschmelzen. Die Königin sprang auf und verbarg sich hinter dem Sessel ihres Mannes.

«Du verdammte Missgeburt! Hau sofort ab und nimm deinen Zirkus aus Monstern mit!», kreischte nun die Königin. Ihre Stimme klang so unangenehm wie Nägel auf Glas.

«Genau das werde ich sogleich tun, aber zuerst …»

Raghis Blick fiel auf den Gegenstand, der an der Wand über dem Thron hing. Eine Art Sichel an einem Griff aus vergoldetem Holz. Während seiner Jugend hatte er ihr keine Beachtung geschenkt. Nun begriff er, was sie wirklich war.

Die Kralle eines Drachen. Groß wie sie ist, von einem Drachen der zweiten oder dritten Generation. Uralt und voller Magie. Das ist ein Sakrileg.

Najira klang traurig.

Raghi setzte sich in Bewegung. Seine Eltern flohen vor ihm wie aufgeschreckte Hühner. Er ging die drei Stufen zur Empore hoch und stieg auf den Sitz des Throns. Da seine Reichweite immer noch zu klein war, dienten eine Armlehne und die Rücklehne als weitere Stufen. Raghi fühlte das Möbelstück knarren — und wie Najiras Magie es zusammenhielt, damit er nicht auf dem Hintern landete.

Er schloss die Finger um den vergoldeten Griff der Sichel und hob sie aus ihrer Wandhalterung. Ein berauschendes Gefühl der Kraft und Magie schoss durch seinen Körper. Oh ja, das war ein unglaublich mächtiges Artefakt. Zum Glück hatte es nur die Leben einiger Kinder ruiniert, darunter seins. Unvorstellbar, wenn jemand wie Lyrrhodenai es in die Finger bekommen hätte!

Raghi sprang elegant vom Thron und wandte sich den Menschen zu. Er hob die Sichel. «Dieses Manifest der menschlichen Gier und Unvernunft hat Jahrzehnte des Unglücks über die Eisinseln gebracht. Seine düstere Wolke hebt sich heute. Der Moment ist gekommen, über eure Zukunft nachzudenken. Dazu gehört auch, welchen Regenten ihr euer Vertrauen schenkt.» Er bedachte seine Eltern mit einem verächtlichen Blick.

Ohne ein weiteres Wort verließ er die Halle. Seine Gefährten folgten ihm.

Sie gingen zurück zur Lichtung, auf der sie angekommen waren. Eigentlich unnötig, aber Raghis Instinkte rieten ihm davon ab, einfach so davonzufliegen. Bald wusste er wieso: Jemand folgte ihnen.

Die Person war recht geschickt, aber unerfahren. Mal sehen, was das sollte.

Sie erreichten die Lichtung. Es war jetzt oder nie.

«Raghi?»

Er wandte sich um. Am Waldrand stand eine junge Frau. Sie sah aus wie er und war einige Jahre jünger. Keine Frage, dass das eine Schwester von ihm war.

«Erinnerst du dich an mich?»

Als ob Raghi die Brut aus den verschiedenen Ehen seines Vaters, die ihn immer nur geplagt hatte, auseinanderhalten könnte! Er öffnete den Mund für eine scharfe Erwiderung. Da regte sich etwas in seiner Erinnerung.

«Nicht wirklich. Aber ich hatte eine jüngere Schwester, die fast immer krank war, sodass ich sie kaum je gesehen habe. Bist du das?»

«Ja.»

Er musterte sie. Von der Krankheit war nichts mehr zu erkennen. Sie wirkte gesund, ihr Körper durchtrainiert. Was wollte sie von ihm?

«Ich … Mir ist bewusst …» Sie brach ab und legte sich die Hand in den Nacken — eine hilflose, verlegene Geste. Dann fasste sie sich ein Herz. «Deine Worte vorhin … Ist es wirklich vorbei? Es fällt mir unglaublich schwer, das zu glauben. Unser armes Volk! Es ist so unglaublich hart, Jahr um Jahr, Jahrzehnt um Jahrzehnt ohne Hoffnung zu leben.»

Dieses Mal schenkte Raghi ihr seine volle Aufmerksamkeit, ließ ihre Präsenz auf sich wirken und machte sich ein genaues Bild. Es fiel überraschend positiv aus.

«Vielleicht kannst du ihre Zukunft sein?»

Sie verschränkte die Arme vor der Brust und biss sich auf die Lippen. «Ich möchte es», gab sie zu. «Aber wie all die Jahre des Niedergangs umkehren? Wie den Menschen den Glauben an die Zukunft zurückgeben? Wie unsere Bauern und Wachen zurückholen und aus Verfall wieder Wohlstand machen?»

«Indem du in dein Herz schaust», sagte Raghi, ohne zu zögern. «Alles beginnt dort.»

Sie musterte ihn nachdenklich. «Offenbar glaubst du fest daran. Also musst du es selbst erlebt haben. Ich …» Sie reckte das Kinn. «Ich verspreche dir, ich werde es mit all meiner Kraft und meinen Fähigkeiten versuchen.»

Mit diesem Abschluss seines Besuchs hatte Raghi nicht gerechnet. Ein Lächeln stahl sich auf seine Lippen. «Wie ist dein Name?» Zuvor hatte er sich nicht dafür interessiert. Nun wollte er ihn wissen, um sich zu freuen, falls er in dieser Zeitlinie Positives von den Eisinseln hörte.

Sie schüttelte vehement den Kopf. «Der tut nichts zur Sache. Die Vergangenheit muss in der Vergangenheit bleiben. Gib mir einen neuen.»

Raghi überlegte. «Wie wäre es mit Aurora? Königin Aurora, die wie die Morgenröte Licht und Leben in dieses verlorene Land zurückbringt.»

Plötzlich zitterten ihre Lippen und Tränen liefen über ihre Wangen. «Aurora ist es. Königin Aurora vielleicht irgendwann. Vielen Dank, Raghi! Aus tiefstem Herzen. Ich wünsche dir alles Glück im Leben.»

Damit warf sie sich herum und verschwand im Wald.

«Auch dir alles Glück», wisperte Raghi und konnte kaum glauben, was gerade geschehen war. Er hatte erwartet, diesen Besuch in den Abgründen seiner Erinnerungen zu begraben und zu vergessen. Stattdessen fühlte er Freude und Hoffnung.

«Bringen wir dieses Artefakt ins Allerheiligste der Drachen und kehren dann in unsere Zeitlinie und unser Leben zurück?», wandte er sich an seine Gefährten.

«Ich geh schon mal voraus», sagte Palash und löste sich auf.

Raghis Seelenschatten verschmolz wortlos mit ihm.

Desert Rose schlug erwartungsvoll mit den Flügeln.

«Sie will, dass du auf ihr reitest. Und ich werde mich zur Abwechslung in meine kleine Drachengestalt verwandeln, die du so sehr liebst.» Najira setzte ihre Worte sogleich in die Tat um. «Wobei abzuwarten bleibt, ob ich mit diesen winzigen zerknitterten Flügeln tatsächlich fliegen kann.»

Raghi wusste, dass das ein Scherz für ihn war. Najira brauchte keine Flügel zum Fliegen. Und ja, er liebte ihre kleine Gestalt über alles.

Mit einer Hand berührte er zärtlich Najiras unordentlichen Kamm. Mit den Fingern der anderen kraulte er Desert Roses weiches Nackenfell. «Wisst ihr, was für ein besonderer Tag heute ist? Wir sind alle frei. Und unsere gemeinsame Ewigkeit, sie beginnt genau jetzt.»

Als Erwiderung kribbelte sein Rücken auf wohlige Weise und Najira und Rose tauchten ihn in ihr zärtlichstes Feuer.

Raghi wusste nicht, womit er all das Glück verdient hatte, mit dem sein Herz gerade überlief, aber er freute sich darauf, es zu leben — gewürzt mit etwas Widerspruchsgeist, Leichtsinn und Verrücktheit. *Das* musste dann doch sein.

ENDE

ÜBER MEINE ARBEIT & EINE WICHTIGE BITTE

Liebe Leserin, lieber Leser,

Herzlichen Dank, dass du mein Buch gekauft hast. Als Indie-Autorin, auch Selfpublisherin genannt, bin ich Alleinunternehmerin. Ob ein nächster Roman von mir erscheint, hängt direkt vom finanziellen Erfolg meiner veröffentlichten Werke ab. Wenn dir mein Buch gefallen hat, würde ich mich deshalb sehr über deine Unterstützung freuen:

- Abonniere meinen **Newsletter**. Darin berichte ich über meine Projekte und plaudere per E-Mail mit meinen Fans. Das Formular findest du hier: **https://isaday.net/newsletter**
- Veröffentliche eine **Rezension** zu meinem Buch, wenn möglich auf mehreren Plattformen. Dabei genügt die für dich passende Anzahl Sterne und ein Satz wie «Das Buch hat mir sehr gefallen».
- **Empfehle** meine Bücher online und in der realen Welt weiter.
- Gehörst du zu jenen, die sich **Tippfehler notieren**? Bitte maile mir deine Liste an **i.day@pongu.ch**.
- **Beobachte die aktuellen Entwicklungen in der Bücherwelt** (und darüber hinaus) **kritisch** und überlege dir, welche du unterstützen möchtest und welche nicht.

Für mich als seriös arbeitende und auf hohe Qualität bedachte Selfpublisherin entwickelt sich die Bücherwelt je länger je mehr zu einem furchterregenden Ort. Bedrohte früher vorwiegend die **eBook-Piraterie** (also das illegale Kopieren und kostenlose Weiterverbreiten meiner eBooks über das Internet) meine Existenz, kommen nun noch die negativen Auswirkungen der **(generativen) Künstlichen Intelligenz** hinzu.

Bei der Produktion meiner Bücher decke ich jeden einzelnen Arbeitsschritt selbst ab. Ich recherchiere die Fakten und Hintergründe, schreibe das Manuskript, redigiere und lektoriere den Text, designe das Cover und die Artwork und veröffentliche schließlich das fertige Buch. Dafür brauche ich, abhängig von den Kapriolen des Lebens und der Länge des Buches, zwischen drei Monaten und einem Jahr.

Diese Arbeit erledige ich mit Herzblut. Ich bin stolz darauf, mir die nötigen Kenntnisse dafür im Verlauf meines Berufslebens angeeignet zu haben — und ich bin stolz auf das Endprodukt, dass du gerade in den Händen hältst.

Jedes Buch von mir enthält einhundert Prozent Isa Day und eine Botschaft von meinem Herzen zu deinem. Es verschafft dir (hoffentlich) eine kleine Auszeit, mit der du den Alltag für einige Stunden vergessen kannst. Es beinhaltet echte Gefühle (und den einen oder anderen Tippfehler). Es rührt dich mitunter zu Tränen. Und sicher nervt es auch manchmal wie ein Mensch mit all seinen Ecken und Kanten.

An diesen Qualitätsmerkmalen mache ich keine Abstriche. Deshalb kommt der Einsatz von Künstlicher Intelligenz für mich nicht in Frage.

Nicht alle denken so wie ich.

Beim Einsatz von KI geht es immer darum, **Menschen durch eine Maschine, genauer gesagt ein spezielles Computerprogramm, zu ersetzen.** Die KI liefert zwar (noch) nicht ganz so gute Ergebnisse, dafür ist sie hunderttausendmal schneller und billiger als ein Mensch. Man kann ihr einfach befehlen und muss sich selbst nicht anstrengen. Im Vergleich sind Menschen lästig: Sie brauchen Ruhepausen, haben Meinungen, ein Herz und Qualitätsansprüche. Mit ihnen muss man sich auseinandersetzen.

Alle Wirtschaftsbereiche wittern die Gewinnmaximierung durch KI und vergeben laufend weniger Aufträge an menschliche Mitwirkende, so auch die riesigen Publikumsverlage. Denn die verschiedenen Arten von KI erledigen alles. So «verfassen» sie z. B. ganze Romane und Sachbücher, prüfen Manuskripte auf ihre Eignung zur Veröffentlichung, lektorieren respektive korrigieren die zur Veröffentlichung ausgewählten Manuskripte und erstellen die Illustrationen und Cover.

Falls er/sie nicht schon heimlich irgendwo existiert, wird es deshalb nicht mehr lange dauern, bis ein Verlag seine erste KI-generierte Autoren-Persönlichkeit (oder wohl eher *Nicht*-Persönlichkeit) samt der von ihr «verfassten» zwanzig oder dreißig Bestseller pro Jahr präsentiert.

Leider keine Utopie. Rund um die Welt arbeiten die KI-Entwicklungsfirmen mit Hochdruck daran, den Menschen aus allen künstlerischen Berufen hinauszudrängen und die menschliche Kreativität durch KI-Erzeugnisse (ich möchte das weder «Kunst» noch «Werke» nennen, denn in den meisten Fällen handelt es sich um Raubkopien menschlicher Kunst) zu ersetzen.

Und die Sintflut an KI-Erzeugnissen hat erst begonnen, den Markt zu überschwemmen. Sie wird laufend weiter ansteigen, darunter der Anteil an Büchern, deren herz- und seelenloser Inhalt innerhalb von Momenten von einer KI erstellt wurde. Wie soll eine auf Qualität bedachte Indie-Autorin wie ich, ja alle seriös arbeitenden menschlichen Kunstschaffenden, in diesem Verdrängungskampf bestehen?

An dieser Stelle kommst du ins Spiel. Du kannst mithelfen, dass wir menschlichen KünstlerInnen überleben können,

- indem du, wo immer möglich, der von Menschen gemachten Kunst den Vorzug gibst, und
- in meinem Fall spezifisch durch die weiter oben beschriebenen Unterstützungsmöglichkeiten.

Wie ich freuen sich alle menschlichen Kunstschaffenden über die Anerkennung unserer Arbeit. Denn deine Wertschätzung gibt uns Mut in diesen unsicheren Zeiten. Um trotz allem weiterzumachen. Damit die menschliche Kreativität und Schöpfungskraft eine Zukunft haben.

Vielen lieben Dank!
Isa Day
(verfasst im Dezember 2024)

ISAS BÜCHER

Bei mir findest du die folgenden Reihen. Für mehr **Informationen, Leseproben** und **Bonusmaterial** besuche meine Website **https://isaday.net**

Du liebst humorvolle Kleinstadt-Liebesromane mit Wohlfühlfaktor? Dann komm nach «Dancing Coons», erlebe die wilde Natur im hintersten Winkel des Staates New York und verliebe dich in meine zwei- und vierbeinigen Protagonisten.

Herzerwärmende, humorvolle Fantasy-Liebesromane findet du in der Reihe «Die Treppen der Ewigkeit», in der scheinbar verlorene (erwachsene) Hauptpersonen eine zweite Chance erhalten. Dafür müssen sie sich in fremde Zeiten und vergessene Welten begeben und große Gefahren überwinden. Als Lohn finden sie Liebe und eine Gemeinschaft, die sie aufnimmt.

«Der Weg des Heilers» erzählt ein Märchen für Erwachsene. Gemeinsam mit den jugendlichen Protagonisten träumst du dich in das Staunen deiner Kindheit und Jugend zurück und erlebst ein spannendes Abenteuer voller Magie und Drachen.

Im Vergleich zu meinen anderen Reihen ist «Sternenmagie» düster. Dieser Fantasy-Thriller dreht sich um die Lebens- und Liebesgeschichte zweier Künstler, die aufgrund ihrer Fähigkeiten und Entscheidungen in den Fokus magischer Mächte geraten und um ihr Überleben kämpfen müssen. Spannung und Drama pur.